小先生

咬春饼 著

[上册]

青岛出版社
QINGDAO PUBLISHING HOUSE

图书在版编目（CIP）数据

小先生 / 咬春饼著. --青岛：青岛出版社，
2019.6
ISBN 978-7-5552-6894-9

Ⅰ. ①小… Ⅱ. ①咬… Ⅲ. ①长篇小说－中国－当代
Ⅳ. ①I247.5

中国版本图书馆CIP数据核字(2018)第140170号

书　　名　小先生
著　　者　咬春饼
出版发行　青岛出版社
社　　址　青岛市海尔路182号（266061）
本社网址　http://www.qdpub.com
邮购电话　010-85787680-8015　13335059110
　　　　　0532-85814750（传真）　0532-68068026
责任编辑　贺　林
责任校对　耿道川
特约编辑　郑丽丽
装帧设计　白砚川
照　　排　梁　霞
印　　刷　北京润田金辉印刷有限公司
出版日期　2019年6月第1版　2022年7月第2次印刷
开　　本　16开（700mm×980mm）
印　　张　37.5
字　　数　450千
书　　号　ISBN 978-7-5552-6894-9
定　　价　65.00元

编校印装质量、盗版监督服务电话　4006532017　0532-68068638

建议陈列类别:畅销·青春文学

目录 [上册]

目录 [下册]

第一卷　彼时当年少

小先生

年轻人最怕听长辈说道理，先来段八千字的忆苦思甜，再来篇八万字的慈母说教。冯母前年才从北外退下来，做派极其正统，这对初宁来说更是一种酷刑折磨。

Chapter 01　我不订婚

十月的B城秋色渐浓，秋分之后凉意更甚，但初宁此刻只觉得热。

她已脱了外套，只着一件薄衫，端端正正地坐在椅子上，旁边挨着的是一下飞机就赶过来的冯子扬，一身正装还来不及松扣。初宁瞥了一眼，他鬓角发间也冒了一层薄汗。

“宾客名单都已经齐了，周秘办事仔细，就连川北的那几位老辈也列在里头了。”

冯母说起这个，便是一声短叹：“你姑父跟酒店那边沟通了，把西苑的主场地留给你们办事。”冯母瞧了一眼初宁的右腿，眼神更是难掩失落，“可惜了，可惜了。”

听到这，陈月接过话茬道：“劳您费心，平日初宁没少得您照顾，她经常跟我念叨您对她的好。”

陈月有些词穷，觉得这事儿到底是自己女儿大意，解释再多也理亏，于是话锋一转，索性逮着初宁一番念叨：“你这孩子，好好走个路也能摔着腿。”

“这事儿她也不想。行了，别怪她了。”冯母温声劝止，又问，“伤筋动骨最难康复，可得好好养着，瞧过医生了吗？”

初宁垂眉顺眼，点头说：“看过了。”

“哪家医院？”

"市一。"

冯母不放心，拿出手机："我来联系傅老，让他再给你看一看。"

"妈，妈妈妈，您别折腾，她的腿没大碍，绑两周石膏就行。"冯子扬边说边走过去，按住自己母亲的肩膀忙不迭地表态，"有我呢，放心。"

听到这话，冯母更不放心了，但也不好过多干涉，于是换了一茬抱怨："事业固然重要，但生活也要兼顾，一个个忙得成天不见人影儿，像话吗？你们年轻，但也不要顾此失彼，钱是赚不完的，别把积极性都花在这上面。"

年轻人最怕听长辈说道理，先来段八千字的忆苦思甜，再来篇八万字的慈母说教。冯母前年才从北外退下来，做派极其正统，这对初宁来说更是一种酷刑折磨。

她把手机放在双腿之间的手包下，偷阅来自秘书的未读短信。

半小时后，冯母终于以一声哀叹结尾："老人说话你们也不爱听，心里有数就行。订婚就先缓缓，等初宁的腿好了，咱们两家再商量。"

陈月起身，亲热地挽着冯母的手，边往外走边点头："行，劳您费心了。"

冯子扬起身送两位出门，几分钟后回来，走到门口就听见初宁在打电话。

"白纸黑字的合同，乙方是他姓程的吧？字儿也签了，公章也盖了——告我？行，让他告，法务部对接，在这之前，他要敢少我半斤货试试，一毛钱尾款也别想要了。"

初宁的声音尚算柔和，但扬声时字正腔圆，干脆利落难寻祥和。

"好，我知道了，对外说我去四川出差，回程日期没定，跟他耗着吧，也别赶人，好茶招呼着。"初宁想了想，又说，"把启明实业的电话给我，老板姓魏是吧，我跟他通个气。"

初宁一时找不到纸，索性把"受伤"的右腿盘起来，拧开笔帽就往石膏上记号码。她手速快，字也写得飘逸。冯子扬走过去，往石膏上敲了敲，乐坏了："哟，真石膏。哎？能动吗？"

初宁一脚飞蹬，差点把冯子扬踢翻："去去去。"

冯子扬竖起拇指："亏你想得出来。"

初宁白眼都懒得翻，主要是这事说来话长，用这损招来躲避两家的订婚，着实不太光彩。初宁望着这条笨重的右腿，和她还穿着高跟鞋的左腿形成了鲜明的对比。

她越看越烦，扶着椅子踉跄起身。费劲，真够费劲的！

"你少在这说风凉话，要不是你躲到国外，瘸腿的就是你。"初宁拿起手包，先挪左脚，再去拍打上了石膏的右腿，模样笨拙滑稽。

冯子扬思索片刻，认真地说：“挺像擎天柱。”

初宁步履匆匆，懒得搭理他。

冯子扬在她身后嚷道：“拐，你的拐！”他拿起靠在墙边的拐杖看了又看，不得不佩服，“太逼真、太敬业了。”

初宁折身拿过拐杖，双眉微拧，已有不耐之色：“我不订婚，你去搞定你家。”

这点他俩倒是观点一致。冯子扬心里装着一个姑娘，奈何冯家不同意，七大姨三大姑都不是省油的灯，讲究门当户对。初宁背倚城东赵家，加之她自己也有个规模不错的公司，琼楼高地，甚合冯家之意。

说白了，冯子扬要个完美的幌子，而初宁搭着他这根线，在圈里圈外也圈了不少资源。两人各取所需，合作愉悦。

初宁已经上车，冯子扬扒着车门，弯腰嘱咐：“别忘了，下周陪我去……”

初宁打断他：“知道了。”车窗关上之际，她冷言，“一个不成气候的野路子比赛，有什么好看的。”

初宁最近特别忙，手头一大堆事，一个长辈见面花了一上午时间，还得“瘸”着条腿。他们这个圈子，说大不大，说小也不小，一点风声几个小时就能传遍，她不瘸个三五天，这戏就逼真不了。

初宁原本计划回公司，但车子开到建国门时，秘书突然打来电话：“宁总，信达的人又来了，就在您的办公室门口，说不见着您，就不走。”

初宁面色平静，拍了拍自己的石膏腿：“那就让他们等吧。”

挂断电话，她问司机：“前边就是京泰了吧？到了靠边停。”

下车后，初宁让司机先回去，自己拄着拐杖，悠然地走着。B城今儿是个好天，太阳不刺眼，恰到好处，微风一动，好似给万物镀上了一层金色。初宁的心情顿时亮堂不少，她低头瞅了眼自己的石膏腿，再用拐杖点点地，这别样滋味也蛮有意思的。

她的公司里也有和冯家沾亲带故的员工，为防被看出破绽，初宁决定这两天少露面，当然，和最近找碴的乙方斗智斗勇，才是重点。

初宁走到半路，秘书又打来电话：“宁总！您在哪？他们一拨人来公司守您，还有一拨在找您！”

话只听到一半，初宁就知道是怎么回事了，目光定在前面路口。三五个人站在那儿，好一个兵分两路。

为首的人是信达的一个副总，初宁和他有过几次业务对接。那个副总笑脸相迎道：“哟，宁总，真巧啊。”

初宁的表情过渡得十分自然，她倒真像是偶遇地道：“呀，太及时了，我正准备给您打电话。”

她说话之际，人已走近。对方笑答：“既然都碰上了，干脆耐心点，陪我这叔叔伯伯唠嗑？”

对方这是话里有话。

两家恩怨说来也简单，在商言商，都想挣钱。信达集团想在B城发展，人脉欠缺，不知在哪儿认识了个看起来挺靠谱的中介商。论资排辈，初宁的年龄的确不大，但走江湖的经验很足，和中介商一唱一和，对初来乍到的信达半哄半诱，让他们稀里糊涂地签了份高价合同。等信达调查一圈儿回来之后，人家不干了。

到手的肥鸭岂能让它飞走？

初宁经验足，不怕，耗着呗。

没想到对方还有点路数，躲是躲不过了。初宁一副好脸色，看着像是顺从的意思。

对方已经拉开车门，一上车肯定就是鸿门宴。她先是往前走两步，笑脸相迎，其实是在留神他们后头。

从这上去是一条窄道，五十来米就通到繁华内街。

初宁拖着打着石膏的右腿，一拐一拐，一步一步。

突然，丁零零——一串清脆的车铃声，像是被风送来的意外之客。

黄白相间的风景从后方乱入，亮黄色的山地车出现在初宁面前，骑车的人穿着白色套头衫。

初宁来不及看清他的脸，便迅速挥手，声音骤大：“你回来了啊，我等你好久了！”

等对方近了，初宁以极短的时间扫了一眼，是个男生，年纪轻，皮肤白，眉间平滑，但两只眼睛瞪成了一串巨大的问号。

他不得不急刹车，响起一阵车胎磨地的摩擦声。

初宁拽住他的衣摆，搬出一个俗不可耐却行之有效的法子，简明扼要地低声道：“我给你一千块钱。”

男生却被她打着石膏的腿吸引。这人也是个机灵的，挠挠头，表情讶异：“不是吧，就这么欺负残疾人啊。”

他长腿往地上一支，裤脚微微蹭上了些，露出筋脉鲜明的脚踝。初宁判定，对方没穿秋裤。

“上车！”

初宁动作快，单脚一跳一跳地坐上车子后座。还没坐稳，单车就飞了出去，惯性使然，她抓紧了他的衣服下摆。但这一下力气太大，她差点把人从单车上拽下去。

“啊——”男生痛叫，“勒死我的胃了！我要吐了！”

当然，他没忘记自己在做好人好事，踩着踏板用力蹬：“怕摔就抓上面点，没事儿，我很快的。”

初宁的手挪了挪，单车却剧烈摆动起来，他跟通了电似的，笑穴大开：“哎！别，别摸胳肢窝，我怕痒——”

初宁敛敛眉，她的手根本就没换地方。

这反转，看得信达那拨人目瞪口呆，反应过来后，急忙上车：“追！”

破单车怎么跑得过汽车。初宁扭头看了眼，再转过头来时，发现这男孩儿要往小区右边的胡同里骑。

胡同是单向行驶，汽车没法进来。

这小子脑瓜子倒是清醒。初宁抬眸打量了一眼他的背影，骨骼挺拔，带着年轻男生特有的朝气，因为用力骑行，从大腿到腰身，再到肩胛骨，都在流畅地颤动。

初宁闻到他衣服上的淡味儿，有点像家里阿姨洗衣服用的“蓝月亮”。

她稍稍分了会儿神，就发现有点不对劲了。

车速在减慢，而且很费劲。

“上坡路，你坐稳了。”

他们爬上这个坡，才能进入胡同。初宁往后一看，车追过来了。

“停下。”

“啊？”

“停车。”

风有点大，男孩道：“什么？”

初宁不说话，伸手就往他的胳肢窝一戳。单车一阵猛晃，然后吱的一声急刹，秒速停车。男孩儿哭笑不得，双手环着胸，把自己抱得紧紧的，道：“不要挠我啊，放心，那一千块钱你不用给的。”

初宁已经跳下车，飞快环顾四周，看准路边围着花草的石礅，走过去，两腿微迈。她一个深呼吸，然后迅速一个高抬腿，打着石膏的右腿由上往下狠狠劈向了石礅。

砰的一声闷响，石膏碎了。

没了这碍事的玩意儿，初宁跑得飞快，长发一甩，在大好天色的衬托下，仿若披了一头彩绸。

“愣着干吗？跑啊！”

一句话的工夫，她就已经快蹿到坡顶。

迎璟看了看那堆碎石膏，再瞧了瞧如脱缰野马的背影，震惊了。

初宁跑后没有回头。整个过程不超过五分钟，这个意外很快就被迎璟抛诸脑后。迎璟回到宿舍，三个室友中只有祈遇在。迎璟挨上去瞅了瞅：“画什么呢？”

祈遇头也不抬，铅笔削得尖尖的：“平衡器的内切面，晚上实验课要用的。”

祈遇是湖南人，普通话不太标准，在B城上了三年学已经有很大改善，但前后鼻音还是说不利索。迎璟戳戳他的肩膀，纠正道：“是上，跟我念，上实验课，上床睡觉。”

祈遇这人老实上进，还真跟着念了两遍：“上课、上床睡……”

门正好被人推开，戴眼镜儿的小班长圆眼一瞪：“大白天的你俩干吗呢？”

迎璟白牙一绽：“迎老师课堂开课了。”

小班长不屑道：“悠着点啊，我可提醒你，晚上的毛概论文你记得交，这可是第三回了，再不交，真得挂了。”

迎璟拍了拍祈遇的肩膀，默默发出爱的凝视。祈遇看了他两秒，慢悠悠地扭过头继续画图，再伸出三根手指。迎璟一掌拍过去：“行，三顿饭，成交！”

下午三点半有实验课，人家都安安静静地午睡，迎璟吃了饭就跑到篮球场打球，热得一身汗回来，手里还提着一袋冰棒，一进走廊就吆喝：“吃冰激凌的到308啊，先到先得！”

这声音像是清晨山谷里的撞钟，清脆悦耳，鸟散风动，唤醒了午后的慵懒。迎璟人缘儿好，他们308寝室总是最热闹的那一间。冰激凌供不应求，瞬间被瓜分完毕。

“‘可爱多’是我的，别抢，别抢！”

迎璟的手被同学拽着，球服都被拉下了一大半，直接成了露肩装。他费力歪头侧过身子，剥开包装纸，张嘴就咬了一口，哇，也太凉了！他直吸气，然后手一伸，把缺了一半的“可爱多”递过去：“给你们给你们！”

众同学喝倒彩。

三点半的课，他们上课前十分钟才从宿舍出发，提前一分钟到实验室感觉都是吃亏。迎璟和祈遇走进去，就看见班上的几个女生围成一团。

张怀玉冲他们招手：“迎璟，你来看看这个！”

小班长周圆不乐意了：“咱们这么多人，你们干吗只叫迎璟啊？”

“有本事你也考第一啊，我天天请教你。”

硝烟味飘啊飘，迎璟先是给男同胞顺毛：“好男不跟女斗。”

“哼。”

然后他走过去，又低声对女同学说：“好女不跟男斗。”

“嗯嗯。”

颜值高的人，好像说什么话都比较令人信服。

“这个为什么不亮啊？”

“我看看。”桌子略矮，迎璟弯腰，指着后半段的一截说，“这儿，反了。”

他拔下那条线上的三个感应灯泡，调整了一下位置：“好了，开关。”

通电后，女生们惊呼：“哇！”

方才还黑漆漆的电路板，此刻不仅亮了，那几个小灯泡也被组成了一颗爱心的形状。

“要不要给你上峨眉山开个光？！”突然一声严厉的呵斥响起。

安静半秒后，众人如临大敌，蹑手蹑脚地迅速坐回座位，翻书的翻书，拿笔的拿笔。迎璟吐了吐舌头，转过身，老老实实地叫道：“栗教授。”

栗舟山五十出头，乍一看身材，略圆，微胖，不像传统意义上的知识分子长相，就这副凶面孔，在本校名气颇盛。

“乱折腾，胡闹！这是实验材料，不许用来做别的事！”栗舟山指着这颗硕大的爱心，问迎璟，“你是不是准备用它去参赛？啊？”

迎璟憨笑两声：“也不是不可以。”

栗舟山的小胡子都快被气飞了，然后便是持续数分钟类似“先穿袜子再穿鞋，先当孙子后当爷”的说教。栗舟山每说一句，迎璟就飞快地默背出他的下一句。这八九不离十的正确率，令迎璟忍不住挑挑眉。

“你总是浪费我的时间，上课。”栗舟山像个赌气的小老头，两手一背，走了。

迎璟溜到祈遇旁边，摊开书本，其实是把手机放下面偷偷玩“跳一跳”。好友圈里有人超过了他，不行，他一定要把第一名争回来。

祈遇：“下周比赛你准备了没？”

“没，准备什么，一年一次学校也就走个过场，回回都被飞行器设计专业的拿名次，我们系就是绿叶，凑个人气。对了，晚上一块儿打球。”

“去不了。”

“干啥去？”迎璟小声道，“接她啊？”

祈遇点头：“嗯，她今天下班晚。”

迎璟哦了声：“你又准备骑小黄车？”

“嗯，她下班晚，没地铁了。”

祈遇轻飘飘地说了一句话。正好，迎璟的“跳一跳”也跳死了，他心里不是滋味，盖住手机，说：“反正明天周六，不查寝，我跟你一块儿去吧。好，就这么决定了。”

祈遇老实孩子，能从小山村里走出一个大学生不容易。他有一个青梅竹马的女朋友叫顾矜矜，辍学早，去年也跑来B城了。迎璟不知道她是做什么的，但偶尔听见祈遇打电话，说话低低的，态度是依着那头的。祈遇经常骑共享单车去接上夜班的女朋友，再载着她把人送回租处，就为了省点打车钱。

迎璟暗暗地想，谈恋爱有什么好，辛苦死了。晚上，他们坐13号线到西直门换乘，再走一段路，到了酒吧一条街。霓虹闪烁，把天空晕染出灰蒙蒙的亮光，像是一块盖在头顶的织布。晚上有点冷，迎璟还穿着白天的那件卫衣，冻得把手伸进口袋，恨不得把兜戳穿。

祈遇唉声叹气：“你怎么不穿秋裤啊？”

迎璟纳闷道：“你说话怎么跟我妈一样啊，我一身正气过冬，下午还吃了两根冰棍儿呢，我从小就不怕冷。”

两人有一搭没一搭地聊天解闷，十一点，顾矜矜从酒吧门口走出来。她比迎璟还正气，穿着条短裙，光着两条腿。他们隔得远，都能瞧见她眼影是紫红色的。她正跟一同出来的几个中年男顾客说笑，其中一人的手都放在她的腰上了。

迎璟瞪大眼睛，再看了看身边的祈遇。正牌男友没一点表示，表情隐忍、克制、压抑，像是被什么绊住了手脚，又好像是习以为常。

顾矜矜似乎不是很抗拒，半推半就，然后又和那些人说着什么，笑成一团。有辆黑色帕萨特开过来，车门打开，顾矜矜欣然坐了上去。

迎璟的愤怒来得直接，他猛推了祈遇一把：“发什么呆啊！把人叫下来啊！”

祈遇如大梦初醒，冲上前把人从车上拽了下来。迎璟一捋袖子，紧跟其后。

顾矜矜尖叫：“你拽疼我了！你干吗啊？”

之前摸她腰的中年男人：“哎？”

祈遇和顾矜矜吵了两句，男人不耐烦了：“你走不走啊？”

顾矜矜回头，堆了一脸笑：“走啊老板。”然后她扭头看着祈遇，气得快哭了，“这是我的大客户，你别捣乱行不行？”

“卖酒就卖酒，干吗要跟他走？”

“吃消夜而已，做销售很难，你根本不懂。”顾矜矜甩开他的手。

祈遇的眼眶红透了，安静半秒，他突然举拳砸向了所谓客户的脸。

场面就此失控。

女孩儿的尖叫声、成熟男性的狠厉叫骂声，还有两个少年的无畏与生猛，顿时使场面乱作一团。祈遇平日性子温顺，也就靠着一股气撑着，没几下就成挨打的那个。迎璟……嗯！不穿秋裤的人身体比较好。

但人家有五个，苍天哪，他打不过！

酒后生事的情况太多见了，路人都不想蹚浑水，热闹都懒得看，经过时躲得飞快。初宁从会所出来，下台阶时，冯家的心腹周秘书绅士地扶了一把她的手：“慢点。”

“不碍事。”初宁把拐杖放下，笑着寒暄，“今天麻烦你了。”

“应该的。”周秘书说，“这个项目的所在周边，就是以后区政府搬迁的核心区域，利润值一年后很可观。”

初宁颔首，笑了笑。她今天穿了一条及踝长裙用来遮挡石膏，外面随意搭了件小西装，干练又轻巧。她“瘸”着一条腿下阶梯，司机已经等在门口。周秘书替她打开门，好心嘱咐：“夫人记挂你的腿，早日康复，我也盼着你和子扬的订婚宴。”

初宁不失笑容，正要坐进车里，就被十来米外传来的动静吸引。她侧头看过去，已经灰头土脸、落于下风的迎璟，也惨兮兮地看过来。

两人的眼神在夜色里相碰。

迎璟眼神变亮，迅速抓着祈遇的后衣领朝这边逃跑：“等等，等等我！”

初宁淡淡地收回视线，熟视无睹地继续上车。周秘书亦不过问，坐上副驾。

迎璟龇牙咧嘴地呼呼求救：“我快被打死了！啊啊，我死了！”

然而无果，白色奥迪A6如出鞘的剑，披着银光开动了。

“凉了凉了。”迎璟后头那些喝了酒的社会大叔骂骂咧咧地追了上来。

祈遇喘得厉害，顾矜矜一边回头看一边哭：“怎么办啊，都是你冲动！”

迎璟一个单身狗都觉得，这个女朋友真烦人。他没好气地大声说道：“我没买保险。”

“啊？”

“你要赔我医药费。”

顾矜矜立刻装死。

眼见后头的人越来越近，迎璟绝望地看着车子尾灯闪烁而去。忽然，奥迪停车，几秒之后，还往后倒了几米，正好停在他们面前。

迎璟以为自己花了眼。直到车窗滑下一半，露出初宁的额头、鼻梁、唇，这种慢镜头似的画面轮播，最容易加深第一印象。

迎璟屏住呼吸。初宁抿了抿唇，看了他一眼，没说话。他拉开已经解锁的车门，飞快地钻了进去。他力气大，跟团火球似的，初宁被他撞得连挪半米，身体直接贴上车门。

她神色隐忍……疼，胸疼。

迎璟上车后，接着是顾矜矜和祈遇。砰的一声，车门用力一关，隔绝了外面的鸡飞狗跳。

迎璟拍了拍胸口，太刺激了！

车内的平静被打破，初宁贴着车门，而迎璟无缝隙地挨着她，热腾腾的呼吸不可避免地沾上她的脖颈。人体的气味混着汗味、血腥气、尘土味，乱七八糟地涌入初宁的鼻腔。奇怪的是，她稍一分辨，好像又闻到了“蓝月亮”的淡淡香味。

迎璟察觉不当，赶紧推搡祈遇：“过去点过去点。”然后他又转过头，真诚感谢初宁，“美女老板，谢谢你了！”

老？初宁敏感地抓住这个字，心里泛起淡淡的不爽，却也只是很平静地应了声：“嗯。”

这男生明明一副狗腿语气，但归功于面容清秀，双眼皮撑出两片漂亮的扇形，悦目养眼。这人就算狗腿谄媚，好像也不那么让人反感。副驾的周秘书真没想到初宁会停车，但很快镇定，只觉得让她挤在后面实在不妥，于是轻声吩咐司机：“停车，小宁，我跟你换个位置。”

初宁点了下头，车内渐渐恢复沉默。迎璟左瞧右瞧，然后低下脑袋，他们仨灰头土脸跟非洲难民似的，与初宁的一身清爽得体形成鲜明对比。迎璟低着头，盯着自己的鞋子，然后又瞟向她的鞋子。长裙下，初宁的左脚穿的是同色系的浅跟鞋，右脚结结实实地裹着石膏。

迎璟奇怪："哎？今天上午，你不是跑得挺快吗？"

初宁拧眉，心生不祥预感。

"你一个高抬腿劈叉，就把石膏给磕碎了，背影跟风一样。"迎璟看着初宁，根根分明的眼睫动了动，确定道，"我没记错人。呃，你下午又把腿给摔了啊？"

所有人的目光都盯上了初宁的石膏腿，这聚拢压迫效果，都快把她挤爆了。

无声胜有声，气氛真正尴尬起来。初宁手指微颤，抓紧了覆在膝盖上的长裙，就像在拧谁的头似的，狠狠一揪。

这真是现代版的农夫与蛇。

她神色尚算平静自若，心里头却早已骂开了：呸！这个死小孩儿！

祸从口出，迎璟后知后觉反应过来。糟了糟了，他好像对不住人了。周秘书随即镇定，温声把这话题给岔了过去，问迎璟："你们去哪儿？"

迎璟忙说："不用送，就前边放我们下来吧。"完话，他又偷偷瞄了眼初宁。

空间狭窄，所以她坐得并不直，贴着车门，西装里的白色绒衫是V领的，开了道柔和的弧刚够遐想。车驰如风，窗外霓虹在她脸上洒下一片明媚，忽明忽暗。

周秘书和气有礼："你们是哪个大学的？"

"航大。"

"正好，顺路。"

迎璟的负疚感更重了。

二十分钟后，祈遇和顾矜矜先下车，迎璟挪挪屁股，回头对初宁说："今晚谢谢你们了。"

周秘书笑笑没说话，生疏有礼地就此别过。迎璟关好车门，走的时候还一步三回头，浓夜里，他的白色卫衣格外惹眼。

车快速启动，白影变成了小点儿，没几秒就完全不见。初宁瞥了眼校门，名校。周秘书这才询问："送你回四惠桥？"初宁住在那儿。

"不了，往玉渊潭去吧。"

陈月从昨天下午起打了五六通电话，千叮万嘱她务必抽空回趟家。车在路口掉头，半小时后到了玉渊潭北岸的赵家。周秘书走后，初宁一个人在外头待了会儿，点了根烟抽完才进屋。

阿姨开的门：“宁儿回来了啊？哟，慢点慢点。”

听见动静，陈月从客厅快步走出来，揽着披肩，一角斜垂落地，人没走近眉头先皱：“你抽烟了？”

初宁拂开阿姨的手，轻声道了声谢。

陈月：“抽完也不知道散散味儿再进门，万一你爸在家，闻见又要不高兴了。还有亲家那边，你可千万别在他们面前抽。”

初宁“瘸”着腿往沙发上一坐，没吱声。陈月坐在她对面，紧了紧披肩，跟倒豆子似的道：“你说你，平日穿个高跟鞋没事儿，这回偏偏摔了腿。冯家对订婚宴很上心，现在这意外一出，又得延后了。”陈月越想越气，身子前倾心急道，“赶紧好起来，听见没？”

进门就沉默的初宁终于抬眸：“你怕冯家反悔？冯子扬不要我？”

陈月不悦。

“人家要反悔，结了婚都能离。”

“你这孩子！”陈月火气上来，“不识好歹。”

初宁却忽地笑了起来，轻松往后一躺：“渴死我了，我要喝水啊。”

陈月发了两句牢骚，一脸不高兴却还是起身：“你就是不听我的话，我都快烦死你了，整个一小白眼儿狼。”

唠唠叨叨的，初宁梗脖喊冤：“我哪里得罪你了？”

陈月把杯子往桌上一放：“有人跟我说了，你成天忙工作，和子扬一个月都不见一次面，真不知道你怎么想的。还有，我提醒过你多少回了，对你大哥客气点。”

最后半句话，彻底点燃初宁的不耐，她拄着拐杖站起：“要巴结他你自己去，赵明川在我这里，没有‘客气’二字给他。”

气氛瞬间似燃了一把火。陈月来不及维持优雅形象，提高声音：“你得搞清楚，虽然我们也是这个家的一分子，但赵家家大业大，这么多年我看到的都只是冰山一角。你再能干也只是个女人，真正当家的是谁？是他赵明川！”

这话戳中初宁的逆鳞，她怒不可遏：“女人怎么了？这个家是容不下女人了？”

“你这是扭曲我的意思。”

初宁实在没有过多耐心争执，抓起了拐杖。

陈月急了，语气软下来：“哎？干吗去？你不喝水了啊？”

初宁一瘸一拐：“不喝了，饱了。”

她把门带上，陈月的念叨声被关在了里面。

这下彻底安静了。

初宁按了楼层，盯着楼层数，回趟赵家真是伤神。这时，电梯门开了，里头歪歪斜斜站着的男人同时抬眸，两人的目光来了个火星撞地球。

初宁心里咯噔，今天她出门没上香吧，净是些糟心事。

赵明川一身三件套样式的西服正装，领口的扣子松散解开，身上有淡淡的酒味。他与规划局的人吃完应酬饭，酒喝得有些过量，要醉不醉的模样阴郁痞气。

初宁出于本能，往右大跨步，像是嫌弃至极地躲开。赵明川顿时火了："你什么眼神？"

初宁冷淡地回道："我给赵大公子让路。"

赵明川眯着双眼，眼梢狭长上翘，就这么盯着她。初宁亦不惧地与之对视。

数秒钟后，赵明川忽然嘴角微弯，笑得阴阳怪气："长本事了。"目光同时落向她的石膏腿。

初宁警惕。赵明川却不再多话，二人擦肩而过，男人挺拔的背影犹如写着两个大字——狂妄。初宁连着受了两顿气，心情跟不冒烟的葫芦似的——憋屈。

回住处的路上，她接到冯子扬的电话："宁，你在哪呢？"

那头有歌声，约莫是在哪处作乐，初宁道："有事说事。"

冯子扬："冷漠。"

"我挂了。"

"等等等等，怕你忙起来忘事儿，记得后天。"

"后天是周四？干什么？"

"看比赛啊！"冯子扬叫道。

初宁是真忘了。

说起冯子扬这个人，也是富二代中的异类，严格来说，他不算上进型的生意人，但身上也没有公子哥儿的纨绔做派。初宁的社交圈分层十分清晰，要么理念一致，能一起共事；要么彼此心知肚明，能够资源共享的泛泛之交。

初识冯子扬，她原以为对方是第二种，相处久了，便兼顾了第一种。初宁对他的容忍度，于公于私，都要比常人多那么一两分。

冯子扬还在电话里埋怨。初宁打断他道："陪你去也行。"

那头不说话了。她忽然半玩笑半愤懑："帮我整死赵明川。"

冯子扬猛地咳嗽两声：“不用陪我去了，再见。”说完他便将电话挂断。

初宁无语，什么人啊这是。

周四，初宁还是把下午的时间留给了冯子扬。冯子扬是个半吊子军事迷，初宁看过他的收藏品，一些奇奇怪怪的飞机坦克模型，摆满了两个房间。路上，初宁问：“你也太痴迷了，这种非正规比赛也感兴趣。”

冯子扬手指搭着方向盘：“英雄不问出处。再说了，年轻学生的创意少了点匠气，更有启发性。”

初宁侧头：“学生？”

冯子扬笑笑，下巴冲前边一抬：“到了。”

最先映入视线的是八字校训：静以修身，俭以养德。初宁看见校名，突然想起那日的白衣男生，但又很快散去。

航大每年金秋都会举办一次校内的科创比赛，已经成为文化特色。飞行器设计工程和电子信息工程是王牌专业，这几年，都是这一狼一虎争拔头彩。下午两点开始比赛，候场区已经人头攒动。

“你看什么呢？”祈遇最后一次校正遥感器，拍了拍迎璟的肩膀，“路线设定没有问题，但你注意拐小弯的时候控制好飞行速度。”

迎璟穿的是统一的白色比赛服，有点像高中时候的校服，除了骨骼渐长，清隽面容依旧未变。他把袖子撸上半截儿，一手叉着腰，一手指向观看席：“校领导坐那儿？”

“对。”

“那边呢？”

“左边是本校的座位，右边是外来人员的。”祈遇凑近，坏笑着指点迷津，“张怀玉坐左三，花瓣往她那儿撒。”

礼堂里基本已经坐满，黑压压的一片人。冯子扬和初宁进来时，倒显得格外惹眼。迎璟看到她时，嘴巴不自觉地张成一个小圆：“哇！”

祈遇一副“我懂”的语气，小声道：“我给你装的是玫瑰花瓣。”

“我不往那儿撒。”迎璟丢下这句话，笑眯眯地转身。

祈遇脖子都望长了：“那你往哪撒呢？哎，我跟你说，千万别改路线，小心坠机。”

“你还真想拿名次啊？”迎璟不以为意，“轻松点儿，玩玩就行了。”

航大的这个比赛，在业内也有一定知名度，要传播声名，校方自然也偏重于更有影响力的专业。大家心知肚明，久而久之，也就认为是理所当然了。

祈遇无话可说，但还是不甘心：“如果真的只是玩，你为什么还要熬那么多的夜？”

迎璟留下一个无所谓的背影：“闲着也是闲着呗。”

他们学的是航天发动机专业，抽签第六个上场，前五个逐一上台展示，项目责任导师在台下指挥坐镇。这里俨然一个模拟太空的世界。

冯子扬看得兴致盎然：“这个模拟仓建得不错，你看，水生态设想的供给细节都做出来了，是不是很好看？”

初宁兴致缺缺：“像个塑料鸟笼。”她真不知道有什么好看的。

“能飞啊！”

冯子扬跟着现场大多数人一起惊叹。初宁实在无语，心想：废话，要是不能飞，还叫飞机吗？

“这个是模拟太空环境，能在这种环境下试飞成功很不容易的。”冯子扬赞叹，“真棒。”

棒个屁，初宁想睡觉。

主持人的声音稍稍让她提起了精神：“第六组，航空发动机专业。”

某片观看区瞬间带头鼓掌，看来是后援。初宁抬头扫了一眼台上，白衣男生走上来，先是对校领导以及评委席半鞠躬，接着再走几步到台中央，对观众鞠躬致礼。初宁目光在他身上停留两圈，瞌睡全无。

又是他？这种感觉像是百无聊赖之下，突然有人敲门到访的奇妙感；又像是一场毫无兴趣、敷衍了事的电影末尾，让人惊喜的彩蛋。

初宁眯着双眼，双手环搭在胸口，坐姿稍稍挺直了些。现场的掌声由热烈渐变至小声，然后安静。迎璟跨前一步，抬高右手示意，台下祈遇辅佐，按部就班地启动线路板按钮。迎璟走到控制台前，将最大的摇柄往后一拉。

停在场地中央的模型直升机嗡嗡作响，然后升空至半米高度稍加停顿，最后一鼓作气，腾空起飞。

冯子扬说：“动力不错啊。”

初宁难得没有吱声。直升机沿着既定路线完成系列飞行，直线冲刺、死角转弯、机身旋转，迎璟专注地下达着飞行指令，调整着螺旋桨转速。初宁就听见飞机引擎的轰轰声在场内循环。

五分钟。

场内已有议论声。

七分钟。

掌声渐渐响起。

冯子扬身体前倾，摸着下巴饶有兴致：“这么久啊。”直升机已经连续飞行十分钟。

“这很难？”初宁问。

“一般模拟飞行一次起飞时间不会超过五分钟，何况还在执行飞行项目，很烧发动机。”冯子扬翻看宣传册，“这男生叫什么名儿啊？”

“哇！”一片惊呼声响起。

只见那架绿油油的直升机在左片区半空停留，机身两侧旋开两个口，机尾下压，机头上翘，就像在跟观众点头致意。突然，两条红色绸带喷射而出，上面还写了一行字——热烈庆祝我校科创比武大赛圆满成功！

直升机又垂直升空，加速绕场飞行，红色彩绸飘啊飘，校领导们一个个喜笑颜开。飞机飞到女生多的右边区域，彩带坠落。小绿机没闲着，扭了扭自己的屁股。

砰的一声，众人惊叹。

飞机上散落一机舱的花瓣。花瓣雨落在女生的头发上、脸上、腿上，风铃般的笑声掩不住欢喜的少女心。冯子扬乐岔气了：“有意思！”

现场气氛掀起第一个高潮。

这是偷学天女散花的创意吧，交过版权费了没？初宁心想，面容已经不自觉放松。

台上的迎璟不同于刚才，他不再严肃，眼睛被灯光一衬，熠熠生辉。飞机继续飞行，旋转了两圈，从中间直飞而下，停在三米开外，机头正对冯子扬。

众人屏息。

轰轰轰！

就见直升机绕着冯子扬边飞边喷射，机尾喷出一道五彩喷雾，画出个大圆圈，把冯子扬围在里面。

现场笑翻，冯子扬不怒反笑，还心有戚戚焉地冲迎璟竖起大拇指。

初宁心生感慨，这跟观众的互动，真是别出心裁地“中二”啊。

她的感慨还没画上句号，小绿机优哉游哉地上下点头，蓦地转向，机头对准了初宁。

“中二少年”你要干吗？

初宁眉头浅拧，先是看了眼台上的罪魁祸首。隔着六七米，越过众多人头，迎璟毫不避讳地接纳了她的问询目光。

眼神交会，初宁即刻肯定，死小孩儿故意的。初宁面色从容，亦不慌张，眼神悠悠转回原处，和瞄准她的直升机大眼瞪小眼。她的右手悄悄握拳——你敢飞过来，我一巴掌拍死你！

机翼微微收敛幅度，机尾下压，机身颤抖，是在做准备。

初宁的拳头暗暗蓄力。

砰砰几声响，飞机发射出的东西是一颗一颗的，它们撞上初宁的肩膀然后下坠，落在她的双腿之间，东倒西歪：五六颗喜气洋洋的旺仔牛奶糖。

迎璟眉眼干净，在台上冲她笑得纯粹又热烈。这一次，两人的目光交会得久了些。

初宁淡淡收回视线。

呵，花样还挺多。

Chapter 02　钱串子

现场气氛很好，简直是这种技术比拼中的一股清流。

冯子扬却说："他拿不到名次的。"

初宁问："为什么？"

"太花哨了，校领导可看不上这些。"

"难道不是因为有点蠢？"初宁直言不讳。

"蠢吗？"冯子扬乐出了声，"他这个发动机配置得非常好，你看，都十五分钟了。"

说深了，初宁也听不懂。她剥开一颗糖，满嘴的奶香味儿。最后真被冯子扬说中，前三名被飞行器设计和计算机专业的学生瓜分，迎璟的得分居中。年年如此，他早已习惯。

初宁从体育馆出来，与阳光抱个满怀。体育馆左边是篮球场，十来个活跃的身影来回奔跑，右边是宿舍区，人流量都往那儿汇集。理工科学校男生多，偶尔几个女生齐肩挽手，有说有笑，其中穿裙子的那个最惹眼，裙摆漾啊漾。

一个寝室的，初宁暗自判断。冯子扬混在人群里，突然转身问："我像不像学长？"

初宁睨他一眼："不要侮辱别人的智商。"

冯子扬也不恼，幽幽感慨："年轻真好啊。"

"是啊，我真好。"

初宁今天穿了件样式简单的风衣，配着高跟鞋，她抬手戴上墨镜，乍一看，颇有旧时港星的气质。

“陪我逛逛校园。”冯子扬说。

“没时间，公司有事要处理。”

初宁拒绝，手中还拿着那几颗奶糖准备去取车。一转身，初宁就看见体育馆门口几个男生正在下台阶，中间那个正是迎璟。他脱了外套，只着一件连帽卫衣，宽松款。他的双手懒懒散散地环抱胸口，这个动作，把本就宽大的领口斜扯得更大，左边锁骨勾出一道利落的弧线。

这人皮肤还挺白。初宁淡淡移开目光，发现他也正盯着自己看。初宁嘴里含着奶糖，两颊轻轻嚼动，面无表情。

“你也太能折腾了吧，栗教授在台下脸都黑了！”

一个同学攀上迎璟，几个人勾肩搭背。

“你还撒花瓣，直男眼光。”

“张怀玉看你的眼神都亮啦，哈哈哈。”

这些校园小八卦啊，似曾相识又陌生。擦肩而过时，迎璟对冯子扬笑了笑，两人对彼此都有印象。初宁把手心的奶糖塞进外套口袋，顺势又望了眼已经走远的年轻背影。

湛蓝清透的阳光，过于明亮耀眼。迎璟也恰好回头，和初宁的目光碰了个正着。他咧开嘴，冲她眨了眨眼。

初宁嚼着奶糖，扫了他一眼便去取车。

回到寝室，祈遇口渴接水喝，顺便把迎璟的杯子给倒满了：“其实我觉得，如果你少弄些花样，说不定会有更好的成绩。”

迎璟翻出篮球服，拎着衣领往上一提，脑袋一缩，卫衣便脱了下来。他把球服甩在肩上，走过去对着祈遇的屁股就是一脚：“这么严谨干吗？玩玩就行了。”

祈遇被踹得一口水喷了出来：“活腻了你！”

迎璟起身要跑，迟了一步，领子被祈遇拽住，刺啦一声，球服一整片都被撕开了。

迎璟大叫：“禽兽啊你！”

祈遇看见领标上的牌子，愣了，然后飞快道歉：“对不起。”

“没事儿没事儿。”

“我重新给你买一件吧。”

“不用不用，”迎璟知道他的轴劲儿，怕他多想，安抚道，“就在夜市买的，才三十块钱，还是一整套呢。”

祈遇的紧张神色并没有舒缓，摊开手掌，认真道："领标上有二维码，你拿来，我扫一下。"

迎璟一巴掌打向他的手："神经！走，打球去。"

很多尴尬与芥蒂，在性格好的人那里，便能无声无息、体体面面地化解。迎璟这种人，就像是被春雨洗过的太阳，清爽明亮，不仅悦目，更悦心。祈遇追上去，不自觉地表达心里的遗憾："今天的比赛，我觉得你能拿个名次的，至少前三。"

迎璟当没听见，把篮球拍得噼里啪啦响："看我飞身灌篮——进了！迎天王真棒！"

他给自己加了一场很精致的戏，把祈遇所有的话都给堵在了喉咙里。晚上还有自习，九点半下课，迎璟捱到最后一个才走。他也没回宿舍，而是去了实验室。

迎璟抱出那架下午参赛用的直升机模型，通好电，由强渐弱，分波段试了一下螺旋桨的转速。

"你看你看，每次在这个区间，你就开始抖，你这个小笨蛋。"迎璟自言自语，又试了几次，凶巴巴道，"感谢你爸爸我控制技术过硬，没让你坠机，不然丢光脸，看你找谁哭去。"

他戳了戳机身，冲它做了个鬼脸。实验室只开了一盏灯，白墙上折出被放大的影子。迎璟弓着背，一手撑着下巴，一手轻柔地摸了摸直升机的机头。他眼里的光一束一束地暗下去，揉成一湾平静的湖。

白天无所谓的面具被卸下，迎璟低着头，对他的参赛"伙伴"轻声说："对不起哦。"

忧伤气氛正浓郁，被一道声音打破："把心思用在正道上，别研究些乱七八糟的旁门左道，比对不起管用。"

迎璟惊悚地回头，看清来人，立刻拍胸口压惊："吓死我了，还以为是鬼呢。栗教授，您怎么进来不出声儿啊？"

"鬼你个头。"栗舟山暴躁地瞪他。

迎璟挠挠头，嘿嘿笑道："这么晚您还没休息呢？"

栗舟山却指着他身后的模型："卸下来，测验涡轮前温度。"

迎璟领悟，开始动手。看完后，栗教授冷哼一声道："难怪会抖动，知道问题出在哪儿吗？"

迎璟眨眨眼："主人太帅了？"

"臭小子！"

迎璟忍笑，脑袋凑了过去。

“气压比，在转速提挡的时候，不达标。”栗舟山指着显示盘，手指在空中一划，“压比小于3.5，涡轮前温度上不去，这只是一个转接过渡挡。”

迎璟眼神明亮：“明白了。”

栗舟山看他重新调了一遍，面色和缓，欣慰之情难掩，但语气还是硬邦邦的：“你小子，也就这点小聪明了，心思不集中，做事不严谨，什么臭毛病。”

迎璟脱口而出：“能毕业就行了。”

“出息！”栗舟山生气，“毕业后呢？再随便找个地方拿工资，混日子？”

迎璟一时语塞。栗教授的语气虽然依旧不友善，但这一刻，迎璟隐约能感受到，对方眼里、语气里流出的惋惜。

“生活不只是吃个窝窝头填饱肚子就行，总得有点五香俱全的追求。”栗教授懒得跟他废话，半讽半风凉道，“我没记错的话，你这三年，没拿过什么校级奖项吧？”

迎璟还没回过神。

“下半学期就要实习了，没点加分项也不好看。”栗舟山丢给他一本项目书，“我手上的课题，和一个做企业的朋友构思的。你看看，要是感兴趣，明天回复我。”

封面上是醒目的中英文标题——《航空发动机虚拟仿真模型的建立与可行性分析》。

自这日之后，连着一周阴雨绵绵，直到周六才放晴。

初宁这出瘸腿拖延订婚的戏码，有始有终，有条不紊地完成。她从上周“卸下石膏”，到这周“拄着拐杖”，再到现在“完全康复”，过程循序渐进，堪称滴水不漏。

她今天约关玉吃饭，在一家新开的店，风格效仿盛唐的华丽古风，用仕女屏风隔开卡座，台上还有师傅弹奏琵琶、古筝，风雅秀丽，颇具风骨。关玉迟来五分钟，还没走近就迭声抱怨：

“我就仨月没回B城，建国门那边儿比以前更堵了，还总碰上乱变车道的，恶心死我了——哟？宁儿你腿好了？”

关玉声音清脆，外套脱到一半儿瞅见初宁的腿，乐和笑道：“冯家又该把订婚提上日程了吧？”

初宁今天涂的是大红唇，被灯光一照，尤显肤白貌美。说起这茬，她心情不错：“他们找了个香港大师看过日子，错过上回，接下来半年都不合适，说是会和祖上犯冲。”

冯家老爷信这些，正好如了初宁的愿。关玉身材丰腴，屈腿叠坐在软垫上，打趣道：“冯子扬蛮不错的，跟他假戏真做得了。”

初宁置若罔闻，抬眼盯着她：“你去韩国丰胸了？”

“什么呀，我本来就有C。”

“真的？”初宁寻思着，然后挑眉，“给我摸摸。”

“啧！女流氓呢！”关玉笑道。

初宁懒洋洋地撑着下巴，身心放松。她与关玉是初高中同学，四舍五入也是发小情谊。关玉家境殷实，性格爽朗，学的是传媒专业，毕业后在中广工作两年，觉得没前途便辞了职，加之初宁当时正在创业，两人一拍即合，她也成了宁竞投资公司的原始股东。

宁竞投资经过三年浮沉，规模不大，但如今也算业务稳定。

俩人边吃边聊，关玉说：“我听小宋说，你上回被信达集团的人给堵在公寓门口了？”

“嗯。”初宁顿了下道，“都多久的事了。”

“后来你怎么脱身的？”

初宁伸向菜肴的筷子停在半空一秒，然后她夹起一只虾：“坐一个男生的自行车。”

“男生？”关玉来了精神，“什么样的？”

初宁想了下，说：“很烦人的。”

“啧。”关玉以为她闹眼子，换了个话题，“对了，你上回是不是把你表妹叫去陪张总吃饭了？”

初宁抬眼：“这你也知道？”

关玉不以为意：“想知道不难啊，翻一下娱乐新闻就是了。”

这事儿说来话长，但也简单。初宁的表妹叫赵蓓琦，是个人气还算不错的娱乐圈小花旦，走清纯玉女路线。初宁前阵子在争取一个投资项目，奈何财大气粗的张姓老板一直不点头。后来她打听到，张老板暴发户做派明显，喜欢弄些面子工程。初宁就让表妹赴了趟饭局，当红女明星撑场面，张老板的心情那叫一个舒畅，第二天他就通知初宁去签合同。

关玉告诉她：“赵表妹吃这个饭，正好被媒体拍下来了，再阴阳怪气八卦一通，她很吃亏啊。”

初宁脸上毫无波澜："她吃什么亏了？这些年，我伺候他们赵家人还少吗？她上次那部电影的资源，还是我给她拿的。吃顿饭怎么了？人情你来我往，她心里没数？她应该的。"

关玉知道初宁与赵家关系复杂，一时也无法反驳。

"再说了，那些负面新闻第二天就被公关掉了。"初宁声音冷了些。

关玉犹豫半刻道："是赵明川？"

初宁默认，随即心烦："赵家人都这样，表面一套，暗地里一套。不想做，当初就不要答应；答应了，别转个身就跑去别人那儿诉苦卖惨。"

她惨字刚落音，关玉倏地坐直，吐字都不利索了："呃，赵、赵哥。"后觉得不妥，她又飞快改口，"赵总。"

初宁一怔，转过头，见从屏风后走出一脸阴郁的赵明川。

巧了，两人都在这里进餐，路过时，赵明川把初宁的话一字不落地听了进去。

赵家公子声名在外，这种背景阶层出来的男人，哪怕不说话，光站在那望着你，都让人胆怯不安。更何况现在，他的眼神实在让人难以捉摸。

关玉已经惴惴不安，初宁却习惯了这种刀口舔血般的相处，示威般与之对视。

气氛非常不对劲，关玉甚至拟好了逃生路线。十几秒后，赵明川缓缓抬手，指着初宁，食指在空气中用力点了点。那份警告不言而喻。

初宁嘴角扬起一个微小的弧度，嘲讽得不加掩饰，然后她转过头，继续吃东西。

这是无炮火的战场。但仔细揣摩，初宁比较占上风，赵明川倒像是被憋屈走的那一个。关玉拍着胸口，后怕道："你是没瞧见他的表情，我生怕下一秒他就张开血盆大口，咬掉你的头！"

初宁表情依旧平静。关玉瞅着她的模样，低头敛眉，一语不发。同为女人，她理解初宁的不容易。

"唉，"关玉叹气，真诚相劝，"你在你大哥面前，姿态放低一点，服个软多大的事儿啊，何苦跟他作对呢？你平常机灵得不行，怎么在这件事上，就这么轴呢？"

见她不吭声，关玉又说："你到底是个女人，跟他……"

可就是这句话惹了初宁，她一搁筷子："你怎么跟我妈说一样的话？女人怎么了？女人就活该弱势，男人就能天生无理？"

关玉最大的优点，就是不跟人较劲。她立刻换上一副笑脸，亲昵地拍了拍初宁的手背，俩人结束了不愉快的话题。

关玉从包里拿出一份资料：“你看看这个。”

初宁接过：“什么？”

“我这次出差，收集的一些项目。”

初宁目光明亮，一扫方才的阴霾。

关玉嗤笑：“真是个不折不扣的钱串子。你先看，我觉得有几个还行。哦，倒数第二个，你着重看一下。”

初宁目光一跳，随即拧眉。C航大学？后头的项目简介、内容、标的她都没看。

记忆仿佛能够闻香识途，只看这个校名，初宁就莫名地想起了迎璟。

短暂分神后，初宁重拾专注。她迅速浏览完项目，很快有了第一判断。

关玉问：“看上哪个了？”

初宁拿了两个：“还不错。”

一个是路政工程，一个与光纤电缆有关，盈利空间有限，但稳妥保守，也是初宁擅长的项目。关玉给她蓄满清茶：“最后那个也蛮好的啊，听名字就高端。”

她指的正是C航的那个项目。

初宁语气轻飘飘的，态度倒是果决：“这种类型，不要。”

她又兴致勃勃地重回刚才筛选出的两个项目：“在通州？这边我还能找几个熟人，好办事。”

初宁谈到钱就眼睛发亮。关玉努努嘴，也不知是好还是坏。初宁原以为这事儿只是浮云掠过，不值再提。没想到晚上，初宁接到了冯子扬的电话。

“你没选C航那个项目？”

此时的初宁刚洗过澡，一身家居服，胸前旖旎。她将头发束成一个髻，戴着兔耳朵发箍，闻言放下手中的报价单：“关玉怎么什么都跟你说？”

“我觉得你应该考虑。”冯子扬倒没了平日的笑侃。

“原因。”

“我喜欢。”

“滚。”

冯子扬笑意未散：“开玩笑的，别挂电话。宁儿我跟你说真的，这是个好项目。新型科技，前景广阔，高端大气，跟你太配了。”

初宁往后仰躺，浑身放松下来，慢着节奏字字交底：“什么新科技、前景广，那就是一个个坑，也就说起来好听，别说往里砸钱，就算把你砸进去，明儿也长不出一棵小树苗。”

冯子扬在那头欲言又止，想反驳，又说不出一个字来。初宁挠了挠发箍上的兔耳朵，不满道：“我看你最近有点飘。你是不是和赵明川联手了，专门挑这种坑让我跳？”

冯子扬大声喊冤：“你大哥看得上我吗？”

这倒是。初宁打了个哈欠，懒洋洋道：“这事儿不说了，挂了啊。”

自栗舟山交给迎璟项目书那日起，已经过去三天。其实当晚回寝室后，迎璟就粗粗看了一遍，奈何内容太长，他看到中途睡着了，一觉醒来，也就不了了之。以至于第二日，栗舟山叫住刚从篮球场奋力打完半场比赛的迎璟，问他考虑得怎么样时，一身热汗，血液沸腾，还沉浸在激烈球赛中的迎天王，嘴里塞着一整根冰棍，腮帮鼓鼓地反问：“什么考虑得怎么样了？”

栗舟山顿时沉下脸来，拂袖而去。

迎璟反应过来，拔腿追上去：“栗教授，栗教授！”

结果他跑得太快差点摔倒，踉跄了好几步才稳住身子，同时手劲一松——人是没摔着，但那支咬了一半的绿豆冰棒嗖的一声飞了出去，长了眼睛似的，正中栗舟山老同志的脑袋顶。

接着，响彻走道的惊天咆哮声传来：“臭！小！子！”

完蛋了，迎璟双手合十，差点没跪下磕头。栗舟山不稀罕他的狗头，再没搭理他，气冲冲地走了。

这事儿虽然是意外，但迎璟的愧疚情真意切，他回宿舍后，先是给栗舟山发短信道歉，对方没回。午餐他只吃了三碗饭，竟然也不觉得饿。下午来了几拨人前来问候，对他无一不夸、无一不服。

“您失去了绿豆冰棒代言人的机会。”

“期末挂科了解一下。”

“恭喜你从此成为栗教授心头永生难忘的白月光。”

迎璟嚼着泡泡糖，听他们有一搭没一搭地善意调侃。

“对了，你们听说没，上回老栗跟谭副院长吵了一架，闹得还挺大。”隔壁宿舍的程一涵突然提起。

“啊，是真的啊？我还以为乱传的呢。”

“是真的，我当时就在三楼填表，声音特大。”胖班长做证，神秘兮兮地勾勾手，“据说是老栗想争取一个项目外推名额，谭副院长不同意，想把名额都匀给飞行器设计专业，说他们希望更大。”

笑闹的宿舍即刻安静下来，过了会儿，程一涵说：“学校偏心也不是一回两回了。”

愤愤不平的声音接连响起：“谁让他们是优势热门专业呢，哎呀，后悔死了。”

一直沉默的迎璟忽地抬头：“为什么后悔？”

他的语气很平静，目光淡淡的，看起来没有丝毫攻击性，但莫名让说话的人心紧。迎璟并没有过多反应，很快又垂下头，仿佛自言自语：“我觉得咱们也挺好的。”

坐在桌前看书的祈遇也转过头，附和他道：“是啊，挺好的。”

许多年后，或许用一句话来形容此刻大家的心境，大概就是——同是寒窗苦读，怎愿甘拜下风。

气氛再一次陷入默然。小胖班长又把话题绕回栗舟山身上：“栗教授虽然凶，但人还是很好的，这事儿他也算是替我们专业出头吧。”

“他好像一直一个人住，也没见过师母。”

“嘘。”程一涵压低声音道，“栗教授和他老婆离婚很久了，女儿也没判给他。”

这回是真正集体大沉默，谁也不吭声了。迎璟心里闷得慌，长呼一口气，起身就往外走。

祈遇扭头叫他：“哪儿去？”

门已关上。

夜幕低垂，托着淡淡的月光，迎璟原本只想出去买根冰棍儿，走着走着，脚不由自主地去了职工宿舍。

前年教师的福利小区竣工，大多数老师都搬去了那边，西南角的旧楼也没闲置，只是住的人寥寥可数，栗舟山就是其中一个。迎璟不知道他住哪儿，但整栋楼就亮着三四盏灯，迎璟寻思着试着从低楼层找找。

这楼有点年头了，难免泛旧。楼梯间黑漆漆的，迎璟跺了跺脚，灯没亮，他又好汉一声吼。

这灯真的不太给面子，迎璟摸索着上二楼，从亮灯的窗户往里看，第一户就是栗舟山家。房子是朴素的两居室，家具简单，亮着一盏照明灯。餐桌靠墙，栗舟山就坐在那，背对着门。屋里特别安静，电视机是暗的，他一个人在低头吃面。

从窗户望过去，就像是一个带着回忆的取景框，在夜色的衬托下，屋里的场景更显寂寥。栗舟山被面汤呛到，一手掩嘴猛烈咳嗽，一手去拿旁边的纸巾，纸巾旁边还放了几盒感冒药。他手没拿准，碰翻了玻璃杯，玻璃杯哐当落地，稀里哗啦碎成狼狈的玻璃碴儿。

栗舟山皱眉似是低骂了一声，而后佝偻着背，费劲地弯身清扫起来。

迎璟飞快地躲到墙壁后面，抵着墙面站得笔直。一阵穿堂风扫过他的脸，与浓秋寂夜呼应。迎璟胸口闷得慌，他转身下了楼，直接回宿舍，刚才那帮凑热闹的人已经作鸟兽散。

“你干吗去了？”祈遇从课本里抬起头，就看到某人火急火燎地开始翻箱倒柜。

“你看一下。”迎璟把找到的东西丢给他。

祈遇莫名其妙，看了眼封皮，一顿：“这是啥？”

迎璟十分平静道：“项目书，你跟我一块儿做。”

年轻人办事，讲究热血上头，干劲十足。当晚，俩人就把计划列表给弄了出来。第二天，补充扩展。第三天，上机敲代码，做基础模拟图形建设，风风火火。迎璟一点都不觉得累，唯一不满的就是每次外卖送的米饭太少，他吃两盒还饿得慌。

第四天，栗舟山望着一脸睡眠严重不足、黑眼袋都快垂到胸口的迎璟，心惊了。

“你花几天做的？”

“我和祈遇，四天。”

栗舟山半晌没吭声，最后从抽屉里拿出一盒新的安神补脑液递过去。

C航每年有一个学企联动项目的外推名额。作为国内资深学府，这个名额的含金量不言而喻。如果能够吸引企业给予资金支持，哪怕做成学科研究性质的成果，都是本科四年里一份真金白银的答卷。这项加分，将在考研、应聘过程中，具有绝对的优势。

此项名额，年年归飞行设计专业所得。王牌专业，学校门面，能获得扶持也是情理之中，而迎璟的航天发动机专业，存在感极弱。几乎所有人都以为，这一次他们无望获得推荐名额，甚至连迎璟自己也权当写了变态作业，让老师打个分就不了了之了。

企业见面会召开的前一天，学校通知，他们可以参加。

意外来得太突然，迎璟差点去买速效救心丸。他兴奋地告诉栗舟山，结果对方极其冷静，一个哦字冷飕飕的：“别想太多，见见世面、练练胆子就行了。”

这瓢冷水泼的！没事，不穿秋裤的人身体耐冻，迎璟依旧怀揣热情，恨不得把自己给热死。这事儿在系里引起不小的轰动，系里众人大有扬眉吐气、终于出头之快感。没多久，他的粉丝团已经上线。但担当“宠妃”数年的飞行设计那边，已经翻起了无数白眼。

一时间，两拨人以火星撞地球的气势各自开战。“宠妃”放话——

“天生一副傲骨，你别在我面前摆谱。”

“新宠”叫嚣——

“路还长，别太狂，人生指不定谁辉煌。”

“做事分清主次，今天教你写‘服’字。”

而迎璟在一片混乱中独自清醒。百度场合礼仪，着装打扮，他花了半个月生活费，正儿八经地买了套黑色西装。

这种情况是他人生中的第一次。

迎璟个儿高，平日不觉得，一身正装就如披上铠甲，勾出了宽肩窄臀。白衬衫的衣领翻叠齐整，少年感巧妙隐退，融成清隽与俊朗。他对着镜子，忽地一笑，眼里如借了光。

他们参会那日，为迎璟送行的场面可以说是十分壮观，不知道的还以为是送人入刑场。有专门的带队老师，一辆别克商务车，坐着两队人马。大家互看不顺眼，对方大有“哪里冒出来的野猴抢老子饭碗”的歹念。“迎野猴”倒是放松，还拿出手机玩“跳一跳”。

只是这份自信没持续太久，迎璟到了会场后，才发现规模还挺大。各路英雄好汉西装革履，高雅地拎着公文包，和圈内人谈笑风生。迎璟和祈遇像是走进万花筒的两只蚂蚱，茫然四顾。更重要的是，飞行器设计小组是学校重点推荐对象，带队老师只顾带着他们四处招呼，看来也是熟得不能再熟。

“别慌，稳住。”祈遇低声说。

“唉。”迎璟叹气，幽幽说道，“早知道就买那件贵一点的西装了。”

祈遇问：“你这件还不够贵吗？”

迎璟低头左瞄右瞄，还拽了拽西装下摆：“贵死了，但我觉得款式不够收腰。”

“你又不是女的，收腰干吗？”

当然了，这种场合，他们又是初出茅庐，哪怕胸膛背脊挺得再直，神态谨慎与目光露怯不会糊弄人，这俩年轻人的气质有点小土鳖。

下午一点，众人进会场落座，还有十分钟开始，干业务的从不放过任何一次拓宽人脉的机会，顿时，前后左右仿佛大型认亲现场。

“您是永丰的？久仰久仰。”

“客气客气，你们徐董上回还与我们张总喝茶。我可看过你们的项目了，不可多得的好项目啊！”

“哪里哪里，你们的也是精品，内定了吧？”

涉及敏感问题，对方立刻一副“哎哟，这亲我不认了”的态度，假兮兮地一笑了之。迎璟暗自佩服，好演技！

门口陆续走进各资方代表，男性居多，夹在中间的初宁一身白色套装就更惹眼了。上衣是件收腰小西装，高跟鞋一撑，她本就高挑，现下更是自带风骨。她身后跟着秘书，同样不苟言笑。

聊得有点嗨，很多人没留意动静，前边那人又和迎璟套近乎：“这位帅哥，你是哪个公司的？”

迎璟的目光跟卡带了似的，还定在初宁身上。初宁往这边一看，把他逮了个正着。迎璟不作他想，冲她咧嘴一笑。隔得有点远，初宁的表情他难以看清，但她原本眉间平滑，眼神相碰的一瞬，微乎微微皱了下。

边上的哥们儿是人精，立刻问：“哟，您和宁总认识？”

迎璟不自觉地挺直腰板，对人情世故十分融会贯通，现学现卖说了句：“岂止认识啊。”

那个“啊”字拖得老长，翘成了一根狐狸尾巴。此社会人态度立刻变得谄媚，殷勤不已地掏出名片想互换：“我就说呢，看着你特别眼熟！记起来了，就在宁总那儿见过你好多回！”

迎璟心里已经美翻，“关系户”还真好用。

Chapter 03　到底是年轻气盛

正点，会议开始。

资方落座第一排，简短发言后拉开序幕。项目代表按顺序依次发言，迎璟在倒数第二。祈遇注意了一下，说：“设计系排第三个。”

真是学校的亲儿子，看了两轮，迎璟就明白了，实力强的全往前面排。就刚才和他搭讪的那哥们儿，迎璟偷偷百度他的公司，看起来还挺厉害，什么医疗、房产、基建设施，耳熟能详即为大众硬性所需。入手简单，收益率可见，且无太多不确定性的风险，是资方偏爱。

这些项目解说人，个个老江湖，口才了得，现场气氛甚为美妙。人就是这样的，起初信心满满，将自己身上的全部优点放大，引以为傲然后鹤立鸡群，真正融入这个圈子才发现，鹤立鸡群不假，但自己好像不是那只……鹤。

迎璟有点紧张。这都什么人啊，也太能讲、讲得太好了吧！轮到飞行器设计系，领讲人迎璟认识，学生会的主席兼副校长的头牌狗腿，哦不，头号心腹。不知那人从哪弄来的一套中山装，架着副黑框眼镜，开口就是：“首先，与各位业界翘楚共聚一堂，实在是我的荣幸；其次，我要感谢我的学校，给予这次推荐机会。”

迎璟一身鸡皮疙瘩。不可否认，对方的准备工作做得十分到位，飞行器在这几年的飞速发展下，已成普及之势。无人机应用于各领域，加之国家大力扶持，技术逐步成熟，商业前景可观。稍加注意就会发现，前排资方听得均谨慎、认真。

迎璟的目光往右边瞄。初宁坐得笔直，正低头翻阅资料，大概是查阅一些信息，然后抬头看了眼发言人。她的侧脸弧度真好看，人中与唇之间，有一道微微的弧线。

台上的说话声已成一片嗡嗡嗡，迎璟陡然反应过来，为自己刚才的分神感到莫名心慌。

“你紧张吗？”祈遇突然问。

“啊？啊，紧张。哦不紧张。”迎璟语气错乱，像是做坏事被抓包的小贼。

很快到他们了。迎璟主讲，祈遇做配合工作。迎璟扯了扯西装下摆，暗自深呼吸，然后在众人的目光里，大步上台。初宁放下手中项目书，端杯喝了口水，然后看着他。

这时的迎璟，还是胸有成竹的。归根到底，他有名校加持，有年轻撑腰，那股新鲜乱蹦的勇气来得气势澎湃。最重要的一点，他对自己的项目充满信心。

“大家好，我是C航的在读大学生，我叫迎璟，感谢各位给予宝贵时间聆听我的设计构想。”

没有谄媚与刻意讨好，这个开场白，大方又简洁。初宁一顿，YJ？这么开放的名字？她倒回去翻看项目书的封面，哦，原来是这个璟。

“今天我要给大家介绍的，是航空发动机虚拟仿真技术的可行性。”少年的声音朗朗清脆，没有京腔里的儿化音，也没有技巧性的抑扬顿挫，他字正腔圆，落语清晰。

幻灯片一张一张地换，专业解释一个比一个精准详细。迎璟越说越起劲，从最开始的紧张，到放松，再到此刻激动得要奓毛。他侃侃而谈，颇有“迎婆卖瓜，自卖自夸”的快感。

直到他热情洋溢的目光扫到初宁的一个动作——初宁起先还颇感兴趣地听，三分钟后，面色平淡，五分钟后，神情不再聚焦，最后，她看都没看，直接把他们的项目书给合上了。

这犹如盖棺论定，还是不好的那一种。

迎璟觉得自己上一秒还是沸点，这一秒，凉了。

幸好已到收尾，情绪微妙失衡也不会造成太大失误。他讲完了，台下响起掌声，稀稀拉拉的，勉强称得上礼貌友好。

迎璟飘着下台，祈遇在背后小声提醒：“你走路手脚同边了。”

迎璟本就躁动的心更显浮躁。他回到座位，后知后觉地出了一背汗。

待全部项目组发言完毕，在半小时内，参加者会收到第一轮回复。其实一散会，就有资方对感兴趣的项目进行初步沟通。

迎璟坐在原位，紧张得揪西裤。

“太感谢了！”不远处传来一阵欢呼，正是同学校的飞行器设计组。

祈遇说：“他们入选了。”

迎璟尚怀希望：“我们也可以的，再等等，别着急！”

这更像是在与自己对话。三十分钟后，会场已经空空如也。祈遇叹了口气，对一动不动的迎璟说：“我们走吧。”

迎璟侧过头，问：“是我发言失误吗？”

祈遇说：“没有，你讲得很好。”

“那他们为什么不选？”

祈遇张嘴数次，却没蹦出一个字儿。迎璟突然站起身。

“哎？你干吗去？！”祈遇大惊，已经跟不上迎璟背影的速度了。

会场外的小厅里，留下来的人还很多，有资方，有中选公司，寒暄客气或是交流合作。迎璟停了停脚步，轴劲儿上头，竟然就近逮住一个人，问：“您好，我是刚才做虚拟仿真可行性分析报告的，我叫迎璟，很抱歉打扰您。”

他这话一出口，大家的目光都跟过来。之所以选他，因为迎璟记得，他是所有资方里，看起来比较有资历和发言权的一位。

迎璟问得直接，但正因为直接，反倒显得赤诚认真：“我想请教您，就我的项目叙述，是否有需要改进的地方？”

老者一愣，然后没忍住，乐了。周围人听后，都乐了，笑容或许善意，但在此时此刻的迎璟看来，无疑如毛球上的一根根刺，不怀好意地往他身上扎。

看笑话的居多。他心想，呵，大概都是关系户，就跟学校一贯偏袒飞行器设计专业一样！

二十出头的年龄，和血气方刚这个词沾亲带故。长久的不公平现象加之熬夜做出来的东西没有得到肯定，又或许，还有刚才初宁合上项目书的那个动作刺激，迎璟此刻如坠冰窟，又一次问道：“请您点拨，我可以改，我可以更好。”

友善笑声越发响亮。这个小青年，着实蠢萌可爱。大家好像是在围观一个可有可无的存在，并未真正把他的诉求当回事。初宁就是这个时候站出来的。

“项目构思是好的，专业性强，科技高端，具有一定的前瞻性。”

她从人群里侧身站出，身段柔软，仪态也优雅，声音四平八稳，不显凌厉，但也绝不热切。迎璟撞上她的眼，心里呼啦一下放松了。

初宁说："但可行性太低。"

迎璟辩解："可行性没有问题，我们已经在PPT上演示了一个基础模型。"

初宁："好，那么请问，从建立到实际运用，需要多长时间？"

迎璟提气，似要长篇大论，但仔细一想，自己都心虚了。

"就算可以短时间投入运用，又请问，运用到哪些具体方面？"

"航空发动机研发，"像是一场牌局，落于下风却突然抓到一张好牌，迎璟扬声，略显骄傲道，"大家都知道波音777吧？它的整机设计、部件测试，就是归功于虚拟仿真技术的应用，让它的开发周期从八年缩短到五年。"

初宁："八年缩短到五年？"

迎璟："对！"

初宁亦表情平静，精简关键字："八年？五年？"

这种语气隐隐透着冰冷之意，毫无抒情的余地。初宁忽地一笑，疑问句式变成轻描淡写的肯定词："呵，五年。"

一个企业，根本是一个利字。五年投资周期，已近大多数企业的极限，何况还是一个虚无缥缈、无法估算的项目，牵扯到方方面面，九九归一，用简单六字可以概括——无希望，等不起。

初宁的意思已经十分明显，不愿用情怀赌明天。

一席话，听得迎璟耳尖红烫。他胸口创痛，初出茅庐不怕虎的韧劲儿，已经完全被碾碎。忠言逆耳之下，他才知道，原来自己那点自尊薄如蝉翼、不值一提。

这是初宁向来的行事风格——直接、客观。总的来说，这算是优点，但在迎璟这儿，就显得有些冷血无情了。

迎璟出师未捷，大败而归，整个人都不舒服，浑身使不上力气。

祈遇安慰他："没事的，我们也被肯定了不是吗？"

犟劲还撑在那，迎璟挺不服气："我觉得他们根本就不懂，就是简单做生意的那种人。"

祈遇："能简简单单做成生意，干吗还要去做复杂的？"

一团火堵在迎璟的喉咙口，他吞也不是，吐也不是，憋屈死他了。

到学校后，迎璟他们有点惨。飞行器设计那边，是一片喜气洋洋。

"我早就说，他们不行，出发的时候还拉横幅，幼不幼稚啊。"

"非得凑这个热闹，学校都表态啦，浪费时间。"

"还有粉丝团，跟邪教似的。"

迎璟回来后，直接往床上躺尸，第二天祈遇叫他去上课，他扯着被子把头盖住，翻了个身继续磨牙。

这课恰好是栗舟山的，下课后，他叫住祈遇："那小子呢？"

祈遇挠挠头，战战兢兢道："元气大伤，在清修。"

栗舟山提声道："你告诉他，下午再逃课，这学期别想及格！"

祈遇老老实实当了个传声筒，还在床上躺尸的迎璟突然就诈尸了，像个弹簧猛地坐起，顶着一头鸡窝乱发："凭什么不让我及格！这个项目是他给的，我们这是为他办事儿！丢人的又不是他！"

"嘘嘘嘘，你小声点儿。"祈遇想捂他的嘴，"我刚进来看见了，'小黑框'就在隔壁宿舍玩儿呢。"

"小黑框"大名罗佳，正是今天飞行器项目入选的那位同胞。但这话没有先被"小黑框"听到，而是被门口的栗舟山给听见了。

祈遇心脏狂跳："栗教授。"

迎璟一怔，随即一副"我说的是事实"的大无畏表情。栗舟山没有责怪他，没有骂，甚至没有说一个字。他的背脊因为长期泡在操作室而明显弯曲，他虽然个子高，但早已没了挺拔之姿。

栗舟山看了迎璟一眼，这一眼意味不明，迎璟却生生看出了扎心的意味。他别过头，故意对其视而不见，倔脾气一刻也不松。

栗舟山走了。祈遇特别不是滋味："唉，没必要这样吧，没有入选也很正常啊，那位女老板的话，也蛮有道理的。"

正是因为有道理，才现实而无望。

"你懂什么。"迎璟丢下话，一顿胡乱洗漱，套了件衣服就出门了。

而隔壁寝室的"小黑框"罗佳正好出来，两人正面相碰。迎璟目不斜视，"小黑框"也是个幼稚鬼，故意对同学喊了声："其实我也没花什么时间，实验室都是系里特批的，我用起来方便，根本没占用休息时间，更别提熬三四夜了。"

迎璟停下脚步，冷冰冰地质问："你说谁呢？"

罗佳道："谁对号入座就是谁。"

一山容不得二虎，更有年轻气盛火上浇油，基本上要完蛋。迎璟邪火一下子就蹿高三米，他揪住罗佳的衣领："会不会说人话？"

罗佳这人典型的宅男长相，个头一米七，在一米八五的迎璟面前，没半分优势。他被勒得倒在地上，起来后一拳头挥出去，迎璟下巴英勇负伤。愤怒让理智全无，两人瞬间打成一团，一会儿是嗷嗷痛叫，一会儿是拳头闷响，都是下了狠手的。

迎璟被拉开的时候，瘸着腿。罗佳已经倒在地上，扶着都站不起来了。

“不会说话就闭嘴。”迎璟胸口急喘，手肘往后一甩，推开拦着他的祈遇，指着罗佳，眼里满是愤怒，“你给我听好了——今天我是输了，但不是输给你！”

这种级别的打架，在这座学术氛围甚浓的院校中，可以用波澜壮阔来形容，成为各寝室三天的话题头条。

“我的天，罗佳被揍得嗷嗷叫。迎璟好能打哦！”

“这有什么奇怪的，我听说他爸爸是军区的，军人家庭出来的，身体素质肯定过关。”

“啊，怎么你说出来怪怪的。”

“哪有！明明是你自己想歪了。”

“不过迎璟身材真的蛮好的，哈哈哈哈。”

女生之间的小八卦活色生香，很快又言归正传。

“你们知道吗？迎璟当年的成绩特别好，第一志愿填的是清华。”

“那怎么来C航了？”

“高考失误呗，蛮可惜的，就差了几分。”

“唉……”

这事儿闹得大了，真要上纲上线，背定处分。勇字过后，迎璟认㞞。他开始后悔，早知道就不动手了，安安心心等个毕业证，然后出国留学皆大欢喜。

失策失策，他越想越觉得自己要凉，㞞包兮兮地求助家里。当然，他没那个胆量告诉父母，而是告诉了姐姐。

迎家大女儿叫迎晨，年长迎璟五岁，是一家央企业务部门的中层管理，处事风格也是果断彪悍，层层关系疏通下去，困难迎刃而解。

迎璟没有被记过，甚至连个检讨都没写。迎晨在一天后给他打了通电话，主旨简明扼要：“下次，没打赢，就别回来。还有生活费没？”

“没了。”迎璟特别诚实，“我不是去参加那个项目会嘛，就买了套西装，花了一千五。”

“浪费。”迎晨道，“你一年也穿不了两次，去婚纱馆租一套不就得了。”

迎璟才不愿意，小声说：“不去婚纱馆租衣服，那是拍婚纱照才能去的地方。”

电话那头的迎晨笑了："你不好好上学，成天想些什么？"

迎璟没吭声，在电话这头对着空气做了个鬼脸以示抗议。两人又聊了两句，迎晨要去开会。通话结束没两秒，短信进来，迎璟点开一看，是建行的余额变动提醒，迎晨给他转了三千块钱，备注：吃点儿好的，记得每晚喝牛奶。

迎璟揉揉脸，有姐姐真好啊！

情绪阴霾被风吹散一半，好像也没那么难过了。只是栗舟山也不太理他，自那次以后，这小老头的课上，迎璟就成了他眼中的空气，再无平日的横眉怒对，平淡生疏，缺了存在感。

呸呸呸！迎璟甩甩头，心说：我干吗要在乎他的感受，不挂科就行了。

人的身体，只要某一根弦松懈，就会起连锁反应，自此消沉。迎璟那段时间的热情与热血，被多方凉水泼灭，又回归原点，甚至是更加无所谓的状态。那份天赋与灵气乍现的项目书，被他彻底丢到一边，再未翻过。

能逃的课，他肯定不去上。难度稍微大一点的课，要是上课时间正好和NBA直播冲突，迎璟也是让祈遇在老师点名时，代他蒙混过关。课后就更不用说了，迎天王的身影出现在每一天的篮球场上。

祈遇忍不住问："你是要去打NBA吗？"

刚打完全场，已是浓秋天凉，迎璟穿着橘色球服，叼着"可爱多"，嘴角一圈儿奶油："明天起，我要每顿吃四碗饭。"

"干吗？"

"长点个儿，腿长，穿裤子好看。"

迎璟一看时间还早，突然起意："咱们出去玩儿吧，反正明天周六。"

祈遇为难："都这么晚了，你还想去哪儿？"

"酒吧。"迎璟兴致高，"我好久没去过了！对了，你问问你女朋友，看她在哪里，我们就去她那儿呗。"

祈遇的女友顾矜矜就是做酒品销售，没个固定地点，到处跑场子。这个理由让祈遇无法反驳。走时，他对着迎璟的背影摇了摇头："玩物丧志。"

国贸那边夜晚的繁华跟白天不相上下。C.V酒吧开业，能把这地儿盘下来也是做大事的人，来捧场的自然也多。初宁下午谈完事，和启名实业的魏启霖吃了应酬饭。巧的是，这家酒吧的老板是他俩共同的朋友。这人有个十分中二的外号，人称小六爷。

小六爷虽称爷，但一点也不老，比初宁还小几岁，交际圈鱼龙混杂。初宁又叫来了关玉，小六办事仔细，把最好的两间包厢留给了他们，男的一拨打牌，女宾在这边，喝喝酒，唱唱歌。关玉拉着初宁去场子里蹦了一圈，音乐跳跃，攒动的人头像是春日里一颗颗往上冒芽的花骨朵，放纵又肆意。

关玉兴奋得不行："还是国内好！帅哥真多！"

光影明暗，初宁伸手一推，就把她推退了几步，正好撞在一个文着麒麟臂的朋克小哥身上。关玉一声娇怨，扭头冲人笑着说："对不起哦。"

与小哥视线相对，确认眼神后，两人就自然而然地搂在了一起。关玉挂着他的脖，小帅哥圈住她的腰，音乐变化成另一首节奏更激烈的旋律。两人身贴身，身体扭得活色生香。

中途也有几位男士想和初宁一块儿搭伙。手刚伸过来，初宁巧步一挪，不动声色地避开了。蹦了几分钟，她觉得没劲，只身回了包厢。

里头还有别的伙伴，小六见初宁进来："宁姐，尽兴了没？"

初宁冲他竖起大拇指。小六开心坏了，神秘兮兮地说："还有好东西在后头。"

他打了通电话："进来吧。"

门开，一群人推门而入。

"哇！"女同胞们的惊呼带着一股亢奋。

十来个年轻男人站成一排，双手统一背在身后，都是一八五的完美身高，有清隽秀气的邻家弟弟型，有荷尔蒙傍身的猛男型，还有戴着无框眼镜、穿着西装的禁欲型。

小六手一指："用点心，把美女们都给哄高兴。"

都是玩得开的年轻人，女生们张扬又热烈，咬文嚼字地故意问："怎么高兴都可以吗？"

顿时，起哄声、拍桌声掀天。初宁坐在沙发一角，是处于热闹之外的人。

"宁姐。"小六凑过去一脸笑。

初宁嗤声："幼稚鬼。"

小六被她刺惯了，毫不在意。下巴往其中一位男士的方向坏坏一抬："我给你找的。"

是那个戴无框眼镜的禁欲男。

"像不像？"小六意有所指。

"什么像不像？"初宁身子前倾，叉起果盘里的猕猴桃。

"你初恋。"

初宁被这仨字给激着了，一口咬到了舌尖，疼得眼泪都快出来了。小六浓眉飞扬："我知道你一直喜欢这款，怎么样？"

忍过那波痛感，初宁平淡道："不怎么样。"

小六冲那边一抡手，禁欲哥哥端着酒杯就走了过来。

“宁姐，开心点嘛。”小六拍拍她的手背，“这两年我就没见过你交什么男朋友。”

小六走了。禁欲哥哥靠着初宁坐下，他身上有淡淡的香水味。

“喝酒吗？”他的声音像午夜电台的男低音。

初宁敛眉，接过，杯壁相碰，她仰头一口喝尽。

禁欲哥哥是个体贴的，递过去一张面巾纸，初宁没接，而是往沙发上一靠，这个动作更让人遐想。初宁嘴角噙着笑，看着他，顶上炫彩灯的光影映在眼眸里。男人收了纸巾，然后倾身靠近，要去帮她擦唇边的酒液。纸巾蹭上唇的前一秒，初宁侧头躲开了。

“嗯？”他吐出一个微妙的字。

初宁站起身要走：“我今晚没需求，你可以下班了。”

初宁走出包厢，热浪音潮扑面而来。她深叹一口气，小六这屁娃子才二十一岁，现在的小孩都这么会玩了吗？她坐到吧台去，叫了一杯啤酒，脚尖轻轻一点，身子就跟着转椅画了个圈。只一眼，初宁就看到了右边卡座上的熟悉人影。

她握酒杯的手顿了下，啧，又是他啊。

小圆桌上放着一打啤酒。顾矜矜穿着制服，头上顶着对兔耳朵，笑成了一朵花儿：“这个酒很好的，新品，口感超级棒。”然后她环顾四周，小声说，“我给你打折哦。”

迎璟点头：“行。”

祈遇不太放心：“打完折贵不贵啊？”

顾矜矜给了一眼警告暗示，又笑着对迎璟说：“不贵啊，这一箱打完折也就三百五十块。”

祈遇倒吸气：“这还不贵？”

顾矜矜看男朋友的眼神，像要吃人。迎璟觉得没什么：“没事儿没事儿，照顾生意吧，也没几瓶，我们能喝完。”

顾矜矜以还要去推销为由，走了。祈遇拿出手机：“我扫一扫二维码，看淘宝上什么价。”

叮的一声短信提前进来，来自顾矜矜：“有钱不赚，你笨啊。”

祈遇万分纠结，迎璟已经把他架起来：“你怎么婆婆妈妈的，今晚我请客，好好玩。”

他把祈遇带到舞池，跟着一番群魔乱舞。初宁的目光一直跟着他，看了一会儿她得出结论，这小子根本不会跳，手脚僵硬跟搓澡似的。

踩着迷离镁光灯，感官容易分岔。初宁双手往后，手肘撑在吧台上，跷着腿，高跟鞋跟着节奏一块儿上下轻点。这小孩儿身材还真不错，脱了外套，就穿了件纯白短袖。他跳得出了汗，布料变得贴身，穿的是CK的牛仔裤，这是经典款，把人衬得腿长臀翘。

初宁淡淡地移开目光，低头抿了口酒，嘴角微弯。她再抬头时，迎璟身边多了两个穿背心、染黄发的小年轻。哟，就这舞技还敢跟人尬舞？蹦着蹦着，那俩青年似是在迎璟耳朵边说着什么，迎璟点了点头，是要跟他们走的架势。

这地方不说乱，但要干坏事也不是干不成。那边，人已经转过身，迈开步。

初宁迟疑片刻，放下酒杯，也站了起来。

音乐在耳朵边不断响起，灯光效果迅速变换，似要刺瞎人的眼睛。迎璟觉得眩晕，一瞬间连路都看不太清，然后手臂一紧，被人牢牢拽住。他回过头，初宁姣好的面容近在眼前。

“是你？”迎璟的吃惊毫不掩饰。

初宁把他带出舞池，带到卡座。桌上一打啤酒还没开盖，初宁往沙发上一坐，也不开口说话。迎璟没她这份定力，先开腔：“你有事找我吗？”

初宁扫了他一眼，答也不是，否认也不是。难道她要告诉他，是怕他被人带入歧途，嗑药抢劫什么的？谨慎细心的职业病，不分场合之下，也是让人头疼的。初宁有点后悔，管了一件本可以省去的事。

当然，迎璟也没想领她的情。上回，初宁那番不留情面的话，实在是没给他留下好印象。他态度也不好，故意问：“你是改变主意了，要跟我谈合作吗？”

这老气横秋、毫无技术含量的问话，听得初宁莞尔一笑。迎璟将目光从她皓白如贝的牙齿上挪开，气赌完了，兴致也不高了。音乐渐变，DJ换上了一首经典英文老歌。

迎璟忽然问了一句话，初宁没听清：“嗯？什么？”

他起身，猫着腰飞快坐近，凑到她耳朵边大声道：“我这个项目很厉害的，一定也能给你赚钱。”

少年的热气攀上脖颈，挠得初宁有点儿痒。她扬起双眉，哦了声：“这么酷啊。”

迎璟陡然泄气，捞起一瓶啤酒，放在嘴边用牙技巧性地一咬，再用拇指一顶，瓶盖就开了。他仰头灌下一大口酒，喉结滚动。

初宁亦放松，浏览着舞池的情形，就看见关玉倚在朋克帅哥怀里，两人走到另一个卡座继续成年男女的游戏。

初宁突然起了坏心，用手肘蹭了蹭迎璟。

"干吗？"迎璟放下酒瓶。

灯光眩晕，声色迷离。

初宁："这么年轻，赚钱意识挺强啊。"

这话听着不像好话。

"喏，那个，"初宁食指一扬，对着关玉所在的方向，"我今天是来谈生意的，就是那个穿红色裙子的女人。"

迎璟不懂，一脸"关我何事"的疑问。初宁勾勾手指，示意他再靠近点："给你个赚钱的机会好不好？"

迎璟只闻到她身上好香啊。

"你跟她的初恋长得还挺像，你去陪她聊聊天，喝喝酒，喝累了，就去楼上开个房间一块儿休息休息、睡睡觉什么的。"初宁说得擦枪走火，点燃了迎璟心里惊恐的火焰。

他心里一阵火烧火燎，直蹿天灵盖，刚才丧气无望的情绪被一举歼灭，沸点爆表，涨红了他的脸。迎璟看着初宁，然后出于本能，拢紧了自己的胸口，同时屁股往右边挪，躲开这个人。

初宁没忍住，轻声笑了出来。她叩了叩桌面，起身不再逗他，说："这酒我请了，放心，不要你卖身。"

迎璟看着她渐远的背影，心头一动，飞快跟了上去："那个，等一下。"

初宁被他好汉一声吼收了脚，笑侃道："改变主意了？"

迎璟挠挠耳朵："跟昨天一点也不像。"

初宁没明白："嗯？"

"你昨天很正经的。"迎璟小声说。

初宁两手搭在胸前，她放松的时候，眉眼尤其柔顺。"喂。"她朝他勾勾手指，尾音拖得很长，"你怕我啊？"

迎璟跟被抓包的小贼似的，一脸正气："我才不怕你。"

初宁微挑双眉，突然手机振动，是小六打来的。她边接边转身走开："来了。"这地儿音响太猛，估计那端没听清，初宁提声道："来了！"

迎璟站在后面，这一回没犹豫，化身成牛皮糖。

"我能不能问你一个问题？"他跟上去。

"问。"初宁总爱吓唬人，"我答题是要收费的。"

“你为什么不选我？”

“我为什么要选你？”

“我们的专业很棒，是国家的重点学科，每年还有特批的经费用于研究，而且我查过资料，我国的航空产品需求在逐年递增，增幅特别理想。”迎璟故作老练，“你不想吃这块肥肉吗？”

初宁看向他，微笑着说：“不想。”

迎璟：“都是能为公司挣钱的事情，为什么你就不能青睐我们呢？”

初宁并不想多言，径直朝前走。

“而且你那天说的‘等不起’其实根本就不是事儿。在整个核心组机研发的过程中，可以衍生出许多副产技术，相对简单通用，比如空中摄影、大地测绘、地质勘查，都是需要航空工业支持的。”

迎璟说得气喘吁吁，缓了口气，继续说：“边搞大事儿，边赚钱，到时名利双收，你要发财了。你、你慢点儿，哎，我再做个自我介绍吧，你如果改变主意，随时可以来找……”

话没说完，迎璟的手臂又被她拉住。初宁把人往边上一拽：“看路。”

一个酒保端着酒与迎璟擦肩，晚半秒，两人就会撞上表演“碎碎平安”。迎璟愣了愣，初宁就要松开他的手，这会儿迎璟反应过来，一把将她的手反握住。初宁胳膊细，被他箍得疼。亢奋与冲动渐渐冷却，迎璟可怜巴巴地说：“你考虑一下我啊。”

初宁沉默片刻，今天她是撞了什么邪，碰上个这么强力的胶水。这种近乎无奈的情绪一旦产生，就会让原本坚定的想法介入一个临界点。

初宁在心里幽叹一声，到底软了语气：“你跟我来。”

初宁把迎璟带出了酒吧。旋转门一动，室外的风就呼呼往人脸上扑，有点儿冷，初宁拢紧了外套。迎璟还穿着那件短袖，抱着胳膊瑟瑟发抖：“没、没事，不用管我，我从小就不怕冷。”

初宁淡淡收回目光，这个男生的内心戏，总是有点自作多情。

初宁言归正传，问了一个在她心里还有那么点价值的问题：“你这么想赢，图什么？”

迎璟被秋风吹得怀疑人生，牙齿打架，但还是身冷志坚：“这个项目是我们教授推荐给我的，我不想让他失望，我要做，就做到最好。”

少年心气尚在，好听热血的字词信手拈来，热血，通常建立在以自我为立场的角度，它宏伟、遥远、梦幻，仿佛伸手可触，实则远在天边。

初宁静静望着他，没有打断他的话。

迎璟继续表态："而且我很认真，我和搭档花了四天四夜做模拟构建，哦，就是上次PPT上展示出的那个小模型，是我做的哦！"

见初宁没什么表情，迎璟小声说："你可能已经忘了吧。"

"我们学校还有一个项目组，他们被挑中了，然后我跟他打了一架。他可以对我冷嘲热讽，但是不能鄙视我在做的这件事。至少在我这里——它是有意义的。"

迎璟恨不得把心掏出来，让全世界看懂他的心路历程。听了这么久，初宁已然有了判断，说了三个字："不服气。"

"啊？"

"你只是不服气。"

恰好有电话进来，初宁接听："我在外面透气，门口，嗯，行，出来吧。"

她刚将电话拿离耳畔，迎璟急着追问："我哪有不服气？！"

这些字眼仿佛是离经叛道的谬论，他想反驳，想以示清白。有风吹起缕缕头发遮住初宁的眉眼，不知为何，迎璟突然就爆了，猛地伸手，想拨开挡住她的那些头发。他想直视她的眼睛，一股燥热与愤懑莫名其妙而来——你凭什么说我只是不服气!

初宁说了很平静的一句话："就像现在。你跟我红脸，不就是不服气吗？"

迎璟怔然，心里的气球被扎破，那股燥热又莫名其妙地走了。

他突然好丧，都懒得抱臂取暖，直接垂着头装死。

初宁不由自主地暂停打击，迟疑片刻道："你哭了啊？"

迎璟别过头，不看她。

"真哭了啊？"初宁向他走去。她往前一步，迎璟就退后一步，直到后背撞上大石柱子。

初宁一手环腰，一手轻轻撑着下巴，挑眉望着他："你再跑啊。"

迎璟倔强："我是男人，我才不会哭呢。只有女人才哭。"

初宁笑得淡淡的："我也从来不哭。"

迎璟自控情绪的能力倒是不错，一扫阴霾，他也看得开，站直了说："没关系，你是女生，你可以偶尔哭一下。"

初宁方才的片刻动容如这夜风一样，吹来得慢，消失得快。

"宁姐！"门口稀里哗啦一大堆人走了出来。小六声音脆，十分有存在感，随后他眼睛一亮："哟。"

迎璟回望这边，十来双眼睛都聚在他身上。初宁往前两步，不动声色地挡住了迎璟。她走过去，融入那群人，一串串的笑声偶尔飞起。

迎璟用鞋尖蹭了蹭地，目光追着初宁的背影。侍者依次把车开了过来，一拨人陆续上车。初宁坐的是一辆白色奥迪。

初宁坐的车开过迎璟身边时，窗户滑下一半，她的脸浸润在闪烁的霓虹里，显得柔和白皙，挺漂亮的。

迎璟心里默默地想：再温柔点就好了。

人走后，他才回魂，颤颤巍巍地抱着胳膊，肚子疼似的弓着腰，牙齿哆哆嗦嗦打架：“扛不住了，我要回去穿秋裤了。”

零点前翻墙回学校，一进宿舍回了暖，他又把穿秋裤的事儿抛诸脑后。四人宿舍，另外两个室友一个周末回家，一个去异地见女朋友。迎璟一回来就开电脑，将小板凳一搬，坐得笔直。

“你干吗？”祈遇觉得他最近有点儿抽。

“我要改点东西。”迎璟从一堆书的最下面，翻出令祈遇十分眼熟的计划书。

祈遇一怔：“不都结束了吗？你还看这项目书干什么？”

迎璟翻阅目录，用铅笔把重点部分打上标记，头也不抬地说：“当时太匆忙，我们没能校正，其实涡轮片连接的那几处，可以更加精细。”

对，这是事实，熬夜那几日，他们对流程做过大概的分解列式。只是这个时候，祈遇不懂：“学校又推荐我们去别处了？”

“做梦。”

“那你为什么还改？”

“再试一次。”

迎璟扭头，眼睛里像是有刚点燃的烟花引线，冒着火星。他掷地有声，字字清晰：“让我再试一次。”

一周后，星期五的晚上。

关玉下午就给初宁打电话：“宁儿，咱们晚上去吃刺身好不好？”

初宁开了一下午会，腰酸背疼，边揉颈椎边说：“今天真不行，赵家姑姑生日，我得回去。”

关玉问：“哪个姑姑？”

“西边儿那个。”

“哦，”关玉回忆了一番道，“和你大哥关系最好的那位吧？”

初宁说是。

“那你得上点心，她在赵家的地位挺高的，你选好礼物了没？她好像不太喜欢金器，你可千万别买。”

“你跟我妈一个德行。”初宁打断她道，“改天约。”

关玉一头雾水没整明白：“我什么德行啊？”

事事周到，谨慎克制。在对赵家的态度上，几乎所有人都在这样说教初宁。

她四点从公司往回赶，就已接到母亲陈月一个接一个的电话。无非问她，礼物贵不贵？一定要选贵的，不能太寒碜。一会儿又嘱咐，今天赵家人聚得齐，姐妹兄弟都会来，你到时候要热情点，别笑得太含蓄。

“你大哥前阵子去法国出差，今儿下了飞机就直接往宴会厅赶，连时差都不倒。他这人的习惯你知道吧？睡眠不好，起床脾气特别大，刚回国，睡眠肯定不足。你可别去惹他，他要说你，你就随他说，别去顶嘴。”

顿了会儿，陈月莫名其妙道：“没信号了？咦，没挂啊，那怎么不出声？喂，喂？！”

“听见了。”初宁淡淡地应答。

陈月还有话未完，初宁摁断了电话。恰遇红灯，她没留神，脑子空白半秒，就这么一脚油门过了线。后知后觉，她猛踩刹车，生生把车停在了人行道上。

初宁一背冷汗，用力甩了甩脑袋，垂头闭目，埋在方向盘上深呼吸。太阳穴一瞬间难受，疼得她用指甲捏自个儿，掐出了道道红印。

搁在副驾上的手机叮一声响，把初宁的三魂六魄拉回一半。一个陌生号码发来的简短明了的一条信息——

“宁总你好，我是迎璟。”

似是怕她不记得，那头又补了一条：“就是上回被你打击到想死的人。”后面是三个滴血菜刀的表情。

连着三个滴血菜刀的表情，一扫方才阴郁，让情绪神奇回甘，初宁向车背轻仰，嘴角淡淡上弯。

初宁一通电话拨了过去，响了三声，迎璟接听：“喂。”

初宁淡声道：“是我。什么事？”

那头呼吸略抖，不知是紧张的，还是风吹的。迎璟说：“我想请求你再看一次我们的项目书。”

初宁刚要开口，迎璟跟倒豆子似的：“我在上一次的基础上加以完善，调整了涡轮前温度的假设性条件，还有上回我们的介绍太单一和生僻，我改了，这次我改得通俗易懂。”迎璟深呼吸，“真的，你看看，你一定能看懂。”

初宁听出了他的热切与小心。短暂的安静，令迎璟忍不住了，他再次恳求：“看看吧，行吗？”

黄灯闪，绿灯亮，颜色切换的一瞬，初宁转动方向盘：“好。”

姑姑的生日宴定在谭家厅，做派风格都依长辈寿星的喜好。侍者带路，门开后热闹声扑面而来。

“宁姐来啦。”几个年纪小的弟弟妹妹笑脸相迎。

初宁换上亲热的表情，挨个儿招呼：“怎么回事儿啊，才多久不见，变这么漂亮了。”

妹妹们心花怒放：“宁姐姐，我最近用了个很好用的晚霜哦！”

初宁配合对方的情绪，故作惊喜道：“真的啊，快推荐给我。”

对方报了名字，初宁边听边掏出手机，看着像是在处理什么事。小妹妹们没在意，依旧兴奋地分享心头喜好：“就是有点小贵，一点点要好多钱哦。”

初宁将视线从屏幕上挪回，扬了扬屏幕说：“寄到你们学校了，记得查收，每人一盒。”

呆愣片刻，大家反应过来，初宁竟然买来送给她们了。

“哇！姐姐我爱死你了！”

这些人一下子从“宁姐”变成了“姐姐”，一字之差，亲密微妙转换。初宁是个心细的人，心里低声一笑，对这些关系的处理已经游刃有余。

赵家家族人丁兴旺，宴会向来隆重，且不是一般暴发户的作风。除了从商从政，年轻小辈里，还出了个当红小花旦。按理说，这样的家庭光鲜多姿让人艳羡，但初宁不喜欢。赵家嫡亲的那些兄弟姊妹是一圈儿，初宁虽然也称赵家儿女，但明眼人都清楚，这个圈子并没有真正容下她。

这事儿念叨起来话也长，穷尽人间狗血。

其母陈月是结过一次婚的，初宁就是前任病逝的丈夫留下的女孩儿。陈月先前在下头的一家子公司做财务，实在是无名小卒。她能够二婚嫁给赵裴林，在当时轰动这个大姓世家。在他们看来，这是不对等、不相称的。但再激昂也抵不过赵裴林的一句话：“进了赵家的门，就是一家人。”

那年，初宁还小，被陈月牵着，过了这么久，她仍能清晰记得在赵裴林说出这句话后，母亲的表情是一种有人撑腰的如释重负。但陈月心里也清楚，自己在这个家是什么位置。为了能安稳立足，尽快融入，陈月活得小心翼翼，谄媚讨好。不仅自己如履薄冰，她还从小对初宁洗脑，日日念叨，年复一年。

初宁在这种环境下成长，心理难免压抑扭曲。她从小耳濡目染，也让她的性格中，有一角异于普通女孩儿的坚韧与倔强。

赵裴林早年丧妻，留下一子赵明川。这位赵公子，才是家族真正的掌上明珠，从小横惯了，突然出现这么一个外来生物，喜欢才奇怪。这一对儿，对外称是兄妹，实则不合已久，只要一照面，彼此就化身小钢炮，你打我杀，都恨不得炸了对方。

在大厅与同辈们一阵寒暄后，初宁随即去内厅，向坐在那儿的长辈们一一问候。初宁模样漂亮喜人，跟人说话时仪态谦卑，伏腰欠身，跟每个人道了声："您老吉祥。"

轮了一圈，她才走到赵裴林跟前："爸爸。"

赵裴林长相十分干练，从眉到嘴，五官分明，这种骨相尤显精气神。他颔首："坐吧。"

这是一张长形的红木沙发，坐四人绰绰有余。只是有人置若罔闻，长腿长手地继续霸占座位，没有一点儿要让的意思。赵明川圈地为王，眸色漆黑地睨她一眼，不作任何表示。初宁倒也不在意，说："冯子扬快到了，我去外面接他。"

赵裴林挥手："行，去吧。"

初宁借着由头去走廊透气。厅里笑声不断，热热闹闹。她找了个清静的窗边，掏出手机进入邮箱。迎璟给她发信息那会儿，她开车不方便，便让他把新的项目书发邮箱里。

初宁粗粗看了一遍，留意了几个重要节点。说实在的，太过专业的术语，她看不懂。而这次迎璟很聪明，全部换成举例说明，将概算投资、装机容量、效益产出都用数字说明。初宁这种门外汉，也能看个大概。

这小子还挺聪明。初宁的赞美十分客观。

半小时后城市的另一边。

又是连熬几夜的迎璟，正在寝室睡得昏天暗地。祈遇做完兼职回来，顺手给他拎了盒外卖，用勺子敲了敲床头："起床吃饭。"

迎璟揉着眼睛，锁住那袋外卖，瞌睡立刻去了一半："这么点？！"

祈遇："你还想吃多少？"

迎璟掀被爬下床，围着俩可怜巴巴的饭盒想死："你怎么不给我多买两盒米饭呢？我待会儿还要去打篮球，不吃饱怎么扣篮啊。"

手机突然响了，是条新短信，迎璟还在怨念，拿起手机一看立刻住嘴。

“明天下午四点，见面谈。”

迎璟蒙了两秒，然后心脏狂跳，双手捶桌：“Yes！”

祈遇吓了一大跳：“这又搭错哪根线了？”

迎璟扬了扬手机：“知道什么叫争气吗？”

祈遇却被另一样东西夺去吸引力：“等等，这个……‘石膏大魔王’是谁啊？”

他眼睛尖，看到了发信人的名字。迎璟飞快将手收回，连着手机一块儿按在胸口，颇有没干好事儿的气度：“我不告诉你。”

初宁这边晚宴之后，长辈们作息规律，不掺和年轻人的聚会。待人一走，这帮小辈都玩疯了。初宁借口有事，回家躲清净。冯子扬半道给她打电话：“你人呢？”

“走了。”

陈月推门进来，竖起耳朵听到他们的电话，用力推了推初宁的肩，低声说：“过去啊，多跟冯子扬相处。”

初宁挂断电话，真是无语：“妈，你下手还能再狠点吗？”

陈月脸色不太好，絮絮叨叨：“我都跟你说过多少回了，跟子扬多处处，你们一个南一个北，待在一起的时间这么少，感情怎么会好？”

初宁盘起腿，身子扭向一边。陈月看着她这副还没开窍的态度，心里发愁，冯子扬可以说是她们母女俩最大的好牌。女儿要出嫁，嫁个有资本的丈夫，不管在哪总是不会被人看扁的。说到底，她太害怕初宁走她的老路。

“你上回摔断腿，订婚往后延，他们家还找了个香港大师说这半年都没合适日子，该不会是反悔故意拖延吧？”陈月小心翼翼一辈子，最擅长的就是多想。

初宁被她念得心烦意乱：“这么久了，你怎么都不问问我的腿好了没？”

陈月哦了声：“这么久了，肯定好了啊。”

算了，这天没法儿聊。

“你上哪儿去？哎？哎？！”陈月看着女儿走出卧室，心里也不痛快，嘀嘀咕咕，“这古怪性子也要改改才好。”

生日宴上喝了点酒不能开车，初宁晚上就住在了赵家。处理了一些工作杂事至十一点，她下楼准备去厨房找水喝。赵裴林不在，陈月也早早睡了，就客厅留了一盏小灯，偌大的赵家安安静静。接好水，初宁边喝边转身，这一转，魂都吓散了！

赵明川不知何时出现在厨房门口，他换了身纯黑家居服，单手斜插入袋，懒洋洋地倚着门框。灯光很暗，不知从哪聚来的光，倒让他眼眸更亮，阴沉沉的，简直像个变态杀手。

初宁暗骂一声，然后防备着，披甲上阵与之对峙。赵明川把她的情绪转折看在眼里，轻声一笑，表情极其不屑。

这人神经病吧。初宁喝了口水，淡定地再去接了一杯。赵明川晚上也喝了酒，问："你是不是在和金木北城的徐有山谈合作？"

初宁一顿，转过头目光如刺。

"你不用这样看我，这种人的生意，我看不上。"赵明川跟人说事的时候，习惯性地眉峰下压，哪怕穿着柔软的家居装，狂妄的气质也不减一分。

"打听清楚对方什么路数了吗？掂量掂量自己几斤几两，被卖了还替人数钱的，我见得太多了。"

初宁看不惯他这种高调做派，回道："关你什么事？"

赵明川身体里的酒精被这把火给烧了起来，他沉下脸色："我警告你，你爱干吗干吗，但别打着赵家的名号在外头招摇撞骗，别以为我不知道。"

初宁脸色僵了僵。

"这个圈子只有这么大，来来往往都是那些人，做过的事、说过的话，你以为你聪明，多的是人给我递话。"赵明川冷笑一声，"你以为你有什么能耐？迟早要吃大亏。"

砰！初宁把水杯往台面上重重一放，水花四溅："你是不是有病？"

寂静森然的夜，气氛泛起潮闷的腥味。初宁话少，但真正被惹怒时，化成一团刺猬，每一根都能精准地往敌人身上扎。她向前一步逼近赵明川，仰头看他："我有没有能耐，时间自然会证明，但你，你要真的有能耐，怎么还会被谈了三年的女人甩了？"

赵明川脸色一白，胸中尖锐刺痛。这丫头太狠了，掐住他的七寸一招致命。那是他一生之中，最大的失败。

赵明川已经压制不住，火往上蹿，他伸手狠狠掐住初宁的脖子，戾气森然，恨不得将这个妹妹碾碎。

"信不信我掐死你。"赵明川眼底发潮，冷得令人发抖。

初宁被这猝不及防的动作弄蒙了，水杯掉在地上，碎成了玻璃碴儿。

这边动静太大，沉睡的赵家人被惊醒，半分钟后，大宅灯火通明，像是雷雨前夕的一道明亮闪电。

Chapter 04　小神棍

谁年轻时没有爱过一个姑娘？她集世间美妙于一身，又让人铭心刻骨一辈子。这是赵明川心里最深刻的一道疤，数年过去，好了表皮，里边仍是断骨挑筋。他身边的友人、下属、亲眷，都缄默无言，不敢提一个字。

只有初宁敢。初宁那股不怕死的韧劲，跟他身上难驯的野性一样。强强硬碰，这让赵明川十分恼火。

初宁被他掐得差点断气，却仍一声不吭，咬牙承受，目光半分不避。

“你就是在找死。”赵明川字字带刀，把她按在墙壁上。初宁脸都白了，大口大口地喘气。

屋里的阿姨最先赶来，不知所措地劝着架：“川儿哥，快松手，小宁要憋死了。”

陈月下楼的脚步声匆忙又惊慌：“明川，明川，使不得啊。”她担心女儿，但又不敢忤逆这位大公子，手伸到半空，想去拉他的手臂，但又不敢碰。

初宁甚至都尝到了喉咙口涌上来的一丝血腥味。赵明川终于松手，那眼神凶残又不屑，他指着初宁：“再有下次，你试试看。”

赵明川摔门而去。

保姆阿姨赶紧去扶初宁，心疼道：“都是老虎脾气，这可怎么得了哦。”

初宁根本说不出话，一个劲儿地猛咳。陈月手忙脚乱地给她倒了杯水，拍着她的背顺气：“赶紧喝点，慢慢喝，别急着说话。”

初宁脖颈上的红印都泛了紫。陈月又心疼又觉得受气：“他晚上喝了酒，你又不是没看见。再说了，我早提醒过你，不要跟他争执，不要跟他争执。唉，你看，吃亏的还不是自己？”

初宁已经缓解很多，嘶哑着声音开口：“你为什么这么怕他，他是多长了一只眼睛，还是多长了一条胳膊？”

陈月是有心维系安稳的局面，奈何这老虎女儿不听话。她也有怨气：“咱母女俩是什么情况，你应该心里有数。我走到今天容易吗？讨好这个照顾那个，生怕哪里没做好，给人留下话柄在背后议论。”

这倒是陈月积攒多年的真情实感，她憋不住都倒了出来：“宁宁，你不要这么好强，好不好？服个软，我们在这个家的日子都好过。你和你大哥这么作对，传出去到底是你吃亏，面子不好看啊。”

初宁眉间已经冷了下来，她说：“我不像你。”

陈月不解。

“我可以不要面子，但我要骨气。”

半夜一场闹剧轰轰烈烈，赵明川走后没再回来，而初宁也是一宿难眠。她在床上翻来覆去，爬起又睡下，两点多开电脑想用工作催眠，但不走心，脑袋空白一片。初宁索性放弃，合上电脑，从抽屉里摸出一包烟，坐在飘窗上盘着腿，对着城市吞云吐雾。

第二日，天还没亮她就到公司了。宁竞投资在四环附近，前年才搬到这座月租金近十万的大厦。创业之初特别辛苦，为节约成本，她就在一座居民房里挂牌开工，其间的辛酸史也有一本字典厚了。

上午九点开过例会，初宁把与金木北城的项目合作提上了日程，这就是昨夜赵明川提起的项目。这家企业早些年做传统加工业，如今转型没多久，跟着潮流一块儿做VR。这个老板叫徐有山，中等身材，是个话痨。他提着个LV的公文包也像山寨——看起来是不怎么靠谱。

他手上有一个VR眼镜的制作订单，标的额有两百多万。说白了，他有项目，但是缺少资金链。两人共同认识的一个朋友就牵了根线，让两家公司对接业务。

这对初宁来说，算是一笔大生意，加之又是熟人引荐，初宁的顾虑成分自然要少几分。至于赵明川昨晚说的那番话，十有八九是故意的。

这人的德行，别指望他能为你谋好事儿。

办公室响起敲门声，初宁脚尖点地，顺势把椅子给转了回来：“请进。”

关玉推门进来，堆了一脸笑：“我家今天煲了鸡汤，反正路过，就顺手给你捎了份。”她右手勾着保温饭盒，看初宁一眼，“嗯，今天这条丝巾挺不错的。”她又问，“昨晚还顺利吧？没和你大哥怎么样吧？”

初宁敛了眉眼：“没。”

关玉：“你看你的脸色一点儿都不好，得补补气血了啊。”

“是吗？”初宁从抽屉里拿出化妆镜左瞧右瞧。昨晚没睡，所以她早上的妆容比较浓，特意抹了大红唇提气色。

关玉把保温杯搁桌上，说：“昨天放我鸽子，今晚上可不许找借口了啊，陪我去吃刺身。”

“你还用我陪？”初宁收好镜子，“那晚的男人呢？”

“什么男人？”

“在酒吧，被你吃光豆腐的那个朋克男。”

关玉娇嗔：“谁吃豆腐了？”

初宁撑着下巴，淡淡笑道：“哦，没吃他的豆腐，那你吃他哪儿了？”

关玉啧了声，倒也没否认，凑近说：“他技术蛮好的，晚上用了四个，早上还能来一次。”

初宁面无表情。

“哎呀呀，还是年轻好啊。”关玉由衷感叹，“一点就爆，使不完的力气。”

不想再听她的艳情史，初宁说：“晚上我也没法陪你，我下午四点约了人谈事。”

关玉真的想揍她，半怨半提醒：“你能不能给自己留点儿时间？就知道赚钱，钱钱钱的，念都念烦了。”

初宁笑着起身，伸手在她脸上摸了把：“乖。”

面谈约的四点，迎璟三点半就到了。他今天又穿着那身西装，为了显瘦掐腰，他还把羊毛衫给脱了，穿了件短袖白衬衫。大学生嘛，穿这种衣服的机会比较少，能找出一件商务衬衫已算不错，就不计较长袖短袖了。

他出门之前，祈遇惊呼：“你还没穿秋裤呢？”

迎璟说：“没穿。”

“今天降温十多度，我刚才出去的时候，风跟刀子割肉一样。”

迎璟走得脚下生风，真是的，谁家小帅哥穿秋裤啊。一出宿舍楼，狂风怒拍树叶，跟进了冰柜似的，迎璟顿时缩成虾米状。

他按着地址提前赶到，跟前台确认预约信息。初宁交代过，所以一切很顺利。

“我带你去休息室吧。”前台说，“宁总还在开会。”

迎璟说：“没事儿，你忙你的，告诉我在几楼，我自己上去。”

他早就留神，这姐姐的事情多，座机不停响，邮件的提示音也嘀嘀嘀响个不停。她略微抱歉地先接电话，一不注意，手肘蹭到了桌上的玻璃杯。眼见杯子就要“英勇就义”，迎璟迅速伸手：“小心！”

他准确无误地将杯子接住，然后又细心地将它放在角落里。前台松了口气，弯着眼睛对迎璟表示感谢。迎璟笑了笑，对她比了个OK的手势，便自个儿坐电梯上去了。

初宁的公司在三十五楼，办公区很大，四排工位，有数十号人，前面几间就是办公室和会议室，非常正规齐整。隔着玻璃，迎璟看到初宁坐在主位上，她坐得很放松，一手轻搭下巴，听着下属发言。

阴天光线欠佳，明炽的灯光在她的头顶，浸润得她肤色白皙。她五官精致，眉眼充满风情，迎璟看得仔细，以至于有人叫他时，他就跟心虚的小贼似的心慌意乱。

“您好，请问您找谁？”是一名男士。

迎璟下意识地往会议室看，初宁恰好也回头，瞧见他了。到点散会，初宁走出来：“这么早？”

迎璟咧嘴笑：“不早，我等你。”

初宁上下扫了他一遍，这小子穿西装还挺好看，不是成熟男性的稳重利落，气质干干净净，别有韵味。

“进来谈吧。”初宁将他带进办公室，“请坐。”

迎璟颇有架势，挺直背脊，两手交叠放在桌面上，跟学生上课似的。初宁处理好方才会议的琐碎事项后，才开口：“新的项目书我看过了，内容比上次充盈。但过于专业，面谈会更好。”

迎璟点了头，拿出自己的那份项目书摊开：“好，那我现在开始。如果有疑问，你可以随时打断我。”

初宁颔首：“可以开始了。”

接下来的二十分钟，迎璟没有看一眼项目书，侃侃而谈，在这个过程中，他一直温和淡然地注视着初宁的眼睛，礼貌而又得体。一个人在认真投入做一件事时，稚气自然而然地收敛，显得沉静而有磁力。

“航发机的核心技术以及难点，集中在热端部件上，不可否认，我们与国外的科技实力仍存在较大差距。但也要认清的是，我们的发展是飞速的。”

秋日沉闷阴绵的下午，少年声音清冽、态度诚恳，内容飞炫，字字稳重。

初宁没有打断他。

迎璟说完了，道："有不明白的，你可以问我。"

初宁没有说话，看不出什么异样情绪，迎璟紧张得收拢掌心，都快窒息了。

片刻后，初宁的目光终于落向他，她给出了一句十分客观的评价："你记忆力挺好的。"

"从小背书应该很厉害。"

迎璟心头一片凉，比他今天没穿秋裤还要凉。

"你说的这些太笼统，我没有一个明确的概念。我知道，航发是个高端、有前景的领域，但我不知道的是，这个行业能为我带来什么。"

说白了，迎璟的这番发言，没有挠到初宁的痛点，她看不到可以快速回流的利益。迎璟彻底泄气，沮丧极了，口不择言道："你根本就是打定主意不会选我，那为什么还要让我来？浪费时间，你就不要叫我来了。"

初宁皱起眉头，心想，这小孩儿莫不是个缺心眼吧。

这哪是做生意的态度，一点行市都没摸进门。多方了解，多次沟通，平和沟通甲乙双方意见，这不是必经的磨合吗？初宁稍稍反省，觉得可能是自己语气不太好，毕竟他还未出社会："我的意思是，可以……"

"我知道。"迎璟打断她，看了她一眼，又闷闷地低下头，"对不起，是我态度不好。"

呃，这下反倒轮到初宁心里略涩了。她点了点头，缓声说："晚点，我会再把你今天的内容梳理一遍。"

迎璟随即抬头："你会考虑我吗？"

初宁微怔，看了他几秒："嗯。"

迎璟顿时笑起来，仿佛心里的绿枝抽出了一半新芽。初宁淡淡移开眼，说："今天就到这吧，有事我会让秘书联系你。"

"你不请我吃饭吗？"迎璟突然问道。

"都饭点儿了。"迎璟指了指窗外，"天都黑了。"

初宁一时语塞。

迎璟露出一口白牙，眼神明媚："我跟你开玩笑的。"

他起身，推开椅子要走："那我等你的消息，拜拜。"

因为久坐，迎璟的西装衣摆有了浅浅褶皱，初宁忽然放松，叫住他："吃饭吧。"

迎璟讶然："啊？"

初宁从抽屉里拎出车钥匙和手包，绕过办公桌走过来，确定道："不是让我请你吃饭吗？走吧。"

这是一顿坑蒙拐骗而来的晚饭，迎璟吃得有点虚。因为是临时决议，又是周末高峰，这附近的餐厅全部满客。初宁带他换了两家店，一家比一家夸张。

"别在这儿吃了。"

初宁问："那去哪吃？"

迎璟想了想，说："带你去我们学校附近的三五巷，什么吃的都有。老板干活利索，人虽然多，但快产快销，不用这么傻等。"

初宁被他的解说逗笑："你们学校离这儿太远，现在正是最堵的时候，开车过去咱们就只能吃消夜了。"

"不开车。"迎璟对她勾了勾手，"我们坐十五分钟地铁，然后骑五分钟小黄车很快的。"

初宁大概是被他想一出是一出的建议震惊到了，久久没吭声表态。迎璟就这么自然地轻轻拽住她的手臂。这是个在他看来十分普通的举动，就像与同学、室友，甚至他姐姐那种友好与亲昵一样。

初宁表情复杂。

迎璟的脑袋上像是顶了一轮小太阳，热情得快要自燃。他揶揄调侃："怎么，不敢骑小黄车啊？你上回拦下我，甩给我一千块钱的时候，可比现在帅多了。"

初宁被他这胡言乱语的用词，弄得怀疑自己的性别。迎璟一拖二拽，不由分说扯着她就往出口走："你跟我走吧，李小强店里的小火锅可好吃了，魔芋豆笋还有海带，再加点香菜和香油，你一定会喜欢的！"

初宁的外套都快被这小浑蛋扯掉一半，她心里感叹一声：呸。这简直就是一个江湖小神棍，分明是他馋虫犯了，自个儿想吃吧！

事实证明，小孩儿的话不可信。

迎璟说得轻松，什么十五分钟地铁再五分钟小黄车，没翻倍都对不起B城的晚高峰。在地铁站，初宁已被挤成了一张烙饼，等到第三趟才丢掉半条命地挤了上去。车厢内更加过分，几乎是人贴人。初宁被卡在门口无法动弹，半边身子还在门外进退两难。报警声让她生生地吓出一背汗。

"过来。"迎璟抓住她的手臂，用力将人拽到了自己身边。

初宁脚步趔趄，一头磕中他的下巴。

迎璟顿时眼眶湿润，唇瓣迅速充血。他皮肤白，跟这唇色竟然很般配。

初宁默了片刻，愧疚道："抱歉啊。"

人太多了，挤得她说话都跟缺氧似的。她想躲，压根没处挪地儿。迎璟突然伸手，先是按住她的肩膀，试图将人拽过来。不奏效，他索性将双手穿过初宁的腋下，用力一拎，就是拥抱的动作，把她跟拔萝卜似的，弄到了自己身后。

门右边的一处车角，刚好能站下初宁。迎璟转过身，大鹏展翅一般，抵住两边车面，给她圈出了一个三角形的空间。

“没事儿，我帮你挡着。”迎璟低头看她，“我比你高，我比你壮。”

这个距离太近了，初宁不得不注意他的眼瞳，像一颗偏棕褐的琥珀。她淡淡移开眼，心想，皮肤白的人眼珠颜色都比较浅。

七点半终于到了强哥火锅店。错过饭点，店里还有三分之二的上座率。今天刮风降温，一夜之间有了初冬的气息，而进了火锅店，仿佛两个世界，烟雾缭绕，热气腾腾。

“想吃什么。”迎璟轻车熟路地拿起菜单，递给她说，“你右边有笔。”

每张桌子角都用线拴着一支2B铅笔，初宁看着笔身上“考试专用”四字，就明白这店的老板估计也有点“中二”气质。

她没接菜单，情绪很淡地说：“你熟悉，你点。”

迎璟倒也不客气：“三盘肥羊、两盘肥牛、豆笋海带土豆片、笋子豆皮油条，再来三个面饼。对了，你吃不吃香菜啊？”

“随意。”初宁说，“再点份猪脑吧。”

迎璟咽了咽口水：“你还吃猪脑？”

初宁说：“我口味比较重。”

“难怪这么聪明。”

这不是好话。初宁笑骂：“喂，小孩儿，你对我有意见就直说。”

迎璟挠挠太阳穴，风马牛不相及地说了句：“我不是小孩儿，你别穿这身衣服，咱俩站一块儿，指不定谁像哥哥呢。”

初宁被他逗乐了，往椅背上轻轻一靠，双手环在胸口，手腕上的白金链子光彩熠熠。她问：“你多大？”

“二十一岁半。”礼尚往来不能吃亏，迎璟马上问，“你呢？”

初宁想了想，答：“四十一。”

迎璟表情惊悚：“天，我还以为你六十了呢！”

初宁真想揍他一顿，两人对视一笑，气氛悄然轻松。初宁不再开玩笑，说：“我比你大四岁。”

迎璟：“你几月份的？”

“十月。”

“那你只比我大三岁半！”迎璟激动地纠正。

上菜速度很快，他们点得多，服务员还推来了一个架子。哐哐当当二十几个碟子摆得满满的。进进出出的客人在经过他们这桌时，频频回头注目，大概是被两人的食量给惊着了。

而开吃后，初宁才知道，这人是真能吃。不是铺张浪费，每一样菜的分量都是刚刚好。迎璟自制了两碟拌料，剁椒生抽白芝麻，最后再洒上几滴香油。他又夹了块肥羊卷往里头一裹，递给初宁：“你尝尝。”

这东西吃来吃去就是那股味儿，初宁没过多反应，随意聊天：“你是哪儿人？”

“杏城。”

杏城离B城不远，动车二十分钟就能到。初宁又问：“你是怎么想到学这个专业的？从小感兴趣？”

“差不多吧，”迎璟一筷子戳起三片肉，往嘴里一送，嚼完了才说话，“都那样，随便挑了一个。”这话有点欠扁，带着来自学霸的纯天然优越感。

“你呢？你以前也在B城上学吗？”

初宁低头吃饭，也没什么隐瞒：“上了一半。”

迎璟：“哦，初高中吧？你大学不在B城吗？”

“我上到大二就没念了。”

哐当一声，迎璟的勺子从手上滑掉在了盘子上。

初宁看着他：“怎么？我不配和学霸吃饭？”

迎璟飞速摇头：“没呢，我们吃的不是饭，吃的是火锅，配得要命。”

初宁嗤笑，用漏勺弄出烫好的猪脑，蘸了点酱放到碗里。她的吃相很好看，低头时脖颈线条修长，微微噘嘴将猪脑吹凉，然后往嘴里一送，半点汁水都没沾在嘴角。迎璟不知为何突然心慌，下意识地扭了扭脑袋，仿佛初宁吃的不是猪脑，而是他的脑子。

初宁食量适中，平日太忙，也没什么机会吃一顿火锅，她觉得自己今天吃得已算多了，但看到迎璟后，她真的是怀疑人生。他不仅吃完所有配菜，最后还要了一碗蛋炒饭。

初宁忍不住问：“你父母每个月给你多少生活费？”这种吃法，真的很造孽败家了。

“一毛钱都不给。”他扬眉骄傲道，“我大二开始，偶尔跟同学帮外面的公司企业做小工，设计个线路图、弄个电路板什么的。钱不多，但自给自足还是够了。”

这方面的经历，初宁和他倒是很有共同话题。她放下碗筷，不免注意力集中了些。

“更何况我还有个姐姐呢，她经常给我钱，每次去国外出差，都会给我带奶粉。”迎璟说起姐姐时，眼里的小火花一簇一簇的，“而且，我姐姐很漂亮，还会给我买新衣服。”顿了下，他眼睫轻眨，说，“你跟她一样漂亮。”

这种夸赞十分简单直白，毫无修饰与刻意，人的真诚，最能击中红心。初宁眉间有细腻的春风，她故作平静地哦了声：“但我不会给你买衣服的。”

迎璟一愣，然后笑得哈哈哈的。随即他一搁筷子，飞快起身：“我去买单。”

初宁伸手拽住他的衣摆：“给我站住。”

“我请你啊。”

“你钱多？”

“我有小金库。”迎璟神秘兮兮道。

初宁没松手：“哟，存了多少？”

迎璟说：“现在是我求你办事儿，当然要贿赂一下你啊。”

吃了我的锅，就要替我办事。这小屁孩儿的一举一动，真是让人心情舒畅。初宁松开手，随他去了。

火锅好吃，但是一身火锅味特别难散。初宁出店后，有点后悔陪这小孩儿胡吃海喝了。迎璟走在前面，一身西装被人间烟火气一蹂躏，也没了当初的气质。估计有点吃撑，他索性把扣子解了，衣服往后一拉，挂了一半在肩膀上晃荡。他里头的白衬衣很薄，能轻易分辨出肩胛骨的形状，典型的穿衣显瘦、脱衣有肉。

“还想吃别的吗？”迎璟转过身，恰好看到初宁嫌弃地闻了闻自己衣袖的动作。他跑过去，鼻子凑近初宁嗅了嗅，然后自言自语道：“嗯，是肥牛卷的味道。”

从哪儿冒出来的小土狗。初宁拢了拢外套，风呼呼地吹起她的头发，呃，她觉得有点窒息！火锅味真的让人神经错乱。

初宁刚想说再见，迎璟声音清脆道：“等我一下！”

迎璟拔腿狂跑，背影飞闪。初宁叫都叫不住：“喂，你干吗去？”

学校附近的小店五花八门，吃的用的穿的一应俱全。这些店天气冷也不愁没生意，十分接地气。初宁看到迎璟跑进一家小店，店名叫“阿丫丫”，字的边上还点缀了几朵粉色小桃花。

初宁略显不耐，甚至想一走了之，但迈出第一步后，马路对面的路灯正好变红。这灯莫不也是迎璟蛇鼠一窝的同盟？初宁收了脚，不情不愿地站在路边等。很快，迎璟从那几朵小桃花下又飘了出来。他手里多了个袋子，稀里哗啦一阵响："喏，给你。"

初宁没看出是什么："嗯？"

"拿着。"迎璟抓起她的手，不够，又把她的手指一根根掰开，将塑料袋钩在她的小手指上。

今天他这是第几回私自握她的手了？初宁扯开袋口一看，里面是一个淡蓝色纸盒装着的香水。

"你不是不喜欢火锅味吗？喷点香水就好了。"迎璟目光明晰，和他齐整如贝的牙齿相得益彰。他个子高，初宁穿着高跟鞋站他面前还得微微仰头。

迎璟挠挠后脑勺，不好意思道："是便宜了点，但还是可以遮遮味儿的。"

初宁这一刻的无言，多了几分复杂心绪。这个男生的表达方式太钢铁直男，但又莫名有绕指柔的效果，能戳你的笑点，也能戳你心底的柔软腹地。

初宁笑容淡淡，问："我先给你喷点？"

迎璟立刻一跳三步远，把头摇成了拨浪鼓："不要不要，我是男的，我才不喷香水。"

初宁乐了，还是把香水塞回他怀里："你送女生吧。"

"你就是女生啊。"

初宁真想揪揪他的耳朵尖，他总是让她无话可说。她柔眉一挑："老实说，你骗过多少小姑娘？"

迎璟一脸意味深长的笑，毫无技术含量地露出几分大尾巴狼的狡猾气味。初宁看了看手表，时间不早，她准备坐地铁回去取车。迎璟却飞快把人拦住："等等，我带你走吧，这边有近路。"

初宁的迟疑在看到他一脸无辜的认真后，竟鬼使神差地退下了。就这样，迎璟在前面带路，她跟着他。初宁只走了五分钟……就感觉不对劲。

"这不是去地铁站的路。"初宁断定，"给我站住。"

迎璟双手插袋，低着头当没听见。他能感觉到身后的人没再跟上来，干脆一个转身，拽住她的胳膊。

死小孩儿又碰她，初宁想踹他！

"你再跟我去一个地方，就一下。"迎璟怕她跑，手劲不免加重，远看就像从身后抱住了初宁，"五分钟，就五分钟。"

“松开，先松开。”

“不，我就不，你答应我才松。”

一阵大动作，迎璟原本工工整整扎在裤子里的白色衬衫已经露了一半在外面，衬衣扣松了三颗，风呼呼地往胸膛里灌，冻得他鼻尖通红。这副落魄鬼模样让初宁忽然心软。这个江湖小神棍，她真的想把他按在地上一顿暴揍。

“去哪？”

十分钟后，迎璟鬼鬼祟祟地带着初宁来到一座大楼前。两人摸黑上到第九层。

“到了。”他说。

初宁抬头看了眼，挂牌上的烫金字像是潜伏在黑暗里还未开光的兵家利器，一字一字笔锋厚重——航空发动机模拟仿真研究实验室。

“你偷来的钥匙？”这是初宁的第一反应。

迎璟反身发出嘘一声。

这钥匙还是他上回答应栗舟山参加这个项目时，为了方便做实验数据栗舟山给的。后来竞项没成功，一老一少闹别扭至今还没和好。迎璟管他的，谁先主动谁就输。

门开了，室内并没有想象中暗，很多仪器设备亮着电源灯，液晶屏上各种指标实时跳动。初宁明白了，这人是带自己实地考察来了。

迎璟轻车熟路地打开一盏灯，实验室瞬间亮堂了。实验室透着一股高端科技的金属质感，有好多种设备长得怪里怪气，初宁压根没见过。迎璟却像遇到老朋友一般，热情地“互作介绍”。

“这是各种型号的扭矩倍增器，可以输出不同大小的推助力。”他又弯腰低头，对这排冰冷的金属物件说，“Hello，这位是宁总，有可能成为你们的金主，可得表现好一点哦！”

初宁听了想打他。

“这是航发测试台，”一个大个头的家伙，初宁只看到里面很多零件线路齿轮，跟迷宫似的。迎璟却津津有味，用手指戳着一处又一处：“这是进气道，通过压力机一直往这儿送。”他对着某处画了一个圈，“燃烧室。”

初宁哦了声，出于礼貌不想让气氛冷场，于是问：“燃烧室是烧什么的？”

迎璟撑直腰板，凑近了些小声说：“这是技术机密，我从来没有告诉过别人，你可千万要替我保密。这个燃烧室啊，是用来烧尸体的。我们学校隔壁不是有个医院嘛，太平间无人认领的遗体都往这里送，丢进去噼里啪啦一烧，就可以送去李小强的火锅店做食材了。”

初宁一掌劈向他的肩：“你蒙我呢。”

迎璟笑起来暖洋洋的：“你不是说我在做介绍的时候跟背书一样嘛，我怕你听不懂，跟你说说笑话。”顿了下，他又道，“我自己也没有那么紧张。”

偌大的实验室，只有仪器表盘发出幽幽的光。迎璟的情绪有一丝微妙的失落，但他很快重振精神，领着她看别处：“这个是主轴承，发动机是不是个短命鬼，就看它的表现了。”

听得出来，迎璟在尽力将这些复杂抽象的设备浅显易懂地表达出来。他谨小慎微，每说一句话，都会在意初宁的表情。如果她蹙眉，迎璟就停下，可怜巴巴地问：“你是不是没听懂啊？”

如果她的目光随着他的手指飞，迎璟就会很开心，她在认真听！

航发的技术研究太复杂了，设备部件繁多，迎璟一口气介绍完，打开电脑说：“很变态是不是？世上怎么会有这么烦人的发动机啊，如果一个环节出错，后面的付出都会打水漂。”

他舔舔嘴角，说：“这也正是你担心的地方，对不对？”

初宁点头，比了个“你继续”的手势。

电脑屏幕亮起，迎璟启动程序：“这，就是我给你的那份项目书上的内容，仿真模拟技术，能把研发过程中所有的设想都通过一维仿真建立起来，达到节约实际成本、预判可行性的目的。”

他语速刻意放慢，但初宁听得还是稍显吃力。

“说白了，这项技术的本质，就是白吃白喝耍流氓。”

这倒是浅显易懂啊。

迎璟问：“这个技术是不是很厉害？”

初宁嗯了声：“前瞻性是趋势。”

得到肯定，迎璟双手合十异常兴奋：“那美丽的宁总，是不是可以考虑一下me？”

黑夜的环境里，因为血气上涌，他的眼睛像是镶嵌了碎钻。

初宁盯了他几秒，然后抬抬下巴，波澜不惊地问：“如果你是我……”

“嗯？什么？”

“一项大型且复杂的工程，不是投入几万、几十万那么简单，时间跨度又长，回报周期无法估算，我可能砸了银子进去，最后什么都做不出来。如果你是我，你会不会做？”

迎璟咽了咽口水，被她看得有点虚，但还是掷地有声地答：“会。”

初宁：“原因。”

迎璟深吸一口气，说：“你知道吗？全世界真正掌握一流水平发动机制造技术的国家只有三个。这是一个真正的垄断行业，我们需要从别人手上买技术，钱多钱少且不说，人家不高兴了，就收摊不卖了，更别提运用在军事航空方面的核心技术了。”

那已不是资本，而是一个国家的核心战略物资。

此刻的迎璟，从刚才的忐忑与浮躁里迅速沉淀下来，这不是背书，也不是提前打好的腹稿。就像滑滑梯，他坐上去，就惯性使然一样，情不自禁地往下冲。

“所以，如果我是你，我一定会去做的。”他来了个漂亮激昂的收尾。

初宁眼睫微动。迎璟美滋滋的，睫毛跟她一起动。

“坐下。”初宁把他往凳子上一按，迎璟傻愣愣地坐下。

她退后两步，双手环胸，以平铺直叙的语气告诉他自己的意见：“我很欣赏你的专业度和热情洋溢的勇气。但这项技术的风险值，已经超过了我的承受范围。所以，我不会考虑。”

初宁的决定很干脆，没有供人遐想的希望。黑暗与安静，能够放大人的感官，加强大脑的冲击。初宁的声音太过清晰，甚至连标点符号都能分辨，没有半点拖泥带水。

迎璟嘴唇上下轻合，他喘啊喘，偏偏一个字儿都说不出。

“你是个认真的人。”初宁真心实意地说，“你会有个美好前程的。”

她从包里拿出两百块钱，公事公办地搁在桌面上：“你还在上学，你请我吃晚饭，我领了心意，但钱，我出。”

初宁的语气很诚恳，但在迎璟听来，真的是扎心。

“喂……”他气若游丝道。

初宁不想再耽误时间：“我还有事，先走了。”

高跟鞋的碰地声响起，迎璟忍不住站直，提高声音：“喂——”

初宁没回头。他急了，那种纠结和不甘心的情绪在心里一顿揉搓，变成了哑药，他好气，但又不知道说什么，于是抓起那两百块钱，冲着她的背影大声嚷：“给多了给多了，我还要找你八十八呢！”

夜风从门口灌入，空气里还留着她身上的淡淡香味。迎璟低头一嗅，心里更空荡了。

至此，这件折腾了小半月的事情正式落幕。

迎璟心情糟糕，做什么都闷闷的。祈遇几度怀疑：“你是不是失恋了？”

他不提还好，迎璟瞬间想到初宁这个心狠手辣的火锅杀手。祈遇也是哪壶不开提哪壶："对了，你上回重新做的项目书，有进展了吗？"

迎璟静了片刻，摇了摇头："结束了。"

他走出寝室，背影渐远，祈遇说不出个所以然，但明显感觉这位小同志的情绪不太对劲。

是的，迎璟陷入了一种毫无生气的状态里。不似第一回被拒绝时，愤怒来得直接又外放，这一次，就像是春日惊雷后的绵绵细雨，淅淅沥沥下个不停，久不见太阳，只有潮闷与腥湿。

事情的爆发点是两周后的一场不平常的篮球赛。之所以说它不平常，是因为迎璟跟人打了一架。对方的后卫正好是飞行器设计专业的，充满孽缘的"老仇家"。争球时，对方恶意打手犯规，裁判却没吹哨，迎璟火得当即举手抗议："他犯规，你为什么不吹？！"

当时看球赛的，对方专业学生居多，顿时发出一阵嘘声，这简直是火上浇油！迎璟狠狠把球往地上一砸，一把揪住对方的衣领："浑不浑球啊，你！"

事情自此一发不可收拾。

迎璟充分发挥常年业余篮球队员的隐性身份，又或者是欲盖弥彰，连绵积累数日的邪火找到了一个宣泄口——这一架，他干得毫无顾虑，酣畅淋漓。

鸡飞狗跳的一下午，从篮球场到教务处，他痛快地打了别人，也被系主任教做人。当然，得归功于他的成绩连续三年专业第一，主任到底舍不得太苛责，一顿敷衍的思想教育后，就草草放人了。

"忍着点啊，这个药水会有点疼。"宿舍里，一群人围着迎璟。

迎璟龇牙咧嘴："疼疼疼！"

"我这还没开始呢。"

大家哄堂大笑，然后七嘴八舌地议论："没想到你还练过呢，那个是不是叫螳螂拳？"有人模仿。

迎璟哼了一声："那叫'爸爸教做人'。"

"早看设计系的不顺眼了，你替大家出了气，干得好。"

此起彼伏的掌声响起。迎璟脸上的"骄傲"二字只写到一半，砰——宿舍门被推开，弹在墙上发出巨响。

众人回头，就见一位长发美人儿一脸冰霜地出现在门口。她左右环视半圈，然后锁定目标。迎璟顿时汗毛竖立，眼睛狂眨。美人儿神情像要吃人，将两条胳膊的袖子一撸，一脚踹开拦路的垃圾桶，叉腰朝迎璟走来。

迎璟的屁股在屁点儿大的凳子上使劲挪，挪啊挪。躲不过了，他干脆两眼一闭，就感觉到自己的耳朵被用力揪起。

“疼，疼啊疼！”

“不许躲！”

迎璟立刻乖乖不动，惨兮兮地叫了声：“姐。”

迎晨一脚踹翻他的屁股：“我上来的时候才看见垃圾车从这儿路过，它怎么没把你给带走呢？啊？”

迎璟抱头蹲下，然后举手投降。迎晨拎着他的后衣领，跟拖尸体似的，让迎璟蹲在地上滑着走。迎璟倔强地拽着门，手指头从五根变三根、一根，然后他一阵哀号：“啊——救命！”

龙卷风过境之后，留下一地安静的鸡毛。

整个宿舍的人都震惊了。

迎璟被塞进车里，然后绑上安全带。迎晨绕到驾驶座砰的一声关紧车门，扭头瞪他一眼：“你是不是不想毕业了？！”

迎璟嘿嘿笑。

“笑什么？”迎晨问，“为什么又打架？”

“吹黑哨。”

“哨你个头。”

迎璟小声道：“怎么都这么凶啊。”

这个意味深长的“都”字没让迎晨多想。她早上从杏城过来出差，累得够呛，才懒得猜少男的心思。迎晨转动方向盘撂话：“看我怎么收拾你。”

迎晨收拾迎璟之前，先带他去王府井吃饭，叫了一桌肉表达来自姐姐的关爱。迎璟却战战兢兢，总觉得没好事儿。

“明年上半年实习，下半年毕业。我问你，你什么打算？”迎晨单刀直入。

“就，走一步看一步呗，还有半年多呢，急什么。”迎璟的想法情真意切，可以说是代表着大部分同胞的心境了。

“我早上从大院儿过来，爸爸跟我说了，给你联系好J航的沈阳分公司，让你实习期就过去。”

“我才不去。”迎璟拒绝。这种老派国企，基本就是混吃养老。

“怎么，你要考研？”

“不考。”迎璟觉得读书就是个无底洞，他怕闷。

“那你就给我老实点。”迎晨工作经验丰富，谈事的时候，语气十分正经严肃，“既然养成了眼高手低的臭毛病，就得问问自己，有没有这个本事。”

姐弟俩年龄差七岁，自小感情便好。迎璟对她莫名信服。这话语气有点重，但他能听进去，缄默无声，用筷子戳着碗里的肉。

“这才多久，你就给我打了两次架。早知道你有这兴趣爱好，当初就该送你去嵩山少林寺，不仅学费低，剃头还不用花钱。”

迎璟下意识地抬手，摸了摸自己浓密的小黑发。迎晨被他的动作逗笑了，表情松下来。迎璟知道姐姐是担心他，连日来的阴郁也瞬间去了大半。他起身越过饭桌，挨着迎晨坐下，一把揽住她的肩头，跟长了虱子似的拱啊拱，洪水放闸一般，将最近的难过经历向姐姐倾诉。

“事情就是这样的，她看不起我，还嫌弃我请的火锅，两百块钱都不用我找……第一次不要我，又骗我第二次，把我当小狗呢……白瞎那么漂亮的脸蛋了……啊，姐我好烦！”

迎晨一巴掌推开他的脑袋：“她做得没错。”

迎璟又黏糊糊地把脑袋凑过去：“你还帮她说话！”

“不管项目大小，事先多番考虑与了解，才是明智与合理的。”迎晨嫌弃道，“你自己心眼儿小，还赖别人。”

迎璟举起拳头装模作样地猛捶自己的脑袋，边捶边配音：“啊，我死了。”

飙完演技，他沉静下来，好丧气，头埋在姐姐的肩窝里蹭了蹭，小声说：“我从来没受过这样的打击，太难受了，真的。”

这家餐厅是两层的，大厅中央有人在演奏钢琴。二楼，一道身影倚在栏杆处。

“看什么呢？”关玉走近，“别让徐总久等。”

初宁应声：“就来。”但她眼睛仍然盯着某处，没有动。

关玉顺着她的目光望过去，豁然开朗：“哟，秀恩爱啊。”她不怀好意地蹭了蹭初宁的肩，“心痒了？”

初宁没说话。楼下的迎璟跟只奶狗一样，在一个女人的肩头蹭啊蹭，这亲昵劲儿，说不出地融洽和自然。

钢琴声缓缓入耳，初宁心想，原来他有这嗜好，喜欢比自己年纪大的啊。

啧啧啧，够浪。

初宁权当看到一个认识的人，甚至连熟人都算不上，这细微的感慨跟挠痒痒似的，一瞬即逝。

今天作为宁竞投资的负责人，她宴请金木北城的徐总吃饭。徐有山早年是苏商派系，后来跟人进藏区收药材，干倒卖，渐渐融会贯通，成了个四通八达的经典款商人。他有一定的资源，但是中规中矩，也没个契机更上一层楼。

徐有山又是个喜欢张罗热闹的，带了四五个业务部门的人，一顿饭吃得聒噪。初宁被来回敬酒，她也是看人来的，除了和徐有山碰碰杯，别人的，她一概笑推回去。那几个业务员都是小帅哥，初入社会的稚气没有消退，老练成熟装得又不够火候。他们看初宁的眼神，小心翼翼又有点刻意讨好。

初宁偶尔冲某个人笑一笑，那人立刻低下头，不好意思极了。两百万的VR零配件制造合同，就在这场饭局里敲定。

事后关玉问她："徐有山这个人怎么样？"

初宁说："公司债务状况一般，但整体还转得动。"

"他一个外地商户，你就没顾虑啊？"据关玉对初宁多年的了解，她甚少与京圈外的企业直接合作。

初宁说："这个人是秦总推荐的，问题应该不大。而且订单制作的环节并不复杂。"她想了想，说，"我心里有数。"

"那就好。"关玉便不再问，而是想起另一件事，"对了，明晚的慈善拍卖会你去吗？"

"去。"

Chapter 05 他姓迎，叫迎璟

这个活动是国内几家主流媒体举办的，声势浩大，流光溢彩。初宁也收到了邀请函，准确地说，这个邀请函也没什么门槛，凑个人气。主办方真正重视的，也就是金字塔尖上的那一小拨人。

比如赵明川。

初宁看到他长腿阔步地走在红地毯上，主办方也是有心，安排一个当红小花旦挽着他的手。一个成熟大气，一个娇俏可人，妥妥的明日头条。

赵明川转身签名，笔锋凌厉，有棱有角，是他一贯的做派。随后活动进入一般流程，今天的几样拍品质量上乘，古玉、花瓶、字画，最后还有女星拍古装剧时用的翡翠耳环。

八万起拍，几番竞价之后，金额已经超过六位数。

“五十万第一次——”主持人慷慨激昂，“五十万第二次——”

整晚没有参与拍卖的赵明川，示意秘书举牌。秘书颔首，手微扬，吐出掷地有声的三个字：“一百万。”

全场哗然。镜头瞬间给了赵明川，他的脸出现在加宽的屏幕上，丝毫不减英俊。掌声此起彼伏，气氛被推至高潮，而这副翡翠耳环的主人，正是刚才与赵明川一起走红毯的女星。女星笑成了花儿，主动向赵明川致谢。

“客气。”赵明川的做派十分绅士，礼貌地与其握手。

娱乐媒体齐刷刷地拍下了这一刻，甚至想好了明日引人遐想的新闻标题。

初宁坐在后排，对赵明川这种公关手段已经十分熟悉。他习惯后发制人，

出手就是浓墨重彩的一笔，轻轻松松夺走了今夜的焦点。这种广告宣传的效果，简直太好了。

初宁虽然对赵明川没什么好感，但客观来说，姜还是老的辣。

随后的酒会，才是大家获取人脉资源的重头戏。你认识我，我又把你引荐给熟人，先留份关系，用不用得上那就是后话了。初宁在宴会厅华服美姿地穿梭于各色人群里，笑得熠熠生辉。

“小宁？”有人叫她。

初宁回头一看，就瞧见了不远处的几个人，而赵明川就站在中间。喊她的是陈总，身家丰厚，是号人物。陈总笑起来跟尊玉佛似的，意有所指：“你也来了？怎么没听赵总说起？”

这两兄妹感情不好，早成了圈子里的谈资。但忌惮赵家，谁也不敢明面上说。这位陈总是个搅浑水的，之前被赵明川弄了几次不痛快，记着呢，眼下哪肯放过看他们笑话的机会。

旁边已有人小声议论：“她和赵总什么关系啊？”

“就是那个妹妹。”

“哦哦！”说话人用唇语问，“不和？”

“嘘。”

初宁和赵明川中间隔了一米，吸引了各方目光，暗流涌动。两人对视半秒，像是一种默契，共同迈步朝着彼此走近。赵明川站在初宁身边，左手自然而然地虚扶着她的腰：“她今天就是过来看看拍品，坐后面自在。”

初宁微仰下巴，姿态顺从，笑着对大家说：“我就是来凑凑热闹，不想打扰各位叔伯谈事儿。”

赵明川低头：“那对翡翠耳环你待会儿去我的后备厢里拿。”

俊男美女，再没有比这更和谐的了。

“赵总兄妹感情真好。”言论顺势变了。

“说来说去，还是老赵运气好，有这么一对智福之相的好儿女。”

微妙的氛围，就这么被悄然化解。想看笑话的没看成，想听八卦的，更加云里雾里。既然起了这个头，初宁自然就跟着他们闲聊了。初宁模样乖巧，只听不说。这帮人算是顶尖阶层，一句话都信息量巨大。在听到某总谈及马来西亚一笔工程设备订单的话题时，她反应机敏：“我有一个供货商，就是生产这种机子的，如您不介意，我可以帮您问问。”

某总审时度势，欣然道：“既然你有渠道，这事儿就当帮伯伯一个忙，交给你做可好？”

语毕，他有意无意地瞄了眼赵明川。这是借花献佛，表面是给初宁做项目，实则是在讨好这位祖宗呢。

初宁笑容绽大，端起酒杯一饮而尽："是我的荣幸。"

赵明川把她那点小心思一点不落地看在眼里，内心极其不屑地冷哼了一声。

十来分钟的交谈之后，赵明川就离席了。他领着初宁，在人多的地方，还会轻揽她的肩头，提醒她躲避。无数双眼睛盯着赵家兄妹，呵，台下的戏，可比拍卖会好看多了。

电梯门一关上，气氛骤冷。上一秒还是羡煞旁人的兄妹之情，下一秒，两人便各自嫌弃地往边上走了一大步，跟避洪水猛兽似的。顷刻之间，那份暖意化作冰雪，赵明川周身冷了下来。初宁喝了点酒，人倦怠，打量了他一番，嗯，这才是他的本来面目。

赵明川凉飕飕地开口："没事儿的时候，多对着镜子练练。"

初宁心中警铃大作。

"你跟人谈钱的时候，那副谄媚笑容真难看。"赵明川气定神闲道，"装，也得给我装像点。"

初宁淡定道："看不惯就别看。"

赵明川也不恼，语气鄙视不屑："那就不要出现在我面前。"

初宁心尖发颤。这句话里头的意思，是赵明川对她们母女俩发自内心的鄙夷。这种高高在上的优越感，他做得浑然天成。赵明川是干大事的人，分得清轻重缓急，就像刚才那种场合——维护赵氏的正面形象，比个人的喜好厌恶情绪更重要。

初宁没敢拂他的面子，这点上，两人倒是观点一致。而方才的那个设备订单，也算是赵明川顺水推舟的人情了。

快到一层时，赵明川冷道："过来。"

初宁挺直背脊，撑起精神，和赵明川站在一排。

叮——电梯门开，外头一派喧哗热闹景象，熟人频频热情招呼："赵总。"

赵明川领着初宁，兄妹情深的画面尽收众人眼底。

应酬完毕。走前，赵明川突然叫住她："那笔设备订单，你最好自己去马来西亚实地考察一次。"

初宁仔细斟酌他话里的意思，悟出来了：赵明川这是点拨她呢，把第一单做好，那么之后的订单量就会源源不断。

赵明川迈步要走，初宁快步跟上去：“等一下。你最近是不是在做高尖精分子材料的市场调研？”

赵明川顿住脚步，防备心极重。

“你不用这样看我，我没打你的主意。”初宁亦表情坦荡，“如果你需要，我可以给你推荐一个人。他是C航的学生，学的就是相关专业，对行业的了解以及实践动手能力非常强。”

赵明川冷笑一声：“你以为我会用你的人？”

“他不是我的人。”初宁也觉得自己是多管闲事，说，“算了，就当我犯蠢。”

她转过身要走。

“给我。”赵明川意外地开了金口。

初宁也没转身，保持着背对他的姿势，掏出手机，把“158”开头的电话号码复制发给了赵明川。

“他姓迎，叫迎璟。”

这一晚，兄妹之间，以一种难以言喻的方式，别别扭扭地打破了关系不好的传言，诡异地启动了一种“为对方着想”的开端。

而第二天，初宁就极有效率地飞往马来西亚，以此不负她钱串子的本性，对设备进行实地考察。

机场大厅回响着登机提示：“各位旅客请注意，您乘坐的飞往吉隆坡的MH365次航班现在开始登机，请您从15号登机口登机。”

初宁起身，秘书帮她推行李箱。登机的前一刻，她收到一条短信：“有人找我做项目，是不是你推荐的？”

过了一会儿，对方又发来一条新的短信：“肯定是你对不对？报酬好丰厚，我还以为是骗子呢。”

铃声振得她手发麻，这家伙真是个合格的话痨：“太好了！最近经济拮据，连小强火锅都吃不起了，给你哐哐磕头。”

初宁看着看着，嘴角浮笑。

迎璟又发：“你在哪？有空吗？我请你吃火锅好不好？”

轮到初宁登机，她手指轻按，回复了俩字：“出差。”

对方立即死亡四连问：“什么时候？去哪？多久回？你不在B城吗？”

初宁没再回，上了飞机。

迎璟等了二十秒，见对方没再回短信，索性一通电话直接打了过去。

初宁的手停在关机提示上，即将按下OK，他的电话来得刚刚好，OK变成了接听。

迎璟惊喜且大声道："我还以为你不会接我的电话呢。你没在忙吗？你去哪里出差啊？是不是来杏城了？来杏城了一定要告诉我，这可是我的根据地。"

初宁掐了掐眉心，说："不去杏城，我飞马来。"

"哦哦，对了，我没啥事儿，就是想跟你道谢。"迎璟很兴奋，开始详述事情始末，"我接到一个负责人的电话，他问我能不能参与一个项目的信息收集工作。"

初宁谨慎问道："负责人姓什么？"

"姓单，一个男的。"

那就没错了，赵明川的秘书的确姓单。

"他的态度真好！发给我的项目介绍书很完善，希望我二十四小时内给回复，还说他们随时欢迎。"

赵氏历经数十年沉浮，发展至今，自然规范，执行力出众。这点初宁倒不意外，她故意抓他漏洞，咬着字问："态度真好？你这话是说给我听的？"

迎璟当即辩解："没没没，我可没说你凶。"

初宁面色温和起来，笑着说："行了，不逗你了。不用谢我什么，举手之劳。"

"别挂电话。"迎璟叫住她，顿了一下，问，"你什么时候回B城？"

"怎么？"

"我想请你吃饭。"迎璟说，"你帮我忙了，这是我应该做的。"

空乘人员已经走过来提醒初宁关机。

"我们再去吃上次的火锅吧？我会给你点两份猪脑。"迎璟又说，"不吃火锅也行，咱们吃饭，湘菜粤菜西餐随你选。"

还西餐，初宁心情不错，但还是道："不用了。"然后她匆匆挂断电话，把手机关机。

急促的忙音在迎璟耳膜中发颤，他忽然有点失落，最后那三个字好像在预示什么。他这颗人情世故经验贫瘠的脑子稍稍联想，呃，她该不会是不想继续和自己联系了吧？

这个想法一产生，迎璟的心情莫名低落到了谷底。

好失落啊。

初宁这次去马来西亚的行程暂定三天。工厂不远，主要集中在吉隆坡四周的乡镇里。初宁只带了秘书，冯子扬帮忙安排了当地子公司接待。十一月的马来西亚，温度与B城初夏差不多，这段时间恰逢雨季，气候并不是很好。

初宁来的第二天，就有点感冒，但她强打精神，还是按照工作计划，考察既定的四家工厂。随行的秘书叫周沁，说起来也是和初宁同岁。但她对这位年轻女老板，是打心眼里佩服。

从计划制订，到工厂筛选，再到最后亲赴考察，这些都是初宁亲自过问审核的。初宁针对订单标的的特异性，分侧重点选了这几家不同的工厂。这些工厂要么人工材料成本有优势，要么价格稍贵，但质量口碑业内共知，每一家的优缺点、发货时间、款项支付情况，初宁都做了详细了解。

白天已经够累，晚上回酒店，初宁的休息时间亦有限，她会将当天的信息整理为报告，以便第一时间发给甲方。

周沁劝初宁多休息："宁总，您还感冒呢，这些咱们回国后再做也可以的。"

初宁鼻音很重，边上纸巾已经揉了一大团："我没事儿，这是远洋集团在我们公司的第一笔订单，不能马虎。"

周沁给她空了的水杯加满热水，挨着榻榻米坐在一边："您一点也不马虎啦，都这么认真敬业了，顶多晚一两天出考察报告而已，而且，这个也不是对方的硬性要求。"

初宁不置可否，态度坚决："不做，是态度问题。而做，又分不同的效果。"

周沁听不明白。

"这种大企业，十分注重效率与执行力。我给他一份报告，他会认为我们态度认真，有诚意。但如果我以实时反馈的形式，在考察期内，及时、定点地汇报……"

初宁话到一半，稍稍停顿。周沁立刻明白，兴奋地说："就会觉得我们宁竞投资不仅态度诚恳，而且懂沟通，有反馈，有执行力！"

初宁笑了笑："对，只干实事，不来虚的。"

周沁努努嘴："可是宁总，您也把自己逼得太紧了。"

初宁吸了吸堵塞的鼻子，淡淡地说："我没有选择。"

同是二十五六的年龄，初宁的成长环境可以用严苛与复杂来定义。母亲以幸福之名，二婚嫁入豪门，给虚荣心织了一张精致华丽的面罩，但母亲懦弱、卑微也是不争的事实。她可以记得赵家每一位亲友的生日，然后教初宁把一长串的恭维之词背下来，在生日当天讨赵家人的喜欢。

母亲说得最多的一句话就是："不许跟弟弟妹妹抢东西，他们要的，你不许看一眼。"

小初宁好委屈啊，眼泪吧嗒吧嗒往下掉。大概早熟的性子就是从那时候开始微妙扭转，在该稚嫩的年纪，初宁已经舍弃了芭比娃娃、公主裙、蝴蝶结。谁也不知道，她的心思是多么果敢。

你不许我要，那我就逼自己，不要去喜欢，断了欲念，也就什么都不怕了。

周沁本科毕业之后，就在宁竞投资工作至今，她看到了这家公司从浮沉摇摆，到如今的稳健发展，对初宁的私人生活也有些微了解。

马来西亚之行十分顺利。三天行程满满当当，她们还是按时完成，并订了第二天返程的机票。不过初宁的感冒日益严重，往工厂跑的这几天，烧脑又费力，早上起床的时候，她甚至一阵眩晕直接倒了下去，心脏狂跳，眼前发黑，呼吸顺不过气，整个过程维持了十来秒。初宁一度以为自己要完了。

周沁吓得半死："要不然我们改航班吧？您这样怎么走得了？"

初宁说："不用，我明天下午约了金木北城的徐总谈事情，再完善一下细节，VR眼镜的资金就要立刻分节点支出，耽误不得。"

周沁愁眉苦脸："推一天算了，您都病成这样了。"

初宁摇了下头，虚弱地指了指水杯："给我弄点水。"

周沁听话，等她喝完后，又劝："宁姐，咱们迟一天走吧？"

初宁挣扎着去洗漱："今晚就走。"

杏城。

迎璟上周五下午没课，正好姐姐在B城也结束出差，他就搭了顺风车，姐弟俩一块儿回了趟家过周末。迎义章这两日北上，去了S军区视察工作，家里只有妈妈崔静淑。

只是这妈天天逮着迎璟念叨："这都立冬了！你还不穿秋裤！露出两个脚踝干什么？"

迎璟美滋滋地伸伸腿儿："我脚踝这么好看，我想让所有人看到，我妈把我生得可美了。"

崔静淑被气笑了，手往他腰上一掐："臭小子，寒从脚入，现在不注意，以后你就知道苦头了。"

迎璟才不在意，拿着篮球出门："我去打NBA了。"

他的背影随着咚咚咚的拍球声出了门，刚走出楼道，妈妈就在二楼咆哮：

“你怎么连秋衣也没穿啊！”

迎璟抱着球狂奔向篮球场，秋衣显胖，美男子可是很讲究的。五点光景，正是士兵岗哨换岗的时间，一拨拨身姿笔挺的战士列队交接，这是大院儿一天之中最有仪式感的时刻。迎璟抱着球站在篮球架下，也没急着玩。他站得笔直，似是对他们的一种尊重。

待交接流程完毕，岗哨上重新站上了荷枪实弹的小战士，迎璟这才慢悠悠地投篮。

哐——第一个三分球没进。

到了下班的点，人也渐渐多了起来。

“哟，小璟回来啦？”一个长辈的声音传来。

迎璟扭头一看，顿时满脸笑意：“齐奶奶好！我回来过周末呢。”

不多久，又有人招呼他：“小璟，球技见长啊！”

“李叔叔好，没长进呢，还想跟您学习学习。”

迎璟笑起来的时候，眼睛像弯月。球场边的男人冲他竖起大拇指，乐和着走了。这样明亮耀眼的男孩子，实在是招人喜欢。来球场打球的警卫兵也多了起来，迎璟一声吆喝：“我来一个！”

“小璟儿接住喽！”球如闪电，飞奔到他的怀里。

冬日的寒冷化作春水，青春恣意。玩了一身汗回来，迎璟端着水杯便咕噜噜地灌。迎晨正坐在沙发上看电视，一个一个频道地换。

“我说你能不能活得精致一点？”她嫌弃弟弟道，“好歹也喝点温水，怎么跟个糙汉子一样。”

迎璟大口大口喘气，喉间的冰凉进入胃里，带来莫名的爽感。他嬉皮笑脸地回道：“我糙得过厉哥？”

迎晨乍一听这名字，扭过头来，杏目圆瞪：“提他干吗？”

迎璟双眉一挑：“姐，你的脸怎么红了啊？”

“哪有！”迎晨用手背蹭了蹭，这下好了，本来不红的，现在像染上了一层胭脂。

迎璟又喝了杯凉水，一会儿过后，欠揍的声音又幽幽响起：“我提我姐夫还有错了？”

迎晨两颊绯红，再也掩饰不住怦然心绪了。

她没注意，电视停在了新闻频道——

“下面播报紧急新闻，据马来西亚媒体报道，B城时间十八日23：58，一架从马来西亚吉隆坡国际机场起飞的MH365次航班，起飞后三小时，在印度洋海域与管控台失去联系，同时失去雷达信号。登记显示，该航班载有二百余名乘客，其中十五名机组人员。”

主播声音铿锵、清晰，新闻画面不断在吉隆坡机场切换。机场滞留大批旅客，有关发言人紧急召开新闻发布会，公开事情始末及进展。

刹那间，屋里落针可闻。

迎璟捏着水杯，一声不吭，全神贯注地盯着电视。

“飞机失事了。”迎晨眉头微蹙，“又一起飞行事故，凶多吉少了啊。”

新闻继续：“中国外交部、驻马来西亚使馆和驻越南使馆已启动应急机制，全力做好相关工作，安抚家属情绪。”

迎璟忽然手脚冰凉。他一下子想到三天前的那通电话，他向初宁道谢，说等她回来，要请她吃火锅，还问她去哪里出差。

那时，初宁极简短地告诉他她飞马来西亚。

迎璟心里发虚，像是冷风突然过境，他整个人都处在不好的预感中。出于本能，他拿起手机，拨了那个号码。

但手机里传出机械的女声。

“您好，您拨打的电话已关机。”

第二卷　莫负好时光

小先生

空荡荡的大厅里，四面八方涌来的都是凉风。迎璟绷着脸，已经谈不上生气，而是失落、难过、空虚，甚至还有那么一丝丝后悔。

Chapter 06　干坏事儿

吉隆坡国际机场。

距失联事故的发生已经过去六小时，除本国最先赶到的媒体，第一批国外媒体也已赶来。安保人员在竭力维持机场秩序，机场的询问处已被挤爆，好不容易有个负责人出来解答，也是应接不暇。

又过一会儿，部分失联人员的家属到达现场，哭声、质问声、无助的呐喊声，编织成一张密不透风的网，给整座机场蒙上悲壮凄凉的色彩。

初宁站在人群外，所听所见，让她的手不停地抖，包掉在地上的时候，身旁的周沁提醒："宁总。"

嗓子紧巴巴的，初宁再也压制不住情绪，捂着嘴巴呜咽流泪。

"差一点，就差一点。"

初宁脑子发蒙，她想找个地方坐下，人像被抽了魂似的手往旁边摸，结果扑了个空，重心失衡，人摔在了地上。

"宁姐！"周沁哭音未消，蹲下来扶她。

初宁的手心被蹭去了一大块皮，疼感拉回了她的些许理智。机场广播仍是三国语言循环播报事态进展：政府重视，奋力搜救，积极安抚。

这些消息给人希望，又让人绝望。

初宁站起来，往人堆里走了走。边上是两名老人家，他们身处异国，不懂英语，也不知道该找谁问情况，迷茫得像落了单的孩子，只不停念叨："赵志国呢，赵志国有没有找到？"

周沁热心肠，指着东南角："名单可以去那儿查。"

"我眼睛看不清。是那里吗？"老人家眼睛眯成了一条缝，顺着方向大致分辨。

"我带您去。"初宁说。

周沁用英文交流，工作人员立刻明白，查了一番后，凝重地点了点头。初宁放低声音，转身对老人家说："赵志国，护照号是……"

老人的眼泪唰就下来了，沿着眼角深刻的纹路，模糊一片："今天是他妈妈的生日，他说赶回来给妈妈过生日。怎么人就没了呢。"这近乎自言自语的话，听得初宁心酸难过。她不是一个喜欢安慰人的人，觉得安慰一词，多少带着点自欺欺人的意味。

"您老安心，没准儿，没准儿是重名的。"

但此刻，除了安慰，她不知道还能做什么。

机场里，人越来越多，哭声也越来越凄厉。初宁像是一条逆流的鱼，在汪洋大海里茫然游动。

本来，她也该在这架飞机上的。

但登机前的一小时，她突然发起高烧，烧得人都抽搐了，把周沁吓得半死，慌慌张张地叫来机场工作人员帮忙，把她送进了医院。她做了个血检，排除了传染型疾病，是重型病毒感冒。初宁这几天忙工厂的事，也一直没吃药，拖久了就严重了，拍了个片子，显示已经侵入心肺，太危险。

于是，航班改签，她想走也走不了了。对此，当时的初宁还颇有微词，埋怨自己："怎么连这点小病都撑不住，看，耽误时间了吧。"

她却没想到，这一耽误，救了两条命，当真是阴错阳差。输了一晚的液，初宁的症状得到缓解，公司太多事情等她回去处理，只能订了今天的机票。登机时，周沁整个人都在发抖，看着机舱门，又回头看看机场大厅里哭泣不止的家属，这实在不是什么好兆头。

"宁总，我害怕。"周沁小声说，说完，眼泪又下来了。

初宁深吸一口气，然后牵起周沁的手，无声地握了握，很用力。

数小时后，飞机平安降落B城。

初宁开了手机，二十余个未接来电提醒，轰炸一般响起。大部分是公司员工，满屏的关心情真意切。初宁翻了翻，在最底层，看到了迎璟的电话号码。他打了两个，间隔半小时，短信也有一条，问她出差回来了吗。

初宁先回复几个重要的，一圈下来，就把他给忘了。她回到公寓，看到熟悉的床、桌、沙发时，整个人才彻彻底底松了下来。初宁先是打开电视，新闻实时滚动播报失联客机的最新消息，听了几句，初宁脑袋发晕，一杯接一杯地喝水。

命运的残忍与眷顾，大起大落，轻易地将人玩弄。在世事无常面前，人根本无能为力。初宁此时才知道后怕，直到听到敲门声。她一背凉汗地去开门，是赵明川。

大概也没想到有人在，赵明川表情略惊，即刻又恢复冷漠。初宁今天没心思吵架："你来干吗？"

赵明川："什么时候回来的？"

"刚刚。"

新闻里，家属的哭声、控诉声真实地传来。初宁顿了下，联想到什么，看着赵明川，目光如针。

赵明川拧眉："你这什么眼神？"

初宁防备心极重，下意识地说了句："我还站在这里，你是不是很失望？"

赵明川脸色骤变，指着她："你说话掂量掂量。"

初宁后知后觉，才知有失分寸。但她忍不住，一天一夜，生死之间，电视里传来的声音像是加压的魔咒，不断刺激着她的神经，连赵明川的声音她都听不太清。

他说："我是不喜欢你，但还不屑用这种手段。再说了，你能不能想点人事，我能提前知道这架飞机要出事？"

初宁抱着头，突然蹲在地上。

赵明川一怔，仔细听了听，她好像是……在哭。但又好像是幻觉，她再抬起头时，眼睛干干的，唇色苍白。初宁摇摇晃晃地想站起来，赵明川要扶她，却被她有气无力地推开。

以赵明川的耐性能忍到现在实在已是极致，看着这个冤家妹妹倔强的背影，他恨得牙痒痒。他给她倒了杯水，重重地搁在桌子上，然后摔门走了。

接下来很长一段时间，初宁天天看新闻，闲下来的时候，也是不由自主地去刷失联家属的微博。再后来，各方事故分析原因的猜测涌现，什么政策阴谋论，甚至外星人劫持，稍微靠谱点的，有理有据地通过飞机构造的拆解，猜测是否某个核心物件出错而导致失联。

初宁被这样一篇报道吸引。那些枯燥专业的名词，延伸至世界乃至我国的航空发展现状，最后一句总结令她印象极其深刻——

“航空工业的发展，是大事，是难事，是勇事，是好事，它不是神秘无解的天外来客，而是落实在我们每个人的生活里，飞机起飞、降落——不容许万分之一的失误，只有必须与唯一。”

一股穿堂风从初宁脑海里呼啸而过，这时，她的手机响了，是迎璟打来的。她看到这个熟悉的名字，像是一个开关，莫名地连上了她心里的豁口。

“你终于接电话了！”迎璟中气十足，“我的天！吓死我了！你看到马航失联的新闻了吧，现在都还没找到！你跟我说你去马来西亚出差，真的太恐怖了！”

初宁被他一顿吼，吼得耳膜发疼。迎璟忽地放低声音：“你电话还关机，我以为你……啊呸呸呸，不说丧气话，总之，你没事就好！”

初宁说：“迎璟。”

“嗯？我在的。”

“你明天有空吗？”初宁声音平静。

“有空。”

“那上次的火锅，还能兑现吗？”初宁又问。

那头迟疑了半秒，很快又道：“当然！”

强哥火锅店生意是真好，周围也有三四家同类火锅竞争，偏偏他家屹立不倒。老板李小强长得也不咋样，又不年轻，浑身就这个倒三角的身材还能看两眼。初宁坐在人声鼎沸的火锅店里，粗粗估算了一下人流量，这家店一天的收入，嗯，是和老板的长相成反比的。

“不好意思，我来晚了！”

初宁只觉背后一阵风，然后她就看到迎璟抱着个篮球出现了。初宁把他从头到脚打量一番：“你穿这么点不冷？”

迎璟一身短衣短裤篮球服，一只手还握着半瓶矿泉水，笑着说：“我今天的篮球服是耐克新款，我想炫耀一下。”

这个理由，真是让人无话可说。

“哈哈，我骗你的。”迎璟的冷笑话都自带温度，有种蠢萌的效果。他坐在初宁对面，扬手：“服务员，麻烦这边点菜。”然后他看了眼初宁，哇了一声，“你好像比上次更瘦了。”

这话没错。初宁这段时间很憔悴，甚至看了两次心理医生才缓过劲。迎璟把篮球搁在身边，还轻轻摸了摸它，说：“乖乖的，不许流口水。”

初宁没忍住，笑了笑。

“你今天擦口红了？”迎璟一本正经地盯着她，“好红哦，真好看。”

这种自然而然的夸赞，比任何带有修饰词的美言更让人受用。初宁放松下来，跟他开玩笑：“很红吧，我过来之前，刚吃了一个小孩儿。”

迎璟连忙抱紧了自己：“我才不是小孩儿。”

初宁敛了敛眉。

“我给你点了猪脑，两份够吗？”服务员送来了菜单，迎璟在上面打钩，“三份吧，我怕你不够吃。你想吃海带丝还是海带片？海带片吧，脆脆的。”

他一会儿就点完了，初宁瞄了眼，至少三十个盘子。

“再来瓶可乐，要可口的。”迎璟补充，“大瓶的。”

初宁提醒：“汽水少喝点。”

“为什么？”迎璟抬起头，瞳孔映入她的眼里。

初宁和他对视三秒，然后轻飘飘地挪开视线：“杀精。”

迎璟猛地咳嗽，咳得脸都红了。

“有必要吗？”跟个纯情小男生似的，初宁觉得很平常，“这有科学依据的。”

小话痨迎天王挠挠头发，彻底死机冷场了。初宁切入正题，问：“你手头上的事儿，还有多少没做完？”

迎璟明白她指的是赵明川的那个项目，道：“第一阶段快结束了，之后看他们的进度。”

初宁：“没有那么快，从信息搜集到整理，再到策略调整，还需要上董事会讨论。”她的时间观念十分精准，确定道，“没你什么事儿了。”

迎璟哦了声，完全猜不到初宁的想法。这时，服务员端上来火锅料，热气腾腾的，辣椒油看着就过瘾。迎璟正流口水呢，就听到初宁忽然问：“到不到我这里来？”

迎璟蒙了下，觉得大概是自己没听清：“什么？”

初宁语气平和，重复道：“上次那个项目，我跟。”

迎璟脑袋死机：“啊？”

“航空模拟仿真技术。”初宁进一步说明，敲了敲桌面，“这个项目，我决定做。”

店里很吵，火锅味儿鲜香麻辣，充盈着人的感官。但这一刻，在迎璟眼里、耳朵里，只剩下初宁的一言一行。

“听清了？”

“嗯，听清了。”

然后，迎璟很长一段时间没有说话。

初宁莞尔，引导他：“没关系，你有什么想法，可以告诉我。或者，你想拒绝也可以。”

迎璟摇头：“没有要拒绝啊。”

初宁嗯了声，等他继续。

迎璟抬起头，整体而言，表情偏于兴奋。转过这道弯，他的话匣子又打开了：“我需要去你公司上班吗？你会给我发工资的吧？买保险和交公积金吗？生日福利也有的吧？”

初宁点点头，很认真的模样：“随你选。生日旅游，国外的法国、意大利，国内的三亚、九寨沟、雷峰塔，这些都没有。”

迎璟憋着笑，小声说：“你这老板太严苛了，安抚员工的话都不说几句。”

初宁从容悠然：“你是我的员工了？”

迎璟才知又掉进了她的陷阱，于是傲娇道：“我还没答应呢。”

她却突然站起，身体前倾，右手越过桌面，不由分说地覆上了他的手。初宁温文有礼，手也坚定有力。她握了握迎璟，说：“合作愉快。”

迎璟被初宁的霸道给惊住了。两人握手三秒，皮肤上的热度像要把他给烫伤。迎璟很不争气，被烫出了一背的汗。

初宁重新坐好，面不改色地吃起了火锅。

“那这顿，就你请了。”迎璟舔舔嘴角，说得没什么底气。

初宁看了他一眼：“原因。”

“你是老板，你要体恤爱戴员工嘛。”

“我既然是老板，激励制度，只能用在该用的地方。”

迎璟不明所以。

“你为我创造了效益，我自然给你奖励。”初宁吹凉海带，看都没看他，“现在的你还不行。”

“我行的！”迎璟的辩解来得气势汹汹，“我会证明给你看，我能给你挣钱。”

初宁吃了海带，平静地道：“你的声音可以再大点，挺适合喊口号。”

迎璟啧了一声，心里堵得慌：“你这人真的很没人情味。”

“有人情味就能赚钱？加薪？成为世界五百强？”初宁说，“那我天天跟你聊感情。”

迎璟被她的最后三个字说得面红耳赤，他默默低下头，拧开瓶盖倒上可乐，一口气就是一杯。他还想贪第二杯时，蓦地想起初宁的话，可乐杀精。

那他还是不喝了。

两人一顿火锅吃得酣畅淋漓。结账的时候，老板强哥给他们打了个折，还送了两杯龟苓膏：“吃这个降降火，下回再来啊。”

走了一段路，迎璟还在念叨：“老板好会做生意，待人又和善，这样的老板才让人喜欢，多贴心啊。”

初宁对他的意有所指充耳不闻。这个点路上的学生很多，三三两两，也有情侣成双成对，大冬天的，女孩儿们爱美不怕冷，穿着小短裙，两条腿格外吸睛。后来两人碰到了几个迎璟的同班同学，小胖子班长张圆，还有两个女生。

其中张怀玉最先扬手：“迎璟，你去哪儿呢？”

“我刚吃完火锅，你们上哪儿去？”

“喝热奶茶，新店买二送一，你要不要一起啊？”

这边叽叽喳喳聊得欢。初宁也没等他，一个人往前走去。

“那个，先不说了啊。”迎璟看向初宁，急着跟同学再见，“回头告诉你们一个好消息。哦，对了，这个送给你。”

他将那杯龟苓膏塞给了张怀玉：“冬天容易上火，你们别吃太辛辣。”

迎璟跟辆拖拉机似的，又奔向了初宁。张怀玉站在原地，捏了捏龟苓膏：“真是的，大冬天的谁要降火啊。”

同行的女生道：“还说风凉话呢，那拿来给我吃。”

张怀玉偏身一躲：“想得美。”

同学们齐齐起哄：“哟！”

迎璟走远了，听到隐隐约约的声音，还回头看了一眼。初宁今天穿了一件白色修身呢子衣，在腰间柔柔地打了个结。她没穿高跟鞋，亚光的小平跟，衬得脚型很秀气。

她心如明镜，问：“是你女朋友？”

迎璟猛烈摇头，反应很大：“才不是呢。”

初宁说：“这个女孩儿喜欢你。”

迎璟哑口无言，半晌才挠挠手指头：“我长得这么好看，被喜欢也很正常。”

初宁真想冲他翻白眼。迎璟心大，很快蹿到她的前边，跟闲不下来的毛猴儿似的。走着走着，迎璟就觉得身后的背包被什么压了一下，回头道：“干什么？”

初宁的手从他的背包上移开，她平静道：“上面有片树叶。”

这是巷子口，寒风呼呼地往里灌，迎璟一身短袖篮球服迎风直上，没有半点怕冷的表现。走前，初宁叫住他："三天内，把项目书再完善一遍，包括你的研究计划、时间节点，写一份汇总给我，暂时不需要太详细，但是框架必须出来。"

迎璟点点头："没问题！"

他答得过于干脆，看起来万无一失，初宁却微微皱了眉。她的车就停在不远处，她对迎璟点了下头就算告别。开车前，初宁望了眼窗外，迎璟还站在原地，目送着她，一身中二篮球服装扮在这个寒冷的季节显得很夸张。但他是真的不怕冷，半点儿哆嗦都没打。

初宁收回视线，心想，真是年轻人中的极品。

待车尾灯彻底消失在巷尾，迎璟顿时缩成一团，弓成虾米状，抱着自己瑟瑟发抖："装不下去了，太、太冷、冷了，我要烤、烤火。"

回到宿舍，迎璟跟个飞毛腿导弹似的撞开门，祈遇吓了一跳："还以为门被风吹倒了呢！"

迎璟一甩肩，就把背包扔在了桌子上，然后打开衣柜，扒拉出一件羽绒服穿得严严实实："冻死我了！我汗毛都要飞出来了！"

祈遇已经见怪不怪："服了你，非得感冒一次才知道厉害。"

迎璟吸了吸鼻子："小时候，我爸可严了，一到冬天就把我丢进院里的警卫队，跟着他们一起冬训。下雪天，站军姿两小时不许动，我脚都冻麻了，河面结冰，还要下去冬泳。我不下河，我爸就一脚把我踹下去。为了这事儿，我妈差点和他离婚。"

祈遇震惊了："你爸爸当兵的啊？"

迎璟说："他管兵的。"回归正题，他一脸兴奋，"跟你说个事儿，咱们上回的项目，有戏了！"

迎璟把前因后果说了一遍，祈遇还蒙着呢："真、真的啊？"

"当然是真的。"迎璟扬眉吐气道，"这下让飞行器设计系的那帮人无话可说了！"

他视线一转，就看到丢在桌上的书包侧袋里，有两根白色的小棒子。印象中，自己没放过类似的东西啊。迎璟把它们抽出来一看，竟是两根彩虹棒棒糖。他稍一回想，肯定是在巷子里时，初宁拍他的包说是有树叶，其实是塞了两根糖。

彩色的糖果，像旋涡一样一圈又一圈，迎璟心里忽然一动，一手捏一个，比在自己的双眼上，咧开嘴对祈遇笑道："周五晚上没课，叫上大伙儿，我请客！”

想了想，他又补充道：“最重要的是，要让飞行器设计系的那帮人知道，我们也是有投资人青睐的！”

这边欢天喜地，但初宁那边并不是很顺利。第二天，她就把这个决定在会上说了，引起不小波动。宁竞投资发展了四年，已经步入正轨，并且在前年，把公司百分之四十五的份额分散出去，招商引资，也有几位有发言权的合作商。

他们并不看好这个产业。

“我们的业务特点是短期高效，最多半年时间，就要看到既定的回报。这个项目已经属于航天工业范畴，我们从来没有涉猎过，不了解，无渠道，并且没有明显的利益模板。”

初宁解释说：“这个项目是由C航发起的，C航是国内排名第一的航空大学，我们不了解的东西，没人比数一数二的学校更专业，所以我认为，这些都不是问题。”

“但说句实在的，这个航空模拟仿真技术，看得我云里雾里，它能够运用在什么方面？”

“军民用飞机、发动机、机载设备，都可以。”

风投部负责人说：“可是宁总，这些领域，我们公司并没有接触过。”就算技术成熟，又能销往哪儿？

接二连三的质疑，初宁耐心听完所有人的发言后，才进行最后的阐述说明。她坐直了身子，双手交叠在桌面上，姿态放松，面容平和道：“大家能够深谋远虑，是好事儿。对，这个项目的确有很多需要完善的细节以及多加考虑的因素。但它的方向、它的前景，一定是正确的。”

初宁停了两秒，看向会议室的每一个人：“政府已经开始扶持这个体系的发展，我认为这个行业将有良好的投资机会。我希望公司稳定盈利，但也希望公司具有前瞻性。还有，大家可能误会了一点，这个项目的最终结果，不是非要运用到哪个领域，而是偏向技术研究。等这个项目能够成熟、完整地建立起来，我们就可以对接国内的军工企业，不卖产品，只出售技术。”

初宁细细阐述自己的观点，全程围绕一个“利”字：“或许会失败，但是只要成功，就是一本万利。”

一番言论下来，会议室安静许久。大家你看我，我看你，似有千言万语，但都不知从何说起。

初宁的第一仗，勉强控制住了局面。

散会后，在出差的关玉也打来了电话，初宁陷在皮椅里，掐着眉心缓解疲劳：“你这消息很灵通啊。”

关玉说：“你今天这局面弄得有点僵啊，我听小周说，王副总挺不高兴的。唉，宁儿，先斩后奏可不是你的一贯作风啊，受刺激了？”

初宁笑了笑，脚点了点地，转椅面向落地窗：“我前几天还死里逃生，你说这刺激大不大？”

关玉也是心有戚戚焉：“我都吓疯了。但是宁儿我给你提个醒，别和王副总把关系闹太僵，毕竟你们要长期共事，团队理念一定要一致，不然有你闹心的。”

初宁淡淡应道：“嗯，我心里有数。对了，你呢，你也是原始股东，怎么样？有意见就直说。”

关玉嘿了一声：“我哪儿敢有意见啊，成本扔给你，每年只管拿红利，上哪儿找这么轻松的活？”

初宁语气半真半假的：“万一亏本了呢？”

关玉嬉笑着没正形：“那就把你自己赔给我当压寨夫人。”

初宁笑着又把皮椅转回来，揉着颈椎轻松往后靠：“你可压不住我。”

关玉又问：“这个项目的参与者是什么人？”

“学生。C航的。”

“我的天！宁儿你胆子也忒大了吧！”关玉夸张道，“竟然对学生下手！”

初宁被她逗笑：“我还没那么重口味。”

关玉在国外待过一段时间，所以对男女之事看得很开，美滋滋道：“现在很流行姐弟恋啊，什么小狼狗、小奶狗的，喂？喂？”

初宁挂断了无聊的电话。她看了看时间，今天是第三天，按理说，迎璟的项目书应该要发给她才对，可一直到下午下班，都没有回音。初宁给他打电话，通了，却没人接。

吃过晚饭，她再打，这回迎璟接了，却刻意压低声音说：“有事儿吗？晚点说，我晚上有课，现在在上课。”

“好吧。”初宁应了声。

电话一挂，迎璟松开捂住电话的手，使劲儿甩了甩缓解紧张。说谎的感觉，真的是很虚啊。他重新进入酒吧，剧烈的音乐声震天响，刺激着神经，很容易激发人的情绪。

心虚感瞬间被抛诸脑后，迎璟全身舒坦，又投入舞池蹦迪去了。玩得要好的同学都来了，班长周圆拿着啤酒咕噜噜地灌："太解气了！我们昨天把消息放出去，设计系的脸都黑了！"

另一人道："可不是嘛，真以为好事儿都被他们给垄断了啊？迎璟总算让我们扬眉吐气一把啦！"

迎璟心里也很美，在他看来，"报仇""解气"，是初宁答应投资这件事带来的第一波感觉。这种虚荣感是外在的、直接的，是容易麻痹分辨力的。

酒吧二楼正对着的栏杆处，一群年轻人也是聚在一块儿喝酒玩儿，酒吧老板小六四处呼朋引伴。这酒吧开业不到一个月，正是生意黄金期，每天爆满。

小六扬手喊服务员："Milk，加冰块。"他回头的时候，视线不经意落在一楼的舞池里。

他记性好，对真心朋友有关的事情，记性更好。小六看到了迎璟，并且瞬间想起，他是酒吧开业那天，和初宁待在一起的男生。小六看热闹不嫌事大，本身也是热心人，望了好一会儿，把烟叼在嘴里，拿出手机拨过去："喂，宁姐。"

半小时的时间，气氛越来越嗨，人也越来越多。

张怀玉凑近迎璟，她今天化了妆，眼妆尤其闪亮，周围的同学一阵热烈起哄。张怀玉受了鼓舞，胆子也变大了，手自然而然地环住迎璟的脖子，迎璟下意识地往后退，但舞池里全是人，他没地儿躲。

也不知被谁一推搡，他往前扑去，不可避免地和张怀玉撞在了一起。大家吹起了口哨："投怀送抱来一个，双宿双飞来一个！"

迎璟的白T恤都湿透了，他尴尬地把手背在身后，但张怀玉的手吊在他的脖子上，他真的甩不开啊！

"你、你别听他们瞎说。那个，你先松开。"

"什么？"张怀玉醉眼蒙眬，整个人的重量都挂在他身上，对这十分受用。

迎璟不得不凑近她耳边，再重复一次。这个姿势，远远看着，倒真像是亲密无间的小情侣在耳鬓厮磨。迎璟挣了挣肩膀，动作之间，猛地看见入口处一道白色人影。

迎璟看清了人，一股凉意从他的腹间顺着背脊直冲天灵盖。

灯光迷离，他眼前一阵眩晕。

初宁平心静气地站在那，两人对视数秒，霓虹闪烁，声色夺人。她指着他，用嘴形说了两个字："过来。"

这刺激感，跟见到了鬼有一拼！

迎璟心跳加速，后背发凉，冷汗顺着腰窝往下滑。从小到大谁还没撒过几次谎？但没有一次像现在，他心率飙到二百八。他呆愣的这几秒，初宁已经转身要走。

迎璟出于本能迈步追了上去。他像条逆流的鱼一样挤开层层人浪，好不容易到了面前，却又不敢靠近。于是，两人就维持着一幅很诡异的画面。

初宁加快脚步，迎璟也走得快。

初宁慢下来，他跟着慢。

两人之间始终保持半米距离。

“玩竞走呢！”一旁的小六看得快笑死了，贼兮兮地凑过去，说，“宁姐，要不要我安排一下？你喜欢什么房间主题？热辣夏威夷还是冰山绝恋欲望之火？”

初宁扫他一眼：“边儿去。”

“原来你喜欢这样的啊，”小六戳了戳自己，感慨道，“那我还有机会没？”

“有啊，我们公司正好缺一个冤大头。”

初宁不跟他贫嘴，转过身对迎璟说：“你，给我出来。”

把人领出酒吧，往门口一站定，初宁直直看着他：“项目书呢？”

迎璟心虚，手背在身后，小小地往后退了一步。初宁逼近一大步：“哦，我忘了你晚上在上课。”她一派闲适，语气极其不屑，“怎样，泡妞大法练到第几层了？”

原本被抓包的心虚感就不太好受，再被这样拐着弯说教，气人效果简直让人爆血管，迎璟少年心气被激得口不择言：“你这人怎么总是这样咄咄逼人？”

“呵，还轮到我错了？”初宁也不再跟他兜圈子，直接道，“你答应我的事，就得好好给我做完。”

迎璟欲言又止，她一句话跟飞刀似的，他的脖颈都染了一层红。

“我不是跟你闹着玩。”初宁提醒他，“我砸进去的，是真金白银，是公司一个季度甚至半年的投资成本。你要搞清楚，‘甲乙方’意味着什么，如果你需要，我可以让秘书给你安排两节免费的普法课。”

话都说到这个份上了，他不要面子的啊！迎璟顶着巨大压力，勇敢地对视回去，抬了抬下巴，直言不讳：“我俩还没签合同呢！”

这句是嘴硬示威，后一句就是小声的情绪发泄：“你不能把我当苦力呀，还是要互相尊重的是不是？你这么不好相处，那以后可是很难办的。”

这是原则态度问题，初宁不想再跟他废话：“行，不勉强。”四个字，她撂下话就走。

这下轮到迎璟傻眼了。初宁连背影都是干脆的，霓虹作陪，寒风阵阵，她踏进夜色里，长发荡在耳畔后面像一圈圈涟漪。她没有回头。

再返酒吧，迎璟瘫在沙发上装死。

“小璟来蹦迪！这曲子够嗨啦！”朋友呼唤。

他兴致不高，挥挥手：“我休息一下，你们自己玩。”

祈遇帮女朋友顾矜矜卖酒，这下才有空过来，踢了踢他的鞋尖：“玩不动了？这可不像你的作风。”

迎璟往沙发上一歪：“我什么作风？”

“反正不像现在一潭死水。”

迎璟干什么都索然无味了。

十一点多散场，周圆叫好了滴滴打车。迎璟服了他：“你就不能多叫一辆啊！”

“叫不到了嘛，这黄金地段，人多车少。”小胖班长笑眯眯道，“五个人挤一挤也能坐下。”

他们打的那点鬼主意，真是一点都没有惊喜感。张怀玉今儿是玩嗨了，喝了两小杯啤酒，人晕乎乎的。两个女生靠窗坐，然后一群人把迎璟给强行塞了进去。后座空间窄小，迎璟已经奋力不让自己挨着她，一边练缩骨功，一边叫道：“我下车，重新叫辆车，你们先走。”

另一个同学挤进来，砰的一声车门被关紧。

迎璟的手已经举起碰着了车顶，但张怀玉还是有意无意地往他这边蹭。

他觉得有点难受，有点尴尬。

迎璟忍不住提醒边上的女生：“你把她弄过去一点。”

女生敷衍地扯了扯张怀玉的胳膊，无效后，一副“我也没办法”的表情：“你比较有吸引力啦。”

车里响起暧昧的笑声。迎璟实在忍无可忍了，自己动手，用力掰开张怀玉，然后把她往边上一推。张怀玉愣了愣，男生的力气比较大，哪怕再轻柔，在女生看来，也是粗暴至极。迎璟看着她红了眼眶，都蒙了。

“对不起啊。”迎璟马上道歉，双手合十不停作揖，“我已经控制力气了，弄疼你了吧？那个，大哥，麻烦你前边停一下，别挤着你们，我还是重新打车回去吧。”

迎璟坚持要下车，关门的一瞬，张怀玉呜呜呜地哭了。

他晚半小时回到宿舍，几个要好的同学把他堵在凳子上严刑逼供："小璟同志，你今天的做法可太不爷们儿了啊！"

"就是，张怀玉一个女生，你要温柔点啊。"

迎璟的丧劲儿还没缓过来，眼下又被一通指责，心里烦着呢，他踢了脚凳子："干吗呢你们一个个的，改行当媒婆得了。"

"张怀玉喜欢你的事儿，可别说你不知道。"

迎璟无语："我为啥要知道？"

迎璟背脊挺直，把自己的想法明明白白地一通交代了："一群看热闹的，且不说这事儿是真是假，但女孩子没有明说，我就会当什么都不知道，保持距离，不要让她有想法就行了。"

"那她要是跟你表白了呢？"

"另当别论。"迎璟敲了敲桌子，"别人本来没什么意思，被你们怂恿来怂恿去的，弄得多尴尬啊！以后可不许瞎搅和了啊！"

小胖班长咦了一声："小璟，大学也没见你谈过恋爱啊，怎么说话一套一套的。"

"没吃过猪肉，总见过猪跑吧。"迎璟说，"我姐总喜欢让我陪她看韩剧，虐恋情深来来去去不就那么回事嘛。"

不搞暧昧，也不伤人面子，看破不说破，尽力维持两方平和，这是到目前为止，迎璟贫瘠的感情观念里最直白的想法。

最后他提醒各位："我是男生不要紧，但女孩子面子薄。你们不要搅浑水了，女生很敏感的，这样影响不好。"

说到这里，迎璟忽然想起了今晚的初宁。

这女人的行事做派，就跟钢铁战士一样，但她转身走时的背影，那么决然坚强。她会敏感吗？

一整晚，迎璟都跟幽灵似的，飘来荡去洗漱上床，翻来覆去在床上当毛毛虫。他把脑袋蒙进被子里，叹了口气，好像又做错事了。

初宁一天都在连轴运转。

金木北城的VR眼镜订单，第一笔款已经拨过去，其业务负责人跟她沟通汇报进度，圈选出了三家生产商给初宁过目。这些生产商分别在三座城市，南北都有。金木北城的业务经理详细介绍了三家的情况以及优劣势。

初宁对他们的合作态度尚算满意，抱着和气生财的立场，亦大方道："这一块你们有经验，具体生产部分，你们拿主意就好。”

“感谢宁总信任。”业务经理说，“投产顺利的话，下个月初，第一批就能投入产出。”

这边谈完，下午初宁又连开了两个会议，直到下班才散会。员工们总算恢复活力，热闹地讨论着：

“楼下新开了家湘菜馆，咱们美团吧，挺划算的。”

“好啊好啊，算我一个。”

“拼车的有没有？”

“有有有。”

一张张年轻的面孔新鲜活跃，用努力和认真做基石，虽偶有辛劳，但一点一滴都脚踏实地。有梦想，有付出，这才是最美好的人间烟火气。

周沁临走前敲了敲初宁办公室的门：“宁总，你还不下班？我们晚上去吃湘菜，你要不要一起呀？”

初宁笑了笑：“谢谢，你们玩得开心点。我还有些工作要处理。”

周沁：“嗯嗯，宁总拜拜！”

又过了十分钟，公司归于平静。空荡荡的办公区，电脑设备尚有余热，白天的喧嚣紧张被慢慢抚平。初宁审完下季度的工作计划，黑夜已降。八点了啊，她看了看手表，准备起身去倒杯水。

突然，办公室外传来异响。

初宁放慢动作，看向门口，没动静。

她走过去，垂下手，拎棒子似的把水杯握在掌心：“谁啊？”

没回应，初宁一鼓作气拉开门——迎璟狂叫一声：“吓死我了！”然后他猛拍胸口，“你怎么突然开门了！”

初宁迅速压下方才的紧张情绪，实在没料到是这小子，皱眉问：“你鬼鬼祟祟的，在这里干吗？”

迎璟纠正：“哪有鬼鬼祟祟，我这不是还没来得及敲门吗？”

得，他怎么说都有理，这已经是他一贯的风格了，初宁懒得计较。

见她面色不悦，迎璟莫名其妙有些害怕，立刻站直了，脱口而出：“我是来道歉的，对不起。”

初宁微怔，看向他。迎璟被盯得窘迫，目光往左飘：“昨晚是我不对，我不该骗你在上课。”

他目光又往右飘：“你愿意投资，大家很高兴，我就请他们去酒吧庆祝。事情就是这样的，我真的没有恶意。对不起，我错了。”

初宁："你错在哪里？"

迎璟："我不该背信弃义。"

这个词有点重，初宁不客气道："出门前背熟检讨书了？"

迎璟顿时不好意思起来，反驳也不是，承认也不是，畏首畏尾地站在原地，白净的脸被公司里的暖气熏得泛红。他今天倒没有奇装异服，黑色短款羽绒服，里头是一件蓝灰色的格子衬衫，领口干干净净，喉结凸出，很是养眼。

初宁叹了口气，让出路："跟我进来。"

她的办公室不算大，但简洁舒适，装饰物不多，但每一样都是精心挑选的。

"坐吧。"初宁绕过办公桌，两人面对面坐下。

办公室出现短暂的安静。

"我生气的，不是你骗我。你的理由很充分，情有可原，我认可。"初宁说，"但你在玩之前，应该想到自己还有任务没有完成。你可以提前告诉我，你需要更多的时间来做这件事，我一定会同意。"

迎璟渐渐垂下了头。

"这只是开始，以后，我们还有很长的路要走。我投钱，你费心，我们都在付出。我能够接受沟通、交流，也愿意尽我所能配合、调节，但我的底线是——不接受敷衍和欺骗。"

初宁一席话说得清晰有力，在黑暗的天色里，也多了一分柔和的韧劲。

初宁姿态缱绻，眉眼间有淡淡的温柔，迎璟看了好久，手指抠了抠掌心，然后默默移开视线。

话已至此，不用多言。初宁知道他是个聪明人，阅历浅是硬伤，但好在为人诚恳，根是正的。

"你还有什么要说的吗？"初宁象征性地问道。

咕噜——某种破坏气氛的响声不合时宜地冒了出来。

迎璟看着她一笑："能不能先吃饭，边吃边聊？"

迎璟亮晶晶的眸子很湿润，跟乞食的小狗似的，初宁和他对视三秒，没忍住，也笑了起来，气氛彻底放松。

初宁叫外卖，点了三菜一汤，餐厅跟她确认订单："请问还需要加什么吗？"

"没了，谢谢。等等——"挂电话的前一秒，初宁想了想，说，"再多加四碗米饭。"

这顿饭，迎璟吃得酣畅淋漓。初宁吃了小半碗饭就搁下筷子，饶有兴致地看着他吃。迎璟也没不自在，边吃边问：“看我吃饭是不是一种享受？”

“嗯？”

“我吃相好看，胃口大开，还不挑食，你看，一粒米都不浪费。”

初宁嘴角微弯，点点头：“嗯。”

初宁看他吃得差不多，从抽屉里拿出个文件夹：“合同你可以先看看，没问题的话，就签字。”

迎璟打开翻了翻：“这有没有问题啊？”

初宁：“我这边没什么问题。”

“OK！”迎璟拧开笔帽，在末页唰唰签上大名。

等他签完了，初宁才悠悠开口：“你看都不看就签了？”

“不然呢？你不是说没问题吗？”

“第二条款，十八条，签的是二十年的卖身契。”

迎璟反应过来，爆了粗口。

他赶紧翻回去看，翻来翻去，根本就找不到十八条。迎璟抠了抠桌面：“你骗我。”

初宁笑道：“你再这样随性，真被卖了，还要替人数钱。以后不管签什么字，多留点心眼总没坏处。”

迎璟点头：“知道了，宁老师，宁老师您就是B城丨佳特级教师。”

时间不早，初宁起身要走。迎璟赶紧说：“我送你吧。”

“不用，我开车。”初宁关闭电脑，拿起包和围巾，高跟鞋踩在地上声音清脆。

“开车我也送你。”迎璟像条跟屁虫，围在她身边一会儿往左，一会儿向右。到了外面，他又飞快地去按电梯，手拦着门，做了个“您请”的动作。

初宁的神情也渐渐柔和下来，她问他：“为什么要送我？”

他答得理所当然：“因为你是女生啊！”

初宁直觉这只是他想搭顺风车的借口，但心里还是不可避免地微微一暖。

两人上车，车子在岔路口遇到红灯。迎璟忽然说：“这不是去我们学校的方向吗？”

初宁嗯了声：“你不就想我把你送回去吗？”

迎璟急急辩解：“这是误会！”

初宁十分平静：“想做绅士？”

“我本来就是绅士。”

初宁笑起来的时候，霓虹灯影恰好从窗外射进来，淌过她的脸，红艳的唇浸润其中，变得柔和不少。

她顺了迎璟的意，车子变道，回国贸。迎璟看了看她住的小区，挺高档。

待他下车，初宁问：“你怎么回去？”

“我没事儿，可以坐地铁。”迎璟隔着车窗朝她挥手，“早点休息，拜拜哦！”

初宁颔首，准备踩下油门。

“等一下。”迎璟叫住她，目光变得认真，举起右手直指夜空，“我再也不会骗你了，也不会不接你的电话。我保证。”

两人对视数秒，他不再像以前，面对这个女人总是有种莫名的胆怯。这一次，他不躲不避，任她看着自己。

初宁点了下头：“好。”

两人就此告别，白色奥迪一路开去停车场。转了两个弯，到了她的车位，初宁换挡刚要倒车，动作却停住。她看了看表，这个点，哪里还有什么地铁。

初宁敛眉垂眸。

入冬的B城之夜，寒气已经初露威力。

迎璟双手插袋，还是挡不住冷。他走几步，就时不时地回头看马路，要命了，没有一辆出租车。好冷啊，他暗暗发誓，这次回去之后，一定要穿秋裤。

有车灯闪烁，迎璟以为是出租车，刚要招手，却看到这辆车子有点熟悉。车停，里头的人像是在做思想斗争，好一会儿才把车窗降下。初宁略显无奈，但语气维持得还算平淡，她看着迎璟，说：“上车。”

迎璟头顶一片亮闪闪的感叹号。

“你怎么又回来了？上车？上车干吗？”他后知后觉，倒吸一口气，跟看怪物似的，“你要亲自送我回学校？”

事到如今，她还能反悔吗？他送她到家，然后她又跑出来送他。初宁忍受少年的聒噪与惊讶，心里一串无语的省略号。神经病一个还不够，自己瞎凑什么热闹，有病吗？

车子一路开上高架桥。迎璟时不时地看初宁。第三回他被抓包，红灯停车的时候，她突然转过头：“总看我？有事？”

两人的目光轻轻巧巧地碰上，躲开就显得欲盖弥彰。迎璟按下心头那点慌张，问她：“合同我签了，那接下来我该干吗？”

初宁给了个很无语的表情：“你问我？”

迎璟觉得自个儿好像又犯蠢了，于是哦了声，即便没弄明白，也要装明白。

到C航西北门迎璟下车，初宁这回是真走了。直到车尾灯消失不见，迎璟还盯着她走的方向半天没动弹。回到宿舍，迎璟把晚上签的合同拿出来，仔仔细细看了一遍。看完他得出一个结论，还真是这样啊，她出钱，他出力。也就是说，除了钱，别的事都得他自己干。

迎璟有热情，但压力有点儿大。不过很快，前者的情绪占主导地位，年轻人的士气容易被激发，一条康庄大道金光闪闪地降临眼前，仿佛迈开步伐，就能平步青云。

迎璟想想，还有点小激动呢。他做了几次深呼吸，然后打开电脑，豪情万丈地做起了计划书。

第一步，当然是弄个团队。可问题来了，他上哪儿招人呢?

祈遇肯定是一个，这个项目的初始，就是迎璟和他一块儿做出来的可行性分析报告，论熟悉度，祈遇能排前三。再加上祈遇是典型的发愤图强类型，专业知识极其扎实，没有比他更合适的人选。

这事儿迎璟跟他一说，祈遇就答应了：“你需要我帮忙，我肯定会帮的。”

“不是帮忙，你决定加入，就是一分子。无论什么结果，不是我的，而是‘我们’的。”迎璟很认真地纠正。

祈遇点点头，考虑得比较全面：“团队建立好之后呢?实验室是否能获得学校批准使用?我们的仿真模型建立起来后，不可避免地要运用试车，数字设计体验系统、运算系统，甚至到未来的人机工程分析系统，这些设备是很复杂的，我们往哪儿摆啊?”

迎璟脑仁儿疼，双手搁腰上，抬头望天：“走一步看一步吧，咱们先把人招齐。”

“可是……”

“哪有那么多可是。”迎璟打断他道，“如果每一步都有条不紊地摆在那里，那就不叫科研创新了。”

正是因为未知，才需要勇气踏出这一步。如果做都不去做，就永远是空中花园。

就这样，迎璟开始了招人大业，而且场面异常火爆。

被吸引来的学弟学妹特别多，大一大二，想着这是个好机会，甭管能不能真正倒腾出成果，挂个名号，毕业后找工作，也有拿得出手的东西可以吹一吹。

“你为什么要读航空发动机专业？”

答案五花八门：

“因为我从小就喜欢做模型，这是我的兴趣爱好。”

“工科呀，以后好找工作。”

“因为我爸爸在×航空公司有关系，我毕业后就能去那儿上班。”

“请问你为什么希望加入我们团队？”

“我没有女朋友，我要找点事儿做。”

“学长，你们有工资发的吧？”

“我没参加社团，现在蛮无聊的，别的社团已经不招人了。”

一天下来，什么奇葩答案都有。迎璟回宿舍后直接躺倒，揉着嗡嗡作响的太阳穴感慨：“人才，人才不可求啊！”

祈遇翻了翻筛选出来的名单：“别悲观，这不也有几个好苗子嘛。李××，哦，还有计算机系的这个大一新生，顾鹏鹏。你有印象没？”

躺够了，迎璟连做五个仰卧起坐，将衣服撩上去，腹部没有半点儿赘肉。这个人他印象很深刻，面相沉静，清瘦，架着一副半框眼镜，很斯文。

“对了，还有。”祈遇告诉他，“你忙招人的时候，班长给我打电话了，他也要报名，挺热心的。”

“周圆？”

“嗯。”

以小胖班长爱凑热闹的性格，迎璟是一点都不意外。

“我觉得他很合适，同班同学，知根知底，而且他跟老师的关系都很好，交际也广，以后总有用得着的地方。”祈遇表明了自己的态度，问，“迎璟，你觉得呢？”

“周圆这人吧，没什么大问题，但我特受不了他那咋咋呼呼的个性，又八卦、嘴巴碎，把他扔广场上，晚七点一到，准能打入中老年广场舞内部，成为头号领舞。”

祈遇被他这比喻逗乐了：“所以？”

“所以，我觉得他不行。”

迎璟盘腿坐在床上，两人一高一低，交流意见：“做项目可不是闹着玩的，甲方出的是资金，是真金白银，人家一个公司一个季度的利润说不定都在里头了，万一周圆没兴趣了，跑出去乱说一通，这可是牵扯机密的事。”

祈遇一脸狐疑：“哎？你这说话的语气，很社会啊。”

“有吗？”迎璟浑身机灵，后知后觉，自己完全是模仿初宁的语气啊。那个钢铁女战士，简直有毒。

祈遇还挺可惜的："但都是同班同学，就这么拒绝也不太好吧。"

迎璟想说，他的意思也不是拒绝，纯属朋友之间私下吐槽。

"再看吧。"

他这句话刚落音，砰的一声，半掩的宿舍门被踹开。迎璟吓得差点从床上滚下来："谁啊？"

方才他们谈话里的男主角，大班长周圆同学，怒气冲冲地出现在门口。他双手叉腰，圆脸儿都给气爆了，发出怒汉一声吼："不用再看了！我自动退出！我不报名了！谁还稀罕你们啊！求我来我都不来！"

这有点糟糕，背后的悄悄话被听见了。

"我嘴碎，我八卦，你以为你好到哪儿去啊？你对谁都好，其实就是一个烂好人！"周圆很生气，连指桑骂槐都省了。

祈遇赶紧解释："对，迎璟说话是有失考虑，但他没有恶意的。"

"哼。"

"就像你刚才说的也是气话，大家同学都三年了，平时玩笑也没少开嘛。"

"你闭嘴，我不信你。"周圆看穿了祈遇的本真面目，"哼，别以为我不知道，你是最向着他的。"

迎璟觉得自己实话实说，实在也不是什么大罪，搞不懂对方干吗反应这么激烈。于是，就这么僵着呗，想让他低头认错，没门儿。

周圆摔门而去，迎璟一脸倔强，指着门："开什么玩笑，我少了他就活不成了吗？！"

祈遇头大，冲他道："少说两句。"

得，团队还没建立起来呢，内讧倒是闹得激烈。年轻的心，敏感、炽热、明亮，没有过多的社会经验，喜好厌恶直接表达，就事论事，但少了方式。能上这样的大学的学生，底子都不差，比别人多了几分心高气傲。

大家都在一条起跑线上，你凭什么看不起我？大抵就是这样的心态，像开碰碰车，一路电光石火。

周圆再不去迎璟的宿舍，两人在路上碰见也跟陌生人似的。少男们的心，扭曲奇特，也分外柔软。

迎璟这边继续忙招人，但事实上，困难很大。来的人要么是冲着工资，要么是为了以后简历上能够好看一点，方便找工作。这些，都不是迎璟需要的，与理念背道而驰，就是不合适的。

好不容易有几个还行，迎璟把他们纳入了准队员行列进行第二轮筛查。计算机的斯文小哥顾鹏鹏，还有两个是同专业的学弟，其中一个长得白白净净，就叫他“花蝴蝶”。

行吧，事情纵有挫折，好歹也是有进展的。迎璟刚准备松口气，某天晚上从实验室回来，在寝室楼大门口，看见“花蝴蝶”学弟鬼鬼祟祟地左瞧右瞧，然后捂着手机在讲电话。也不知为什么，一向心大的迎璟，这一刻突然多了个心眼，溜到大槐树后面，假装是顺路经过。

“花蝴蝶”的声音有点小，但激动起来，还是能够听清的：“他们的人招得差不多了，动力系、计算机系的都有，三个，对，三个……成绩都挺好，但人很老实……

“对啊，迎璟好像是和他们班长闹翻了……嗯嗯，好的表哥，你放心吧，有事情我一定跟你讲……

“当然了，他们这个水平，跟你们设计系的还是差得远……”

我方阵营还混入间谍了。一阵冷风呼呼刮过，迎璟抖了抖肩膀，一脸无语。

“花蝴蝶”是不能再留了，娘里娘气的，啊呸！都不是好东西。又过了几天，另一个学弟也说考虑良久，学业为重，还是不参加了。

学业为重你个球啊！报名前咋不想清楚呢！拉倒就拉倒！迎璟气得连饭都只吃得下两碗了。

Chapter 07　迎难而上

夜深人静，他睡不着，在床上生煎油炸扭啊扭的。原来事情从零开始，这么难。

室友渐渐进入梦乡，男生微重的呼吸像是闷锤头，一声一声敲打在迎璟心头。他把自己蒙进被窝里，闻着被套上淡淡的蓝月亮洗衣液香味，失眠了。

士气大打折扣，迎璟望着自己豪言壮语的计划书，觉得那就是一纸玩笑。他甩甩头："不行不行，振作振作！"

迎璟揉了揉头发，然后深呼一口气，拿起手机。

初宁接到电话的时候，正从工厂出来。工作很顺利，开车上四环，她的语气还算轻松："有事儿？"

迎璟揪了揪自己的大腿，让语气活泼起来："没事儿，想请你吃火锅！强哥那儿上了个新的火锅底料，怎么样，去不去啊？"

电话那头很安静，好像能听见她柔软的呼吸声。迎璟更加用力拧了拧大腿。

初宁再开口时，还是那句话："你有事。"

这次她不是疑问猜测，而是肯定。迎璟一口气吊在那儿，忽然就泄了。他语气很丧："我碰到点难题，不知道该怎么办了。"

初宁问："你在学校？"

"嗯。"

她看了下表，说："二十分钟后，你在东南门等我。"

初宁比预计时间早五分钟到，意外的是，迎璟比她更早。他今儿穿了件飞行服款式的棉衣，深蓝色的牛仔裤，膝盖上还挺时髦地做成破洞效果。迎璟个头高，往路边一站，回头率还挺高。

初宁把车停在他面前，按下车窗，摘下墨镜的时候，迎璟这一天终于笑了。

两人就在学校附近找了家咖啡馆。萨克斯声悠扬回荡，复古欧式装潢，桌上摆了个孔雀毛的装饰，是个适合谈话的地方。

初宁靠着座椅，一只手搭着椅背，说："好了，说说你的难题。"

迎璟看了她一眼，发现她同样专注，像是找到了一个出口，一肚子的话就这么倾泻而出。他语速快，咬字却清晰，说到激动的地方，还会略微停顿，很有节奏感。

"事情就是这样的，你说，周圆是不是小题大做？这话我又不是第一次说，聚在一块儿开玩笑的时候，说过不知道多少回了。"

对这些私下友情初宁没兴趣，只问："这个周圆能力怎么样？"

迎璟客观道："专业成绩很好，人比较外向，跟老师们的关系挺好的，还在学生会，认识的人也多。"

初宁："如果我是你，我会想方设法留住人才。"

在她面前，迎璟觉得别别扭扭也没必要，叹了口气："可是他的缺点很明显。"

"谁没有缺点？你也有。"

"我哪有什么缺点？！"遇火就燃，迎璟有点受挫。

"浮躁，沉不下心，直来直去，不讲究方法。"初宁直言不讳。

安静许久，迎璟竟然没有反驳。他扭过头，伸出食指和中指，假装自抠双目："啊，我为何要跟你聊天，自取其辱！"

初宁笑道："但是你的优点也很多，专业过硬，热情向上，这些品质，是做项目的过程中，最难能可贵的。"

两利相权取其重，两害相权取其轻。当明白这个道理，轻重缓急你也就自然排序齐整了。迎璟被她夸得心花怒放，又好像明白了些什么，豁然开朗的感觉太好了。

他又想起件事，于是问："你既然这么看好我，那为什么那天晚上在酒吧，你还对我撂狠话，说合同爱签不签？"

初宁的手从椅背上放下，交叠在桌面上。淡粉色的半透明甲油，衬得她的手很是白皙。她看着他，轻声说："还能为什么，被你气的呀。"

迎璟的心跟被猫爪子挠似的，轻轻痒了一下："那如果，我真的不签合同呢？你会怎么办？"

这像是一种试探，带着一种渴望得到答案的冲动，他想知道。

停顿数秒，初宁目光淡淡地说："还能怎么办，第二天来哄你呗。"

这一刻，迎璟呼吸急促，觉得自己要高潮。

初宁见他呆傻了半天没动弹，不悦地敲了敲桌面："你这爱走神的性子，可不可以改一改？"

迎璟装死，脑子里的想法太精彩，跟打群架似的，耳边嗡嗡作响。

半晌，迎璟才道："啊？你跟我说话？你说什么？"

初宁最怕这种闷声儿不响的，眼里竖起"我对你很不满意"的警戒线。她一看他，迎璟就自觉地眼神放空，木木地和她对视。

初宁的耐性快到极致时，他突然抓起桌上的咖啡，甭管还冒着热气烫嘴，一口气给干了。

迎璟站起来："我有事先走了。"

"行。"

他跟逃似的去买了单，然后一阵小旋风，差点撞到玻璃门上。初宁掐掐眉心，这人，啧，给他一双翅膀，他能够搅乱整座天堂，够浮躁的。

迎璟回学校的一路上，一会儿被她那句"我哄你呗"弄得回味无穷，脚步不自觉地轻快，一会儿又被自己的反应搞得无比懊恼，埋怨自个儿太没定力。时快时慢，时高兴时崩溃的情绪切换，都要把他整疯了。

今天是个大晴天，太阳光亮得刺眼，迎璟拉开外套拉链，把手搁腰上，边走边自省：啊——我疯了吧！

宿舍楼门口，迎璟正好碰见几个同学出来。

"小璟，打篮球去不？"三两个人先后叫他。

迎璟停止发疯，而走在后面的周圆胳膊里夹着篮球，避猛兽似的往右一大步，别过头看风景。

迎璟默默垂眼，说："你们去吧，我还没换衣服呢。"

"那又没事儿，把外套脱了就成。"几人都是玩得好的，知道他和周圆之间闹翻了，好心当和事佬，一个个地劝着，"走吧走吧，正好少一个，咱们打半场。"

迎璟又瞧了一眼周圆，想起初宁的话，心一横，走过去主动说："喂，一起打行不行？"

周圆面无表情，只把胸膛挺得更高，夹着篮球走了。

迎璟脑壳疼，什么心宽体胖，都是骗人的。他心里嘟囔几声，还是厚着脸皮跟了上去。

有了他的加入，六人正好分两组，半场打起来倒也激烈。迎璟身高体长，弹跳力也不错，哪怕没穿篮球鞋，普通的白板鞋照样不逊色。他那股较真的劲儿，在球场上很是悦目。

“传给我！”迎璟对队友示意，跑动起来。

啪——球嗖的一声飞过，稳稳地落在他的掌心里。

对手两人将他包抄，不让他有突破的机会。周圆双目怒瞪，盯着他虎视眈眈。他本来就结实，再来个大鹏展翅，简直像一堵肉墙。

迎璟眼神无奈，边拍球边说：“这么久也该消气了吧，啊？”

周圆绷着小圆脸，肉肉左右晃：“谁生气了，你不配我生气。”

“行行行，我说话太自我，伤到你了，我道歉。”

“你个高富帅还需要道歉啊，呵呵呵。”

这在以前，“迎天王”早跟他绝交了。但现在，在耐心快要失衡的时候，迎璟就会想初宁说的话。他一个带球过人，然后起跳投篮——

唰！

空心篮，利利索索的三分！

“好棒！”队员冲他竖起大拇指。

这个小妖孽还敢耍帅！周圆好气，抢了篮板想打一个快速配合，传球的时候，迎璟跟道闪电似的冒出来，长手一伸，把传到半道儿的球给中途截了下来。

周圆火都来了，飞起一脚踹向篮球：“你不耍帅会死啊！”

篮球不长眼，直接砸向了迎璟。

咚的一声，众人倒吸一口凉气。迎璟脑袋晕了两秒，然后蹲下去捂着鼻子。但没用了，血从指缝间渗出，顺着他的手背往手腕上滑。

“小璟！”

“这么多血，快去医务室！”

周圆也吓蒙了，木讷道：“你、你怎么不躲啊？”

迎璟冲大家摆摆手，表示自己没事，熬过片刻的眩晕，他抬起头，蹲在地上望向周圆：“现在消气了吧？”

周圆对他的段数简直叹为观止，心头一阵复杂，仍然嘴硬：“白痴。”

“是是是，你就当我是白痴，白痴说的话都是不经过大脑的，你大人不计白痴过，原谅我了，怎么样？”

周圆很想去摸摸他的脑门儿，这家伙是不是发烧了？迎璟鼻血狂流，还笑得出来。

“我没有否定你的能力，也特别高兴你能报名，我也意识到了自己的错误，不管有没有恶意，不该那样说你。”迎璟眼睫扇动，目光诚恳，“班长，我需要你的加入。”

冬天的太阳落得早，五点不到，天色缱绻，淡霞隐隐别在云间。一场篮球赛的时间，天色都变得温柔了。

不知为何，这一刻，周圆有点儿想哭。

迎璟对他伸出手，五指修长，关节有力：“喂。”

“喂你个头。”周圆别扭一句，伸手的速度倒是很快——

两个人的手，紧紧相握。

当然，求和没那么容易，迎璟被周圆敲了三顿撸串，这事儿才算完。

“死了死了，我真的破产了！”迎璟数着口袋里的钢镚儿，“一块、两块、两块五，啊，你就不能少吃点吗？鸡爪点了二十串，荤菜很贵的！”

周圆打着饱嗝，道：“不给你点教训，你就不长记性。对了，你人招得怎么样了？”

“还差一个，但一时也没合适的人选，慢慢来吧。”

“差一个？”周圆想了想，说，“之前没告诉你，其实张怀玉也挺想加入的。”

“她？还是算了吧。”迎璟摇摇头。

“你看你，老毛病又犯了。她成绩很好的，而且做事又仔细，多一个女生，没坏处。”周圆猜到他的想法，“知道你想避嫌，但人家女孩子没说什么，你个大男人还怕啥？”

迎璟想起初宁那句“我会想方设法留住人才”，犹豫半秒，没作声。

“我帮你再问问，如果她还有意向，欢不欢迎？”

人生第一次，迎璟懂得了公私之分，明白了轻重取舍，尝试着在感性与理性之间找平衡点。

他郑重点头：“欢迎。”

就这样，迎璟、祈遇、周圆、大一学弟顾鹏鹏、张怀玉，五个人组队成功。第一次开会，大家都有点紧张。身份好像被拔高，虽然都是熟悉的面孔，但围着一张桌子，像是一股绳，把大家紧紧连在了一起。

这种突然驾到的责任感，新鲜、炽热，同时也神圣。第一次开会的第一件事，至少要把团队名字给确定下来，大家开始各抒己见。

“雄鹰展翅，这个名字够威武霸气吧！”

众人喝倒彩。

“要不叫——红鲤鱼绿鲤鱼与驴战队，怎么样？”

沉默数秒，大家默默念了一遍。

“哎呀。”张怀玉一脸痛苦，“我咬到舌头了。”

“哈哈哈哈哈！”

玩笑过后，祈遇招呼大家：“我提议，要不就用小璟的名字缩写，Y.J，如何？”

这次大家沉默更久，随后周圆弱弱地举手：“我觉得有点儿歪。”

迎璟瞪他一眼：“我哪里歪了！”

众人后知后觉，反应过来，都低头闷笑。

性子安静沉稳的顾鹏鹏突然说：“S.Fly。”

众人目光聚拢看向他。

“scene，flying。”顾鹏鹏解释道，“勇敢飞行，创造美景。”

这解释点题一般，但把迎璟的名字概括进去了。

大家纷纷赞同：“蛮好的！”

“比Y.J要正气，真要叫Y.J，我怕被举报。”

怀抱美好希望，一路飞行，不仅要当看风景的人，更要开拓新世界。

S.Fly诞生！

这种激动难以言喻，是迎璟二十多年的人生里，从未有过的新体验。而宁竞投资的第一笔资金也很快到位，首款三十万。迎璟怀着巨大的热情，正儿八经地开干，并且有模有样地给初宁汇报进度：

“12月3日，这是S.Fly的成员名单，我已经针对他们各自的专业，把启动准备工作分配下去了，预计五天完成。”

“12月5日，准备工作进行的同时，我已向学校提交申请报告，获批实验室的使用。”

“告诉你一个好消息！栗老头愿意当我们的指导老师！他不跟我冷战了！”

过一会儿，初宁的手机短信响了。

“不好意思，我太激动了，但是真的好高兴。”

而每一次汇报，初宁都只有一个简短的回复：“好。”

除了以上这种，她一概不回。这样过了三个星期，模拟仿真模型建立的前期准备工作虽有波折，但尚算顺利地进行一大半，眉目渐明。迎璟不是没借着汇报的由头给初宁打过电话，实际上，他也不知道自己是怎么了。

他就很想听听她的声音，但这位钢铁女战士，冷冷冰冰的，每次都是“好”“可以”等内容。她搞什么，一点都不热情。

这段时间，成员之间也过了磨合期，飘浮的心也慢慢安定下来，知道自己要做什么，该做什么，有了脚踏实地的雏形。元旦前，迎璟打算请大伙儿吃个饭，唱唱歌，权当慰劳大伙儿的辛苦了。

他很兴奋，这是一个完美的由头，于是理直气壮地给初宁打电话。初宁的语气一如往常：“请说。”

迎璟压下紧张，说要请她吃饭，还特地强调：“这是团队第一次聚餐，我是很正式地向你发出邀请，宁老板，来不来啊？”

初宁说：“今天我去不了，我还有事。”

迎璟说：“不是动用公费，是我自己出钱。”

初宁无声地弯了弯嘴角：“那也不去。”

迎璟觉得好丧气，刚要挂电话，初宁忽然说：“你们的地方定在哪？”

“万藤春。”

初宁放下手机，心想，还挺巧。

冯子扬给她夹了片水煮肉：“怎么了？又有应酬啊？”

“一个学生。”初宁说，“你应该也见过，上次你带我去看校内比赛，那个开飞机的。”

冯子扬记起来了：“有印象，怎么？你俩勾搭到一块儿了？”

“我投资了他的项目。”初宁平淡道。

冯子扬一口水喷了出来，表情惊恐：“你？投资？航空？”

初宁皱眉：“给点支持鼓励，行不行啊？”

冯子扬都乐死了，双手啪啪啪地鼓起掌来：“有生之年系列，厉害。”

初宁微微叹气：“我心里也没底。”

不用说冯子扬也知道，弄这行业的投资，需要勇气和魄力，并且将面临一系列压力。

“公司那帮老贼没少反对吧？”冯子扬又涮了片肉放她碗里。

“暂时还稳得住，看项目第一期的效果如何。”初宁喝了口乌鸡汤，问他，“你最近怎么样了？”

“秦淼和我闹得厉害。”冯子扬也是一脑袋包，他那位心上人最近越来越多疑，没少跟他耍脾气。

“她想结婚。”

“人家女孩儿跟了你这么久，有想法也正常。”

“我知道，是我亏欠她的。”冯子扬亦无奈，“我尽力。”

冯家的变态程度，和赵明川有一拼，路漫漫其修远兮。两人各怀心事，吃了一会儿，冯子扬过意不去，说：“谢了啊，宁儿，也挺让你受委屈的。你要是碰见自己喜欢的人了，别介意，跟我说一声，我马上解决咱俩假扮的男女朋友关系。”

“没关系。”初宁说，“你慢慢来。”

这家是万藤春的总店，集餐饮娱乐于一体，冯子扬今天还有个重要客户从杭州飞来，算算时间，吃完饭，客户也正好被司机送到。茶厅有冯子扬的VIP专房，他便带着初宁一块儿上去。

正好这时，迎璟给她发了条微信：“我们到了，你想来的话，随时欢迎哦。”

然后他发了个定位——一楼×××号包间。

这人真是个不死心的小蜜蜂。初宁握着手机，突然叫住冯子扬：“你帮我记个账吧。”

“嗯？”

“一个朋友。”初宁一语带过，“也在这儿吃饭。”

迎璟这边聚餐热闹非凡，大家大谈特谈梦想，慷慨激昂，啤酒瓶倒了好几个。一顿饭吃了一小时，迎璟去买单的时候才得知。

“What？！有人付过账了？？”

他脑袋顶一片惊悚的问号加感叹号，正想着，是不是谁买错了，转头一看，不远处的电梯门开了，一群人有说有笑，初宁站在最中间。门开的时候，冯子扬特别绅士地伸手，虚拦着电梯门，然后让初宁先走。

初宁今天的妆容很清新，与裸妆接近，她下来时补了点妆，嘴唇薄涂，是斩男色。冯子扬和她说了句什么，惹得她笑容明朗。两人站在一起，很般配。

迎璟的目光似粘上了502强力胶，边上那个老帅哥迎璟觉得很眼熟，是她什么人？他们在一起干吗？为什么笑得那么开心？死亡三连问，在他心里拉起一根亮闪闪的警戒线。

冯子扬还要陪客户换场子嗨，初宁不参与，准备自己回去。送走他们，她才反身去取车。迎璟幽幽地从柱子后面冒出来：“你……吃完饭了啊？”

初宁吓了一跳，看清人后十分无语。

迎璟搓了搓脸，又强打精神：“我们还在吃呢，你要不要再来吃点儿？”

“你说你晚上有事，也是和朋友一块儿吃饭吧？”迎璟换上一副狗腿的笑容，“我正好看到，没敢上去打扰你们谈事儿，所以现在才跟你打招呼。”

初宁点了下头：“是，和朋友。”

“什么朋友啊？好朋友吧？我没别的意思，看你笑得特别开心，他肯定是个很幽默的人。”迎璟又谄媚地夸了一遍冯子扬，“他一定很会说笑话。”

有风吹过，初宁捋了捋扬起的碎发：“是挺幽默的。”

两人之间就此沉默，她往前走，迎璟跟着一起。像是灵魂突然开了窍，他话变得多起来：“你知道灰姑娘的故事吗？”

初宁疑惑：“嗯？”

“我来给你讲吧。从前有个白姑娘，她走着走着就跌到了泥坑里，于是变成了灰姑娘，好不好笑？”

初宁脑仁儿疼。

“再给你讲一个，出租车司机问乘客，你听歌吗？乘客说我听呀，然后司机就给她唱了一路。”

迎璟观察着初宁，然后笑容渐渐收敛，小声问：“你怎么不笑啊。”明明在电梯里，她对别的人笑得那么开心。

初宁：“你的笑声，比笑话好听。”

啊，扎心。

跟较上劲儿似的，迎璟还来了斗志。他像只黏人的小狗，一步不落地跟着初宁，最后索性把人拦住。初宁真的要被气笑了：“好好好，我不走，你继续说笑话。”

巨大的店招发出的光，把黑夜衬得亮闪闪的。迎璟晚上喝了酒，眼睛比光还要亮。他看着初宁，呼吸有点儿乱，说：“我告诉你一个秘密。”

“嗯，我听着。”初宁神情放松。

迎璟朝她勾勾手，初宁配合地把耳朵递过去。他声音很小，轻轻说：“我有文身哦。”

初宁真稀奇了：“是吗？你文了什么？”

迎璟咽了咽口水，挨得很近，混着夜风，他的声音很温柔：

“是只小猪佩奇。”

初宁的定力再好，此刻也破了功，她眉眼完全笑开，眼尾细长斜飞，像是春燕的尾。她一笑，迎璟就放心了，心里得意地想，看，我也能让你开心，不是他才可以。

初宁根本不相信迎璟的鬼话。他穿短衣短裤的样子她又不是没见过，胳膊和腿甚至胳肢窝上，哪有什么文身？

“你文哪儿了？”初宁眯了眯眼睛，故意将他从上到下一通打量。

迎璟还嘴犟：“当然是你看不到的地方。”

初宁松松眉，还看着他。迎璟自己先红了脸，认输地扭过头，心里抓狂：啊！能不能争气点！

初宁嘴角一抹微小的弧度一闪即逝。

从这里去停车场，大厅右边就有一座直达电梯，她要走，迎璟又屁颠颠地追过去。

“我给你按电梯。”他抢先一步，仗着腿长手长的优势得逞。

初宁随他，待电梯门开了，迎璟学着刚才冯子扬的绅士动作，有模有样的，也用右手按住电梯门：“等会儿，我来帮你拦着。”

初宁走进去，迎璟这才收回手，哼哼，我也是很绅士的。这瓜娃子今晚的举动实在可疑，初宁细究数秒，然后冷冷开口：“你是不是太闲了？”

迎璟：“啊？”

初宁很认真地告诫：“项目已经开始，每个程序的规划和进度把握，我希望你能心里有数。日常事务可以不用向我汇报，但重要节点，我必须知晓。当然，你的计划书我也做了备录，我会根据你这边的实际情况，在公司里进行定点公开，必要的时候，也会调整资金划拨的时间。”

非工作时间还这么严肃，真是够了。

就在初宁猜测，是不是话又说重了的时候，迎璟突然朝她敬了个少先队礼。

“是！我记住了。”

一顿饭之后，元旦三天假期开始。S.Fly的几个成员家都离得很近，最远的是顾鹏鹏，也只要坐一小时的高铁。张怀玉和周圆是老乡，两人途中做伴。祈遇勤工俭学，在校食堂帮忙。

迎璟本来不想回去，但元旦节前一天正好是父亲迎义章的生日。这天，姐姐迎晨和另一半赶早过来，鲜花蛋糕礼物，一样不落。

“爸爸，生日快乐。”

“有心了。”

迎璟的准姐夫叫厉坤，特战队任职，名副其实的硬汉。他与迎晨的情史也能写一部长篇小说，历经破镜的苦，又尝到重圆的甜，是让人心疼的一对。之后，他们家陆陆续续几个要好的亲戚和战友也赶来道喜，真是生气勃勃的一天。

到了傍晚，天色还未完全变黑，天边远处就有人放起了辞旧迎新的烟花。等到放烟花的频率密集些时，迎璟拿出手机，对东南边的天空录了段小视频：一颗颗烟火弹拖着亮闪闪的小尾巴直冲夜空，一朵接一朵，炸成绚烂的银星柳条。

微微的光亮映入迎璟的瞳孔，淡淡的硝烟味闯入肺腑，他把小视频发给了初宁："给你看烟花。"想了想，怕她不回，他又抛了个问号过去，"你觉得好看吗？"

发完之后，手机好像变得烫手了，他满怀希望地等着她回信息。

十分钟，她大概在洗澡吧。

十五分钟，可能洗澡时间有点久。

半小时，手机充电？

一小时……

"是不是手机坏了啊？"他把自个儿的手机扬了扬，又放在耳朵边听了听，没出故障。他不自知，这股陌生的患得患失和心烦意乱，代表的是什么。

十一点多，姐姐和姐夫回房睡觉，叔叔伯伯们也归家，爸爸妈妈泡了个脚，看了会儿这天的报纸，也关门叙话去了。再过不多久，迎家就剩下迎璟的房间还亮着灯。他洗澡之前，特地把手机留在桌子上，心想，等我出来，说不定就有回信了。

这样，他连洗澡都变得分外期待。

洗到后半程，迎璟有些稳不住，总是惦记着外头的手机：她是不是已经回我消息了？水声太大，可能连来电铃声都听不到。啊，我要快点洗。于是，迎璟连身上的水珠都没擦干，就赤着脚飞出来，心怦怦跳，拿起手机一看，什么都没有。

"啊——"他扑到床上，卷着被子一顿蹂躏，"要死了要死了！"

手机却突然响了，迎璟猛地坐直，跟诈尸似的。

初宁来电。

他没死成。

初宁的声音很慵懒，跟平日不太一样："不好意思啊，小朋友，晚上和大朋友聚会，短信太多没来得及看。"

初宁好歹也给了他一个解释，却挽不回迎璟的心情。他哦了一声，注意力集中在某三个字上，小朋友？什么鬼啊，他二十二了好不好！

初宁："你拍的烟花很漂亮。"

迎璟稍稍好受了些。他的感官细致，两句话的工夫，已经听出了异常，问：“你晚上喝酒了？”

初宁似乎并不想回答这个问题，含混应了一声：“嗯。”

然后陷入沉默，两人的呼吸连着电话线，浅浅地交织在一起。

“还有什么事吗？”初宁说。

“新年快乐。”迎璟说。

两人异口同声，语毕，又是短暂的安静。

迎璟双手握紧手机，把唇瓣压得更近了些，重复道：“新年快乐，宁老板。祝你多多赚钱，有好多好多的钱。”

这话中听，初宁的声音染了笑：“我今年能不能挣钱，全指望你了。”

迎璟嘿嘿笑：“我会努力的！”

初宁说：“拭目以待。”她又补了句，“加油。”

心里那排接触不良了一晚上的小灯泡，此刻打通任督二脉似的，齐刷刷地亮如白昼。自此，迎璟才真正有了过节的喜悦。

这一晚他睡得很好，安安分分没有踢被子！

大院里的清晨，来得比别的地方早。五点半，当特种兵的姐夫就已起床晨跑。六点刚到，阿姨也到厨房张罗早餐。新的一天，在锅碗瓢盆的轻轻磕碰声中正式拉开序幕。

迎璟向来早起，换上运动装，也出门跑圈儿。六点十分，警卫连的士兵们出操晨练，年轻的面孔刚正、坚毅，统一的作训服和解放鞋，队伍立在那儿，像是一棵棵茁壮挺拔的白杨。

广播里播放起了军歌——

烽烟滚滚唱英雄，四面青山侧耳听，侧耳听
青天响雷敲金鼓，大海扬波作和声

朝阳已经初露光芒，天色由暗渐红，东方长空，金色晨曦已经迫不及待。迎璟盘腿往篮球场的地上一坐，边看战士们拉练，边跟着广播哼歌：

人民战士驱虎豹，舍生忘死保和平
为什么战旗美如画，英雄的鲜血染红了她

迎璟自小在大院长大，这些东西早已渗透进他的生命。他拿出手机，没来由地就是很想把这一切拍下来。拍完之后，他又觉得独自欣赏简直浪费。

他点开初宁的对话框，按了发送，独乐乐不如众乐乐。

同一时间的B城。

初宁昨晚和关玉等几个朋友聚会，有两个从美国回来，多年不见，大伙儿玩得尽兴，她喝了不少酒，凌晨两点多才到家。宿醉后的头疼分外难受，导致睡眠质量欠佳，手机振动的时候，初宁迷迷糊糊的。

她拿起手机扫了一眼，准确地说，连眼皮都未完全睁开，手指乱点一通。这条语音好奇怪，乱七八糟唱的是啥？初宁还以为是哪个朋友的骚扰微信，连怎么按的删除，她都没印象了。

手机歪到一边，初宁又睡着了。

十一点半，初宁总算醒来。她揉着头，赤脚下床去洗漱。黑色的吊带睡裙松松垮垮，一边的肩带滑落至手臂，她皮肤底子好，白得跟雪片似的。赵家有规矩，但凡新年，都要在赵宅跨年。初宁昨儿个回得晚，陈月还打了两通电话催，语气甚是不满。

初宁看着镜子里的自己，到底不比年轻的时候，熬了半夜，眼圈都出来了。她拣了件素色的羊绒裙准备换上，睡裙肩带一滑，随即脱落至胸口。

这时，两声敷衍简短的敲门声响起，初宁还没来得及出声，晚了，门被推开："睡死了是吧，吃个饭还要让人来叫？懂不懂……"

赵明川出现在门口，"规矩"两个字活生生地堵死在喉咙口。脱了半边衣服的初宁，胸前半露，弧度勾人。两人对视两秒，赵明川幽幽转过头，初宁也有条不紊地披上外套。

二人对此闭口不谈，不让气氛与尴尬沾边。赵明川沉默地退出去，只留两个字："吃饭。"

人走后，初宁暗骂，真是称王称霸惯了，整个家任他通行，臭德行。

午饭后，新年算是过完。赵裴林与赵明川一起出门谈事，初宁也准备离开。

初宁把化妆品搁包里，又去找充电器，边收拾边说："你上回让我买的包，我已经托人从美国带回来了，你让司机去我的公司拿一趟。"

陈月跷着腿，在沙发上坐得笔直，心情不是很好。

"我走了。"初宁拎着包。

"你给我等会儿。"陈月叫住她，倒出一件哽在心里好久的事，"你和子扬的订婚，他们家真的没再提过？"

初宁："不是跟你说了吗？他们家找了个香港大师算过，这半年都不合适。”

“我看就是借口。”陈月越想越觉得可疑，抱怨道，“肯定有鬼。”

初宁没搭理她，换高跟鞋，先左脚，后右脚。

“大师谁不会找，咱们也去找一个，就说下个月日子好，喜事一办，他冯家十年行大运。”陈月的气话是越说越膨胀，初宁无语至极：“妈，你能不能消停点？”

“我不消停？”陈月激动地往前挪了挪，恨铁不成钢道，“你的心也太大了，就知道赚钱，钱钱钱的，连男人跑了都不知道！”

初宁抬眸，这位贵妇人几个意思？

“冯子扬在外面有人了，你知不知道？！上次我去商场，看到他搂着一个女的！”陈月忍不住伸出食指，戳了戳女儿的脑门，“你到底有没有危机感？”

初宁很平静：“哦。”

陈月更气了：“男人要使坏，根本拦不住，你一个女的，会很吃亏的。人财两失还是小事儿，万一他们家反咬一口，还说你作风不检点，我看你怎么办！指望谁来替你出头？啊？赵明川？”

初宁不恼，往沙发上一靠，懒洋洋道：“没准儿人家说的是事实。”

“什么意思？”

“我放浪形骸啊。”初宁咯咯笑。

陈月不轻不重地往她肩上一拍：“受够你了！”

初宁收起玩笑，不以为意，站起身说：“行了行了，您甭操心，您自个儿也说了，男人要坏，拦不住。他要真心待你，赶也赶不走。”

元旦三天假期结束，工作生活又步入正轨。迎璟返校，给S.Fly的队员都带了杏城的特产。

“周圆，上次你说很好吃的那种香肠，还有这个熏肉，我都给你带了。”

班长是肉食动物，对此甚合心意啊！

“喏，你的。”迎璟把袋子递给祈遇，“酱椒，两种口味你尝尝，喜欢哪一种，我下次再买。”

“谢了。”祈遇接过，“好重啊！”

张怀玉在一旁，眼睛闪啊闪，口水都快流出来了。迎璟拿出一份稍小的：“女生就清淡点吧，麻花团，芝麻的、甜的、咸的都有。”

张怀玉啊呜一声：“我也想吃辣椒。”

迎璟一指："瓜分他俩的。"

周圆赶紧护住肉："可别要我的命了。"

众人顿时笑成一团。

祈遇眼睛尖，指着大纸盒："里面还有一份啊，给谁的？"

迎璟说："给咱们老板的。"

"哦！"周圆乱叫，"比我们的多多了，迎璟你偏心！"

"去去去，别翻乱了。"迎璟一巴掌把他的胖手打开，"多一点怎么了，资方爸爸要好好供着。"

话题便顺着这茬延展。

周圆问："她长什么样呀？"

这个迎璟有发言权："很漂亮。"

"有多漂亮？"

"你见过我姐姐没？"

众人点头如小鸡啄米。

"跟我姐姐一个类型的，不过气质要冷一点。"迎璟很认真地总结，"很年轻，穿那种职业装一点也不显成熟。身材也蛮好的，穿高跟鞋起码一米七五，超级有气场。"

"Hello？Hello？"周圆使劲儿晃手，"你这观察力，细致得过分哦！"

迎璟一脸蒙："有、有吗？"

周圆嘿嘿嘿嘿笑。

迎璟突然很焦躁，不耐烦地站起来："我出去了。"

"去哪儿？"

祈遇踢踢空纸箱："东西都拿走了，肯定是去行贿。"

迎璟去找初宁，打电话问她在哪，初宁说在办公室。怕她走，他没坐地铁，而是打了车过去。前台小姐姐还记得迎璟，见着人就笑脸招呼："Hi。"

迎璟说："我跟宁总约好的，她在办公室吗？我上去找她。"

他正说着，后头的电梯门开了，初宁边打电话边往外走："知道了，嗯，我过去大概二十分钟吧，行行行，请你吃饭。"

迎璟敏感地捕捉到关键字眼，吃饭？她要去吃饭？和谁？可刚刚她明明答应等我的啊。初宁同时望过来，目光一顿。

迎璟突然不高兴了："你要走啊？"

"嗯。"

"我打过电话给你了，提前约好要见面的啊。"

“这不正好吗？”初宁不以为意。十分钟前接到冯子扬的电话，她提醒他低调点，和正牌女友约会的时候不要被人抓住把柄。冯子扬心里烦着呢，就说一块儿吃个饭，见面谈。

“这也是我碰见你了，要是我晚来一步，你又走了，岂不是让我白跑一趟？”迎璟较了劲儿，说话气冲冲的。

初宁皱眉：“事出突然，我是准备打电话告诉你的。”

“可是我已经来了！”

“那就一起啊。”初宁向前一步，看着他说，“那你就跟我一起去吃饭，这有什么？”

迎璟突然很泄气，像是拳头打在棉花里。她解释得再合情合理，在他看来，都是敷衍和不在意。是不是可以理解成，她心里，他根本就是不重要的，是次要的？别人有事儿找她，她就会牺牲他。

新仇旧仇一块儿算，那天早上他给她发唱军歌的语音，宛如石沉大海，她压根就没再理过他。

少年的心思敏感又极端，一点就燃，然而初宁完全不懂这人的纠结，岔开话题，指着他手上的袋子，退让一步，缓着语气问：“这是什么？”

迎璟的犟劲儿来了，他不理她，赌气似的，走到垃圾桶边，把东西全丢了进去。

初宁一阵无语，迎璟掉头就走，看起来潇洒利落，但他转身的刹那，仿佛刚才丢的不是特产，而是心意，眼眶变得红彤彤的。

他委屈得想哭。

“站住。”初宁喊了两遍，这人的背影却越走越快。

“站住！”她火了，追过去拽住他的胳膊。

迎璟甩开，她再拽，他再甩。初宁气乐了，拦在他前面：“你还是不是男人？”

迎璟脚步顿收，“男人”两个字，太有笼罩性，他很受用，但嘴巴还是犟的：“这个时候扯什么男人不男人，你那天还说我是小朋友！”

初宁真不记得是哪天了，小朋友又是什么鬼？算了，回忆不重要。

“你在这跟我发什么脾气呢？”

迎璟龇牙：“还轮着是我的错？你自己背信弃义在先！你不等我，让我白跑一趟。”末了他又强调一句，“我们约好的！”

“临时有事儿，你也看到我刚挂电话，你没来，我就会提前告诉你。现在恰好碰见，你就跟我一起去吃饭。这很难理解吗？”

初宁是个非常讨厌重复解释的人，于公，重复等于效率低下；于私，她真正要好的朋友，也从不需要她的二次解释。现在这个情况，她很不喜欢。

迎璟偏偏敢去挠她的燃点。他压根没空细想，对方已经放低了姿态。初宁忍着脾气，再次问："你跟不跟我去吃饭？"

迎璟把脸扭向左边，表现出大写的四个字：我不稀罕。

"行。"初宁点了点头，心想，爱吃不吃。

她转身迈步，迎璟快速把脸转了回来。

她就这么走了？

对，初宁真走了。

他急得要抓狂：多挽留一句我就消气了啊！可是初宁已经消失在大门口。

空荡荡的大厅里，四面八方涌来的都是凉风。迎璟绷着脸，已经谈不上生气，而是失落、难过、空虚，甚至还有那么一丝丝后悔。他玩着自己的手指，揪紧，又松开，再揪紧，最后死死握成一个拳头。他抬手，抹了抹眼睛，那里干干的，什么都没有。

旁边传来一阵轻微的响声，是前台小姐姐把他刚才丢到垃圾桶里的特产又捡了起来。

"这些没弄坏，你快拿回去吧。"

迎璟抬起头，努力扯出一个笑："不要了。"

"真没脏，都有包装盒，回去擦一下就行啦。"小姐姐语气很温和。

迎璟摇摇头："送给你吧，杏城特产，都是我小时候爱吃的。我挑最贵的买的。"

他自言自语，跟游魂似的也走了。他坐车的时候一摸口袋，发现没带钱包，钱包里有地铁卡。迎璟越想越心酸，沿着马路一直走，这是个风口，夜色降下，风儿呼呼地吹，吹冷静了，清醒了，迎璟又有点懊恼，心想，自己一个男的，还跟女的计较什么？这下好了，特产没送出去，饭也没捞着，这就是典型的吃力不讨好。

迎璟越想越悔恨，应该狠狠宰她一顿才是啊。他揉了揉胃，饥寒交迫，这不是自讨苦吃嘛。啊，后悔后悔。

他踢着路上的小石子儿，世上还有后悔药吗？石头滚啊滚，跌下台阶，掉进下水道里。这时，他身后传来两声短促的鸣笛。迎璟没多想，继续踢石头，直到那车在他面前停下。

寒风静止，车窗降下一半，初宁的目光投了过来。

他的后悔药来了。

两人对望片刻，彼此眼里都写着无语。这次，不等她开口，迎璟自觉地拉开车门，迅速坐上了副驾。暖气傍身而上，他揉了揉快要被吹僵的脸，叽里呱啦道："太冷了，我都要被吹傻了。"

这人的情绪修复能力真是一等一，真不知是优点还是缺点。初宁无奈，不客气道："不吹风，你也挺傻的。"

迎璟学聪明了，不跟她抬杠，而是做了一个抹脖子的动作，翻了个白眼儿。

初宁假装看窗外，脸上是淡淡的笑。

吃饭的地方在国贸，冯子扬就是这么华而不实，喜欢定在这种死贵的地方。

见到迎璟，冯子扬挺吃惊的，打趣道："哟，今儿还带了保镖啊？"

他是地地道道的B城人，调侃的时候，语气上扬，带着京腔，显得很是亲近。

初宁介绍："这是迎璟，这是我朋友，冯子扬。"

"你好。"

"你好。"

两人的手简短地握了下，冯子扬笑着说："我们见过的。"

"是，上次在C航，你在看比赛。"迎璟也记得，"我还跟你互动了。"

冯子扬哈哈大笑，攀着他的肩膀就往餐厅里面走："你的飞机模型做得很好啊，能持续飞行那么长时间，还跟观众有互动，挺考验发动机的。哎？都是你做的啊？"

"和我朋友一块儿。"迎璟对赞赏亦没有过分谦虚，倍儿得意，"是吧，你真识货！"

两人勾肩搭背，叽叽喳喳聊得可欢乐了，完全忘记了身后的初宁。初宁一脸无奈，两个幼稚鬼撞到了一起，她今晚不是来吃饭的，是来开幼儿园的。哪儿都有冯子扬的VIP大名，他对B城的美食了如指掌，吃得不多，但是吃得精、吃得好，是真正懂行的人。而迎璟，就是来给他捧场的。

"你胃口不错啊。"冯子扬啧啧称赞。

迎璟一点儿也不怯场，大大方方道："我还年轻，我还能长身体。"

初宁坐在他旁边，忍不住翻了个白眼。冯子扬喜欢这种性格，有什么说什么，够爽快。他打了个响指："加菜。"

他又点了四个菜，服务员离开前，初宁忽然说："再给他上两碗米饭。"

迎璟扭头冲她笑，一口齐整牙齿，比米饭还白。初宁伸手往他脑袋上轻轻一敲："吃你的饭。"

冯子扬说："我这里还存了几瓶红酒，喝点儿？"

迎璟还没发表意见，初宁不满意了："不可以。他明天还要上课。"

冯子扬说："明天的课明天上，关今天什么事儿？"

初宁瞪他一眼。

"OK，OK。"冯子扬举手投降。

迎璟随口一问："什么红酒？"

初宁又瞪他一眼。

"OK，OK。"迎璟也举手投降。

冯子扬往椅背上一靠，摸出烟盒抖了根烟叼在嘴里，公共场合，他没点火，目光意味深长地在他俩之间游移。

一顿饭的时间，冯子扬和迎璟十分投缘，两人都是模型迷，你一言我一语，一会儿飞机一会儿坦克，听得初宁云里雾里。最后，冯子扬兴起："走！上我家瞧瞧去！"

初宁反思，最近给自己挖的坑，着实有点多。

冯子扬常住的那套公寓就在国贸附近，八十平方米的舒适两房，一间他自己睡觉用，一间被改成了模型房，一进去，三行四列整整齐齐的玻璃柜，里面摆满了各种军事模型，飞机坦克冲锋枪应有尽有。

"这个是GX-511系列，世界绝版，还有这个，看出来了吗？"冯子扬可劲儿炫耀。

"勇者无敌号，"迎璟说，"1976年在酒泉发射失败。"

"行家。"冯子扬美滋滋的，"我花大价钱买回来的。你看看这个仿真程度，够细腻、够还原吧？"

"你花了多少钱？"

冯子扬比出手指。

迎璟不以为意："贵了，这个程度的我也能做。"

"吹牛皮吧，你。"

"真的。"对着这一屋子的珍品，迎璟十分淡定，"有机会，邀请你们去参观我的储藏间。"

碰上一生的兴趣爱好，再成熟的人，都有孩子气的一面，像是心爱的玩具被说成了丑八怪。冯子扬哼了声："收藏就是无底洞，不仅费心，还费钱。"

他的言下之意，你一个学生，资本有限。迎璟斜斜地靠着墙，单手插袋，漫不经心地研究最左边的那架直升机，说道："其实我花钱不多，我一般自己做。”

冯子扬要奓毛，可把初宁给看乐了，能把这位祖宗逼急，也可以加入有生之年系列了。冯子扬蹭了蹭初宁的肩：“你不信的，对吧？”

迎璟的视线从模型上挪开，定在初宁身上。

初宁笑了笑，说：“我信。”

冯子扬气死啦：“你是不是我的人啊！”

迎璟耳朵一动，顿时目光警惕，在两人之间扫啊扫。我的人？我的什么人？

他回想了一下，两人全程也没什么勾勾搭搭的亲昵举动，应该不是吧。

嗯！一定不是！

他将心里的忐忑和猜忌咀嚼下咽，像一坨大饭团，但还是被他费力吞到了肚子里。

听到冯子扬的问话，初宁笑得更开心，指着迎璟说：“我不是你的人，但他是我的人啊。要给我赚钱的人。你说我信你还是信他？”

冯子扬挑了挑眉毛。迎璟耳朵尖发烫，被初宁那句“他是我的人”搅得心率飙升。

这人怎么这样啊，瞎攀关系，都没经过他同意。迎璟心里吹起一个气呼呼的热气球，发酵，膨胀，最后砰的一声，炸啦，炸出了漫天牛奶糖。

初宁回望他，迎璟飞快挪眼，假装若无其事。只有他自己知道，那炸出来的牛奶糖，甜得很隐晦。之后初宁去洗手间，冯子扬看人走了，从冰箱里拿出瓶可乐递给迎璟：“在她手底下做事，很辛苦吧？”

“谢谢，我不喝可乐。”迎璟说，“不辛苦。我们的项目还在第一阶段，研发报告这几天就要出来了。她很少过问细节。”

冯子扬点点头：“嗯，她只注重结果。”他又说，“初宁做事很认真，也很负责，如果你有困难，可以直接跟她提，但是切记，不要逃避，不要隐瞒。”

迎璟对这点已经深有体会：“我会的。”

冯子扬起开可乐，灌下一大口：“是不是觉得她平时挺凶，不太好相处？”

“没有没有。”迎璟狗腿起来，连他自己都害怕，“她超好，人美心善还温柔又有耐心，我第一次见到这样的完美女人。”

冯子扬嗤声笑吐：“喂喂喂。”

迎璟也是一脸明朗。

“哎。”冯子扬突然道，“帮哥一个忙。”

“嗯？”

“以后甭管工作还是生活，如果她把你惹恼了，你尽量体谅。”冯子扬表情轻松，但字字用心，“小宁儿不容易，公司刚起步的时候，她吃了不少苦，哪怕现在公司发展步入正轨，事情也不都是她说了算。她在前面挡着，难免身不由己。咱们是男人，多照顾一下姑娘。”

冯子扬的话很直白，直白得让人不得不认真对待。迎璟心里瞬间筑起一排高高的大堤，气势恢宏，好像下一秒就要将冯子扬的嘱托兑现。

他说：“行！”

冯子扬乐了：“我喜欢跟你聊天儿，不费劲儿，一点就通。”

迎璟语气老成，学他说话：“您真识货。”

“哈哈哈哈。”

“你跟她，是很好的朋友吧？”

“嗯？”冯子扬收敛笑容，不知是灯光效果作祟，还是他故意的，目光透着坏，反问，“怎么，宁儿没跟你说过我俩的关系？”

迎璟不疑有他：“没有啊。”

冯子扬坏死了，吊着胃口，留下意味深长的一句：“行吧，你以后会知道的。”

初宁上完洗手间，重新进屋：“这堆破铜烂铁看够了没？”她很不耐烦了，“明儿还要上班，走不走啊？”

迎璟小鸡啄米：“走走走。”

初宁不顺路，最后指派冯子扬将迎璟送回学校。从校门口进去还有一段路，迎璟跟人道了谢，然后各自离开。

学校周围什么都有，路过一家花店，老板快要收摊打烊，迎璟走进去溜了一圈，老板大甩卖：“这堆花，十块钱一把，要不要？”

各种各样的花混在一起，花瓣有些萎缩，叶子也开始低头。迎璟选了几枝，用微信付款。

他一进门，祈遇便惊叹：“哟！你买花了啊？还是白玫瑰，怎么，你又改行当花仙子了？”

“花仙子惹你了？凭什么侮辱人家？”迎璟心性乐观，开得起玩笑，他心情很好，找了个矿泉水瓶把花给插起来。

“我就是花仙本仙，有意见？”迎璟往桌前一坐，打开电脑。

“这么晚了你还不睡啊？”

"我不困，我再看一下前期三组的实验数据对比。"迎璟把台灯调到最低挡的亮度，怕影响室友们休息。

夜深了，人睡了，这是一天之中，最静的一刻。迎璟全神贯注，一会儿记笔记，一会儿敲代码，动作很轻，也很温柔。

灯光笼罩，像是一层薄纱。迎璟抬头看着十块钱买来的花，这是白玫瑰，花语美好——

我足以与你相配。

他敛眉垂目。

嗯，努力变得更好，才能与你相配。

接下来的大半个月，迎璟和初宁之间的联系寥寥无几。他也没空多想，全心投入项目，在实验室和教室之间来回折腾。

C航是国内专业性名列前茅的院校，它有独立的虚拟技术研究实验室，一是用来教学，二是接洽一些科研合作。一般来说，学校对于校企联动这种模式是给予支持的，再加上栗舟山在背后疏通关系，迎璟团队被允获得实验室的日常使用。

一切进展顺利，迎璟像一只勤劳的小蜜蜂，不嫌苦不嫌累，有使不完的劲儿。

下午四点，他拎着一袋饮料跑到实验室："来，请你们喝。"

祈遇正在实验台前拧螺丝，皱眉问："你怎么来了？你现在不是在上课吗？"

迎璟的政治学分还差一点，得蹭几节课把分数给补齐。他无所谓道："我逃课了啊。"

祈遇："你又逃课了？待会儿点名被抓到怎么办？"

"点完名我才溜出来的。"

祈遇一脸凝重："这不是闹着玩儿的，分数不够还要补考，补考再不过，你连毕业证都拿不了。"

迎璟已经跑到周圆那边："这个单元测试得怎么样了？"

"我觉得这里还能扩展一条线，支撑环境体系结构，增强对温度、天气的敏感度。"迎璟把键盘拨到自己面前，试验了几个代码，审查这个程序的细节还原水平。

周圆的小胖手在屏幕上圈圈点点："这里，S指令，这边我做了一条感应线。你看看有没有必要？"

两颗圆脑袋凑在一起，像叽叽喳喳会说话的大蘑菇。又过半小时，张怀玉也赶了过来，加入其中："迎璟，你评评理，季节模拟单元，我说要把四季都给做了，但是他说没必要，只做夏季和冬季就行了，这一点都不完整嘛。"

周圆抬起头来道："哪里不完整了？我们只要模拟恶劣极端的天气环境就可以了，夏季的炎热，冬天的寒冷，有代表就OK。"

张怀玉："那春天还细雨绵绵，秋天还干燥呢！"

周圆："你以为在做护肤品呢。"

张怀玉："你没有一点艺术美感。"

周圆："我这叫精简成本。"

张怀玉："呸呸呸。"

周圆当即反击："呸呸呸呸。"

哼，比你多一个字。

两人大眼瞪小眼，一个脸往左，一个脸往右，谁也不瞧谁了。

迎璟都快笑疯了："你俩演电视剧呢？"

张怀玉像是找到救星，跑到迎璟面前，歪着脑袋问："我有没有理？"

"有理有理。"

周圆不屑道："美色诱惑，我可看透你了。"

张怀玉好高兴，朝周圆比了个手势。

迎璟从刚才带来的饮料里，拿了一瓶出来，然后往周圆脸颊上一贴，周圆顿时杀猪叫："冰死我了！你毛病啊！大冬天的还喝冰饮料！"

迎璟哈哈大笑，拧开瓶盖儿，咕噜咕噜喝下两大口，都不带眨眼的。待周圆冷静了，迎璟开始阐述自己的观点。

"我也认同张怀玉的构思，我们做环境模仿，就是模拟包括季节、天气、突发情况等特异性，但是，不能只让大家看到极端与恶劣，也要展示出美好的一面。"迎璟说，"我们既可以模拟出，在暴风雨雪里，发动机的耐抗力，也能模拟出，在春风秋雨的温和之中，它的流畅性能。工科不是只有冷冰冰的数据，它也可以和煦温柔。"

周圆都听蒙了："不知道的，还以为它是你女朋友呢。"

迎璟理所当然道："我和它本来就是在谈恋爱啊。"

祈遇笑，然后冲迎璟竖起大拇指。

张怀玉崇拜极了："迎璟，你好有趣啊。"

"一般一般。"迎璟笑得灿烂，手掌一拍，就此决定，"时间还来得及，我让顾鹏鹏和你一起，把季节单元进行完善。然后我们把每个指令走一遍，确保在下周的一阶段汇报会上，万无一失。”

边上的顾鹏鹏扬起手，表示知道，张怀玉最配合了，自个儿鼓起了掌。

祈遇问：“汇报的时间确定了吗？”

“下周二。”

“去公司，还是他们到实验室？”

迎璟深呼一口气：“去公司。”

这是初宁的要求，在宁竞投资的全部管理人员面前进行汇报以及效果演示。迎璟的第一个想法，就是不给S.Fly丢脸。如果说，他还有什么愿望，那就是，不给她丢脸。

项目进度井然有序，三维布控设计依赖于扎实的理论、计算机技术。他们五个人各司其职，在周五上午对一阶段成果进行收尾。复杂庞大的数据系统，每个节点都有亮闪闪的灯光提示，像是一个崭新的微型世界。

迎璟顶着两个黑眼圈，长出一口气：“只要在VR人机交互设备上进行模拟运用，将数据结果做好比对，我们一阶段的工作就正式完成！”

清晨六点的实验室安安静静，他扭头一看，连熬两个通宵的组员已经趴在电脑前睡着了。迎璟轻轻关上门，没有吵醒任何人。他打算去办一下设备借用的申请手续。但事情并不顺利。系里只有一台能借用的交互设备，除了迎璟，飞行器设计系那边，也同时提出了申请。

迎璟找到负责的秦老师，有理有据：“秦老师，我们这个项目在周二就要向资方进行一阶段汇报。设备能不能先让我们使用？就差三组对比数据了。”

秦老师：“但罗佳也说，他们的项目也急着做数据比对。”

迎璟：“他们哪里急了？这不才做完实验报告吗？又要做实验？”

“这……”老师很为难，“他们递交了申请，时间正好撞上，只能允许一组使用。要不这样，我把罗佳叫过来，你俩单独沟通，最好能够协商一致。”

“行。”

秦老师很快打电话给罗佳，但罗佳磨叽了半小时才来。

“不好意思啊，老师，李院长关心我们的项目进度，聊了很久，耽误了时间。”罗佳敲门，进门，解释也让人无法反驳。

“啊，没关系，坐吧。”秦老师一直在办公室忙，所以久不久等对她并没有太大影响。

倒是迎璟，等得心浮气躁。秦老师起了个头，把事情重复了一遍：“设备只有一台，你们商量一下，看谁让一步。”

罗佳马上说：“我们不行，要做实验。”

迎璟："我们下周二就要做汇报。"

秦老师脑仁疼，先是做罗佳的思想工作："你们设计系的实验报告做得非常漂亮，不仅企业满意，院里也很赞赏。前期那么辛苦，休息两天也无可厚非。"

罗佳义正词严："我们不需要休息。我们想加快进度。"

迎璟："可这不是必须啊，但我们不一样。"

他深吸一口气，看着秦老师："真的，耽误不得。"

"我们也耽误不得。"罗佳提高声音。

迎璟都要气炸了："你这是存心的，怕我们超过你。"

当初，第一次校企项目招标会上，罗佳代表C航的王牌专业设计系，顺利赢得企业青睐。迎璟心性急，还跟他在宿舍打了一架。这也算是结下了梁子。

罗佳当即起身，声音更大："小人之心度君子之腹！"

迎璟也站起，他个子高，生气的时候气势如风起，狠狠盯着罗佳："敢做不敢当。"

"行了行了，别吵了。"秦老师拦在两人中间，"这样能解决问题吗？啊？"

罗佳退后一步，抬高下巴："反正都递交了申请，那就看看，学校最后批准谁。"

迎璟的气势一下子就没了。

罗佳甩手而去，最后看迎璟的眼神，志在必得。

结果不出所料，院里批复，说，设计系那边的项目试验已经步入正轨，先让他们使用。

S.Fly的实验室，几人都义愤填膺。

张怀玉："不能仗着是学校的招牌专业，就这么偏心袒护啊，真是气死啦。"

周圆还算客观："他们也说急着用，我要是领导，肯定让他们优先啊。"

一个百年名校，国家重点扶持的专业，并且做出了很多成绩，被厚爱，也是人之常情。不像迎璟，零起步，并且业绩不明，归根到底，存在感太弱。

祈遇："主要是设计系那边也太阴险了。他们根本就不着急实验，怕我们出风头，成为他们的竞争对手。"

话向来很少的顾鹏鹏画重点："好了，抱怨也没用，接下来，该怎么办？"

停顿片刻，众人齐刷刷地看向迎璟。他陷在椅子里，望着天花板，从头到尾没有说一句话。大家的声音像鼓点，咚咚咚地捶他的耳膜，机械、密集，渐渐地，他什么都听不清了。

直到顾鹏鹏说："只有一个办法，问问公司，可不可以改时间。"

迎璟倏地弹起，坐直了身子，吐出硬邦邦的四个字："绝不可以。"

祈遇、周圆、张怀玉齐声道："那还能怎么办？"

这话往心窝子里捅，迎璟缓缓垂下了头。半小时后，大家垂头丧气地离开。迎璟走到廊道上，对着寒风狠狠深呼吸，拨号码的时候，手都在抖。

初宁很快接电话："嗯？"

迎璟声音有点哑："你忙吗？我想跟你说件事。"

他长话短说，把前因后果叙述了一遍。

末了，迎璟说："对不起，是我没用。"

那头沉默许久，呼吸浅浅，他双手握紧手机，想再开口，初宁道："四点半，我去学校接你，门口等我。"

两人都很准点。一上车，迎璟愧疚感叠加，不停道歉："对不起啊，设备不能用，进度要延后。"

初宁开着车，冰冰冷冷道："对不起有用吗？"

迎璟心都揪紧了，无力、亏欠、懊恼、自责的情绪混乱得要挤爆他的头。

"解决问题，比对不起有用。"初宁依旧淡定。

"我实在没办法解决了，设备需要连接数据库，太专业了，别的地儿根本没有。"迎璟后脑勺枕着座椅，眼神空洞，又忽然燃起希望，鼓起勇气问，"公司那边，可不可以推迟一个礼拜做汇报？"

"不可以。"初宁回答果决，"涉及面太广泛，你一时也听不明白。总之，必须如期。"

迎璟熬了几个通宵，脸色很差，眼圈儿能媲美大熊猫。就连一向清爽光洁的下巴，也冒出了浅浅的胡楂，他眼睛都红了，应该是熬夜熬的。

初宁把目光从他脸上收回，想了想，拿出手机。

"冯子扬。"

听到这个名字，迎璟立即集中注意力。

初宁一手握着手机，一手敲着方向盘："我需要你帮忙。"

简短叙述完，那头说了几句话，初宁皱眉："我不管，这个忙你必须帮——没办法？那你就想办法——呵，你要不帮，明天我就去拆穿你的真面目——对，就是这么绝情，你帮不帮？"

这威逼利诱，听得迎璟目瞪口呆。他以为她会强势到底，初宁忽地软下音：“冯大爷，求求你了。”

这人软硬之间自由切换，让人叹为观止！

两分钟后，初宁讲完电话，对迎璟说：“设备问题解决了。但我们要先过去看一下，是不是符合。你晚上有课没？”

迎璟疯狂摇头：“去去去！”

恰好，冯子扬也在微信上把地址和联系电话发给了初宁：“我已经和唐耀打过招呼，你们直接过去，会有人接待。”

初宁回复：“谢了。”

冯子扬：“唐耀太嚣张，老子看不惯。你还逼我去求他办事儿，未婚妻太狠啊啊啊！”

初宁笑了笑，点开地址：明耀科创股份有限责任公司。

这是业内非常有名的一家上市企业，主攻智能产品，集研发、生产、外销于一体，已经形成了庞大且成熟的产业链。它们有独立的实验室，先进、完善，已达国际尖端水准。如果能借用它们的实验室，那问题便迎刃而解了。

老天眷顾努力认真的人。初宁和迎璟赶到明耀科创，非常顺利地完成了对接。迎璟看了那台交互设备的技术参数，比学校那台要高端多了。

他如释重负：“没有问题！”

初宁面色不改，从头至尾都是这么冷静，点了点头：“行，那你们做准备。”

迎璟迅速打电话给祈遇，把这个好消息传回团队，然后交代准备事宜。初宁仔细听了听，他的逻辑思维非常清晰，滴水不漏。初宁侧眼打量着他，时间略久，被迎璟回头撞见。她有点没把持住，飞快挪开视线。

迎璟挂断电话，乐了：“你偷看我啊？”

困难局面得以化解，他的复原力简直如火箭喷射，人一下子又活蹦乱跳了。迎璟跨前一步，把脸凑近初宁，语气肯定道：“你明明就是在偷看我。”

初宁与之对视数秒，这一次，是她先移开眼：“我没有。”

身后是车，她原本是靠着车门的，这下被迎璟逼近，她没地儿走，两人便保持着一种很诡异的亲密姿势。迎璟个子高，从小身体素质也出众，看起来瘦，但骨架很有力量感。

他的右手自然而然地搭在车上，初宁小小一个，像是被圈在他的臂弯里。他的脸凑得更近，目光带着审视：“你不用偷偷看我，我光明正大地给你看，你想看哪里都可以。”

初宁微微恍神半秒，就看他突然弯起胳膊，做了一个大力士的动作：“我有肱二头肌哦！”

初宁失神的理智迅速回位，她一掌推开他：“你闲了？以为事情解决了就无后顾之忧了？现在这么兴奋，刚才是谁在我车上差点哭鼻子？真是给点阳光就灿烂！”

她的用词很硬，但语气是温和的。这不是真正的责怪，她跟他一样，藏不住如释重负的轻松感。

初宁双手环胸，头也不回地往前走：“你给我记住了，‘对不起’是最软弱无能的三个字。还有，发现问题，总结经验，不断反思自我，这样才能进步。从这件事暴露出的最大问题是什么你知道吗？不强大，就没有发言权，以及你们与学校有关部门的关系，处理得实在是惨……”

她正说着，迎璟突然快步蹿到她前面，拦住了去路。初宁仰着头，无语，他又想干吗？

迎璟的眼神变得安静，他看着她，暗暗深呼吸。初宁动了动嘴唇，刚想说话，迎璟突然伸出手，把她结结实实地抱在了怀里。

初宁穿着高跟鞋没站稳，趔趄前栽，鼻子撞上他的胸口，唔！好硬！迎璟的下巴抵着初宁的头发，他闻着淡淡女人香，心都在颤抖。

声音自上而下，像是冬夜寒风里一簇簇温暖火焰，诚恳、纯粹、心无旁骛，还烫人。

他抱着她，轻声说：“初宁，谢谢你。”

初宁的怒火和挣扎，在听到他这句“谢谢你”后瞬间平息。

这种感觉怎么形容？纯粹，没有任何杂质。他说谢谢，真心实意，初宁感受得到。

迎璟抱了三秒，然后很懂分寸地松开。他退后一大步，双手背在身后，正儿八经地对她鞠了个躬。一瞬间，初宁以为他要拜堂成亲。

这个情况有点出乎意料，初宁久久没有说话。迎璟咧嘴笑：“那？回家？”

初宁不太利索地点了下头，对方跟花蝴蝶似的，飞去了副驾。她在原地站了两秒，拍了拍自己的胸口，好像要把刚才那个拥抱所带来的炽热给拂掉。

第二天，迎璟就带着团队成员一起奔去明耀科创的实验室。这里恢宏、大气、规整、高端，就像一座神圣的殿堂。这种高水准的实验室，作为学生的他们，只在书本里有所了解，真正见识，这还是第一回。

“不愧是大企业，我还以为我在参观皇宫。”周圆啧啧称赞。

“明耀科创本来就是行业里的皇宫啊，鼎鼎有名呢。”张怀玉感叹，“如果能和这样的大公司合作，那也太幸福了吧。”

“它们不会看上我们这种小团队的。”祈遇说着，又问迎璟，“宁总的门路好广，和这里的负责人认识？”

“这是她朋友的朋友。”迎璟说。

“哇，好厉害。”张怀玉由衷道，“宁姐姐好年轻，不知道我到她这个年纪，是不是也能变得这么优秀。”

几人叽叽喳喳过后，正式投入实验。因为这种型号的交换机已经是国际上的顶尖型号，所以效果比预想的更好。三维空间布局能给以后的发动机设计者带来更加直观的体验。

迎璟他们所研究的，简而言之，就是“提前”。在样机真正投产之前，提前模拟它的一系列生产状态，节约成本、缩短周期，大有可为。

明耀科创公司也特地安排了一名工程师，协助他们解决设备运行问题。可以说，冯子扬嘴里的老板，给足了他面子。做交互实验比对的过程中，迎璟注意到，有一位男士几乎每天都会站在实验室二层的玻璃房里，看他们操作。

有时候眼神撞上，迎璟便友好地朝他点头，微笑。

直到实验的最后一天，这位男士也进入了实验室。迎璟不疑有他，以为对方也是这里的工作人员，于是继续忙活。

“季节单元模仿完毕，祈遇，下一个环境测验。”迎璟在设备里操作，喊了一声。

但祈遇被周圆叫去，没有听见。站在旁边许久的男人走到计算机前，十分熟练地敲了一组代码——程序顺利跳入新的测试单元。

迎璟看着他，目光顿了顿。那人没一点儿异样表情，接纳他的询问眼神，很淡地笑了下，问：“这个项目，你们是和哪家公司在合作？”

迎璟很警惕。

那人还是笑：“很有勇气。”

这听起来不像好话，但迎璟保持礼貌，自信地补充道：“不仅有勇气，还有眼光。”

“呵。”男人面色收敛，不管是语气还是相貌气质，都给人一种难以言说的高傲感，浑然天成，与生俱来一般。

他和迎璟身高相当，两人目光平视，男人说：“这种项目，提升投资回报率，就只有一个办法。”

迎璟问是什么。

“砸钱。”

迎璟没来由地对此人树起敌意，说话忒不好听了。那人惜字如金，很快就走了。迎璟对着他的背影嗤了一声："自大狂。"

没多久，公司这边的工程师定点过来询问情况，迎璟说一切顺利。

"哦，对了，差点忘了。"迎璟想起，问，"你们的员工进实验室，是不是都要穿统一的工作服？"

"当然。"

"那刚才有个人没有穿。"迎璟简单描述了一遍，想象力大开，"不会是间谍吧？"

工程师拼接了一下他的描述片段，恍然大悟："哦哦哦！是不是穿黑色外套的？"

"是啊。"

"那是我们唐总！"

迎璟没明白，眨了眨眼："哪个唐总？"

"唐耀。"工程师语气倍儿自豪，"我们明耀科创的执行董事！"

迎璟愣住了。

第一阶段的实验报告终于在既定日期之前完成。周二就要去宁竞投资进行汇报，迎璟摩拳擦掌，把发言稿改了又改，背了又背，之后还觉得用词不够优美，琢磨着是不是要去找找中文系的高中同学，加点儿比喻排比什么的。

他在宿舍上蹿下跳，觉也不睡，饭也只吃三碗，搞得像赴断头台似的。

而初宁这边，也不太顺利。

周沁跟她汇报："王副总说，他不出席明天的会议。"

"原因？"

"病假。"

王副总叫王山，四十出头，人到中年，一身傲气，当初在会上讨论这个项目时，他是反对最激烈的一个，连带他手下的风投、管理两大部门，都统一战线。初宁扛着巨大压力，才勉强通过投资决议。

初宁微微叹气："我亲自去请。"

他心里这口气没咽下去，难免要作怪。偏偏这人也不能得罪，宁竞投资起步之初非常艰难，之后招商引资，有了足够的资金链才把公司盘活。王山就是其中之一。他背后是启明实业，财大气粗，初宁真要较真，这个项目铁定夭折。

初宁心里有杆秤，轻重之分还是拎得清。她深吸一口气，笑着走进王山的办公室。当然，王山也不是存心刁难，让他顺过这口气就行。初宁态度好，语气也温柔，顺着对方的话应和，气氛缓和不少。最后王山说到重点。

“你想尝试新的投资领域，这是好事。但是初宁，是不是也要考虑公司实际？毕竟你的宁竞投资还没有发展到更高的层面。”王山以手指点了点桌面，“经不起这种规模的投资失败。”

他手指敲桌的动作，像是敲在初宁心里。

她背后发虚，但很快镇定：“我做过预设，只要项目第二阶段完成，就能实现产销联动，可以与国内的相关企业对接，出售技术。”

“国内军工企业的特殊性、保密性、垄断性，这都是客观存在的。你要如何保证市场？好，先不谈这个。这个大学生团队，很年轻，有优势，但是隐性风险更大，万一他们心态崩溃，或者半途放弃，遇到瓶颈，项目进度停滞不前，你前期的资金投入，可就全打水漂了。”

初宁没来由地握紧拳头：“他不会的。”

王山笑了笑，像一尊弥勒佛，没再说话，站起身，扣上西装：“行吧，我会准点出席会议。”

周二，迎璟的团队六点就到了会议室做准备工作。七点五十分，会议室陆陆续续有员工进场。迎璟不停地瞄门口，一个一个地过滤，终于等到初宁时，他眉眼闪闪发光，绽开整齐的白牙。

初宁看他一眼，表情很淡，然后继续和身边的人交谈。

迎璟在内心呐喊，为啥不对我笑？！

八点，汇报准时开始。迎璟收敛精神，像是披甲上阵的战士。迅速进入状态，是他的优点之一。

因为前期准备充分，所以他的发言条理清晰、不慌不乱。迎璟从三大块陈述第一阶段的内容：设计构想、操作实施、效果展示。

他很细心，工科内容枯燥无味，他尽量用生活化的语言，浅显易懂地表达。初宁留意了一番，不错，大家没有出现一脸蒙的表情。效果展示环节，迎璟执行了一个又一个模拟环境指令。

“不管什么条件，只要通过对该条件的建模，就能模拟出逼真的场景，暴风雨、沙尘暴、龙卷风、起大雾、下冰雹。”他在键盘上敲打，娴熟地下达着指令。

屏幕上那个小小的发动机，在不同的天气下，呈现出不同的性能状态。暴风雨里，它的叶片像棉花糖搅拌机，激起一圈圈水花；下雪天，它还萌萌地缩了缩身子，体积变小，浮现出字幕：“啊，好冷哦，需要爱的抱抱。”

会议室里笑声起伏，气氛保持得非常好。初宁打量着迎璟，这小子，还蛮有情趣的嘛。

接着，迎璟继续模拟龙卷风、冰雹、沙尘暴等极端天气。可以看出，三维画面上的发动机在这些环境下，机体任何一项指标出现异常，都会出现明确的提醒。

演示完毕，会议室里出现了短暂的安静。

没过多久，初宁带头鼓起了掌，一下、两下，接着是所有人响应，掌声友好。

迎璟心里松了口气，啊，过关啦！

汇报结束后，他拎着两个大箱子，一直磨磨蹭蹭地没有离开。隔着玻璃窗，他看到站在外面的初宁十分忙碌，不断有人来找，要么谈事，要么签字，签完字她刚准备转身，又有人来找她。

她像一个发光体，迎璟觉得太亮了。

初宁今天穿的是正经的职业装，一字裙长度适中，十厘米的亮色高跟鞋，脚踝小巧，小腿匀称，膝盖也漂亮。迎璟的视线继续往上，唔，她的身材真好啊。

心跟目光一起往上飘，他的目光突然撞上初宁的眼睛，迎璟心脏狂跳，做坏事被抓了。

初宁并不了解他丰富的内心活动。隔着玻璃窗，她冲他勾了勾手指。迎璟立刻飞奔到她面前，他的速度太快，初宁忍不住往后退了几步，生怕被他撞到。

迎璟刹车及时，一脸期待："怎么了？"

"请你们吃饭。"

"为什么？是我表现很好，对不对？"

你能委婉点吗？初宁没回答他的问题，只说："时间你们定。"

"周五吧。"

"行。"

"你来吗？"他突然问。

初宁点了点头："来。"

迎璟的眼睛笑成了弯月："太好了！"

到了周五这天，大家都很兴奋。

"这家餐厅好好吃！而且特别贵！我一定要吃那道招牌猪蹄！"周圆舔了舔嘴唇，还发出了邪恶的声音。

顾鹏鹏嫌弃地往右边跨了一大步，躲他远远的。

“你什么意思？”周圆张牙舞爪。

顾鹏鹏双手合十：“阿弥陀佛。”

“哈哈哈哈。”大家笑成一团。

张怀玉似乎对初宁更感兴趣：“太棒了，我一定要向她多学习！”

事实上，真见到人了，张怀玉发现并不是那么好学。初宁跟他们吃饭的时候，非常热情亲切，男生之间聊体育篮球，她都能接几句话。聊娱乐八卦，她也能不冷场。

这种娴熟的交际能力，没有经历是学不来的。听到张怀玉喜欢一个男明星，初宁还颇为热心：“下次我给你弄一张签名照，好不好？”

“真的吗？！”张怀玉激动，“亲笔签名吗？！”

初宁欣然点头。

“哇哇！”张怀玉两眼冒星星，“宁姐，你还认识娱乐圈的人啊？”

赵家就出了个当红花旦，这种事儿不难。

初宁：“有机会，带你见见本人。”

张怀玉幸福得要晕倒。

迎璟全程观察初宁，几句话就把人心给收买了。他又想，平时初宁对他那么冷漠和凶悍，对这几个臭家伙倒是蛮温柔的嘛。

正巧初宁也看向他。这小子，一脸苦大仇深，又哪根筋搭错了？

吃完饭，大家又去KTV唱歌。

周圆学着社会人那一套，对着话筒喂了喂，特谄媚地邀请初宁说几句。初宁亦大方，起身接过话筒：“没什么好说的，这个包间很贵的，浪费这个时间，还不如让我多唱两首歌呢。”

祈遇蹭了蹭迎璟：“她性格真好啊！真好相处。”

顾鹏鹏附和：“一点也不凶。”

祈遇：“咦？张怀玉呢？”

顾鹏鹏视线瞄了一圈：“没看见啊。”

很快，大家加入尬歌环节。周圆扯着嗓子咆哮：“我真的还想再活五百年。”

迎璟站在凳子上，扬起手：“赏！五百年赏你了！”

祈遇立刻躺倒在地上，滚了两圈，停在周圆面前：“您的五百年已驾到，请签收。”

初宁看乐了，笑得前俯后仰。这跟她平日冷美人的形象太不一样。迎璟的全部注意力都集中在她身上了。大概是这该死的朦胧光线作祟，陷在光影里的初宁，看起来那么美。她笑的时候，头微微后仰，脖颈的弧线被拉长，皮肤像是打了一层柔光。

迎璟忽然觉得热，心跳加速，手脚不受控制。他跳下凳子，朝她走去，

一步、两步、三步。每走一步，他就觉得自己背后的汗水又多了一层。

他脑袋是蒙的，乱七八糟的情绪混杂在一起，拧成一股冲动。他也不知道自己要干吗，只想到她身边。

就在这时，包间的门开了，他隐约听到一句："你去哪儿了啊？"

迎璟的三魂六魄骤然归位，他清醒了，扭头往门口看，原来刚才是张怀玉走了进来。

淡定淡定，他暗暗安抚自己，下一秒却听到张怀玉的声音——

"迎璟！"

"啊？"他循声望过去。

张怀玉握着麦克风，一脸英勇就义的决然，这声名字喊得过于大声，全场都安静下来。

渐渐地，她不那么紧张了，自信重现于年轻的面庞上，光彩焕发。她抬高麦克风，对迎璟说："我喜欢你！"

迎璟脑袋死机，一脸蒙。

"从大二起，我就喜欢上你了。为什么大一没喜欢上？我也很费解。不过没关系，现在你知道就好。"张怀玉越发坦荡，眼睛亮晶晶的，"我想了很久，决定还是正式向你表白——当然，不管你答应还是拒绝，我保证，我都不会影响团队的工作。嗯！迎璟，我很喜欢你！"

现场死寂很久，还是祈遇最先爆发出声："有勇气！"

周圆啪啪啪地鼓起了掌，吹起口哨："厉害厉害！"

迎璟不知道该说什么。

张怀玉一脸笑望着他，也不急着等他回答，放下麦克风，潇潇洒洒地坐在沙发上，吃起了水果。本该忐忑的姑娘，却跟没事儿人一样，就像横竖都轮不上她尴尬一样。

这些尴尬全转给了迎璟，他半天没吭声。慌乱的情况下，他下意识地找初宁，也不知是什么时候养成的习惯。视线往她那儿急急寻找，他却对上一张看热闹的笑脸。

初宁眼睛微眯，慵慵懒懒地靠着沙发，嘴角上翘，分明就是看好戏的表情。

看好戏等于无所谓。

她对他的事，根本就无所谓。

这些乱七八糟的想法，在迎璟心里毫无逻辑地拼凑在一起，他突然很烦躁，而且烦躁很外露，故意绕远路，从她脚边走过去，又“不经意”地蹭了蹭她的膝盖。然后他愤愤地走出包间，这回轮到初宁一头问号。

她又哪里惹着他了？

初宁在外面找到人，迎璟蹲在门口吹冷风，头发被吹翻了，露出饱满的天庭，上头似刻了一个“哼”字。

“被女生表白不应该高兴才对？”初宁今晚喝了酒，而且心情的确不错，说话也没了平日的严肃。

她用鞋尖轻轻踢了踢迎璟的鞋尖，笑着问：“怎么？拿错剧本了？”

她的脚好烫。迎璟被这个动作撩得耳尖发红。他倏地站起，一下子高了她一个头，气势回来了些：“拿错就拿错，怎么，你要给我写正确的剧本吗？！”

初宁被吼得莫名其妙，带着警告看着他。

迎璟的狗胆仿佛镀了一层金，他也瞪回去。两人大眼瞪大眼，路过的人偶尔回头打量，窃窃发笑。

她疯了吗？陪这小孩儿一起傻？

真是近傻者傻。

初宁双手搁腰上，向前一步。迎璟把脸扭向左边，不瞧她。两人僵了很久，随后只听见一声叹息：“你这个人啊……”

初宁话说到一半，突然伸出手捧住他的脸，然后狠狠将他掰了回来，掰成两人面对面的情况，把他的小脸儿活生生地挤出了两坨肉。

初宁觉得不解恨，又用力揉了揉，低声问：“是不是吃死我会来哄你？嗯？”

她手腕上传来的淡淡香味跟迷魂药一样，光影荡在她脸上，然后静静覆盖进迎璟的眼睛里。

他的声音更低沉，呓语一般：“那你愿意哄吗？嗯？”

初宁听到他的反问后，非常含蓄地笑了笑。之所以说含蓄，是因为意味不明，迎璟读不出个所以然来。

初宁的动作又变得轻柔，她跟逗孩子似的拍了拍他的脸：“人女孩儿还在里头等着呢。”

她指的是刚刚告白的张怀玉。迎璟烦上加烦，气上生气，又变得垂头丧气。他不明白这种情绪究竟如何定义，但确定的是，自己今晚有点火。

玩到十点半，大家就散了。初宁找了代驾，又帮这些小家伙叫了出租车。她跟每个人笑着说再见，好几声拜拜，没一句是给迎璟的。

他也不知在怄什么气，站得远远的。初宁走上前看了他好几眼，心想，这是耍酷呢。

一路上，大家谁都没再提张怀玉的事儿，她还是那么开朗，叽叽喳喳跟大伙儿聊天。相安无事了一晚，第二天，迎璟在实验室叫住张怀玉："哎，我跟你说个事儿。"

张怀玉放下手中的活儿，站直了："行，你说。"

"就昨晚，"迎璟稍稍停顿，本来想组织一下语言，想想还是算了，坦然一点，说道，"我认真想过了，手上有项目在推进，不能分心，再加上我现在也不想谈恋爱。所以，昨晚的事，对不住了。"

张怀玉淡定得出奇："是你不想分心，还是不喜欢我？这可是有本质区别的。"

她太直接了，让人不得不认真。现在的女生，不仅有勇气表达自我，更有勇气接受结果。

迎璟说："嗯，我把你当好朋友，没有那种男女之情。"

张怀玉很平静，非常大气地点了点头："好吧，我知道了。没关系，不喜欢就不喜欢，其实我也猜到了。但你知道的，不到黄河心不死，听你亲口说出来，我也没什么遗憾了。"

迎璟："背过发言稿吧？"

张怀玉仰了仰下巴："默写了好几遍呢。"

两个年轻人坦然对视，都笑了。

"没准儿你以后会发现我的好，又喜欢上我呢。"张怀玉保持着她一贯的骄傲与自信，"不过，那个时候，我还喜不喜欢你，可就不一定了哦。"

迎璟小鸡啄米般直点头："行，我记住了。"

"迎璟，我还是感谢你，不像有的臭男生，明明不喜欢，还要玩暧昧吊着女生。"张怀玉对他竖起大拇指，"你很棒啊，我觉得我眼光真不错。"

她拿起书包，长出一口气，耸耸肩转身走了。迎璟在实验室转悠了一下，也回了宿舍。

宿舍里只有祈遇一个人，他正伏案写东西，头也没回地问："解决了吗？"

迎璟嗯了声："说清楚了。"

“没什么事吧？”

“挺好的。”

迎璟从柜子下面拿出哑铃，平时用来练臂力，十五千克，他举起来非常轻松。

“我们都觉得张怀玉很不错，性格开朗，不拘小节，专业也一致，在一块儿有话聊。”祈遇有点可惜。

“我觉得不错的女孩儿多了去了，难道她们都要和我在一起？”

“也是。”祈遇不插嘴感情纠纷，忽然转了一个话题，“你最近缺课率是不是有点高？”

迎璟不自知：“有吗？”

祈遇坐直身子，转过头来，拿笔点了点桌子：“这一个月，老毛的课你去了几次？还有热动性能，这个你也没怎么上吧？马上就要考试了，你这样能行吗？”

说到最后，祈遇的脸色都变凝重了。

迎璟顿了下道：“应该不至于吧。”

“但愿。”祈遇说，“考砸了会很麻烦，你自个儿也要上点心。”

他说得没有错。迎璟这段时间一心扑在项目里，太认真了，对每一个实验数据都一丝不苟。这跟平日的学习不一样，做项目，就是真刀真枪，这种状态会激发一个人的斗志，但人的斗志往往是要耗费心血、有所牺牲的。

迎璟没意识到天平的倾斜。人一旦掺杂盲目，自信就变成了自大，关键是他还没有真正领悟到这点。

他脑袋晕乎乎的，半天没绕明白。祈遇犹豫半晌，还是问出口：“小璟。”

“啊？”

“你是不是喜欢宁总？”

一瞬间，迎璟觉得自己的血管都要爆炸了。

“你说什么呢？！”他把哑铃砸在地上，发出一声巨大的闷响。

祈遇无语：“你这么激动干吗？我就问问而已。”

“你怎么可以问这样的问题？”迎璟强装镇定，“你凭什么这么认为啊？”

“我觉得你看她的眼神不一样，好几次我都发现了。”

“你不看我怎么知道我在看她？哦，按你这个说法，你是不是也喜欢我啊？”迎璟强词夺理，脑袋极其灵敏。

祈遇被他这绕口令式的反驳给弄蒙了："啊？算啦算啦，就当我胡说。"

"你本来就胡说。"

迎璟转身倒水，一杯水一口喝光，却忍不住心慌，难道这么明显吗？

好在这事儿祈遇并没有放在心上，大概只是脑洞忽闪，不负责任地随口一问。他说："明天晚上我请个假，就不去实验室了，线性单元的测试基本没问题，你先看看。"

"你干吗去？"

"矜矜明天生日，我去接她下班。"

迎璟放下水杯："一起吧，我正好要去那边买点东西。"

祈遇这个青梅竹马的女朋友，来B城一年工作没少换，这份酒品推销倒是做得挺久。

周五晚上七点，迎璟和祈遇坐地铁过去。

"你女朋友的工资怎么样？"

"还行吧，她上个月还换了个单间，应该不错。"

车厢偶尔摇摇晃晃，迎璟个子高，轻轻松松抓住横在中间的那根栏杆。

他小声问了个问题。

"什么？"祈遇没听清。

迎璟舔了舔唇，眼角下压，目光贼贼地凑近："你俩那个过没？"

祈遇无语："那个是哪个？"

迎璟换了个优雅点的描述："负距离。"

祈遇默认。

场面一度十分沉默，只有哐当哐当的列车运行声。反正已经开启没皮没脸模式，迎璟索性邪恶到底，又问："你有时候周末不在宿舍，就是去她那儿了吧？"

祈遇点头："嗯。"

"哦。"

半天，迎璟老气横秋地说了一句："那要保护好啊，可别出什么意外。"

祈遇听笑了，踹他一脚，交换秘密一般，问："哎，你有过没？"

"没有。"

"真的？"

"真的。"迎璟摆摆手，"不说了不说了。"

"你还蛮纯情的嘛，哈哈哈。"

"闭嘴吧你！"

男生之间的私密话，像三伏天里突然冒出来的一阵凉风，清爽又迷人。

下了地铁，两人又扫码开了两辆小黄车，骑了十五分钟终于到顾矜矜上班的酒吧门口。他们等了没多久，就看见她跟着几个女孩儿一块儿出来。

祈遇没多想，开开心心地推着单车跑过去。迎璟不凑这个热闹，等在原地。

又过了一会儿，小两口就往这边过来了，只不过他们的脸色都不太好。

迎璟心里纳闷儿，怎么了这是？他刚想伸手打招呼，就听到顾矜矜气冲冲地吼道："你怎么骑个单车就过来了？"

祈遇说："从地铁站到这儿很远，我就……"

"那你在远处等就好了啊，我忙完会过来的，你推个自行车，我同事都看到了啊。"顾矜矜说得越发大声。

祈遇沉默了，而迎璟也听明白，这是嫌男朋友骑单车，在别人面前丢面儿了！

祈遇是个受气包的模样，大约他也是习以为常，反正不回嘴，垂着个脑袋。不过更加神奇的是，顾矜矜这种火暴性格，脾气来得快，走得也快，没多久，又跟没事人一样，挽着祈遇的胳膊笑嘻嘻的了。

迎璟浑身抖了抖，深思一番，这么看，初宁的性格也不是那么诡异啊。顾矜矜今天生日，说平日都在推销酒品，也想去酒吧放松放松。生日她最大，于是乎，三人又钻进了酒吧。

顾矜矜很兴奋，在舞池里蹦啊蹦："对了，我今天卖酒的时候，碰到了你们学校的人。"

"谁啊？"祈遇其实不是好玩的性子，但迁就女朋友，所以就陪她一块儿疯了。

"我下班前才卖的，看看啊，没准儿他们还在这呢。"顾矜矜在绚烂的灯光里辨认方向，突然大声道，"还在呢！喏！"

迎璟和祈遇顺着她手指的方向看过去，右边的卡座有一桌人。

"不是吧。"迎璟皱眉，"这也能碰见？"

正是和他打过架，抢过设备的设计系的罗佳。

巧了，对方也看到了迎璟，真是冤家路窄。

罗佳先是和身边坐着的一个人说了什么，很快，那群人都往这边看。其中一个大高个儿站起身，他穿着黑色工字背心，手臂上还有文身，叼着根烟走过来，拍了拍顾矜矜的肩："美女，还记得我不？"

这人流里流气的，歪着脑袋，一脸横肉。顾矜矜身上的社会气也很重，热情道：“当然记得啊，你是老板嘛！”

奈何对方不买账，大高个儿说：“再卖我一箱酒。”

“哎呀，不好意思啊，我这都下班了，要不您明天来？我再送您一瓶。”顾矜矜发挥女性特有的优势，声音娇娇软软的。

“不行。我就要今天买。”

他声音一大，那桌同伴陆陆续续都围了过来，就罗佳一个人坐在原地，一副看好戏的表情。

“你本来就是卖的，怎么卖了一次就不卖了呢？”大高个儿说得极其下流。

顾矜矜脸色不对，但还是强颜欢笑不想得罪人：“我这不是下班了吗？”

“上班能卖，下班就不能卖了？还是要加钱啊？我加钱，你加量吗？”

“哈哈哈哈。”同伙哄笑。

顾矜矜咬着唇，沉着脸，不发一语。而祈遇站在一旁，脸阴沉沉的，也看不出究竟是什么态度。迎璟真是脑仁儿疼，这小两口，怎么全是㞞货？他撸起衣袖，悄无声息地向前几步，然后一拳砸在高个儿男的脸上。

这一拳如雷鸣闪电，彻底撕开了委曲求全的平和。

迎璟先发制人，身强体壮，占据优势，直接骑在那人身上揍。同伙从后面拽他，祈遇奔过去抱住那人的腰就往地上滚。顿时，喧哗声、尖叫声、拳头砸下去的皮肉声交织在一起，成了一曲恐怖魔音。

再过一会儿，酒吧管事人的吼声传来：“停下！都给我住手！”

迎璟从小在陆军大院长大，带他的都是华北军区一等一的陆军战士，他出手狠、准、快，军人家庭出来的孩子，身上天生有一股血性。他不走科研这条路，十有八九是要去开散打馆。

他重情重义，认准祈遇是兄弟，又心怀仁慈，看不惯有人侮辱女性。

两者叠在一起，他便是真正往死里揍。但对方到底人多势众，没多久，迎璟就落于下风，脸上挨了好几拳，疼得他嗷嗷叫：“不准打脸啊！！”

那个高个儿从他身下逃脱，呸了一嘴的血，这种人典型的四肢发达没脑瓜，邪火一上头，抓起一个啤酒瓶用力敲碎，然后便风风火火地靠近迎璟。

混乱之中，尖叫声更甚。

最后不知是谁喊了一声：“别打了！警察来了！”

初宁接到这个倒霉电话的时候，正在月半弯。

家庭聚会，赵家上下老小都齐了，就连赵明川也在。不仅她得来，冯子扬作为未婚夫也逃不了。过程中，他们俩被问得最多的就是："好事将近了吧？得抓紧啊。"

冯子扬悠闲自在，对谁都好脸色："托您福，筹备中了。"

他出手又阔绰，逢小辈都塞红包，非常得人心。初宁在挑水果，见他走过来，不得不佩服："你真像一朵交际花。"

冯子扬凑近，弯腰低头，张嘴把她手里的苹果片给叼走，边嚼边说："什么味儿啊，甜死我了。"

初宁重新挑了一片自己吃，问："不是说没时间过来吗？"

"你的事，不管何时都有时间。"冯子扬咽下苹果，"我来给你撑腰，这赵家也对你好一点儿。"

初宁没作声。

"对了，你最近跟你大哥关系是不是不太好？"

"嗯？"

冯子扬瞄了瞄不远处的冷硬小赵，站近一步，在她耳边说："他刚才阴阳怪气地问了我一个问题。"

"什么？"

"他问我，你身上的伤疤是在左胸口还是右胸口。"冯子扬费解极了，"我怎么知道。但你大哥太恐怖了，那眼神犀利得跟只千年老鹰一样。我敢不回答吗？我就随便说了右边。"

初宁心生不祥预感。

"结果你猜怎么着，他竟然笑了一下！"冯子扬还沉浸在惊悚里不能自拔，"他说，错了，是左边。他在诈我吧，是不是看出我俩的虚假关系，他打假办的吧？"

初宁低头扶额，掐了掐眉心。冯子扬突然怔住："不对，他怎么知道是左边？"他细思恐极，扭过头望向初宁："难道他看过？"

电话就是这个时候来的。初宁得以脱身，被不在场但依旧能折腾死她的赵明川搞得汗流浃背。她如蒙大赦，哪怕是一个陌生的座机号码，也飞快接听："喂，你好？"

随后她顿了三秒："再说一遍？你是谁？谁？"

初宁拧眉："公安局？！"

冯子扬吃着苹果又跟人聊天去了，初宁走远了些，听完事情始末，不自知地手已经握成拳头在发抖，大概是气的。

五十分钟后，她开了一路快车赶过去。初宁和值班民警说明来意，对方见怪不怪，按流程先带她去认人。两人走过一道长廊，在最里边的两间大房子，两道铁门，进去后，铁栏隔出两块地儿，里面待着八九号人。

初宁一眼就看到了蹲在地上的迎璟。他没穿外套，一件浅灰色的羊绒衫被人扒掉了一只衣袖，领口也扯得宽大，再往上看，初宁倒吸一口气，小白脸不见了。

迎璟慢悠悠地抬起头，肿着半张脸，和她视线一对，立刻变得紧张兮兮的。初宁的火气嗖的一声飙到脑门，她抬手，手指在空中点了点。迎璟立刻灰兮兮地蹲了回去。

初宁沉下气："请问在哪里办手续？"

民警同志："跟我来吧，虽然双方和解，但破坏了酒吧的设施，老板要求赔钱。"

初宁点点头："好，罚款我交。"

走完流程已是一个小时后，接近零点，初宁头昏眼花，累得够呛。她走在前面，后面跟着三个尾巴。虽然她没说话、没骂人，但是背影过分冷静，让人不寒而栗。

祈遇和顾矜矜可以忽略不计，他俩反正回出租屋，唯唯诺诺地跟初宁道了谢，就差没跪下磕头。

人走后，就剩下迎璟。初宁忍无可忍，终于转过身，冷笑一声："你这是要开武术馆的节奏啊，我入个股行吗？"

迎璟的鼻子是肿的，右眼也有瘀青。初宁盯着他那些伤，心里莫名来了火，但一对上他无辜的眼神，又什么都说不出了。

她双手搁腰上："看出来了，你就是天生来克我的。"丢下这句话后，初宁转身要走。

迎璟出声："你不管我了吗？"

初宁不停步，迎璟惨兮兮道："我还没吃饭。"

初宁高跟鞋踩地，声音清脆，毫不留情。

迎璟身上疼得厉害，龇牙咧嘴，等缓过这波痛劲儿，他眼珠一转，走进了右边的一间房，一台饮水机插着电，热水灯提示保温。迎璟接了一杯滚烫的热水，然后抱着"死猪不怕开水烫"的伟大毅力，用热水扑了自己一脸。

初宁已经走出分局，出来得急，所以连外套都没穿，寒风裹身，吹得她的头更加发涨。

迎璟从后面一瘸一拐地赶了上来："你等等我，我走不动了。"

初宁拿出车钥匙，奥迪嘀一声解锁。

“学校关门了，我回不去了。”

她拉开车门，面无表情。

“我不是故意打架的！你听我解释啊。”

初宁已经坐上驾驶座，手搭在门把上。

迎璟使出浑身力气：“我发烧了！”

车门关到一半，停住，初宁转过头，远远地看着他。迎璟一身“破铜烂铁”，跟个要饭的一样，可怜巴巴地站在寒风中。

初宁从他身上挪走视线，空洞地盯着前方，直到这堆叫迎璟的“破铜烂铁”，厚着脸皮坐进车里。

初宁茫然闭眼，心恨：真是个小畜生啊。

此时的迎小畜生，龇牙咧嘴地瘫在副驾，哼哼唧唧叫疼。

初宁叹了口气，问：“你哪儿疼？”

“我哪儿都疼。”

怕了怕了。

迎璟问：“你带我去哪儿啊？”

“废话！还能去哪？！”初宁转过头，语气凶巴巴的。

小畜生想了想：“你家？”

她能踹他下车吗？

这边离公立医院太远，初宁拉他去了最近的一家私立医院。车通过导航穿过两条巷子，终于看到这栋翻新过的小医院。迎璟看到医院名，自言自语：“妇产医院。”

“下车。”初宁解开安全带。

迎璟疯狂摇头，脸肿得跟包子一样，像个萌萌的猪头。

初宁绕到副驾，拉开车门：“你给我下来。”

“这是生孩子的地方，我不去。”

“你还挺有骨气啊。”初宁语气淡定，下一秒，拧着他的耳朵把人硬生生地给拖下了车。

“哎哟。”迎璟龇牙，“疼疼疼！”

初宁就这样一拖三拽，把人给踹进了医院。虽然是妇产专科，但基本的检查设备还是完善的。迎璟拍了个B超，医生给消消毒上点药，幸亏他没有伤筋动骨，全是皮外伤。初宁松了一口气。

弄完已经快一点了，初宁对护士说：“给他开住院。”

迎璟瞪大眼睛，一句“我不要”还没说出口，护士先拒绝了：“我们只收孕妇，而且已经没有床位了。”

初宁记起医院门口有一个垃圾桶，正寻思。迎璟说：“宿舍关门了，我还受了伤，我爬不了墙。”

“你还挺有理，啊？”折腾了一晚，初宁头疼得厉害，不想跟他废话。

迎璟踌躇半晌，小声说：“你让我借宿一晚吧，我身上疼得厉害，我还发烧，我想休息。”

他一身破衣服，露在外面的皮肤没一处能看，而且时间一久，那些瘀青红肿越发吓人。初宁对医学知识不了解，虽然检查结果显示没啥大问题，但他看起来问题很大，再加上自己也没精力再折腾，于是，她妥协了。

她有气无力地道：“你跟我回家。”

Chapter 08　原来我是你的全部啊

初宁的公寓地段不错，是这附近的一处中高档小区。小区绿化搞得好，仿南方园林式构造，空气新鲜度都提升了。她住二十二楼，按电子锁密码时，初宁侧过头："你还看？"

迎璟敷衍地往后挪了半步。

初宁瞪眼。

迎璟后退了一米。

门开了，迎璟感觉一股淡淡的海洋精油味儿扑面而来，令人心旷神怡。这是个一居室，迎璟目测有六十平方米。

初宁走在前面，伸手往墙上摁开关，随即皱眉："怎么不亮了？"

算了，她按了另一个，客厅亮起一盏小灯。温暖的光线以沙发为中心，照出了一小圈儿毛茸茸的光影。初宁拉开鞋柜，看了又看，然后关上。

她吸一口气："我家没男式拖鞋，要不你穿这双？"

她手里拎着一双波西米亚风格的女士夹拖，上面穿着暗色系的珠子，末尾还系了个银铃铛，非常有旅游风情。

迎璟问："你的？"

"嗯。"

"我可能连脚指头都挤不进去。"

有道理，初宁放弃。

"没事儿，我打赤脚好了。"迎璟二话不说脱了鞋。

"等等！"初宁本能地要阻止。

"干吗？"迎璟弯着腰，鞋带已经解了一半，他冲她笑了笑，"我又没脚气。"

初宁被噎死了，她压根没往脚气方面想，只是觉得地上凉。

"你还发着烧"这句话幸好没说出口。不过话说回来，她自己都被这个可以归于关心范畴的念头给吓了一跳。

迎璟脱了鞋，把鞋又整整齐齐地摆好，然后自家人一样往客厅里走。

"你的房子也太小了，而且这个小区很贵，怎么不考虑别的地方大一点儿的户型？"工科男的思维都比较理性。

"没钱。"初宁轻飘飘地说，"全砸你身上做项目了。"

迎璟美滋滋道："原来我是你的全部啊。"

小屁孩一个，初宁不以为意，问："你家有多大？"

"我们家是小院儿，有个很大的花园，两层楼，每一层都有阳台。我爸妈喜欢养花，阳台上全是花花草草。"

"哟，豪华别墅贵公子啊你。"初宁啧了声，"你父母是做什么的？"

迎璟稍稍停顿了一下："他们，他们……"

本来初宁就没什么兴趣："行吧，你自己找地方坐。"她则去厨房倒水。

迎璟这才仔仔细细打量了一圈房子。不大，不大才好啊，这证明她是一个人住。

北欧简洁风的装潢，木家具，还有一些金属质感的冷色调摆件，唯一鲜艳的色彩，就是电视柜上面的一只巨型招财猫。迎璟抬高视线，浏览了一遍天花板，最后定在那盏初宁开不亮的顶灯上。

初宁端着水杯走出来，愣了愣："你在干吗？"

迎璟找了一条长脚凳，放在茶几上，还挺细心地把四个椅子脚用纸巾垫着。他站在凳子上，在修灯泡，远看像一堆在上吊自杀的破铜烂铁。

"你给我下来！"初宁出声。

这凳子腿又细又高，加上他才受了伤，再摔下来的概率极大。迎璟的手在灯罩里飞快旋扭，很快他就道："好了，你开灯。"

灯亮了，修好了。

初宁双手环腰，并没打算感谢他，重复道："你给我下来。"

迎璟站在高处，低头一看，倒吸一口凉气，然后看着她摇头："太高了，我不敢。"

"哎，"他又捂着胳膊直抽，"好疼。"

初宁忍无可忍地走近道："谁让你上去的？"

"你这人怎么这样啊。"被凶的迎璟很委屈，"我帮你修灯，你能不能语气好一点儿？"

迎璟把手伸下来。

"干吗？"初宁莫名其妙。

"扶我。"他说，"我怕高。"

"快点！"迎璟气势十足，"我眩晕了。"

主要是他身上的伤痕太有视觉效果，听到这话，初宁不多想地把手递了上去。迎璟得逞，紧紧握住她的手，然后借力跳了下来。

他力气大，初宁没站稳，往后退了好几步。迎璟手臂收紧，轻轻松松把人拽了回来。初宁双手抵住他的胸膛，甚至能感受到血肉骨骼里，那怦怦跳动的节奏。迎璟身上火气旺，打架时裹了一地的灰，有淡淡的尘土味儿。

初宁突然想起了那天晚上的拥抱。她跟触电一样，反应过激地把他狠狠推开。

迎璟撒开手不满："翻脸不认人啊。"

这小孩儿今晚太嚣张。初宁指着他："你，过来。"

初宁指挥他坐在沙发上，自己站着，目光由上及下："今天为什么打架？"

迎璟把前因后果讲了一遍。

"就为这事儿？"初宁皱眉。

"这还不叫事儿？"

"那你为什么打我的电话？"

"你的号码排前面，好找。"

迎璟嬉皮笑脸没个正形儿，见她脸色不对，忙解释："吓死人了，都进警察局了。"

初宁冷笑："你应该找你家人，找我干什么？"

"我打不过我爸。"

初宁气乐了："你不是还有一个姐弟情深的亲姐姐吗？"

"你都说姐弟情深了，怎么能大半夜麻烦她呢。"

初宁走过来，伸手就往他脑门儿上用力一弹："小兔崽子。"

话刚落音，她就变了脸色，目光变得深邃探究，两秒之后，初宁眉间聚起山丘，迎璟暗叫不妙。

晚了，初宁左手按住他的肩膀，把他困在沙发里，右手掌心往他脑门儿上一贴。

三秒之后，她怒吼：“你没有发烧！”

迎璟缩成一团，糟了糟了被发现了。

初宁抬起手，一巴掌挥在半空，她没有真正要打他，只是气不过，做个动作表达愤怒。然而迎璟的自我保护意识特别强，他轻而易举地制止住初宁的动作，两手抓住了她的手腕。

“松开！”

“我不。”

“松不松？”

“我就不。”

两人扭打在一起，迎璟这伤本来就没什么，之前是让着她，交战中被她的指甲挠了几下，火气嗖嗖地往上飙，下了狠劲儿。初宁哪是他的对手，很快形势反转——她被压在沙发上，迎璟半跨半骑在她身上。

两人距离太近了，彼此的呼吸混在一起，像是刚搅好的棉花糖，还带着点热气。初宁的眼睛很漂亮，双眼皮很深，眼角上翘，有神且深邃。

迎璟在她的瞳孔里看到的全是自己。

有那么一刻，他好像明白了，明白自己长时间以来，那股道不明的情绪。偶尔焦虑、偶尔惊慌，还会喜怒无常，这些陌生的东西，他以前没有，和张怀玉在一起时也没有，只在看见初宁的时候，就有了。

迎璟的呼吸越来越粗重，蠢蠢欲动，跃跃欲试，化作火焰在他的目光里，跳到这里跳到那里，恨不得通通跳进初宁的眼睛里。这一切化作冲动，那四个字缠缠绵绵地盘旋在迎璟的唇齿间，他就要控制不住地说出口。

初宁的一声低咳拉回了他的理智。

“怎么了？”迎璟回神。初宁趁他精神松懈，屈起膝盖，毫不留情地往他胸口一踹。

“啊！”迎璟滚到一边。初宁得以脱身，坐到沙发的另一边。

她没再破口大骂，只是象征性地抬起手，用食指指着他，警告的意味不言而喻。

迎璟观察了一会儿，也觉得不对劲了。

“你又要干吗？”初宁警惕，“破铜烂铁”在向她靠近。

“想死是吧。”威胁等级拉起红色警报。

迎璟置若罔闻，再一次靠近她，然后手背轻轻探向她的额头，毋庸置疑道：“你在发烧。”

迎璟吞了吞口水，想再一次伸手确认。初宁偏头躲开，有气无力地说：“你就是天生来克我的，是吧？好的不灵，坏的全在我身上灵验了。”

晚上接到区分局的电话，她走得急，连外套都没穿。今天B城起风，夜里凉意更甚，又折腾了一晚上，初宁扛不住了。

“对不起。”迎璟忽然小声道。

初宁没什么力气，蔫蔫地摆了摆手：“沙发睡不下，我给你弄床被子，你打地铺吧，反正有暖气。”

迎璟还是那句话：“对不起。”

“以后别打架了。”初宁靠着沙发，说，“你还是学生，这些社会气不要学太快。有什么不能忍的？一时之气动手，就像个傻帽儿。”

这话很有她的风格，迎璟嘀咕：“你说话也挺社会的。”

初宁嗤了声：“你跟我能比？”

“怎么就不能比了？”他对这种拉开两人距离的话感到特别不服气。

初宁看他一眼，挪开，算了。

“总之，”她闭目，身上太烫，语气软绵绵的，“你要学会保护自己，你现在不是一个人，如果受伤，项目停滞不前，我也会很难办。”

她有她的难处，公司里有一大堆复杂的人际关系以及不和谐的声音，现在只勉强维持住了平衡。

一荣俱荣，一损俱损，现在她和迎璟，大概就是这么点意思。

“你也要学会肩上担责任，今天要真是打出个什么残疾，你说，划算吗？”

迎璟的掌心却覆在了她的唇上：“你在发烧，我不许你说这么多话。”

初宁浅浅拧眉，然后轻轻失笑。他的手上有淡淡的药香味儿，初宁的心慢慢安静下来。

“你饿不饿？”迎璟不知哪根筋又搭错了，突然兴奋起来，“我给你做吃的吧，吃东西好得快！”

年轻人容易激动，想一出是一出，并且马上付诸行动，拉都拉不住。当然，初宁也没力气拉。迎璟兴致勃勃地拉开她家冰箱，呃，什么都没有？他再打开她家橱柜，用手一抹，指尖沾满了灰。

迎璟的声音从厨房传来：“你活得真够糙的！”

初宁莫名尴尬，这质疑就像是在指责她不够贤妻良母一般。

“我工作忙，你还小，你不懂的。”她尽量让语气听起来底气十足。

迎璟声音不大不小地回了句：“我可一点都不小。”

最后，迎璟从柜子顶层翻出一小袋还没拆包的泰国香米，看了看日期，能吃。他给她熬了一碗粥，初宁家没有盐也没有糖，这真的就是一碗白米粥。

“你凑合吃吧。”他端着碗走出来，却看到沙发上的初宁睡着了。

她侧躺着，手枕着右脸，睡姿恬淡。

时钟指向两点。

迎璟轻手轻脚地放下粥，然后又回了厨房，一会儿就包了一个冰袋出来。

他蹲到初宁身边，还是太高了，索性跪在地上。

迎璟凑到她耳边小声说：“我给你敷冰块，会有点凉，你忍住哦。”

初宁没反应，迎璟细心地将冰块包了两层，然后轻轻贴向她的额头。初宁皱了皱眉，勉强睁开眼睛，发着烧，人迷迷糊糊的，只瞧见是个熟悉的人，便又很快闭上了眼睛。

迎璟把这个动作，一厢情愿地理解成是信任。

她信任他。这个感知让他雀跃不已。

冰块放不稳，他便一直拿着。手上有伤，阵阵疼痛撕扯着，但他硬生生地扛着。冰块化了，初宁的烧退了一半。他继续去冰箱取新的冰块，帮她做冰敷。

迎璟身上很疼，也很想睡觉，但他能忍住。他打了个长长的哈欠，看着熟睡的初宁，心甘情愿。

初宁醒来时是在床上，迎璟把她抱上去的。一晚过后，退了烧，她走到客厅一看，迎璟还没走，在厨房里捣鼓来捣鼓去的。

“你醒啦？”他转过头，笑容太灿烂，一瞬间，初宁还以为今天是个大晴天。

她迟钝地点了点头，看着满灶台的塑料袋，惊讶地问：“你还出去买了东西？”

“对啊，你这里什么都没有。你看，我买了油盐酱醋，还有一口锅。”迎璟热情地展示他的购物成果，“还给你买了两个碗，彩虹图案的，好看吗？”

“你几点起来的？”

“不到六点。”

迎璟笑了笑：“我习惯很好的，每天早上还会晨跑！”他不死心，把两个彩虹碗送到她面前，“好不好看嘛？”

初宁实话实说：“太娘了。”

审美品位受到打击，迎璟同学很失落："那你喜欢什么样儿的？"

初宁淡淡道："其实你没必要买，我从来不在家里做饭。"

"为什么不做饭，自己做干净卫生。"迎璟小声嘀咕，"你跟我姐一样，都只知道赚钱。"

初宁一副"我不想和你这种不知人间疾苦的小少爷说话"的表情。

迎璟唠唠叨叨："做饭其实很简单，你喜欢吃什么？我下次可以给你做。今天就喝粥好了，你才退烧不能吃太油腻的东西。"

他太能说了，嗡嗡嗡像只采蜜的小蜜蜂。初宁嫌吵，拿起碗里的一截黄瓜塞进他嘴里："你可不可以安静一点？"

迎璟被她亲手喂了满嘴黄瓜，心里咯噔一跳，完全没听出她的嫌弃之意。

卧室里的手机响了，是公司打来的。初宁走出去接了个电话，再返回时对他说："你不用做我的早饭了。"

正在煎鸡蛋的迎璟转过头问："你不吃吗？"

"我没有吃早餐的习惯。"初宁说，"你自己吃吧，我要去公司了。"

迎璟："吃吧吃吧，我很快就做好了。"他说到这里，语气倒有了一丝半哄半求的意味，然而初宁并没有用心分辨其中的奥妙，转身要走。

"喂……"

"如果你想坐顺风车，我可以捎你一程。"初宁去卧室换衣服。

等她出来，迎璟已经乖乖等在门口。她顺路捎他到地铁站，两人就此分别。初宁在红绿灯处掉头，突然收到一条新微信。

"早餐放在车后座了，是溏心鸡蛋。按时吃早餐的人，会赚大钱；不吃早餐的人，迟早变穷光蛋。"

初宁皱眉，然后往后一看，果不其然，一个保鲜盒乖乖巧巧地待在座位上。

这小子，真是贼心不死啊。

她到了公司，前台的小姐姐跟她打招呼："宁总。"

初宁颔首："王副总到了吗？"

"五分钟前已经上去了。"

初宁点了点头，经过前台时："对了，这个送给你。"

她把那份溏心鸡蛋搁在桌子上，前台小姐姐眉开眼笑："正好没吃早餐，谢谢宁总啦。"

到了办公室，王山坐在沙发上看报纸，初宁进门："不好意思，久等。"

王山放下报纸："没关系，我也刚到不久。"他示意初宁看办公桌上的一份文件。

初宁绕到办公桌后落座，拿起翻开第一页："新能源汽车？"

"对。"她边看，王山边概括，"这是魏总的一个意向项目。与政府有合作，而且有政策扶持。"

初宁看到参与者之一，是H科技大学的一个学生团队。

"这个团队在圈子里还算有名，去年的一个国际大学生新科技大赛，你有印象没？"王山说，"中国三支队伍参赛，他们是唯一一支拿了名次的。"

在这个行业混饭吃，初宁就算不熟悉，该知道的消息还是会了解。初宁应了声，并且已经猜到他的用意。

"我知道你想转型，想从传统行业拓宽渠道，尝试新领域，我十分赞同你的理念。"王山看着她，语气尚算诚恳，"但是刚起步，我建议还是稳妥为首。小宁，这种科研项目就是烧钱的，尤其我们现在在做的航空虚拟仿真，越到后面，就越身不由己。"

初宁缄默不言，目光落在这份项目书上。

"你手上的这个，前景明朗，回报周期短，利润测算也很可观。最重要的是，去年市政府的'六五规划'里，就明确提出了新能源汽车的市场覆盖率。而这个校园团队，已经崭露头角，他们研究的东西也是很符合政策走向的。"

初宁抬起头："您的意见是？"

王山语气平静："考虑与魏总合作，一是背靠大山，降低你的资金风险；二是，能让宁竞投资的全体员工看到希望。"

初宁久久不语，这意味着什么，她再清楚不过。片刻后，她重新抬眸，郑重道："我会考虑您的意见。"

而迎璟这边，他的热情在那晚之后，变得越发积极。

项目第二期正式启动，不同于第一阶段的基础铺路，这一阶段，便是模拟发动机制造过程中的各种状况。科技研究中最难的部分，就是模拟仿真，本来就是不确定的事物，要把它量化、具体化、细节化，这耗心又耗钱。

迎璟交给初宁的二期项目计划里，洋洋洒洒地阐明了他的构思：

"我会先从主轴承开始，它是发动机最关键的部位之一，模拟其在高速、高温、不同复杂受力情况下的性能变化。如果这个仿真环境做成功，就能化理论为实践，对接相关工业企业，出售技术，早日为你赚钱。"

计划书的字里行间，全是对她的承诺。初宁合上计划书，脚一点，转椅便朝向办公室的落地窗。

五点刚过，冬日白昼短暂，天色渐暗。她掐了掐眉心，头枕着椅背闭上了眼睛。

之后半个月，迎璟全神投入项目二期，成天待在实验室，三四台电脑开着，程序复杂，数据庞大，他试验了无数构思，不断调试，结果稍好的，就连接模型试车。

一个人认真起来，能量无穷，精力无限。但在旁人看来，这是一种非常过激的状态。祈遇难掩担心，提醒他："小璟，其实节奏放慢一点，影响不大。"

迎璟却跟他大谈设想："上次我们说的基础材料模拟问题，我觉得可以换一种思路，不一定要仿真材料本身，可以只模拟它的恒定条件，比如温度、转速。"

祈遇认真想了下，赞同："是一个好的出发点。"

迎璟顿时兴奋，打开话题了就恨不得马上实施。

祈遇叫住他："你等等。"

"嗯？"

"后天有两门专业课要考试，你还记得这事儿吗？"

迎璟茫然："什么考试？"

祈遇叹了口气："小璟，我建议你调整一下状态。合理分配时间，该上的课还是要上，上次点名，你漏了两次，老师已经很不满了。

"还有，下个月的冬季校运会，你是不是也不打算参加？"

迎璟理所当然道："不参加了，我没时间。哎呀，你能不啰唆了吗？你比我妈还啰唆。我心里有数。对了，你看看这个程序，要不要再改？"

算了，鸡同鸭讲。然而，老实人的担心一般比较容易实现。之后的两门考试，迎璟压根就没去。

他忘记了，彻彻底底忘记了。

考试是周一。他周日去市场买材料，价格类别五花八门，他全部心思都在里头，好不容易看中合适的，老板却说没货，要第二天才能送来。于是，迎璟就在附近住了一晚。

他错过了考试。

这事儿最生气的是祈遇，老实人发起脾气来，格外刺人："我都提醒过你了，你为什么这么不上心？这是你自己的事，事关毕业，你怎么能这么敷衍！"

迎璟解释："我去看材料了，老板说没货，这不是急用嘛，我就……"

“天大的事都没考试重要！”祈遇说，“我俩不在一个考场，我还以为你去了，没想到你缺考。小璟，说真的，我觉得你是不是太投入了？”

迎璟猛地抬起头，原先还有几分不服气，在听到这句话后，全化作了茫然。

迎璟缺考这事儿，很快被他姐姐知道了。当天下午，迎晨就从杏城杀到了学校。迎璟真的服气，也不知她收买了什么人，消息如此灵通。

迎晨是开车过来的，杏城到B城只有几十公里，一小时的车程。不同于以前的风风火火，这一次，迎晨特别安静。她到学校接迎璟，直到他上车，姐弟俩没说一句话。

二人沉默之下，气氛变得格外压抑。迎晨将车开上高架桥，车辆渐多，在第二个红绿灯时，彻底堵死。迎晨关紧车窗，终于说了两人见面后的第一句话：“那个项目，你不要做了。”

迎璟转过头：“说什么呢，姐？”

“听不懂吗？”迎晨直视她，目光无比冷静，“你给我好好读书，别的事情，搁下。”

迎璟听懂了意思，与迎晨对视数秒，把脑袋转回原处，看着窗外说：“我的事你别管。”

迎晨猛地拍了下方向盘：“你看看你现在的样子，像什么话？”

“我怎么了？”迎璟语气平静，“不就是考试没及格吗？怎么，我以前成绩好的时候，你们欢天喜地，就不允许一次失误了？”

“你这叫失误？”迎晨火了，“你这叫不自律！”

迎璟一时怔住。迎晨一针见血道：“你根本就是头脑发热，以为做个项目就了不起了？你现在是学生，弄清楚你的本职，你对你的人生根本没有方向感。”

她的话太过犀利，甚至不留情面。迎璟始终与姐姐对视，目光不闪，一动不动。半晌，他嘴唇翕动，说：“我不是头脑发热。”

迎晨冷哼。

迎璟垂下脑袋，哑着声音重复：“我没有头脑发热。”

“那你就是鬼迷心窍。”迎晨也是暴脾气，语气略重，“不知被什么勾了魂。”

迎璟突然解开安全带。

“你干吗？”迎晨看着他，渐渐皱眉，“喂！你去哪？！”

他打开车门，英勇就义一般踏进了川流不息的车海。虽然交通堵塞，但这个动作实在危险，迎晨吓得半死，却又不能丢下车去追，暴怒地吼道：“你给我回来。小璟，哎？迎璟！”

迎璟大义凛然，背影决绝，那股倔强就是他背上的宝剑。他像行走江湖的少侠，孤注一掷，我行我素，天地无畏。

晚上八点半，初宁还在公司加班。

到了年底，公司事情多，好几个业务的验收工作在即，还有那批VR眼镜的订单，在供应链上也出了点问题，她自顾不暇，分身乏术。

一个电话刚挂，又有铃声响起，不是B城号码。初宁喝了口水，按了接听，开了免提：“你好，哪位？”

那头是个陌生的女声，声线干净。

初宁动作一顿。

对方说：“我是迎璟的姐姐，你好，我叫迎晨。”

迎晨约初宁见面的地方就在公司附近的咖啡馆。说起来，初宁对这位在迎璟口中出镜率颇高的姐姐还挺好奇。

就刚才那通电话，对方简明扼要地说：“我要跟你谈谈。”

不是“我想”“我希望”，而是“我要”。

初宁答应后，跟她约时间。

迎晨说：“随时都可以，我已经在你公司楼下。”

初宁披上外套赴约，走时又想了想，返回去挑了一条丝巾。

这个点咖啡馆人很少，初宁一眼就认出了角落里的迎晨。

这姐弟俩的气质非常具有同质感，迎晨今天穿的是一件白色的薄羽绒，淡妆，看起来随和又淡然。

初宁走过去，说：“你好。”

迎晨抬眸，迅速分辨出此人的身份，点了下头：“你好，我是迎璟的姐姐。”

两个女人同时伸手，简短相握。迎晨示意服务员过来，又问初宁要喝点什么。

“柠檬水。”

“好，两杯柠檬水。”

饮品上得很快。迎晨也不绕弯子，直接说：“宁总，今天我是为了我弟弟而来，冒昧打扰，很抱歉。”

初宁亦客气："不会。"

迎晨的开场白很亲近，说："我弟弟从小就对模型之类的东西很感兴趣，他的房间里，除了一张床和书桌，摆的全是飞机坦克模型。"

不难想象，约莫是年轻版本的冯子扬。初宁礼貌地笑了笑："那他现在的专业也合适，挺好的。"

"他高考失误了。"

"嗯？"初宁面色无异，但心里还是略为吃惊，都考上C航了还叫失误?

"他高考是奔着清华去的。"

"我弟弟这个人，性格不错，人模狗样，心比女生还细，看着像个四好青年。"迎晨对这个弟弟太了解，也不介意在旁人面前袒露他的缺点，"但实际上，他一身傲气，很少与人起争执，给人面子，也懂得自留面子。但一转过身，他憋着一口气，能跟你暗暗死磕到底。"

说到这里，迎晨表情微变，大概是想起了迎璟的太多劣迹。

"最烦他跟人劲儿劲儿的。"迎晨皱着的眉头渐渐松开，她语气平静，"他会吃亏的。"

初宁没出声，等她的重点。

"你慧眼识珠，愿意给他机会，作为姐姐，我很感谢你。他变得自信，变得懂事，学以致用，这点不是光读书就能起作用的。"迎晨说得很诚恳，没有让人感到半分不适。

听到这，初宁嘴角微弯："我们互利共赢，不用单独谢我。"

迎晨也笑："你担得起。"

二人短暂寒暄客气后，终于——

"但从我了解到的情况来看，他身上存在的问题还很多——不够自律，不够成熟，不懂合理规划。"

初宁点头，表示自己在听："你继续。"

迎晨说："他昨天缺考了两场很重要的考试，会影响毕业。"

初宁神色依旧平静。

"他说他去看材料，所以耽误了考试。这个不是重点，关键在于，他根本就没记住他有考试。"迎晨点破了题，越发直接，"他先是一名大学生，再是一名项目参与者。主次不分，容易动摇心态和顾此失彼。"

初宁动了动唇，大概是想解释，被迎晨打断："你先听我说。"

"他还不够强大，当然，这也不能拔苗助长，需要时间和精力，需要实践和自我反思。"迎晨清晰明了地表达了自己的最后观点，"宁总，我不反对我弟弟以学生身份创业，但我希望，他有一个循序渐进的过程。”

迎晨的思路太清晰，有理有据，陈设铺垫，她是占主动地位的引导者，看着初宁，目光淡定。这个姐姐的怀柔策略，可比那个直来直往的小家伙要厉害得多。

初宁很认真地聆听完，然后问：“迎璟知道你今天来找我吗？”

“他知不知道，我都会来。”

“我没有给他很大压力，所有的时间节点以及进度，都是按合同约定进行。我理解你的想法，但我作为甲方，合理要求，也不为过。”

初宁三言两语，神色淡淡，公事公办。

迎晨：“我理解。所以我说，是我弟弟不够好。他的赤诚难能可贵，但也容易莽撞坏事。”

这话说到了点子上。

初宁问：“所以你希望我放弃项目？”

语毕，两人之间陷入沉默。女人之间的对峙很微妙，不用舞枪弄剑，不用口舌之战，所有的硝烟，隐匿于风平浪静之下，都是说实话、做实事的人，不拐弯抹角，倒也是另一层面上的知情知趣。

迎晨亦坦诚道：“我不希望你放弃小璟。我恳求你，能够指引他、开导他。你们是工作伙伴，这个身份很有仪式感，这也算是他初入社会，他会对第一个并肩作战的战友赋予信任，这种信任源自他内心的炽热和忠诚。”

初宁一怔。这番话的表达，真的不在她的预料内。

“你这么了解你弟弟？”

迎晨轻松一笑：“这跟了解无关。”

“嗯？”

“因为他现在走的路，我都经历过。”迎晨说，“我毕业后的第一份工作，就碰到了我师父，也是我的领导。他身上有一种非常难得的气质，张弛有度。他不管是对生活还是工作，拿捏得很有分寸。”

迎晨继续道：“他使我从一个不谙世事的小青年，变成现在还算勉强凑合的样子。亦师亦友，我一生都会感谢他。”

这种亲近的聊天，最容易缓和气氛拉近距离。话到这个份上，迎晨已经十分放松。她悠闲地靠着椅背，一只手搭在桌子上，清透淡粉的指甲色，和初宁的是同款。

迎晨话里有话，目的也很明确：初宁是当师友共存的引路人，还是固执己见的刻薄老板；是做让迎璟铭记在心的榜样，还是做每每让他想起，就只有坏印象的反面教材，就看她自己选择。

初宁怎会不懂，想了想，然后一笑而过：“好。”

迎晨也算达成目的，但表现很平静，喜怒克制得当，悠悠地抿了几口柠檬水，唠家常一般道：“有点酸。”

“嗯，这家店的柠檬水不太好喝。下次可以试试摩卡。”

迎晨放下玻璃杯，伸出右手，越过桌面：“谢谢。”

她一语双关，初宁自然而然地握住她的手：“客气。”

迎晨今天是抽空来B城的，要不是这小子是自己的弟弟，她才懒得管。如今这年头，当姐姐比当妈还累。

迎晨携带着郁闷和感慨，又连夜返回杏城。第二天，清晨的闹钟还没响，就被电话吵醒，迎晨睡得迷迷糊糊，还是厉坤咬着她的耳朵说：“是小璟，接？”

“唔。”她含混应了一声，厉坤就明白了。

厉坤按下接听，那边语气爆炸：“姐，你是不是去找她了？！”

别说迎晨，就连厉坤都被这动静吓了一跳。厉坤反应过来后，眉间微皱，沉声不悦道：“声儿小点，吓着你姐了。”

迎晨瞌睡醒了一半，拿过电话，说第一句话时嗓音是哑的：“比嗓门大是吧？要不要给你颁个奖？”到第二句嗓音才正常了些，“我是去找她了，有问题？”

迎璟情绪激动：“你怎么能去找她呢？！是不是把我批得一无是处？”他突然丧气，“唉，她对我本来就没什么感觉，现在印象更差了。”

迎晨灵敏，瞬间抓住关键词，阴森森地问：“你在胡说些什么？她对你没感觉难道不是正常的吗？你想要什么感觉？”

没有迎晨想象中的情绪翻天，迎璟甚至没有半句激动反驳。他安静了很久，兴致缺缺道：“算了，你不懂。”

迎晨大早上的脑子打结，没空细想，道：“她跟你说的？”

“当然。她还让我不要着急，可以给我充足的时间，还要我好好考试，别耽误毕业。她说，这些都是你让她说的。”

迎晨闭眼，心里恨恨的。那个女人，真是不好对付，把所有矛盾又引到了她身上，这不是挑拨他们姐弟关系吗？还有这个二傻子弟弟，简直助纣为虐。

“你俩串通好的吧！”迎晨忍不住感慨。

“你才居心叵测呢！”迎璟当即反驳。

迎晨心想完了完了，胳膊肘往外拐，这弟弟白疼了。

迎晨刚准备苦口婆心地来番说教，迎璟突然低声道："好啦，姐，我知道你是为我好。真的，我都知道。我保证，这是最后一次。"

"嗯？"迎晨一时没明白。

"我不会再缺考，会合理分配时间，不再犯同样的错误。"

迎晨感觉很欣慰，这小白脸儿还是没有白疼，沾沾自喜刚起了个头，就听迎璟自言自语："嗯！不让你们失望。"

你们？

迎晨直觉，他这份承诺，是许给那个"你"的，另一半瞌睡也醒了。迎晨从床上坐起，清晨安静，她的声音也显得格外犀利与冷静。

"小璟。"

"嗯？"

"你是不是喜欢她？"

她久久没有听到回答，但电话里，迎璟渐渐细腻的呼吸，已经隐隐昭示。

终于，他说："怎么？不可以吗？"

这一刻，迎璟的声音淡然从容，像是清晨的第一抹阳光，刺破阴云薄雾，拂开了蒙尘已久的答案。他诚恳坦白，又理直气壮："她那么有魅力，就该被人喜欢——反正我喜欢了，就这么简单。"

迎璟的坦诚，无疑是给姐姐喂了一颗毒药。

迎晨的反应倒没有想象中那么激烈，她沉默许久，只说："你小子，给我等着。"

迎璟："你别白费心思了。我就在这儿等着，你也打不过我。"

迎晨开的是免提，这话被厉坤听见了，就见一只长手伸过来，捞起手机，语含警告道："是吗？打不过？"

迎璟蔫蔫儿的："请外援，姐你犯规。"然后他就挂了电话。

这话惹得厉坤不悦，他对着忙音说："我算哪门子外援，臭小子。"

"算了算了，他的醋你也要吃。"迎晨忧心忡忡，一脸惆怅，"我算是明白，他这一股子劲儿的源头在哪了。"

厉坤听得不完整，一知半解："他有看上的姑娘了？"

"上回跟你说过，他倒腾的那个项目的合伙人。是个女老板，人特精明，小璟栽在她手里了。他根本就不是她的对手。"

"至于这么严重吗？"厉坤刷完牙，走过来摸了摸她的头发，"别把人想得十恶不赦。"

迎晨烦着呢，偏头躲开。厉坤单膝跪在床上，身体前倾，一只胳膊直接将她圈进了怀里："躲什么躲，嗯？"

他在迎晨额头上印了一个吻，然后说："你急什么？他成年了，有七情六欲再正常不过。你担心的那些，根本就是杞人忧天。八字儿还没一撇的事情，你也不能妄下定论。"

迎晨是关心则乱，到底是自己人，难免多一分心疼。

"我不是不开明，他俩的圈子不一样，不确定性太多，小璟的性格你也知道，劲儿劲儿的，认定的事情不撞南墙不回头。我怕他两边吃亏，学业松懈，还落了个失望。"

迎晨叹口气："而且看这情形，明显是他先动了心。先动心的人，会吃亏的。算了，说了你也不明白。"

一直认真听的厉坤脸色一沉："什么叫我不明白？"

"你明白什么？"迎晨凉飕飕地白他一眼，"当年老娘追你追得想死，你拽得二五八万，像谁欠了你五百万一样。"

厉坤嘴角上翘，刚起床，他只穿了条内裤，大腿长而结实，肌肉硬得跟石头似的。他将腿一收，迎晨被他箍得更紧。他抵着她的额头，呼吸都变深了："但我最后还是你的。"

迎晨脸微红："你起开。"

"我压我媳妇儿，合理合法。"厉坤眼睛微眯，"别动了啊，出事儿我可不负责。"

迎晨乖了，双手搂住他的脖颈，不无担忧："其实我早就看出小璟的不对劲儿，这几次，他每回和我打电话，话题都离不开初宁。他是我弟弟，我太了解。他太傲气，并且伪装得神不知鬼不觉。小璟高考失利，没到清华的分数线。那个暑假，他表面嘻嘻哈哈，一派无所谓，就在大家都以为他没事的时候，你猜怎么着？

"他转身就跟李叔去了陆战军的训练营。参加那个训练营的人都是经过专业训练的。他逞强得很，跟着一块儿练，脚掌的皮都脱了一层，全是带血的泡，小璟愣是一声不吭。后来参加一个水下拉练，在河里憋气，他腿抽筋还强忍着，幸亏被随队的干事发现，把他从水里捞出来做了心肺复苏才化险为夷。

"那个干事对我说，如果迎璟出事儿，他没法儿向我爸交差，这辈子的仕途也算完蛋了。再后来，小璟睁开眼，哭了，蜷在地上说疼。我们问他哪儿疼，他也不说话。

"他不说我也知道，其实是心里疼。"

迎晨幽幽叹息："他爱钻牛角尖，自己跟自己较劲。这种隐性基因太可怕了。而初宁，她有自己的圈子，在他们那个世界，迎璟可能只是其中之一，可在我弟弟的世界，却会把她当成唯一。"

厉坤久久不语，握紧了她的手。

"我也知道，我昨天冒昧上门找人，提出的要求其实很站不住脚。白纸黑字的合同，签之前就是你情我愿，她要结果，要效率，这是她的权利。"迎晨说，"但这是我弟弟，哪怕不可理喻，我也会替他争取。"

厉坤问："所以呢，你不赞成？"

迎晨莞尔一笑："赞不赞成还轮不到我，我只是希望小璟开心一点儿。他是我弟弟，跟我爸爸是否二婚无关，跟我喜不喜欢他妈妈也无关，我看着他长大，他就是我的亲人。"

而陷入爱情萌芽的小亲人，此刻无比有动力。挂科这糟心事没给他留下太多阴影，他依旧每天忙忙碌碌，热情不分散，全投给了实验室。

但迎璟还是有改变的。那天初宁给他打过一次电话，一是告诉他迎晨来找过她，二是表达了自己的观点，也让他不要耽误学业，匀好时间。

初宁的语气从头至尾都很平静，听不出一丝别的情绪。迎璟却非常受用，人一旦有了别的情感，就会自个儿浮想联翩，并且一厢情愿地代入自己设定的情境。

他非常听初宁的话，把她的随口一提，当作是一种嘱咐，他得兑现承诺。

实验的进展还算顺利，在招人之初，迎璟就有针对性地进行了筛选，留下来的这几个人，学科不尽相同，各有所长，也算面面俱到。

如果说，项目一期更偏向于理论的连贯性，疏通逻辑以及验证其可行性。那么项目二期，就更注重真刀实枪的技术注入。他们要提供一个强劲的计算平台，用以数字建模，使航发的任何一种构想都能够通过这个平台得以提前规划、设计，再往后，便是模拟制造，甚至维修养护。

迎璟和祈遇主攻大框架的建立，周圆与顾鹏鹏则是节点校正。而作为团队唯一的女生，张怀玉亦充分发挥其优势，不断实验半成品的流畅性和可行性，发现问题，汇总问题，再在团组会上讨论与解决。

迎璟把每一天的进度，都形成文字小结，定点发微信给初宁汇报。他时间塞得太紧，几乎都是零点之后发过去。

初宁的回复一贯简洁，有时是一个"好"字，有时是一个"嗯"字，平平淡淡的，不过迎璟已经习以为常。有一次，他核定一个程序直到凌晨两点，微信发过去，没想到初宁很快就回复了："没必要熬夜，注意休息。"

迎璟的瞌睡一扫而光："你终于会说除了'好'之外的话了！"

然而手机像死去一样，迎璟垂头丧气地打字："不该表扬你的。"

初宁还真回了："闲得慌？"

"不敢，你在干什么？你怎么还没睡？加班吗？"

"嗯。"

"在办公室？怕不怕？需不需要保镖？这个保镖很特别的。"

"哪里特别？"

"他姓迎，没见过姓迎的保镖吧？"

这话成功把初宁看笑了。

此时的她坐在办公室，灯火通明，跟白昼无异。因为有微信消息不停进来，所以手机屏幕始终是亮的。

起先，他还能扯几句跟项目有关的事，说一串她看不懂的专业知识。初宁偶尔看看，也不知道该回些什么。大概等了太久，迎璟按捺不住，直接一通电话打了过来。

铃声响起的时候，初宁不悦地皱眉，接通后也是语气平平："你不用睡觉的？"

"我刚从实验室出来。"迎璟一说话，白雾团团，一月的B城已经很冷了。

他问："你还在加班吗？"

"嗯。"

"你一个人怕不怕？"

"怕什么？"

"黑。"

初宁嘴角弯了一下，她索性放下笔，脚尖一点，椅子滑远半米。她撩开窗帘，看了看窗外。城市的马路如无数条灯带，川流不息。

她挪回视线，淡声道："我不怕黑。"

迎璟接话的速度很快，他怕一停顿，初宁就要挂电话。

"对了，我下个月补考，你放心，我能考过。"

初宁："那你好好考。"

迎璟握紧手机，敏感而又细腻地分辨着她的语气，半晌道："你担心吗？"

"担心什么？"

"我考砸。"

“你连考试都能忘记，考砸也很正常。”

迎璟嘿嘿笑，笑完了，又很正经道：“你交代我的事，我一定会做好。”

初宁想说，学业为重这件事，跟她无关，是他姐姐的心意。但她念头一转，又觉得没必要言明，于是沉默带过。迎璟却把沉默理解成是默认。他的聊天瘾越发浓郁，他把冬夜的寒冷踩在脚下，一点儿也不觉得冷了。

“这周末你有空吗？”

“干什么？”

“你先回答我。”

初宁留了个心眼，说：“没空。”

“你要出差？”

“对。”

迎璟哦了一声，后半截的话也咽了下去。

下午的时候，栗舟山到他们实验室，看了一会儿他们近期的成品展示，例行把他们骂了一顿，然后又凶巴巴地给出指导意见。迎璟也习惯了，在他的印象中，搞科研的人，脾气都很古怪。栗舟山是典型的严师，嘴毒心软，相处久了便知道，他是真心为你好。最后，他告诉迎璟，这周六有个新科技产业的酒会，让他跟着一块儿去。

原本迎璟是想问初宁，她会不会也参加。但既然她说要出差，他便作罢。

初宁想挂电话。

迎璟又叫住她：“你喜欢什么花？”

她重新将手机放在耳朵边：“干什么？”

“你告诉我啊。”他死缠烂打。

“我不喜欢花。”

“你骗人，哪有女生不喜欢花的。”

“开个几天就凋谢了，有什么好喜欢的。”

“你真没情趣。”迎璟已经快到宿舍，走的上坡路，所以有点儿喘，“你都不像个女人。”

初宁对自我不做评价。

没有得到想要的答案，迎璟依然有本事不将话题聊死：“你知道我最喜欢什么花吗？”

初宁想了想道：“塑料花。”

电话里迎璟的气息抖了抖，大概是在笑：“我喜欢白玫瑰。嘿！”

初宁皱眉：“你嘿什么嘿？”

“声控灯。”迎璟顶着一头亮光，声音在深夜里格外清晰，“我到宿舍了，你也早点回家，路上小心。”

初宁松了口气，但这个小话痨还是挺能让人放松，她笑意隐隐地问：“说完了？”

迎璟迟疑：“要不你到家了，给我报个平安？”

下一秒，初宁把电话挂了。

初宁把手机搁桌上，揉了揉头，然后靠着座椅闭目养神了一会儿。再起身时，她点开日程，这周六是24号，备注：新科技产业圈交流会晚宴。

这个日程安排之前并不在计划里，但下午王山特意到办公室跟她说了这事儿。

这个酒会明面上是几家企业联名举办，但实际上，市政府也有领导莅临，加之又和科研相关，相关企事业单位、个人团队都会参加。王山给她看了名单，她大致扫过去，规模还挺大。

“如果没什么特别重要的约会，这个活动你还是去参加一下。”王山建议，“魏总也去，还有明耀科创的唐总。”

初宁抬起头：“唐耀？”

“对。”王山说，“以及那支研究新能源汽车的学生团队，也会参加。”

这才是重点。

初宁了然，权衡利弊后，道：“好，我去。”

她已经很少出席宴会。初宁不是一个爱热闹的人，宁竞投资刚起步那会儿，很多交际无法避免，自从步入正轨，这些应酬便分出去了。周六这天，她特意选了件白色抹胸裙，简洁素雅，又不会夸张得喧宾夺主。

今晚是要和魏启霖以及那支学生团队碰面的，她的装扮规矩而合宜，找准自己的定位很重要。

七点晚宴开始。今晚人多，偌大的宴会厅活色生香。初宁先是打了一圈招呼，端着红酒，客气礼貌，身段娉婷。最后她走到魏启霖旁边：“魏总。”

他俩关系不算熟络，但经王山引见，一切顺其自然。魏启霖英俊非凡，他是单眼皮，但眼廓狭长斜飞，面相非常带劲儿，一看就是矜贵家庭出来的男人。

他亦客气，伸出手：“幸会。”

两只手简短相握，然后松开，三人边走边谈。

“这支团队最近风头很盛，刚拿下世界大学生新能源科技大赛的三等奖。这点很难得，要知道，这是十年来的首次获奖。”魏启霖的投资意向已经十分明确，“我看过他们下阶段的项目计划书，已经将技术与投产结合起来，评测报告也出来了，他们的技术很成熟，只要通过调试，成功的概率很大。”

王山补充：“市政府明年新能源汽车的投放量会再创新高，而且政策扶持，对企业来说，也是利好。”

三人正说着，迎面走来一位男士。魏启霖向前一步，语气熟络：“唐总也过来了？”

初宁看着那人，记起此人正是明耀科创的执行董事——唐耀。

唐耀一身三件式样的西装，外套敞开。细看，里头是同色系的衬衫，领口微妙，绣着几片竹叶，近看才知别有洞天，很精致。

他与魏启霖点头之交，客套寒暄。几句之后，唐耀看向初宁，很绅士地与之握手：“你好，第二次见面，幸会。”

初宁笑道：“唐总还记得，是我的荣幸，上次多亏您帮助。”

“应该的。”

两人没有说太多，彼此都有事，直到唐耀走远了些，王山才问初宁：“你和唐总认识？”

“他是子扬的朋友。”

王山皱了皱眉头，提醒道：“唐耀这个人，你留点神。”

初宁凝眸。

“他的发家史很传奇，在回国之前默默无闻，没有谁知晓这号人物。说直接点，这个人心思深沉，疑心重，最擅长的手段，就是釜底抽薪，并且不讲情面。”王山停了停，问，“你知道S城的唐氏吗？”

初宁思索片刻道：“唐氏现在的掌舵人是……”

“对，是唐其琛。”王山说，“有传言，唐耀是唐其琛同父异母的哥哥。”

豪门八卦初宁不感兴趣，但一听到“哥哥”这个词，就瞬间在赵明川身上产生了不好的联想。于是她心有戚戚焉地点了点头：“好，我会注意。”

而那边，魏启霖也忙完了，以眼神示意，初宁和王山就走了过去，很快，几个学生模样的人也走了过来。这几个人都是男生，二十出头，带队的那位年龄稍大，白净斯文，周身散发着稳重气息。

虽还是学生，但他们的表现落落大方，挨个儿打招呼，然后简短地进行了自我介绍。这就是那支风头渐盛、名声在外的新能源汽车团队。魏启霖是个爱才的商人，所以今晚平和示人，客客气气，看起来很好相处。

谈话的气氛很好，初宁一直在聆听。她能感受到，这支团队的内核思想十分成熟，并且观念先进，而且他们的优势很明显，因为已经取得一定的成绩，所以备受业界关注，舆论支持力量庞大。

王山一直对她眼神示意，看得出来，他对这个项目的期望值非常高。初宁的表现很平静，没有半点热情。

众人相谈甚欢。十五分钟后，魏启霖心情愉悦："有句老话叫，少年强，则国强。今儿我算是深切体会到它的含义了。"

他的赞赏溢于言表，一行人往外走，说说笑笑，初宁跟在魏启霖边上，也融入其中。

渐渐地，一种莫名的寒意从某个方向扑过来。这种感知很微妙，初宁下意识地看过去。这一眼看得她彻底愣住。

宴会厅的正中央，迎璟站在那儿，一动不动，与周围你说我笑的人群显得格格不入。他头顶是一大串奢华的水晶吊灯，光芒白亮，让他的每一个表情都无处可藏。

迎璟望着初宁，目光深沉又固执，还有几分克制不住的失望。

初宁心里咯噔一下，竟有一种做坏事儿被现场抓包的心虚。她深吸一口气，自我镇定，稳住阵脚。

"迎璟？！"

突然的喊声从身后传来，新能源汽车团队的队长难掩激动："你也在这儿！"

迎璟扯了个敷衍的笑："学长。"

他说着话，目光却始终定在初宁身上。

队长向成员介绍："这是我学弟，我俩以前是一个高中的。"他又向迎璟介绍，"这是我的团队伙伴。"他的欣喜真心实意，走向迎璟，"好久没见了，待会儿一块儿吃夜宵成吗？"

迎璟却与他擦肩而过，走向初宁，脚步坚定，怒目而视。

这个状态不太对，初宁心生不妙，本能地往后退。迎璟因为她的这个动作，停住脚步。两人隔了一米远，他哑着声音，极力压制地问："这算怎么回事？"

初宁冷静下来，不答。

迎璟点了点头："好。"

他转身走掉，年轻的背影落寞悲凉。虽然这大厅灯光璀璨，但映在他身上，一动，一晃，便全成了破碎的光影。

有那么一瞬，初宁感觉有点揪心。

而走出很远的迎璟，又突然停住。众人目光齐聚，一小半的人都自觉地不说话了。

他反身走了回来，来到初宁面前，众目睽睽之下，握住了她的手。

“你跟我走。”

他的动作很强硬，甚至是粗鲁莽撞的，初宁没有任何反抗与挣扎。

不是不想，是因为在迎璟转身的时候，她看到了他再也撑不住而彻底红透的眼眶。

迎璟的眼睛像兔子，初宁只失神片刻，很快清醒过来。

像什么话！这么多人看着，圈里圈外的，认识的不认识的，看笑话的、揣测的，不知道的还以为是哪个被她玩弄过的小弃夫找上门来了呢。

初宁果断地把手抽回，迎璟手心空了，心也一起跟着往下坠。他转头看她，眼里的失望变成了绝望。

他像一张白纸，没被浸染，根本不会隐藏情绪。初宁脑仁儿疼，低声说：“你到外面等我，我等会儿去找你。”

话都没听完，迎璟掉头就走。初宁抱歉地跟魏启霖打声招呼，魏总似笑非笑地说：“去吧，理解。”

这话听着不像好话。初宁没空细想，跟着追了出去。

迎璟站在宴会厅外面，他今天也穿了正装，简洁大众的款式，里头搭了件白衬衫，两边衣领各镶了一颗琥珀色的领扣，被光一照，显出低调精致的海天蓝，显然价格不菲，很有品位。

大概是着装正式，他站在黑夜里，像一棵挺拔的白杨树，尤其此刻阴沉的模样，少了几分少年气。

初宁两步走过去，问：“你又发什么疯？”

事出突然，这小子又不按常理出牌，她也是真被气着了，所以语气不好。

迎璟直视她，硬邦邦地道：“你在投资别的项目了。”

初宁不否认：“对，的确在考虑。”

迎璟握紧拳头：“为什么？”

“为什么？”初宁皱眉，“哪有那么多为什么？我觉得合适就投，就这么简单。”

她的态度太刚正，语气也毫无波澜，清醒、自律得让迎璟更觉失落。有一句话他没有问出口。

合适的，你就投，那么不合适的，是不是就要放弃？

这个猜测让他有气无力，像是踩入了一片沼泽地，他不敢问出口，就像他不敢用力往地上踩，怕陷下去，再没有翻身的机会。

初宁不觉得自己有过失，她的观点冷静而有理："任何决议都要经过公司研讨，也不是我一个人能说了算的，但是前期的接触和了解，是再正常不过的流程。"

她旨在告诉迎璟，做生意讲究的不是情面，而是公事公办。

"骗子。"

初宁不说话了，抬起眼眸："你说什么？"

迎璟收敛目光的温度，直视她："你这个骗子。"

初宁的声音都冷了起来："我骗你什么了？"

迎璟脑子里全是刚才在宴会上，初宁对那支新能源汽车团队笑脸热络的模样。

他不敢把那份猜测说出来，只换了个借口，怒气冲冲道："我打电话问过你，你说你出差！那现在算什么？！"

初宁也来了火，问："这跟你有关系吗？！"

这一声气势压顶，把迎璟的三魂七魄都喊散了。他跟魔怔一般，然后低下头，自言自语近乎呢喃："是啊，没关系。你要做什么，怎么会告诉我、顾及我的感受呢，你根本就不会在乎我。"

这话直接撞向了初宁的心口。某种直觉在她的脑海里绕弯，绕得停不下来。她心生不妙，甚至隐约猜到了些什么，但还没想透彻，迎璟已经转身往宴会厅里去了。

他的背影义无反顾地融进灯光旖旎之中。初宁想喊他，不知从哪儿吹来一阵风，把她吹冷静了，于是嘴唇紧抿，沉默以对。

迎璟一直坚持到宴会结束，栗舟山不知道中途的意外，还责问他跑哪儿去了。迎璟说拉肚子。这事儿就此翻篇。

这个宴会，各路人都有，瞧得出，新能源汽车的那支团队，绝对是今晚的香饽饽。他们刚拿下了世界级大赛的名次，主办方自然追捧，又是安排上台演讲，又是把他们引荐给一群资方大佬，再照几张照片，修修图，明儿妥妥的微博热门。

这就是一个行业关注度带来的光环，现实且残酷。

栗舟山是个正经做派的科研革命者，这种交际应酬他的影响力几乎为零。

他一生效力的行业，枯燥无味，没有足够的热血宣传，自身的资历名气也不够，带着迎璟，就像一对穷苦父子到皇宫摆摊卖春饼，全程无人问津。

迎璟闷得慌，一个人躲在靠窗的位置。他下意识地满场找初宁，未见其身影，心里又是一阵恼怒，干吗总是想她？

这种纠结复杂的情绪，就像把人丢进油锅里生煎油炸，迎璟太难受了。直到一个男声把他拉了回来："你好。"

迎璟扭头，见着来人后，惊了下："唐总？"

唐耀笑着颔首："你还记得我？"

"当然，上次多亏你愿意将实验室借给我们使用。"迎璟礼貌地伸出手，与之相握。

唐耀亦客气道："举手之劳，学生创业不容易。"

迎璟弯了弯嘴角，"不容易"三个字，弄得他心里一片怅然。

"这是我的名片。"唐耀似是早有准备，递过一张黑色烫金名片，上面的内容非常简洁，只有两行，第一行是他的头衔：明耀科创执行董事唐耀。第二行是他的手机号码。

一般的商务社交，他这种身份，能给的也只是一个象征性的座机号。待他接住，唐耀笑了笑："今后有需要帮忙的地方，可以联系我。"说完，他便转身走了。

迎璟捏着名片看了又看，隐约感觉出对方伸出的橄榄枝。这个念头很快过去，因为他看到了初宁。

几米开外，她和一群人站在一块儿，身边的男人都是英俊精英，她一身白裙，腰肢掐得纤细匀称，脖间一条细链子，给本就如雪的肌肤锦上添花。

她笑得那么好看，轻而易举地夺走他的目光。他突然意识到，刚才的事，根本就不足以对她产生影响。迎璟远远看着，落寞全写在了脸上。

宴会结束之前，迎璟被他的高中学长叫住："小璟，待会儿我们一块儿去吃消夜，咱们好久没见了，一起聚聚。"

学长叫周明，他的这支新能源团队，今晚大出风头。他高迎璟两届，在读研究生，但表现出众，早在本科就开始自个儿做项目，年纪轻轻，已经在业内崭露头角。迎璟的高中在全国都有名，人才多，但能被母校写入百年校庆光荣榜的，屈指可数，周明就是其中之一。

高中时，迎璟参加过一个省级的科技比赛，周明是当时的领队，两人关系不错，只是后来周明上大学，两人联系就少了。今天他乡遇故人，周明倍儿热情，重复了几遍："你可不许走哦！"

散场后迎璟才发现，去吃消夜的人浩浩荡荡。

做东的是魏启霖，他的合作意向已经很明显，表现得热情非凡。他也是宁竞投资的资方之一，并且有意让初宁接触这个项目。

人脉广，人就多，最后六辆车一齐驶出会场。迎璟和初宁不仅没坐一辆车，在刚才碰面的时候，两人眼神交会，谁也没说一句话。

魏启霖找的地方自然是顶级的，一顿烧烤，吃出了米其林餐厅的效果。这些年轻人起先还有些拘束，慢慢地，大伙儿都放开了。

魏启霖有单独的包间，支着牌桌，玩得也尽兴。初宁看他们玩了几把牌，便走到了外面。

那是另一番景象，朝气蓬勃，轻松友好，笑声不断。

迎璟坐在周明身边，听他们大谈梦想。那种生动与激情很感染人，大家七嘴八舌，聊不完的天。而迎璟一改常态，坐在那里很少说话。偶尔笑笑，但大多数时候，他都是微微低头，保持着沉默。

桌面上堆了十几个空的啤酒瓶，地上还摆着一箱等着喝的。初宁皱眉，也不知他喝了多少。

没多久，魏启霖从牌桌上下来，身后跟着秘书，见到初宁："你也来。"

一群人走到他们中间，倒酒举杯，要敬酒。大家唰唰起身，魏启霖和颜悦色，抬手轻压："今天不讲究这些有的没的，玩得开心，我敬各位，你们随意。"

初宁站的位置正好是迎璟旁边，她低声："不能喝就别喝。"

他不是主人，这个场合也无所谓。但迎璟置若罔闻，下一秒，仰头喝光了杯里的黑啤。

初宁受了这顿闷气，胸口郁结，但又奈何人多不能发作。她狠狠瞪了他一眼，依旧没得到反应，便沉着一张脸，跟魏启霖走了。

一个半小时的聚会，反正每每初宁看向迎璟的时候，他都在喝酒。十一点结束，大家兴致勃勃地来，兴高采烈地回。魏启霖的秘书安排了几辆车，舒舒服服地将人送走。

周明的团队回T大，坐两辆车，还有几个熟人，分方向排好车辆。只有迎璟回C航，秘书问他："魏总顺路，要不你跟我们的车走？"

迎璟还没说话。

"我顺路，我载他。"初宁从后面走过来，边走边说。

秘书看向迎璟，征询他的意思，但迎璟没有任何表示。

他对初宁说："宁总，那就麻烦你了。"

所有人走后，初宁双手环在胸前，看向他，问：“你想在这儿站一晚上吗？”

她移回视线，不再说什么，转身去取车。不多久，身后有脚步跟过来，初宁渐渐放了心。两人沉默地上车，迎璟坐在副驾，系好安全带后始终没说一句话。

他太安静了，身上那股沉淀的力量也不自觉地散发出来。初宁没事人一般，开车，打转向灯，将车平平稳稳地开上主路。

这几天晴朗，冬夜的晚风更显干燥。也许是车里的气氛太压抑，初宁把车窗滑下一半，任凭半个城市的霓虹灯影和风一起射进车里。

他们下了高架桥，就转入了阜成路。其实后半段她就感觉到，迎璟一直在看她。

车里空间本来就小，加之他目光够强硬，压迫性十足，竟让初宁有了些许紧张感。

她捏紧方向盘，佯装镇定，但坚持不到五分钟，便认命一般，说：“你到底在发什么脾气？能不能有事儿说事儿，你这么犟着，我也……”

初宁边说边转头，却一下子愣住。

迎璟一直在看她，而忍了一晚上的眼泪，在两人视线相对时，就这么流了下来。

两行清泪，生涩、直白，全是固执的倔强。

这一瞬间，初宁心里冒出一个念头，哪怕是不共戴天的杀父之仇，都能原谅了。

她脾气全无，叹了口气：“这么大的人了，怎么这么爱哭？”

迎璟抬手抹了把眼睛，继续强忍。初宁索性把车停在路边，关上窗，这回是彻底安静了。

“你打算不再跟我说话了吗？”她眉间倦色难掩。

迎璟终于开口，声音嘶哑：“你要放弃我了吗？”

初宁缄默。

“你看上了周明，也是，他们的项目那么优秀，满足你们这些商人的全部要求，要技术有技术，要奖项有奖项，还拿了奖，这本身就是绝佳的广告宣传，以后营销推广，根本就不愁关注。”

他的语气很丧气，初宁听着，表情依旧很平静。

迎璟说：“你以为我不清楚自己的情况吗？技术难度大，投资成本高，前景还不明朗。我们这个专业又冷门，团队才起步，一切从零开始，很少有人愿意陪我们打基础。”

初宁侧身，从左边摸出一根烟，烟身细细白白，她轻轻将其咬在嘴里，一点，一吸，火光明了又暗。

这是迎璟第一次看到她抽烟。

女人眼睛微眯，细长的眼线平添妩媚，在烟气里，侧脸绝美。

初宁抽了一半就把烟掐掉，扭过头看着他，说：“第一，我不会放弃你的项目。但你也要理解我，我有我的身不由己，公司几十个员工要吃饭，小到内部管理层，大到资方平台，我必须权衡利弊。

“第二，我不否认，公司确实在考虑新能源汽车产业的合作。但这是未知数，结果怎样，我也没法儿预料。”

初宁从眼神到语气，都很淡，不经修饰，更能流露出她的无可奈何。

“第三，迎璟，我们是合伙人，只要这个身份和角色没有改变，我和你就永远是统一战线。你得学着接受，这个世界，本来就有很多情理之外，也有很多情理之中。你要学会在这两者之间找平衡点，生气就能解决问题？这也就是我愿意迁就，换作魏启霖、唐耀，甚至是任何一个人，你试试看？”

初宁幽幽地挪回视线，看着方向盘上的某一点：“我知道，这个成长的过程会有点苦，但你必须经历。”

迎璟一晚上的愤懑，在听到她这番推心置腹的话后，渐渐平复。他的声音更哑了：“我受不了。”

“嗯？”

“我受不了被忽略、被否认。”

还有，被你抛弃。

初宁点头：“我能理解，曾几何时，我和你一样。”

迎璟看向她，神情疑惑。初宁却弯嘴一笑：“总会有个过程，只有时间长短，不能拔苗助长。”

迎璟认真问：“所以你愿意给我时间吗？”

“我一直在给你时间。”

迎璟顿时豁然开朗，双手捂住脸。

初宁纳闷：“你干吗？”

他捂着脸摇头，声音闷闷地从指缝里传出：“我才没有哭。”

初宁嗤笑一声：“谁信啊，你挪开，我看看？”

迎璟摇头。

初宁也不再劝，直接动手，猛地挠了把他的腰。他的腰手感绝佳，硬邦邦的，又带着肌肉本身的微弹感。初宁还没回味完，迎璟已经缩成一团，手也从脸上松开，大嚷："不准挠我！"

初宁歪着头，盯着他，最后灿烂一笑："不错，还真的没有哭。"

迎璟撇了撇嘴，往椅背上一靠："我今晚不回学校。"

"那你去哪儿？"

他耍起无赖也是很可怕的："你家。"

Chapter 09　表白

一回生二回熟。这一次再到初宁的公寓，他俨然变成了自家人。知道她家没男式拖鞋，迎璟进门后二话不说，自觉打赤脚。想喝水了，他又轻车熟路地去厨房倒。喝完了，他还不放心地回到客厅，按了按顶灯的开关。

初宁问：“你干吗？”

灯亮了。

迎璟笑道：“没有坏。”

如此细心。

初宁给他找出新毛巾：“你去洗个澡吧。”

这个澡洗得迎璟很燥热，洗到一半，他干脆开了冷水，顿时起了一身鸡皮疙瘩，被冷水淋得越发清醒与亢奋。

初宁趁他洗澡的空隙，已经收拾好文件和电脑，准备晚上加班。

“洗完了？”听到浴室门拧开的声响，她盘腿坐在地毯上，头也不回，正在看资料。

桌上开了一盏阅读灯，把她的身影投射在白色墙壁上，像一朵在暗夜里盛开着的玫瑰。迎璟走过去，跟她一样的动作，坐在桌子对面。初宁抬头望了一眼，这什么表情，视死如归一般，少男心事这么复杂吗？

迎璟忽然问：“你喜欢什么样的男人？”

初宁皱眉：“做调查呢？”

“你说说看嘛，就当聊聊天。”

“这有什么好聊的！”

迎璟目光探究：“哦，原来你没谈过恋爱。”

初宁当场发飙：“谁没谈过恋爱！我当然谈过！”

“那你前男友都长什么样？”他语气平平。

初宁这才反应过来，这小子，还学会用激将法了。她又气又想笑，不再计较，想了想，回忆说：“大学同学，人挺好的，后来他出国了，就分手了。”

初宁省略了很多曲折，爱恨由心，时过境迁之后，也不过是寥寥数语。她非常坦然，说完之后，心绪平静，继续看资料。

迎璟也不为所动，甚至没发表意见：“好了，现在换你问我。”

“问什么？”

“问我喜欢什么样的女生。”

初宁隐约觉得不太对劲。这一刻，迎璟给她的感觉，思路清晰，目的强烈，并且具备攻击性。

他没给她理清思路的时间，竟然不按常理出牌，突然绽开一个简单的微笑，白牙如贝，弧形好看。这招美男计太有少年感，初宁被这个笑容晃得有点分神。

初宁想这人大概中二病又犯了。她把刚才的奇怪猜测通通抛掉，以为他是闹着玩儿，又要说什么冷笑话。

她配合道：“好好好，我问，那你喜欢什么样的女孩儿？”

迎璟收敛笑容，看着她，说：“我喜欢你。”

初宁敲键盘的动作停住。

她又听他重复：“我喜欢你。”

黑夜托着淡淡星月，客厅里的光仿佛也在左摇右晃。初宁的心在经历一瞬的僵硬之后，很快又恢复冷静。夜深人静，她看向他，这个时刻，连空气都变得细腻。

初宁微抬下巴，用她一贯的淡然控制住了场面。

她情绪不明地淡声问：“怎么，是想要被我包养。嗯？”

包养？

迎璟陡然泄气，这什么人啊，一点也不女人，好气氛全被破坏了。他克制住翻白眼的冲动，说：“你不信我。”

初宁盘坐着，腿有点麻，她换了个姿势，双膝往后，变成了跪坐，对迎璟勾了下手：“你过来。”

迎璟走过去，这会儿倒是潇潇洒洒了。近了，他站定，初宁又示意他蹲下来一点。

他很听话，一张小白脸凑近，她突然伸出手，往他脑门上重重一弹。

迎璟痛叫："你干什么啊！"

"你说我干什么？"

"被我表白得恼羞成怒了？你用暴力来掩饰你内心的震撼。"

"你能去死吗？"初宁平平淡淡道。

迎璟刚洗完澡，头发还在滴水，一头茂密的毛变成一撮一撮的，加上他目光幽幽的，看起来像个落水鬼。

"你闲得慌？啊？"初宁不客气。

"我怎么了我？"迎璟亦不服气。

"你再这样想一出是一出，没事儿就给我胡闹两下，我真的不会再理你了。"

"你不会的。"迎璟小声道，"你才不会不理我。"

"呵，"初宁冷笑，"谁给你的自信？"

"你啊。"

算了，跟他就没法儿用理性聊天，兜兜转转，节奏全被他给带乱了。

初宁忍不住反思，是不是平日太惯着这家伙。她心里很清楚，愿意给他时间成长是一种包容，但这种包容不是无底线的。现在越界了，她必须矫正游戏规则。

初宁重新看向他，字里行间极力拉开两人间的距离："第一，你还在上学，学业为重，这个道理还要我教你？第二，你有项目在手上，这份儿责任你必须给我担起来。别打感情牌，出了差错，公司会上不通过，谁也救不了你。我就这么直接跟你说吧，我公司的几个副总，一致看好周明的新能源汽车项目，而且我的东家，启明实业的魏总，也在极力促成合作。"

这话真戳中了迎璟的命门，他的士气瞬间被打掉了一半。

这人的情绪全写在了脸上，初宁一看就知道有效果。于是她清了清嗓子继续："你这个年龄，我理解。"

"理解什么？"

"理解你们闲得慌，理解你们对某些未知领域的新鲜感。"初宁宛若B城十佳特级教师，态度刚正，"我好心劝你，你听就听，不听拉倒。你得分清轻重缓急，不要本末倒置，先把手头的重要事情好好完成。你要真想谈恋爱，也得取得胜利果实之后再说。"

迎璟却贼精明，抓住漏洞，问："做完项目就可以了吗？"

初宁谨慎，隐约察觉出他话里有话。他又靠近些，目光灼热："说话啊，嗯？"

两人对视三秒，初宁抬起手，掌心贴上他的脸颊，然后推着脸，往右边拨："你别看我。"

迎璟就着她的温软掌心，又把脸给转了回来："为什么不给看？你脸上又没有胡子。"

初宁脑仁儿疼，加重手劲，又把他的脸推向右边："说了不准看，哪有那么多为什么！"

迎璟用力转回脸，看她。

初宁更用力地推，不许看。

两人像在拔河比赛。

初宁没有男生力气大，索性直起腰板，直接双手按住他的脑袋。

"你犯规！"迎璟脖子都快被她按断了，用力挣脱，反口咬住她的手。

初宁疼得尖叫："你咬我干吗？！属狗的啊！"

她的手背上一排牙印，皮肤本来就白，一受力，红得特别明显。初宁捂着手，怒目相瞪。

迎璟更愤怒地瞪回去："这是对你的惩罚。不服气啊，不服气你咬回来啊。"

初宁哭笑不得："你惩罚我什么？"

"你不相信我的真诚。"

初宁脑仁儿更疼了，说了半天，又绕回原点了。

她叹了口气："刚才的道理都白教了？"

"你那套说辞早就过时了，连我妈都不说这些。"

初宁不悦地眯起眼睛。迎璟视而不见，沉浸在自己的思路里："我知道你现在不喜欢我。"

"那你还说这么多废话？"

"我不像你。我从不藏事儿，也藏不住，是什么就是什么。"

初宁奓开的毛也渐渐柔顺下来。她坐回原处，从跪坐又变成了盘腿，安安静静的。迎璟看她一眼，嘀咕道："这有什么难理解的，就像你不喜欢我，所以你刚刚做出的一系列反应，都写明了'不喜欢'这个态度。"

初宁："那不就得了。"

"得不了，"迎璟理直气壮，"都是一个道理。怎么，只准你表达不喜欢，就不允许我表达喜欢？"

初宁无语，觉得自己头疼得需要吃止痛片。迎璟却不再执着于这个话题，还挺淡定地起身，抓了抓半干的头发，打地铺睡觉了。

初宁静坐在电脑前，盯着屏幕上的报表数字。

屋内重归宁静。

没多久，迎璟问道："你的手还疼不疼？"

初宁冷哼。

"别哼了，不会疼的。我控制好力气的，才不会让你疼。"

初宁转过头："你又在胡说些什么？！"

"我从不胡说，以后也不会让你疼。"迎璟侧卧在地上，背对着她。他的肩胛骨像一座隆起的山丘，颈后的那根椎骨微微凸起，一条线笔直利落，很有力量感。

他闭上眼睛："我睡了，你也别熬夜。"

伴着他均匀的呼吸声渐起，好像也预示着一晚的硝烟慢慢平息。初宁总结回顾了一番，最后心绪淡淡散开，就像是一个冷笑话，听过了，就忘了。她凝聚心神，重新投入工作。

凌晨三点她才忙完，这一觉睡到第二天稍晚。等她起床，迎璟已经走了。桌上还留了一张字条："上午有课，我回学校了。锅里给你热着肉包子，你要吃早餐啊，不吃早餐是会破产的哦！"

初宁翻了下字条，哟，背面还有一行字儿呢："怕你手机没调静音，所以没给你发微信。怎么样，我是不是很体贴？"后头还画了一个大拇指。

"幼稚。"她边评价边拉开窗帘。窗外，阳光灿烂，是个大晴天。

这份愉悦心情持续没多久，在她接到公司电话后戛然而止。电话里听了个大概，初宁心里一沉，拿起车钥匙："好，我就来。"

数月前，公司签订的那批VR眼镜订单的供货链出了问题。这事儿说来话长，当初初宁跟徐有山签合同，就是看中他在供应市场上的门路。说白了，这是个非常简单的合同，一个有渠道，一个提供资金，再按效益比例分成。

"第一批报价单上，成本高得离谱，不管是零件还是技术资金，甚至运输费用，都比市场高五个点以上。"初宁一到公司，秘书就开始汇报。

"市场部第一时间提出了质疑，但对方拿出了全部底单，价格一致，说是生产的工厂提升了报价。"

初宁翻了几页，心里已然有数，皱眉问："谁同意的？"

"他们说，是您。"秘书为难地开口。

初宁面色难看，但细想一番，猛地怔住。

秘书继续道："对方说，当时跟您沟通过这件事，就在您的办公室。您说，生产工厂的选择，让他们全权负责。"

初宁隐约记起，的确有这么一回事。徐有山在前期，沟通工作相当到位，芝麻绿豆大的事儿都向初宁汇报，初宁本就忙碌，又见他们态度好，很多事情也就松了口。相关事项在合同里也规定得模棱两可——

"经甲乙双方同意，即可实施。"

这个同意，太微妙了。

"宁总，他们，他们……"秘书磕巴，似是很为难。

"你说。"

"他们把您当时在办公室说的话，给录了音。"

初宁闭了闭眼，心里已经明白，上当了。

这个徐有山太奸诈，战术清晰，先让她放松警惕，沟通汇报各方面都做得滴水不漏，然后切入重点，让她松口，一句"全由你们负责"，彻底埋下了隐患。而且合同细则也不尽完善，初宁真要抓住这个漏洞去打官司，对方有录音，两边都说不清。总之，徐有山是抓住一切漏洞，哄抬成本定价，从中牟取利益。

初宁迅速理清思路，问："他们定的生产工厂是哪家？"

"遥林电子。"

"位置。"

"不远，就在杏城。"

秘书停了停，说："王副总他们已经知道这件事了，定了十点开会，让我通知您。"

这种无赖事儿，谁沾谁倒霉。初宁心里郁闷、懊恼，但还是坦然参会。会上，王山的不满已经表现得很明显，各部门也纷纷发言。这些人表面和气恭敬，语气也尚算轻松，但就事论事，初宁坦然担责，说主责在于自己。

几百万的订单，说多不多，说少也不少，跟对方闹上法庭，肯定耗时长久。宁竞投资背靠魏启霖的启明实业，王山是魏启霖的人，考虑的角度自然拔高一筹。

"这个时间点很不利，马上要出年报，最近股市动荡，证监会那边的过审会更加严格，多一事不如少一事。"

初宁明白，在会上承诺："我亲自负责，最大可能地将这件事和平解决。"

事情出得突然，又时近年关，把初宁怄得想吐血。她雷厉风行，当天下午就驱车去了杏城。毋庸置疑，这事儿就是个串通的把戏。徐有山肯定是与工厂达成共识，虚假报价，然后平分利润。初宁深知，从姓徐的身上已经撬不出什么东西了。

她目的明确，直接去找那家工厂，此行只带了一个业务主管。出发时，初宁肚子疼得厉害，她这痛经的老毛病，真是要了命。接二连三的不顺，初宁在车上直冒冷汗时，突然想起早上那张字条——你要吃早餐啊，不吃早餐是会破产的哦！

这小子是一语成谶。

初宁心想，这真是个天生来克她的小畜生。她想什么来什么，小畜生还真打来了电话。

初宁有气无力道："什么事？"

迎璟："你出差了？"

"谁告诉你的？"

"是不是出差了啊？"迎璟异常兴奋，"而且是去杏城了，对不对？"

初宁仰着头，忍着小腹的绞痛："嗯。"

"早知道就一起了，我上完课也要回家的。"

初宁这才记起，他就是杏城人。

"没事我就挂了。"

"就挂了？好吧，那我们晚上见！"这回他倒是很听话，没再缠着她多说。

初宁是三点到的目的地。和她想象中一样，工厂与徐有山根本就是统一战线，说成本价格上涨，白纸黑字儿的销售合同签了，有理有据，乍一听也没漏洞。初宁列出同期市场价格，指出他们的不合理，对方又从材料本身做文章，什么进口的，工艺更精细，自然也就更贵。

最后他们说道："便宜的我们也能做，但你们签合同的时候，就指定要这种，你情我愿，又没谁逼你。"

初宁败阵而归。她蜷在酒店，一天折腾，肚子疼得厉害，连饭都懒得吃。她心里发愁该怎么对付工厂的人，又没个思路，身体和精神一起低迷，浑身都没劲儿了。

迎璟打来电话的时候，她正发呆，手机响了十来声她才接。

"你在忙吗？这么久才接电话。"迎璟的声音有点儿喘。

初宁："喘得这么厉害，跑步呢？"

"你开门。"

“开门？”

初宁蒙了，从床上坐起，然后开了门。

“Hi！”迎璟笑得一脸灿烂，背着双肩包，清清爽爽。

这一笑，把初宁的坏情绪给拂去了一半，她费解纳闷道：“你怎么来了？”

“开什么玩笑，我从小在这儿长大，这儿是我的地盘。”迎璟不满她的质疑和失忆，“而且我说了，我会来找你的。”

“不是，你怎么知道我住这儿？”

“我问了你公司的前台，她帮你订的酒店。”迎璟轻车熟路地往房里走，扫了一圈，问，“你没吃饭啊？”

他转过身，元气满满：“走，我带你吃饭去！”

初宁迟疑了下，看着他的双肩包：“你是从哪儿来？”

“学校呀，我下车就来找你了。”迎璟看她一眼。

“你没回家？”

“你在这儿，我回什么家？”迎璟忽地坏笑，凑近说，“要不，你跟我一块儿回家？”

初宁眼神顿时变成警告。

“又来了，你对我总是这么严肃，你真无趣。”迎璟天性乐观，“还好我比较耐压。”

他又转头，郑重其事道：“你能不能改一改？”

初宁的拳头在蠢蠢欲动。

“行行行，不改就不改。”迎璟无所谓，“不改我也挺喜欢的。”

初宁气笑了，肚子疼，也懒得和他计较。

走出酒店，初宁说：“哎，你开车吧。”她从包里递出钥匙。

这就很为难了，迎璟不好意思道：“我还没驾照。但你放心，我会尽快考的，到时候带你去兜风。”

初宁不想和他说话。上车后，迎璟当起了活导航，带着初宁去了个土菜馆。

这地方的装修实在是一般。迎璟看出了她疑惑的目光，说：“真正好吃的都在无名小店，一般人我还不告诉他呢。”然后他招手一挥，“老板，煲个鸡汤，放点儿红枣。”

初宁瞥他一眼：“你还挺会养生保健。”

迎璟正动手拆一次性碗筷，头也没抬，说：“是给你点的。”

他把碗搁她跟前，顺理成章道："女生这个时候，多喝点鸡汤补补，我还让老板加了个炭火盆，你多喝点儿汤，反正能一直保温。"

初宁皱眉，他怎么知道的？

"你脸白得跟纸一样，有气无力的，我早就看出来了。"迎璟说，"我姐姐跟你一样，每次都死去活来。唉，女生真的蛮不容易的，还要受这个罪。"

待鸡汤上桌，迎璟特细心，先用汤勺将上面那一层薄油搅开，然后给她盛满。

"喏，喝吧，小心烫。"他绽开的笑容，干净纯粹，没有半点儿心机。

初宁好像突然明白他说过的一句话——"我有什么说什么，我不像你，根本藏不住情绪。"

他对一个人好，便是把这个"好"字落实在生活的点点滴滴里，不浮夸，不绚丽，却如此真实。

鸡汤冒着热气，初宁捏着汤匙，慢慢地搅动。她喝了一口，心头热乎乎的。

"你来杏城是办事的吗？"迎璟闲聊。

"嗯。"

"你办什么事啊？"

初宁发现，他真的很喜欢打破砂锅问到底。换作平常，她肯定置之不理，但今天很诡异，也许是一路碰壁，加之身体不适，竟让她有了些许抱怨的欲望。一碗鸡汤喝完，初宁也把事情始末简单讲了一遍。她轻叹一声，是真的烦。

"下午跟工厂的人见了面，不太顺利，我再想别的法子。"

迎璟抬起头："什么法子？"

"明天请他们吃个饭。"酒桌上谈事儿，也算是商场传统之一。

"那你岂不是要喝酒？"

初宁很平静："那有什么办法，在这个节骨眼上，解决问题是首要任务。"

迎璟却很较真："你不许喝酒。"

初宁笑："怎么，你要替我应酬啊？"

"你身体不舒服，还喝什么酒啊！"迎璟的语气又开始兴风作浪。

初宁也算摸准了他的脾性，你反驳一句，他能顶你十句，何必自寻烦恼，索性沉默以对。

"你把这个厂子的名字给我。"迎璟忽然说。

初宁低头吃饭。

片刻后，他幽幽指责："你又不相信我。"

初宁弯了弯嘴角，看向他。两人对视几秒后，她垂眸，懒洋洋地："好。"

这样就能让他安静一点儿，初宁心想，够烦了，不宜再耗元气与他争执。这个插曲很快被初宁淡忘，这一晚她都没怎么睡好，寻思着第二天的谈判细节。但她没想到的是，在出发前一个小时，工厂方主动打来电话，态度较昨天是天壤之别，非常客气地说，中间是否有误会，能不能见面沟通。

场面反转，初宁下午从工厂出来，都觉得难以置信。对方当然没有承认联合徐有山一起虚抬报价，共同讹钱，但很识趣地提出让步，说在原先价格基础上进行减免，或者增加订单数量。

初宁怕再起意外，于是当场拍板，选择第一种。两个小时不到，情势完全一边倒。

初宁走时，工厂方的一个主任态度良好，话里有话："宁总，造成这样的误会我们很抱歉，也感谢你的批评指正，我们会加强管理，不再犯这样的错误，以及，代我向孟总问好。"

孟总？哪个孟总？

初宁敏锐，很快与迎璟联系到一块儿。她想起他昨晚信誓旦旦的保证，心里豁然，拿起手机准备证实猜测。

迎璟几乎秒速接听，心跳每秒一百二十下，在接通后，又假装镇定，学她一贯的冷漠态度，淡声问："什么事？您请说。"

初宁皱了皱眉："好好说话。"

迎璟嘀咕："你平常就是这样对我的，难受吧？换位思考，以后对我不要那么严肃。"

这小子，如今说话是越来越套路了。初宁心生怪异，很快压下去，清了清嗓子，问："这个孟总是你什么人？"

"你的事情解决了？"

"嗯。"

"那就好！"迎璟的高兴不加修饰与掩盖，就这么直接闯入她的耳朵，听得初宁嘴角跟着一块儿上翘。

初宁回归正事："是哪个孟总？你告诉我，我也得跟人说声谢谢。"

"我不告诉你。"迎璟一本正经，"他长得有点帅，我不放心。"

初宁的嘴角翘得更高，眉间如沐春风。她调侃道："怎么，对自己这么没信心了？”

那头安静一会儿，他才说：“这份信心，你从来就没给过我。要么给我，要么，就不准笑话我。”

迎璟的话，一字一字在她耳边敲锣打鼓，初宁一时竟然语塞。好在迎璟没让沉默持续太久，说道：“你到我这儿来吧。”

“嗯？”

“不是要对孟恩人道谢吗？你过来吧，我们在这里等你。”

初宁留了个心眼：“不是你家吧？”

“你不想来我家？”

这点分寸还是要控制，初宁说不想。

“不是来我家，你放心好了。”那端的人声音平平。

挂断电话，微信上就发来了地址，初宁点开一看，某陆军家属区。

她正狐疑，迎璟又补了一条文字信息：“这里的夕阳很美，你过来吧，还有足球赛看，到了门口告诉我。”

那地方临近正街，道路笔直，单行道，车辆驶行规整、慢速。马路两边，每隔五米就有执勤的武警站岗。到了大院正门，警卫制度更严，外来车辆都有专门的停车区。

气氛陡然森严。初宁从车里出来，都不太敢乱走动，直到迎璟从里头跑出来：“我在这里！”

他畅通无阻，走出门口时，警卫兵立正敬礼，目不斜视。迎璟没说话，要了初宁的身份证，轻车熟路地做好登记，走时，还和当班的士兵寒暄了两句，一看就是认识很久的。

初宁甚少接触这种环境，还没看出门道，只在心里起疑。迎璟把她带进正门，这是初宁第一次踏入与军队有关的地方，空旷、规整，就连绿化都是修剪成统一的形状与高度，每一个细节，都彰显着规则。

迎璟腿长，所以脚步大，初宁跟在后面略吃力：“哎，你对这里很熟？”

他慢下脚步，回头对她笑了下，表情意味不明。

初宁警惕：“孟总呢？”

“在那儿啊。”他手往远处指去。

初宁不由得往他身边靠近：“哪里？”

“那里。”迎璟不动声色地也向她靠拢。

他手指的方向，是一个大型篮球场。冬天虽然冷，但仍有很多战士穿着迷彩短袖在场上跑动投篮。哐哐当当的进球声、兴奋激动的欢呼声，这股热情凝结在一起，可以掀翻冬日的严寒。

而初宁只顾着找人，浑然不觉迎璟的小心机，往后退了半步，他很快向前一大步，初宁被他的怀抱堵了个严严实实。她今天没穿高跟鞋，平跟短靴没什么高度，两人的身高悬殊更加明显。

迎璟身上的热气直奔沸点，烫得她想要飞快跳开。

“别动。”迎璟按住她的肩膀，然后把人顺着一转，“你看。”

这边地势空旷，天边仿佛就在眼前。夕阳的余晖涂满天空，橘黄一片，这是日与月的交接，用以迎接星辰之姿，足以配得起壮阔这个词。

初宁的背还贴着迎璟的胸膛，他的呼吸那么深，扫得她头顶痒痒的。大概是夕阳太美，叫人一时迷怔。

初宁忘记推开他。

两人站在原地，一个用心跳说话，一个用纠结作祟。

就在这时，迎璟率先反应过来，下巴一转，对着右边喊了声：“爸。”

初宁跟着往右看，就见一辆黑色轿车停在路边，后面还跟着一辆军用越野，车牌号全是军区联号。

轿车的后座滑下车窗，露出一张中年男人的脸。迎义章从沈北开完会，公干三天这才刚到家。

他对迎璟只颔首示意，身边的傅参谋倒是乐和地招呼：“哟，小璟回来了？明儿上叔家吃饭，瑶瑶昨儿个还跟我念叨你呢。”

而经过的人，都非常正式地朝车里的人行军礼。初宁听到他们说的是：“首长好！”

待车开走，初宁猛地转身，怒气腾腾道：“你不是说，不带我去你家吗？！”

迎璟一脸无所谓，双手插兜，一副痞子做派，低声说：“我就要伺机暗算你。”

顿了下，他又补充：“我早就想这么做了。”

迎璟志在必得的模样，让初宁极度怀疑，这小子平日的单纯犯傻都是装出来的。她左瞧右找，回忆来时的路线。

“你出不去的。”迎璟看穿她的心思，特淡定地说，“这里进出都要登记，你的身份证还在我这里。”

刚才进来做完登记，他就一直拿着她的身份证没有还。初宁真想掐死他，恨恨道：“有句话怎么说的来着，虎落平阳被犬欺。”

迎璟看着她，眼神无辜：“汪。”

初宁一愣，气着气着就笑了。

迎璟也弯起嘴角："好啦，你都来杏城了，我邀请你到我家做客，也算尽地主之谊。"

"你这不叫邀请，叫坑蒙拐骗。"

"哦，骗就骗吧。"

迎璟悠悠转身，还挺有理。初宁平复了心情，反正都来了，再推辞便显得矫情，于是跟上去。

"你家住这儿？"

"对。"

"这边不都是训练场吗？没瞧见家属楼啊。"

"拐两道弯儿就能看见了，小心。"两人正走着，迎璟突然扯了下她的胳膊，把人给拎到了自己后面。

一个老大爷骑着摩托车经过。

"你都不看车的吗？"迎璟努努嘴。

"你长这么高，挡着我的路了，我哪儿看得到？"

"算了，不跟你呛声，反正无论我说什么，你总有话反驳。"

初宁哭笑不得："我只是在说明事实。"

"好男不跟女斗。"迎璟留下话，继续低头往前走。

走了几步，他突然又转过身，眼神藏不住小傲娇，居高临下地指着她："你，这位女同志，请认清一下自己的现状。这是我的地盘儿，我……"

"所以呢？"初宁打断他，向前一步，虽是仰头，但目光一点也不弱。

四目相接，初宁的眼睫生得漂亮，像羽毛扇，一眨眼，就是一阵风，跟装了导航仪似的，对准目标，全往迎璟心里吹。

上当了。

失策了。

迎璟心跳得厉害，但他又不肯认怂，"强撑"二字全写在了脸上，哪里逃得过初宁的眼睛。

她志在必得，又淡然自若，像是调戏小白兔的猎手，等他的脸色变得八分熟，才云淡风轻地挪开眼。迎璟闷闷低头，跟个小钢炮一样只顾往前走。初宁小跑追上，拎着他的衣领往后一拉："你给我站住。"

他才不就范，使劲儿往前，后边的人就更用力地拽住。到最后，他脖子都快被勒断气了，初宁才松手。迎璟直咳嗽，咳得本就八分熟的脸更加红透。

初宁叹气："带了你这么久，怎么就没点儿进步呢？"

迎璟指着她，命令：“你别说话，喀喀喀。”

“好点没有？”初宁看不过去了，走过去拍了拍他的背，“你这人，除了嘴皮子不服输，其实情绪全写在脸上了，心里有什么，别人一看就清楚。以后你做项目，不可避免会接触到更多的人，好坏心思你琢磨不准，别人看你却一看一个准。”

迎璟斜她一眼：“那我心里有什么，你看准了吗？”

初宁一怔。

“哼。”迎璟双手插兜里，下巴微仰，总算扳回一局。

这个军区有点名气，初宁偷偷用手机百度，不动声色地打量了一圈周围。他们绕了两个弯，就见一幢幢旧洋楼式样的房子，外表着实不算新，但胜在有底蕴。房子挨着路边，每一幢还有一块小空地，有花有草。勤快一点儿的主人，还开垦出丁点大的菜地，种些葱和蒜。

快到了，初宁叫住他：“你爸爸是干吗的？”

“上班的啊。”迎璟扭头看她，然后坏笑，“怎么，紧张了？”

初宁伸手就把他的脑袋往另一边抡：“你能不多想吗？”

迎璟领着人往右转：“我爸他专门开会的，你不用害怕他，领导对老百姓都是平易近人的。”

初宁已经了然，不咸不淡地说了句：“看不出来，你还是个红二代。”

两人正说着，一个声音叫迎璟的名字：“小璟。”

初宁循着声音方向转头，就瞧见二楼阳台处，站着一个男人。这人清清爽爽的寸头，剑眉星目，鼻子尤其挺，五官出彩，给人的印象加分不少。

迎璟招手回应：“孟哥，您吃饭了没？”

“吃过了，南湖送上来的蟹，我也差人送了一篮给你家，你赶着饭点，正好回去尝尝鲜。”孟泽一口标准普通话，字正腔圆，甚是好听。他眉一挑，目光落在初宁身上，语气调侃：“哟，头一回见你带姑娘呢。”

迎璟心里那个美滋滋啊，还没张口，被初宁抢了先。她心眼明净，听到那声“孟哥”就猜到了此人的身份。

“孟总，多谢您慷慨解难。”初宁笑容得体。

孟泽面色温和，手一拂道：“小事儿，举手之劳。”

初宁出于礼貌道：“您可真帮了我大忙，不然厂子这事不知什么时候才有头绪。”

她说得谦卑又中听，孟泽乐呵呵的，微微探身，手肘撑着栏杆，嘴里还咬着半截烟，笑道：“小璟难得请我帮次忙，我在武汉出差，昨儿个深夜才到家，小璟愣是在门口等我到一点。”

初宁心头微动，下意识地看了一眼迎璟。

“那阵仗把我吓得还以为出什么大事了。”孟泽笑眯眯地说，“那家电子厂去年就换了老板，几家都入了股，乱得很。口碑差了，就不走正道，你是B城人吧？那也难怪，离得远，不了解也正常。我一朋友正好是那片区管事的，也是个不讲道理的人，江湖气重得很，就比比谁凶呗。”

孟泽轻松描绘，初宁却知道这其中的复杂。她忙不迭地应答：“孟总，您有机会来B城，我请您吃饭。”

迎璟却不乐意了：“请什么请啊，他一造房子的，不缺钱，自个儿掏。”

孟泽也不恼，拿下烟弹了弹灰，语气意味深长：“不错，咱们小璟长大了。”

他们闲聊几句后就散了，再走个五十米就到了迎家。迎璟拿拳头砸门，大声道：“妈，我回来了！”

门里头越来越近的脚步声传来：“来了来了，你老不带钥匙，迟早有一天流落街头。”

门开了，露出一张气质温婉的脸，话是嫌弃，但眼神很亲近。见到儿子回来，崔静淑还是高兴的，目光一掠，看到了初宁，倒也没什么意外表情，和和气气地招呼：“这位就是小璟的投资人吧？”

投资人这个身份略显生疏，却叫初宁安了心。

她客气礼貌道：“伯母您好。”

“快请进。”崔静淑将门让出，“小璟和我提过你很多次，感谢你对他的悉心指导。”

提过很多次？那能有好话吗？撞上她的眼神，迎璟把她的心思猜得很准，小声说：“全是好话，夸你漂亮。”

那就更不是好话了。

迎义章去部里临时开会，晚饭不在家吃，崔静淑不让初宁帮忙，与阿姨一起在厨房忙活。初宁落得空闲，打量了一番这个房子，中式风，古朴有底蕴，墙上几幅山水画，对面墙则是两块字匾：“勤”与“守”。

克勤克俭。

守文持正。

屋里还有一股幽幽的檀香味。这种家庭，根正苗红，能出几个学霸也就不难理解了。

“你跟我来。”迎璟拍了拍初宁的肩。

“干什么？”

“带你去我的房间。”迎璟粲然一笑，“别误会，我只是带你参观一下。”

这话说得好像是她做贼心虚似的。初宁不再与他斗嘴，大大方方地跟了过去。

迎璟的房间不算小，他上大学之后，这屋子阿姨仍然定期清扫，干干净净，没有一丝灰尘。初宁看到后，倒吸一口凉气：“你这里的模型，比冯子扬家的还要多。”

她一眼看过去，起码四个长长的玻璃柜，照着房间的尺寸做的，只在每一个的接口处留了个过身的空当，什么模型都有，飞机坦克以及各种各样的枪。

初宁来回走了两遍，细细打量，不由得感慨：“冯子扬把这些当宝贝，我有一次碰了碰他的一架直升机，也不知是什么做的，螺旋桨一碰就掉。冯子扬气得要把我丢出去。”

迎璟眼神黯了一秒，关注点总是很奇特，问道：“你怎么跟他关系那么好？”

初宁沉默了一会儿，才淡淡道：“你才见过他几次，怎么知道我俩关系好？”

初宁没有正面回答问题，把话题岔开了。迎璟果然上道，说：“我见了他两次，觉得他人挺和善，而且跟你之间，有一种很自然的默契。”

“和善？呵，前一个字可能还适合，‘善’字他还真担不起。”初宁看中了一艘船的模型，半弯腰，仔细瞧了起来。

安静片刻，迎璟问：“你们是不是都这样？”

“嗯？哪样？”

“有很多张面具，看菜下饭。”

初宁扭过头，目光渐深，望了他一眼道：“你能看出这个门道，还是有进步的。”

“你就把我当小孩儿。你才比我大几岁啊。”迎璟皱起眉头。

“又不服气了？”初宁移开眼，继续看那艘船，“这世上有很多事，你就得服这个气。”

初宁也不管对方心里好不好受，自顾自地聊天：“你的收藏比冯子扬的好看。”

迎璟还没从刚才的郁闷里抽身，赌气似的：“当然比他好，都是我自己做的。”

“自己做的？”初宁惊道。

“嗯，工具箱在那。”

初宁不禁赞叹：“神奇。”

迎璟很吃这套，坏心情一扫而光，又变得生机勃勃，拉着初宁热情介绍，从语气到神态，眉飞色舞，很感染人。哪怕初宁听不太懂，都是一种享受。

“我再给你看个东西。”迎璟不自觉地拉起她的手，初宁不怎么坚决地挣了下，但见他太过投入，作罢，就不浇冷水了。

他们到了书柜边，迎璟的手才松开。他拉开最下层的一个抽屉，初宁一看，一抽屉的木头。

“这个是洗脸盆，这个是钢笔，这个是沙发。”迎璟如数家珍，一样样地拿给她看，“全是我自己用木头雕的，像不像？”

初宁这回是彻底惊讶了，岂止像啊，简直栩栩如生。

“你还玩雕刻？”

“读书的时候无聊，雕着打发时间。”

“你哪有那么多时间？不用做作业？”

“那些太容易了，花不了我什么时间。”迎璟仰着下巴，笑着对她说，“我成绩很好的。”

初宁也蹲下，手指扒拉着那些小木雕，钩出一个小人儿模样的，问：“这是谁？”

迎璟凑过去瞄了眼：“哦，这个是我姐。”

难怪有点眼熟。初宁把迎晨放下，忽然问道：“我听你姐说，你高考的目标是清华。”

安静一瞬，迎璟点了点头，也不避讳，坦诚道：“没考上。”

“发挥不好吗？”

“高考前一晚发高烧，烧到四十一摄氏度，做英语听力的时候，耳鸣了，听力分数不好。”迎璟声音平平。

初宁哑然，倒是有话就问：“没想过复读？”

迎璟摇头：“不想复读。这不是能力问题，万一复读再考，又遇上这事儿怎么办？别不信邪，还真说不准。”

闻言，初宁笑了笑。迎璟也放松下来：“我离那年清华的录取分数线只差几分，其实可以调剂别的专业，但我不想。我死都要读一个自己喜欢的。”

他说这话的时候，眼睛微微发亮，坦然又大气。一屋子安安静静的模型，是他这份选择的见证。

笃定、自信、无所畏惧，一瞬间，初宁仿佛看见他身上的血，热了。

“事实证明我的选择很正确，C航的航发专业全国排名前三，我认识了很多好朋友，也学到了很多知识。还有，我遇到了你，目前来看，这个是最重要的。”

一席话，说得太过平静，他眉间平滑，八风不动。这个姿态，倒有了几分男人气概。他不看她，一番心意任凭她解读，他自岿然不动。

初宁脑仁儿又疼了起来。

好在没僵太久，迎璟问：“你呢？”

“什么？”

“跟我说说你的事吧。”

“我有什么好说的？”初宁重拾冷静，又变得淡然自若了。

“说说你喜欢什么样的男人。”

怕她拿话堵他，所以迎璟抢先一步道：“前男友不算，你上回已经说过了，是斯文范儿，来点新鲜的。”

初宁扬手就往他脑门上重重一弹：“新鲜你个头。”

没想到的是，这一弹没成功，被迎璟伸手一抓，直接把她的手腕定在了半空中。

他力气大，轻轻松松地握着，再一用力，骨头都能被捏断。

“别老把我当小孩儿。”他盯着她，锋芒倾泻，人也变得收敛，“我只是愿意让着你。”

短暂对视后，初宁冷哼一声，抬起另一只手，毫不客气地往他腰上一挠。

“痒死我了！哈哈哈。”迎璟缩成一团，笑穴大开，停不下来。

初宁心想，跟我斗？哼。

她第一次来迎家，意料之外，但还算顺利，这小子没乱来。吃了一顿规规矩矩的晚饭，七点刚到，初宁就起身告别。崔静淑十分热情，再三嘱托常来家里坐坐。

初宁还没答应呢，迎璟倒先应着：“那必须的！”

崔静淑眼神狐疑，很快被儿子往屋里推：“您快去练字儿吧，墨我磨好了，快去快去。”

公司事务太多，初宁决定今天就回B城。迎璟知道后，非要跟着一块儿走，理由还挺充分：“晚上开车不安全，我陪你说话。”

初宁拒绝：“我有同行的业务主管。”

“他戴眼镜呢！近视眼哪看得清夜路，我视力好，我得帮你看路。”他总能扯出一堆歪理。

初宁懒得费口舌，想到他反正也要回B城上学，于是手一勾："上车。"

两人到B城是八点多。初宁住的小区在C航前面，不太顺路，于是折中，让业务主管开她的车把迎璟送过去，再把车停在公司。周六晚上这个点，建国门还是有点堵，磨磨叽叽一路，她到小区都快十点了。

初宁下车，没想到迎璟也跟着下来了。

"你又干吗？"初宁皱眉，话刚落音，她的目光扫到后面，怔住。

她家楼下的位置，停着一辆黑色的京牌奥迪Q7，后边三个连号7，是赵明川平日私人开的那辆。

这人怎么来了？初宁正想着，赵明川从车里下来。他今天穿了一件黑色呢大衣，长度及膝，天气冷，还围了一条暗色的格子围巾，呈V字系在脖间，工工整整地隐入大衣领口。他的衣品一向不错，有好身材加持就更出彩了。

初宁和迎璟站在一条线上，齐齐望着赵明川。

"你先走。"初宁说。

迎璟看看她，又看看那个男人，没说话。

赵明川朝她走来，摘了一只羊皮手套，冲她抬了抬下巴，语气冷冽："找个地方，我有事儿跟你说。"

他是地地道道的B城爷们儿，京腔纯正，很好听。迎璟不由得多看了他两眼，并且不自觉地朝初宁靠近。

初宁点了下头："行。"她又低声对迎璟道，"你先上车，李主管会送你回学校。"

迎璟出于本能拽了拽她的衣袖："哎？"

初宁了然，放柔了声音，似是安慰："没事儿，放心。"

这一剂温柔送过来，迎璟心都要化了。初宁迈步向前，没走几步，也是邪门，被地上的石头给绊了一跤，人没稳住，摔在了地上。

她一只膝盖跪地，左手迅速撑住，小石子儿尖锐，跟小针似的，扎得她腿疼手疼。

事情发生的一瞬，迎璟和赵明川几乎同时到她面前。只不过迎璟隔得远，跑过去的。赵明川离得近，走得镇定自若。

"没摔着吧？啊？"迎璟边跑边着急，还没到她身边就急急把手伸了出去。

而与此同时，赵明川也伸手，那只没摘的羊皮手套闪着暗暗的光泽，跟这冬夜相得益彰。

两个人，两只手。

迎璟喘着气，关心毫不掩藏。赵明川面若寒霜，眼底的不耐与厌弃显山露水，但他没有把手收回。

空气瞬间结了一层冰。初宁忍着这波疼痛，心思细密，脑子飞快运转，下一秒她把手交到了赵明川的掌心里。对方用力一握，初宁借力站起，长发垂顺，遮挡住了她的表情。

迎璟傻傻愣在原地，虽然一切都未言明，他却好像被人掐住了命门。

初宁松开赵明川的手，想说谢谢，但看到他那张臭脸，心里也没了感激。

那边，迎璟跟块木头一样走了。一步三回头，直到上车，他也没盼到初宁的一个回眸。

赵明川大步往前，也不管她刚才摔疼了腿走不快，拉开车门坐了上去。初宁慢吞吞地到车边，手伸向副驾，中途又犹豫了半秒，决定绕去后座。

她拉了两下后车门，拉不开，赵明川给落了锁。得了，又不知道她哪里惹着了这位祖宗。

副驾车门一拉就开，初宁坐上去系好安全带，问："你想去哪儿？"

他不说话。初宁建议："近点儿的吧，右转直行五百米有家面馆，味道还可以。你要不想吃夜宵，就……"

她话说到一半，赵明川转了方向盘，初宁便不说了。

这家面馆初宁常来，她喜欢吃面条，最爱这里的清汤排骨面。见她跟老板熟络，热情的笑容一直挂在脸上，赵明川瞥了两眼，又打量了一圈店里，装潢老旧，桌椅油腻，卫生条件实在堪忧。

"你平时就过的这种日子？"他冷言道。

初宁习惯他的讽刺，不接话就对了。排骨面上来，这里没有一次性筷子，都是竹筷反复使用再消毒。

赵明川有洁癖，动都没动一下。初宁也不说什么，要了一杯开水，把筷子放里面烫了十几秒，再递给他。

"你将就点，吃不死人。"

赵明川接了，见她吃得欢，也懒得再计较。等她吃了几口，他才冷飕飕道："徐有山的事，长记性了？"

初宁头也不抬，含混地应了声："嗯。"

她没跟他呛声，这种柔顺态度让赵明川很受用，语气也变好了些。

"在你跟他接触的时候我就提醒过你，你跟我犟，不服气，爪子挥得比谁都尖利。行，我让你能耐。"赵明川这人自小狂妄，初宁也没少给他使绊，两人针尖对麦芒，每一场谈话，都是刀刀见血。

这一次，初宁却只看他一眼，然后又低头吃面："嗯，长记性了。"

这份乖巧，让赵明川跟被喂了哑药一样。初宁指着他的碗："不吃吗？凉了就不好吃了。"

赵明川眼神犀利，不放过她的任何一个表情。初宁却对他灿烂一笑："不吃就别浪费。"然后她的手越过桌面，要来拿他的面。

赵明川伸出筷子，往她手背上狠狠一敲。

初宁疼得大嚷："你干吗啊？！有你这么当哥哥的吗？！疼死我了！"

这话无意识地示弱，赵明川脸色缓和："我的东西，你也敢动？"他搅了两下汤水，放下身段，竟也吃了起来。

初宁看着他，不说话。她从包里摸出烟，瞧了一眼店里没有其他客人，便低头点火，一吸，烟气薄如烟云。

赵明川睨她一眼："掐掉。"

初宁眼神亦淡，烟夹在手指间，没表示。赵明川却欺身越过桌面，毫不温柔地拿了她的烟，往桌面上一摁，然后将其丢进了脚边的垃圾桶里。

"坏习惯都学会了，你是女人吗？身上没一个地儿能让男人喜欢。"

这话一出口，两人皆沉默。赵明川不自在地转了转脸，无视气氛尴尬。

初宁倒还平静，给他倒了杯水，推过去。

赵明川这才说："徐有山不是个傻白甜，你这么搅黄了他的好事，让他拿不到钱，他不会让你舒坦。"

初宁呵了一声："他耍无赖在先，怎么，最后轮到我小心了？"

赵明川："当初我提醒过你，这种人，一开始就不能有交集，既然上了一条道儿，你就得信这个邪——你在这个圈子混了这么多年，怎么没点儿长进？"

满店都是面条香，又来了几个客人，店里渐渐热闹起来。初宁收回目光，问："你今天来找我，就是提醒这个事吗？"

赵明川拂袖起身："你还不够这个格。你给我记住，你的一言一行，也代表着赵家的脸面，到时候出了乱子，别来求我收场。"

初宁安安静静，坐在椅子上，像个小蘑菇。赵明川的漠然持续没多久，沉默过后，他终是妥协，告诉她："这个后患，我给你解除了，下不为例。"

初宁抬头，眼神无辜。

对视几秒，赵明川忽地冷笑一声。他坐回原处，把椅子推后了些，闲适地跷起了腿，看着她，目光洞察人心，不给人留一点面子。

“初宁，你这种见风使舵的把戏，能不能少耍一点？”

初宁蓦地一窒，目光警惕，像是找回铠甲的刺猬。

赵明川眼睛微眯，与生俱来的自信使得语气狂妄至极：“对，这才是你的真面目——不喜欢我，看不惯我，没准儿心里还在骂我。”

“其实你早知道，这个订单撕破脸面，徐有山不会让你好过。你烦着这个事，却也没有更好的办法。我来找你，你就知道，我有能耐收拾这个烂摊子，所以你一整晚都在对我示弱，对我百依百顺，每一个眼神、每一个动作，都在讨好我。”

赵明川看她渐渐脸色泛白，语气更为不屑，继续道：“你不敢忤逆我，因为你心里清楚，当下最重要的是什么。”

搭在桌上的右手不自觉地握紧了些，初宁一言不发。

赵明川见她这样，到底还是放缓了语气：“你这个女人，很聪明，但也过于聪明，适得其反。你会在‘聪明’这两个字上栽跟头的。”

初宁被他讲得心生风浪，唇瓣紧抿，已经很不痛快了。

赵明川说：“我跟你讲道理的时候，你不用脑子；我好心提醒你的时候，你偏要感情用事。你也就在我面前横，因为你知道，我再不喜欢你，为了赵家的公众形象，我也不会真跟你撕破脸。”

真出事了，他还是会拉她一把，就像现在，初宁心里明白得很。赵明川的话不好听，但是这么个理。

“你一个女人，多两分真诚没坏处，别把你工作中的那一套，带进自己的生活里。你这样，别人也不会对你真诚相待。”

赵明川轻而易举挑破了她身上的缺点，言尽于此，他招呼老板买单。

整个过程，初宁一动不动，盯着桌面某一处，看着是专注，其实眼神早已放空。

赵明川走了几步，侧头：“还不走？”

初宁垂眸，大概是太久没说话，所以声音有点哑，她闷闷摇头：“腿疼。”

赵明川记起她之前摔了一跤，也不追究是真疼还是借口。他退回她身边，也没看她，直接把人捞了起来。直到走出面店，他才松开手。

Chapter 10　我四天没洗头了

回去的路上，初宁两眼看着窗外，一改往日的凌厉，这会儿看起来，倒很脆弱了。赵明川今晚的话说得有些重，没事儿，她的心硬了很多年，也不差这几句的刺激。灯外霓虹被风吹得零散，在她脸上打下斑驳的光影。

“你一个人女人，多两分真诚没坏处。”

初宁回味着这句话，说起真诚，她立刻就想起了迎璟。初宁认识他数月，对他却比生命中任何一个人的印象都深刻。他做事儿少了章法，也不成熟，还动不动就发脾气。对了，他还挺爱哭。

一想起他，初宁弯了弯嘴角，然后就是那晚的套路表白，费尽心思换来一句“我喜欢你”，然后是杏城。自个儿也是傻，着了他的道，被他骗去了家里。初宁伸手开了车窗，冬夜的风逮着一丝空隙就往车里涌。

初宁被吹清醒了点，嘴角的弧度又收拢。迎璟不完美，但他身上的真诚，那么可贵。

她在心里长叹一声，也开始反思，和他的距离是不是要保持得再远点，别糟蹋了人家的少男心思?

赵明川阴沉沉地说：“这么冷还开窗，关上！”

初宁斜他一眼：“我不冷啊。”

赵明川伸手往她脑袋上招呼，落下来时，却只是象征性地揉了几下她的头发。初宁顿变一只狮子头，她也不恼，特淡定地说了一句：“我四天没洗头了。”

赵明川怒吼："去死好吧！"

初宁乐得眉开眼笑："哈哈哈哈。"

眼下这情景，两人倒有几分寻常兄妹之间的相处感觉了。赵明川看着女孩儿明灿灿的笑脸，不动声色地转过头，摸了摸鼻子，然后若无其事地开车。

自这一次杏城之行回来后，初宁这半个月都有意地回避着迎璟。

项目进度依旧以邮件、短信形式汇报，初宁看后，连一个"好"字都不再回，工作上的事，全交给助理去对接。迎璟也在非工作时间给她打过电话，初宁接通后也是很平淡的态度，丝毫不给人聊天的欲望。

迎璟为此很失落，但她每回都说工作忙，他也就不敢抱怨，不敢说不满。因为，他怕她觉得自己不懂事，不够成熟。

纠结啊。

折磨啊。

迎璟碰了一鼻子灰，在宿舍床上翻来覆去，一阵乱抖："啊——"

祈遇伸出脑袋："怎么了这是？间歇性脑抽风？"

"滚蛋。"迎璟砸他一个枕头。

祈遇接住，反手又丢回去："咱们第二阶段的进度保持得还不错，如果没有意外，下周就能出报告给资方过目。对了，下一步，你有什么思路吗？"

迎璟凝起精神，谈起正事思路清晰："我们的程序已经进行了一半，分组成部分的静态、动态、逻辑关系都还算兼顾，基本完成了连续系统模型的要求，第三个阶段，我想往状态变量上试试，看能否测试出航天器在离散时间点上的性能变化。等这一系列的过程都得到验证，我还想让我们的设计不仅能够进行仿真实验，也能够进行数据处理，以及分析验证。"

祈遇惊呼："那就是一个完整的软件系统了啊。"

迎璟表情很平静："我就是要做出一个完整的虚拟体系。"

祈遇："如果真的能成功，我们还可以……"

"申请专利！"

"申请专利。"

两人异口同声，只不过迎璟的语气更加淡定。祈遇整个人都兴奋了："有没有可能……"

"当然有可能。"

没等祈遇把话说完，迎璟就猜到了他要说什么，答得掷地有声："当然。"

仿真模拟技术在航空领域的应用，广泛而又具有畅想空间，宇宙飞船的升空、星球的探测、新一代航天器的发射升空，这些看起来遥不可及的东西，终有一天会实现。

就像几十年前，谁能料想，无人机、无人汽车在如今科技领域的广泛运用？这些高尖精科学技术的不断进步，才是一个国家真正的命门所在。

恢宏、壮烈、热血；艰辛、漫长、崎岖。

迎璟闭上眼睛，脑海里那一幅画，或许有一天，也会变得波澜壮阔，充满未知，但不去做，就永远是未知数。他喜欢现在的自己，勤奋、努力、有动力。

到最后，那幅画坚硬的线条慢慢隐退、柔软，勾勒成了一枝白玫瑰。

迎璟小心翼翼地揣着这枝玫瑰，也不知道那个人，什么时候可以闻见花香，亲一亲他的花蕊。

迎璟又拿起手机，点开微信，看着置顶的初宁。连着十来天，他们的对话框都是他一个人在自言自语，长篇大论的进度汇报。有时他实在忍不住了，问她，在干什么。

初宁要么不回，要么就是过了一天才回两个字：开会。迎璟怕她又要忙，几乎秒速打字：这么忙吗？

你什么时候有空？

喂，想不想吃火锅啊？

最后是：好吧，你注意身体……

迎璟的落寞全写在了心里。

上次在花店买的那枝白玫瑰，还搁在书桌上。只不过已经成了干花，他也一直没有丢。迎璟摸了摸它的头，小声说："今年运气不太好，快要过年了，明年，会好起来的，对吧？她也会喜欢我一点的，对吧？"

一学期快要收官，再过一个多礼拜就要放寒假了。迎璟在周末的时候，整理好了项目二期的汇报材料，只差做个PPT就圆满了。团队成员都很高兴，假期在即，项目也顺利，总之这一学期，学到了很多新知识，尝试了很多新事物，大伙儿元气满满。

迎璟还像模像样地开了个总结会，特别对张怀玉提出表扬："你太细心了，很多次测试的问题都是你梳理发现的。"

周圆率先鼓起了掌："好好好！"

祈遇和顾鹏鹏亦对她竖起大拇指。张怀玉也不谦虚，大方接受，笑着说："怎么样老大，当初把我招进队伍，是正确的选择吧？"

迎璟也笑："太正确了。"他想了想，诚恳反思，"第一次做项目，我有太多不足，很多事情，都只站在自己的角度，带着私心去考虑问题，有失客观，这其实很不好。在此，我也向大家道个歉。"

迎璟很郑重地起身，鞠了一躬。团员们自发鼓掌，周圆呐喊："小璟你棒棒的！"

迎璟伸出右手："不，是我们很棒。"

"对。"

"大家都很棒。"

五个人的手，一个接一个地叠加在迎璟的手背上。

"祝我们越来越好。"祈遇说。

"三、二、一——越来越好！"

今天阳光灿烂，窗外天蓝云净，乍一看，不像严寒冬日，而是春光明媚。

彼时当年少，莫负好时光。

接着他们又聊了一会儿各自的想法。各抒己见后，迎璟记下了几个不错的点子，祈遇也提醒他："项目三期的资金宁总那里什么时候拨下来？等下学期开学，一些实验机组要重新采购。"

迎璟："等张怀玉这边的最后一项数据出来，我晚上完善报告，明天就去汇报。顺利的话，应该放假前就能到位。"

祈遇放心了："那就好。"

半小时后，散会。张怀玉还得留下来，她手上还有一组模拟气候变化的实验数据没完成。迎璟临时被栗舟山叫去有事儿，不能陪她。

"没关系，我一个人也可以的。"张怀玉让他安心，"大概三小时就能出数据，我会第一时间发给你。"

迎璟点头："好，那就辛苦你了。"

"哼，这么官腔。明天请我喝热奶茶。我要加五块钱的坚果，大杯！"张怀玉歪着脑袋，语气特别严肃。

"呵呵，行。"迎璟走到门口又停住，探进脑袋，嘱咐道，"那个，你记得关电源啊，注意一下安全。"

张怀玉比了个OK的手势，然后嫌弃地直摇手，示意他快走。迎璟带上了门。

栗舟山在西南边的教务楼，给了他一摞资料："英文能看？"

迎璟粗略翻了翻，全是国外文献，他跟捡到宝贝似的，爽快答道："能！"

“行，拿走。”栗舟山小眼睛一瞪，“假期也别偷懒，别玩物丧志。”

迎璟小鸡啄米般直点头，抱着一堆宝贝屁颠颠地回了宿舍。他随便拣了一份来看，津津有味地看到寝室熄灯，沉浸在知识带来的满足感里，有了沉甸甸的好心情，连带着初宁的冷漠，都变得没那么扰人心忧了。

迎璟计划着，明天下午去一趟她的公司，跟她汇报进度，顺便在资金授权书上签个字儿，运气好的话，也许还能约她吃个晚饭。他嘴角不自觉地扬起，都快美翻了。

没美多久，他就被骤响的手机铃声打断。大晚上的，铃声实在诡异，迎璟按下一瞬的心跳，看了眼，是张怀玉来电。

OK，实验数据出来了，这一天简直完美！

迎璟按下接听：“是不是数据……”

那头却是惨烈的哭声，张怀玉哭得直抽：“出事了！实验室出事了！”

迎璟脑袋一炸，镇定道：“别慌，你慢点说。”

然而张怀玉哭得根本就上不来气。迎璟呵斥：“不许哭！”

“实验室……机组设备烧掉了……线路短路……说是没、没拔插头……可是我，走的时候，明明检查过的……”

断断续续里，迎璟听清了大概，心里一沉，颤着声音问：“烧了多少？”

张怀玉念了一大串，迎璟越听越耳鸣。这个实验室是华北地区的高校里，唯一一个被评级为国家级虚拟仿真技术研制的实验室，里面不只是常规的计算机设备这么简单，还有模拟发射台、航空发动机的超仿真模型。这些东西，不能用钱来衡量，凝聚当中的科学技术已经上升到机密级别。

迎璟抠着自己的大腿，强逼自己冷静，冷静，冷静。

他问：“你出来时，有没有发现什么异常？”

张怀玉哭着说：“没有。”

这点迎璟相信，她本来就是一个心细严谨之人。

他再问：“那你有没有碰到什么人？”

张怀玉抽泣着道：“没、没有……啊，不对，我，我想起来了。”

“怎么？”

“我在实验的中途去了一趟洗手间，路上碰到了罗佳，他还、还问我去干吗……学校说要调查，要追责，呜……因为我们是最后一个用实验室的，我刚刚还听、听见主任在给宁竞投资的人打电话……”

迎璟如坠冰窟。

完了……

他这边电话还没讲完，手机突然提示，您有158××××××××的号码来电，是否接听。

迎璟拿开屏幕一看——初宁来电。

迎璟深吸一口气，肺热跟火一样往他喉咙里冒。他按下接听，然后闭眼，甚至模拟出她开口的第一句话，一定是愤怒、失望、决绝的，但电话那头意外安静，别说责怪，初宁连一个字都没说。

这种沉默，却让迎璟难受一百倍。他嗓子干哑，颤着声音试图解释："我、我现在，去现场看看什么情况……我……"

迎璟的手机又有来电提醒："139××××××××来电，请问是否接听。"

迎璟像是找到了防空洞，逃避似的说："我有电话进来，我先挂了。"

他迅速按了"是"，挂断了初宁的电话。这次是系里的吴主任打来的。迎璟边听边换鞋："好，我马上去。"

这一遭动静，让原本渐入沉睡的宿舍又变得灯火通明。迎璟到了现场，情况比他想象中好一点。事故原因并不是初步认定的电线短路，而是在计算机上加载了一个违规的代码，这个程序自我繁殖，附着在各种文件上，最后导致整个实验室计算机系统彻底瘫痪。

这里面不仅有团队项目的所有进展，还包括C航其他专业体系的核心研究。校方在第一时间组织了技术人员对系统进行挽救，并且联系了相关软件公司的人员，十几号精英全体出动，现在还没个结果。

"你们这是胡闹！"吴主任免不了一顿斥责。

"当初实验室同意让你们使用，就是基于学校对校企联合创业这种模式的支持，不要以为只你们一个团队，热动能那边的章恒，和你们一样也拉到了资金。为什么把更好条件的实验室让给你们，就是因为你，迎璟，你的学习表现、为人表现，都在校领导心里加分。"

迎璟团队所有的成员安静地站在办公室里，谁也不吭声。只有张怀玉忍不住哭泣。

"系里强调重申了多少回，一定要牢记安全责任，谨防安全事故的发生。这其中的重要性你们难道不知道吗？！"吴主任震怒，忍不住敲了敲桌子，"设备损坏先放一边，但是文献资料、研发程序，甚至学校一些模拟航发的技术要点都在里头，说严重一点，你们这是破坏国家的机密！"

少年们一个一个垂下了脑袋，只有迎璟保持着背脊挺直的姿态，目光不动，却也迟疑放空。张怀玉哭得直抽："主任，我没有违规操作，我、我……"

迎璟接替她的激动情绪，口齿清晰地帮她把话说完："我们在实验室的所有行动，都是在遵守实验室规定的前提下进行的。项目二期已经进行到尾声，吴主任，在此之前，我们何曾有过一次违规？"

他深吸一口气："请你们相信，这不是我们故意为之。"

吴主任立刻反问："你什么意思？你要表达什么？"

张怀玉赶紧接话："我只在九点一刻左右去了一趟洗手间，中途我没有离开过实验室。主任，这个项目是我们一起做的，如果我真的想搞砸，当初也不会坚持加入。"

计算机系的顾鹏鹏冷静道："实验室有监控。"

"你是指？"

"对，调监控出来看看张怀玉离开的这十分钟里，有没有什么人来过。"周圆情绪激动。

吴主任皱眉，踱步到窗边，打了一通电话。他简短交代几句后，挂断电话，重新站到他们面前。

"好，就算你们的假设成立，但你们也逃不了责任。"吴主任手指点了点桌面，"实验室系统瘫痪意味着什么？啊？"

迎璟不发一言。

"你们就祈祷还能恢复吧！"吴主任被这遭心事儿弄得年都别想过好，心烦且不耐，"在处理结果出来之前，你们不许进入实验室！"

周圆忙道："那我们的项目？！"

"还想着项目呢！"吴主任严厉甩话，"暂停！"

张怀玉的哭声更加凄惨了。

吴主任："如果损失真的难以挽回，投资方一样要承担责任。"

迎璟猛地抬起头。吴主任火发完了，往椅子上一坐，摘了眼镜，揉着眉心甚是苦恼："行了，出去吧，等通知。这几天不要外出，随时找你们谈话。"

冬夜，风凄厉如刀刃，一刀刀割在少年们的脸上。彼此之间满腔话语，却不知从何说起。大家互看一眼，然后拍拍对方的背，他们最不放心的是迎璟。

此刻，他独自走在最前面。

前边是黑夜，他没有回头。

第二天，他们寄希望的监控调查结果出来，张怀玉离开的时间内，并没有人进过实验室。下午，雪上加霜，实验室的计算机系统，不能完全恢复。

团队所有人万念俱灰，这不同于他们年轻岁月里的任何一场挫折，不是某次考试没考好，不是回家没买到高铁票，不是喜欢的人不喜欢我，也不是被朋友捉弄的玩笑。

这一次的打击，是一把匕首，是切肤之痛。校园里已经把他们当作头条新闻，流言、议论、猜测、嘲讽四起。

做科研，谁都有一颗赤诚好胜的拼劲，却没有谁愿意以这种方式出名。

迎璟在宿舍窝了两天，沉默寡言，跟丢了魂似的。祈遇犹豫了很久，决定还是面对，问："接下来你打算怎么办？"

迎璟闭眼："我不知道。"

"你觉得学校会怎么处理？"

"我不知道。"

祈遇看着他的状态，有点不忍心了，缓了缓，还是问出最关键的问题："宁总那边，怎么说？"

迎璟这一次，连"不知道"都不说了，只是沉默地摇了摇头，然后低垂眉眼，不想让祈遇看到自己的情绪。哪有怎么说，她连一个电话都没再打来过。

迎璟握着手机，这两天来，无数人给他打过电话，系里、教导处、副院长、软件公司、工程师……唯独没有她的电话。

"那我们的项目三期，开学之后，还做吗？"祈遇问得没什么底气，最后三个字，声音都小了。

每一秒的等待，宛如一个世纪，就在他以为等不到答案的时候。

"做。"迎璟说，"必须做。"

"宁总，半小时后，风控部开会，王副总让我来问问您，有没有时间参会？"周沁进来向初宁汇报，小心翼翼地看了她一眼。

初宁还穿着昨儿上班的那身衣服，看这样子，她应该是一晚上都在办公室。周沁瞥了眼办公室的门，是关紧的，才继续说："这个会，王副总是有备而来。风控部主持，财务、销售、法务都会参加。"

初宁头枕着座椅，掐了掐眉心。她当然清楚，这无异于一场鸿门宴。

宁竞投资在前年差点夭折于金融危机之中，之后在冯子扬的帮助下，完成A轮融资，资方供给大头是启明实业，也就是魏启霖的公司，他占据百分之三十二的股份，冯子扬百分之十八。而王山是魏启霖的人，这个老将，行事风格趋于保守、稳健，对初宁一意孤行投资迎璟的事儿，已经颇多不满。

此刻，她怕是没那么容易过关了。

初宁心里一阵叹气，坐直了，说："回复王副总，我会准时参加。"

不出她所料，会上，风控部首先提出质疑，以迎璟这次的突发事件作为契机，长篇大论，从各个角度阐述了项目的不确定性。紧接着，财务、销售、技术各抒己见，话是温和绕弯，实则意见统一：停止项目投资，及时止损。

这几个部门，刚柔并济，唱红脸的，扮白脸的，像是早就提前预演过一般。

王山最后总结意见，温和的表情如同一尊弥勒佛。

“宁总初始的发展定位与计划构想是非常正确的。公司需要转型，需要结合市场热点，需要迎合国家的政策导向，选择科研技术领域的投资，我个人也十分赞同。那么，好的项目便尤为重要。航发虚拟技术，是一个新兴行业，宁总的眼光，还是很准确的。

“但是，这个行业的客观问题仍然十分严重。普及度不够，市场关注度不够，国家的计划里，对这一块的扶持也表现平平。咱们再深入一点——它的市场，太狭窄。大家知道，军工企业的技术研发、采购，可以说渠道单一，想打通，太难。”

“呵呵，话说得有点儿大。”王山笑眯眯地说，“说实在点的，昨晚出的这个事儿，C航那边已经联系过公司，初步交涉，如果损失太严重，无法挽回，我们一样要承担部分费用。”

话尽于此，王山说了八分，形势已经很明朗，剩下的两分，他抛给了初宁。

所有人都看着她，空气里的每一分安静，都是对她的施压。初宁面色淡然，多年的摸爬滚打，这点伪装还是练得娴熟。

她说：“项目的推进，一直是我在负责。这一次，团队出现这样的失误，我也觉得很意外。大家的观点都有理有据，我个人也赞同。但任何一个项目的成功率都是无法预知的，只能在进展中，去分析、判断、改进它的路线。抛开这次意外不谈，我认为，这个项目从立项之初到现在，无论是技术还是进度，都可圈可点。”

她这番话说得很有试探性，语气平平、客观，同时暗暗留意所有人的反应。

王山的不悦，已经写在了眉间。初宁亦不动声色地挪回目光，顺了他们五分意，说：“通过评估之后，我会依据评估报告，再慎重做选择。”

散会。

待人走，王山叫住初宁：“宁总，谈谈？”

周沁给两人沏满茶水，然后带上门。王山喝的是大红袍，初宁是一杯温开水。

王山喝了一口茶，开门见山地说："魏总已经和我交了底，让我给你传句话，这个项目，他要你放弃。"

不是建议，不是选择，而是必须。初宁没说话，端起水杯抿了一小口水。

"这个项目的前景不容乐观，投资不是做慈善，回报率、能赚钱，才是根本。"王山说，"小宁，你在这个年龄层的年轻人里，的确非常优秀。我作为叔伯，还是劝你一句，别意气用事，捡起你平日的理智，权衡利弊，你好好考虑。

"魏总已经在与那支新能源汽车的研发团队接触，对方也很有诚意。如果没有意外，这将是启明实业拓宽投资领域的第一步棋。而且，他有意让你参与进来，将宁竞投资往这方面转型。"

王山最后这句话说得真心实意："这是机遇。做生意，勤奋、努力、坚持都可以抛到一边，什么最重要？我想你应该很清楚，这一次，就看你愿不愿意抓住机会。"

这就像一场风停了，剩下的，是万籁俱寂的空虚。

初宁又在办公室坐了一天，夜幕降临，霓虹初升，落地窗外迸进来的光，将她包裹在一片明暗起伏的灯影里。

手机响起的时候，她才把大灯按开。来电人是迎璟，闪烁的名字就像他接下来要说的事情一样，急不可耐。

电话一接通，他语气急切、激动："你在哪里？"

初宁淡声道："办公室。"

"好，你等我十五分钟，我去找你。"

那头已经有跑动喘气的声音，初宁陷在皮椅里，嗯了声："你过来吧。"

迎璟比约定的时间到得还要快。他一路狂奔，带着某种热烈的希望，进门后，直接跑到她的办公桌前，目光虽然疲倦，但掩不住闪闪发光的期盼。

"对不起，我认错，这两天，我一直害怕，不敢主动找你，因为我怕你失望，怕被你责骂。"他跟倒豆子似的，说得脆生生的，"实验室的事儿，不是我们做的，你相不相信？"

他坦诚的目光，落在初宁眼里，热切、激烈，甚至有一丝哀求。

初宁点头，平静道："嗯。"

迎璟心里的石头落地，最紧的那根弦松开，接下来的话他便说得更加有劲："你听听我接下来的打算。我会继续追查事情的真相，实验室的系统，没有那么容易被破坏，如果不是蓄谋已久，绝不会发生这样的情况。但既然事情已经发生，我会尽我所能，尝试各种方法，看能否恢复系统，修复多少算多少，总比什么都不做好。”

迎璟扬了扬手里的名片，然后把它推到初宁面前。明耀科创股份有限公司，执行董事唐耀。

黑色底，烫金字，熠熠生辉。初宁掠了一眼，然后看向他。

迎璟告诉她：“在之前的宴会上，唐总给了我名片，让我以后有事，可以找他帮忙。对，我就厚脸皮了，他告诉我，他可以提供技术支持。”说到这里，迎璟眼里塞满了希望，“明耀科创的技术实力，不只在国内，也是亚洲地区的顶尖代表之一。他肯协助，系统修复成功的概率还是很大的。”

他滔滔不绝地阐述着自己的计划：“极力挽回，不逃避，不丧气，也不耽误项目的进度。我算过时间，我放弃寒假休息，与明耀的工程师一起，对实验室的计算机系统做修补。如果顺利，开学就能如常开展项目三期。你说，这样可不可以？”

迎璟像个兴奋的孩子，在遭遇打击、变故、嘲笑之后，自我调节，带着原来那个有活力的自己来见初宁。

他不再给她添麻烦，而是学会了解决问题。他长大了，捧着满手的自制糖果，或许味道不够甜，但全是他的努力。然而，长时间的安静，消磨了这份热情。迎璟的眼神，慢慢变得不确定和担心。

初宁看着他，语气和面色一样平淡，说：“到此为止。”

迎璟蒙了：“什么？”

“我说，到此为止。”

“你什么意思？”他语气陡然冷冽。

初宁闭眼，按了按眉心：“字面意思。”

许久，迎璟打破沉默，问：“你要放弃吗？”

极度的安静下，能够细腻地分辨出每一声呼吸，初宁听出了他在发颤。

“我问你！是不是要放弃？！”迎璟猛地站起，双手按着桌面，愤怒无法压制。

初宁被这一声呵斥弄得太阳穴疼。迎璟已经完全失控，愤言：“你凭什么？你凭什么？！”

“凭什么？”像是听到世上最大的冷笑话，初宁目光如刺，“凭我出了钱，却没有得到预想的回报。”

“钱钱钱，又是钱。”迎璟已经理智全无，“你为什么这么俗！你跟所有人一样！”

初宁也来了火，冷笑一声："对，我就是俗人，我就是个一身铜臭味的商人，怎么，你现在才看清？"

"你这个骗子，你这个骗子。"迎璟觉得难过得要死掉了，左看右看，视线无法对焦，最后落到初宁身上，全变成了怨恨，"我以为你不一样，我以为你不一样的。"

"我哪里不一样？嗯？"

"你玩弄别人的梦想，糟蹋别人的认真。"

初宁腾地一下站起，太急了，只觉得心口血全往头上涌。她逼视迎璟，眼眶通红："对，我是玩弄了你，这本身就是一个冲动的错误，我被飞机失联搞残了脑袋，才脑子发热跟你做项目。我不顾公司人的反对，不顾副总的冷眼，一意孤行，像个傻了一样，跟他们讲希望、讲情怀，我里外不是人，我、我……"

她说不下去了，眼前一片模糊。初宁抬手胡乱一抹，手背上全是泪。

她啜泣呜咽："我凭什么要受这份气，我凭什么还要被你骂？别人可以不理解我，但你不行！你不准！你不能！"

她歇斯底里，连日来的委屈在身体里藏着、憋着，她觉得自己要爆炸了。

初宁没有这么示弱过。她一向潇洒、独立，用自己的方式，虽然艰难，但尚算清醒地存活于这个弱肉强食的食物链里。她本可以片叶不沾身，却偏偏遇到了这个克星。

此刻的初宁，哭得像个孩子。自我怀疑、自我否定，使她越活越倒退，毫无章法地打乱了她原本的生活节奏。

"你不可以，你不可以。"初宁不断重复这四个字，像个被人欺负得死死的小姑娘。

这间屋子，冷得叫人发抖。迎璟偏过头，眼睫一动，眼泪就这么砸了下来。

人在世间浮沉，难逃人情世事的淬炼，不管年龄、身份、男女，不论你强大与否。哪有什么不朽金身，你要成长，就没有任何谈条件的余地。

初宁脆弱的一面揉进了迎璟的眼睛里，他的心都要碎了。

"别哭。"他走过去，哑着声音说。

初宁挡开他伸来的手，倔强地逞能："你走。"

迎璟却一把将她抱住，两条手臂像铁圈，把她死死地困在怀里。初宁越挣，他越用力。最后她张嘴往他手背上狠狠地咬，眼泪无声地流，像受伤的小兽，拼死了劲，绝不松口。

迎璟面不改色，生生忍着。他声音沙哑，热热的呼吸扫在初宁的皮肤上，像冬去春来，从南方吹来的第一阵暖风。

“我以前看到过一句话，很喜欢，是一位日报的主编在北大毕业典礼上说的。”

初宁咬着，牙齿像锋利的刃，眼泪湿了一片。

“她问，这个世界你们最怕什么？”迎璟鼻音重，却一字不落地背了出来，“最怕的，是你们已经不相信了——不相信规则能战胜潜规则，不相信学场有别于官场，不相信学术不等于权术，不相信风骨远胜于媚骨。因为追求级别的越来越多，追求真理的越来越少；讲待遇的越来越多，讲理想的越来越少。”

他声音好听，沉沉的，像大提琴上的音符。每一个字，都钻进了初宁的耳朵里。

她渐渐松了口，又一波的眼泪却止不住地汹涌而出。迎璟抱着她，心跳用力、炽热，像要穿透皮肉骨骼，告诉她，他有多坚定。

“初宁。”迎璟哽咽着，嘴唇轻轻扫过她的头发，细腻而又隐忍，像是一个若有似无的吻。

“如果你一想起我，全是难受和眼泪，那我真的太失败了。”

最后一句话，他的声音滚烫：“我不怪你，你做什么决定，我都不怪你。真的。”

这一夜的B城，凌晨一点的街，冷风仿佛是从地腹升起。迎璟穿着羽绒衣，也穿了秋裤，但他还是觉得冷。这几日雾霾严重，所以路灯都显得昏暗，偶尔有车飞驰而过，他才觉得这世间，是活的。

迎璟走了一路，脑子里七零八落的片段绞在一起，到最后汇成一个影像——初宁崩溃哭泣，歇斯底里，又无能为力。也就是那一刻，迎璟才恍然明白，她再怎么强，再怎么当一个明白人，在这个是非场子里，也没法全身而退。

他好像开始懂她，也开始反思自己。

从相识到合伙，再到现在的分崩离析，初宁凶悍、现实、过分理智，但也教会他为人、处事、应变。

而自己呢，给她的又是什么?

一纸合同的甲乙方，无数次的叨扰与惹麻烦，还大言不惭地说喜欢。他的人生一帆风顺，平平坦坦，他以为的喜欢，就是对方也一定要喜欢自己。

迎璟苦笑，被风一吹，眼睛干疼，像有砂石在刮着血肉。他忍着这股疼痛，却又无法抽身。来B城上学三年多，他才发现，原来夜晚，竟是如此憔悴啊。

学校那边，工程师与计算机的专家对系统修复需要一定的时间，进展缓慢、未明。而在没有给出具体处分意见之前，实验室关闭，停止一切教学活动，以及不再对任何团队开放。

栗舟山作为他们的指导老师，难辞其咎，不知挨了多少顿批评。他这么火暴的脾气，却没有把一丝火气发泄到这群学生身上。他课照常上，不卑不亢，十分坚强。

校园里的议论声也渐渐平息，学弟学妹在路上看到迎璟，还是会小声交流："喏，他就是迎璟。"

"哎！帅！"

"他也还好啊，没有表现得很颓废嘛。"

"故意的吧，毕竟已经很丢脸啦。"

"你别这么说呀。"

"你就是看人家长得帅呗。"

流言蜚语，他人口舌之快，如果在意、计较，那就真不用活了。

出事一个星期后，迎璟自我修复能力极强，调整好了心态，哦不，准确来说，也没什么可调整的。因为自此，他算是真真正正闲下来了。上课、吃饭，偶尔打打篮球，晚上泡图书馆，看一些杂书，寝室熄灯之前准时上床，跟室友们插科打诨一阵，好不热闹，最后，闭眼睡觉，直到室友们起伏的鼾声均匀响起。

这是一天之中最安静的时刻，迎璟才觉得真正属于自己。他睁开眼睛，看着灰白的天花板独自出神。

祈遇试图跟他沟通，但每回都被他三言两语带过。直到有一次张怀玉来找他，大胆地问："老大，我们的项目，还会继续吗？"

迎璟刚完成本学期最后一门考试，收拾着纸笔，低着头，动作不停，说："不了。"

对方久久没有回应，迎璟抬头瞥了眼，复又低下头，语气平静："以前怎么没看出来，你也挺爱哭的。"

张怀玉起先还在克制，只敢小声呜咽，听到这句话后，干脆放声号啕。

迎璟面无表情，不为所动，最后只给她递过去一包纸巾，淡声说："擦擦。"

张怀玉没接，倔强地问："那我们之前做的，都白费了吗？我们的基础那么好，设计框架那么完善，你不觉得可惜吗？"

迎璟把最后一支笔塞进双肩包，说："不可惜。"

张怀玉怒了："迎璟！"

"我不想做了。"他撂下话，大步往门口走去，当真没有半点留恋。

期末的考试周，是学校气氛最紧张的时候。这个点，正是路上人最多的，迎璟今天穿了件黑色羽绒服，可能是黑色显瘦，他看起来背脊都消瘦了几分。

路上的行人偶尔三四个并排有说有笑，连挡住了路都不自知。

"哎，你们听说了吗？罗佳师兄的团队被学校推荐去参加全国航空科技大赛了。"

被挡道很久的迎璟，在听到前面女生的聊天时，蓦地一怔。

"哇！真的吗？早两个月前不还说，名额还没确定？"

"你也知道是两个月前啊。那时候还有迎璟，他的团队也超出色的，校方犹豫也很正常啦。"

"要是我，我肯定选罗佳师兄，毕竟王牌专业，还出过成绩呢。"

"肤浅。如果有这个条件，当然是遍地开花比一枝独秀好啦。"

"也是。"女孩子之间八卦着，"迎璟的个人形象太好啦，要真能拿名次，拉出去妥妥的偶像气质呢！"

"哈哈哈，你好邪恶哦。"

女生的笑声飘远。

迎璟双手插兜，看起来没有半点情绪起伏。

他回到宿舍，两个家在南方的室友已经把行李整理了一半，箱子摊开在地上，正往里头装东西。迎璟走过去瞅了瞅，顺便搭了把手，问："票买好了？"

"是啊，今天晚上九点的。"室友说，"总算抢到票了。"

迎璟从抽屉里翻出几板奶片，塞他兜里："拿着路上吃。"

室友也没推辞："行。小璟，有空来长沙玩儿，我带你吃臭豆腐。"

迎璟笑了笑："好。"

到了晚上八点，赶火车的两人先走了，宿舍里就剩下祈遇和迎璟。

祈遇问："你什么时候回杏城？"

"明天。"

"坐高铁吗？"

迎璟走神，半晌才眼神幽幽道：“嗯？你说什么？”

祈遇默了默道：“真走？”

他一语双关，似是不死心地一问再问。

“嗯，真走。”迎璟说。

“宁姐那边有没有什么消息？”

迎璟乍听到这个名字，手指无意识地握了握，摇头：“没有。”

祈遇：“那下学期，你有什么打算？”

迎璟：“还能怎么样，找个凑合的单位，先实习。”

“你不打算……”

“没打算。”

祈遇的话甚至没问完整，迎璟已经给了答案。

气氛突然安静下来，往日种种豪言壮语，在这一周之内，形势急转，被稀释、冲淡，热情与理想，也仿佛顷刻间一落千丈。

迎璟买的是第二天下午三点的高铁票。但上午，他接到了一个意外的电话。

对方先是自我介绍，说是明耀科创的执行秘书，叫姜齐，并问他有没有时间见面详谈。

迎璟这才想起，对方大概是来沟通实验室系统修复工作的相关事宜的。他没有犹豫，很直接地回绝了：“抱歉，我这边，可能暂时不需要了。”

“不需要？”姜齐礼貌地问，“是已经解决了吗？”

“不，是没这个必要了。”迎璟说，“谢谢你们。”

“为什么没有必要？”手机里响起另一个声音，低沉，稳重，直切要害。

迎璟听出来了，竟是唐耀。他也在旁边听电话？那这个电话是他授意秘书打的？

但也只是稍加猜测，迎璟并无过多感想，态度冷静依旧：“唐总，您好。”

“为什么没有必要？”唐耀重复。

“因为……”迎璟停顿，找了个理由，“因为学校不允许，毕竟涉及C航的核心专业要点。唐总，谢谢您，给您添麻烦了。”

那头沉静数秒，唐耀应声：“好。方便问一句，你的模拟仿真项目呢？”

“终止了。”迎璟不愿再多说，“唐总再见。”

很快，这个插曲就被他淡忘。下午两点，他坐公交车去高铁站，踏出学校大门的时候，迎璟回头望了一眼，真快啊，一学期就这么结束了，不同以往，这一学期他经历得更多，大概这几个词可以概括：匆忙、意外、离奇以及黯然，还有对某个人的喜欢，来得轰轰烈烈。

可单方面的喜欢，不叫开始，也就没有结束一说了。只不过这个道理，他现在才明白。

公交车开来，迎璟捋紧了双肩包的肩带，随着人流上了车。

这周周三，初宁已经正式在公司会上表态，并且将航发虚拟建设项目纳入会议议程，非常民主、正式地按照投票制，决定项目生死。

支持的，请举手。

初宁是第一个，纤细的手腕立在半空。

但她不是孤军作战，会议室最边角的位置，另一只手高高举起。

是周沁，这个大学毕业就一直在她身边做事的周沁。说起来，那次马来西亚之行，两人阴错阳差地与死神擦肩而过，也算是共赴生死的伙伴。她能有这份心，初宁欣慰且感激。

反对的，请举手。

王山带头，然后接二连三，举起的手像雨后的毛笋，长满了整个会议室。

项目就此告终。

世上很多事情，不是坚持与努力，就能有个好结果。

这次投资夭折，对初宁的影响颇大。她虽握有宁竞投资大部分的话语权，但资方之一的魏启霖凭借手里的持股份额，也拥有一票否决的权力。他虽对这个投资不看好，但中途也未强硬表态，大有隔岸观火的心态。

这种多行业都有涉足的商业大腕，在开拓新领域的时候，亦是摸着石头过河。但他们有庞大的资金、强悍的背景、灵活的交际人脉，经得起一两次的失败。而初宁，就是这“一两次”中的其中之一。

他们不轻易做决定，让当事人自己去厮杀、去碰撞。在别人的血泪与伤痕里，他们再总结教训，继而调整细节，确保下一次投资的成功。在这个食物链里，初宁也不过是某一层面的牺牲品。这次的失败，也将导致她在日后的公司决策范围内，话语权降低。

关玉怕她心情受挫，特地在小六的酒吧组了个局。

熟的生的一大堆人，嗨起来没个边儿。初宁到后，见到这个场面也是异常头疼。

“你到底是自个儿想玩，还是拿我当借口啊？”

关玉用红红的美甲戳她的小脸儿：“真是没良心呢！”

初宁侧头躲开："别碰我，谁知道你摸过谁，洗没洗手？"

关玉顿时娇笑："讨厌！"

嗨翻天的鼓点、躁动的音乐、迷离闪烁的光影，确实能够让人身心放松。初宁拿了一杯酒，和关玉碰了碰杯，然后一口喝尽。

关玉冲她勾了勾手指，神秘兮兮道："你今晚痛快玩儿吧，我给你准备了一份礼物。"说完，她冲右边抬了抬下巴。

初宁看过去，角落沙发里，光线最暗的那一处，坐着一个年轻俊美的男人。

关玉搂了搂她的肩膀，附在她耳边轻佻道："长得是不是很帅？"

男人，哦不，应该说是男孩儿，看不清五官，但他轮廓确实完美，穿得也干净利索，简简单单的白衬衫、牛仔裤，袖子撸在手肘间，手腕上也是干干净净，没戴一点儿多余的配饰。

"而且才十九岁哦。"关玉尾音绵长，说得暧昧，"经理说了，这个是极品，昨天才答应出台。花了我五位数，据说体力不错，一晚上……"

"你想要，你自个儿用。"初宁打断她的流氓言论，对此实在是提不起兴趣。

关玉啧了声："你没劲。"

"我是没劲。"初宁又要了一杯酒。

"公司那帮人还烦你？不是如了他们的意，终止项目吗？"

"没，他们没有烦我。"

"那你还这副性冷淡的模样！"关玉揉了揉她的头发，"想什么呢，啊？"

想什么？

几乎第一时间，初宁想起了迎璟。那晚她哭得毫无形象，最后他懵懵懂懂地独自离开。两个人像是角色互换，见证了彼此的脆弱。

大概是心知肚明，这一次过后，他们就再没有以后了。

关玉擅交际，朋友众多，没多久，就像只花蝴蝶一样满场飞。

初宁坐去沙发另一边，整个人又变得冷冷的。那个白衣男孩儿走过来，生涩地坐在了她身边，两人不过一拳头的距离。

初宁淡淡扫他一眼，没有表示。

"我陪你喝酒，好不好？"男孩儿的声音很好听，初宁不免多看了两眼。

像是受到鼓舞，他把那一拳头的距离都填满了。能进到这种场合的男公关，都受过专业训练，知道如何讨好女宾，如何在细节处撩人心神。他面孔出色，动作也力求娴熟自然，但神采之间的生涩和紧张，以及微微的排斥，仍被初宁看得一清二楚。

“姐姐，你好漂亮。”男孩大胆靠近，在她耳朵边轻轻道，“你想吃什么水果？我给你拿呀。”

初宁不动声色地转头，男孩儿有点无措，还以为自己做错了什么。

“为什么做这个？”初宁忽然问。

“嗯？”男孩儿愣了下，然后又换上那副经过训练的表情，暧昧在口齿间四溢，“因为喜欢做。”

初宁：“缺钱？”

“嗯？嗯。”对方眼神闪避，含混地答了一声。

“大几了？”

“大二。”

“你什么专业？”

“美术。”

初宁冷冷淡淡道：“那又为什么不凭这份技能去挣钱？”

男孩儿抿了抿唇，说：“那样来钱太慢了，还挣得少。”

两人沉默数秒。

初宁说：“既然这样，干吗还要上学？直接干这行，每晚出台就好了。”

这话有点重，并且犀利、不留情面。

对方倒无所谓，竟然理直气壮道：“现在都要大学生的。”

初宁蓦地一笑：“原来上大学，还有这个作用啊。”

没有对比，就没有伤害。她瞬间想起了迎璟。两人差不多的年龄，出色的相貌，同是大学生。迎璟朝气蓬勃，像是初夏清晨的第一抹朝阳；他有理想，有豪情，有目标，有人生。

或许稚嫩，或许浮夸，但好歹体面、利落，是个真真正正成年人该有的姿态。初宁心口一窒，而后变成绵绵的疼痛。

这么好的一个人。

这么好的一个人啊。

包厢里鬼吼鬼叫地唱着歌，小六那帮狐朋狗友都是爱玩的，喝了几杯酒就不知自己姓什么，麦克风满场转，喝高了的站在沙发上扯着嗓子唱。水晶茶几上，一对文身男女也就十八九岁的样子，正搂在一起跳热舞。

他们点的歌也很大众，并且抱着搞怪的心态，都是些八九十年代的老歌。因为传唱度高，方便他们鬼哭狼嚎。

“哇！亲嘴儿啦！”不知是谁一声吼叫，大伙儿全围观茶几上那对男女的亲密场面。

没人唱歌了，放的是原音。初宁盯着屏幕，视线追逐着歌词。

红日初升，其道大光
河出伏流，一泻汪洋
少年自有，少年狂
身似山河，挺脊梁
今朝唯我，少年郎
世人笑我，我自强

最后那句词，唱得慷慨激昂——

发愤图强做栋梁
不负年少！
不负年少。

初宁沉默无言，情绪一言难尽。在热闹嘈杂之中，她出于本能地站起身，拿起包，然后迈步往门口走。

小六眼尖，喊她：“宁姐？”

初宁拉开门，脚步果断。

杏城今晚下起了雨，不同于冬日的连绵阴冷，这一场雨，生生下出了夏季雷暴之势。

雨停，然后天气放晴。

农历新年将至，家家户户都忙着办年货。这几年人们一直在说，年味儿变淡，但迎璟不觉得，反正崔静淑从他放寒假起，天天拖他出去买菜，办年货就更不用说了，什么猪肘子、饺子皮、肉馅，再去水果市场挑一些水分充足的柚子。

迎璟就是个扛麻袋的，肱二头肌大概就是这样越练越硬。

雨后的傍晚，落日夕阳露了脸，红彤彤的一片天，四周还有未散尽的阴云，这番颜色搭配，看得人心旷神怡。隔壁傅参谋的女儿瑶瑶，硬是缠着他出门买奶茶。

迎璟被她闹得头疼："行行行，去去去。"

瑶瑶比他低两届，娇生惯养的小屁孩儿，小嘴儿特爱说话："小璟哥哥，你上次回家，怎么也不来我家吃饭？"

迎璟单手插在裤兜里，散漫地踢着地上的石子儿："我吃得多，怕把你家吃垮了。"

"哈哈哈，你真逗。"瑶瑶那个兴奋啊，"小璟哥哥，我家米缸有这么大，你吃不垮的。"

"打住打住。"迎璟皱眉提醒，"能不叫什么小璟哥哥吗？听着就像个纨绔子弟，一点也不正统。"

瑶瑶吐了吐舌头："我就爱这么叫，不然你叫我瑶瑶妹妹？"

"我去！"迎璟鸡皮疙瘩掉了一地，但也被她逗笑，"行了啊，别被你爸听见，回头又要训你不淑女了。"

两人笑着，闹着，走出了大院儿正门。迎璟转过头看路，这一看，却跟被雷劈了一样。

马路边，一辆白色车子停在那，一个熟悉的身影站在车门旁。天色近黄昏，日光落了幕，空气里还有雨后翻新的泥土气味儿。

初宁一身淡色宽松毛衣，把她罩得越发娇小。她的头发随意扎了一把，两缕挨着脸颊，大概是等了太久，又或许是天气的潮闷让人难受。她一支烟已经抽了半截，夹在指间，偶尔又含在嘴里。

真是风情万种。

迎璟愣了神，呆呆地望着她。初宁眼神亦淡，故意忽视他身边的年轻女孩儿，微仰下巴，边说边摁灭手里的烟，平静道："我饿了，请我吃饭。"

迎璟以为自己幻听，但又不敢乱动，怕一动，就真成幻觉了。一旁的瑶瑶瞧出了怪异，一会儿看看迎璟，一会儿又瞅瞅初宁。这两个人什么情况啊？

"小璟哥哥，我要喝奶茶！"她捏捏迎璟的衣摆，"还去不去啦？"

迎璟回神，僵硬地点了下头："嗯，去。"

站在车边的初宁忽地低头笑了笑。这是她一贯的冷淡风，让人摸不着头脑，莫名紧张。她这一声笑，像是看穿他的全部心思、伪装、不屑，并且志在必得。

迎璟心里不服，也不知跟谁较劲儿，大步往前，目不斜视。

他走了几步。

初宁："不请我吃饭？"

迎璟脚步不停，瑶瑶奇怪地打量她，却被迎璟拽着不许看。初宁望着他的背影，看了两眼，又低下头。而那头，迎璟的脚步也变得飘忽迟疑。

瑶瑶一直问："这个漂亮姐姐你认识啊？认识咋不打招呼？"

迎璟好烦啊，真想让她闭嘴。这时迎璟的手腕却忽然一紧，初宁追上来，拉住了他。

"你过来。"她稍稍用力，却发现扯不动他。

迎璟跟个木头桩子似的。初宁微微蹙眉，又拉了一把，低声道："过来。"

迎木头名不虚传。初宁也不坚持，松开手，姣好的脸庞正对着他，视线在他双眼间游移，最后风轻云淡地挪开，退后两步，转身离开。

这回轮到迎璟蒙了。

走了？

她就这么走了？

初宁背影潇洒，读不出任何情绪。她走到车边，手搭在车把上。迎璟内心的冲动再也无法掩藏，他丢下瑶瑶，像只跟主人闹脾气的小狗崽一样，主人一旦作势要走，他也就缴械投降，乖乖地回到主人身边。

迎璟默默快步，初宁已经拉开了车门。

啪的一声，他一掌按在车门上。

初宁转过头，安静地看着他。迎璟脸色微红，又有点无所适从，半晌，才郁闷地说："你想吃什么？"

初宁一笑而过："现在肯跟我说话了？"

迎璟窘迫至极，沉着一张脸，索性强硬无赖到底："是又怎样！那你还吃不吃啊？"

初宁冷下来，薄唇紧抿。二人僵持片刻，她服了软，轻声道："上车。"说完，她先坐进车里。

迎璟深吸一口气，对还等在那儿的瑶瑶说："你自个儿去买奶茶吧，我有事。"

瑶瑶郁闷道："你答应我的。"

初宁坐在车里，不耐烦地按了下喇叭。迎璟再没有耽误，乖乖地坐到副驾驶位。

瑶瑶在外面嚷："吃饭这种好事为什么不叫上我呀？"

白色宝马飞驰而过，让她吃了满嘴尾气。

车外风景一帧帧快速切换，车里气氛却压抑沉默。

迎璟忍不住先开口："你换车了？"以前是一辆白色的奥迪。

初宁嗯了声："那辆送去做保养了。"

"哦。"

二人之间又陷入了尴尬循环。不，是他一个人觉得尴尬。他不知道初宁为什么而来，也不知道初宁来找他是要做什么。她总是这么特立独行，执行力强悍。他根本就没法儿跟上她的节奏。

迎璟胡思乱想，越发丧气与灰心，所有的猜测和担忧，大部分源于跟自己较劲。

他正飘忽，初宁忽然出声："怎么走？"

迎璟回神："你想吃什么？"

"吃肉吧。"初宁说，"我饿死了。"

迎璟略思索，提醒她："变道，前面路口右转。"

初宁又补充："我不吃鱼肉。"

迎璟改口："那不用变道了，直走吧。"

又是万能的老火锅，初宁停好车，看了眼招牌，服气："你跟人聚会，是不是只吃火锅？"

迎璟双手插兜里，看了她一眼："火锅方便，你要不想吃，换地方。"

"算了，吃吧。"初宁按了下车钥匙，把车落了锁。

落座后，迎璟先给家里打了个电话，说自己不回去吃饭了。崔静淑似在那头问问题。迎璟很含混地答："就一个朋友，好了好了，知道了。"

迎璟挂断电话，安静下来，空气里的火锅味儿给接下来的谈话热场。迎璟不像之前，收敛了话痨本质，安安静静地坐在初宁对面。他有很多问题想问，但齐齐蹦到舌尖，却又灰心，问了又有什么用呢？

初宁似乎也很没有耐心，抬眼环视了几遍周围，坐立难安。最后她不愿将就，说："我们换地方吧。"

"嗯？"

"太吵了。"初宁拿包起身。

这个老火锅店在杏城相当有名，营业期间不分早晚高峰，反正回回来都是满座。上菜的服务员穿梭在狭窄的走道里，热火朝天地扯着嗓子喊："让一让啊，麻烦让一让！"

"小心。"迎璟挡了一把，把初宁给拦在了身后，自己与滚烫的底料锅擦身而过。

初宁这个角度看不清，就觉得挺危险，忙问："烫着了没？"

迎璟摇摇头："走吧。"

两人走出火锅店，迎璟也少了刚开始时的紧张，渐渐找回了主人的状态："想吃什么？"

他怕她一时想不起，索性做起了介绍："牛腩面、八宝饭、海鲜烩饭，清淡点的有虾肉粥，搭根油条你吃不吃得饱？吃烧烤也行，前面不远有一家炭火牛蛙。"

他边说边往前走，留了个背影给初宁。话到一半，迎璟的衣袖忽然被她轻轻扯住，他转过头，就见她往右边指了指，是家肯德基。

十五分钟后，迎璟抱着一个全家桶出来，两人就坐在花坛台沿上，你一个鸡腿我一个汉堡地吃了起来。初宁还算能吃，不像一般女孩儿，在异性面前多少会留几分矜持。她不在乎这些，吃相酣畅，看起来还蛮爽的。

迎璟给她递了杯可乐，又给她递了个鸡翅。

"你的耐心和定力，什么时候变得这么好了？"初宁边吃边问，"你就不想知道，我为什么来找你？"

迎璟："你想说，自然会说。不想说，我问了也没用。"

初宁转过头，瞥他一眼，这个臭小子。

"那你为什么来找我？"迎璟让自己的语气听起来像是"配合"。

初宁却说："你希望我为什么来找你？"

两句话的工夫，她又把主动权掌握在自己手里。

迎璟忽然觉得委屈，这种委屈，无关初宁，无关个人感情，也无关她那一夜做出放弃他的决定。他已经学会就事论事，却学不会克制感情。连日来的种种，像是一堆乱七八糟的线路板，他再怎么努力，也接不出流畅的线路。

这些失意，不在他的人生准备之中，不在他的热血范畴里。迎璟就这么服软，不再逞强，低声道："如果我说，我希望你来给我一个拥抱，这个要求是不是很幼稚？"

初宁放下鸡腿，用纸巾拭了拭嘴，自顾自地一笑："呵，我还想谁也来给我一个拥抱呢。"

"你认真的？"

"嗯？"初宁侧头。

迎璟就这么伸出手，揽住她的肩头，用力抱了一下。

无视她的复杂表情，迎璟说得很匪气："你要我抱的，不用客气。"

初宁看到他的白眼儿都快翻天上了，没忍住，低头笑了起来。他们都没有发觉，不知何时起，两个人的相处，打开了一道口子，慢慢可以容下"亲近"这个词了。

这里临近步行街，夜幕垂落后，一整个城市的热闹，便都往这儿钻。迎璟咬着吸管，抿了口加冰的可乐，声音平平：“你的公司，还好吗？”

“哪种好？”

“就，之前反对你投我那个项目的人，还有为难你吗？”

“没有。”

初宁把吃剩的东西放进纸盒里，转手就被迎璟给拿走了。他抱着吃空的全家桶，也没急着丢进垃圾桶。

“是不是轻松多了？”他扯开一个苦笑，这是他最大能力范围内的不动声色。

初宁点点头：“还好。”

迎璟的心，被这俩字划出了一道微小的伤口，瞬间刺痛，却又不配向她乞求安慰。

两个人就这样沉默着，看路上来往的车辆，看各色行人步履匆匆，感受着风，感受着寒冷，感受着农历新年将至，大街上已经初现雏形的张灯结彩。

一阵风吹晃街头的中国结。风停的时候，初宁忽然说：“继续吧。”

迎璟乍一听，迷茫地看着她：“什么？”

“继续那个项目，不要停，我们走到哪里算哪里。”初宁依旧平静道。

迎璟把这句话里的每一个字都拆散了放在心里咀嚼，变换无数种可能，最后还是难以置信。

初宁扫他一眼，命令道：“说话。”

迎璟却突然伸手捂住了脸，头埋在掌心间，不停地摇头。

初宁叹了口气：“看在我开车赶来杏城的分上，你怎么想的，至少也要给我一句话啊。”

迎璟松开掌心，扭头看着她，瞳孔漆黑透亮，那种忐忑与复杂，在其中展现得淋漓极致。他哑着声音问：“为什么？”

初宁说：“不知道。”

静了片刻，迎璟小声道：“这不是马航失联，没有理由让你再冲动了。”

“冲动吗？”初宁笑了下，“冲动就一定是坏事儿吗？”

“什么意思？”

“投资的前提就是丈量精准，保证最大可能的成功，争取更多的利润回报。我二十岁出来自己干，六七年了。”初宁的目光像月光下的深湖，带着难得的温和缱绻之美，她继续说，“我一直觉得，我能攒下今天这份成绩，就是因为谨慎、克制，哦，对了，我还挺小气的。既然在商言商，一块钱我也得跟你斗个你死我活。其实，那又有什么意义呢？费尽全力，掉了一地鸡毛，赢了又怎样？那还是一块钱啊。”

初宁吸了一口可乐，咽下去，吸管咬在嘴里也不松，牙齿细细碎碎地磨：“都是二十五六岁的年龄，与我同龄的，很多都还保持着一份天真与柔软，一对比，我觉得自己像个小老太婆，这样的自己，我也会有厌倦的时候。”

她低了低头：“可是，我没有办法。公司做到这一步，就不是我一个人的事儿了。每个月要发工资，要留住骨干，要让他们看到希望。我的人生，好像已经不全是我自己的了。”

天地一线，万象万物，任谁都有难处，苦苦煎熬，无能为力。此刻的初宁，洗去浮尘，终于露出了一分纯真懵懂。

她纤细的手指抚摸着可乐纸杯上的花纹，末了，眉间倦色乍现，她轻轻说道：“我终于到了小时候羡慕的年纪，却没有成为小时候想要成为的人。”

她目光空茫，侧脸绝美，迎璟心口绞痛，比任何时候都要痛。他一腔话语，却不知从何说起，好像这个时候，说什么都无能为力。

“你小时候想成为什么？”迎璟让自己听起来像是闲聊，不愿再给她施加任何压力。

“想当客栈老板。”

“嗯？”

“不缺钱，不缺爱，不缺勇气和眼光，走走停停，看看这个世界，最后在一处自己喜欢的地方安营扎寨。”初宁转过头，忽地对他笑了笑，“开家黑店，专门骗你们这种俏书生，吸光你们的阳气，然后长生不老，青春永驻。”

迎璟被她眼里的光芒晃得有点儿晕乎，口不择言地接话：“也没见你来吸我啊。”

话毕，他自个儿愣愣的，还没意识到不妥。初宁眸子都暗了，她啧了一声，伸出右手掐住他的下巴：“怎么说话的，嗯？”

迎璟喉头滚了滚，不怕死地重复：“本来就是啊。”

“是个屁。”初宁简单粗暴，手一甩，迎璟的脸就飞向了右边。

他喊疼。

“疼死活该！”

初宁顿了下道：“等等，先别死。”

她问：“你先给我一句话，要不要跟我继续？”

迎璟揉着下巴：“如果我说不……”

初宁：“我也不勉强。”

这么潇洒的吗？

迎璟道："大老远地跑来，也不知道说两句哄人的话。"

初宁冷笑一声："你还能再得寸进尺一点。"

迎璟咧嘴露笑，凑近她："哄我，快。"

初宁忍着笑："毛病。"

迎璟努努嘴："可不是有病嘛，喜欢一个不喜欢我的女人。"

还未等初宁反应，他已经拍屁股走人。初宁按了按眉心，最怕的就是跟人谈事儿的时候，对方偏偏感情用事。

"你别放在心上，你也别为此苦恼。"迎璟头也不回，"我说过，我不会再让你为难——说到做到。"

初宁弯了弯嘴角，很快恢复平淡。她起身追上他的背影，两人一前一后，谁都没有再说话。他们之间，除了能容下"亲近"这个词，好像也多了一分浑然不知的默契。

地上的影子缓缓交叠，偶尔又慢慢错开。迎璟转身的时候，两个人的影子恰好完全重合。

他说："你今晚住哪儿？"

初宁挑眉看他。

迎璟顿时不平静起来，咬牙说："你再这样看我，我就把你绑去我家睡了啊。"

初宁面不改色，但还是默默地挪开了眼，看来他还是长大了，逗都不能逗了。

上车后，迎璟指挥她往右边开："我给你找住的地方。"

"随便吧，这边就有酒店。"

"右转。

"右转！"

初宁无语，但还是打开转向灯，进入右转车道，遂了他的意。

迎璟带她去了军区招待所。这个招待所就在大院里面，别看名字有点土，实则级别不低，简朴大方的装潢布置，基础设施情况良好。迎璟给她开了一个单人间，送她上二楼。

"这里面安全，我也放心点。"迎璟替她打开门，拦了她一把，"在门口等会儿。"

他先进屋，把灯都按亮，再把房间大小的角落包括卫生间检查了一遍，最后开窗透气，再打开空调。

“可以进来了。”

初宁双手环在胸前，一天奔波，本该疲倦。但今晚这场平淡无奇的谈话，却又莫名让人心情缱绻。此刻，她姿态懒散，面色轻松，问：“你检查什么呢？”

迎璟扫她一眼：“检查房里有没有藏着人。”

他又做领悟状：“哦，忘了！还有床下呢！”

初宁忍不住了：“喂——”

迎璟淡定：“怎么？怕啊？还能改变主意，回我家睡呗。”

这人，坏得有点过分了。

“好了好了，不逗你了。”迎璟把房间让出来，对她说，“那你好好休息，有事儿给我打电话。”

初宁嗯了声：“好。”

她象征性地送他到门口，即将关门的一瞬，迎璟突然把门板按住：“我还有一个问题！”

初宁抬眼：“什么？”

他深吸一口气道：“你说项目要继续，那怎么个继续法？你们公司，不是已经放弃了吗？”

初宁处变不惊，神色淡然，早就想好了，说：“不通过我们公司。”

迎璟不明白。

初宁淡淡道：“我会注册一个新公司。你不用知道得太详细，这些都交给我，你只管往前走，有理想，有目标，踏踏实实——往前走。”

初宁说的最后三个字，让数日来的阴霾一瞬被吹散，瞬间阳光万丈。迎璟一句话都没有说，因为说什么，都显得不够分量。

“好好休息。我走了。”迎璟声音嘶哑，这一次，没有再停留。

初宁洗完澡出来，已快十一点。手机上有几条新信息，她打开看了看，其中有条是中国移动的缴费成功提醒：您已成功充值200元话费。

初宁迟疑，谁给她充的？就在这时，微信提示新消息，是迎璟：“我到家了，睡了吗？不用被我吓着，这个招待所很安全的，下面就是执勤室。”

屏幕上，显示对方正在输入，很快手机上显示一行字：“月底了，怕你手机欠费，真有事儿打不出电话，我就给你充了话费。”

最后一条，迎璟发来一个微信自带表情——一颗红彤彤、跳动着的世纪大爱心。

一周后，农历新年。

B城的年味儿有那么点“老”味儿，城市主干道上，红色中国结早早悬挂，天安门前花团锦簇，呈一个巨大的“春”字标语，往深点儿的胡同巷子，家家贴上春联，屋里贴好年画。

初宁在三十这天还在工作，下午五点，才提前半小时从公司出来。她开着车，从长安街一路向前，路上人车稀少，今天天气阴，红灯笼一盏盏把这条路变成了两条红色绸带。途经建国门外大街时，初宁特意放慢了车速，给平时经常工作出入的国贸大厦拍了一张照片。

等红灯时，初宁配了这张图，发了个朋友圈：“2017年，再见。”

她到了赵家，一屋子热闹扑面而来。大门虚掩着，大概是家里的阿姨特意给她留的门。陈月和阿姨在厨房里忙碌年夜饭，赵明川和赵裴林坐在沙发上谈事情。初宁把车钥匙搁在鞋柜上，进门喊：“爸、妈。”

赵裴林朝她点了下头：“回来了，坐吧。”

初宁嗯了声，与他们打过招呼，又去厨房问要不要帮忙。

她被陈月轰了出来，陈月小声暗示：“你爸和大哥都在，你去他们那儿。”

初宁横竖都不会让自己尴尬，嘴上应着，转个身就上楼了。她在卧室换外套，顺便看了眼手机，刚才那条朋友圈动态，点赞评论的人很多，大部分是公司同事。

周沁：“我的偶像小姐姐新年快乐！”

李主管：“宁总，来年继续带我们发财。”

关玉：“么么哒，宝贝儿，万事如意哦。”

冯子扬：“叫一声冯爷，爷给你发红包。”

初宁拣着这条评论回复：“红包给多少？”

冯子扬是在线的，秒回：“一万。”

初宁点开他的对话框，二话不说打字：“给冯大爷请安了！”

冯子扬也干脆，很快转账，金额一万。

紧接着，第二个、第三个，冯子扬连发了五笔转账。末了，他回了一句：“给小初初的新年红包，哥没要求，明年你开心点就好。”

到底是革命友情深厚，关心全落在了实处。初宁看了一圈点赞评论的，就是没有迎璟。这小子，也是个手机控，平日发个什么，他都挺快地点赞。今天这是相亲去了？

初宁被自己这想法逗笑，弯了弯嘴角，笑容还没收敛，就看见赵明川站在门口。初宁聪明，见着人，也没有很快换表情，还是这副微笑的模样，猜测道："是吃饭了？好，我就下去。"

节日气氛渲染，赵明川也没了平日的针锋相对，态度虽依旧冷淡，但还是跟她说话："初一，一起回老宅。"

初宁很意外。赵家老宅在通州，一个四合院，赵明川的爷爷奶奶养老之地。赵家子嗣多，每年初一都回去给老人家拜年，唯独陈月和初宁母女俩一次都没有去过。

小时候初宁不明白，每每问："为什么我们不去？"陈月说："奶奶不喜欢我们。"反正十几年过去了，初宁也变得习以为常。

今天赵明川一提，初宁实在费解，但她还是拒绝了。赵明川冷嗤一声，替她想好了理由："别说你要加班。"

初宁看他一眼，倒是直接道："是不想让大家不痛快。大过年的，不给老人家添堵了，我自己也想过个舒心一点的年。"

初宁这么坦诚，倒让赵明川无话可说了，撂话道："随你。"他便走了。

赵家的年夜饭，也就图个形式。这种底子的家庭，两个男人都是寡言精明之相，榨不出几滴亲眷温情，再加上陈月母女也算不上"亲"，就更别提会用什么心了。

这顿饭，吃得规矩，也没有长辈给红包的习惯，就这么简简单单地散场。

初宁再回到卧室，搁桌上充电的手机正好亮了亮。初宁拔下充电器，滑开屏幕，是迎璟发来的微信。

"吃年夜饭了吗？

"我刚吃完！"

然后是一张照片——满桌佳肴，八宝饭、八宝鱼、鸡鸭鱼肉什么都有。

消息声叮咚叮咚个不停。

"你晚上准备干吗？

"对了，给你看我的红包。"

迎璟又发来一张照片——桌子上面，三个齐齐整整的压岁红包。

初宁微弯嘴角，停下擦头发的动作，空出一只手打字："怎么有三个？"

"我爸我妈我姐的。"

初宁没再回，微信又叮咚一响。

"美丽的小姑娘，我给你打电话，好不好？"

初宁直接拨号过去，那头秒速接听。初宁说："你幼不幼稚啊？"

此时的迎璟在床上玩儿，滚了一圈面朝天花板："你本来就很美丽啊，而且也是姑娘，年纪也不大，我说的都是实话，哪里幼稚？”

初宁无法反驳，憋笑道：“行啊，能耐了啊。”

迎璟也弯唇，心情很好，问：“你在干吗？”

“刚洗完澡。”初宁继续擦头发，“你呢？”

“我待会儿要下去陪我妈看春晚，守岁。”

挺乖，初宁随口道：“你们家年三十儿不打牌的？”

“不打的。我爸不在家，凑不齐人。”

“除夕夜还加班呢？”

“嗯，他们要去一线岗位进行新春慰问，年年都得一点才回来。”

初宁还挺惊讶的，问道：“你爸爸究竟什么官儿啊？”

迎璟也不隐瞒：“他那不叫官，叫军衔。”

“那你父亲什么衔？”

听完回答，初宁顿了下，方继续擦湿发，幽幽道：“这要放古代，怎么着，你都是个亲王府的贝勒爷啊。”

迎璟笑开了声儿，又在床上滚了一圈，现在成了趴伏姿态。他的床正对窗户，窗户开了一半，外头干燥冷冽的空气，慢吞吞地钻进了屋。

迎璟眉间坏坏的，有一股男人初熟的英气，这气质很微妙，少年感未完全褪去，成熟范儿也才刚起头，类似于亦邪亦正的气场。迎璟故意咬着字问：“怎样，是不是有点动心了？”

他说这句话的同时，初宁那边正好炸开了一朵大烟花，光彩绚烂。初宁被夺去了吸引力，也没听清他的话。

“什么？你说什么？”

迎璟终是没勇气再说第二遍了。他收起心思，又起了念头，边从床上爬起边对电话里说：“你等一下。”

匆忙中他看了眼时间，哟，糟了，要赶不上了！他索性连拖鞋都懒得穿，光着脚往屋外冲：“你可别挂我的电话啊！”

迎璟风风火火地出了门，一蹦三跳地下楼梯，百米冲刺地往二区扎营那边跑。大院儿的年味也很浓，一路都是圆圆的红灯笼，他跑到操场边，大口喘气，视线往下，幸好，赶上了！

今年执勤的战士们一共百来号，此刻齐站在操场上，精精神神的迷彩军袄，放眼看去，队伍四四方方，像最坚硬的那一段城墙。

等得有点久，初宁问：“干什么这是？”

迎璟把手机搁在耳边，嘴唇凑近了些：“嘘，你听。”

他伸手，手机屏幕正朝训练场，几秒后，嘹亮抖擞的军歌唱响。

风烟滚滚唱英雄
四面青山侧耳听
青天响雷敲金鼓
大海扬波作和声
人民战士驱虎豹
舍生忘死保和平

一曲激扬，却又不失柔情万丈。除夕之夜，本该全家团圆的日子，让人生生听出了一种壮阔感。初宁盘腿坐在床上，很安静，这一刻，耳朵属于杏城，属于迎璟。

“好听吗？”他把手机拿回耳边，轻声问。

初宁嗯了声：“好听。”

“你看春晚的时候，年年都用《难忘今宵》结束跨年，但在我这儿，军歌才是。”迎璟下意识地笑了一下，看着天空，嗓音像被清晨的露水浸润过一样，说，“初宁，新年快乐。这一年，认识你，我好高兴。”

久久过后，初宁才说：“嗯，新年快乐。”

过年八天假休完，初宁正式上班。

初八这天她特意化了个精致的妆容，一身暗红色的呢子大衣，头发绾起，显得脸小精神。开工大吉，初宁的式样还是得扮足了。这天，连持有宁竞投资公司份额第二多的魏启霖也亲临办公室，给员工派红包，笑容可掬。

这位矜贵的魏总，也是个活在传说中的角色，来这儿露个面，转个场，便低调地离开了。员工暗自讨论：“以往每年都是宁姐领头，今年怎么魏总过来了？”

“我猜，是他准备将新能源汽车那个项目，放给公司做了。”

“做就做嘛，也不用特地来一趟吧？”

“你没瞧出来呀，魏总这是给予重视的一举，去年夏天就有传言，公司会转型。”

这些风吹草动以及明里暗里的苗头，初宁怎会看不出来。她只是不动声色，走一步看一步，身不由己四个字，也不是头一遭体会了。

上班第一天，也没什么紧要事处理，大家的状态还没完全从过年的欢腾假期里抽身，初宁得了闲，上午给关玉打电话。

“那事儿怎么样了？”

关玉正开着车，路段信号不好，蓝牙时有时无，喂喂喂了十来秒，信号才清晰。

“行了，放心吧，我办事儿，靠谱的。”

初宁自然相信她的能力，但还是叮嘱：“你费点心，帮我把这个忙搞定，这个人情我记心里了。”

“住嘴，不许说这些，冠冕堂皇的，恶心死我了。”关玉一向小女人姿态，说话娇软，不仅讨男人喜欢，同性也受用，“咱俩什么关系啊，我都陪你打过一次江山了，不怕第二次。”

初宁握着手机，低头笑了笑：“好，改天请你吃饭。”

“要贵的！”

“行。”

初宁确定好这件事后，紧接着又给冯子扬打了电话。第一遍响铃，他没接。

他挂断后，回了个信息：“开会，十分钟。”

初宁了然，把手机搁桌上，头枕着椅背，把思路重新理了一遍。她想继续做迎璟的这个航发虚拟项目，就必须由一个公司出面牵头。这牵扯的细节太多，她一时找不到合适的，那么唯一最迅捷的方法，就是重新注册一个公司。初宁已经没有注册的资格，于是，她找了关玉。

关玉是一胡吃海喝的白富美，成天乐呵呵的，活得滋润自在，再加上彼此知根知底，是再合适不过的人选。她满口答应，以她的名义注册公司，后续的所有事情，资金、管理、合同、项目后期的盈利渠道，通通由初宁负责。这是她目前，能想到的最便捷的方式。

电话在桌上响起，初宁扫了眼时间，正好十分钟。

冯子扬：“小宁儿什么事？”

初宁说：“找你问问，认不认识做人工智能或者其他科技领域的投资人？”

冯子扬：“你帮人打听呢？”

“没，是我自己。”

冯子扬意外道：“你准备做这个？”

初宁简明扼要地将事情始末说了一遍，最后脚尖点地，皮椅跟着转向了落地窗。

“目前就是这种情况，所以我才来问问你。”

冯子扬的侧重点全在她这个决定上：“公司你找谁注册的？”

“关玉。”

“可靠？”

初宁皱眉：“当然。”

冯子扬笑了笑：“别，就当哥爱瞎操心，但我还是劝你，多个心眼没坏处。你这项目要是没成，或者小打小闹，也就罢了，万一以后做大做强，利润前景可观，也怕麻烦。”

初宁也笑：“还做大做强呢。”

这话里不确定的意思太明显，冯子扬听出来了，直接问：“那你为何还要这么坚持？放弃不就得了。”

初宁默了默，盯着落地窗外的明媚天光，许久之后才淡淡开口：“我不想半途而废。因为我觉得，这个男生，是值得的。”

冯子扬又是一声：“奸情啊！”

“滚蛋。”

冯子扬笑得意味深长，也不再起哄，回归正经：“好，我帮你打听。你现在的资金量是个什么情况？”

这个问题早就烂熟于心，初宁答：“计划七百万，当然，他现阶段还用不了这么多，但我得提前做安排。项目二期已经完成，三月份开始第三期。项目书我看过，从这个阶段开始，差不多就是烧钱了。”

“七百万？”

“对，”初宁停了下，说，“我负责百分之三十。”

冯子扬明白得很，语气都正经了些：“你自个儿的嫁妆都拿出来了吧？”

初宁闻言一笑：“那倒没有，还留了两个金手镯。”

冯子扬也笑：“你这样的姑娘，七千万的聘礼都是亏待了你。”

“那我值多少？”

“少说也得七个亿吧。”

初宁乐得不行：“我谢谢您啊！回头把钱打我账上。”

冯子扬反应过来，啧了一声：“差点忘了咱俩的关系。”

玩笑话听听就罢，初宁挂断了电话，一切按部就班地进行。迎璟那边还在放寒假，初宁也没想给他太多压力，公司运转方面的事情，全她自个儿担着了。迎璟假期也没闲着，把放假前栗舟山给他的那一摞外国文献资料都看了一遍，一天啃一本，一星期能做一本笔记，收获颇丰。

白天呢，迎璟基本不打扰初宁。他好像懂得了一些事情，比如分寸，比如替他人着想，比如伺机而动，比无章法地撒野更能达成目的。

初宁白天工作忙，到了晚上，拒绝与他聊天的理由便少了一个。

“现在不是你的上班时间，刚过完年，我也不信你们晚上要加班。听你这声音，四周也挺安静的，可别说你在应酬。”

初宁哑口无言。

“所以，你没有理由拒绝与我聊天。”

这位小同志，你也是蛮拼的。

就这样，初宁经历了数次“被迫”与他“煲电话粥”，并且一次比一次时间长。很多时候，她都是听着听着就睡着了。迎璟在那头喊了几遍她的名字，没个回音儿，才温柔缱绻地说：“我数三下，你不反对，就是喜欢我。三、二、一——我就知道，你是喜欢我的！”

自导自演一场戏，自娱自乐一颗心。

最后，迎璟薄唇贴近手机，沉声道：“睡着了我也喜欢你。”然后他挂断电话，捂着手机偷乐。

初宁是他这几年人生里，最能让他立即亢奋与冲动的女人。他明目张胆地说喜欢，也学会了低调克制地把握节奏。他想要把天平的一端往自己这边倾斜，想要掌握主动权。

第三卷　唯你眉眼浅浅笑

小先生

有句话怎么说的来着，青涩之上、成熟之下的性感，最为致命。

初宁嘴上不说，心里早就投降。还能怎么样？帅得让人想死。

Chapter 11　戳你心肝儿了?

两日后。

冯子扬给初宁回了电话，上次托他打听人脉的事儿，已经有了眉目。他的做事效率向来快准狠，是个有诺必践的男人。初宁听他说了个开头，心里就是一喜。

“信雅集团今年有意向高科技领域涉足，他们手上有一个在跟进的项目，算是稳妥长期的，还会考虑其他的专业种类。我托朋友把你们这个项目往上头介绍了一下，翟总似乎有兴趣。”冯子扬说了个大概，又解释，“因为这个项目我没有亲自参与，所以有些层面，我不方便出面。”

初宁忙道：“我理解。”

“好。”

相处了这么久，两人间这点默契还是有的。

冯子扬又说：“这就是我了解到的基本情况。后天晚上有个酒会，在柏悦。信雅的翟总会参加。”

这位翟总，是圈内名副其实的女强人，铁血手腕不输男性，四十出头，交往过的男朋友都有一个共同点，用个时髦的词来说，就是小鲜肉。私生活也不是什么秘密，圈内人心照不宣罢了。

初宁隐隐猜到冯子扬为何特意强调“两张票”。

“你带上迎璟吧。异性之间谈事儿，可能会比较买面子。”冯子扬笑了下，似是看穿了她的心思，语气轻蔑又冷静，“你也别心里不舒服，这个项目，不是你一个人的事儿，犯不着什么都替他挡。他迟早要走入社会，纯粹做技术的，都差不多绝种了，早晚要跟资本接轨。这个圈子，进来了，就得适应。”

好的坏的、丑的恶的、心不甘的、情不愿的、逢场作戏的、投其所好的，如此种种，皆是现实。

冯子扬语气清闲：“让他早点儿知冷暖，理解你的不容易，走走你走过的路，没坏处。”

说到底，冯大爷还是袒护自己人。他城府深，也瞧出了些端倪，不动声色地敛下玩闹，半玩笑半认真地问：“怎么不说话了？戳你心肝儿了？不舍得他出来抛头露面啊？”

这话真把初宁激着了，像是被人精准地掐住了痛处。恍神一闪而过，很快，她恢复平静，淡声说：“你有这想象力，怎么不去写小说？行了，我会给他打电话的，我和他一起去酒会。”

初宁给迎璟打电话，没有说得太详细，只问他有没有时间去参加一个活动酒会。迎璟看了下日期，真不巧，他原本是约了朋友聚会。奇怪的是，初宁在听到他有约的这一刻，竟然如释重负。

“行，那你忙你的。”

“等等，你别挂电话。”迎璟问，“什么酒会？很重要吗？我是必须去，还是只是陪你去？”

初宁简略说了一下此行目的：“你有事不来也行。”她让周沁陪她出席就好。

迎璟却很快决定：“我去！”

初宁被他的语气逗笑，浅扬嘴角，问：“不是和朋友约好了？”

“他们哪有你重要。”心里话，他还是不懂掩藏。

那头传来几个人的喝倒彩声：“想不到你是这样的人！卖了卖了。”

初宁把手机稍稍从耳边拿远了点，猜测迎璟是和朋友在一块。

随后就是一阵闹腾。

迎璟：“起开起开，才不给你们听声音呢。”

他大概是换了个安静的地方，声音清晰了些：“什么时间，我提早一天过去。”

“后天晚上。”

“行，我明天上午到。你想吃什么，我给你带呀。”他嗓音跟泉水一样，清冽又软绵。

初宁说："不用了，谢谢。"

迎璟努努嘴，兴致不高地哦了声。

落实好这件事后，初宁拿起手边的一份资料，翻开第一页，是关于信雅集团的基本资料。后面附上了他们去年的年报，房地产和餐饮仍是盈利的主要来源，但也能看出来，集团有往科技领域涉足的意向，两个相关项目在实施之中，一个是无人机，一个与计算机软件设计有关。

初宁又搜索了一下这两家合作公司，都是发展成熟、在业内小有名气的企业。由此可见信雅的投资喜好，保守、稳固、不求激进。

初宁放下资料，手肘撑着桌面，轻轻按了按眉心。随即她又拿起资料，翻到最后两页。这两页的内容就零散得多，全是这位女强人翟总的资料。

翟敏，四十三岁，信雅集团中华区首席执行官。接着是她的照片，身材微胖，个头中等，保养得宜，但五官不是年轻态那种，所以年龄感还是挺明显。周沁办事儿细致，后面还特夸张地列了个表，细数翟敏交往过的历任男朋友，包括坐实的、绯闻的，里头还有一个男明星。无一例外，这些都是年轻的型男。

初宁合上资料，随手把它放进了碎纸机。

第二天早上，初宁还在睡梦中，就被敲门声吵起。她在被窝里拱了拱，心烦意乱，拿枕头盖住脑袋，继续睡。敲门声没有了，手机又响了起来。

"烦死了！"初宁起床气严重，捞起手机一看，冷静了些许，接通后仍是一顿斥责，"大早上的还让不让人睡觉了？"

迎璟欢快的声音响起："你开门。"

"什么？"

"开门，我到了。"

初宁不确定地又看了眼时间，真服了："这么早？你坐火箭来的？"她边说边下床，捡起一条披肩裹在了身上。

开门前，她犹豫了一下，手收回，放在自己的头发上捋了捋。门开，迎璟一脸灿烂的笑，比早晨的阳光明亮得多。他今儿穿了一件白色薄羽绒，帽子上一圈儿毛，脸干净，皮肤白，浓眉星目特别讨喜。初宁很少看到穿白色冬衣这么好看的男生。

极短的时间，初宁把他从头到脚打量了一番，那双鞋子是john lobb的新款，非常有型。迎璟察觉到她的目光，咧嘴一笑："我姐给我买的，是不是很好看？"

初宁皱眉："你怎么来这么早？"

“我坐六点的高铁。”迎璟仔细看了她几眼，然后哇的一声，“原来你不化妆的样子，也这么好看啊。”

他的语气太赤诚，没有一点阿谀奉承的刻意感。初宁略不自在，甚至微微别过了头，起床气瞬间消失。迎璟对她家可以说是非常熟悉了，进屋后也不看鞋柜，反正知道她家没男拖鞋，脱了鞋，赤脚一打，跟主人似的去了厨房。

“你还困的话，可以再睡一会儿。我给你做早餐。”

初宁倚在门边，看他跟只小蜜蜂一样上下忙碌。他做事儿干脆利索，竟然还买了一大袋食材。一样样的东西被他拿出，火腿片、沾着露水的青菜叶、面条、一小袋生姜。

初宁看了眼塑料袋上的超市名，当即断定：“你不是今天早上过来的。”

迎璟手一抖，继续干活，没说话。

初宁亦平静地问：“昨晚睡哪儿了？”

迎璟低着头，动作渐轻：“你们小区附近的酒店。”

“为什么提前这么久来？”

他放下东西，将袋子搁在一旁，转过身看着她：“为什么，你不知道吗？”

初宁一时怔然。迎璟这云淡风轻的一眼，把她看得心生风浪。他又转过身干活，切起了火腿肠：“我想早点看到你，我都半个月没有看到你了，你对我这么冷淡，你说，你是不是在外面有人了？”

初宁挑眉，走到他背后，抬手揪了揪他的耳朵：“你在胡说些什么？嗯？”

迎璟龇牙：“松开。”

初宁抬了抬下巴，手劲更大。

“松开。”第二遍，他语气里已有了警告的意味。

其实这一刻，初宁是有点犯怵的。她刚准备松手，迎璟却突然抱住她的腰，两只手跟铁臂似的，轻松将她抱上了灶台。

“啊！”始料未及，初宁吓得尖叫，下意识反搂住迎璟的脖颈。

他往前，把她死死困在上头，这个姿势几乎无缝贴合，初宁迫于无奈，两只腿只能左右垂落，迎璟刚好挤在中间。

初宁搂住他脖颈的手，飞速松开。迎璟箍着她的腰，却是一点儿也没放手的打算。

初宁低声警告：“松手。”

迎璟眼睛湿漉，像一头被晨间阳光唤醒的小兽。就在初宁要发飙的时候，他头一栽，竟靠在了她怀里。他的声音闷闷沉沉，还带了点委屈，他说："我真的很想见到你……你不要不相信……好不好？"

初宁牙尖嘴利，在此刻全变成了棉花糖，在舌尖化成了糖水，默默地吞下了肚。

"你先松开。"

迎璟摇头，蹭着她的胸口。

"松开。"

"你相不相信我？"他闷声道。

迎璟见她没反应，索性加重力道，把她的腰搂得越发紧了。

初宁缴械投降："嗯。"

迎璟抬起头，绽出一个满足的笑。

初宁趁机掰开他的手，跳下灶台，逃也似的往门边走。

迎璟越发淡定："你躲我干什么？"

初宁转身往外，气急败坏道："换衣服！"

初宁不用看，也知道迎璟那副得逞的表情。她很恼怒，心里咒骂，胆子肥了，挑个良辰吉日宰了得了。等她调整好心情，换了身衣服从卧室出来，餐桌上已经摆着两碗香喷喷的面条。

初宁若无其事地落座，尝了两口，也没夸，淡声问："你今天有什么打算？"

迎璟低头喝面汤，说："就在家待着，看书。"

闻言，初宁纠正："是我家。"

迎璟哦了声："有区别？"

初宁懒得搭理他："随你。钥匙在鞋柜抽屉里。"

迎璟这下倒很乖："知道了。"

就这样，迎璟给她当了两天尽职的男保姆。初宁这辈子也是头一遭过上了回家有人等、能吃上热汤热饭的烟火气生活。

今天他做了一条红烧鱼，色香味绝美，还给她熬了一小盅鸡汤。初宁真的怀疑，他读的不是C航，而是烹饪学校。

"你不用偷偷揣摩我。"迎璟不动声色地吃着饭，突然说话，"只要你一句话，我哪儿都能给你看。"

初宁呵了声："吃你的饭。"

"本来就是我做的饭。"

"对了，待会儿你帮我参考一下。"迎璟自觉转移话题。他已经大致摸清了初宁的性格，知道哪个点是雷区，保持刚刚好的距离，绝不越线，却也足够让她意乱。

“参考什么？”

“明天我穿的衣服。”

初宁才发现，他竟然从杏城带来了一套西装，深灰色为主，乍一看颜色单一，但稍微变化视觉角度，就能看到面料上交织着淡灰色的暗金缕线，金线横横竖竖，间隔两指，非常有立体感。这种低调的张扬，倒与迎璟的气质很搭配。

他一米八五，正装上身，然后从镜子前转过身。

“怎么样？”

他边说，边单手整理白衬衫的立领，喉头微凸，一说话，滚出了一道隐隐的弧线。有句话怎么说的来着，青涩之上、成熟之下的性感，最为致命。

初宁嘴上不说，心里早就投降。还能怎么样？帅得让人想死。

迎璟眼神热切，等着她的答案。

初宁走到电视柜前蹲下，找出一个精致的木质礼盒递给他：“把这个戴上。”

是一对深蓝色的玛瑙袖扣，迎璟认得这个牌子，奢侈，昂贵。

他起疑道：“你怎么会有男人的东西？”

初宁：“哦，我前男友落在这儿的。”

迎璟也不奓毛，还挺淡定地自个儿戴上，说：“不错，气死前男友。”

初宁笑了笑，也不知是故意还是有意，说：“是冯子扬的。他落我车里的，估计是忘记了，你先用吧。”

第二天八点，两人准时赴约酒会。路上，初宁跟他说了一下基本情况以及一些复杂的人际关系，迎璟听得仔细，时不时地问一句。

“你刚刚说的那位翟总，如果她问我问题，我有什么需要注意的？”

初宁默了默，说：“没有需要注意的，你说什么，她应该都会喜欢听。”

这句话在迎璟脑子里转了一圈，眼底有迟疑，但他也没再继续追问了。

酒会地点在柏悦，名流云集，光宴会厅上方那一个巨大的水晶灯就像把银河请进了室内。

迎璟不太适应这样的场景，一进去就被灯光晃得有点晕。初宁适时扶了把他的手臂，低声问道：“还好？”

迎璟侧头对她：“嗯，没事。”顿了下，他又道，“挽着我。快点，我头晕。”

初宁只好勾着他的手臂。两个人，一个俊朗朝气，一个风情如水，黑衣白裙，奇异地和谐，途经之处，不断有人频频回眸。

初宁的仪态已经练得炉火纯青，微笑挂在脸上，漂亮又亲近。她边走边告诉迎璟："那位是J.ckog大中华区的首席执行官，左边第二位。"

迎璟侧头问："年纪稍长的？"

"对。"初宁提醒，"国内高精尖分子材料的供应商大户。很多型号都被他们垄断，认识一下没坏处。"

迎璟道："别人不见得想认识我啊。"

初宁弯嘴："不错，有自知之明了。"

迎璟才知道她是故意的，冷声道："你腰又痒了是不是？"

初宁突然想起了昨天早上的厨房和灶台，红颊轻俏，按下心虚，不再刺激他。

这种层次的酒会，宴请的都是业内名企代表，各行各业都有，也多亏了冯子扬，不然初宁这种级别，都没机会进来。

走了半场，迎璟忽地慢下脚步，初宁顺着他的目光看过去。两人心有默契，都不走了。隔着四五个人，一身大红色裹胸裙的翟敏高贵地站在那儿与人碰杯。这条裙子很讲身材，但她的体形实在算不上纤细，丰臀肥乳，是真正的熟女。

初宁提了提精神，刚准备提醒迎璟，让他别紧张。

"你别紧张。"迎璟竟然先说出这句话。

初宁一怔，侧头看他。迎璟拍了拍她挽住自己的手，贴着她手背的掌心炽热滚烫。他说："交给我。"

语罢，迎璟便占领主动权，领着初宁往翟敏那边走去。

他礼貌地避让行人，站在翟敏面前，一脸得体礼貌的微笑："翟总，您好。"

翟敏转过半个身子，右手还端着半杯红酒，目光扫了一眼迎璟，静等着。

"我叫迎璟，是冯总引荐与您会面的，很荣幸。"迎璟大方地伸出手。

翟敏轻轻啊了一声："是你？"她的眼妆很重，眼线往上勾出了一道妩媚的弧。这一次，打量迎璟的时间久了点，她这才与之握手，笑着说："嗯，冯总跟我打过招呼。"

迎璟的手心很温暖，他有力简短地握了握，便松开了。翟敏对这种长相的男人太有好感，浑身朝气蓬勃，比那些油腻的荷尔蒙更有看头。

"你是做……"

“航空发动机虚拟建模技术。”回答的是初宁，她向前一步，也伸出手，“翟总您好，我是……”

然而翟敏并不买她的账，还是微笑地看着迎璟，重复方才的问题：“你做的什么？嗯？”

迎璟面不改色，说：“航空发动机虚拟建模。”

“不错，略有耳闻，你是C航的？”

“是。”

“大几了？”

“大四。”

翟敏的笑容更加绽大，她发出邀请：“找个地方谈？介绍一下你这个项目，如何？”

迎璟颔首：“是我的荣幸。”

这话虽然有点刻意为之的乖张讨好，但很得翟敏的喜欢。她的秘书也在旁边，效率极高，在前头引路。翟敏自始至终没有正眼看过初宁，也没有对初宁松口让她一块儿来，横竖都轮到初宁尴尬。

迎璟转过头，小声飞快地道：“你在这儿等我，我去就行了。”撂下话，他便大步随翟敏往右边走去。

初宁一个人站在原地，微蒙了三秒，看着他果决的背影，心里滋味复杂。

敢情自己成了被抛弃的那一个？

算了，迎璟也不是什么重要的人。为了资金，她受点冷眼也无所谓。初宁不似一般女生好面子，在这方面，她还算想得开。社会复杂，什么人都有，跟人谈生意，有时候是五大三粗的煤老板，有时候是斤斤计较的抠门鬼，条件没谈拢时，也不是没有翻脸的情况。要是面子薄，她还怎么混得下去？

初宁调整好情绪，告诉自己要淡定。

十分钟后，她尚算悠闲。

二十分钟后，她问侍者要了一杯红酒。

四十分钟后，她也走了一遍过场，和几家还不错的公司负责人交换了名片。

五十分钟后，初宁叫了第二杯酒，并且时不时地往右边迎璟与翟敏离开的方向望。

一小时过去了，还没见人出来，初宁不动声色地捏紧酒杯细细的杯脚，左看，右打量，挑起果盘里的一片水果，放到嘴边才发现是西瓜。

服了！大冬天的吃什么西瓜啊！她手劲略重，把可怜的西瓜丢到盘子里，浑然未知自己身上的这股无名火来得微妙。

又过了十五分钟，初宁不想再等，打了电话叫司机，揣着一兜名片，谈不上高兴地离开宴会厅。一小时后初宁到家，手机屏幕冷冷的，没有任何电话短信。

初宁随手把手机搁桌上，去洗澡。等洗完，她又下意识地看了一眼，还是没有电话。

时钟指向十一点，初宁的心像一片静湖。

她走去厨房接了杯水，吃了一颗复合维生素，刚准备转身去睡觉，脚步停住，又平静地转了回来。初宁走向案台右边，抬起手，拨了一下热水器，这才悠悠地回卧室。

平日工作辛劳，没工夫让她多愁善感、想东想西，所以初宁的睡眠质量一向不错。她基本上沾着枕头就能睡着，但今晚又磨蹭了半小时，才勉强合眼。

迎璟回来的时候，快零点了。他开门的动作很急，门板撞到后面的墙壁哐哐闷响。他见到客厅里亮着的香薰灯才大松一口气。幸好幸好，她人在家里。迎璟在回来的路上给她打电话，却是一直关机。他不放心，不断催司机快一点。

初宁的房间门紧闭，大概是睡着了。迎璟揉了揉发胀的颈椎，一身疲惫这才抖落几分，行吧，明天再给她汇报情况。

迎璟从自个儿的双肩包里翻出换洗的衣服，去浴室冲澡。

然而，这个澡，呃……

迎璟光着身子，在浴室里调了半天，怎么全是冷水？！

卧室里，初宁悠悠地翻了个身，抱着被子打哈欠。

嗯，这下她可以舒坦地睡觉了。

第二天，初宁早起，当什么都没有发生过。她一身清爽，偏爱穿白色衣服，今天是一件长款的呢子外套，腰间一根腰带，掐得腰肢又细又软。

她从卧室出来时，迎璟正好站在厨房门口端着杯子喝水，见到她，他眼睛顿时不动了，贼溜溜地盯着她的腰。

初宁目不斜视，把他当空气。屋里有供暖，迎璟睡觉只穿了件纯白色的短T，同处一屋檐下，两抹白色倒是挺和谐。餐桌上，放着他早十分钟前准备好的早餐。

初宁不客气，坐下来慢悠悠地吃。迎璟犹豫了几秒，也坐到桌边："哎？你没有话要问我吗？"

初宁眼皮都没抬："什么话？"

"昨晚的战况啊。"

初宁呵地一笑："都用上战况这个词了，怎么，激烈？"

迎璟忙不迭地点头："还行。"

他等着初宁继续，却没看到她露出任何好奇的表情。

"你就不想知道我们昨晚谈得怎么样吗？"

初宁喝了口牛奶，喝相好看，嘴角没沾一点奶渍。她哦了声，冷淡地问："你们谈得怎么样？"

迎璟微微皱眉，但还是跟她说正事儿："我也摸不准翟总的想法，她问了很多关于项目的情况，从基础原理到项目进展，以及我们的目标定位。她听得很仔细，不像是敷衍客套的礼貌，也跟我交流了很多她关于科技领域的投资看法。"迎璟面浮赞叹之色，"她真的很有见解，对事、对人、对管理，竟然那么精通。"

一道刺耳的声音响起，初宁捏着瓷勺，正奋力戳碟子里的溏心鸡蛋，毫无表情地说："嗯，你继续。"

迎璟还真就继续："不过她到最后也没有给出一个明确的态度，喏，就是你教过我的，客客气气、看不出破绽的人，心思缜密，善于收敛情绪。不过，这第一次见面，能有这个效果已经超出我的意料了。下一次应该会更好。"

初宁抬起头："下一次？"

"是啊，翟总约了我，就这几天。"

"行，那你们好好谈。"

安静一瞬后，迎璟放下汤匙，手肘撑着桌面，凑近脸盯着她："你不对劲。"

初宁伸手就是一巴掌，掌心贴着他的脸，用力将其推向左边："滚蛋。"

她使了力气，动作又迅速，迎璟压根儿没缓冲的余地，就听见脖颈咔咔响。

"哎！断了断了！"

他什么德行，初宁早就了然于心，冷笑一声："如果没断，我就给你拧断。"

迎璟咋舌："你对我太狠了。"

连个句号都透露出了他的委屈，初宁懒得搭理他，直接谈要紧事，问他："你们学校的实验室，还能不能争取到使用权？"

迎璟默了默，说："难。"

系统被病毒代码繁殖侵蚀导致崩溃，部分核心内容丢失，这事儿无论轻重，触及规章层面，也就没什么情面可讲。寒假过去一半，系统修复工作仍然进展缓慢。天降横祸，事情本身就不在迎璟的预料范围中。但学校方面，肯定是要有一个主责人出来背锅。第一次，迎璟开始懂得“百口莫辩”“无能为力”“力不从心”这些词的感受。

他想争取，想辩解，却发现，世界上没有一个人愿意借他一双耳朵。也就是从这件事起，他开始慢慢理解初宁。校园都是如此，更别提在社会上真刀真枪打拼的她了。

有难处，有身不由己，那又怎样？生活本来就充满虎视眈眈的意外，总归是要去面对的。

迎璟刚准备跟她说自己的打算，初宁已经先开口：“你们的假期也过了一半，开学之后，项目三期还是要跟上，不能耽误进度，实验室必须有。”

只是，他们上哪儿去找合适的呢？

初宁谈正事的时候，神色非常专注，连带眉眼都是认真执着的。她说：“这种专业实验室不好找，我托人打听了，目前有三家，甲家租赁费用太离谱，我个人不建议；乙家倒是实惠，但我看过他们的设备参数，跟不上你们的项目。综合考虑，第三家最合适，中等规模，承接了几家团队，位置也方便，就在中关村的科技园里，年租价是二十五万左右。”

话毕，她看向迎璟：“你有什么看法？”

迎璟呼了口气，意外道：“你还会根据设备参数，来判断是否合适我们的项目了？”

初宁很平静，一语带过，说：“我也补了点你们的专业知识。”

迎璟哇一声，眉开眼笑道：“你知不知道，你这样超有魅力的！”

初宁差点咬到舌头，皱了皱眉，把歪掉的话题扭正：“谈看法。”

迎璟单手撑着下巴，似是早有决定，说：“实验室的事儿，你先搁几天。”

“嗯？”

“我有一个更合适的地方。”

“哪儿？”

“明耀科创。”

初宁沉思片刻，道：“什么意思？”

“明耀有国内顶尖的综合科技实验室，分类精细，而且他们有一个非常棒的流程，重点是仪器设备每三年更新一次，直至市场研发出的最新型号。”迎璟说起这些时，眼里光彩熠熠，满怀憧憬。

明耀科创，用了不到十年时间，做强做大，做快做精，走出国门，成为亚洲地区的先锋领航者。他们有资本，有魄力，更有决心与眼界。科技本就需要韬光养晦，集中力量，才能获得发展。

道理初宁都懂，只是道："人家公司凭什么答应你的要求？"

迎璟笑了笑道："我也没把握，但我会努力争取。"

初宁联想往日种种细节，拧眉道："你什么时候跟唐耀这么熟了？"

"不熟啊，只是打过两次交道。"迎璟嘿嘿笑，"都是我厚脸皮。"

初宁见他没个正形儿，对这事就更不抱希望了，只当是他的夸夸其谈和想当然。她又开始深思，如何与第三家实验室谈判，把租金再降低一点儿才好。

迎璟打断她的思绪，忽然说："那个，我这几天就回学校住了。"

初宁抬眸。

迎璟坦然道："我在这儿待太久，进进出出被你的邻居看见也不太合适。"

初宁扬了下嘴角，平淡道："也没什么不合适的，我这儿进进出出的人多了，不差你一个。"

迎璟发愣的呆傻模样，看得初宁心情愉悦。

"你又耍我。"迎璟抗议。

初宁笑了笑，没说话。

"对了，你家热水器是不是坏了？"迎璟想起昨晚的冷水澡，还心有余悸，"昨儿个我一身酒味、香水味，难闻得要死，竟然没热水，只好冲了个凉水澡，冻死我了！"

初宁若无其事地起身，准备去上班，背对他时，轻飘飘地撂话："哦，那大概是真的坏了吧。"

"行吧，我待会儿晚点走，给你修一下。"迎璟说，"那还得去借个工具箱。"

"不用。"

"嗯？"

初宁从鞋柜里拿出一双高跟鞋，扶着柜子，单脚站立，姿态轻盈地换好鞋，扭头对迎璟非常友善地笑了下："过两个小时，它自然就好了。"

迎璟蒙了。

初宁挑眉："我已经给它施了魔法。"

语毕，初宁关门走人。迎璟这才慢八百拍地反应过来，她这是，故意的？

两人各忙各的，初宁去上班后，迎璟也没闲着。他先试着给明耀科创的姜秘书打了个电话。姜秘书叫姜齐，就是上回询问迎璟是否需要提供实验室系统修复援助的人。

迎璟本是想直接致电唐耀，但一想，人家什么身份，未免也太冒进和失礼。于是折中，先在姜秘书处试探一番。

两声铃响后，那头很快接听："迎先生，你好。"

迎璟很意外："您还记得我？"

"我存了你的号码，有事你请说。"

姜齐能做到唐耀身边的第一行政秘书，办事自然是简明扼要讲效率。与这种人交流，不需要过多修饰词，有事说事。迎璟把请求阐述了一遍，问："租用实验室，贵公司是否允许？在商言商，价格好谈。"

话毕，姜齐说："你稍等。"

这个时间非常难熬，其实按迎璟的估计，不成的概率更大。他正忐忑，姜齐回话："十点左右，唐总有半小时空闲时间，如果方便，请你过来一趟。"

唐耀能够亲自见他，迎璟也是万万没想到。他赶紧应下来："我一定准时到！"

"好的，明耀科创的行政办公楼在银泰中心的西楼，你坐电梯直接来三十二层。"

迎璟提前十五分钟到的，出电梯的时候，恰好碰见姜齐从右侧走来。姜齐正与身边的人低声谈事，转头看到迎璟，略为讶异："迎先生，到得这么早？"

迎璟意外："您认识我？"他的印象里，两人似乎没见过面。

姜齐吩咐身边的人："去吧，务必安排好。"

事情谈妥，他走向迎璟，笑得温和："上次你们团队在实验室工作了几天，我随唐总见过你。"

迎璟伸手相握："幸会。"

"唐总还在开会，大概十五分钟结束，你先到他的办公室等。"姜齐引路。

唐耀的办公室在东南角，百来平方米，符合科技新贵这个身份的配置，简灰色的整体风格，有质感，从视觉上就给人一种利落大气的直观感。

办公室里，一整面落地窗能俯瞰整条长安街。迎璟环视一周，便不再四处打量。唐耀进来时，就见他规规矩矩地坐在会客区，背脊挺直，坐有坐相。

"抱歉，久等了。"唐耀走路生风，边说边单手解开西装外套的纽扣，随后伸出手，“你好。”

迎璟回握，动作简短，有力。

唐耀绕过宽阔的办公桌，还没落座，女秘书就抱着一沓文件来找他签字。他签名的速度很快，每一份都会大致看一下内容，便又是十分钟过去。

秘书走时，对迎璟轻轻颔首，带上了门。唐耀合上笔帽，喝了口水，才道：“姜齐向我汇报过了，说说你的看法。”

迎璟面不露怯，礼貌地看着对方的眼睛，说：“我们学校的实验室，因为系统瘫痪，所以没法继续使用。我手上的项目，二期已经完成，三期即将提上日程。这个阶段，需要大量实验数据辅佐，但学校那边……”迎璟顿了下，坦诚道，“大概是不能继续使用了。”

唐耀双手交叠于桌面上，很安静地听着。

“项目三期，涉及的设备与软件过多，而且要求较高，一般的综合实验室带不起我们的进度，所以，我这次冒昧前来打扰，也是斗胆请教您，能否租用明耀科创在中关村科技园的实验室。”

说出这些话时，迎璟留意着唐耀的反应，但他没有任何反应，表情平平淡淡，让人读不出任何情绪偏好。

时间一秒一秒过去，迎璟垂在腿间的手无意识地握了握，他开始紧张，就在他觉得这事儿肯定要凉的时候，唐耀开了金口，说：“继续。”

迎璟感觉肩上的重担卸了一半，还有希望！迎璟说：“我们也不是连轴使用，实验集中阶段，大概是三天一个周期，按我们目前的进展，一个月密集使用实验室的次数大概是三次，不超过五次。租赁金，一定不低于市场同类实验室。”

闻言，唐耀笑了下，语气如常，目光却难掩傲气：“明耀的实验室，没有同类，只做唯一。”

迎璟愣了下，暗暗喊糟，说错话了。当然，唐耀不是喜听恭维的人，只不过是有这种底气罢了。

话锋一转，他换了话题，忽然说：“你们的航发虚拟模型建设，其实并不算目前科技市场上的主流，甚至可以说是冷门。你为什么想到做这个？”

迎璟坦然道：“再冷门的事，没人做，就会一直冷下去。而且我喜欢模型，喜欢看自己敲出的代码化成实际的东西，更重要的是，我觉得我可以。”

唐耀微弯嘴角，目光一闪，神情意味不明。迎璟也不为自己的豪言壮语感到心虚，他亦承认其中的困难：“航空发动机技术难度的本身，就决定它不会被广泛普及，不会被多数人接受，从最初的通用程序设计语言，到后来的商品化仿真语言，甚至到未来的一体化建模，这需要的不仅是时间、金钱、心血，并且有可能什么回报都没有。

“但，如果不去做，就什么都没有了。”

源于热爱，伴以热血，科技本身就是一个等价交换，既然要走的路有那么长，如果没人负重前行，那成功便永远不会降临。

唐耀亦平静地问：“如果这条路是九十九步，却由迈出第一百步的人获得成功呢？”

迎璟笑了下，大气道：“那我也是其中的百分之一，很荣幸啊！”

唐耀还是那副表情，略一低头，沉默不语。迎璟发现，跟这种人打交道，真的是磨人。相比之下，初宁有话直说、干脆果断的办事风格，倒是让人舒爽。

但他本就是不情之请，明耀的业务范围里，本就没有对外租赁这一项。迎璟给自己判了死刑，也不再追问，边说边起身：“那，打扰了，唐总。”

迎璟刚刚起身，唐耀道：“据我所知，你们与宁竞投资的合作协议已经解除。”

迎璟一顿。

“那你们的后续资金，有保证？”

迎璟有些发蒙，资金、供给、保障，这些他没有考虑过，因为初宁说，她会解决。

“我们有新公司的。”

唐耀却一笑：“宁总是个有始有终的人，专门成立一家新公司与你继续对接。”

他话里有话，迎璟看着他。唐耀往椅背上一靠，一手轻轻环揽胸腹，一手轻撑下巴，说：“但你想过没有，这样半路夭折的概率太大。资金链供不上，你们的项目又在推进，到时候资本断层，你们后续的一系列工作都会停滞。我相信，宁总也不是全凭情怀做投资的人，所有工作都是提前进行，包括销售渠道、产品定位。如果与采购商签订合同，但又没办法按时交货，科技行业你也有所了解，涉及的成品制作高尖精，所以违约金额巨大。”

唐耀坐直，骨节分明的手指轻轻叩了叩桌面：“我不是危言耸听，毕竟你们已经经历过一次夭折。宁总吸取教训，想掌握绝对自主权，但这其中的风险是巨大的。换句话说，实力撑不起野心，只要一个环节出错——”

他微屈手指敲了敲桌面：“Game over（游戏结束）。”

迎璟目光探究，语气也不知不觉地硬气起来：“已经有几家意向公司在和我们洽谈了，资金没有问题的。”

唐耀弯起嘴角，现在的表情，能看出几分讥讽与不屑之色。

迎璟脑瓜子还算灵：“唐总，您对我们的项目……”

“我感兴趣。”唐耀直接打断他，给了他想要的答案。

迎璟目光一跳，劲头还没蓄足，就听唐耀说：“但我只做唯一。”

“什么意思？”

“我不入资其他公司，你们团队，归纳至明耀科创旗下，我会通知相关部门，给你们单独立项，并设立专项资金，配置专门的实验室——明耀科创在中关村、杭州、台湾，甚至日后需要，明耀在日本筑波科技城、德国慕尼黑的所有科技产业园区，都对你敞开大门。”

唐耀一席话掷地有声，铿锵有力，话毕，他眼中锋芒尽露，再无方才的温和从容之感。他看着迎璟，道：“她不能给你提供的保障，我可以。”

迎璟心里已经有了预感，直视他：“所以呢？”

唐耀落语成章，志在必得：“放弃你现有的合作方，选择明耀科创。”

迎璟从明耀科创出来，已经快十一点。冬季尾声，连阳光都有了春天将近的温度。

迎璟被光亮晃得遮了遮眼。他走了几步，又抬头看了一眼大楼，钢筋水泥，气势恢宏，这里入驻的全是顶尖资本。

唐耀开出的条件，不知又是多少人梦寐以求的事。迎璟深吸一口气，往地铁站走。他刚进站，手机响了，是一个陌生的号码。迎璟边走边接听：“你好，请问哪位？”

“你好。”

迎璟听出声音，迟疑了下：“翟总？”

那头传来一串笑声：“你听力不错啊，见过一面就记得我的声音了？”

广播传来安全提示，迎璟捂着一只耳朵，往人少的地方走。

翟敏听出来了，问：“你在车站？”

“啊，对，地铁站。”

“哪一站？”

“国贸。”

“那你出来吧，我正好在这附近办事儿，载你一程。”

迎璟刚想拒绝，翟敏又道：“关于你的项目，我还有一个地方不明白，聊聊？”

迎璟便又把话咽了回去："行。"

两人没断电话，迎璟往出口狂奔，及时告诉她自己的位置。到了外边，人头攒动，他左右张望。

"我看到你了。"翟敏说。

两声短促的鸣笛传来，在右边。一辆红色的宝马轿跑徐徐开来，车停，翟敏露出半张脸，宽大的墨镜遮面，对迎璟笑了笑："上车吧。"

"翟总。"迎璟客气招呼。

翟敏打量他一番，今天倒是休闲风，有别于昨晚宴会上的西装礼服，这个装扮更显朝气。迎璟头发不长不短，收拾得清清爽爽，非常养眼。

翟敏一脸悦色，问："哪儿来呢？"

"在附近买点东西。"迎璟说，"您忙吗？要不我……"

"不忙，你回哪？我送你。"翟敏悠闲道，"顺便再聊聊你那项目的事儿。"

从这儿去C航车程不短。翟敏的红色跑车很拉风，她是个张扬而又自信的女人，冬天还未过完，也要把车窗打开，享受别人的注目。一路上，她的确问了几个专业问题，迎璟回答得仔细，头头是道，一说就是长篇大论。

他见翟敏中途没打断，自己停顿住，问："翟总，有不明白的地方，您提个醒，我再给您解释一下。"

翟敏却笑："没关系，你说吧。"

迎璟目光迟疑。她笑容更深，手搭着方向盘，食指上的蓝宝石戒指硕大精美："你的声音好听。"

跑车穿过立交桥，一整片阴影覆盖下来。迎璟神色明晦，几秒之后，车子驶入主路，重见明亮。翟敏将迎璟送到学校门口，才说："你真的很专业，项目呢，我也挺感兴趣。这样吧，你把资料汇总，发我一份，我拿回公司也跟相关部门讨论一下。"

迎璟心里重燃希望，绽放一个大笑脸："好！"

翟敏望着他，半天没动静。迎璟往后一步，微微颔首："麻烦翟总了，您慢点开车。"

他主动赶客，倒让翟敏心生意犹未尽之遗憾。迎璟体态挺拔，从背后看，又长又结实的两条腿像两棵小白杨。翟敏挑挑眉，戴上墨镜开车走了。

初宁这边，也是忙得不可开交。

年后的工作慢慢步入正轨，一扫假期后的清闲，宁竞投资这边，几个年前谈妥的大订单已经在跟进。初宁忙开会，忙应酬，忙去工厂考察，所剩不多的空闲时间，又都用来处理另一个小公司的事。

关玉帮忙注册公司之前，问过她叫什么名字。初宁当时正忙着开会，没时间细想，脑海里直接蹦出两个字：初航。

她说："初航科技。"

关玉啧了一声，说了句听不出褒贬的话："你算是真把自个儿给赔进去了。"

不就是用了一个初字嘛，初宁不以为意。

公司流程那一套，她已经经验颇丰，说白了，就是借一个新壳，继续把项目做下去。她有公司，有团队，有目标，那么最大的问题就是资金。初宁自己掏了两百万，按计划至少还有五百万的缺口。如果往后投入产出，缺口可能会更大。

别想远了，稳住当下才是首要，初宁平复心神，拿起手机，一个一个地联系有意向的投资人。说来也讽刺，平日都是人家求她给钱，风水轮流转，如今轮到了自己找人家要钱。

初宁打完一轮电话，收获寥寥。她揉着发烫的耳垂，蓦地笑了下。冲动也好，新尝试也罢，既然她答应了那小孩儿，就没有退缩的余地了。创业之初的艰辛，她已经尝过一遍，再来第二次，经验和人脉或许会胜于从前，但时代在改变，社会在进步，资本在翻新，与时俱进，也没太多轻松感。

唯一的不同，就是现在的自己不再是孤军奋战，迎璟，是她的盟友。

Chapter 12　Gucci

迎璟是她拾起勇气，再来一次的理由。

原本迎璟计划在学校待两天就回杏城。但在昨天把项目的基本资料发给翟敏后，她的电话越来越多。倒也没别的，她都是提一些寻常的疑问，迎璟也是有问必答。按理说，翟敏这种身份，真有什么困惑的地方，完全可以由下面的人处理。但她亲力亲为，多的时候，迎璟一天能接到五个她的电话。

他倒觉得这是好事儿。对方这么关心项目，一定是有确切的投资意向了。如果他能拉到这笔资金，初宁的压力也会小很多。

迎璟心里还是带着期许的。两人一个图财，一个图什么就不知道了。

傍晚时分，翟敏的电话又打了过来，迎璟以为又有疑问："翟总，您请说。"

"呵呵。"那端的人却轻松地笑道，"暂时没有问题呀。"

迎璟在宿舍吃泡面，水刚烧开。

翟敏："你有时间没？"

迎璟想了下，放下泡面："有。"

"我二十分钟后去接你，你收拾一下。"

"翟总，是有事？"

"啊，对。"翟敏说得含混，"见面谈吧。"

电话刚挂，铃声又响，这一次是初宁，迎璟接得飞快："怎么啦？"

初宁那边有点吵，各种哐哐当当的声音。

迎璟问："你在哪里啊？"

初宁没说话，但是噪声越来越小，她走到一个稍远的角落，这才说："我在工厂忙事儿。你现在有时间没？"

迎璟还没答，她接着道："我联系的三家实验室，有一家给了回复，同意我开的租金条件，可以详谈。我现在走不开，你过去一趟，顺便看看实验室的情况。如果合适，就继续；如果不合适，我再找。"

初宁的思路十分清晰，把解决实验室问题放在首位，在她看来，现阶段，没有比这个更重要的事情了。

迎璟转身，靠在书桌边沿，镇定地说："我也有事儿。"

初宁那边实在是忙，没空细问："行吧，我再想办法。"

挂断电话，耳朵里还有嗡嗡声，迎璟长呼一口气，穿上外套出门。

按着翟敏这两天如此频繁联系他的情况推测，她对这个项目的投资意向应该很明显才对。这么晚还要找他谈事，迎璟有种预感，是有希望的。

他跃跃欲试，又隐隐期盼，如果真的能成功，也算是给初宁一个惊喜了。想到这，他振作精神，心情都变得美妙了。

翟敏还是那辆红色跑车，今天她穿了件驼色呢子大衣，有种干练之美。迎璟上车，翟敏递给他一杯热咖啡，笑着说："喝吧。"

迎璟接过，道谢。

车子开上主路，引擎声轰鸣。

翟敏今天化了妆，香水味儿也很浓。迎璟不动声色地遮了遮鼻子。

"小璟，你是哪儿人啊？"

"杏城。"

"哟，很近啊。"

"还行。"

翟敏心情不错，聊起了天："你是独生子？"

"不是，我还有个姐姐。"

"幸福。"翟敏从后视镜里瞄他一眼，又问，"B城物价高，哎，像你们现在的大学生，一个月生活费要多少？"

迎璟说了个数："我不太花钱。"

他也用不着花钱，他的衣服、鞋子、裤子，基本上都是姐姐给买的。

翟敏却会错了意，意有所指："也别太亏待自己，正年轻，对自己好点儿。"

迎璟却发现了不对劲："翟总，我们这是去？"

车子一路往国贸商业区开，翟敏看他一眼："陪我逛逛。"

晚上十一点，初宁在校门口已经等得不耐烦了，又打去一个电话，显示关机。

"这个死小孩儿！"

在工地忙活了一天，晚上又陪几个客户应酬，吃吃喝喝，吵吵闹闹，初宁脑子都要炸了。实验室那边，她请周沁帮忙过去看了一下，拿回一份详细资料。

现在，资料就安静地摆在仪表盘上。初宁特意开车过来，想第一时间给迎璟。

"关机！关机！别用手机了！"初宁忍不住把某人骂了一万遍。

等她再抬头，就看到迎璟从前面路口走来。初宁眼睛微眯。迎璟也发现了她的车，就像接通了开关，原本蔫蔫儿的状态瞬间满血复活。

"你怎么来了？！"他兴奋地跑近，不客气地钻进车里。

初宁皱眉："这么晚了，不在宿舍待着？"

迎璟笑了笑，没说话。初宁也懒得计较，伸手把资料拿起，扔给他："实验室的资料，中关村的那一家，我没去，只在电话里稍微聊了下，同意我们租赁，但是时间上可能有点麻烦。"

迎璟低头翻看着。

"目前还有三个客户也在用实验室，时间得协调，不一定能完全满足我们的进度。"

初宁顿了一下，目光直落放在他脚边的两个精致纸袋上。刚才只顾着骂人，没留意，现在她才发现，是Gucci的纸袋。

初宁心一沉，眸色都黯淡了。

迎璟浑然不知，看资料看得入迷："这个可以协调，但是得保证……"

"下车。"初宁说。

"嗯？"迎璟侧头看她。

"我说下车。"

迎璟莫名其妙："干吗啊？我还没说完呢。"

"我不想听。"初宁的脸色如阴天转雪，极其不对劲。

人在疲倦的状态下，容易冲动和失控，迎璟应付了一晚翟敏的试探，也是心烦得很，一根筋犟起来，还偏不让了。

"你怎么老是这样，阴晴不定，你考虑过别人的感受吗？"这句话，他语气还是委屈的。

但在初宁听来，却成了对她的责备。她的火气顿时不受控制，嗖一下飙升，她极冷地反驳："我当然不需要考虑你的感受，我对你也没什么可图的。"

压抑的沉默在车内膨胀，迎璟亦冷言道："你什么意思？"

初宁看向他："怎么，收了别人的礼物，你还不明白什么意思？"

她嘴角扯了个嘲讽的弧度："原本我还说，你这么晚回来。嗯，我说错了，应该是怎么这么早回来。"

迎璟脸色如暴风雪的前奏，瞬间降至冰点："你在怀疑我？"

"不用怀疑，你已经证明给我看了。"

迎璟突然抓住她的手腕，把人拉近，一字一顿道："你不能怀疑我。"

初宁也不挣扎，姣好的面容上也结满了寒霜，语气平平道："迎璟，有件事我希望你搞清楚，我对你没有任何亏欠，说白了，做生意就是你情我愿。但我不想看到合伙人对我满口谎言，对项目相关的事情百般推辞，然后去赔笑讨好别的人。"

她不是不失望的，连声音都干涸了："你想走捷径，我不拦你。但我以过来人的身份给你忠告，纯粹一点，简单一点，有原则一点，或许短期内会很艰难，但，但……"初宁的情绪已经有点失控，她勉强说完了最后四个字，"一生受益。"

这一刻，迎璟听见了心碎的声音。

两人的在意点完全不在一个频道上，他也很难过她不相信自己。相处这么久，他以为两人的关系有一点点进步，却没想到，甚至不用外人挑拨离间，一个纸袋，就能让她的天平失衡。

迎璟也变得口不择言，冷硬道："我身上这些你看不惯的东西，不也都是从你身上学的吗？世故、圆滑、讨巧、看人脸色，还有什么？哦，两边讨好。"

他推开车门，心硬到底，还特意把Gucci拎在手里，看都不看她一眼，撂话道："你别想甩开我，我变成一坨屎，也要赖着你！"

迎璟摔门走人，砰的一声重响震晕了初宁，震得她眼眶都微微泛红。

两人就此陷入冷战。谁也不找谁，电话、短信、项目沟通，通通不再有。初宁不是个情绪化的人，向来就事论事。

她看到了奢侈品，自然会联想起翟敏与迎璟之间的互动。但事后她冷静想想，意识到这个猜测也没什么事实依据。她理性一想，那晚的争执，自己的过错比较大，再考虑到迎璟的脆弱心灵，罢了，想着找个时间，再好好跟他谈一次，顺便道个歉。

下午五点，初宁忙完公司的事，决定早点走。晚上她约了一个投资人，江西一个做金矿的老板，这种人其实还挺受初宁待见，粗俗一点形容，就是钱多人傻，容易忽悠。正因为如此，所以人也比较五大三粗，初宁不喜欢跟这样的人应酬。

但……她暗暗叹气，算了，自己找的小屁孩，怎么着都要负责到底。

如她所料，从饭局到KTV，金矿老板嗨得不行，酒水没少灌，越喝越畅快。初宁是个聪明人，三两下就看出了此人的路数，幸好是个容易劝的。她自己不得不喝酒，虽没到醉的份上，但是难受至极。

初宁捂着胃走出包间，觉得自己要吐了。她低着头走路，极力想压过这波不适。

“小宁儿？”

初宁一怔，抬起头，竟然是冯子扬。

“怎么了这是？”巧了，冯子扬今儿在这里也有饭局，看到她的脸色，就知道不对劲了，伸手扶住她的肩膀，“有应酬？”

有了支撑，初宁好受一些，点了点头。

“你们公司怎么回事，还要你亲自过来？”冯子扬言辞间已有不悦。

“不是公司的事。”初宁有气无力道。

冯子扬顿时明白了，脸色更不好看：“这么拼干什么？迎璟呢？他怎么不滚过来？”

初宁摇摇头：“他只负责技术，营运本来就是我的事儿。”

冯子扬哑口无言，心里还是不舒服，闷闷说了一句：“你就宠着他吧。”

初宁翻了个白眼：“宠你个鬼啊。”

“好好好，我是鬼。”冯子扬小心护着她，“对方什么人？算了，甭管什么人，我让人过去招呼。你不许再喝了。”

初宁巴不得，差点在他肩头痛哭流涕：“谢谢爸爸。”

冯子扬气笑了：“滚蛋，我没那么老。”

两人关系好，分寸自然没那么讲究，又聊了几句，都是一脸笑。突然，初宁停住脚步。

冯子扬奇怪，顺着她的视线望过去，笑容也渐渐往回收。

长廊那头，三四米的距离，一行人正往这边走。前头的那两个，一个朝气俊朗，一个玉树临风，正低声谈着什么。大概是察觉到了目光，两人都抬起头来。

迎璟和初宁四目相接，空气都静止了一般。短短数秒，唐耀打破僵局，往前两步，冯子扬一脸不爽：“你怎么也在这儿？”

唐耀难得地利嘴，淡淡道：“我怎么不能在这儿？你开的？”

两人是旧相识，关系还行，就是喜欢互相呛声。不过此刻，冯子扬没空跟他瞎聊，注意力落在迎璟身上：“你呢，你怎么又在这儿？”

不对，是怎么跟唐耀在一块儿？

初宁起先是惊讶，然后起疑，她心思细腻敏感，又想起迎璟之前对唐耀的多番描述，某种猜测渐渐成形。

她看着他，目光如刃。她能看出，迎璟在某一瞬间，眼中有慌乱一闪而过。唐耀身后站着姜齐，得到唐耀不动声色的暗示后，心下了然。

“冯总，好久不见。”姜齐适时站出来，他相貌斯文，极其稳重，很博人好感。

冯子扬客气招呼，随口问：“在这儿有客人？”

“谈不上。”姜齐态度温和，说，“和小璟谈点儿事。”

这个称呼，恰到好处地过渡了在场人的情绪。冯子扬面色清冷，勾出一抹讽刺的笑：“谈事儿啊？”

姜齐颔首，自然而然地把话给带了出来：“小璟手上的航发虚拟项目很不错，唐总也感兴趣，我们聊过很多次了。”

唐耀是高手，坐镇观天，且片叶不沾身。他谋略缜密，却又让人拿他没辙，就这么把矛盾轻轻松松地抛给了当事人。

初宁定在原地，耳朵嗡嗡作响，眼前也一瞬花白，看不清迎璟的脸。冯子扬最先感知她的异常，手搂在她腰上用力一提。这一把强劲的支撑，让压在初宁心里的一口气慢慢顺了过来。

她集中神志，脑子运转如常，看向迎璟的眼神从最初的迟疑、侥幸，到现在的彻底失望。迎璟被她的眼神给镇住了，不能迈步朝她走过去。

他脑子空白，舌头打结，不知所措。

冯子扬却抢先一步迎上去，指了指他：“你，出来。”

迎璟经过初宁身边，下意识地想拉她的手：“你听我解释。”

初宁无言，没有过多争执，只是把手收到了身后。她随冯子扬一起走了，迎璟无奈，拔腿追上去。

霓虹映夜，B城的绮丽不分昼夜。出了会所，三人缄默安静，前后交织而站。不知从哪儿灌入一阵风，像是一把微妙的匕首，悄然割开了伤痕。

初宁就那么安静地站在那儿，看着迎璟，眼神隔着千山万水一般，不再逞强，不再硬扛，全是示弱。

她一闭眼睛，忽地哭了出来。

迎璟听到了心碎的声音，拳头握得死紧。他吓着了，甚至忘记如何安慰。而两个当事人之外的冯子扬表情平静依旧，慢条斯理地卷起衣袖，朝迎璟走近。

他一拳砸在了迎璟的脸上。

冯子扬戾气逼人，架在迎璟身上下了狠劲儿："知道我为什么打你吗？啊？一个个全是白眼狼！你要走，要选择高枝儿，那是你的事儿，但她……"

他指着初宁。

"你不可以这么欺负她！"

迎璟一晚上的情绪也全部爆发，他一脚踹中冯子扬的胸口，力气不比冯子扬小。

这一脚直切要害，专挑人身上柔嫩的地儿放血。冯子扬踉跄倒地，疼得倒吸凉气。真论打架，他还不一定打得过迎璟。迎璟从小在陆军大院儿长大，往上一辈全是打江山的角色，他身上的血性，只是被良好的教育以及见识所温柔覆盖，不是他不能打，只是他不想。

冯子扬和初宁关系太好，好到迎璟没少吃醋。这下好了，他早想发泄了！

冯子扬拎得清轻重，他能丢人，但也要看场合，真要较真闹打起来，跟混混有什么区别？

初宁被他俩这一遭动作弄得心惊胆战，蹲在冯子扬身边四处巡视，急切地问："伤哪了？"

这三个字，让同样受了伤的迎璟兵败如山倒。

不讲理就不讲理，他大声吼道："你跟他关系很好吗？！为什么这么关心他？！明明是他先动的手！"

迎璟喘着粗气，胸膛剧烈起伏，眼眶都红了。

初宁的长发顺着脸庞垂落，遮住了她的侧脸，看不出她的情绪。倒是冯子扬忽地笑起来。他靠着初宁扮亲密，眼神带着藏不住的坏意。

冯子扬挑衅一般，踩住迎璟的痛处，一个字一个字地问："我俩什么关系，你想知道吗？嗯？"

冬末的夜风，像一床厚重的棉被，铺天盖地地罩在人身上。

迎璟浑身发冷，不自觉地握紧拳头。

冯子扬刚要开口，手臂却忽然一紧。

他扭头，是初宁。

初宁眼底隐含泪光，跟小鹿一样望着他，有难受，有失望，还有一丝哀求。

“未婚夫”三个字，在冯子扬舌尖打了个转，又沉默地咽进了肚里。

冯子扬好像明白了些什么，自此彻底沉默。

“走。”他捞起初宁。

初宁抹了把眼睛，不用他扶，自己站了起来。情绪的宣泄是一瞬间的事，示弱太久，也不能解决实际问题，初宁没有颓靡过久。她随冯子扬一同离开，没有再回头看迎璟一眼。

冯子扬的车是辆黑色路虎，停在VIP车位上。他拿出钥匙摁开了锁，拉开车门，刚要把初宁塞进去，迎璟不知何时蹿到后面，死死拽紧了初宁的胳膊。

他没说话，眼里还有情绪爆发后遗留下来的红。

初宁的眼神太冷淡，她也没挣扎，就这么看着他。

人在失望至极的状态下，气场吓人。迎璟渐渐松开了手，不知该如何是好。

“你听我解释”这句话，好像也变成了笑话。

初宁上车，关门，冯子扬按了下喇叭，车子飞速开走。尾灯没入茫茫车流，迎璟视线失焦，再也找不到他们了。

夜晚十点，电台里男音低沉沙哑，放的是一档感情节目。冯子扬嫌矫情，换了个台，听起了卖酒的广告。

车开上高架，他才说话：“宁儿，你对那小子，是不是玩真的了？”

初宁默然。

看她这个反应，哪怕不说话，冯子扬心里也已有了底。

初宁打开车窗，过了过风，又关上。

人清醒理智了些，说的话才最坦然。她也不隐瞒，说：“最开始时，是冲动。我在马来西亚没上那趟航班，死里逃生，我真的惜福。你相信吗？因果报应，我觉得我该做点儿什么，不然，欠的总是要还的。”

冯子扬呵一声笑：“迷信了。”

初宁说：“稀里糊涂跟了他们这个项目，说真的，这是我这么多年来，做得最累的一次。”

“那为什么不放弃？”

静了几秒，初宁低下头：“我不知道。”

冯子扬又是一笑，恰遇红灯，他转过头，伸手摸了摸她的头发：“你啊，是当局者迷。”

初宁亦抬眸看他，眼神懵懂。冯子扬痞里痞气地啧了声：“就冲你刚才不准我说我和你的关系，老子心都凉了。你还不明白？嗯？”

“我不喜欢他。”初宁答得果断。

冯子扬手搭在方向盘上，有一下没一下地敲：“你喜不喜欢，我不一定猜得准，但那小子，肯定向你表白过了。”

初宁转头看窗外，默认。

绿灯亮起时，车子启动，冯子扬说：“我不喜欢这个人。做技术的，人简单，想法纯粹，说白了，过于理想化。你们俩的圈子本就不一样，他这种心性，给他五年也不一定能改。”

短暂停顿后，他继续说：“他得给你肩膀，做你的后盾，当你的帮手，让你变得更强大才对。而不是一天到晚给你惹祸，糟不糟心啊。”

“如果我不想变强大呢？”初宁头靠着椅背，闭上眼睛，小声说。

冯子扬愣了愣。

“我觉得这样好累啊。”初宁呼了口气，就像刚参加完八百米跑，“做生意真的累死了。”

她的侧脸浸润在晃动的朦胧霓虹里，柔柔的，淡淡的，生生显出了一分脆弱。

冯子扬笑了：“要不，咱俩假戏真做算了，挑个日子把婚结了，别干活了，我让你吃香喝辣。”

初宁撑着小脑瓜，歪着头看他：“吃香喝辣就不必了，把你这块表给我就成。”

冯子扬的手腕上，是一块定制版的积家。初宁做垂涎欲滴状，还逼真地舔了舔嘴唇。他竟单手解扣，大方地将表一摘，就这么扔到她怀里：“拿去。”

初宁无语，不太乐意了：“你这大方的毛病真要改改了啊，人家激你两句就上道儿，迟早有一天散尽家财。”

“没事儿，散尽了你养我，反正咱俩是未婚夫妻。”

“臭不要脸。”

“哈哈哈。”

初宁的自愈能力还不错，看她一张笑脸又没事人一样，冯子扬也暗暗放了心。或许，她今晚情绪失控的原因，真的没有他猜测的那一项。

初宁回到家后，特意滴了几滴精油泡了个澡。热气蒸腾，香薰撩人，她坐在浴缸里把自己放空。她想起了迎璟，想起他和唐耀站在一起有说有笑的场景，想起了那句“我们已经聊过很多次”的话。

其实在过去，订单被撬墙脚也不是没有过。她除了背后咒骂一顿，调低对方公司的信用评级，更甚至将其拉入黑名单，也就不了了之。

初宁深吸一口气，告诫自己，平常心。人往高处走，再平常不过的道理，何况是这种学生团队。在遇到挫折后，突然被明耀科创这样的行业巨头抛出橄榄枝，傻子才放弃。

初宁掐了掐眉心，强迫自己不去想这个小白眼儿狼。这个澡蒸得她快晕倒，她才慢吞吞地起来穿衣服。

热气过后，浑身慵懒，初宁随便套了件大T恤，长度刚遮过臀部，下面光溜溜的两条腿又长又白。她把头发吹得半干，去厨房倒水喝维生素，又瞅见垃圾篓半满，便将垃圾袋系了个结，拎去门外丢掉。

她刚拉开门，便啊一声，吓得将垃圾袋往门口砸。

那儿坐着一个人！

一声闷响，那人伸手挡了下，垃圾袋撞到墙上，一袋子的纸屑七零八落，狼狈不堪。

纵然如此，他头上还是不可避免地落了几张废纸团。他双眼无辜，正可怜兮兮地看着初宁。

初宁有恨骂不出：“你怎么来了？”

迎璟抓了把头发，倒是学会了先认错：“来跟你道歉。”

他俩一个蹲着，一个站着，换作平时也没什么，但是此刻，初宁穿的是T恤裙，这个姿势真的不太合适。

气氛很尴尬，她浑身不自在，最后松口：“进来吧。”

迎璟听话地站起，龇了一下牙，揉了揉发麻的腿。初宁看到了，问：“等了多久？”

迎璟老实答：“看着你上楼的。”

她上冯子扬的车，他就打车跟在后头，直到现在。初宁默了默，心想，他们是该好好谈谈了。

这一次，迎璟不像之前几次那么随意，很拘谨地坐在沙发上。初宁给他倒了杯水，轻轻搁在他面前，然后抽了把椅子坐在桌子对面。两个人呈对立状，她的椅子略高，这是优势，容易形成压迫感。

初宁不吐不快，问："你为什么不跟我说？"

迎璟："我没有。"

"没有什么？"她打断他，"你想择良木，想选高枝，无可厚非。但你必须让我知道，我白天要忙公司的事，闲下来的时间全用来对付这个项目。当然，这是我的本分，我应该做的。但咱俩磨合了这么久，没有功劳也有苦劳，你可不可以稍微体谅我一点？"

初宁不是个忍气吞声受委屈的人，敞开天窗说亮话："你让我觉得自己像个傻子。我筛选投资人，陪他们应酬，冷脸白眼都受着，没事儿，我不怕，因为我身后有你，我们两个，是紧紧连在一起的，一荣俱荣，一损俱损。你明白这个道理吗？"

迎璟沉默，只垂在腿间的手极细微地颤抖着。

初宁别过头，缓了缓情绪，又正视他："不管我们以后有没有机会再合作，或者说再见面，我还是想给你提个醒，成功的捷径看起来有很多，但真正能走到最后的，一定是务实、勤勉、真诚。别的，都是镜花水月，等价交换。"

她说得很含蓄，但心里又堵着一口气。

初宁压重语气，竟有点不能自制地说出哽在心里的那个名字："翟敏，翟总，有的东西，你要了，总归是要还回去的。"

最后这句话，她声音渐低，神色端正。迎璟始终看着她，眸色如点墨散开来，瞳孔变暗。

"行，你跟我就事论事，那我们就有一说一。"

迎璟被她一席话搅得心海泛浪，声音也不免拔高，直接问："你也说，我们两个磨合了这么久，这么久的结果，就是你相信我出卖色相、出卖肉体，当个小白脸去陪翟总上床？"

他说得这么直白，倒让初宁语塞了。迎璟极轻地呵了一声："你宁愿相信一个Gucci纸袋，也不愿意相信我。说到底，咱们都有错，你不能单方面责怪我。"

"今儿个你撞见我与唐总在一块儿。是，我承认，我没有先告诉你，是我的不对。但你问过我没有，了解过前因后果没有？你没有。"迎璟异常平静，眼神直勾勾地盯着她，"你总怪我不理解你，不体谅你的难处，你总用看小孩儿的态度来看待我，这本身就是一种不公平。"

他停住，平静的表象已经有点维持不下去了。初宁安静的姿容映在他的双眸里，迎璟终是认了输，垂着头难掩委屈神色。

“我已经在学了，学着成熟，学着担当，学着帮你解决问题，学着……可是，你就不能给我再多一点时间吗？真的，我在努力了，可是，可是你不满意。是我太笨了。”

他难受极了，口不择言，摇了摇头，低低呢喃：“是我太笨了，太笨了。”

夜深人静，每一个字眼都将气氛往柔软的方向催化。

“其实你根本就没有把我当作你生活圈内的人，你们总用异样的眼光看待我、评价我，哪怕我再努力也没用。”迎璟的委屈，根本就藏不住。

初宁动了动嘴唇，下意识地解释：“不是这样的。”

“就是这样的。”迎璟抬起头，“不然你就不会在我和冯子扬打架的时候，第一时间站在他那边。”

迎璟撑了一晚上的忍耐，在这一刻彻底崩溃，他眼底发潮，这才是他最在意的事。

初宁低着头，闭上眼，手背撑着额头，用力按了按。

再睁开眼时，她也满脸倦色：“迎璟，我有我的苦处和压力。”

迎璟当即道：“可是，你为什么不愿意相信，我能够为你分担呢？”

他绕过桌子，走到初宁面前，蓦地蹲下去，直接把头歪在了她的大腿间。

“哎！”

“你别动。”迎璟声音发闷，“我难受死了，你明明知道我，知道我……你还那么护着别的男人。你太坏了，再没有比你更坏的女人了。”

他的脸是烫的，气息是热的，全都喷在初宁光裸的腿上，T恤裙本来就短，那些热气顺着往上攀，初宁简直要炸了。

她不敢妄动，全身都僵了。好在迎璟没有赖太久，他抬起脑袋，蹲在地上仰视着她。

“唐总是找过我，也给我提供了非常优渥的条件，只要我愿意去，他愿意敞开明耀科创的大门。但条件是我必须放弃跟你的合作，明耀是我唯一的投资方。”

初宁一怔，问话时，能感觉到自己心在抖：“那你答应没有？”

迎璟利落地摇头：“没有。”

初宁声音发颤：“为什么不答应？”

“因为你是底线。”

六个字，铿锵有力。

你是底线。

你是唯一。

这一瞬，烟花在初宁耳边爆炸，绚烂得让人心潮翻涌。

“是你给了我开始，带我走到这里，你也是我的动力。”迎璟嘿声憨笑，眼睛微弯，里头像是住了好多星星。

“如果我不能带你走到最后呢？”

“不会的。”笑容凝了凝，迎璟说，“前半程，你带着我走，后半程，我会带你跑到终点。”

又一朵烟花在耳边爆炸，一簇簇的银光全落到了迎璟的眼里，亮得让人不敢直视。

初宁哽咽着，固执地追问：“万一走不到终点呢？”

迎璟粲然一笑：“我也不会丢下你，死也要死在你手里。”

初宁不敢看他的眼睛，迅速别过头去。

迎璟一副痞子的笑容，他顺着方向看她，初宁把头别向另一边，他也歪向这边，追着看。初宁抬手去捂他的眼睛，被迎璟一把抓住手腕。

“好了好了。”他的声音温柔得像是初春的第一场细雨，“又不是没看过你哭的样子，别躲啦，我也在你面前哭过啊，很公平的。”

初宁低骂：“这有什么好炫耀的？毛病吧。”

迎璟哼了声：“有哭有笑很正常啊，有什么好逃避的。”

初宁稳住情绪，转过头来，语气正式：“我要跟你约法三章，以后我们两个人的想法，必须及时沟通，有事情一起商量，不准搞单边行动。”

“行。”迎璟应得干脆，“我对你也有要求。”

“说。”

“不许不信任我，不许把我往乱七八糟的方面想，我真的要气死了，”迎璟起身，也没完全站直，弯着腰，凑近初宁，两张脸挨得特别近，“真的，有些话你不能乱说，忘记我家是干吗的了？”

“政治敏感，你造我的谣，有损军人家庭的形象，会被抓起来坐牢的。”

初宁心里咯噔一下。

迎璟却忽地一笑。

上当了！

“你骗我呢！”初宁怒得挠他痒痒。

迎璟立马投降就范：“我认错我认错，你别扯我的裤子！耍流氓啊！”

“我哪里扯你的裤子了？”初宁郁闷道。

迎璟耍起无赖，指着她：“你就扯了，我告诉你，我今天没穿内裤。”

初宁一怔：“你没穿内裤？”

迎璟当即大声道：“看！还说你没扯我的裤子！你要是没扯我的裤子，怎么知道我没穿内裤？”

初宁怒揍他：“你这个幼稚鬼！”

两人动作幅度大，扭作一团，初宁把人按在沙发上一顿揍，他胆敢反抗，就直击要害，挠他的胳肢窝。迎璟跟条河鱼一样，在沙发上垂死挣扎，最后憋着一口气，在她大腿上不轻不重地掐了一把。初宁脑袋断片儿，被他反击成功，形势急转直下，她反倒被迎璟压在了身下。

方才的剧烈全体现在两人急促的呼吸里。

四目相接，全是荡然的光影。

初宁心生警惕，甚至不敢用力呼吸，两人太近了，她怕蹭上他的胸。迎璟望着她，一颗心起伏得像万丈高楼平地起。

“喂……”他哑着声音道，“商量个事儿。”

初宁眼睫微颤：“你说。”

“以后，我们之间不要吵架好不好？有事说事，摊开了说，敞亮地说，明明白白地说，别瞎猜，伤感情。好不好？”

迎璟的目光，像一簇簇燃烧着的小火把，他炽热真诚，亦气势如虹。初宁魔怔一般，全然被他牵引，心甘情愿地点了下头。

迎璟绽开笑容，没做过分的举动，利索地起身，还自然地轻轻给她扯了扯裙摆。

“对了，那个该死的Gucci。”

“嗯？什么？”初宁恍神，几秒之后才反应过来，“哦。”

迎璟走去门口，又走回来，手一递：“其实是我买给你的礼物。昨天，翟总要我陪她逛商场，我拒绝了。”

初宁皱眉：“那她能高兴？”

“当然不高兴。”迎璟嘁了声，“我干吗要管一个老女人高不高兴啊。”

“老女人”三个字，莫名惹到了初宁，细腻敏感猜疑的神经，几乎让她立即不悦：“你什么意思？”

迎璟看穿她的心思，淡淡瞥她一眼：“你又不老，不就是比我大三岁嘛。”

初宁心都虚了，强装气势，凶悍道：“你再说一遍。”

迎璟歪着头，轻声道："女大三，抱金砖。"

初宁浑身过电。完了，这小子要成精了！

迎璟不再闹，正儿八经地把纸袋交给她："昨晚我一个人逛的商场，觉得这个挺特别，你应该会喜欢。"

待她接过，迎璟看了看时间，说："不早了，我走了，你早点儿休息。"

这个点儿，还能赶上最后一班地铁。人走后，初宁又在沙发上坐了很久，把今晚的事情从头到尾顺了一遍，最后得出结论，迎璟真的进步了，会替人着想，也懂得自己扛压力，主动解决问题。虽然不尽完美，但他有这个意识，有这份心，并且试着用自己的方式去实践，也算是难能可贵了。

一晚数小时，他俩的事情跟电视剧一样跌宕起伏。初宁不由得失笑，幸好，是好心情结束。

她打了个长长的哈欠，瞥见Gucci的精致包装袋，里头放着一个长方形的礼品盒。初宁拿出来，拆掉绸缎，然后将其打开。

是一枚太阳图案的胸针。

初宁拿起来看了看，嘴角带笑，这小子，审美奇异啊，不过还挺好看的。这个牌子费钱，初宁上官网查了下价格，呵，他还挺舍得花钱啊。心里美了美，她还是决定，明天把这笔钱微信转给他。

初宁刚准备退出网页，心里忽然起了意，顺手往搜索栏里敲下问题：送太阳。

三个字刚敲好，搜索栏下方自动弹出关联问题。第一个就是：男生送女生太阳吊坠，代表什么意思？

初宁随便点进去，这一瞎点，她蒙了。

答案前两个字：想日。

这俩字怎么看都长得无耻下流。初宁火气蹿起，拿起手机打给当事人。此时的迎璟刚上地铁，车厢摇摇晃晃，他一只手扶着栏杆，一只手拿着手机放在耳边，被初宁吼得手机差点失手掉地上。

"你是不是闲得无聊！没事儿干？啊？"

迎璟莫名其妙："我怎么了？"

偏见助推火气发射，初宁更凶了："还问我怎么了！你好意思吗你！"

"你不说，我怎么知道我好不好意思啊？"

"你、你给说清楚。"这话一出口，初宁自个儿察觉不妥，这根本就说不清楚。于是她换了话题，呵斥："你脑子里成天在想些什么？"

迎璟很自然地脱口道："我在想你。"

他就这么风轻云淡地回击了初宁的火冒三丈。

这位女壮士的炮火灭了。

“我在地铁上。”迎璟抿着嘴，语气不太高兴，直言不讳地指出她的错误，“你看你，咱们刚刚还谈过话呢，遇事要沟通，别自己想象。”

初宁蒙了。

“你看你现在，根本就又是单方面在误会我。”迎璟语气很认真，“是你错了。”

是我错了吗？初宁觉得这话有道理，但又隐约觉得，他好像在挖陷阱。

不过他的目的达到了，因为初宁现在完全被他牵着走，并且觉得，自己的确错了。也许迎璟送这个礼物的时候，根本就没往那方面想。初宁头皮发麻，糟了糟了，难道是自己会错意了？

“你要么好好跟我在电话里说，要么，我现在去你家，面对面好好说。总之，不许吵架。”迎璟头头是道，如此沉稳，倒让初宁心虚了。

半晌，她气势软下来，道歉：“对不起。我看错了，没事了，挂了。”

电话响起忙音。

迎璟看着车窗外飞驰而过的广告牌，挑了挑眉。

寒假最后十天一下子过去，三月初，新学期开始。

迎璟原本要坐高铁回B城，但恰巧姐夫厉坤要去参加培训，迎璟便提前一天搭了便车。厉坤这次开的是私车，黑色大吉普，线条硬朗，跟这人的气质倒是蛮搭配的。

迎璟说道：“姐夫，我想考驾照。”

厉坤鼻梁挺直，架着一副大墨镜，精神的板寸头是检验帅哥的有力标准。他瞥了眼后视镜，边变车道边说：“行，你要是暑假学，上李班长那儿，让他给你开开小灶。”

迎璟转了转眼珠，打听行情：“你有卖二手车的朋友吗？”

厉坤转头看他一眼：“驾照还没考，就要买车了？”

迎璟笑了笑：“图个方便嘛。”

“回头我帮你问问。”厉坤是个办事儿靠谱的男人，话不多，一旦答应，就定会给个交代。

迎璟到学校后，把宿舍清扫了一遍，再把干净的床单被褥换上。他从小严于律己，生活习惯极好，工工整整，十分注重个人卫生。学生陆续返校，晚上，室友们聚齐。

这个送腊肉，那个送糯米饭，迎璟这个看看，那个瞅瞅，最后挑了个蒿子粑粑，闻一闻，真香！

祈遇最后一个到，这会儿正忙着收拾行李。迎璟走过去帮忙，蹲下来，平静地道：“你通知吧，明天队里开个会。”

祈遇动作一顿，抬起头看他。

迎璟道：“我有事儿跟大家说。”

Chapter 13　这不是调戏人嘛

第二天，中午午休，团队的所有人都到齐了。

一个寒假不见，大伙儿很容易闹成一团，互相说了几句玩笑话，也就兴致缺缺，好像都有预感，这个会，大概率是奔着散伙去的。寒假前那件事儿，对迎璟的影响太大，他当时的状态那么差，今日的结局也在大家的意料之中了。

“不好意思啊，我来晚了。”迎璟一路小跑，气儿还没喘平。

周圆举高了手：“那没事，待会儿请喝奶茶。”

张怀玉嫌弃地扇了扇风：“全是奶精，难怪你瘦不下来。”

“人身攻击不可爱了啊！”

张怀玉拽了拽顾鹏鹏，问：“我可爱吗？”

大家脸上挂着笑，气氛松解，但没一会儿，就又齐齐安静下来。几人你看我，我看你，眼神里都是不好的信息，最后幽幽叹气，望向迎璟。

迎璟微微低头，再抬头时，语气有力：“我要继续做项目。”

其余四个人都傻了，彼此对视一眼，想问，又不太敢问。

“当时我被实验室的事儿吓着了，总觉得要完蛋，所以给你们传递了负能量，我给大家道个歉。”迎璟站直，很正式地鞠了一躬。

“但临阵脱逃不光荣，哪怕缺胳膊少腿地走到终点，哪怕结果不尽如人意，哪怕我们没有任何成就，不被人记得，我也想把这一程完完整整地跑完。”

迎璟抿抿唇，开始说实际的：“我知道，现在前景未明，你们有很多选择权。无论你们的决定是什么，我都尊重，并且感谢。”

他的态度很明确，没有过多煽情口号。

全体沉默。

片刻后，周圆率先举手：“我！反正做项目也算是实习，我愿意继续啊。”

紧接着是张怀玉：“我也没事啦，反正我已经保研了。”这是来自学霸的自信。

顾鹏鹏就更无所谓了：“我大一，课不多，没要求，能让我进组学习，我很知足了。”

剩下一个祈遇。他的情况有点复杂，家里条件不太好，加上女朋友也在B城，比一般人考虑的东西要多，原本计划找个公司实习，挣一点是一点。他眼里微妙的犹豫，迎璟看出来了。

“不是白干活的。”迎璟转过头，重新看向大家，“我会跟大家签订技术入股协议，按每人负责的单元作比例调整，以后，项目产生利润，无论多少，都公平分配。并且，在研发期间，给大家发放补贴，钱可能不多，但一码归一码，所有努力，都值得被肯定，所有付出，都应该有回报。”

迎璟目光真诚，态度坚定。

最先鼓掌的是张怀玉，两只小手拍得啪啪响：“啧，越来越有领袖风范了。”

周圆也乐了：“搞得我血都热了，感觉自己做的不是项目，是事业。”

顾鹏鹏极淡定道：“洗脑成功。”

“哈哈哈哈，去你的！”周圆大笑。

迎璟伸出手，五指张开，手背朝上：“怎么样，要不要一起重新开始？”

“必须的！”张怀玉太激动了，一掌下去，打得迎璟手背通红。

接着是周圆、顾鹏鹏，一人一只手叠在一起，最后，几人一起望向祈遇。他是迎璟在学校里最好的朋友。

“来吧，祈遇。”迎璟目光期盼，呼吸灼热，“试一次，我们再试一次。”

祈遇点了下头，走过来，伸出手。

五个人齐声高呼：“不放弃！加油！加油！加油！”

军心是拢齐了。在实验室没落实之前，迎璟安排大家着重理论梳理，尽可能地完善前期准备工作。

同时，他在初宁面前晃悠的机会越来越多，说好听点，叫有事儿多沟通。

每每初宁不快，他都搬出那句话：“你说的，一荣俱荣，一损俱损。”

这小子出息了啊，知道拿她的话来堵她的嘴了。当然，现在的迎璟，想见她，不仅仅是因为“想”，他也学会了汇报，参与到初宁的职责中来。

“我这两天又找了一个意向投资方，把资料发过去后，他主动打电话来了解。”

两人坐在大排档里，一桌热气腾腾的烧烤。

初宁今儿下班晚，职业装没来得及换，一身香奈儿套装，美人气质一下子就出来了。她也不过分讲究，将外套一脱，袖子一挽，有什么吃什么。

“我跟他约好了，明晚吃个饭。”

闻言，迎璟抬头：“那你又要喝酒？”

初宁撩开半边头发，低头吃粉：“正常。”

迎璟努努嘴：“那我明天陪你一起去。”

“不用你去。”初宁腮帮微鼓，“你上学吧。”

“我明天没课。”迎璟语气不太高兴，“你让别人陪你去，怎么就不让我去？我才是你最亲近的人好不好？”

初宁啧了一声，放下筷子，手越过桌面。她想揪他的脸，提醒他注意用词，但手伸到一半，自己便意识到了不妥。

这不是调戏人嘛！四舍五入就是性骚扰了啊！初宁刚想把手收回，手腕一紧，被迎璟牢牢拽住。他看着她笑了下，目光流转间，有少年的炙热情感，然后头一低，脸轻轻蹭上了她的掌心。

初宁如遭电击，猛地抽手。迎璟还无辜了：“你刚才不就是想对我做这个吗？我送上门了，你还瞪我。”

初宁被气笑了：“谁想对你做这个了？”

迎璟把脸凑近：“那你想对我做什么？”

没等她回答，他自个儿先长叹一声：“唉！”

那个“唉”字，简直意味深长，咬得极重，初宁冷哼，他故意的。偏偏这事儿还不能挑明了说，横竖都是初宁尴尬，他没脸没皮，她可做不到没心没肺。

一顿晚饭的时间，迎璟也给她说了自己这边的情况。当说到给每个队员适当发补贴时，他语气渐弱，底气不足地观察着初宁的反应。

初宁反应倒平静，只瞥他一眼：“你也学会先斩后奏了，有进步啊。”

她见他没说话，又看他一眼：“我又没说你做错了，这么紧张干吗？”

说着她挑开炒面里的香菜叶，结果发现太多了，便不再吃，说：“你做得挺对，牵扯到团队利益，就不能全靠情怀喊口号和洗脑，大家不傻，总有一天会明白这个道理。你能开诚布公地承诺，利于长远，也稳定队伍。不错，长大了。”

迎璟也没有被表扬的兴奋，就觉得这事儿是他该做的：“我会越来越好的。”他看着她，说，“你等等我啊。”

等我变好，等我够得着你心里的位置，等我足以与你相配。

次日晚上的应酬，初宁把饭局定在一个中档餐厅，要了一个软包。这位意向投资人姓周，四十多岁，安徽人，在B城做地产，不做高端楼盘，专注城乡接合部，赶上这两年政策扶持，赚得盆满钵满。

这人的肚子里没什么墨水，但人聪明，聘请了一个专业管理团队，把公司包装得像模像样。

“我那个团队啊，可贵了，一年百万的酬金，但主意确实好，什么企业文化统一，办公室摆什么东西比较有利于风水，说得那叫一个头头是道。”

酒过三巡，这周老板开始聊天儿了，说实话，听这人说话不超过十句，连迎璟都看出了他的浮夸。“不感兴趣”四个字，全写在迎璟脸上。初宁暗地里瞪了他几眼，他才强打精神，呵呵呵地赔笑，没两分钟，又蔫了。

“哎，你们那个虚……虚什么项目，听起来就很高端嘛。”

迎璟冷冰冰地打断他：“是航空发动机虚拟建模。”

“啊，啊。”周老板面色潮红，端着酒杯，敷衍地点了下头，“好项目，好项目啊。”

迎璟忍不住翻白眼，脸往右边一转，眉间极尽不耐之色。反观初宁，一晚上笑脸相迎，来酒不拒，顺着周老板的话，把人夸得天花乱坠。对方被哄得舒舒服服，脸上的肉都笑得挤出了两条褶。

迎璟实在受不了，借口上洗手间，去外面透气。没多久，初宁也跟了出来。

迎璟靠在窗户边，百无聊赖。

初宁喝了酒，身上难掩酒味儿，她掏出烟盒，点了一根夹在指间，淡淡地问：“不想待了啊？”

迎璟烦得很：“这都是些什么人啊，什么都不懂。”

初宁极轻地一笑，抽了一口烟。

“我不想找这样的投资人。”迎璟闷声道。

“什么样的人？”初宁明知故问。

"根本就是玩票性质，想赶赶时髦，找个科技产业的投资，给自己公司镶个钻，以后拿出去也有资本炫耀，好像就能更上一层楼似的。"迎璟不屑，并且对其反感。

一阵阵的风从窗外灌入，初宁的长发被轻轻吹起一道弧，很是妩媚，她倒是平静，说："我让你不要来，何必呢，给自己找不痛快。"

迎璟抬起右手，心浮气躁地解了解衬衣领扣，亏他今儿还一身正装赴宴。

初宁已习以为常："别管那么多，拿到钱就行了。"

迎璟别过头，心里愤懑难平，但还是压制住了情绪。

他重新看向初宁，低着声音说："你平时，就是跟这些人打交道吗？"

"嗯？啊，嗯。"初宁点了点头，不在意道，"周老板这种还算好的，再奇葩的我都应付过。"

迎璟默了默，说："你喜欢吗？"

初宁笑了下，眉眼一弯，颇有风情，说："我没想过。喜欢能怎样？不喜欢又怎样？这就是我工作的一部分，我没选择，既然没选择，为何还要去想这种没意义的问题呢？"

她风轻云淡地说出这番话，迎璟却觉很伤感，声音更低了："这个周老板不好，我们走好不好？"

初宁想了想，劝道："你要是实在不习惯，你先走，好不好？"

迎璟坚决地摇头："你喝了酒，我不放心你，我一定要守着你。"

初宁乐了，大概是酒劲儿作祟，毫无顾虑地伸出手碰了碰他的脸，一袖口的淡淡香水味儿，动作间全是温柔。

"乖。"

二人重回包厢。周老板也是个大大咧咧的，不在意两人同时出去，兴致还蛮高，一招手，就让服务员倒酒。初宁心里有数，知道自个儿不能再喝了，于是笑着推辞："周老板，您酒还没喝尽兴，我让小李陪您喝。"

"那可不行。"周老板把酒杯推到初宁面前，"你是美女老总，长得好看的人，必须多喝一点。"

他带来的几个公司主管自然配合助兴："就是啊，宁总酒量好，不碍事儿的，你就喝吧。"

"难得尽兴，就当交个朋友，以后有个什么事，也能互相照应。"周老板没什么坏心，纯属酒来疯，就不知道自己姓什么了。

初宁被最后这句话掐准了点儿，心一横，手刚碰上酒杯，迎璟抢先一步，劈手夺了去。

他力气大，酒杯不稳，晃出了鲜红的酒液，泼了他一手，他也面不改色，冷淡道：“她说她不喝，你们没听到吗？”

全场安静，数秒之后，很快有机灵人打圆场：“没事没事，小兄弟……”

“谁跟你是兄弟？”迎璟横眼望过去，眉间一个大写的“你不配”。

局面有点尴尬了，在场六七个外人的十几双眼睛，全瞪着迎璟。迎璟从容淡定，抗压能力爆表。初宁意外没有自己想象中那么生气，还坐在椅子上，仰着头打量迎璟。

大概是正装上身，拔高人的气质，让他有了年轻好看的男人味儿。迎璟是站着的，窄腰长腿，衣袖挽上一半，露出的手臂肌肤紧实有力，清隽挺拔，真的悦目。

初宁望着他，竟然轻轻地笑了。

迎璟把酒杯往桌上重重一放，然后拽着初宁的胳膊把人从座位上提起。

“对不起，我是来找志同道合的有志之士，而不是来陪酒卖笑的，告辞！”

语罢，迎璟牵着初宁，大步迈出了包间。

立春之后，B城的夜晚便不再寒冷冻骨。这几日暖流过境，风都变暖了。

两人走出餐厅，走到路边，初宁实在忍不住了，笑着说：“哎！你搞砸了我的生意啊！”

迎璟扭过头，浅望她一眼：“不喜欢做的事，就不做；不喜欢的人，就不理。他们不尊重我们，我们也没必要给好脸色。怎么样，是不是很爽？”

初宁神色犹豫，但眼神明亮的瞬间被迎璟捕捉到。

他突然觉得心酸。

没有谁愿意做不喜欢的事儿，但对初宁来说，她克制自我，娴熟老到，或许还有市侩现实。但站在她的角度，也有那么多无能为力啊。

迎璟向前一步，说的话竟带着哄人的语气：“我不管，你骂我幼稚鬼也好，批评我不知人间疾苦也罢，反正你跟我在一起的时候，我一定不许你受委屈。”

初宁看着他的眼睛，亮亮的，像在湖面洒下的一片月光。她心里微微一动，一整晚的酒劲全变成了糖水，在身体里慢慢回甘。

手机铃声在这时响起，将气氛打断。迎璟拿出手机一看，是崔静淑打来的，不得不接。他略为抱歉地看了眼初宁，然后接听电话：“妈。”

这个地方很吵，也不知哪家店突然响起咆哮的音乐，太大声了，简直如雷鸣。迎璟听不太清妈妈的讲话，手里还拎着外套，一时也不能空出手捂耳朵，于是只能满地儿转悠，但根本逃不过这劣质的音响声。

突然，迎璟的手臂被扯住，是初宁。

她食指比在唇边，微微噘着嘴："嘘。"

然后她示意他继续听电话，下一秒，初宁踮起脚，左手捂住了他的左耳。

噪声骤然变小，迎璟能听清妈妈说的话了。初宁的手心又软又烫，还有沁人的淡香。迎璟心思缥缈，好不容易才集中注意力应付妈妈的问话。崔静淑找他谈事儿，还挺重要，迎璟听得认真，只察觉到右肩被什么压了下，但很轻，所以他也没在意。

"好，我知道了，您让吴伯给我带到B城吧，和平饭店是吗？行，我会去拿的。"

终于讲完，迎璟挂断电话。这时，他才觉得有些不对劲了，右肩的沉重越发有存在感。

他好像意识到什么，动作极轻地扭过头。初宁枕着他的肩，一张白皙的脸近在眼前，睫毛长翘，双眼皮的弧形像面小扇子。

她呼吸绵长，闭着眼睛，竟靠着他的肩膀睡着了。

迎璟的心软得一塌糊涂，他不敢动，不，是他不愿意动。他就这么站着，听见了爱情在唱歌。

汽车鸣笛声将初宁从迷糊中揪回，她一刹清醒，人晕晕乎乎的，重心不稳，脚步趔趄了下。

"小心。"迎璟飞快伸手，把人给扶正。

初宁轻轻甩了甩头，哎了一声："晚上这酒好上头。"

她又恢复清醒，把迎璟的手给推开了。

迎璟嘀嘀咕咕："你以后能不喝酒吗？"

"怎么可能？"

"那你能少喝一点吗？"

"这个可以尽量控制。"

初宁看他一眼："钱不好挣呢。"

迎璟轻哼："我爸就说过，中国的酒桌文化，都被一帮人给糟蹋了，把强迫当乐趣，好像他们的满足感，就只能从别人的难受里获得一样。有点儿资本就能站在制高点对他人指指点点。酒，才不是这么喝的。"

初宁笑："哟，今儿怎么这么愤青？那你说说，酒该怎么喝？"

迎璟睨她一眼："有机会，带你去我们大院儿，去警卫排，去沙场，看看我们那儿的战士是怎么喝酒的。你想醉，一定是醉得舒坦；你不想醉，也绝对不会勉强。他们拿大碗，衣服一脱，上身一露，喝得那叫一个酣畅淋漓。”

初宁挑眉：“脱衣服啊？身材怎样？”

迎璟斜着眼睛看她：“全是肥肉，腻死你。”

初宁乐了：“这种醋你也要吃？”

这话一出口，她自个儿反应过来，有失分寸了。初宁收敛笑容，表情平静地站着。迎璟也没什么回应，慢条斯理地穿着外套，先左袖，再右袖，最后抖了抖肩膀，一身清清爽爽。他实诚道：“我在你身上吃的醋多着呢。怎么，你要补偿我吗？”

初宁伸手往他脑门儿上一敲：“闭嘴行吗？！”

迎璟疼得龇牙咧嘴：“你别老打我，我跟你说，不是我打不过你，是我不打女人。”

初宁又是一敲，还挑衅上了。

迎璟：“喂喂喂。”

她还要再敲，手伸到半空，又变了个姿势，轻轻落在他的头发上，摸了摸：“你怎么这么乖啊。啊？”

女人的声音好温柔，还带着淡淡的酒气，迎璟眼睛都绚烂了。初宁说完就转身，双手环在胸前，拨了拨头发：“走吧，代驾应该到了。”

迎璟站在原地，有点迷茫，有点不解，他分不太清初宁是故意的，还是撩人于无形。

代驾小哥很守时，初宁和迎璟坐后座。她开了窗过风，两人一人占据一边，中间隔得有些宽。风把初宁的头发吹得往后飘，像一圈圈的小水花。

忽然，她说：“抽空去把驾照考了吧。”

迎璟啊了一声。

“男孩子怎么能不会开车呢。”初宁打了个长长的哈欠，手掩着唇，这个样子倒是蛮娇憨的，“以后也能有个替手。我不喜欢别人动我的车。”

迎璟愣是从这话里听出了些许蜜意，他不是别人。

今晚这个应酬失败至极，是把这位土财主周老板给彻底得罪了。换以前，初宁一定捶胸顿足，但这一次，她也觉得没那么在意。想起迎璟那副不愿妥协的小钢炮模样儿，初宁觉得也挺不错。

行吧，再找下一家。她打起精神，开始翻看手中的资源名单。

她原本以为这事就此翻篇，但人生就是这么奇妙，第二天，周老板竟然给初宁打来了电话，愿意投资他们的项目，并且合同一字不改，利润分配占比全用他们开出的条件，资金总额三百万，分三个节点依次支付。周老板人也大方，说：“你们这东西，按不按时汇报也无所谓，反正我也听不懂。”

他自个儿先憨笑起来：“那啥，下午你有空就来我公司一趟，把合同带来，赶紧签了。我晚上还要回老家一趟。”

事情反转得太快，初宁暂时没有告诉迎璟。第二天下午，她提前十五分钟到周老板的公司，周老板大腹便便，一身西装也不知谁给他买的，面料容易皱，乍一看挺像农民企业家。

合同签字、盖章，噼里啪啦快如闪电。初宁望着白纸黑字以及红彤彤的公章，一时五味杂陈。

周老板拧上笔帽，笑眯眯地问：“昨晚上那个小兄弟没有来啊？”

初宁一脑袋冷汗，生怕财主要报仇。

“你别紧张，别紧张。”老周瞧出了她的心思，还和和气气地说，“这小子，贼聪明。什么大学来着？”

“C航。”

“好学校啊！”老周猛地一拍桌子，“人才啊，我就喜欢会读书的娃娃！”

初宁心里松了口气，对方没记仇就好。

老周还在真情实感地念叨：“这个社会，有知识有文化，才能有涵养有气质，多少钱都买不来。年轻人还是要多读书，咱老家在山窝窝里头，那里的父母很作孽的，娃娃八九岁就下地干活儿，大热天的光脚在田里，脚丫子都泡烂了。”

他叹一声气：“走出大山，才有希望啊。”

原来，他也是个惜才的好人。初宁眉头微动，迎璟这人的运气，好像一直不错，总有绝处逢生的机会。

尘埃落定之后，初宁才告诉迎璟这个消息。迎璟意料之中地激动，她把手机拿远了点，扬着嘴角说：“有什么可高兴的，这还只是刚开始。对了，你定个时间，我们一起去看下实验室。”

迎璟答得很快：“明天吧！”

“行。”

综合考量之后，初宁还是觉得中关村的那家比较合适。她只考虑成本管控，迎璟考虑技术指标，但是前提还是以他为准，如果迎璟说不行，那就再寻别家。

初宁把这一点讲明白后，两人达成一致。

迎璟一转眼珠，把脸凑近："哎，你发现没有？"

初宁正开着车："什么？"

"我们两个，越来越有默契了。"

"你闭嘴。"

"好事儿还不让人说啊。"迎璟不高兴道。

初宁轻斥："你保持安静比什么都好。"

但迎璟安静不过两分钟。

"那个，"他语气平静，理直气壮地问，"你真的不打算考虑一下我吗？"

初宁一个急刹车！

迎璟差点撞头，心惊肉跳道："我就表个白而已，你要杀人啊。"

"不杀，我刚拉来投资，怎么着也要等到你给我赚点钱再灭口。"初宁亦平淡道。

迎璟又凑过去："你喜欢什么样的男人？"

初宁道："话少的。"

迎璟，卒。

到了目的地，初宁先跟对方负责人联系好，车辆被允进入科技产业园区。这里片区分工明确，医疗科技、人工智能科技、软件园，涵盖了国内所有高精尖行业。

初宁看到这些，心生感慨，"读书时成绩不好，没想到，现在竟然在做学霸该做的事。我要是告诉我们班主任，她的嘴张得应该能有这么大吧。"

初宁绘声绘色地比了个大圆。迎璟瞄了一眼："不够大，看着。"

他两步拦在她面前，两只手在半空出其不意地画了一个爱心。迎璟的眉目很干净，还故意挂着含蓄而勾人的微笑。

初宁内心是串省略号，表面故作镇定："你很闲吗？"然后她便快速往前走。

迎璟双手搁腰上，笑着看她，等她走出四五米远，才冲着她的背影喊："你往哪儿走啊？在这边。"

初宁的脚步犹豫了一下，但她没有听他的，继续往前走没回头。"我上洗手间，管得着吗你？"

迎璟挑挑眉，洗手间好像也在这边。不过这一次，他没有揭穿她。

实验室的负责人姓张，架着眼镜，方块脸，大概是接待的人多了，所以态度很公式化。他把实验室的基本情况介绍了一番，又听取了迎璟对项目所需设备的汇总。

他对项目的熟悉程度，已经精确到了具体的输出功率、负载电流最高值等这些细致化的层面。

初宁听不懂这些，安静地退到一旁。趁这个时间，她偶尔打量迎璟。入了春，天气已转暖。他好像天生比别人耐寒，冬天时，冬衣穿得比谁都晚；天暖时，棉衣又脱得比谁都早。

他今天穿了一件橘色风衣，亮得扎眼，却不违和。好看的男孩子，穿什么都是好看的。她视线再往上，迎璟皮肤白，脖颈上也没有什么纹路。初宁见过他母亲，岁月美人。这身好皮肤，大概就是从崔静淑那儿遗传来的。

初宁正分神，迎璟突然转过头，两人的视线撞了个正着。她有意识地挪开目光，没看见他嘴角勾起的笑。

十来分钟的交谈结束后。迎璟问："请问你们实验室的时间是怎么安排的？"

初宁一听，就知道这是满意了。初步落实之后，迎璟对初宁点了下头。两人默契交接，剩下的事儿，就由她来谈了。

他们再次预约好签合同的时间，忙完已是两小时后。二人走出实验室，阳光正耀眼。

初宁心情不错，所有难题正在一项一项解决，资金、场地、人员。她和迎璟之间，好似也在朝着一个正确的方向，越发契合。

她眯眼看了看蓝天，再看了看迎璟，兴致来了，对他说："走吧，我请你吃饭。"

迎璟背对着她，没回应。初宁走过去，才发现他一直盯着右边。

"你看什么呢？"

迎璟表情深思："那个人，我好像在哪儿见过。"

初宁顺着他的目光看过去，右前方，一群人站着，看装扮，估计是哪个公司的工程师之类的。他们统一制服，胸襟上绣着公司名字：亿和软件科技有限公司。

"哪个人？"

"个子最高的。"

那人二十六七岁，皮肤黝黑，头发微秃，穿着一双运动鞋。

初宁没明白他的意思，只评价了下对方的装扮："真是审美奇特。走吧。"

迎璟挪动脚步，走时频频回头，总觉得那人很面熟。

“想吃什么？”初宁把车开出科技园，提速后，问他。

迎璟若有所思。

“火锅？火锅？火锅？”初宁又问。

三个火锅总算让迎璟回神，他笑着看她：“是你自个儿想吃了吧？”

“吃不吃啊？”

“吃。”迎璟说，“我们自己做吧。”

初宁来了兴趣：“你还会做火锅呢？”

“烧壶水，放两个辣椒，撒把盐，再把菜扔进去烫熟了吃。很难？”

初宁原以为他只是说说而已，没想到，真买菜的时候，他的条理非常清晰，从生鲜区逛过去，再是调味品。初宁是个生活气息很淡的人，工作忙时，一日三餐外卖搞定，不忙时，累都累死了，谁还有心情做饭啊。这会儿，她这里挑挑，那里拣拣，觉得还可以的，就往购物车里放。

她在前面放，迎璟便在后面悄悄地拿出来，摆回原处。一路下来，购物车里，她看中的一个都没有。

初宁瞪着眼睛看他。

“你买的那些不实用，浪费钱。”迎璟淡定道，“行了，你别瞎逛了。”

他从饮料架上拿了瓶奶茶往她怀里一塞：“去外面坐着喝奶茶，等我。”

初宁抱着这瓶胖胖的奶茶，像是一个被哄的孩子。买完菜，两人回公寓。初宁倚在厨房门口，看里头的人忙碌干活儿，不由得怀疑：“你是男人吗？这么会做饭。”

迎璟正低头剥蒜，闻言一笑，头也不抬道：“那你是女人吗？这么不会做饭。”

初宁语塞，默默回客厅，不再自取其辱。

火锅操作简单，没有技术含量。迎璟炖了一锅骨头汤做底料，记起初宁不太能吃辣，便只放了一小勺辣椒油。六点半，两人准时开餐。

初宁换了身家居服，米色的V领绵T恤，有点小掐腰，再配条黑色的阔腿裤，头发随意扎着，看起来清新可人。迎璟把她从头到脚扫了一遍，真诚道：“我喜欢你穿这身衣服。”

初宁警告：“不许乱说话。”

“你这样子，像我学妹。”

迎璟无辜地问：“不信啊？”语罢，他绕过来，站在她身后，打开手机快照，开始自拍。

“看，我没骗你吧。”他炫耀着照片，越看越喜欢，“抓拍不错。”

初宁发飙：“删掉！”

“不要。”

迎璟又拿起手机对着她：“你别闹我，我正在给你录小视频呢，待会儿发去朋友圈。”

初宁也意识到了自己凶神恶煞的样子不好看，立刻规矩文静，躲他远远的。迎璟淡定地去厨房拿碗筷，偷偷地把第一张合影设置成了手机屏保。

他看着照片，没忍住，心里都快乐开了花。

初宁对迎璟这脸皮越来越厚的现象，诸多不满，但又无可奈何，为避免尴尬，她一般假装若无其事，用沉默掩盖。

两人边吃边聊，互换意见。初宁跟他说公司目前存在的问题，以及第一步要解决的一些困难。迎璟听得很认真，不懂就问，懂的，也不吝于跟她交流看法，哪怕稚嫩、生涩、缺乏经验，但他迈出了这一步，懂得设身处地为初宁着想。

“你呢？还顺利吗？”初宁也问起他。

“还行，按部就班。”迎璟夹了片最大的蘑菇，放到她碗里，“我跟你说太详细了，你也听不太明白。反正，你相信我就好了，我不会让你失望的。”

初宁低头笑了笑，突然想起件事：“下半年不是有个国内的大学生航空科技大赛吗？”

迎璟筷子一抖，肉片又掉到了碗里。

初宁：“你能参加吗？”

“没那么容易。”

“学校没推荐名额？”

迎璟默了默道：“有啊，但给别人了。”

初宁瞥他一眼，就知他心里有事，淡声道：“说说。”

“原本学校考虑在航发专业和飞行器设计专业里选一组，我们手上这个项目，虽然前景不明，但也是另辟蹊径。飞行器是王牌专业，以往的曝光度已经很高了。”

初宁听明白了，C航本是属意于迎璟的。按照策略来讲，换她是校方，也会考虑让迎璟试一试，遍地开花，总比一枝独秀要好。

“后来呢？”初宁问。

“后来，”迎璟低了低头，用筷子戳着碗里的肉片儿，慢声说，“实验室出了事。”

初宁懂了，沉默片刻，又问：“给出事故分析了没有？”

“还没出分析报告。”

“真是你们的失误造成的吗？”

迎璟猛地抬起头：“我不能保证百分百，但在那样的环境下，大概率是不会出现这种情况的。”

初宁没出声，半晌，她道：“你们学校的名额，给了谁？”

“罗佳。你应该见过。”

初宁回忆了一番，试着记起：“去年那场企业见面会，他是不是也在？”

“对。”

“跟你关系不好？”

“嗯。”

初宁便不再问，往火锅里下了几筷子青菜：“吃吧。”

两个人自此安静下去，各有心事，只有电火锅在咕噜噜地沸腾。

“你有把握赢吗？”初宁忽然问道。

迎璟抬眸，两人四目相对。他点了下头，轻声道：“我说我有，你信吗？”

初宁嘴角笑容一闪即逝，没说话。不用说话，两人心里都有所明了，就像刚才那个没头没尾的问题，亦不用言明，就能给出答案。

——你有把握赢得比赛吗？

——你相信我吗？

——信。

火锅吃完，迎璟一手包办洗碗。初宁望着满池的油腻碗筷，象征性地说一句：“我今天就吃白食了，辛苦你了啊。”

迎璟正在水池边洗碗，微弓背，背上那条脊椎骨微微凸出，很有力量感。他头也不抬，说：“没事，我愿意给你白嫖，随时。”

忙完这一切，迎璟看时间还早，赖在她家不走，拿了本书，盘腿坐在沙发上看了起来。初宁也不管他，回卧室处理工作。八点半，等她忙完一阵出来喝水，却看到迎璟半靠着沙发睡着了。

他的书搁在一边，安安静静地停在第五十二页。初宁飘去厨房，经过他身边时，瞅了他两眼，睡相好看，嘴唇紧抿，不像很多人，睡觉时嘴巴会微微张开。她捧着水杯飘回来，这一次，多看了他几眼。

初宁一时兴起，放下水杯，悄悄地进去卧室。她再出来时，手里多了一支口红。她轻轻地蹲在沙发边，憋着笑，拧开口红的旋转管，YSL的斩男色，红艳旖旎。

初宁放慢呼吸，抬起手，往迎璟脸上画。

她先从眉毛开始，这叫一行“红”鹭上青天，然后是胡子，阿里巴巴与四十大盗，今儿个侍寝的是迎大盗!

初宁细细轻轻地勾勒，两道胡子翘起来。她咬着唇，眉眼儿无声地弯起，怕自己忍不住笑出声。她正寻思，要不要再给他的小手手涂个樱花粉的指甲油。

迎璟突然醒了，睁大眼睛，舌头一歪，扮作鬼脸大叫：“嗷——”

“妈呀！”初宁吓得往后退。

刚几步，手腕被迎璟用力拽住。他一使劲儿，就把初宁拉近，沙发边沿磕着她的膝盖，她没站稳，直接倒在了他身上。迎璟自然不会放过这个机会，双手往她腰上一收。

初宁动不了了。迎璟在下，初宁在上，两人就这么抱在了一起。没等她挣扎，迎璟配音：“心电图已通电。”过了两秒，他又沉声道，“我们的。”

两人紧紧贴合。

怦怦怦的心跳，就是刺刺的电流。

迎璟歪着脑袋，在她耳边咬字使坏：“做个心电图而已，你脸红干什么？”

初宁闭眼，觉得自个儿完了。

迎璟猛地从沙发上坐起，初宁被他晃得头晕目眩。这什么情况，太反转了吧。

迎璟表情透彻，眼睫动了动，恍然大悟道：“我想起那人是谁了！”

“啊？”

“我们下午在中关村见到的那个男的，我记得在哪儿见过他了。”

一口气哽在初宁胸口，这个感觉怎么形容，有点失望，有点郁闷，有点意犹未尽。

迎璟已经松开她，自顾自地站了起来，来回踱步理清思路：“宿舍楼门口，对，我看到他和罗佳在一起。”

初宁凝眉：“你慢点儿说。”

“今天这个男人穿的是工服，上面有公司名字，你还记得吗？”

“什么软件公司吧。”

“对！”

“但这也不能说明什么。”初宁客观指出。

迎璟没反驳，只说：“借你的电脑用用。”

初宁指了指卧室：“用吧。”

迎璟蹿进去，打开电脑百度，把这家公司的名字输进去，然后一项项找，终于找到了，他道：“这家公司，在三四年前就被曝光过，承接一些不入流的业务。”

“比如说？”

“黑客技术，恶意攻击竞争对手的核心系统，造成系统瘫痪，拖延工作进度。”迎璟尽量用浅显易懂的语言解释给初宁听。

他的情绪已经开始激动，打开这么一个豁口，所有的前因后果都能串联起来了。初宁适时给他泼冷水：“不讲究事实依据，没有有力的证据，你凭什么怀疑？”

“怎么就不能怀疑了！”

“所以呢，你要怎么做？上学校兴师动众地举报？要不要贴个大字报，告诉所有人对方的罪行？”初宁冷言道，“证据呢？”

迎璟哑口无言。

“你没有确切的把握，就这样大肆宣扬，漏洞百出，最容易翻盘被群嘲。”

初宁都快气死了：“带了你这么久，最浅显的道理都拎不清了？”

迎璟挠了挠头，把脸扭向一旁，眉间难掩不甘。初宁平息他的情绪，建议道：“你先按兵不动，再梳理一遍，找出环节最容易出错的一个点，然后联系这方面的专业人士，去分析，去佐证。明白了吗？”

迎璟不情不愿地嗯了声。初宁走过来，合上他还在看的电脑。

“我没跟你开玩笑，如果你再出事儿，名誉受损，咱们的项目以后会更难走。”

迎璟茫然一瞬，很快理清了其中的利害关系。他已冷静，点了点头：“我听你的。”

但一回学校，迎璟把事情梳理一遍之后，越想越觉得可疑。第二天，他大清早就把学计算机专业的顾鹏鹏叫了出来。迎璟没有说太具体，只提出了几种假设，问道：“有没有可能，对实验室的系统造成攻击？”

顾鹏鹏虽才大一，但知识储备超前，人也稳重靠谱，观点很有参考意义。他也坦诚：“你的假设条件，不是没有可能，但操作性太低。以实验室出事时的环境以及客观条件来分析，很难。”

迎璟鼓了鼓腮帮，心绪很乱。

“不过，如果这事儿是很早以前就开始计划。”顾鹏鹏想了想，道，“比如，copy实验室系统的线程代码，再拿出去供人研究分析找服务器的漏洞。要知道，其实系统漏洞不是那么深不可测，只要找对了，加载攻击也不是想象中那么难。当然，这个猜测是非常理想化的。”

迎璟问：“如果对方就是个天才呢？”

“能干这行的人，出天才的概率也比较大。”迎璟呼了口气执拗道。

“如果你这个条件成立，那么，一定需要一个内应。”顾鹏鹏突然住嘴，细思恐极，与迎璟彼此交换眼神，无声地默认了那个名字：罗佳。

“除了我们、几个专业老师，平时能接触到实验室最多的，他绝对是其中之一。其次，我看到过他与那个男人在一起。”迎璟细细分析，那些私人恩怨就不说了，多着呢。

顾鹏鹏：“如果真是他，那他一定要有一个传载媒介，将目标系统的代码复制进去，从而让对方从安全漏洞上找下手点。只要发现一个没有安装的补丁，那么一切皆有可能。”

迎璟看他一眼，问：“罗佳住几楼？”

“A栋五楼。”顾鹏鹏心里了然，“你是想……”

迎璟默认。

“可这只是猜测而已，我们也没什么把握。”顾鹏鹏有所顾虑，“五楼有很多他们系的人，万一被抓了，说出去不太好听。”

“现在的风言风语就很好听吗？”迎璟说得铿锵有力，“没做过，就是没做过，我不会替任何人背这个锅。”

迎璟出身红色家庭，家风正统，不惹事儿，也不怕事儿，“有执行力”这四个字能排进家规前三。他不是什么小钢炮，但也绝非软柿子。

罗佳的寝室也是混合寝室，四个室友不是同一个专业，所以上课的时间并不统一。迎璟找人了解过，周三晚上，罗佳和另外两名室友都有课，如无意外，宿舍便只有一人。

巧的是，这人班上的同学与张怀玉认识，迎璟让张怀玉安排好，在八点半这个时间段，让她朋友将这个室友叫下宿舍楼。

顾鹏鹏的专业就是计算机，和迎璟一起行动。他俩一个守门放风，一个去搜罗佳的笔记本电脑。迎璟守在五楼入口处，看了眼时间，八点二十。

顾鹏鹏带了U盘，这就是个工具箱，首先能够破解罗佳电脑的开机密码，再通过程序的安装，检测它全部的文件服务器碎片。

预计时间十五分钟，迎璟时不时地看表。这个点，是楼层相对安静的时候，上课的、去图书馆的，为数不多的在宿舍打游戏。

就在他们以为一切顺利时，张怀玉打来电话："快走！罗佳上楼了！"

迎璟拧眉，怎么会?

"他们晚上的课只上一节，另一节取消了！"

迎璟在楼梯处探头一看，已经有隐隐约约的脚步声传来，越来越近，笑闹声越来越响。

糟了！迎璟拔腿往罗佳的宿舍跑，撞门进去："鹏鹏，走！"

顾鹏鹏戴着一副无框眼镜，沉稳专注："还有十秒钟。"

文件复制的进度条停在"99%"。

张怀玉的短信同时进来："二楼了！"

就在这时，罗佳的宿舍有人敲门：咚咚咚——咚咚咚。

迎璟站在门后，一声不吭。很快，敲门声停止，门外纳闷儿："奇怪啊，刚才门不是开着的吗？"

迎璟快要撑不住了，压低声音："鹏鹏！"

"好了！"顾鹏鹏拔下U盘，秒速将电脑塞回原处。

迎璟先是扯开一道门缝，确定左右无人，再猛地拉开，与顾鹏鹏百米冲刺奔出。

罗佳上楼的动静越来越大了。迎璟撑着楼梯扶手，连跳五级阶梯，一定要在罗佳上到三楼时，他们先到四楼！

"今天还跟谁打赌呢，说没准儿教授又要给我们放假。"

"谁说的啊，金口吧，拖出去买彩票呗。"

罗佳和同学有说有笑，书包单肩挎着，从楼梯连接处冒出了头。这时，同行的人碰了碰他的手，罗佳抬起头，脸色迅速收敛。

迎璟和顾鹏鹏一派从容地下楼。他们见到罗佳，都不正眼瞧他："借过。"

罗佳没动，问："你们来这儿干吗？"

迎璟呵笑一声："这楼你建的？"

罗佳吃瘪，脸色更差了。顾鹏鹏倒是一脸纯真无害，方才的无框眼镜也摘了，纯真无害的学弟模样，说："我们来找孙恒的。"

孙恒是他同学，两人是老乡，就读不同专业，宿舍正好在四楼。迎璟下楼，罗佳戳着不动，两人跟杠上一样。最后又有别人下来，罗佳才微微让开。

他们终于出来了。迎璟被夜风一吹，才发现自己后背微湿。他们找了个隐蔽的地方，顾鹏鹏把U盘给迎璟："复制完了。"

迎璟收拢掌心，点了点头："好。我已经联系好了我师哥，明天我就去清华找他，希望研究时间不要太长。"

"如果真的在电脑上加载过程序，那就一定会露出蛛丝马迹。"顾鹏鹏说，"机器比人真实，做过的，一定会留下痕迹。"

迎璟扬起嘴角："辛苦你了。"

"我们是一个整体，应该的。"顾鹏鹏又问，"如果，如果查不出什么呢？"

迎璟笃定道："不会的。"

然而，在他们刚回寝室没多久，罗佳便气势汹汹地找上门来了。他声音很大，直接逼问迎璟："你是不是进过我宿舍，动过我电脑？"

迎璟刚洗过澡，换了一身清爽的家居服，语气平淡无奇："你说话之前给我小心点。"

"你别装纯！"罗佳的急切、激动完全掩盖不住。

迎璟以冷制暴，不与他费口舌。

"站住。"罗佳情急之下，竟然抓住他的肩膀，"你这是偷！你动我的电脑干什么？你动我的电脑干什么？！"

"你松开！"迎璟一用力，直接把人甩出半米，"你有什么证据证明我动你的电脑了？啊？"

"有人看到你了。"

"叫他出来对质！"

罗佳动了动腮帮，一双眼睛透露着阴狠，不吭声了。

迎璟极轻蔑道："根本没有。"

围观的人越来越多，这个时候才回来的周圆和祈遇立刻冲了进来。他们挡在迎璟前面，护同胞心切："设计系和我们航发系一向井水不犯河水，如今你却三番五次挑事，怎么，是做了坏事儿怕人知道，还是怕我们对你们造成威胁？"

闻言，罗佳狂妄地一笑："威胁？就凭你们？下半年全国航空科技大赛的参赛名额，学校推荐了我们的设计项目，你们有什么？嗯？"

这话已经是把炸药往迎璟脑袋上撒了，但他很平静，没有被惹恼半分，风轻云淡地瞥对方一眼，转个身就走了。

不屑，是对对手最大的回击。

迎璟把这件事告诉初宁时，语气难掩炫耀：“我竟然没有生气，我只觉得他好幼稚！张牙舞爪的样子，真的好难看。”

初宁接电话的时候，刚散会，秘书正拿着两份文件给她签。她把手机夹在耳朵和肩膀之间，边签字边说：“你以前，就是他现在的模样。”

迎璟小声道：“年少不懂事，以后不会了。”

文件签完，秘书退出办公室，初宁往皮椅上一靠，掐了掐眉心问：“你是不是又没有听我的话？”

迎璟坦白道：“嗯，我溜去了他的宿舍。”

初宁揉眉心的手停住。

“但是我没有被发现。”迎璟笑。

“有什么好笑的？”初宁斥他。

那头顿了下，迎璟才吭声：“你不是我，你没法儿理解，触摸到真相的时候，我根本不可能停下来的。”

初宁想了想，还是包容了他，只不咸不淡地说了一句：“你还成哲学专家了？”

迎璟抱着自个儿的执念，也不去辩解了。这种事，懂的人，自然懂，不理解的，解释再多，也没用。

初宁把皮椅转向落地窗，很平静地问了一下过程。迎璟也很平静，三言两语就描述完：“我高中有几个学长在清华读计算机，我已经找他们帮忙了。”

初宁便没再问，挂电话时，忽然叫他：“你……”

“嗯？”

“没事。”

这边电话讲完，初宁又打给了关玉。关玉声音一如既往地娇俏肉麻，飞快接听：“小宁儿，你终于舍得给我打电话啦！”

初宁摸了摸自己的手臂：“好好说话，别用对付你那个小男友的那套来对付我，我不吃。”

“我又没给你吃。”关玉娇滴滴地笑。

“一嘴的黄腔，浪不死你。”初宁回归正题，问，“你堂弟在B城吗？”

“在啊，天天瞎混呢。”

关玉的这个堂弟很中二，高中毕业后就不读书了，跟着地头蛇混帮派，还美其名曰不靠家里。当然，名堂他是没混出来什么，但这方面的资源还是有的。

初宁定了定心神，说："你让他帮我个忙。"

关玉顿时紧张得不行："怎么了？你被人欺负了？"

"没。"初宁说，"借我两个人用用。"

学校这边。

罗佳那晚回宿舍后就发现有人动过他的电脑，稍一联想就猜是迎璟，但他又没有确凿的证据，问遍了五楼当时在宿舍的所有人，都说没有见过迎璟。罗佳直接到保卫部举报。

但事实不成立啊。

丢东西没？

没丢。

电脑设备被损坏了？

也没。

那是丢其他贵重物品了？

保卫处的值班人直接将人打发走，什么都没丢，举报也没用。罗佳像只无头苍蝇一样浮躁，回宿舍的路上，又恰好和迎璟碰见。他目光深得像刀，迎璟呢，云淡风轻，目不斜视，胸膛挺得笔直。

又过了两天，清华的师兄告诉迎璟，有发现了。迎璟倏地从床上坐起，问："有结果没？"

那头的人肯定道："你明天过来看看吧。"

"不，我现在就去。"

此时是晚上七点，迎璟套上风衣就往外面奔，但也就是这一晚，他出事了。

从校门口去马路边打车的时候，迎璟被人打了。

对方三四人，比他还不怕冷，春寒料峭的时节，一水儿的背心短裤，手臂上的小肌肉蛮发达，还有花臂。迎璟被仨人围着，心里咯噔一下，看这架势，是打不过了。

如同每一场群架，声势浩大，喊打喊杀，吓坏了周围的路人，一路吼啊嚷啊，相隔本就不远的保卫处很快冲出来救援，一群人很快被制伏。

"同学，你有没有事？"保安扶起迎璟。

迎璟喘着气，揉了揉发疼的胸口："我没事。"

这话也不是逞强，他是真的没什么事。这几个小混混看着嚣张，要死要活的，但凭良心说，拳脚真的没怎么砸在他身上。他胸口疼，是因为自个儿挥拳反击的时候，被对方挡了下，反弹打到了自己。

这群混混被送进了派出所。迎璟跟着一起去做笔录。在路上，他先是通知了祈遇，问他能不能过来一趟，祈遇听后二话不说：“你别慌，我就去。”

结果这一通知，整个团队，除了张怀玉之外，其余的三人都赶到了派出所。

“小璟！伤着没？！”

“还好，放心。”

“我去，太可怕了吧，这都什么人啊！”

“我也不知道。”

祈遇皱眉深思，问：“你是不是得罪谁了？”

“没有吧。”迎璟摸摸胸口，怪疼的。

“那群孙子呢？”

“还在审讯室。”

一刻钟后，民警走进来通知：“嫌疑人已经供出是谁指使的了。”

众人齐问：“谁？”

“你们学校的，叫罗佳。”

所有人的反应，竟然都很平静。迎璟喉头动了动，说：“谢谢民警同志，我知道了。”

“我们会和学校联系，还是建议私下解决，当然，最后的主动权在你手上。”

一晚上的风浪，止于宁静。

后续还有一些程序要走，迎璟给几个队友叫了车，这边不知道还要多久，所以让他们先走。起先他们都不愿意，迎璟劝道：“这事儿算是彻底挑开了，你们回学校，帮我盯着点，有事也好第一时间让我知道。”大家这才离开。

迎璟忙完，已是十点半。他顶着发涨的脑袋从派出所出来，今晚的遭遇真是蛮奇葩的。罗佳竟然蠢到这种地步，不，也有可能是被逼急了，如此证明，他肯定有鬼。

师兄那边的破解结果也出来了，等他整理一番形成报告，便往学校提交。再加之罗佳这几次的反常表现，尤其今晚，简直是致命一击。

“敢打老子！”迎璟越想越气，“什么玩意儿！”

这时，两声短促的汽车鸣笛传来，迎璟抬头一看，怔住。门口的路边，停着一辆再熟悉不过的白色宝马。

初宁滑下车窗，偏头看他。她应该等了很长时间，指间还夹着最后一口烟，见着人出来，便也不再抽，将烟摁熄了，丢进车里的烟灰桶中。

初宁看着迎璟，吐出简洁的两个字："上车。"

迎璟蒙了下，随即反应过来，快速跑过去，拉开车门："你怎么来了？不是，你怎么知道我在这儿？"

初宁不答，把他从头到脚打量一番，问："没受伤吧？"

迎璟揪了揪胸前的衣裳："拳头磕到胸了，气都顺不过来，我觉得都瘀青了。"

初宁眸色微深，倒也没顾虑那么多，直接倾身向前："哪儿？我看看，严不严重？"

迎璟还挺配合地撩起衣摆，他动作太迅速了，初宁甚至来不及调整视线，一眼就看到了那几块有型的小腹肌。

"你看，是不是都紫了？"迎璟浑然不知，只顾着卖惨。

果然，右胸一大片青紫。初宁低头不言，拿起手机拨了个号码，待那头接听，她冰冷地直言，丝毫没有开玩笑的意思："你听不懂话是不是？我嘱咐了几遍你自己数给我听。不许伤他，不许伤他……没有？那他胸口这片瘀青是怎么来的？"初宁语气陡高，冰山冷面上再无半点温和。

而一旁的迎璟在战战兢兢的猜测里，好像意识到了什么。初宁已经挂断电话。

车内安静片刻，她瞥他一眼，语气极淡然："不用猜了，就是你想的那样。"

迎璟内心一片闪闪发光的惊叹号。

"他不是陷害过你吗？正好，以其人之道帮你讨回来。"说到这里，初宁面色平静祥和，倒也不是没有惋惜，"可惜还是让你受伤了。"

末了，她看着他，轻声问："胸疼吗？"

迎璟动了动喉咙，心里一片噼里啪啦的闪电，点了下头："疼。"

初宁又要埋怨了，手心忽然一热，被迎璟牢牢抓住，一使劲儿，就往自己光裸的右胸上放。

"不过，你摸摸就不疼了。"

初宁的手都要烧断了，她开始挣扎。迎璟不悦了，皱眉问："你动什么？"

初宁别过头，没敢说，不是我想动，是你的胸肌为什么那么大。

迎璟的脸皮越来越厚，越来越厚。短暂分神，初宁动真格的了，空出的左手啪的一声狠狠打着他的肩膀："你再胡来我就用脚踹了啊！"

迎璟拽着她的手："你踹啊。"

初宁抬脚就是一下。

"你动真格的啊！"迎璟捂着小腹，都快被她踹吐了。

初宁看他一眼，欲言又止，偏偏他还冲她无公害地一笑。算了，初宁把话咽了回去。

小先生

咬春饼 著

[下册]

青岛出版社
QINGDAO PUBLISHING HOUSE

Chapter 14　等一等我

这件事迅速在学校引起轰动，舆论导向迅速偏转："我的天哪！罗佳竟然找人打迎璟！据说是群殴。"

"就是，太无耻了吧。"

"你说他为什么要这么做啊？"

议论者纷纷小声道："好像有把柄被迎璟抓住了，就上回头验室的事儿。"

有人惊恐脸："罗佳陷害迎璟，实验室是他破坏的？"

"嘘——"

"有什么好嘘的，院里可都这么传的。罗佳忌惮迎璟的实力，怕他的航发项目赶超他们。"

大家一副心有戚戚焉的表情。这事儿捅到学校，对罗佳的影响极差。尽管他一再喊冤，说不是自己干的，并且跑到教学楼，扬言要找迎璟麻烦。

话说得不知道有多难听——

"我没找人打过你！我是被诬陷的！"

迎璟云淡风轻道："你是不是被诬陷的，我说了不算，人民警察说了算，你的那些同伙说了算。"

罗佳眼睛通红："不是我！一定是你，你陷害我。"

这话让围观群众都听不下去了，愤愤不平道："怎么说话的啊。"

"就是，你在刷新我们的智商下限吗？"

"这世上怎么可能会有人打自己。"

一阵群嘲后，迎璟微微别过头，挠了挠鼻尖。罗佳脸色青红，他本就是个古怪刁钻的脾性，一时火上浇油，竟要动手打人。

“干什么！你又想干什么？”

“恼羞成怒了，是不是？！”

男生们齐齐挡在迎璟身前。

女生们也对此嗤之以鼻，低声讨论：“好没有风度哦。”

罗佳气急败坏，狠狠剜了迎璟一眼，然后落荒而逃。

团队成员聚会的时候，大家聊起这件事，周圆反应最激烈：“真的好无耻，哪怕真的害怕我们超过他，也不能用这样的手段啊。”

张怀玉吸着奶茶，说：“书上常说，学校就是社会的缩影，真的蛮可怕的。”

顾鹏鹏：“可惜，你师兄分析研究出的结果，并不能成为有力证据。罗佳很谨慎，换过系统，就更难查了。不过现阶段查到的碎片记录足以证明，他确实安装过补丁，进入过学校的实验系统。”

迎璟冷哼一声：“能带电脑进去实验室的，屈指可数。其实明白人都清楚，只不过我们没有非常明显的证据，所以从举报流程上来说，的确不成立。”

祈遇感叹：“也能理解院里的做法，王牌专业，是学校的脸面，这事儿传出去也不好听。再加上罗佳的那个项目，有数家公司注入资金，利益牵扯也复杂。”

张怀玉点点头：“唉，大事化小，小事化了呗。”

大家齐齐看向迎璟，眼神不服又觉得惋惜。迎璟靠着桌子，双手环胸，倒还平静，说：“学校怎么处理，是学校的事，但我要让人知道，这事错不在我。显然，现在的效果已经达到了，所有人对罗佳的人品已经有了看法，这就可以了。至于有没有结果，这只是形式，不重要。”

周圆听得微张嘴巴，张怀玉把空了的奶茶杯吸得直响。

“老大，你变了。”

“对，变得……”祈遇说。

“更帅了！”大家齐声大喊，笑声一片。

帅不帅迎璟不知道，他只知道，自己的思维方式较之前更成熟了，学会轻重之分，学会平和地看世事，学会接受社会的现实一面。他调整好心态，不再是那个动不动就和全世界对抗的冲动少年。

待了没多久，张怀玉的室友叫她一起去吃烧烤，她便丢下这群臭男生欣然赴约。

剩下的人也没散，你一句我一句地闲聊。

迎璟眼珠子一转，忽然问："哎，你们，有没有喜欢过什么人？"

几人集体沉默，这个问题也太突然了吧。

"祈遇，你先说。"迎璟冲他抬抬下巴。

"我有女朋友了。"

"哦，忘记了。那你先说。"迎璟指着周圆。

"不要了吧，没有女生喜欢过我，我长得比较胖。"周圆讪讪笑道。

算了，一群没情商没情趣的。

"你呢？"迎璟瞄准其中长相比较讨人喜欢的顾鹏鹏。

"我高中喜欢过一个女孩儿。"顾鹏鹏也不扭捏，大方道，"我隔壁班的，我每天上学，都要绕远路，就为了经过他们班看她一眼。"

"还有呢？"

"打篮球的时候，只要她出现在视线范围内，我一定拼命抢球，闹出巨大的动静。"

周圆受不了，扫了扫身上的鸡皮疙瘩。

"然后呢？"

"然后，"顾鹏鹏特淡定，"然后我俩就在一起了啊。"

这是对单身狗的二次伤害。

迎璟感兴趣的是："你追她的时候，用过什么方法？"

"咦？"周圆觉得不对劲，"有奸情啊。"

另外二人一起吆喝："哦？！"

迎璟面色淡然："干吗？不可以吗？"

他承认得爽快，够直接。周圆道："哪个系的？大几？"

顾鹏鹏迟疑了下，也猜："是张怀玉？"

迎璟捶了下桌子："别乱讲啊。"

祈遇倒是心领神会，既然迎璟能主动说起这种事，肯定也不打算藏着掖着了。他镇定自若，说出了那个名字：

"是不是宁姐？"

没想到，迎璟爽快承认："是。"

周圆和顾鹏鹏死机。

"不是吧迎璟，你，你胆儿也太肥了！"

"我怎么了？"

"你是不是有恋姐癖啊？"

"滚。"

周圆摸不着头脑，半天消化不良：“这，这根本就是两个世界的人。你怎么喜欢上她的？”

“喜欢就喜欢了，哪有那么多为什么。”迎璟理所当然地答。

顾鹏鹏会抓重点：“那宁总喜欢你吗？”

哪壶不开提哪壶，迎璟憋屈死了，拿着指甲往桌面上用力一抠：“不喜欢。”

打开了心事，男生之间的沟通与交流，也是很真诚的。虽然大伙儿还是很惊讶，但已没了刚才的猎奇感，都认真地帮他分析起来。

周圆说：“不喜欢就对了。”

迎璟横了他一眼：“你想挨打？”

“本来就是嘛。你看啊，先不说年龄差距，宁总比你大三岁总有吧？”

“大三岁怎么了？只准男人比女人大，不准女人比男人大？什么思想啊！封建。”迎璟奓毛，挥着俩拳头怪激动的。

“好好好，不说年龄。那其他方面，也是天壤之别吧。宁总自己有公司，正宗的白富美，你呢，还没毕业。她的交际圈广多了，认识的适龄男性也多，脑子抽风才会看上你吧。”

周圆说了一大堆，话是不好听，但道理还是有的。迎璟不服气：“我跟她在一起这么久，也没见到她有什么男人追。”

“那是不让你看见。”周圆喊了声，“他们这种阶层吧，工作和私生活是分得很开的。”

“她什么阶层？有皇位要继承？”迎璟越听越恼火，“你家庭伦理剧看多了吧！”

祈遇把周圆推到身后，接腔道：“宁姐家是干什么的？”

“做生意的。”

“那她是独生女？”

“嗯。”迎璟不怎么坚决，含混应了一声。

“那她年纪轻轻能把公司做得这么好，大学出来就创业了？”

这迎璟就真的不知道了。

顾鹏鹏顺着话，感叹一声：“好独立。”

迎璟嗖一下站直了，大声道：“我也很独立的，好不好？”

得，又不知哪里惹到了这位祖宗。

“你们烦死了，能不添乱吗？给点儿鼓励行吗？”迎璟不耐烦地来回踱了两小步，问，“是不是我哪里做得不够好？”

周圆灵机一动：“一定是你不够成熟。”

这家伙能不提这些伤心事嘛。

祈遇："我也觉得有道理，你想想，她平时接触的圈子，会有很多精英。要不你试着改变改变？"

迎璟踌躇，顿了一下道："从哪儿改变？"

"着装吧，别穿休闲风了，西装领带什么的。"

顾鹏鹏听后倒吸一口气，这也太可怕了。

"或者你上网查查，就搜'最讨女生喜欢的礼物'，我看看啊。"周圆已经拿出手机操作起来，然后抬起头，"排名第一的是八音盒，还有这个镀金的玫瑰花，十九块九包邮，哇，送精美礼盒呢。"

顾鹏鹏听后倒吸两口凉气，天，简直无法直视。没想到，这馊主意还真被迎璟听进了心里。他暗暗嘀咕，也不知道在自言自语些什么。

B城的春天短暂，仿佛就是几天过渡，季节就进行了交接更迭，眨眼已快五月，不热不冷，偶尔还能嗅到初夏的气味。

自罗佳这件事之后，一个礼拜不到，学校就找迎璟谈了一次话。内容如他所料，委婉地对上次实验室事件进行了解释，却没有直接判定罗佳的责任。

"院里几个领导开过会，也一致希望能够得到你的理解。"负责老师说道，"你是个聪明优秀的学生，一定也有大局观的，对吗？"

迎璟没有为这个含糊其词的结果感到激动，表现平静地说："我接受校方的调查结果，其实，我只是不甘心自己被冤枉，既然这事儿清楚了，我的目的也就达到了。至于别的人，跟我没有关系了。"

学校的考虑，一定是顾全大局。罗佳背后是王牌专业，是脸面，是利益链。纵然有错，光环加身的人，也比较容易获得特权。

这就是现实。

迎璟知道再纠结下去，没太多意义，那就做好自己吧，问心无愧，知我所要。

他起身要走，老师忽然说："下半年的全国大学生航空科技大赛，罗佳的推荐名额被取消了。"

迎璟一顿，随后又恢复平静。

"我也私下给你透个底，新的推荐人选，校方很慎重，有意于你们团队。但计算机系那边也有一支竞争力强的团队，所以，现在还没个定数。"老师走过来，拍拍迎璟的肩，说，"小璟，加油。"

这件事就像一块小石头，在迎璟心里投下涟漪，一圈一圈的水纹漾开，并没有激起什么水花。

不过最好的消息，就是院里又恢复了他们实验室的使用权。网络系统全新修复，升级，安全补丁及时更新，又能投入正常使用。迎璟将这个消息告诉初宁时，她还挺高兴，说："那就好，省了一笔租金。"

此时，两人并肩走在一起。

迎璟问："你真的很喜欢赚钱吗？"

"废话。"初宁干脆道，"不然我累死累活图什么？"

"只有钱吗？"迎璟一脸迷糊。

初宁瞥了他一眼，害怕又伤到他的脆弱心灵，于是软了语气，说："那也分情况。比如你这种。"

话她只说了半句。

迎璟抓心挠肺，快步走到她前头，转身看着她，自己倒着走路："我这种是哪种？"

初宁双手背在身后，肩上挎的是YSL的链条小包，一件短款黑皮小夹克很是好看，她表情无波无澜，说："你这种傻白甜，真的好难养。"

迎璟不高兴了。

初宁忍着笑道："这不是贬低的意思，我夸你呢。"

"你一直把我当小孩儿。"迎璟算是看出来了，他一堵肉墙把她拦在半路，不走了。

初宁伸手戳了戳他的肩膀："你怎么这么容易生气？啊？"

戳到他的衣服，又想起来了，初宁退后一步，将他从头到脚扫了一遍，皱眉道："我发现你最近的穿衣品位直线下降啊。"

近几次见面，他都是一身西装，有时候穿个板鞋，有时候很夸张，直接穿了皮鞋。

迎璟："不好看吗？"

"也不是不好看。"初宁坦诚道，"你穿休闲风更醒目。"

唉！他好像又在她面前出丑了。

初宁何等精明，不难猜，稍一联想，就把他的心思看了个透。她有意提醒："你把心思放在项目上，别的事，现在不要分心考虑。"

"我最近也比较忙，你若有急事儿，可以给我打电话。"初宁又恢复了公事公办的语气，"现在实验室问题解决了，资金暂时也充裕。你们要加快研发进度，我这边也会继续拉资金，争取早点出成果，到时调研市场、寻找销售渠道又是一场攻坚战。你心里要有数。"

迎璟丧气至极，什么鬼啊！根本就是鸡同鸭讲、对牛弹琴！他忍不住了，脱口而出：“哎，我跟你说的那事儿，你真的不考虑一下吗？”

初宁神经大条：“什么事啊？”

“我喜欢你啊，笨女人！”这句话已经在迎璟舌尖点燃炮火，他即将说出来的前一秒，初宁的手机响了。她理所当然地走到一旁接电话去了。

电话是冯子扬打来的，听了几句，初宁脸色一变：“现在？行吧，我二十分钟后到。什么颜色？”她低头看了眼自己的衣服，说，“黑色。”

冯子扬表示知道，又嘱咐她快一点儿。挂断电话，初宁匆匆对迎璟说有事儿要先走，他还来不及多问，她已经小跑着去取车了。

望着她的背影走远，迎璟心里一阵莫名忧伤。她搞什么啊，说走就走，有事儿也不跟我说。不过他转念一想，你俩什么关系啊，人家凭什么要跟你讲。

迎璟心里更烦了。他抬头望着B城湛蓝的天空，深呼吸一口气，吐气时，却掏不空身体里的无力感。

他握紧了拳头，不行，这样下去会死人的，必须再确定一次！迎璟立刻伸手拦出租，坐上去后，扒着司机的椅背，说：“师傅，跟上前面那辆白色宝马。”

初宁开车去B城饭店，到了后，冯子扬早早等在门口了。他穿的是件黑色风衣，初宁往身边一站，两人妥妥的恩爱情侣装。她也总算知道，为什么刚才电话里，他要特意问她今天穿的是什么颜色的衣服了。

“我爷爷奶奶过来了。”冯子扬说。

初宁一惊：“他们不是在澳洲养老吗？”

“昨天到的，没通知我。”冯子扬面色沉重，“宁儿，你得有个心理准备啊。”

“干吗？”初宁不解。

“老人家要我们两个尽快订婚。”

初宁当即问：“上次那个香港大师不是说今年日子都不好吗？”

“谁知道啊，那个大师又改主意了，说就这个月，黄道吉日。”

冯子扬轻轻揽住她的肩头：“没事儿，别慌，先把今天混过去，我再想办法。”

这一次见面，算是彻底打乱局面。一顿饭的时间，老人家提了不下五次，让他俩尽快办订婚宴，并且约好了时间，让双方长辈见个面，该有的礼数还要有。

初宁温文有礼，文静乖巧，问一句，应一句。冯爷爷喜好喝酒，初宁也给足冯子扬面子，说他要开车，不能酒驾。如果冯爷爷不嫌弃，自己愿意陪他喝两盅。

两个老人对初宁越看越喜欢，体贴关心他们的孙儿，工作能力也出色，更重要的是，门当户对。冯老喝的是五十度的白酒，这酒烈劲儿足，初宁不声不响地陪了小半斤。

这顿饭吃完，外面天已经黑下来。B城饭店门口，车流涌动，霓虹交织。

冯老有专门的司机，黑色宾利已经停在门前。

“两家的饭局，子扬，你一定要多费心，千万不能怠慢小宁的父母。”冯爷爷有板有眼地交代。冯子扬点头答应。

初宁则扶着冯老太太，听她碎碎闲聊：“宁宁你要多吃一点，你太瘦了，身体也是很重要的。”

初宁连连点头，时不时地提醒脚下：“您小心，有台阶。”

送二位上车后，冯子扬站到初宁身边，做亲密状地搂住她的腰，两人靠得很近，齐齐对老人家笑着说再见。就是这时，一种奇妙的第六感从侧边冲击而来，初宁心里一片阴影，像是意识到什么。

她转过头，一愣。马路对面，车流之间，迎璟站在夜色里，朦胧晃动的光影罩在他身上，隔得不算近，但他的目光是那么犀利，直直盯着冯子扬搭在她腰上的手。

这目光太吓人，像是一把利刃，恨不得将那爪子连皮带肉地剁掉才好。初宁出于本能地往边上站，冯子扬手心一空，奇怪地看着她：“小宁儿？”

顺着她的目光看过去，冯子扬倒吸一口凉气：“怎么哪儿都有他啊！”

迎璟大步过马路，目不斜视。车子鸣笛声乱叫，看得初宁心惊胆战。他走到她身边，站定，望着她的眼睛，一字一顿道：“我有话要跟你说。”

初宁很安静，目光不避。

数秒后，冯子扬打破沉默：“怎么了这是？”

初宁还未吭声，迎璟道：“我喜欢你。”

四个字，四平八稳。

少年目光沉静，热切，种种矛盾夹杂，反而揉成了一团勇往直前和无畏。

大概是起了夜风，初宁躲风，别开头遮了眼，淡声对冯子扬说：“你开车。”

说罢，她绕去副驾，迎璟跟在后面，然后一把掰着车门，初宁手扶车门，力道一个往里，一个往外，暗暗较着劲，谁也不松开。

初宁火了，这一天天的，都是什么糟心事啊！有完没完了！她脾气不好，直来直去：“你是不是听不懂我下午跟你说的话，不要分心，好好做事，以及，我不会接受你。”

这个答案在迎璟的意料之中，他反应快："我知道，我就知道。下一次……"

初宁："下一次也不会。"

夜色静而无边，起风了。

冯子扬看出不对劲，亦未吭声，只沉默地发动车子，关上车窗。

迎璟冲着车尾大喊："我不会放弃你的！"

回应他的只有淡淡的尾气。

迎璟双手插兜，站在原地盯着车子消失的方向，好久好久没动。

车子开上主路，车里安静无声。冯子扬从后视镜里瞅了她几眼，是个明白人，猜中她的心思，问："要是不放心，就回去看看。"

初宁微醺，披着外套闭目养神。车里暖风送香，她没吭声。

那就是默认。冯子扬敛眉，在下一个路口掉头，沿原路返回。就这么会儿工夫，马路边已经不见人了。冯子扬对这边熟，判断这么短的时间内，迎璟也走不到哪儿去，于是把车子往小路开。

过了会儿，他道："咦，那个是他吗？"

车窗被冯子扬按下，风呼啦一下往里头灌，初宁显然不在状态，懵懵懂懂地顺着方向望去。

这是一片生活区，沿路一里全是摆摊儿的小贩，第三家，木圆桌，红塑料凳，老板穿梭其中，忙得极有烟火气。迎璟便坐在最外边那张桌边，脚边两个空酒瓶，桌上还有仨。

他自言自语："你为什么不喜欢我……"

然后他偷偷抹了把眼泪，给自个儿打气："没关系，下次再努力。"

霓虹在这座城市摇曳，漾在男孩儿脸上一波三折。初宁挪开眼，关了窗，人往椅背上一靠。

这一刻，饭局上的酒劲，仿佛才真正上了头。

冯家和赵家的正式家宴，定在一个星期后。

冯子扬为了这事儿也是头疼半天，晚上又遇到这个意外，心里更愧疚了。

他把初宁送回小区，下车前，说："哎，宁儿。"

初宁手搭在车门上，侧头看他："嗯？"

冯子扬话到喉咙眼，又给咽了下去，只说了句："那个，对不住了啊。"

这话发自肺腑，真心实意。

初宁扯了下嘴角："没事儿。"

“太突然了，我也不好处理，等老人家这头的兴致过去，我再来解决。”冯子扬抱歉地冲她笑了笑，“哥记着你的好。以后有什么事，尽管跟我开口。”

初宁没表态，约莫是觉得两人之间也无须过多保证，几年真金白银的感情在这儿摆着，友情之上，爱情之下，都是真心的。冯子扬闭口不提迎璟的事，瞧见她背影晃荡，心里一阵叹息。

自这晚之后，连着三天，迎璟都没联系过初宁。初宁有点儿不安，这种不安越发体现在她的无意识动作里。

比如，开会的时候，她会时不时地瞄一眼手机。手机一振，她心口那个颤抖啊，飞快点开，哦，不是他。独自往办公室一坐，她还是忍不住看手机，好几次手指点在微信聊天框上，犹豫半晌，又啪的一声把屏幕盖住。

她心里烦。为什么烦？就像拿着一大串钥匙，一把一把地去开锁，却没一个对上的。

初宁陷在皮椅里揉眉心，左三圈右三圈，最后心烦地又坐直，眼睫一眨，决定去找他。

车钥匙都拎在手里了，她又退缩了，找他干吗呀？明明知道对方想要的是什么，她既然不能给，送上门去不就更说不清了嘛，干脆一点儿还好，拖拖拉拉的，跟别的矫情女人又有什么区别？

初宁又被理智老老实实地按回了座椅上。

她烦，那一边的人更烦。

迎璟的低气压已经保持了几天，没课的时候就待在实验室，把做好的程序全部重新对接一次，发现几个小错误，就开始在实验室大声问责，吹毛求疵到变态的地步。

祈遇和周圆他们都不敢惹他，只是私下交流了一下眼神。嗯，估摸是情路坎坷，难受着呢。

说难受吧，其实迎璟也习惯了。迎璟这颗心被初宁千锤百炼，抗压能力一等一。早在做这些事儿之前，他就已经做好了心理准备。只不过从她嘴里亲口拒绝，他难免会有失落感。

他在这段单相思的感情里，走的路叫坎坷，尝的滋味叫苦恼，学到的，是人间世事，哪有那么多尽如人意。迎璟发了会儿呆，遂又低下脑袋，盯着键盘上的空格，久久没挪眼。

也就是在他最苦楚的时候，栗舟山给他们带来了一个消息。七月份在杭州举办的中国大学生航空科技大赛，最后一个推荐名额，C航给了迎璟。

祈遇和周圆他们都蒙了，自言自语了好几遍：“不是吧，搞错了吧。”

栗舟山扫了迎璟两眼，这小子，挺淡定啊。他忍不住皱眉问："没什么要说的？"

迎璟歪站着，懒懒散散地看着电脑桌："您想让我说什么？喊几句口号？"

栗舟山忍不住骂："臭小子。"

迎璟扬眉："我会认真对待。"

一句话，足矣。

这个消息迅速在学校传播开来。航发系的同学最为激动，大有扬眉吐气之快感。一个相对冷门、不受重视的专业，除了省级课题能出点儿成绩，全国性的公开比赛，几乎没有被推荐的机会。

一时间，迎璟成为热门话题。张怀玉都快高兴疯了，天天刷校内论坛，随时汇报："哇！迎璟，你都有粉丝团了！"

周圆挤过去看电脑："我有没有？我有没有？"

"你有个屁啊。"张怀玉嫌弃地推开他，"挡着我的风了，热死我啦。"

一向稳重淡然的顾鹏鹏，看着手机忽地笑出了声。祈遇走过去："怎么了？"

"这个。"顾鹏鹏指着其中一句话，"恭喜迎队长在C航以C位出道！"

"哈哈哈！"众人一顿爆笑，"谁啊，太有才了吧！"

"不行，我要查一下IP，看是哪个系的，哈哈哈！"

"不用查了。"迎璟起身，单手插进裤兜，平静道，"我自个儿发的。"

他挑了下眉，倒是潇洒自信起来："玩够了就收心，从明天开始，晚上九点开例会，你们每个人都要总结当天所做的工作，有问题，上会讨论，必须做到有输出、有反馈。OK？"

"OK！"

张怀玉举手："那个，老大，比赛的事儿你怎么想的？"

"我明天上午先去找栗教授商量一下，听听老师们的意见，然后我们再讨论。"迎璟说，"在这之后，会更加辛苦，有没有问题？"

大家齐声道："没有！"

张怀玉悄悄举着拳头在半空挥了挥："加油！"

小会结束。

走时，祈遇叫住迎璟："小璟。"

"嗯？"正午太阳大，初夏温度陡升，迎璟怕热，脱了外套，甩在肩膀上挂着。

祈遇追上他："这事儿你告诉宁姐了吗？"

乍一听这个名字，迎璟沉默了下，才说：“还没。”

“告诉她吧，这么久以来，她对我们的付出也很多，也让她高兴高兴。”

迎璟没应答。祈遇推推他：“又怎么了？”

“没怎么。”迎璟闷声道，抬头往天上看，说了一句无关的话，“今天天气好热。”

祈遇拍拍他的肩：“吃饭去。”

第四天没有联系了。

初宁最后按捺不住，还是给他打了电话，嘟音一声接一声，等得初宁快没了耐心，最后快要挂断的时候，那头不咸不淡地接听了。

“喂。”

初宁皱眉，但还是克制住不满，短暂安静后，清了清嗓子：“最近项目怎么样？”公事公办的语气，是最安全的。

迎璟比她更淡定：“很顺利。”三个字就把她给打发了。

初宁胸口堵着一口气，咽不得，吐不出，于是越发严肃：“所以你就不用按时汇报了？”

迎璟哦了声：“我这几天比较忙。要不，我现在电话里跟你汇报？”

初宁没吭声，他以为是默认，还真就有板有眼地说了起来：“三期涉及具体的部件模拟，先后会完成压气机、燃烧室、涡轮等几大部件的程序代码。其中最难的是测试涡轮前温度，目前最先进的F22是2000K的温度，但是国内的航空发动机技术还达不到，大概能有个1600K就很不错了。”

初宁打断他，问道：“为什么做不到？”

迎璟解释：“现有技术不达标，不过我们的模拟程序，尽量往2500K上设定。”

初宁说：“太低了，3000K。”

她没考虑，脱口而出，回过神来才发现，自己失了分寸。

迎璟语气微恼：“你来做？”

初宁的火气噌一下上来了，什么意思这是：“我问一下也不行了吗？”

那端的人静默，电话里只有两人浅浅的呼吸声。

迎璟嗯了声：“行。”

初宁突然无力，像一拳砸进棉花堆里，长久持续的那种说不清道不明的复杂心绪，像螺旋桨，在她脑袋上疯狂扇动，吵得她头昏眼花。

“你还有没有事？”迎璟问，“没事我就挂了。”

未等他说完，初宁挂断电话，恨恨地将手机丢在桌子上。这个破电话打的，连带她一整天的心情都不好了。下午一个主管的计划书标错一个数字，被初宁狠狠地训了一通。她平时甚少这样发火，今儿也不知是怎么了。

下班后，初宁连晚饭都懒得吃，状态怏怏地回家。她把车停在地下车库，电梯直升十五楼。

电梯门刚打开，她就见到迎璟靠墙站着。大概是等了太久，他的站姿不似日常那般挺拔，微弓背，胸口往里缩，正百无聊赖地用鞋尖儿磨地。

听到电梯响，他抬起头，和初宁的眼神碰了个正着。两秒之后，两人又同时轻轻挪开视线。

初宁掏出钥匙，走过去开门。迎璟自觉退到她后边，安静地站着。

两个人连日来一直闹别扭，迎璟真见着人了，倒是不知道怎么开口化解了。她开了门，也没有拦着的意思，迎璟在这等了一宿，就是为了这一刻。

初宁让出路，他跟着进了屋。他习惯性地脱鞋，把鞋齐整地放在鞋架上。天气回暖了，迎璟穿的是浅口的素色棉袜，露出了形状好看的脚踝，稍一用力，三根筋凸显，他踩在地上，如往常一样打着赤脚。

初宁却从鞋柜里拿出一双崭新的男式拖鞋，放在地上：“穿吧。”

迎璟愣了愣，她什么时候买的？这双蓝灰相间的拖鞋，突然让他鼻子发酸。

“哦。”他开口，声音有点哑，“我们聊聊好不好？”

初宁背对着他换鞋，没回头，轻轻应了一声：“嗯。”

两人坐在沙发上，面对面。初宁双手搁在垫子上，锁骨两道弯弧，颈间一根玉石吊坠，衬得皮肤越发白皙。

迎璟深吸一口气，看着她忽然故作轻松地笑了笑：“别别扭扭的，搞得别人还以为是情侣吵架了。不对，吵架也不是这阵仗，起码是分手的级别。”

“情侣”两个字，让初宁警铃大作。迎璟却跟她坦诚相待，不再躲避了：“哎，你别紧张。是，我喜欢你，这个我说过不下四遍了。反正我就是这样的性格，喜欢和不喜欢，本来就是要坦白的，你让我藏着，我做不到。”

他的眼睛痒，他抬手揉了揉，一揉，就显得通红了，倒让人遐想了。迎璟继续道：“所以我才会对你做一些小动作。当时就是太喜欢了，所以情不自禁，可能没考虑到你的感受，我先跟你道个歉，是我不绅士，光顾着自己了。”

初宁不自然地别过头，看了眼别处，再把眼睛转回来。

“没办法，我就是喜欢你，喜欢到有点强迫症，不愿意看到你不理我，不愿意看到别的男人在你身边。是啊，我就是个幼稚鬼，你一定不喜欢幼稚的人吧。”

迎璟咧嘴，扯了个苦笑，一双眸子看着她，顺了顺气，才告诉她："宁姐，你总告诉我一句话，成长不能拔苗助长，你说你愿意给我时间。其实，感情也是一样的，对不起啊，给你造成困扰了。"

初宁脑袋极乱，有一种说不出的感觉。失落？谈不上。高兴？那也绝对谈不上。她只睁着一双大眼睛，不放过迎璟的每一个表情。

偏偏他淡然，一看就是自我说服，做通了自个儿工作的架势，也不知是不是刚才揉眼睛揉的，现在眼眶还通红。

"你是我长这么大，喜欢的第一个女人。"

初宁的心稀里哗啦瞬间地震。没有哪个女人，不被这句话感动。虚荣也好，撼动也罢，总之，足够叫人飘飘然。

感情里，最难的是坦诚。他把心都掏出来，肢解分割，将一块块的血肉给她看，指着这儿，是爱慕，指着那儿，是初恋，最后用手一捧，恨不得全让她看到。

此时此刻的迎璟，大抵就是这种心态。

他心无旁骛，也走投无路。

他真挚直接，也懵懂无知。

他一腔热血，洒在她身上，却都化成了冰霜。

他不知道该怎么办了。

迎璟吸了吸鼻子，坐在沙发上，两只手互相抠着："你不要怀疑我的感情，我对你的喜欢是真的。我也不想跟你吵架，不想跟你冷战，我想跟你好好的，哪怕只是甲乙方的关系。宁姐，你能不能，不要反感我，不要讨厌我？我不再给你添麻烦了，我会努力变得越来越好，直到有一天，你对我改观，或许有一天，你会有一点点喜欢我。"

迎璟抬起头，眼睛亮晶晶的："你别嫌弃我，我可以站得远一点。好不好？"

这个目光太吓人了，藏着心事儿，却又胆怯得不敢让人发现，但七情六欲早就拔腿起步，朝着初宁狂奔而去。初宁别开头，不忍心再看。

迎璟却轻松地站起来，拍了拍手："不矫情卖惨了，反正你记得，我一直在努力进步，不要忘记我就好。还有，告诉你一个好消息。"

他的好心情终于在这一刻起飞了："我要去参加比赛了。"

初宁有点蒙："嗯？"

"下半年，全国大学生航空科技大赛。"迎璟眼里重拾熠熠光芒，带着那种与生俱来的自信，"我要让所有人知道，你的选择没有错。"

他看着初宁，清醒又笃定道："我不会让你失望，一定。"

客厅里的灯光是暖黄调，在迎璟脸上打出一圈一圈的柔光，使得嘴角上的笑容掩饰不住。他的性格本身就有沉静的一面，让人非常信任。

她只知道，这一刻的迎璟，帅爆了。

五月一到，夏天的身影就近了。

现在离七月的航空科技大赛只有不足两个月。迎璟临危受命，准备时间本就仓促，相当于一切重新开始。栗舟山担任这次比赛的指导老师，在极短的时间内，通过对赛制的熟悉、对团队优劣势的分析，迅速确定了参赛项目。

在迎璟团队目前研究的模拟虚拟技术基础上，衍生升华，完成后续一系列实体航发模型建造。也就是说，运用他们自己研发的技术，产生成品，化虚拟为现实。

这个设想，是迎璟提出来的。别说团队成员，连栗舟山也是一惊："你要想清楚，这个技术难度还是比较大的，原理说起来容易，实际操作起来，对精准度、性能分析，以及材料选用的要求很高。一旦任何环节出错，就会导致整个系统瘫痪。"

祈遇也赞同教授的看法："这相当于是一个完整的生产链，仿真程序这一块，我觉得还能过关，可是，我们真的没有尝试过投入实际生产。"

周圆："是啊，参加比赛，是不是以稳妥为首比较好？"

迎璟却异常坚定："你们可以看看本次大赛的主题，整体化、自动化、规模生产、低成本，以及复合材料的运用。你们再看一下本次参赛的所有队伍，我大致分了类，都是偏向于某一项技术的展示。大家实力都不弱，你想稳中求胜，就非常难了。"

他在白板上画了一幅简洁的曲线图："而我们，如果能把这条完整的技术链条呈现出来，无疑就是加分的。"

迎璟看向大伙，掷地有声："难，才有看头，才能独树一帜。我也做过分析，以我们目前的水平，虚拟建模阶段，完全没有问题，接下来的时间，主攻材料选择、性能调试，还有一个半月，拼一把，行不行？"

栗舟山眉头微蹙，陷入沉思。祈遇和周圆面面相觑。坐在一边沉默少言的顾鹏鹏率先举手："老大，仿真程序的优化，我来负责。"

有了第一声支持，形势便渐渐趋于明朗化。

接着是张怀玉，她的手笔直朝大，绷紧举高："我来负责基础数据的搜集。我会把每一种材料的特点汇总，大家一个一个试验。"

周圆摊手："既然决定冒险，那就一起喽。"

年轻的面孔，有笑容覆上。迎璟的表情，始终平静，对于团队的意见转变，他也没有半点意外。

"不是冒险。"他说，"是必然。"

张怀玉眼睛亮晶晶的，明明什么都没做，心里却像有一团火。不只是她，在场的每一个人都如此。

祈遇无声，只拍了拍迎璟的肩。栗舟山难得不再疾言厉色，他在航发科研领域工作了大半辈子，科研者身上都有一股谨小慎微的工匠精神，但此时，他对这群年轻人没有任何微词，就让他们在理想的世界自由翱翔吧！

毕竟，创新与尝试，才是进步的先决条件。

接下来的十五分钟，迎璟开始阐述他的计划与安排。他极为流畅地在背景板上强调了核心要点、技术难点以及人员职责分工。最后，迎璟说："时间紧迫，我需要大家百分百投入，放弃休息时间。能做到吗？"

大家齐声道："能！"

迎璟没再多言，只是伸出了自己的右手，紧紧握拳。接着，祈遇、周圆、顾鹏鹏，一样的动作，与他拳头相碰。

张怀玉蹭过去，张开手掌，俏皮道："我要击掌。"

迎璟笑了笑，干脆利落地拍了拍她的手，啪啪啪连着三下——

"加油！"

"加油！"

参赛项目确定后，大家立即投入赛事准备之中。大四下学期的专业课基本结束，自主时间较多，这几人十分自觉地泡在了实验室里。大家埋头苦干，各司其职，栗舟山也全程跟踪指导，解决这群孩子的理论难题。

实际上，航发机的实验，是十分烧钱的，哪怕只是模型阶段，材料的报废率几近百分之八十。除了学校极少一部分的专项资金拨款，绝大部分资金，还是内部消化。

初宁亦没有半句要求，他要，她就给。这一个月，两人见面的机会少之又少，就连电话也寥寥无几，每天又恢复了工作制的短信联系。迎璟汇总当天的项目进展，并且附上每日的成本消耗，无论多晚，初宁总会在半小时内回复一个字："好。"

如此，便是安心。

迎璟忙，初宁也忙，忙起来的时候，放空自己，倒让内心越发清醒。这种平和的状态，像一支奇妙的润滑剂，修复了往日内心的种种瑕疵。

临近下半年，是业务量井喷的时间段，初宁的应酬也越来越多。迎璟也算是摸透了，如果她迟迟未回短信，那就一定在各种应酬上，也只有在这个时候，他才会表现出些许焦躁。

“不许喝太多酒。”

“几点回去？不要酒驾。”

诸如此类的短信，他一条接一条地发。有时候比较奇怪，直接一个文字表情。他发了几次，初宁好奇，有一次她无聊，顺手复制输入到百度查询——是亲亲。

初宁就在酒桌上，不由自主地笑了起来。

有一次，初宁接了一个大客户，公司上下，副总到业务主管全体上阵，对付完饭局又转战KTV，结果又是一轮酒水轰炸，初宁那次是真不行了，喝多了。

司机将她送回小区，已是凌晨两点。她多年来的底线，可以喝高，但绝不喝醉。加上路上开窗吹了一路风，她此刻除了脚步踉跄，倒也还能撑住。她从电梯里出来，就看到迎璟蹲在家门口，他也不嫌地上脏。

初宁以为自己看花了眼，舌头都有点打结：“你怎么、怎么来了？”

迎璟倏地站起，声音沙哑而克制：“你上哪儿去了？打你的电话也关机。”

初宁靠着墙，有气无力地站着，说：“我的手机没、没电了。”

她红颊轻俏，因为沾了酒，眼睛微红，像是涂了一层淡淡的眼影。迎璟不再出声责怪，但表情也实在称不上高兴。

初宁歪着脑袋，一声不吭地打量着他，双眸似水，醉眼似能观星。迎璟僵硬地转过头，声势渐弱：“你这么看我干什么？”

初宁咧嘴一笑：“你不看我，又怎么知道我在看你？”

她笑起来妩媚又无邪，欣赏着对面的男孩儿慢慢赤红的耳尖。迎璟按下这一瞬的燥热，大步迈过来。初宁跟一摊软泥似的斜靠着墙，还没搞清楚他的意图，就被迎璟拦腰一抱，直接扛在了肩上。

初宁只觉天旋地转，酒醒了大半：“喂喂喂！”

迎璟充耳不闻，好像只有通过这样的举动，才能稍稍拿回主动权。

“你疯了呀？”

“再动我就打你屁股了啊！”迎璟声音比她还要大。

“不是，你放、放我下来。”初宁颤着声音说。

“不放，谁让你喝醉，一个人住，你还敢喝醉！”

“我没醉，我从来没醉过。哎，你放我下来，我要吐了。”初宁捶他的背，“年纪轻轻变什么不好，非得变态。”

下一秒，她没忍住，哇的一声，真的干呕了。

迎璟不敢再折腾，赶紧将人放下。初宁腿软，脑袋充血，沾地没落稳，扑通一声坐在了地上，疼得她龇牙咧嘴。迎璟见她这副表情，没忍住，笑了起来。他双手环胸，一副看热闹的架势。

初宁仰头，眼睛湿漉漉的。

他在等。最终，她主动朝他伸出手：“拉我一下，我起不来了。”

啧，她第一次要求肌肤相亲。

哼，幼不幼稚啊。

两个声音在打架，却挡不住迎璟脸上的微笑，他把手臂伸过去，还挺爷们儿地说了句：“自己握。”

酒真是个好东西，让女人变得那么乖。初宁抓着他的手腕，一只手不够，又搭上另一只手。迎璟稍用力，拉不动，再用力，还是拉不动。

他仔细一看，她故意的呢！

初宁双手紧紧拽着他的手臂，迎璟往后退几步：“起来啊。”

她也跟着一起在地上滑。迎璟围着门口绕圈圈，像拖雪橇似的，初宁的笑容绽大，得了，还玩上瘾了。

“这就开心了？”迎璟哭笑不得。

初宁特乖地点了下头。

迎璟不拖了，弯腰，凑近脸，呼吸热热的：“怎么个开心法，说给我听听？”

初宁乐起来：“让我想起了坐雪橇，你像雪橇狗。”

迎璟脸色一黑，真有你的。

初宁哈哈大笑，不再玩笑，自个儿稳稳当当地站了起来。她走过去开门，背对着他问：“你过来多久了？”

“四十分钟。”

“这么久？”初宁转过身。

迎璟耸耸肩：“你的手机关机，担心你。”

他就是这样，有话就说，从不找理由，也不用煽情的字句去修饰，直白、简单、言简意赅。初宁莫名觉得很舒坦。她开了门，下意识地让出路，迎璟却没有要进去的意思。

“嗯？”平时他不是恨不得百米冲刺跑前头吗？初宁看着他。

迎璟笑了下，说：“太晚了不方便，我就不进去了，你早点休息，有事给我打电话。”

初宁意外地挑了挑眉，他这是转性了？迎璟的目光在她脸上游荡：“你再这样看我，你晚上就别想睡了。”

初宁无语地恢复了平静表情，两人之间，又陷入微妙的尴尬局面，好在只是一瞬，随风吹散。

迎璟换了正经话题，说：“还有不到十天就要比赛了。”

初宁嗯了声：“7月9日吗？”

“对。”迎璟说，“6号我就要去杭州，一些设备需要提前调试。”

初宁细算，那就是下周，说道：“我去现场看你比赛。”

“你能来吗？”

“能。”

迎璟一下子就笑了，笑完又问：“你也不问问我准备好没有？”

初宁摇头：“不问。”她怕给他压力。

“行，到时候你来看就知道了。”自信的光芒隐隐闪现，住在年轻的眼睛里，像繁星。

初宁浅浅一笑：“好。”

夏天的燥热在夜晚沉淀，两人之间，温度正好，心情正好，距离正好，再无激烈的碰撞和感情的尴尬，彼此找到一个舒服的位置，坦然面对，坦诚接近。

迎璟走后，初宁进屋，瘫软在沙发上稍稍休息，这一休息，便直接睡了过去，直到短信铃声提醒，迎璟给她发的：“我已经到学校了。”

初宁揉了揉睡眼，迅速回复：“好。”

迎璟比她更快，发了个“抱抱”的表情。黄色的小圆脑袋，穿着绿色的衣服，两只小胖手在半空挥舞索求拥抱。

她一定是醉了。初宁手指微动，犹豫半秒，还是按下发送——一个一模一样的，拥抱表情。

初宁等了五分钟，手机没再响。她拾掇干净，打着哈欠去洗澡。等她出来，屏幕上显示又一条新短信。初宁拿起一看。

“周二晚六点，B城饭店，小宁儿，可别忘记了啊。”

盛夏已至，比赛在即。

最后一周攻坚战，队里的成员进行最后的调试，甚至模拟参赛过程，计时记点，把每一个程序的耗时以及状态表现都记录下来，再进行细节修整。这是这群年轻人第一次参加全国性质的科技大赛，在越临近比赛时，就越容易出乱子。

大家吹毛求疵，钻牛角尖，总觉得这里不好，那里不对，情绪拔高到一个易燃点，稍有分歧就火了，牙尖嘴利，互相摆臭脸。有好几次，张怀玉都哭了。

迎璟还算稳得住，他也不发火，去学校的心理辅导老师那儿学了几招，再赶回来开导大家。他像一个军师，稳定着大局。

终于，连续三次，他们的参赛项目在既定时间内，出色地完成了所有技术串联，连栗舟山都忍不住为他们鼓起了掌。

因为实验的特殊性，要不断使用电焊熔接等技术，迎璟是主要操作者，他的十根手指头都被熏得黑乎乎的，食指上还烫出了水泡。

张怀玉紧张兮兮地给他买了一大盒创可贴："老大，你可千万不要有事儿啊，你要是出事儿，我们就变鸭蛋了。"

周圆当即骂她乌鸦嘴："明天就要去杭州了，能有什么事！"

祈遇喊了一声祖宗："你俩能不能别吵吵了。哎？怀玉公主，你买的是什么创可贴啊？"

"喏。"张怀玉把盒子打开，特高兴，"好看吧，还是叮当猫哦！"

迎璟还在电脑前梳理赛制，闻言笑了下："行，放着吧，这个就不报销了啊。对了，晚上请大伙儿吃个饭，辛苦了这么久，犒劳一下大家。"

诸位齐声欢呼。

周圆："又吃火锅啊。"

祈遇："小强火锅店要倒闭了，咱能不去那儿吃吗？"

张怀玉也挥手抗议："我也不想吃火锅了。"

这也不怪他们反应大，为数不多的几次团队聚餐，全奉献给了火锅，美其名曰红红火火好兆头，其实迎璟那点小心思，谁人不知，谁人不晓，为宁姐省钱。

"服了你们。"迎璟敲了敲桌面，说，"这次不吃火锅，去个高级点儿的地方，我姐有那边的内部折扣卡，挺优惠的，你们大胆吃，吃撑了算我的。"

这话不是他吹牛皮，他姐姐迎晨性格不错，嘴皮子也伶俐，加上一副好面相，人缘儿还真的好，哪里都有点关系。上周她办事儿路过B城，塞给他一堆卡，王府井的购物卡、国贸某个挺有名的自助餐厅的折扣券，迎璟数了数，还有好几家，全是拿得出手的。

就这样，下午四点半，大家正式结束赛前实验室的工作，哐当一声大门落锁，像是他们的青春，抖落了肩上的疲惫灰尘，变得明晰透亮。

五个人，打了两辆车，去往B城饭店。

谭家厅的特色菜样式十足，这几个高才生，硬是根据折扣券的面额，组合出了最划算的消费方式，黄焖鱼翅、佛跳墙、银耳素烩这种招牌菜是断不能少的，再点几样素食，荤素搭配也合理。

大家那个口水流的啊，迎璟挨个儿发了两张面纸，特大气地说："擦擦，都擦擦，别客气。"

大家哄堂大笑。

"你们别这样，像饿了三天放出来的狼，我都害怕了。"迎璟捂紧自己的折扣券，又把大伙儿逗乐了。

他安心了，嗯，气氛放松就好。菜上桌后，大家边吃边聊。

"明天下午的飞机，大家把行李都准备好，这次去要待五天。我们的材料和设备，也会跟着托运过去，回头我再清点一遍，别遗漏了。"迎璟心细，面面俱到。

周圆吃肉吃得那叫一个欢快。迎璟啧了一声："你能给我留两块吗？"

周圆："可以，我把我自己留给你，你来啃吧。"

张怀玉："一口咬下去，啊，牙断了。"

大家又是一团笑。迎璟心情挺好，嘴角弯着，这么久的高压运作，他眼底都有一圈淡淡的乌青了："统一一下，明天下午两点半集合，学校有车送我们去机场。栗教授晚一天走，以备我们万一有东西落下，他也能带过来。"

他正说着，刚才去上洗手间的祈遇推门进来，说起："好巧啊。"

迎璟吃了口花椰菜，顺口一问："怎么了？"

"我看到宁姐了，她也在这儿吃饭。"祈遇稍微拉开座椅，坐下。

"她一个人？"迎璟放下筷子。

"一个人就把她叫过来一块儿吃吧。"张怀玉提议。

"啊，那没，她那边人挺多的。包间门没关，有几个年纪稍大的，我看到的时候，一个男的正好起身倒酒。"祈遇没想太多，如实描述，"长得还挺帅，很像宁姐那个圈子的人。"

话毕，大伙儿都安静了。这三言两语一勾勒，妥妥的家庭聚会啊。周圆心直口快，直接就把话说出来了："不会是宁姐的男朋友吧？"

张怀玉猛地推了他一下，示意他闭嘴。周圆后知后觉，心里一凉，下意识地看向迎璟。

气氛瞬间降至冰点。

迎璟端坐着，低头吃菜，眼睫朝下，也看不出个具体表情。他没有当即发作，大家便抱着侥幸的心理，继续默默吃饭。新上的油焖大虾不错，鲜香美味，暂时冲淡了方才的古怪气氛，就在大家都松口气时，迎璟忽然搁下碗筷，起身往门口走去。祈遇下意识地问：“哎！你去哪儿？”

回应他的只是迎璟沉默的背影。直到人离开，周圆才自言自语了一句：“大概是上洗手间吧。”

初宁这顿饭吃得如坐针毡。

一张圆桌六个座位，往左是冯父冯母，右边是陈月和赵裴林，冯子扬和初宁挨一块儿，看他时不时地起身倒酒，姿态恭顺，一晚上笑脸就没撤下来过。初宁暗地里扯了他好几次，示意他少喝点，今晚这酒也是够了。

可冯子扬哪儿敢啊。这什么场合，什么分寸，他还是拎得清。

赵裴林被这个“准女婿”喂得心情不错，与冯父相谈甚欢，聊时事，聊生意，聊政客，倒有了几分老友的味道。女客这边自然就是家常话，陈月拉着冯母的手，甚是热情。

“我们家宁宁，从小就倔强，什么事儿啊，非得自己动手。她长这么大，一些大事儿全是自己拿主意。”她言辞间虽是责怪，但还是夸赞初宁的。

冯母当然明白，顺着话道：“她这是独立，姑娘家能有一个清醒的头脑，不容易的。”她看着初宁，微笑道，“小宁儿，以后要帮我看着点子扬，他啊，太好玩了，不收心。”

冯子扬笑道：“妈，甭在人面前点我坏话啊，八字还没一撇呢，人走了，您赔一个给我？”

初宁心里暗暗佩服，小冯同志，演技了得。陈月赶紧接话：“怎么会走呢，你对宁宁的好啊，我也看在眼里。”

冯母数落儿子：“等挑个日子，把订婚宴一办，就是有家庭责任的人了，这油腔滑调的习惯，可得改改了啊。”

陈月等的就是这前半句话，笑容更盛：“八月具体哪天，冯老有主意了吗？”

这说的是冯子扬的爷爷，这两位老人自那次亲自过来交代这事儿，本以为只是老人家大发闲心，随便说说，没想到是真上心了，据说是上哪儿找的某个佛教高僧，有模有样地分析起八字命理，合计着就在八月办事儿。

初宁真是脑仁儿疼。

“最迟不超过八月上旬。”冯母亲热地说，“我也希望越快越好。”

陈月哎的一声答应：“劳烦冯老费心了。”

这个家长见面会，几家欢喜几家愁。半途，初宁借口上洗手间，其实是躲出来抽烟。为了这场合，她今天是精心装扮过的，一身样式简单的月牙白连衣裙，连高跟鞋都没穿，浅系平跟，跟冯子扬往那儿一站，身高绝配。

她站在窗边，神情微恼，手指夹烟，刚点上火，就觉得索然无味了。烟气一袅，往上悠然地打着旋儿。

“躲清净来了？”冯子扬的声音在背后响起，初宁往左回头，右脸一阵风，冯子扬伸出胳膊，拿下她手上的烟。

他笑：“少抽点，对身体没好处。”

初宁双手环搭在胸前，瞥他一眼，也没说什么。冯子扬把那烟往嘴里一衔，神色自然，两人间静了会儿，他说：“饭吃得无聊吧？你先忍忍，哥想办法。”

初宁也直接，提醒道：“下个月就是八月了。”

“我知道，我心里有数。”冯子扬说，“等他们过了这股新鲜劲，我来安排。”

“怎么安排？”

冯子扬叼着烟，看着她，眼睛微眯，挺认真地说：“我出轨吧。”

什么馊主意，初宁无语。

“到时候我拍几张照片，你当证据，然后去跟我妈谈，就说我出轨了。你得哭出来，我妈最吃这套，把过错往我身上推，她只会心疼你，自然什么都顺着你。”冯子扬早就把招式步骤想清楚了，“他们要是不信，我再安排一个捉奸在床，你听我指令，带着我妈闯进来。你坚持要分手，这事儿应该就算完了。”

初宁听乐了：“你至于吗？这么败坏自个儿的名声。”

冯子扬真无所谓：“这有什么，我总归是她的亲儿子，顶多骂一顿闹一顿，不会把我怎样的。宁儿，这个法子虽臭，但立竿见影，信我的。”

初宁也没反驳，她还是拎得清轻重，这事儿别看跟闹着玩一样，但两家是打定主意让两人结婚的，如果不把这前因后果做得令人信服，效用就不大。她算是默认，安静了会儿，问：“那秦淼那边呢，你俩就真这么地下情一辈子？”

这话算是掐准了冯子扬的命门。他眸色都深了，手里的女士烟被他两口抽尽，细细的烟身一下子就燃到了烟尾，烟灰一长段，被窗外涌进来的风一吹，抖落不见。

焦躁全写在他的脸上，冯子扬闷声说：“这丫头，跟我闹得厉害，我有点受不住了。”

初宁不咸不淡地宽慰他：“你俩好了这么多年，有什么事是过不去的？你一个大老爷们儿，让着点，想开点。”

冯子扬摇了摇头，眉间隐匿着痛苦之色，说：“宁儿，你了解我的，我是那么小心眼的男人吗？”

话说到这份上，初宁也就不再劝。冯子扬这人，心胸宽广，为人大气，能把他逼到这个程度，可见也不是一个巴掌能拍响的。

情路坎坷，也得当事人自己走。初宁缄默，算是终结了这个隐私话题。

“这周末你有没有空？”冯子扬又说到正事，“我看也不能再拖了，要不就把事儿给办了。”

“捉奸啊？”

“嗯。”

“这周不行。”初宁说，“我要飞杭州。”

冯子扬一想，就猜到了：“航空科技大赛？”

“对。”

“哟，你现在也成科技迷了？”冯子扬调侃，“还是为了某个人啊？”

初宁顿了一下，竟也没否认。冯子扬痞笑更甚，歪着脑袋瞧她的脸：“我看看，嗯，红了。”

初宁嗤笑一声，没说话。

冯子扬点点头：“有想法了？”

“我就看个比赛，至于吗？”初宁无波无澜，“我还是这个团队的投资人，这是工作。”

“行行行。”冯子扬笑得敷衍，撩开西装衣摆，单手往裤兜里插，靠着墙懒懒散散地站着，说，“那小子厉害，真把你拿下了。”

初宁转身，置若罔闻：“出来太久了，进去吧。”

家宴融洽，为了即将到来的喜事，除了两位当事人，个个精神。大家本就吃得差不多了，过了十来分钟，便散局了。冯子扬在前头陪着赵裴林与父亲谈笑风生，初宁则跟在陈月与冯母后面。陈月的热情有点过头，倒有点奉承巴结的意味，听得初宁很是不悦。

一行人往饭店门口走，经理跟上来，礼貌恭谦：“冯总，车已经给您停在外面了。”

冯子扬颔首，继续陪赵裴林谈事儿。夏季的B城，夜风拂面，一扫刚才在空调房里的闷劲儿。初宁深呼吸一口气，四肢才总算回了点力气。

“我们家宁宁啊，有做得不对的地方，您尽管指出。”陈月拉着冯母的手，态度亲热，“以后成一家人了，也烦您多费心，指点指点她才好。”

冯母亦笑："小宁很乖，这姑娘，我一看就喜欢。"她看着初宁，语气温婉，"以后是一家人，也别太拘谨，有事儿就跟我说，跟子扬在一块儿了，我也把你当亲闺女对待，不会委屈你的。"

初宁态度温软地应付着，乖乖巧巧，是冯母喜欢的模样。

前边，冯子扬突然喊她："宁儿。"

初宁抬起头，却发现他神色不太对，暗示性地往右边一抬下巴，又笑着走过来，接替她的位置，陪陈月和母亲聊天。他往她身边一站，背对着她，恰好遮住了俩长辈的视线。

初宁转头一看，心里咯噔一下！

三米远的地方，迎璟悄无声息地站在那。他八风不动，也面无表情，像一根地桩。

初宁算是知道冯子扬的用意了，这是提醒她啊。她身后是喜气洋洋的一大家子人，身前是双眼漆黑的迎木头。初宁夹在中间，莫名的寒意从尾椎骨往上攀爬，被迎璟注视的这十来秒，她后背冷汗微冒。

这像极了小时候没完成作业，被老师点名批评的场景，但紧接着，更乱场的事儿发生了。

迎木头迈开脚步，朝这边走来。初宁的手指无意识地微微握拳，这是她紧张时候的身体表现。

迎璟的表情像一潭死水，根本无法解读半点情绪与用意。他只在捕捉到初宁脸上一闪而逝的惊慌时，眼色更加深沉。

他这动静，也引起了身后陈月与冯母的注意，匪夷所思的目光跟着迎璟移动，直到他站定，才猜测到，来人是和初宁认识。

初宁骑虎难下，总不能当不认识。她扯开一个笑脸，向前一步，把迎璟拦了下来："这么巧，也在这儿吃饭？"

迎璟不吭声，看着她。气氛有点尴尬了，就连冯父那边也打量着。

"小璟，"冯子扬适时打圆场，走过来跟初宁站在一块儿，笑着说，"一个人来的？"

迎璟还是不说话。

迎璟的那双眼睛动了，目光犀利而敏感地在冯子扬和初宁之间游移审视。他心里一团迷雾，但又好像有那么点思路，再联想起周圆和祈遇在吃饭时的话，某个答案呼之欲出。

迎璟的指甲陷进掌心，他一直在抠自己的手。初宁注意到了，这也是他情绪失控前的预兆。她心里一沉，事情全往一堆凑，但都到这个份上了，不介绍也说不过去。

初宁硬着头皮，转身对一干长辈说：“这是我的一个合伙人，叫迎璟。这是我家人。”后半句她是对迎璟说的。

她的主动，让迎璟的脸色缓了缓，行吧，别太难堪。他刚准备开口叫人，陈月与冯母率先对他点了下头，算是客气招呼，然后又自顾自地聊着：“等子扬的爷爷把日子看好，很多事情也要开始提前准备了。”

“那是当然，不过子扬，你们工作忙归忙，订婚宴也不能马虎，请帖啊，宾客名单啊，礼服啊，这些都得自己上点心。”

“订婚宴”三个字，像一把匕首，不给人躲藏的机会，精准地插进了迎璟心里。“伯父伯母好”五个字，瞬间变成一坨烧红的生铁，噎在他的喉咙口，就像掐住了他的脖颈，他觉得要断气儿了。

初宁见他这副面如死灰的表情，就知道，完了。

她下意识地向前一步，压低声音：“你听我说。”

迎璟却往后一步，像是被狐狸精抽干精气神的书生，没血没肉。

他转身跑了，初宁不管不顾地大喊：“迎璟！”她甚至迈开了脚步，本能地要去追。

身后陈月发出一声呵斥：“初宁！”她大抵是看出了什么，警告意味明显。

“冯姨还在这儿呢，工作上再大的事，明天再解决。”陈月意有所指，走来拉了拉初宁的胳膊，把她往冯母跟前带。

她这是彻底断了初宁的念想，连冯子扬想帮腔的机会都没有了。初宁脑袋都是蒙的，一时没了主心骨，心里乱得很。后边他们说什么，她都没听清，时不时地往迎璟跑的那个方向看，摸着手机，心绪不宁。

直到四位父母上车，车开走，初宁立刻拨号码，给迎璟打电话。

她打，他挂断，再打，再挂，就是不接。

冯子扬还有心开玩笑，瞧她一张紧绷的脸，调侃道：“别惯着男人啊，惯坏了，以后黏不死你。”

初宁瞪他一眼：“他马上就要比赛了，这时候出不得乱子！”

冯子扬啧了声：“至于嘛。”

“废话！”初宁是真着急了，一遍一遍地打电话，“怎么办，他不接我的电话。”

“别急，你有他同学的电话吗？试试他们的。”

初宁把头发撩到耳后，想起来，她有祈遇的电话。结果她打过去一问，祈遇说："我们是在这儿吃饭，但小璟上个洗手间就一直没有回来了。我们刚才也去找他，洗手间没见着人。"

当然见不着人，初宁按了按额头，说："你们给他打电话，如果联系上了，问他在哪儿，然后告诉我好吗？"

"哎！行！"

十分钟后，祈遇郁闷道："宁姐，小璟不接电话。"

初宁头疼，心生不妙。她什么也没再说，直接从冯子扬的西装口袋里抢了车钥匙："车给我用。"

冯子扬郁闷道："那我怎么办？"

初宁已经跑出十米："打车！"

初宁先是围着附近找了一圈，如果是走路，应该走不远。如果是躲在某个小店里，那就真不好找。初宁把车停在路边，想了想，排除了这个可能。她抬手腕看了看时间，然后转动方向盘，不管不顾地直接压线将车掉了头。

初宁赶回公寓，是在二十分钟后。她的房门是密码锁，这个密码，迎璟是知道的。初宁有种直觉，这个直觉来得莫名，但她还是选择相信。

将房间门解锁后，她推门进去，心一沉，客厅没亮灯。但走了几步，她就看见洗手间的门是虚掩着的，两指宽的门缝里，有光泻出。

初宁猛地把门推开，力气太大，门板撞在墙上哐当一声。她见着人，心里提着的那口气终于落了地。

迎璟蹲着，前面一个大水盆，边上是三双她的浅色球鞋。

初宁被这场景震了下。

他没回头，低着脑袋，正用刷子刷她的白球鞋。气氛凝滞，气压极低，连一句打破沉默的闲话都塞不下。但初宁还是硬着头皮，带着笑意故作轻松道："这么勤快啊，帮我刷鞋是没工资的。"

迎璟停住动作，水珠顺着手背往下滑，聚在指尖，又一滴滴地往盆里坠。

他的表情依然晦涩不明，就在初宁稍觉安慰，还好，没想象中那么严重时，迎璟做了个出乎意料的动作。

他端着水盆，猛地站起，初宁本能地用手一挡，直觉他要用水泼她，可下一秒，那盆水被他从头往下倒，全部浇在了自己身上。

哗啦！是水声。

哐当！是盆子砸地的声音。

迎璟浑身湿透了，一张脸显得阴沉可怕。他死死盯着初宁，初宁心口起伏，又觉得害怕，下意识地往后退。

迎璟一步步逼近，近乎粗鲁地把人推到墙上，铺天盖地的吻，就这么落了下来。

初宁傻了，等她反应过来，想要挣扎时，又晚了。因为眼睛一低，就看到迎璟脸上，两滴眼泪无助地滑落眼眶。

他连呼吸都是心碎的味道。

他边哭边吻，什么都不敢问。

初宁恍惚两秒，很快清醒。她推不开迎璟，便在他腰上用力一掐。迎璟吃痛，劲儿没法集中，就这么被推开了。

初宁用手抹了把嘴，无声地望着他。这眼神太狠了，警告、克制、厌恶，还有那么一丝丝的失望。迎璟难受地别过头，一抬胳膊，胡乱地抹了把眼泪。

“你为什么要骗我？”他重新看向她，方才的激烈情绪已经收敛，剩下的是最直白的宣泄，“你为什么要骗我！”

初宁动了动嘴唇：“骗你什么了？”

“你还瞒，你还瞒。”迎璟逼问，“你跟冯子扬什么关系？”

“我跟他的关系，跟你有关系？”初宁恼了，把话砸回去。

迎璟突然蹲下来，抱着脑袋，手指捋着头发恨恨道：“你是个坏女人，没有比你更坏的人了。”

初宁的心，轻轻撕裂了一道口，她清晰地感知到了其中的刺痛。

“我本来就不是什么好人。”她冷淡地回应，“是你自己把对我的想象包装得太精美。”

迎璟倏地站起：“你明明知道我喜欢你！”

“所以呢？”初宁用一贯的淡漠做盔甲，“喜欢我的人多了去了，难道我每一个都要交代清楚？”

迎璟红透眼眶：“原来我只是其中之一。”

初宁缄默。

“可你为什么要对我这么好？！”迎璟大吼。

初宁直觉地想说，是工作，是甲乙方，是合同约束，但一看到他的眼睛，就什么都说不出了。

“你以为我不知道吗？”迎璟压着声音，说，“你打一开始接触我，就是排斥的。你排斥我的那个项目，排斥我的争取，要不是那次马航事故，你根本不会多看我一眼。”

“你的开始本就不纯粹，是情怀，是自我，如果不是我，也会是任何人。”迎璟苦笑一声，“你太聪明了，你对人情世故的利用简直游刃有余，我太容易被你看穿，所以你避开了我的弱点，专挑我的软处拿捏，包括我对你的喜欢。”

说到这，迎璟倒冷静了。他目光聚焦，实事求是的每个字，不带感情，才更赤裸。

“你对我欲拒还迎，每次拒绝，过一天，又不经意地对我好。你先让我失望，又给了我希望，你很得意是吗？看我为你沉迷，很得意是吗？”迎璟一身湿漉，难掩狼狈，但也多了几分不怕死的匪性。

“你明明知道翟总喜欢交年轻的男朋友，却不告诉我，还鼓励我别怕。你敢说那一刻，你没把我当讨好别人的小白鼠？

“我跟你告白，你不动情，没事儿，我自个儿的感情自己负责。但你要真的想跟我保持距离，就不会一而再地来撩拨我，让我跟你回家，酒醉的时候对我说那么多话，甚至某些时候，不排斥和我的亲密接触。”

男人逻辑上线的时刻，简直不留任何情面。迎璟是被伤到了绝境，才口不择言地倾泻而出。

“因为你怕我不专一，怕我背叛你，你没有十拿九稳的把握，换任何一家有技术背景的企业，我都可能会改变主意。”迎璟字字如刃，“你吊着我，跟我玩暧昧，因为你吃死了我对你的喜欢，你用感情当制约的筹码，可我，可我……”

他说不下去了，哽咽着：“可我对你的感情，是真的。”

初宁紧紧闭上眼，手背在身后，用力握成了拳，再睁开眼时，她目光冷淡：“说完了？”

迎璟不吭声。初宁极力保持镇定，但眼底发潮的微红，像是抖落的晚霞。

“你指责了我这么多，我横竖都不是人了是吧？对，我最开始的确不想做你们的项目，但你能不能换位思考，你们没成熟的技术，没有明确的盈利途径，却要投资百万资金，你是我，你会做？我要在那个时候就答应，才是真的用情怀做事儿。”

初宁面色冷极，但看得出来，她还是试图跟他说道理。

“我的确不是个好女人，难道在一开始，我跟你说过，我是个好女人吗？我没说过，就不是欺骗。你知道什么是欺骗吗？”她向前一步，逼视他道，“给你签霸王条款，给你签十年，甚至二十年的卖身契，花言巧语许下优渥条件，却不兑现，让你们做到半道儿，哭都没地方哭。你以为生意好做？你以为人人善良，就我恶毒？那是你没见过社会的阴暗面。”

迎璟语气蛮横：“你别拿这些说事儿。”

“你刚才不就是用这些烂事儿来说我的？”初宁看着他，微微眯了眯眼睛，“你要跟我谈感情的那一刻，就应该知道这个结果。其实我也清楚，无论我怎么做，你都会代入自我的臆想与情绪，你猜测，你多想，你定义，怎么，最后全成了你唱主角，我成了背锅侠，现在还不让我说了？嗯？”

迎璟脸色发白，提声动怒：“你别把自己说得那么高尚！”

“我也没你想的那么龌龊！”初宁亦怒。

裹着硝烟的沉默，时间一长，便更伤人伤己。迎璟痛苦地遮住眼睛，五指齐齐并拢，十分用力。他不再张扬跋扈，大闹一场，血都凉了，闷声说：“初宁，问题的根本在哪儿，你清楚吗？”

初宁一怔，就听他哑声说：“你总是把自己摆在一个高高在上的位置，就像现在，你用你的乙方身份、你的工作经验、你的社会阅历，甚至我们不到四岁的年龄差，你以它们为条件，理所当然地把控全局。是，你的确教会了我很多，让我成长，让我的梦想有机会实现，你给了我一次机会，在第二次时，你也没有放弃我。”

迎璟的眼神归于平静，被落寞和无力接替，他抿紧唇，眼眶又红了。

“你居高临下，看我时，目光永远是俯视。可感情不该这样，你要真的对我有半点儿可怜，就应该坦诚地与我平视。”

他这破釜沉舟的架势让初宁内心撼动。

“我再给你一次机会。”迎璟直视她，问，“你和冯子扬，究竟是什么关系？你看着我，不许挪开眼睛。我要你亲口说。”

初宁引以为傲的理性，此刻乱成了一锅粥。现在问题的重点，不是一个冯子扬，而是两人之间这种光怪陆离的相处方式。

自个儿的心都拎不清，又有什么意义。

这一刻，初宁突然四肢无力，灰心丧气，她还没捋顺个中缘由，又被这么一逼问，更加心烦了，索性承认：“是未婚夫！要结婚的人！你满意了？”

迎璟脸色一点点冷下去。他点了点头：“行。”然后径直走出洗手间。

经过她身边时，他蹭到了她的肩，力气太大了，初宁没站稳，踉跄着往后退了两步。她像一个提线木偶，迎璟没有再回头。

直到关门声响起，屋子彻底空荡安静。初宁蹲下来，双手抱着膝盖，把头埋进手臂间。

她掐了一把自己的大腿，用劲儿一拧，迅速让自己情绪平衡。初宁是个理智的女人，感情本就贫瘠，那一段在大学时期发生的唯一恋爱，也随着这几年的创业打拼而消磨了记忆。

她在这个残酷的社会摸爬滚打，修炼人情往来，精通世故，也懂得在家大业大的赵家挣下个一席之位。母亲陈月一生懦弱，过于依附丈夫，自小教她的，便是看人眼色，见机行事。她父亲早逝，没有人能真正教她什么是大局，什么是大气，也没有人教她，该怎么接受一份感情，怎样好好爱一个人。

初宁喉咙干涸，一吸气就疼。她觉得自己像一条快要渴死的鱼，连打挺挣扎的力气都没有。她从不觉得"违心"是一件难受的事儿，但此刻，她好像尝到了难受的滋味。

她揉了揉发胀的眼睛，没有过多犹豫，也出了门。电梯停在一层，初宁赶紧按键，等她也到一楼，跑到外边一看，左右前后，空空荡荡，只有安静的照路灯发着幽幽的光。

她心里气骂，跑得真快啊。初宁怕他出事儿，赶紧拿出手机打电话，号码拨过去，短暂等待后，响起的却是字正腔圆的女音："您的号码有误，请查证后再拨。"

初宁一愣，后知后觉，迎璟这是把她给拉黑了？

第二天，去杭州的机票是下午四点，学校安排的商务车，两点就要出发。祈遇他们早早在校门口集合，行李带得不多，一人一个行李箱。

周圆看了几次表，忍不住道："鹏鹏，你给迎璟再打个电话。"

顾鹏鹏正好把行李放进车里，点了点头，一会儿之后，说："没接。"

周圆皱眉："怎么回事，还不来。怀玉，你时间没通知错吧？"

"不可能，迎璟自己都跟我们强调了好几遍。"张怀玉也急了，"你们说他昨晚上没回宿舍，那他上哪儿住去了啊？"

祈遇叹了口气："这下可好，以往最不需要操心的人，今天最欠揍。"

几人正说着，张怀玉眼睛一亮，指着前边："来了来了！"

迎璟黑短袖黑裤子，连行李箱都没拿，直接背了一个黑色的包。

周圆道："你怎么穿一身黑啊，不知道的还以为去参加葬礼呢。"

"啊呸！"张怀玉捶他，"说点吉利话行不行？"

祈遇不放心地走过去，拍拍迎璟的肩："没事吧？"

近了他才发现，迎璟眼底一片淡淡的青黑，一定是昨晚熬夜，熬出了黑眼圈。

迎璟敷衍地嗯了声，神情疲倦，不打算多说，一个人上了车。

周圆刚想说话，被顾鹏鹏一把拉住，小声道："老大精神不好，你别再刺激他了，让他好好休息。"

周圆急道：“他这个状态，跟毒瘾犯了一样，蔫蔫的，还怎么参加比赛？”

张怀玉心一横：“到时候，我给他灌一箱红牛吧，可说好了啊，你们得帮忙按着他。”

“行了行了，都别说了。”祈遇示意大家，“出发了。”

航班飞行两小时后，萧山国际机场。

南方的夏天，比B城更热，热浪扑面，像是一把火。

迎璟戴着一顶鸭舌帽，帽檐压得低，遮住眼睛，露出了直挺的鼻。他个儿高，一件简单的黑T，将身材勾勒得恰到好处，少年感收敛，青涩的成熟从背脊开始发散，在人群里也不会被淹没。

众人出了长廊，就看到颜色鲜艳的广告宣传。整面整面蓝白相间的广告图，给燥热的盛夏添了几分凉爽。电子屏幕亦滚动播放这次航空科技大赛的宣传视频。

浩瀚的蓝天，奇妙的星球，发射的火箭、载人飞船一一交织，最后，屏幕变暗，白字浮现：

> **航空工业，立国之本，兴国之器，强国之基。**
> **第九届中国大学生航空科技大赛。**
> **中国　杭州**
> **少年强，则国强**

不少旅客驻足围观，待视频完整播放，才迈步继续行程。祈遇跟迎璟站在一块儿，两人肩并肩，都没有要走的意思。

祈遇忽然问：“你还想赢吗？”

他早就看出了迎璟和初宁间的不对劲，昨晚怕是两败俱伤。他害怕迎璟失去了赢的动力。这一问，也是给团队交个底。

“没有了宁姐，你还想赢吗？”

迎璟被光线照得晃眼，他闭了闭眼，薄唇紧抿，没有回答。

就在祈遇准备认命时，迎璟说：“不是想不想赢，而是——我一定会赢。”

这跟任何人无关。

赛事主办方安排的下榻酒店在西湖国宾馆。每支抵达的参赛团队都有商务车接机。迎璟他们抵达的时间正好与另一支队伍重合，两拨人在出机口相会。

张怀玉兴奋道："那是去年的冠军，清华航热系的，他们队长超帅的！"

"我觉得还没迎璟帅。"周圆客观道，又斜了她一眼，"花痴啊。"

张怀玉伸手捶他："多嘴多嘴。"

两人笑着玩闹，张怀玉绕过迎璟身边时，被他伸手扯了下胳膊："慢点。"

张怀玉顿时老实了，怪不好意思地站在原地秒变淑女。迎璟没有过多表情，目不斜视地上车。

周圆回头叫她："快点啊，发什么呆！"

张怀玉盯着迎璟的背影，反应慢半拍地应了声："哦。"

到达酒店后，迎璟去签到台完成登记手续，然后给各位分发房卡，一共三间房："两个男生住一间，怀玉，你单独住。"

等安顿好，半小时后，大家出来遛弯儿。国宾馆的风格将中国园林式做到了极致，白墙灰瓦，小桥流水，让人心旷神怡。房间后面的小花园里，张怀玉各种自拍，心情美美地发了朋友圈："你们快去给我点赞啊。"

顾鹏鹏也被她拉来当苦力，帮着拍照。

"要开美颜！用那个小清新的风格。"张怀玉认真交代。

周圆在一边泼冷水："受不了你们女生。"

不用说，他这话又讨了冤家的一顿骂。

祈遇则给迎璟递了瓶水，跟他一块儿坐在栏杆上。

"这里好凉快，比B城舒服。"祈遇跟他闲聊，"你一路上也不说话，在想什么？"

"没什么。"迎璟低了低头。

"担心明天的比赛？"

"我从不临时抱佛脚，这种时候的担心，才是没实力的表现。"

祈遇笑了笑，拧开瓶盖喝了口水，抿了抿唇边的水痕，跟他聊起比赛的事："这次有几支实力比较强的队，但如你所料，大都是单项技术的展示，很少有顾全综合大局的。"

"正常。毕竟是比赛，稳妥心理占很大一部分。"

"不过有一个，T大的SY团队，他们这次的参赛核心，跟我们有些重合。而且这一年实力上升很明显，在好几次相关论坛会上，成绩都很好。"

迎璟了然："嗯，我注意他们很久了。虚拟建模为基础，继而衍生后续的实物产出。他们的线性建模特别突出，这也是他们的团队优势。"

祈遇点头："我们没有在任何公开比赛、活动上露过面，但实际上，我们的技术也不差。"

"当然不差。"只有说到专业相关的事，迎璟眼里才有几分称得上是光彩的东西。

他也拧开瓶盖，喝了两口水，就此安静。休息了一阵，日光渐渐柔软，晚霞给天空涂了一层淡粉胭脂，差不多到晚饭时间，大家往餐厅走去。

大堂的人多了起来，参赛队伍已全部到齐，年轻的面孔神采飞扬，有的是穿便服，有的是统一的队服，有说有笑，穿梭在酒店长廊上。大赛宣传影音如火如荼，激昂的背景音乐振奋人心。

走在最前边的祈遇忽然停下脚步，再次确认地看了两眼，然后兴奋道："是宁姐！"

乍听这个名字，迎璟飞快地抬起眼睛。

祈遇和周圆他们迈步向前，女生的反应比较激动，张怀玉已经小跑过去："宁姐！"

初宁在前台办理入住手续，天太热了，她刚从机场赶来，脸颊都被蒸红了。见着他们初宁也颇感意外："这么巧？"

"宁姐好。"

"宁姐。"

队员依次打招呼，初宁友好地对每个人微笑："怎么样，还适应吗？"

"挺好的。"

"酒店蛮不错的。"

祈遇问："宁姐，你一个人来的吗？"

初宁笑着说："还有我的秘书，我们在杭州也有业务，这不，正好赶上你们的比赛。"

几句寒暄，前台已经办好了入住手续。

"要不，咱们一块儿吃饭吧？"周圆提议。

"啊，对，一起吧。"张怀玉热情地挽着初宁的手，真心赞叹，"哇，宁姐，你的衣服好好看哦！"

而站在原处、一步不走近的迎璟，在听到这句话后才淡淡扫了初宁一眼。白色的连衣裙，款式极简，把她的腰肢收得盈盈一握，跟出水芙蓉似的。

她的衣品一向不错，怎么穿都好看。迎璟这一眼，和初宁碰了个正着，他表情无波无澜，冷漠地转开视线。初宁面色沉静，扯着笑，婉拒了他们的邀约："我晚上和客户有饭局，你们好好吃。明天去看你们比赛。加油。"然后初宁拎着行李箱，与迎璟擦肩而过。

两人一左一右，反方向走远。

过了好久，祈遇推了推迎璟："木头人，可以动了，宁姐早就进电梯了。"

迎璟来了火："谁是木头，有完没完了？"

"好好好，我说错话了。"祈遇举手投降，然后一只手揽着他的肩，"走吧。"

迎璟警惕："干吗？"

"吃饭！"我的天，祈遇无语，"不然你以为干吗？"

迎璟抿着唇，黑着一张脸甩开了他。

初宁一进门，连澡都没力气洗，直接躺在了床上。

中央空调的冷气二十四小时开放，吹得她通体发寒。从机场过来的那辆出租车也是奇葩，空调竟然坏了，那一路热风吹的……初宁估计自己是中暑了。

现在她再往这空调房里一躺，简直要她的命，热汗变冷汗，她的脑袋晕得不行。

某个人啊，真是她命中注定的克星！初宁把头埋在被子里，晕晕乎乎地睡着了。

赛事主办方的安排甚是周到，自助餐美味多样，但迎璟胃口一般，吃了三碗米饭就出去了。等祈遇他们吃饱喝足，找了一圈儿，却是在酒店大堂的沙发上找到了他。

"你吃这么快？！"周圆惊呼。

顾鹏鹏也奇怪："是身体不舒服？"

迎璟说："没事，我吃饱了。你们休息一会儿，一小时后，来我房间开个短会。"

走时，他叫住张怀玉："怀玉。"

"啊？怎么了？"张怀玉嘴里塞着一根冰棍儿，眼睛亮亮的。

等别的人走了几米远，他才说："待会儿，你帮我上去看看。"

"看什么？"

迎璟顿了下，才道："你去看看她吧。"

张怀玉跟他大眼对小眼，眨了半天眼睛才明白："宁姐？"

迎璟别过头，挠挠鼻尖，当是默认。

"为什么？"张怀玉不明白了。

"别问，去就是了。"

"OK，OK。"张怀玉一摊手，这热浪把她的冰棍都融化了，两滴冰水坠在迎璟的鞋面上，晕开了两小圈。

Chapter 15　这该死的言不由衷

迎璟也无所谓，转身追上其他队员。他们在酒店的空坪上散步消食，顾鹏鹏喜欢这里的空间格局，拍了很多照片。周圆戴着耳机听歌，祈遇却注意到了迎璟，凑过来："你赶时间？"

"没有。"

"那你怎么总是看表？"

迎璟看了他一眼："我等新闻联播不行啊。行了，回房间，提前开会。"

祈遇耸耸肩，无奈极了。

七点的小会提前到六点半。

"我们先开，不涉及张怀玉的负责技术，等她来了，再说她的那一块。"迎璟一副公事公办的语气，"强调一下明天需要特别注意的地方……"

"咦？提前开会了啊？"他正说着，门被推开，张怀玉走了进来。

祈遇："啊，对。你上哪儿去了？"

"我没偷懒，真有事儿。"张怀玉说，"宁姐中暑了，在房间里难受呢。"

迎璟飞快地合上笔记本，是要起身的架势。

众人："啊？！"

这一声让他又克制地坐了回去。

周圆："没事吧？人呢？"

顾鹏鹏："要不要送医院？"

迎璟坐在那里没动，手不自觉地握成了拳。

“没事没事，我让服务员给她买了藿香正气水，她在休息呢。”张怀玉坐到床边，“估计是路上热的，今天的气温太变态了。”

“不对啊，她不是说有秘书一块儿来吗？”祈遇问。

张怀玉鼓鼓嘴：“没看到。”

周圆：“你怎么想到要去看宁姐的？”

张怀玉没说话，往迎璟的方向使了个眼色，大家便都明白了，也好像都猜到，他晚饭吃那么快的原因。他是一直在酒店大堂坐着、留意着，发现初宁一直没有出来过，才让张怀玉上去瞅瞅。

唉，这该死的家伙言不由衷，表里不一啊。

“开会。”迎璟淡淡开口，面无表情地低头看电脑。

九点过后，大家各自回房间早点休息，迎璟洗完澡躺在床上，盯着天花板发呆。

手机在边上振了一下，张怀玉发来信息：“我刚刚又去看了一下宁姐，她已经没事儿了，放心啊。”

迎璟删了短信，然后闭上了眼睛。

次日，盛夏阳光灿烂耀眼，气温热辣，当仁不让。

全国大学生航空科技大赛，终于拉开序幕。

早上七点，参赛团队相继进入比赛场馆，对设备进行最后的连接与调试。一共二十四支参赛队伍，赛程由两部分组成，一是自主项目展示，二是竞赛机制，按分组进行模拟环境飞行。

这场比赛是比技术，比速度，比操控性。前者考验团队的专项水平，后者则更注重综合实力。迎璟他们各司其职，将各自负责的部分进行校正检测，每完成一组，就对迎璟做个“OK”的手势。四十分钟后，全队设备调试完毕。

现场工作人员穿梭，音乐响起，观众入场。这次大赛第一次采用同步直播，在中央一台和四台以及网络平台均能连线。随着这几年航空科技的普及，人们对这行的关注度也越来越高。大学生、老师、学者、企业家，还有杭州市民，能容纳两千人的场馆座无虚席。

八点，主持人上场，语气热情激昂，极能带动现场气氛。然后是领导致辞、代表发言，短暂的开幕式后——

“我宣布，第十届中国大学生航空科技大赛正式开始！”

顿时，掌声雷鸣，音乐响起，气氛被推至高潮。

主持人依次介绍了本次参赛的队伍，东南西北，集合最优秀的航空学生，他们将带来各种类别的航空项目。迎璟他们是第三个，C航盛名在外，尤其当镜头扫过他们时，观众席一阵友善的赞叹声。

全队统一白色T恤，右胸口是团队的logo。迎璟戴了一副无框平面镜，清爽挺拔，俊俏明亮宛若朝阳。他神色平静，双唇紧抿，剑眉星目非常上镜。

初宁坐在看台左边还算靠前的位置，手心微微发汗，认真听取队伍的介绍。

五分钟后，赛程第一项，开始！

迎璟与队员们点头示意，然后迅速投入比赛。他们身后是巨大的电子显示屏，不断切换每个队的操作过程。

只见迎璟手速飞快，在键盘上敲击，对每一个代码都烂熟于心。从零开始，一步步构建模型，模拟温度，模拟环境，模拟各项指标参数，模拟出各种复杂的天气、环境、温度因素，这是他们的强项。

不多时，一套完整的场景模拟完成。

迎璟平静道："祈遇、周圆。"

两人齐声回应："已准备好。"

然后他们开始实施二阶段——运用刚才的模拟技术，将发动机的模型生产出来。

这是他们在赛前就下过苦功夫的，从材料选取，到工具准备，甚至是部分需要用到3D打印技术的零件，都有条不紊地呈现。

全部过程，都不由人为操控，全是机器自动指导运行并组装。数据、知识、控制等结构独立，智能化、自动化，将知识的定义转变为了动态展示。

他们的速度太快，而且有了"实物产出"这个看点，镜头也格外眷顾拍摄，大屏幕上，给了迎璟特写。他熟练敲击着代码，高度集中注意力，有条不紊地向团队下达着指令。而那个成品，从最开始的螺丝、碎片、乱七八糟的小零件，一步一步组装成功，直到发动机有了雏形！

现场开始有了议论声。

这时，镜头切换到另一组，正是和他们项目有重叠的有力竞争对手，T大SY团队。

他们的速度也相当快，众人仔细一看，竟与迎璟他们同步。

几乎同时——两队操作台前的指示灯亮起。

操作完成！

现场响起一片掌声！

迎璟摘下眼镜，暗暗呼出一口气。观众席里已有人笑着讨论：“他叫什么名字啊？好帅啊！”

“C航的呢，看看名册上有没有介绍……找到了，叫迎璟。”

“长得好像一个明星。”

“谁啊？”

“我老公！”

“哈哈哈。”

初宁听着旁边小姑娘们的谈话，忍不住又看了几眼迎璟。

他帅吗？是挺帅的。

像明星？

她觉得比明星好看多了。

完成第一项比赛，迎璟他们短暂休息，但还不能离开操作台。他在观众席里轻飘飘地转动视线，好像在寻找着什么，从左到右，又从右到左，最后定在某一处。

初宁心里咯噔一跳，慌忙挪开视线。其实她也没底，他是不是看到了她。

初宁猜测着，琢磨着，心也扑通扑通地跳着。可再等初宁看回去时，迎璟已经低下头，不知道在看什么了。

第二部分的比赛在二十分钟后开始。模拟的生态环境里，有狂风、砂石、山丘、沟壑、直线赛道、海洋，还有最艰险的各种极端天气。他们要操控模型飞机，在这样的自然环境里接受考验。

二十四支参赛队伍，分六小组分别对抗。比赛以时间作为最后的评选标准，到终点用时最少者，获胜。这可是真刀真枪地对决了，如果非要找个比喻，虽不太雅观，但“打群架”这个形容最贴切。

抽签时，迎璟他们竟和T大的SY团队在一组。这个结果一公布，观众席竟然自发鼓起了掌。大家看了这么久也看出了门道，知道哪几支队伍实力强劲，论观赏性，肯定强强对抗精彩。

走去遥控区后，迎璟对队员们低声说了句：“稳住，别慌。”

张怀玉深呼吸，握了握拳头。周圆在她后面，有力地按了按她的肩膀：“没事儿，有哥儿几个顶着，你已经很棒了！”

祈遇和周圆做副手，迎璟依旧是主要操控者。待前五组比赛完成，电子屏显示实时情况，目前最好的成绩是三分十二秒。

来自清华的航空热动专业团队，零失误，非常顺利地完成了比赛。

迎璟是第六组。

"来吧！"他伸出拳头。

其他队员一样的动作，几人拳抵拳，围成了一个圆形。

"一、二、三！加油！加油！加油！"

声浪汹涌，看台上的观众掌声热烈。

第六组比赛开始！

迎璟站在控制台前，等命令下达宣布开始，他快速地拉下了柄闸。

嗡嗡嗡——四架参赛飞机几乎同时腾空而起，停在半空蓄势待发。迎璟将方向调正，加大动力，飞机嗖的一声飞出。

先是一段难度稍低的直线航程，比的是飞机速度，亦是考验机组性能，这个阶段差距微乎其微，四架飞机依旧齐头并进。

下面是山地地形，丘陵沟壑高山错落交织，密度极小。迎璟拨弄操控盘，拔高飞行高度，成功飞越第一座山体阻碍。而SY团队紧跟其后，追着机尾而来。

飞机到第二个山体，意外发生了。一架飞机因速度控制不当，砰的一声撞上高山，机翼折掉半段，而它后面的另一架飞机，来不及变换方向，直接撞上去，又是轰的一声！

两架飞机一前一后，歪歪斜斜地坠落，观众席上发出一片惋惜声。

"太惨烈了啊。"

"再慢一点就好了。"

"哎呀，只剩下两组了，谁会赢啊？"

"我看好T大的。"

"我觉得C大好，操作超级稳。"

紧接着，海洋环流测试，一片蔚蓝色的大海，下有骇浪，上有狂风，飞机必须保持一个低空飞行状态。

"周圆，A段加速，祈遇，数据汇报。"迎璟精神高度集中，死死盯着赛场。

"风速11~16小节，波高1~1.5米，5秒变风速，汇报完毕。"祈遇敲击屏幕，对数据进行前瞻分析。

迎璟刚准备全速通过，周圆道："小心！"就见SY团队的飞机从后头直线赶超，擦过迎璟的飞机机身差点和他们的飞机撞上！

瞬间，SY占据第一位。不只是观众，观摩比赛的其他小组成员亦惊叹："太冒险了！"

SY绝浪而去，在海洋上方划出一道优美的弧线，观众席上掌声雷动。

初宁觉得自己要窒息了，手指抠着掌心，面色虽沉静，但胸口剧烈起伏。

被反超的迎璟不慌不乱，按计划操控，摇柄往右三十度角，机身跟着侧向。这个模拟环境是随机的，各种意外层出不穷，果然，SY的飞机就被海面上陡然升高的巨浪打湿，速度慢下来了。而迎璟一鼓作气，从风浪里侧飞穿梭而过，随后立刻变换方向，机头直冲蓝天。

“Yes！超过了！”张怀玉激动道。

但好戏刚开始。SY不愧是拥有参赛经验的老团队，他们队长的操作技术业内都有名，很快调整参数，又追赶上去。

最后半程，是极端天气考验。这对航空发动机的要求极高，风霜雨雪冰冻寒流，在极短的时间内接踵而来。

迎璟自小玩这个，嘴角甚至浮现一抹淡淡的笑，是自信，是狂傲，是资本。

“我的天，他的操作技术太厉害了！”

“都不带停顿的！”

就连受邀观赛的航空工业的前辈们，也屏息凝视，通通留意到了这个年轻的赛手。

“啊！那架飞机上来了，它挨得那么近想干吗？！”

初宁紧紧盯着，心里一寒，对方是想撞机！

果然，SY抱着险中求胜的决心，毫不犹豫地对迎璟的飞机发起攻击。他们先从机翼开始，瞄准目标，砰的一声撞了上去。两架飞机剧烈抖动，机身上出现一个凹陷。

祈遇：“真狠！”

周圆：“撞死他们！”

张怀玉观察线路，及时汇报：“前面是大雾天气，可见度低，小璟，放慢飞行速度。”

迎璟：“距离还有多远？”

“十米。”

迎璟眼神一沉，眼底有着志在必得的决心。

“啊，怎么降低速度了？”

“是啊，都被对手超过了，还不加速呢？”

观众席间议论纷纷。

“啊不　　他也要撞机！”

就在大伙儿都看出意图时，迎璟猛地提速，机头偏左，直接对着SY的飞机机尾撞了上去。SY的人操作也很灵敏，迅速朝反方向飞去，躲开了。

“还有三米，就是大雾天气，视线盲区了！”张怀玉紧急道。

迎璟额上布了一层细汗，他抿紧嘴唇，复原摇柄，一鼓作气，追着SY再次撞了上去。

观众：“啊！”

初宁旁边的小男孩儿甚至捂住了眼睛。她的心也被拔高，直冲九霄云外。这一次，迎璟没再让对手逃开。轰的一声巨响，SY的机尾被迎璟撞歪了。

他们的飞机速度急降，是发动机被撞坏了。而迎璟的飞机只晃动了几秒，被他稳住，又加速前行，直穿大雾区。

没多久，飞机重现，又经过一段直飞路线，当仁不让地越过终点感应线！

现场爆发雷鸣般的掌声！

欢呼、口哨、喝彩，像是时代浪潮的化身，这一刻，通通涌向了这群年轻人。

短暂的分数统计后，胜负已定，主持人激昂宣布：“第十届中国大学生航空科技大赛冠军得主——来自C航的迎璟团队！”

热闹声像要掀翻屋顶，观众们自发起身，家长带来的小朋友们又蹦又跳，小手都拍红了。

初宁觉得自己像经历一场大病，死后重生，人都虚脱了。她也想站起来为他们喝彩，真正使劲的时候才发现，自己的手、膝盖、身体，都在不受控制地颤抖。

台下的指导老师栗舟山，挥动双拳，由衷地为自己的学生感到高兴。张怀玉冲下来，给了他一个大大的拥抱，然后与栗舟山一起，冲台上的队友竖起大拇指。

四个大男孩儿，淡定许多，迎璟重复比赛前的动作，伸出手，紧紧握成拳，一个接一个，拳头抵拳头，几人只互相说了一声：

“感谢！”

这个握手真诚、有力。

就在这一刻，迎璟的目光准确地投向观众席左下方。他从初宁进场起，便将她的一举一动锁定。之前，他是强逼自己不去看她，但现在，他无法控制。

一路的艰辛，从无到有，从有到优，从凡尘俗世中的平淡某某，到如今苦尽甘来，王冠加冕。

人性的本能，使得他根本无法再控制自己。穿越人海热浪，迎璟和初宁四目相对。

两个都是淡定的主，他们之间，好似有千山万水般遥远的距离，又在这一刻，默契无须多言，偏又挨得那么近。

初宁的眼眶，红了。

迎璟率先别过头，抿紧嘴唇。

“我说错了。”他突然没来由的一句话，声音极低，是对祈遇说的。

大批媒体开始进入采访区，工作人员指引冠军往发布会的方向走。祈遇边走边疑惑，慢下脚步：“什么？”

迎璟看着他，喃喃自语：“我说错了。”

昨天，刚抵达杭州，在机场电子屏前，大赛的宣传视频色彩淡去，白字浮现：

航空工业，立国之本，兴国之器，强国之基。

少年强，则国强。

当时，迎璟和他并肩而站，看着这两行字久久无言。

祈遇问：“没有了宁姐，你还想赢吗？”

迎璟答：“我一定会赢，跟任何人无关。”

他错了。

迎璟闭上眼睛。

我的全部战斗力与求胜欲，跟任何人无关，只与你有关。

为了你，我一定要赢。

比赛结束后，迎璟一干人被拉到采访区，闪光灯、话筒、摄像机，黑漆漆地对着他们。第二三名站在两侧，第一名自然是焦点。张怀玉还挺不好意思，特意往后挪。

“过来。”迎璟伸长手，勾着她的胳膊就把人给拎到了最前边。

张怀玉直摆手，小声说：“我不站前面，你们站。”

“来吧！”另外三个男生齐声道，围成了一堵肉墙，硬是把张怀玉推到了中间位置。

迎璟说：“队里唯一的女将，你值得的。”

祈遇冲她竖起大拇指，周圆竖起拳头，顾鹏鹏拍了拍张怀玉的肩。媒体记者们笑容善意，纷纷拍照。张怀玉倒也大方，说：“哎！要把我的脸拍小一点哦！”

笑声起伏，气氛轻松，接下来是采访时间，几家主流媒体对迎璟很热情。

“拿到第一名心情如何？”

迎璟说：“今天的心情比昨天好。”

大家笑，又问：“之前从未在类似的比赛中见过你们团队，第一次参赛就能取得这样的成绩，你觉得原因是什么？”

“勤练，以及，”迎璟看向左右两边的第二三名，大气道，“优秀的竞争对手。”

迎璟谦逊得体的回答，赢得了大家的赞赏。

他又回答了一些问题之后，主办方提示采访时间结束。张怀玉捧着奖杯走在最前面，全队人身姿挺拔，笑容洋溢，青春无敌。

晚上还有晚宴，回酒店稍作休息，不过大家都很兴奋，蹿到了迎璟的房间玩儿。

周圆伸了个懒腰：“终于可以休息几天了，我这段时间熬夜熬得都秃顶了。”

祈遇坐在窗台上，笑着说：“你不熬夜，也挺秃的。”

“滚。”

张怀玉哈哈大笑，一张椅子反着坐，手臂搭在椅背上，正在啃西瓜。她盯着桌上的奖杯，越看越喜欢：“它超漂亮的！设计感好强！不行，我要发朋友圈。”

“不用发了，学校论坛已经屠版了。”顾鹏鹏滑着iPad，特淡定地汇报。

张怀玉赶紧凑过去，哇了声：“好多照片啊，全是我们比赛的截图呢，截得真好！”

“还有这个，剪辑视频都出来了。”顾鹏鹏看向迎璟，“是你的特辑。”他把屏幕翻转给大家看。

“蛮帅的。”

“还有配乐呢。”

“哟，还加精了。”

迎璟看笑了，顾鹏鹏咳了声：“老大，你的表情有点浪。”

几个人有一句没一句地闲聊着，偶尔发出笑声。祈遇忽然说：“五点半的晚宴，要不，叫上宁姐一块儿吧。”

张怀玉道：“对啊，叫上她吧，她今天在现场看比赛呢，对我们很用心了。”

迎璟的笑容一下子收敛了，大伙儿面面相觑，眼神无奈。张怀玉哎呀一声，故作沉思状："宁姐昨天中暑的时候可吓人了，脸色惨白，身上冰凉，也不知道她今天好点了没，会不会又在房间里中暑了？！"

迎璟猛地起身，动作太大，四双眼睛愣愣地望着他。他面无表情，一副"关我屁事"的态度："随便你们。"然后他便径直往洗手间走。

张怀玉耸耸肩，拿出手机："我给宁姐打电话。"

不多时，迎璟从洗手间出来，看了看时间，不耐烦地催促道："走吧。"

"哪儿去？"

"晚宴要开始了。"

周圆惊呼："这还差一个多小时呢！"

迎璟懒得废话，执拗道："去不去？"

大家怕了，顺从道："去去去。"

迎璟在前，手已经搭在门把上，张怀玉啃着西瓜，随口说了句："宁姐不去晚宴啦。"

某人的动作一顿。

"刚才给她发微信，她说她已经往机场赶了，还得回B城工作呢。"

这个平淡无奇的消息，大家都没放在心上，既然初宁这么忙，也不勉强。

"不去了。"迎璟又反身走了回来，黑着一张脸，好像他得的不是冠军，而是最后一名。

大家真是一脸懵："又、又怎么了？"

迎璟虎着脸，往飘窗上一坐，戴上了耳机听歌。

张怀玉龇牙咧嘴地做了个鬼脸，冲大伙儿用嘴形说了四个字：发神经了。

次日，大家统一航班返回B城。

那是傍晚的飞机，在候机厅巨大的落地窗前，盛夏的黄昏镀了一层橘红色，连绵数十里的火烧云像是翻滚的浪，飞机起飞，降落，信号灯闪烁，像是一颗一颗星。

此情此景，波澜壮阔。登机的前一秒，迎璟侧头，掏出手机，给这幅美景拍了张照。

画面定格，像是他们注定不平凡的未来，气势恢宏地到来了。

回学校短暂停留后，他们的凯旋仪式很简单，等着毕业典礼，再正式表彰通报。周圆和张怀玉俩人一座城市的，于是结伴买了高铁票回家。顾鹏鹏买不到票了，但他家第二天有喜事儿，所以他爸妈直接派司机来学校接他。

看到那辆兰博基尼，大家都惊呆了。老实人顾鹏鹏，才是深藏不露的富二代啊！

大家纷纷举拳捶他。

“可以啊你！”

“要不得！”

“回来请喝奶茶！”

顾鹏鹏一一笑应。人都走后，祈遇站在原地，脚尖磨地，久久不说话。迎璟了解他，估计又在多想了。整个队伍，就祈遇的家庭条件最差，平日没什么，都埋头做事儿，实在人，从不拿上台面说，但真亲眼看见，那种从小到大的自卑与敏感，是性格注定。

迎璟岔开话题，问：“你女朋友还在原来的地方上班？”

“没。”安静了会儿，祈遇说，“她辞职了，嫌工资低，现在还在找工作。”

迎璟哦了声。

“你呢？什么时候回杏城？”

“再等几天。”迎璟平静地道。

又过了片刻，祈遇道：“你和宁姐……”

“我俩什么都没有。”迎璟飞快地答，然后低下头，“就这样吧。”

祈遇想问，又不敢问，最后拍拍他的肩：“宁姐挺好的，就算不是那种关系，也还是工作关系呢，别搞得太僵啊。”

连外人都看出来了。的确，自上回决裂般吵架之后，他和初宁再没有半句话的联系。可祈遇有句话说得对，再不济，他们还是工作关系。作为投资方，她有权知晓他们前段时间的工作总结以及下一步计划。

迎璟心里又蠢蠢欲动起来。给她打电话？要不他直接去找她？要汇报工作啊，不然就成他的过错了，乱七八糟一堆想法在脑海里打群架。突然又一个声音冒出来：你看你看，你还是这么在乎她的感受。

你真没用，都闹得这么难堪了，还能被她隔空左右情绪。

迎璟当即烦躁地抓了抓头发：“明明是她的错！”

这一声嚷，把他的理智和骨气喊回了七分。他决定这一次，绝不主动。

城市另一边，初宁也不好过。她这段时间心烦得厉害，从杭州回来四天了，那人真的没有一点消息。

初宁一直被低气压环绕，看手机的频率增多，那天手机微信一振，她立刻抓起查看。是个卖阿胶的，不知从哪儿加的微商，一大串复制的节日祝福。

初宁恼得没个好语气，回复俩字：“互删！”就把人拉进了黑名单。

其间冯子扬给她发了很多条消息："这周六晚上八点左右，上我柏悦府的那套公寓，具体行动到时候再通知你。"

初宁把屏幕反扣在桌子上，掐着眉心直揉。最后，还是她按捺不住，终于主动给迎璟打去电话。电话响了九声，那头才慢吞吞地接听，接听也不说话，要不是初宁看了眼屏幕，还以为是没信号了。

迎璟吐出硬邦邦的两个字："干吗？"

初宁的火一下子就起来了："你不用汇报项目进度吗？没有半个月也有十天了吧，你一个字都不说的？"

她的直脾气，真的很要命。

"你不是看到了吗？我都在参加比赛。"迎璟冷淡回道。

"比赛也就两三天。"

"我不用准备的？"

初宁被噎得太阳穴突突跳。

"那下阶段的计划，也不用汇报了？"

"我们放暑假了。"他的理由总是让人无法反驳。

初宁的脸色彻底难看了，她不说话，那头也不急，反正电话费不要钱。刺刺的电流声，不断刺激着初宁的耳膜。她闭了闭眼，再睁开时，冷声问："你什么意思？"

"我不敢有意思。"

"行。"初宁说出利落的一个字后，情绪根本就没法克制了，莫名的慌张和无助，像是把她丢进了汪洋大海，潮水吞没，让她无法呼吸。

这种情绪隐匿、不安，是她二十余年里，从未有过的体验。她茫然，又没有人愿意给她释怀的时间，于是，情绪的宣泄，她用了最愚蠢的一种方式，便是正面冲突。

她冷言冷语，嘲讽道："看来，得了冠军就是不一样了。"

迎璟冷笑："岂止不一样，简直了不起。"

"也是，你们扬帆起航，声名大噪，多的是人愿意为你们砸钱了。"

初宁握紧手机，紧紧地贴着耳朵。迎璟一下听懂，这就是初宁的弱点，是她在意的，是她的命门。

他没有为了这一发现而沾沾自喜，反而无尽失落。到现在，她最担心的，还是这种"公事"。

他算什么？

呵，在她心里，他永远排在"利益"之后。他动的是真情，她却把感情当工具。

迎璟心里一片悲凉，难受得要死掉了：“对！”再开口时，他语气凌厉，“我也不怕跟你交个底儿，已经有很多家企业对我抛出橄榄枝了，他们专业、有背景、有实力、有保障，提供给我的技术支持也很强大，能跟这种企业共事，项目飞跃是迟早的事。”

他还未说完，初宁彻底崩溃，大嚷：“那你滚啊！”

一个“滚”字，彻底撕开了两人这要死不活的关系，抽筋动骨，流血割肉。迎璟气极，呼吸都是粗音：“正有此意！”

这是彻底否定了初宁为此付出的一切努力与牺牲。她心里的铜墙铁壁，轰一声坍塌。两人的思想节奏完全不在一个频率上。这种情绪失控的关头，人最容易钻牛角尖。迎璟也是越想越气，想着她冷硬的心，以及永远也不会动的感情，想着她的种种心机手段，想着她的好、她不经意的温柔，最后，他想到了她的未婚夫。

迎璟握着拳头，平整的指甲掐进肉里，泛起丝丝血红：“你既然这么讨厌我，那我们就不要再联系了，我再也不会给你打电话了。你、你和你的未婚夫好好结婚去吧，我祝你们百年好合，白头到老！”

回应他的只有嘟嘟嘟的忙音，初宁挂断了电话。迎璟握着手机的手越来越紧，最后他扬手把手机摔了出去。手机撞到墙壁上哐当巨响，屏幕裂开一条大缝，黑屏了。

他深吸一口气，倔强地抬高眼睛，眼眶红透，却愣是不准眼泪流出来。

第四卷　万里河山皆是春

小先生

人这一辈子，真正和自己有缘的人并不多，遇到一个，少一个。

试试看，行吗？

Chapter 16　我今天就横刀夺爱给你看

这一架让初宁元气大伤。这下好了，她是彻底死心，连手机都没兴趣再看了。

就这样过了一个星期。周六，冯子扬见到她时，吓了一跳："小宁儿，你病了？"

初宁来到他在柏悦府的公寓，墨镜遮脸，一身白色长裙，面若冰霜。她把墨镜摘下，眼睛也不似平日有光彩。冯子扬担心地伸手往她额头上探："发烧了？脸色这么差劲？"

初宁偏头躲开："没有。"

这闷情绪看得冯子扬心生怀疑，他又问："工作上遇到麻烦事了？有困难跟我说。"

初宁都懒得回答，走到沙发处一坐："安排好了？"

"啊，哦，好了。"说起今天的重头戏，冯子扬来了劲儿，"我找的那姑娘半小时后到，到了之后，你就给我妈打电话，哭着说我出轨了，捉奸在床，让他们赶紧过来。"

初宁神色不耐："主意真的很馊！"

"这个见效最快。"冯子扬光脚踩地上，从冰箱里拿了根冰棍儿吃，提醒道，"不能再拖了，你没瞧见两家已经开始准备订婚宴了吗？趁现在喜帖还没发出去，得赶紧的。"

见初宁不情不愿的样子，冯子扬凑近，嬉皮笑脸道："怎么？不想啊？那咱俩把事儿办了吧。”

初宁抬脚一踹：“去死。”

冯子扬欠身躲开，笑了笑，遂又想起：“哦，对了，我还在朋友圈发了个我和那个女孩儿的亲密合照，为演得逼真点儿，就当是出轨的蛛丝马迹。你现在截个图，到时候也好当作是‘证据’。”

初宁真的服气：“早知现在这么麻烦，当初我就不答应帮你的忙了。”

冯子扬笑得淡，给她作揖，抱歉道：“哥记着你的好，来生做牛做马定当报答。”

初宁不再跟他贫嘴，低头看朋友圈，手指刚按上去，突然抬起头：“你朋友圈的好友全部可见？”

“没，我设了分组，工作上的人都屏蔽了。”

冯子扬的私号好友本就不多，留下的都是关系到一定份上的。初宁记得，迎璟以前也加过冯子扬的微信号，好几次还看到他的点赞，也就是说，这照片他也能看到。不过既然冯子扬屏蔽了，那不提也罢。

初宁欲言又止，没再说什么。

同一时间，银泰商场。

迎璟到门口的时候便给祈遇打电话：“我到了，就在A进口，你在哪儿？我给你把钥匙送过来。”

祈遇大松一口气，感激道：“谢谢了啊小璟，多亏你，不然真的要扣工资了。对了，不耽误你回家吧？”

“没事儿，我下午的高铁票。”迎璟拎着这串展柜的钥匙叮当响，“你发个位置共享给我。”

挂断电话，迎璟等待的间隙，顺手点进了朋友圈，一刷新，再往下翻，他的手瞬间顿住。冯子扬的最新照片动态，他和一个年轻女孩儿站在一起，姿势倒不是特别亲昵，但配的那个表情，就挺让人遐想的，是一颗红彤彤的爱心。

迎璟心里咯噔一跳，预感欠佳。他点开，却没看到共同好友的点赞评论，当然，所谓的共同好友只有一个。迎璟反复看那张照片，这个女生的妆浓得跟鬼一样，还噘嘴。

手机一振，是祈遇发来了位置共享。迎璟按下翻涌的心情，还是去给祈遇送钥匙吧。商场进出客人多，嘈杂吵闹，迎璟的步子跟灌了铅一样，每一步都沉重犹豫。祈遇叫他时，他都没听见。

“想什么呢！”祈遇小跑过来。他穿的是面包店礼服式样的制服，这一身还挺好看。

迎璟回神："啊？啊。"

他把钥匙塞祈遇手里："给。"

祈遇还没接稳，就看到他转身往外走："哎？就走啊？我还给你买了两个面包呢！"

"不用了。"迎璟边走边拿出手机，时隔半个月，第一次给初宁打电话。

初宁这边战况激烈，场面混乱，大战正式开始。冯子扬吊儿郎当地往沙发上一坐，冯母和陈月站在客厅里。

冯母厉声斥责："子扬，你也太不像话了！你对得起宁宁吗？"

冯子扬桃花眼往上扬，嘴角是痞气的笑，大大咧咧道："有什么对不起？感情讲究你情我愿，现在我没情了，那就趁早结束，对两方都好。"

陈月本还想着做和事佬，但这话太难听，她当即冷脸："子扬，我们初宁对你，没做错什么吧？"

"没错啊，就是我不喜欢了。"

"冯子扬！"冯母气极，指着倚在卧室门口的临时演员问，"这女孩子哪里来的？什么乱七八糟的人你都敢往这屋里带！"然后她又转过头，一脸愧疚尴尬地对陈月保证，"亲家，您别急，这事儿是子扬糊涂，我一定好好教训他。"

初宁就是在这个时候接到电话的。她为了力求演技逼真，此刻正哭得梨花带雨。"迎璟来电"四个字，像往她心里丢了一块石头。人的情绪很奇妙，某时某刻，某人某景，能够轻而易举地勾出内心最本能的情感。

她说不上惦念，但确实是放不下的人，隔了这么久，终于主动给她打了电话。

一瞬间，初宁真有种要哭的感觉。

她按下接听，眼泪哗啦啦的，哽咽着道："喂。"

而同时，冯母与冯子扬的争执直冲高潮。

"你对得起初宁吗？！

"我告诉你，冯家的大门，不是什么女人都能进来的！"

迎璟将这些声音听得一清二楚，久久没吭声。在沉默里，初宁的柔情与懦弱被放到最大。她对着迎璟泣不成声，根本没办法控制。

过了好久，迎璟才哑着声音道："你在哪？"

初宁哽咽着报了地方和楼层。她没多想，根本没想到他就在银泰附近。冯子扬和冯母正面杠上了，耍无赖的渣男形象表现得淋漓尽致。差不多到火候了，他朝初宁使了个眼色。

该初宁登场了。只见她眼睛红透，忍着哭，倔强硬撑的模样，看得长辈们心如刀割。

“冯子扬，这些年，我对你问心无愧……”糟糕，下一句台词怎么说来着？初宁临危不乱，干脆临场发挥：“我俩开始时那么美好，就算你不爱了，能不能不要用这种方式……让我难堪？”

两行眼泪恰到好处地流了出来：“你要分手，好好说，我不会不同意。”

冯子扬手一合，放下二郎腿，从沙发上站起：“行！那就分手。”

他朝卧室门口的“新欢”勾了勾手，娇媚的女孩儿便听话地依偎过来。冯母脸都气白了，刚要开口阻挠，砰的一声巨响，虚掩着没关紧的门被踹开！

迎璟太快了，身影像道闪电，蹿到初宁身前，对着冯子扬的肚子就是用力一脚！

冯子扬脸色苍白，疼得大汗直冒。

迎璟气势比他更可怕，目光像要杀人。

这意外，看傻了冯母，看呆了陈月，也看惊了初宁。迎璟恨恨扭头，眼神刀剜一般凌厉，一字一顿如刻印：“早知道你是跟这种人渣订婚，我一定不放你走。”

冯子扬被他踹得腹肌都要抽筋了，火冒三丈道：“关你屁事儿啊！”

迎璟冷嘲一声，狂妄道：“我今天就横刀夺爱给你看，走！”

在所有人的目光里，他拉起了初宁的手。

冯子扬捶胸顿足，被这位临时演员弄得都快疯了：“你给我回来！”

他这不是添乱嘛，戏还能不能演了？冯子扬心窝子跟烧刀子似的，真怕穿帮。迎璟这一脚踹得他站都站不起来，只能好汉一声吼：“初宁！！”

初宁反应过来，想到大局为重，掰开迎璟的手：“你等等，等等。”

迎璟恼火：“都这个时候了，你还想干吗？”

两家母亲都在场，有些话也不能说太深。初宁急得干脆蹲在地上，下压重心，想拽住他的脚步。迎璟力气大，跟小钢炮似的，初宁体重轻，不管用，被他拖着在地上滑。得！又变成拉雪橇了。

冯子扬眼前一黑，完了完了，悉心安排的八点档狗血剧，乱套了。这一屋子乱得冯母看不下去了，严厉吼了一声：“都给我住手！”

冯母早年是北外的西语教授，家教和自身的气质那都是人上人，一个冯子扬已经让她丢光脸面，何况又多了一个看起来奇奇怪怪、好似也不是什么好东西的迎璟。

这种不堪让她根本无法容忍：“你们闹够了没？”

迎璟对长辈还是有天然的尊敬，总算不情不愿地停住脚步。初宁借机挣开他的手。她这一挣，迎璟眼珠子都要喷火了。

这小动作没逃过陈月的眼睛。但陈月何等人精，这个时候，肯定不会傻乎乎地质问女儿他是谁。

冯子扬忍过这波痛，勉强直起腰板，龇着牙对初宁说："好啊好啊，小宁儿，没想到你这么有心机，早准备好帮手了是吧？"

两人眼神默契一对，通透着呢。初宁配合着又开始掉眼泪："我有心机？我要有心机，就不会这么信任你了。"

冯子扬冷哼一声："这么多年，原来我身边睡了条狼。"

这话令初宁微微蹙眉，他什么破形容？而那个"睡"字，像枚大炮，轰一下把迎璟给炸飞了。

初宁适时哽咽，眼眶红彤彤的："咱俩好聚好散，祝你幸福。"

好了好了，收尾了，冯子扬郑重地点了下头："谢谢。"

啧，这分手礼，算是在鸡飞狗跳中正式落下帷幕。

但迎璟快要窒息了。原来她不是没有温柔脆弱的一面，只是所爱非人。

想到此，心里的失落犹如万丈高楼平地起，迎璟又恨又痛，情绪喷发，冲着初宁大吼："你还祝他幸福什么啊！"他又转过头，对冯子扬斥责，"你做个人吧！"

说完后，迎璟转身走了。

门外涌进一阵风，吹散一地鸡毛。

冯子扬蒙了，一脑袋问号，我怎么就不是人了？

冯母气得不想再说一句话，拎包离开。陈月向来不做把关系搞得没法挽救的事，眼下虽郁闷，但她心里头还是有主意的，沉着一张脸也走了。

等了两分钟，初宁往门口探了探，松口气："没人了。"

冯子扬垮下来，往沙发里一瘫，记仇道："叫迎璟是吧，老子现在就找人做了他。"

他还真打起电话。初宁走过来，扬手一抽，把手机给抢了过来。冯子扬怒得抬脚踢向茶几，这一踢也没个轻重，大脚趾剧痛，实心红木，结实着呢。

初宁冷笑："还嫌不够乱呢？"

"那个死小孩儿敢踢我！从小到大都没人敢动我一根手指头！"冯子扬怒。

"他本来就没动你的手指，踹的是你的肚子。"

冯子扬火了："你还帮他说话！"

初宁不跟他吵，朝右边抬抬下巴："先把人家姑娘的工资给结了。"

冯子扬缓了缓脸色，掏出钱夹，抽了十来张钞票出来："拿去吧。"

姑娘笑成了一朵花："哎！谢谢哥哥。"

冯子扬被这声哥哥哄得舒坦，见她笑，俩小梨窝真好看，于是又加了五百块钱："电影学院几年级的？"

"大二。"

初宁太了解冯子扬了，估计是合了眼缘，没准儿以后的资源就落她头上了。

人走后，初宁问："你又哪根筋搭错了？问人家姑娘干吗？"

冯子扬瞥了她一眼，正经道："你不觉得她长得跟你有点儿像？"

"像吗？"初宁挠了挠自己的脸颊。

"像，笑起来那傻乎乎的劲儿。"

"滚蛋。"初宁拿起抱枕砸向他。

冯子扬也不躲，陷在沙发里笑得倜傥："事情解决了，晚上一块儿吃饭吧，去橘姨那儿，我让她安排最里面的那间。"

"不去。"初宁补了点口红，拎起包要走。

冯子扬一眼看穿她的心思，对着她的背影喊了句："去找那小子？"

门已关紧。

等电梯时，初宁给迎璟打电话。这一次，两人都没执拗，一个主动打，一个迅速接。初宁进电梯，按了一楼："你在哪里？"

迎璟没说，初宁耐心等着，不自主地放软了声音："你在哪里，嗯？"

迎璟这才答："地铁站。"

"哪个入口？回学校吗？你等我啊。"

"去高铁站。"迎璟说，"回杏城。"

初宁一愣，很快道："那你出来吧，我送你去车站。"

迎璟拒绝："不用了。"

"没关系。"

"我已经上地铁了。"

"……"

初宁听得出来，他还在生气。只是不同于以往的直白宣泄，这次，他闷闷的，还有点认命的意味。

直升电梯速度很快，门开时，初宁才嗯了一声："好。"她又返回电梯，去车库取车。

车子开出路面，阳光普照，刺眼的光芒涌进眼睛。初宁戴上墨镜，单手扶方向盘，开车上高架，跟着拥堵的车流缓缓前进。今天周六，不用去公司，堵在心里的这件大事虽然解决得不够完美，但也总算尘埃落定。

一瞬间，好像什么烦恼都没有了，这种乍然到来的平和，却并没有给初宁带来轻松感。她甚至觉得，没目标，没方向，就像现在开着车，却不知道该去哪。

心里虚，脑子也乱，初宁深深呼吸。

她下了高架，遇到第一个红绿灯，由于刚过闸口，车流密集，堵得厉害，五分钟还没过几辆车，不耐烦的汽车鸣笛不间断地响起。

声音聒噪、刺耳，听得初宁心浮气躁，后边跟着一辆大货车，还时不时地开双闪刺她的视线。等了四轮，初宁终于抢在绿灯变黄的前一秒勉强过线。

后边的鸣笛声又开始新一轮的咆哮，前路又是大塞车，好像给她找到了改变路线的理由。初宁果断变道，把车子驶向相对宽敞的右转车道。恰好是绿灯，她踩下油门，飙了出去。

到车站的时候，是一点半，初宁给迎璟打电话：“你几点的高铁？”

迎璟愣了一下：“嗯？”

“几点？”

他抬手看了下时间，说：“还有九分钟要发车了。”

初宁连停车位都不找了，直接把车停在马路边，管他会不会被抄牌，下车就往进站口跑。

“你把站台和车次告诉我！”她边跑边喘气。

迎璟明白过来，倏地从座位上站起：“A21进站口，G3248，三号车厢。”

说罢，他立刻也往列车车门走去。

“你、你等我一会儿，我进站了。”初宁气喘吁吁，话都有点儿接不上气。

迎璟想问，你又没买票，怎么能进站？但怕她费劲儿回答，便什么都不问了。他已经从高铁上下来，立在站台上，紧紧盯着不远处的升降电梯。

还有五分钟，停止检票。

电梯门打开，迎璟心里一跳，几个大行李箱推出来，赶车的人疯狂奔跑。

不是她。

“这位旅客，请上车，列车马上就要开动了。”列车员走过来，礼貌地叫迎璟。迎璟看了看表，只有两分钟就要发车了。

初宁，初宁，来不及了，来不及了。

迎璟没办法，慢吞吞地上车，一步三回头。列车员已经站在车门里提醒：“快点，车门要关了。”

迎璟站进去，刚转身，就看到不远处的电梯门再次打开，一道白色身影奔了出来！初宁脸跑得通红，头发也微乱，略显狼狈。她左右张望，最后锁定三号车厢。

而这时，列车车门已经紧紧关上，迎璟心脏狂蹦：“初宁！”他迅速往车厢里跑，不管不顾还坐着别的旅客，扒在窗上使劲儿对她招手。

列车已经慢慢开动，初宁追过来，跟着列车一块儿跑。

迎璟的手心死死按在车窗上，她伸手，也同样想去碰触。但车速越来越快，她跑不动了，速度越来越慢。她的指尖终于蹭上了车窗，隔着玻璃，在迎璟的掌心挠了一下。

太危险了，他大喊：“回去！”

可是玻璃隔音，初宁只看见他嘴唇张动。

已有工作人员大声劝止，两个人向初宁跑来。初宁也没力气了，站在原地，弯着腰，撑着膝盖大口喘气。

高铁向南开去，沿着轨道很快驶远。迎璟的脸还贴着车窗，眼睛往后面瞟，眼珠都快抽筋了！

车厢里，大家的笑声很善意，有人问：“女朋友？”

“小伙子，看不见了还看啊。”

迎璟这才把脸从车窗上挪开，脸上冰凉一片，身体却火热得像要爆炸。他给她打电话，但列车开始过隧道，一片黑暗，信号全无。

连着六个隧道，光线忽明忽暗，像极了迎璟此刻的心情。他亢奋得就像生理反应，根本没法克制。

他又试图理智，保持清醒的头脑。她这样算什么，刚刚被未婚夫戴了绿帽子，转身又对他如此真情实感?

是虚伪，还是她故技重施?

她吊着他，玩弄他的感情?

迎璟在这两种极端的情绪里做拉锯战，靠着椅背，听着轰鸣的列车驶动声，仰头发呆，面无表情，手机却越握越用力，恨不得将它捏碎。最后，他猛地坐直，还是把电话拨了过去。

嘟……嘟……嘟……

手机里刚响了三声电话接通的声音，眼前一暗，高铁又进隧道了。迎璟烦得抠了抠手心，等一有信号，就重复不断地给初宁打电话。可也不知道为什么，要么是他打不出去，要么是对方半天没信号，真是邪门了。

高铁速度快，不到四十分钟，便抵达杏城。迎璟跟着人流出站，正是下午日头高照的时间，热浪汹涌，没几下，他的后背就湿透了。

迎璟想换掉这破手机，心绪一烦，就更浮躁了。他往西二出口走，准备坐地铁回大院儿。车站大厅的广播循环播放着列车动态："尊敬的旅客，从B城西发往S城南的G354次列车就要检票了，请您排队等候。"

迎璟记得这趟车，是下午时段到杏城，与他坐的这趟车挨得最近。不过他并未在意，推着行李箱继续出站，结果到地铁站一看，全是人头，扎堆往站里拥。各种诡异的汗味、皮革味和不知打哪儿飘来的脚臭味混在一起，让迎璟这种稍有洁癖的人简直窒息。

"……"算了，还是打车吧，他拎着行李，又沿原路返回。

这一重复就是十五分钟，迎璟排着队等的士，阳光刺眼，他摸出墨镜戴上，五官本就标致立体，墨镜一遮，星味儿就出来了。他一身白T恤、亚麻九分裤，裤腿挽了两圈，显得清爽有型。

迎璟嚼着口香糖，百无聊赖地看出租车来了几辆，突然，右边肩膀一沉，他下意识地往右看，没人。

接着是左肩，有人拍他，迎璟不耐烦地扭过头，有完没完了。结果这一扭，他彻底呆住。初宁从天而降，正歪着脑袋对他笑。

"你怎么在这儿？！"迎璟摘了墨镜，震惊至极。

初宁不说话，抬手将碎发捋向耳后，额头上一层细密的汗，白皙的皮肤也被热浪蒸得通红。迎璟看到了她手里握着的车票，不由分说地抽出来一看，G354，B城西—S城南。正是跟他挨得最近的那一趟车。

"你怎么还能买到票？"迎璟不解，这两趟车只隔了十分钟，她根本来不及买票。

初宁用手扇着风，语气无波无澜："我直接上的车，出站补的票。"

迎璟默然。他身后排队的是一名女大学生，友善地笑了笑，对初宁说："你站进来吧。"然后她挺理解地往后退了两步，空出位置。

初宁亦没拒绝，站到了迎璟身后。队伍长，两人挨得近，他宽阔的背就在眼前，有淡淡的蓝月亮洗衣液的香味，以及盛夏阳光的味道。

初宁忽然很安心。

两人沉默着站了一会儿，迎璟伸出手，把她的包给拿了过来。

初宁小声道："我想洗个澡。"

迎璟神色平静。

“我热死了，一身都是汗，都臭了。”初宁更小声道。

就在这时，连着来了三辆出租车，正好轮到他们。把行李放到后备厢，迎璟上车，对司机说：“麻烦您去四沐酒店。”

自此，两人之间全程无言，空调凉爽，好像顺带着彼此心里的那点浮躁都渐渐安定。

开好房，迎璟把东西放进房间，淡声说：“你先洗吧，我出去一趟就回来。”

初宁欲言又止，他已经关门离开。

水声淅沥，初宁站在花洒下，闭眼冲了很久。这家酒店是五星级的，有成套的洗浴用品，沐浴露的味道不算劣质。大概十来分钟后，浴室门被敲响。

初宁瞬间警惕。

“是我。”迎璟的声音传来。

她又立刻安心。

“换洗的衣服我给你放在门口，你待会儿洗完自己……”

那个“拿”字还没说完，浴室门开了一条缝，初宁光裸的手从中伸了出来。

迎璟身体猛地僵硬，就见她露出半边脸，还有隐约的锁骨，水珠顺着肌肤往下滑落，看起来让人垂涎欲滴。

初宁面色平静，甚至没有抬头看他一眼，像是一个再自然不过的举动。她直接从他怀里钩走了他刚刚去买的新衣服。

香气扑鼻，然后门被关上，鼻尖缠绕清香，如迷魂药，迎璟呼吸变得急促，盯着浴室门，目光好像能把它看穿。明明他什么都看不到，可心里勾勒的每一幅画面又如此真实。

五分钟后，初宁换上新衣出来，白色连衣裙，清新得像是一朵山谷百合。她与迎璟差点撞上：“哎，你干吗？”

迎璟低着头，不想看她一眼，浑身紧绷着，闷声道：“我热，我也洗个澡。”

门关上后，稀里哗啦的水声即刻响起。迎璟赤脚站在水帘下，淋冷水还不够，恨不得冰水才好。

迎璟洗完澡出来，就看见初宁坐在飘窗上抽烟。

她头发半干，撩到一侧，柔柔地垂至胸口，手里夹着女士烟，蓝白相间极细的烟身，袅袅烟气升空，跟主人一样温柔。听见动静，初宁回头瞥了眼，然后慢条斯理地把烟摁熄。她低头看了看自己的裙子，说：“还挺合适。”

迎璟一身湿漉，换了件干净的白T恤。他从不穿酒店的一次性拖鞋，所以赤脚踩地，腿上的水珠顺着脚踝慢动作下滑，一滴一滴坠在地上，像极了隔夜的明珠。

初宁望着他，眼里装满了事。迎璟别过头不去看，沉闷地收拾好东西，竟是要走。

“酒店我付了钱，你住吧。”顿了下，他又补充，“杏城热，下午少出去，容易中暑。”

他甚至没回头看她一眼，然后推着行李箱，手放在了门把上。初宁从飘窗上跑过来，一把拽住了他的胳膊：“哎！”

迎璟手臂绷紧了，他要抽出来，初宁抓得更紧，眸子清亮，再无平日的冷淡，甚至有了一丝难言的哀求，最后，她手指头往下移，轻轻揪住了他的衣摆：“我不想住这里。”

迎璟默了默，终于开口：“那你去我家。”

初宁低着头：“我有话跟你说。”

“先回家。”他克制着，语气淡然，已经不再是以前任她拿捏的男生了。

路上，迎璟已经给崔静淑打过电话，多报了一个人的晚餐。崔静淑随口一问，是谁啊？迎璟当时没答，含混地应了声，便挂断。

当崔静淑来开门，看到是初宁时，先是意外，而后惊喜：“呀，初小姐。”

初宁有点儿尴尬，再怎么说，突然到访总是怪异。她冲崔静淑笑了下：“伯母您好。”

估计崔静淑也没料到是她，打完招呼后，两人只能笑。笑啊笑的，就变成了干笑。初宁背冒冷汗，希望迎璟暖暖场，偏偏迎木头人没点自觉性，如常进屋，换鞋，递了一双拖鞋放她面前，故意磨人似的。好半天，他才冷冷淡淡地对崔静淑说：“这我领导，你见过的，她闲得慌，到杏城晒晒太阳。”

“……”

崔静淑脸都僵了，但又不能失了礼貌，热情地让初宁坐下休息。她去厨房泡茶时，揪着迎璟到一边，不满极了：“刚才怎么说话的，一点都没有礼貌。人家是客人，你什么态度？”

迎璟撇了下嘴角，一脸无所谓。崔静淑拿儿子没法，也不知他怎么想的，但也确实奇怪：“她真是过来玩儿的？那怎么不住酒店？”

迎璟说：“她是小仙女，不喜欢住酒店。”

崔静淑被气乐了，象征性地往他肩上一揍：“净胡说。”

迎璟跟不倒翁似的，脸上终于浮起一丝笑，语气也正经了些：“妈，客房收拾一下，她晚上睡这儿。”

倒水的崔静淑动作一停，皱起眉头。迎璟看穿母亲的心思，啧了一声，走过去，伸出食指往她额头正中心轻轻一按：“不许瞎想！”

崔静淑立刻笑了：“臭小子。”

客厅里，初宁端坐在沙发上，正在接秘书的电话。那边应该是在汇报要紧事，初宁有条不紊地做着安排。等她讲完，转身一看，迎璟放了杯水在茶几上，然后瘫在沙发里，自顾自地玩着手机。

初宁也算是看出来了，这小子，故意的。

“好，就照我说的做，有情况再向我汇报。”

等她挂断电话，迎璟指了指水杯：“请喝水。”

“……”

“嗑瓜子儿吗？那有瓜子，请吃。”

初宁低声道：“喂，够了没有？”

迎璟放下手机，看着她，眼神的意思很明显：这句话是不是该我问你？得了，气氛又半尴不尬起来。

初宁轻轻刺他：“生气包。”

没想到，迎璟这次不上当了，特淡定地坐在那玩“跳一跳”。初宁恼火，偏又不得发作，索性拿出手机跟他玩一样的游戏，几局都是三步死。

初宁无语，这什么鬼游戏，有这么好玩儿吗？！听她那边不断传来游戏结束的音乐，迎璟极冷地嘲讽了一句：“手跟五福似的。”

五福是什么？初宁正费解，从二楼蹿下来一条白色蝴蝶犬，摇着尾巴下楼。

迎璟乐了：“五福，到这儿来！”

“……”

初宁狠狠盯着他，迎璟清咳两声，领着肥狗往厨房走，一转身，终是忍不住扯了下嘴角。初宁本以为晚饭只有他们仨吃，没想到，六点的时候，迎璟的父亲迎义章回来了。

迎义章穿着正儿八经的松翠绿短袖军装，稍深的长裤，五十左右的年龄，没有半分发福迹象，从身姿到气质用一个字来形容，那就是——正。

随行的还有一名机关干事，估计是抓紧时间给他汇报临时工作。在门口待了几分钟，就见他双脚一并，敬了个军礼，然后离开了。

初宁动了动喉咙，被这阵仗弄得莫名紧张。她站得笔直，声音都不自觉地扬高，跟喊口号似的："伯父您好。"

"哟，有客人啊。"迎义章面色松动，但浓眉厉眼的样子，还是挺严肃。

迎璟看出了初宁是真紧张，哼！他好爽！

"坐坐坐，别站着，随意点啊。"迎义章换了凉拖，笑着指了指沙发。

崔静淑从厨房里冒出脑袋："这是初宁，迎璟那个项目的投资人。"

迎义章点了点头，不由得多打量了她两眼："年轻有为啊。"

初宁客气道："伯父，您过奖了。"

"迎璟能够在杭州拿第一名，也归功于你的支持，他缺点多，待进步的空间很大，你也多包容，多多批评指正。"迎义章说起话来，有板有眼，让人不得不认真。

初宁小鸡啄米般点头。迎璟站在父亲身后，又轻嗤一声，就差没翻白眼了。

没多久，饭菜上桌，四个人齐齐落座。初宁原本以为这样的家庭很正统，拿筷子的姿势都要统一之类的，但没想到，迎义章一改工作的常态，军装一脱，换上常服，人也变得随和起来，时不时地让初宁夹菜，别客气。

崔静淑还真热情，肉全往她碗里送。迎璟瞪了半天，崔静淑笑眯眯地赏了他一个鸡腿："吃吧。"

母子间的小动作，全是不拘小节的烟火气。初宁沉默地扒着饭，忽然想起了自己的妈妈。在赵家吃饭，永远是冰冷安静的，大家各吃各的，碗筷碰撞声是唯一的主旋律。

迎璟坐在她对面，见她不说话，抬了抬腿，假装无意识地踢到她的鞋。

初宁："……"

饭后，崔静淑赶着去跳广场舞，把洗碗的活儿交给了迎义章。迎义章也没什么大男子主义，围裙一系，就在水池边熟练地倒腾起来。

初宁正想着，迎璟突然说："走走吗？"他也不等她回答，自个儿先转身迈步。

初宁赶紧起身，整了整裙子跟上去。

傍晚，白日的燥热散去，家属区沿着一条水泥路，笔直笔直的，路两边是整齐的红叶樟。

有风吹来，吹得树叶簌簌响。迎璟走在前边，速度适中，初宁跟着也不费劲。

周围都是十来年的老邻居，婶婶伯伯甚是热情。

"小璟儿回来啦？才放暑假？"

“哎，王伯好。”迎璟一脸灿烂的笑，“嗯，才回。”

迎面踩着单车晚归的人见着他，老远就响起了铃声：“哟！这不是咱们的全国冠军吗？”

迎璟笑容更盛，转个向道：“小强叔，劳您记挂。”

“好好好，有出息。”欧阳小强冲他比起拇指，“好好学习啊！”然后伴着铃声又走远了。

初宁看着迎璟的背影，还真是好人缘。平心而论，他真是个好男生，性格开朗，为人大气，做事的态度也够端正，没什么花言巧语，就像一缕缕阳光，能给人实实在在的温暖。

想出了神，初宁没注意前边的路，猛地撞在了他的背上。

背够硬。

初宁揉着额头，疼得眼泪都快出来了：“你干吗突然停下来？”

迎璟睨她一眼，也是服气：“你不看路的？”

两人正说着，一辆黑色路虎从前方驶来，到跟前了，减慢速度然后停住。孟泽露出一张脸，摘下墨镜，英俊得不得了。

“哟，小璟回来了啊，我就说呢，前几次都没见着你。”

相比遇到长辈，迎璟的笑容轻松得多：“学校有点事儿，回来晚了。”

“我听说了，拿了第一名，厉害啊。不错，是咱们院儿的孩子。”孟泽眼一掠，瞧见初宁，“一回生二回熟的小妹，你好啊。”

孟泽上回还帮初宁解决过工厂的棘手事，这恩情很自然地把人拉近。初宁亦觉亲切，招手道：“孟总。”

孟泽乐呵呵地笑，目光在两人之间游移，最后吹了声口哨：“可以啊，小璟。得了，我不打扰你们玩儿，回头见。”

这一会儿的工夫，天色又变温柔了些。两人一前一后安静地走着，到了篮球场边，十来个篮球架下都有人在打球。他们年轻，朝气蓬勃，光着上半身，肆意挥洒着汗水。

两人找了处高地坐着，眺望远方，谁都不说话。最后初宁打破沉默：“你爸爸妈妈人挺好的。”

迎璟面无表情，嗯了声：“你看别人都挺好。”

就我不好。

迎璟也知道这话有点情绪，怕把天给聊死，于是缓了缓语气，说：“天下爸妈都差不多，吃个饭不都这样嘛，妈爱唠叨，爸当和事佬，再加一个熊孩子。”

初宁弯了弯嘴角。

“你父母呢？”迎璟从未听她提起过。

“你问哪个父？”

迎璟侧过头。

“我有两个爸爸，亲生的早年去世，十来年了，我都记不清他长什么样了。”初宁身体微微前倾，单手撑着下巴，大概是暮色太缱绻，她的目光也变得柔和，“现在这个，做房地产的，家大业大，还有一个儿子，特嚣张，我俩死对头，见面必吵。”

这是她第一次对他聊起家常事。

“我妈是个很懦弱的女人，太依赖丈夫，很怕她拥有的一切再一次失去。”初宁语气平平，“这种家族，其实特别护短和排外。她用了十年去适应、讨好，甚至委屈，顺便把我也教成了这样。”

初宁扭过头，对迎璟笑了下：“一定很讨厌吧。”

这回轮到迎璟不知道该说什么了。

初宁又把目光投向篮球场：“我大学没毕业就出来创业，赵叔不赞成，我妈多在意他的感受啊，便帮着来劝我，威胁我，如果我敢让赵叔不高兴，出了这个门，她一毛钱都不给我。唉，她就差没拿铁链把我给锁起来了。”

“后来，我的一个闺密借了我十万块钱，加上我存的，一共十四万起步，我去放私贷，还倒卖过红酒，还有好多好多。”忆苦思甜，初宁也只是言简意赅，寥寥数语就揭去了心酸。

初宁低头一笑，耳边的碎发随风轻漾：“那两年，我忘记什么是甜，生活好苦。”

迎璟心里难受，看着她绝美的侧颜。那时，她应该也就自己现在这个年龄吧。

他设身处地一对比，就更加懂她的难处了。

“那你为什么要这么拼？”他问。

“因为不想变成第二个我母亲。”初宁答得坚定。

独立、自我、大气，不受拘于他人的指令，为自己而活，才是一个女人最美丽的地方。

“我记得我拿下第一笔七位数订单时，特意告诉了家里人。但赵叔叔只说了一句话：‘这么拼干什么，家里什么都有，女孩了，对自己好一点。’”

至今想起，初宁还觉得反感，眉头微蹙，道：“这句话的潜台词——你很优秀，可惜你是女孩儿。气死我了，什么鬼嘛！”

她孩子气的一面，看得迎璟心尖微颤。

“所以，我就是一个这么现实、不可爱，甚至还有点尖锐的人。”初宁坦坦荡荡，直面自己的问题，稍稍挪动，侧过身，与迎璟的距离更近了些。

她不再逃避和掩盖，终于将宛若两人之间禁忌的那个名字说出了口：“冯子扬。”

迎璟猛地抬眼，好不容易缓和一点的气氛，立刻被推入悬崖边缘。

初宁抿了抿唇，声音更低了：“我不是一个好女人，我慢慢也知道了社会的残忍。我和子扬的确是多年的朋友，无论是生意还是生活，他都给了我很多方便。”

所以这是，利益联姻？迎璟心里还是不悦，但比先前畅快多了。

“子扬有个女朋友，两人大学纠缠在一起，分分合合七八年，爱得要死要活，简直可以去演电视剧了。”初宁莞尔一笑，晃荡着两腿，展开的裙摆像一朵随风起舞的水仙花。

而迎璟似乎慢慢意识到了什么，初宁的下一句话证实了他的猜测。

“他们家也变态，嫌人姑娘家世不好，活生生地拆散了这对苦命鸳鸯。”

迎璟脑子蒙了，想法直白：“这都什么年代了，还有等级观念这么老土的家庭？”

初宁看他一眼，目光沉下去，语气平静又无奈：“因为你长在一个根正苗红的环境，社会的奇葩面，你没见过，不代表没有。”

“那他一定是爱得不够深，不然，再大的阻碍一定能克服。”迎璟理所当然道。

初宁扯了个笑：“每个人都有自己的责任，生在那样的家庭，带来光环，带来便利，带来‘出生时的起跑线就已是他人奋斗一辈子的终点线’，这种优越感背后，是需要等价交换的。男人的责任分很多种，事业、生活，还有一整个家族。”

责任二字，有时是男人最具魅力的特质，有时也是他们有苦难言的挫败与无力。

至此，迎璟算是彻底明白了：“所以，所以你和他，你们……”

“嗯。”初宁应了声，“我和冯子扬假扮情侣，帮他应付家里。实际上，他和他女朋友一直没有断，地下情，也挺不容易的。”

这份真相，像一朵久违的烟火，轰的一声爆炸，洒下银光柳条。迎璟五味杂陈，一时竟没有喜悦的感受。

篮球场传来投篮时的哐当声、拍球声、吆喝声，迎璟和初宁看过去。黄昏已经渐入尾声，天高云阔，西边天色缱绻，扯出一条笔直的红光。

连接天与地，人间广漠如谜。

“你跟我说这么多，什么意思？”迎璟力求平静，但他自己能感觉到，喉咙发紧。

初宁红颊轻俏，身影融在晚霞里，仿佛自带柔光。她维持着姿势没有变，表情甚至称得上镇定。

“从杭州回来，我想了很久，我还是决定对自己坦诚一点。”

初宁转过头，淡淡的霞光映在她的双眸里，她的眼神真诚而坚定：“迎璟，如果你能忍受我这些缺点，如果那份喜欢还在，你要是还愿意，我们在一起试试看，行吗？”

人这一辈子，真正和自己有缘的人并不多，遇到一个，少一个。

试试看，行吗？

她目光真挚、平静，没有半点躲闪。迎璟鼻尖一酸，原本握着的拳头更紧了。初宁目不斜视，也不再多言，手伸过来，顺着他青筋微凸的手腕一路往下，一根一根掰开了他攥紧的手指。

然后，两人十指相握。

掌心的温度，以可感知的变化在升高。

初宁愣了下，因为她感觉到了，迎璟是想把手抽出来。他一用力，她反应更快，将他握紧，不让他动。但她哪敌得过人家的力气，迎璟真就没点儿贪恋，利利索索地把手搁在腿上，坐直了。

初宁瞬间茫然。

迎璟慢慢问：“你们是不是都这样？”

“什么样？”

“活得这么累。”迎璟幽幽转过头，看着她，“喜欢和不喜欢，要费这么大周章才能搞清楚？你们顾虑得那么多，希望面面俱到，生活、事业、利益，然后感情排在最后，甚至可以为它们让步。等你把事想透彻了，又回头来要感情。可是你就没有想过，那个人是否还在原地等你？”

初宁怔了。迎璟嘴角极淡地扯了下：“世上的好事，凭什么都让你们占了去？或者，这份自信，你从何而来？”

初宁沉默，夕阳最后的余光已渐渐散去，上弦月悬在高空，篮球场上的热闹如火如荼，比白昼更甚。照明灯下，群虫飞舞，出来消暑纳凉的人也越来越多。

世界越来越热闹，他们之间却越来越安静，初宁站起身，说：“好，我明白了。”

迎璟看着她：“喏，你就是这样，对什么都无所谓，遇到一点点困难，宁愿放弃也不愿争取。你以为这是志在必得？可感情不该是这样的。”

有风吹过，初宁的白色裙摆跟着动。

“真正的感情，是喜欢就说，去表白，去争取，去努力。如果我是你，在这个时候，我才不会知难而退，而是更要让你知道我的心意。”

初宁敛眉垂眸，神色微变。迎璟一副“道理跟你说清了，也教你怎么做了，剩下的，你自个儿看着办”的表情。他要的是诚意，是明明白白的真心，而不是囫囵吞枣，凑合着谈一谈，试一试。

迎璟站起身，说：“我也不勉强你，晚上睡我家还是住酒店，你随意。”

语罢，他便迈步下石阶，下了五六级，就听到身后传来动静。初宁跟上来，轻轻揪住他的衣摆，小心翼翼地晃了晃，而后细声道：“我跟你回家。”

崔静淑跳广场舞还没回来，迎义章去办公室处理公务，家里就他们两个人。

迎璟没事人一样，客气礼貌地招呼：“楼上楼下都能洗澡，毛巾也有，睡衣……你要不嫌弃，我有新T恤，凑合穿吧。”

他还教她调热水，把人领到浴室，说：“要先按这个开关，右边是热水。蓝色那瓶是我的沐浴露，粉色那瓶是我姐的，你用她的吧。她从国外带回来的，香味儿好闻。”

他絮絮叨叨一通交代，看着是关心人，实则话里生疏克制的味儿太易察觉。初宁蹙了蹙眉，到底不是喜欢猜心的性格，索性光明坦荡地问道：“你能给我个答案吗？”

迎璟斜了她一眼，没吭声。初宁陡然泄气，脸蛋偏向右边，闷闷道：“不然我今晚睡不着。不管怎样，总要说句话不是？”

迎璟却八风不动，软硬不吃，平静道：“早点睡，明早五点半起床。”末了，他又加一句，“过期不候。”

初宁：“……”

次日，天未亮透，灰白色的东方，天光不甚明朗。

初宁定了五点的闹钟，起床洗漱，还差十分钟，她拉开门决定去客厅等。结果，迎璟已经在厨房了，他正端着两杯牛奶出来，见着人也不意外，说：“起了啊，喝杯牛奶再走吧。”

初宁接过，狐疑地问：“我们要出去？”

“不然呢，起这么早修仙？”

迎璟今天一身三叶草套装，肩膀两条亮蓝色的杠，很提精气神。初宁对着这人的背影，斜了下嘴角。啧，在自己的地盘，态度都嚣张了几分。

喝完牛奶，两人准时出门，清晨的空气携带沉淀一晚的清新与沉静，深吸一口气，那股舒爽在肺里打了个转，让人感觉通体畅快。

初宁这是看出来了，锻炼身体呢。

“沿这条路往东边跑，你要是落后我五米，中午就不管你的饭了。”迎璟手指的方向，绿荫葱葱。

没等她回答，他自个儿便先开跑了。初宁定睛一看，好样的，飞出去两三米了。

腿长了不起啊！

还真就了不起。

初宁赶紧跟上，加快步子，始终保持与他相距五米。前两分钟还行，过了百来米，她就跟不上了。平日工作忙，忙业务忙赚钱忙应酬，忙得昏天暗地，她得到了想得到的，但也忽视了身体健康。

大病没什么，但体质虚啊，夏天空调，出门有车，室内往办公室一坐，回家躺尸，就是初宁的年轻人生。此刻，她大喘着气，眼见五米的距离就快保不住了。

“哎！慢点，我，我跑不动了。”

迎璟侧过头，给了她一记嫌弃的眼神。

初宁双手搁腰上，胸口剧烈起伏：“我真没力气了。”

迎璟冷冷一笑：“没事，拿健康换钱，挺划算的。”

初宁被噎半秒，弱声辩解：“我有报健身房的……年卡。”

迎璟真想翻白眼，二话不说，转身又跑了起来。初宁咬牙，坚持着跟了上去，但这一次，迎璟的速度明显慢了下来，依着后边这个菜鸟的速度，刚刚好，两人距离保持着五米。

“到了。”迎璟停下，领着人往右边一条石板路走去。

初宁气儿都快没了，如蒙大赦，挥着手掌扇风。他们穿过这条小路后，视线豁然开朗。

宽阔的训练场，整齐的铁栅栏，一片沙场，划成一块一块的小场地，往右是器械区，单双杠、地桩网、障碍跑；往左是射击训练区。战士们统一着装，正参加战训，五六个连队，又分了十来个组，五百来号人。

初宁看出了门道，这是沙场点兵。

迎璟带她上看台，地处高地，穿山而过的风，连接东与西，六点刚过，日出东方，晨曦万丈。

初宁被这阵仗惊讶到了，力量、团队、执行力，给人一种莫名的撼动。

迎璟却习以为常，站起来左看右望，最后定睛，冲着某处招手。初宁顺着一看，那边站着三四个男人，个高，皮肤经日晒而呈现健康的麦色。其中一个最为突出，利利索索的寸头，鼻梁上架着一副大墨镜，气势如风起，很有男人味。

他没在队列里参训，初宁揣测，应该是教官。她正想着，那人也瞧了过来，手一勾，示意自己已看见，然后拍了拍身边人的肩膀，就往这边走。他动作快，单手撑着栏杆纵身一跃，没半点儿拖泥带水。

初宁心里赞叹，就听迎璟叫了声："姐夫。"

"……"天哪，这两天，她是把他家家长全见完的节奏啊。

厉坤摘下墨镜，五官倒是清隽，没了刚才的严厉神色，平添几分俊朗。他问迎璟："过来了？"他也注意到了迎璟身后的初宁，略一点头算是招呼。

"你俩站下边看，不然热起来受不了。"厉坤把两人领去沙场。很多人都认识迎璟，挨个儿笑笑，关心几句家常话。迎璟礼貌地答应，笑脸模样，一看就是家风优良的人。

厉坤拎了两瓶水塞他怀里："有事儿叫我。"说完，他便去忙活了。

迎璟递了一瓶水给初宁，又把自己的拧开盖。他眼睛一瞥，喝水的动作又停住，下一秒，初宁手里的那瓶被抽走。

"你喝这瓶。"他换给她拧开瓶盖的。

初宁抿抿唇，不动声色地朝他站近了些。

"杏城没什么好玩儿的，郊区又太热，带你来这里看看，别的地方看不到。"迎璟说得平淡，还真把自己当热心导游了。

初宁站累了，坐在小马扎上，撑着下巴看战士们集训，问："你姐夫也是军人？"

"嗯，特种兵，以前是维和部队的，去年调回来了。"

"你姐和他不住这儿吗？"

"他们有分配房，但离我姐上班的地方远，他们在外面也有房子。"

"你姐夫看起来也挺硬汉的，他们吵架吗？"

听到这个问题，迎璟鄙视地看她一眼："你以为谁都和你一样啊。"

她开始反思，自己真的很难伺候吗？

"我姐虽然也是事业型女人，但她性格特好，讲得通道理。"迎璟顿了下，也不隐瞒，“她和我姐夫情路很坎坷的，其实我之前都不太喜欢我姐夫这人，觉得他太正了，正到有点儿像装范儿。”

初宁亦不客气地揭穿：“你就是护着自己人，看谁都不顺眼。”

迎璟仰头喝了口水，也不否认，继续说：“我姐十八岁不到，就喜欢他了。”

初宁乐了：“哟，诱拐未成年少女啊。”

迎璟斜她一眼：“对啊，就跟你一样。老迎家的孩子都挺苦的，专挑人贩子喜欢。”

初宁一时语塞。

“他俩年轻时候在一起过，后来分了，折腾了几年，又厮混到一起，这下可好，修成正果，去年结了婚。”迎璟舌尖舔了舔嘴角余留的水珠，动作自然而然。

而初宁被他这个动作看得心猿意马，下意识地挪开了眼。

“特种兵的危险性还蛮高的，你姐没点儿犹豫吗？”初宁问。

“所以，这就是你们的不同。”迎璟语气特平静，目光远眺沙场，眼底无波无澜，有一种认命的失落，“喜欢是件很纯粹的事，如果都像你这样思前想后、权衡利弊再做决定，又有什么意思呢？让爱情归于爱情，有这么难吗？算了，”他突然泄气，觉得没劲至极，“不说了。”

同时，训练告一段落，中途休息二十分钟，队伍解散，动静渐大。

初宁忽然说：“打个赌。”

迎璟扭过头：“什么？”

“赌一把。”初宁指着那些白杨树一般身姿挺拔的战士，“百米跑，你随便点一个，如果我跑赢他，你就答应我一个要求。”

“怎么，不敢？”初宁看着他。

迎璟却移开眼：“你跑不赢的。”

“不跑怎么知道。还是，你根本就是怕我输？”她语气上扬，眉眼微弯，嘴角噙着淡淡的笑。

又来了，又来了，她这志在必得的语气！迎璟恼火，却又被她戳中心事，无能为力。初宁已经走过去，走到厉坤身边，仰头说着什么。

厉坤周围还有挺多人，听她说完，爆出一阵起哄声：“哦！”

他们齐齐看向迎璟，初宁又说了两句，众人的笑声更大：“哦！”

就连厉坤也忍不住挑眉，嘴角上扬，大方答应：“行。”

这下，迎璟再推托也不合适，三言两语的工夫，主动权又被初宁捏在了手里。

“这么多人，你选谁？”厉坤手背在身后，来回踱步，“我先给你透个底儿，上半年华南军区联军集训营，四百米障碍、五公里越野以及百米冲刺的体能比赛，第一名全在我这队。”

初宁环视一周：“谁？”

厉坤淡定地答：“我。”

迎璟都快被气笑了，走过来拉了拉初宁的胳膊：“喂。”

初宁甩开他，指着厉坤：“我跟你比。”

围观的战士越来越多，年轻黝黑的面孔朝气蓬勃，笑声友善。迎璟是真急了：“哎，你能不能挑个弱一点儿的？”

初宁回望他：“你别管，记住你答应的就行。”

这个激将法差点成功。迎璟那一句“别闹了，我同意还不成嘛”已经到嘴边，但初宁转身就往沙场走，又让他把话给咽了下去。

“横线处为起跑线，那儿，瞧见没。”厉坤指向栏杆，“是终点。”

初宁点了下头：“行。”

一群人围观，说说笑笑，好几支别的队伍也跑来看热闹。两人站到线外，初宁散开头发，双手反在脑后，重新扎了下马尾。她今天一身素色运动装，清新又显小，还有模有样地活动着身体，扭扭脚甩甩手。

一旁的干事喊口号：“预备，跑！”

眨眼之间，厉坤如黑豹，迅捷地冲线而出。

迎璟骂了一声，心想，跑那么快干吗？！

看得出来，初宁也是拼了全劲儿，但体力实在悬殊，她才跑了一半儿，厉坤眼见着就要到终点了。她脑袋上一层汗，脸蛋被热得红扑扑的，沙场上全是灰尘，张嘴吸气就能吃满嘴灰。

就在这时，迎璟推开人群，跑过去牢牢拽住了初宁的手，拉着她不要命似的往前狂奔。

周围人的起哄声掀翻朝阳：“哦哦哦！”

初宁被拽得胳膊生疼，跟着他的速度，踩着他的脚步，望着他冲劲十足的背影笑了。

可这个时候就算他们插上翅膀，也是回天乏力，眼见着厉坤就要跑到终点，突然，他又慢了下来，转过身，彻底不跑了。

厉坤双手搁腰上，重新戴上墨镜，冲这两人痞笑。

有人笑嚷：“厉队，你作弊！”

“胡说。”厉坤佯装严肃，然后就势往地上一坐，“摔个跤不行啊？”

“哈哈哈哈！”

迎璟拽着初宁，跟风一样，与厉坤擦身而过，跑向终点。

赢喽！

但迎璟并没有停下来的打算，带着她继续一路狂奔。他们奔过终点，奔向沙场，奔到出口，直到奔出众人的视线。

“厉队，那姑娘是哪位？”

厉坤笑了笑，没答。有眼尖的人说了句意味深长的玩笑话：“迎首长家的喜事儿，怕是这两年又要添一桩了吧。”

厉坤道：“可不是嘛，明年我家娃出生，请你们吃红喜蛋。”

“哟！”大家的注意力瞬间被转移，“小晨儿怀了啊？”

厉坤笑得动容，大方应道：“三个月了。”

“男孩儿女孩儿啊？”

厉坤挑眉，悦色根本藏不住，嘚瑟道：“厉坤的孩儿啊。”

Chapter 17　家规第一条

“你能松开吗？我的手要断了。”初宁被迎璟扯得脚步踉跄，差点摔倒。

迎璟低头一看，她白皙的手腕被自己勒得全是红印。他下意识地松了劲，却还是握着她的手，目光炙热，有小火苗在蹿。

初宁也不挣，任他牵着，任他看。最后她噙着一丝笑，低头不语。

迎璟目光深了：“你笑什么？”

“笑你啊。”初宁抬起头，“是不是特喜欢看女人为你拼命？嗯？”

迎璟反问：“那你刚才拼命了吗？”

初宁稍稍想了一下，郑重地点了下头：“嗯。”

迎璟喉头动了动，呼吸都急促了，他小声道：“坏女人。”

初宁被气笑了：“我又哪儿惹着你了？以前你说我冷淡，现在我都快为你上梁山了，你又骂我坏。咱俩谁坏啊，小迎同志？”

迎璟：“就是你坏。”

“好好好，我坏。我坏你哪儿了？嗯？”

初宁这句话本是句作弄话，调节一下气氛。哪知迎璟当了真，真情实感脱口而出：“我哪儿都坏了，全是被你玩坏的。”

初宁微怔。迎璟后知后觉，也沉默地扭过头，假装看别处。

初宁抿了下唇，神情重现淡然。

“迎璟，”她叫他的名字，轻声说，“非要这么试探，才能有点儿安全感吗？可你不觉得，这样又有什么实质作用呢？我要是想骗你、想玩弄你、想利用你，肯定换着花样哄你上当，我要是真心喜欢你，不管现在，或是将来，你真出了什么事儿，我肯定是跟你站在一起的。”

初宁的声音很好听，字正腔圆，又带着点京腔，迎璟听入迷了。

“你对我诸多猜测、怀疑、不信任，是因为我劣迹斑斑，对你做过什么伤天害理的事儿了吗？”初宁摇了摇头，神情懵懂不解，“可是，我也不觉得自己做错了什么嘛。我没有遇到过你这样的男生，一头热地就陷入热恋，然后共坠爱河，我真的做不到。”

初宁二十六岁，早已过了情窦初开、容易动情的年龄。她步入社会，自主创业，管理公司，是真吃了苦的人，所以身上也具备了一些世人眼里所谓的缺点，比如多疑、过分理智、清醒独立。

这不是她故作清高装出来的。

这，就是她啊。

迎璟一阵心酸，又把她的手腕抓紧。初宁仰头看着他，低声说：“跑也跑了，赢也赢了，意思也表达给你听了。怎么样，我要一个答案，不过分吧？”

迎璟忍耐着，忍耐着，眼眶都热了。

“啊，好烦。”初宁懊恼，自个儿的急性子也是不管不顾了。她微抬下巴，神色冷冽又笃定，那股自信的锋芒重回眉眼间。

她抽出被握着的手，按住迎璟的肩膀，一步、两步，直接把人推到了后面的墙上。初宁力气太大，迎璟被撞得后背生疼。初宁的手转移阵地，一路往下，手臂、手腕，挠痒痒似的滑过他的手背，最后停在他的腰上。

迎璟身体一僵，下一秒，就被初宁搂住了腰。她略感吃力，所以微微踮脚，挨着他的耳朵语气微恼：“吃什么长大的，长这么高。”

然后，她的脸更近了，红艳饱满的唇发颤，两人的呼吸热热交织，搂腰的动作似乎已经不能满足初宁此刻的心情了。

不管了——她直接勾住迎璟的脖子，唇瓣挨着他的脸，却一擦而过没有碰着。迎璟偏过头，让这个吻落了空。

初宁瞬间迷茫：“嗯？”

迎璟哑着嗓子问：“所以，你现在是我女朋友了吗？”

初宁没绷住，笑了起来。

他咬牙：“说啊。”

“重要吗？”她歪着脑袋，眼神带着坏意。

“重要。”迎璟扭过头，看着她，眸色如点墨，“我家家规第一条，不乱搞男女关系。”

初宁乐了："骗人呢，我看过的，第一条明明是'手足贵相助，夫妻贵相从'。"

迎璟却突然低头，抵住她的额头，执拗道："回答我，回答我啊。"他急得眼睛里全是火星子。

初宁心都融化了，搂住他的脖子，蛊惑他："你亲我一口，亲我一口就是啦。"

标点符号还来不及打，迎璟反手把她抱在怀里，气势汹汹地吻了起来，又热又软的舌尖长驱直入，在她的唇齿间反复流连。

他生涩，毫无技巧，不懂情调，是什么就表达什么。

他热烈，情深似海，渴望已久，这一刻她终于归他所有。

初宁气都快被他榨干了。她呜咽着，抗拒着，用手推他，却推不动！最后，迎璟猛地松开人，紧紧把她搂在怀里，按着脑袋，不许她抬起，就这么抱了半分钟。

初宁："喂。"

迎璟："不许说话。"

她不舒服地动了动身子。

迎璟："不许动！"

初宁闻着他衣服上的淡香，混合着阳光和尘土的清冽气味，这一刻，世界都安静了，又过了一分钟，迎璟总算将人松开。他松开也不说话，竟飞快地往台阶上一坐，喉头滚着，脸色极其不自然。

初宁起先还没明白，不至于吧，接个吻而已，受内伤了？她蹲下来，与他平视："你……"很快，她视线下移，扫到了他的小腹，便什么都明白了。

气氛瞬间尴尬。初宁不自然地别过头，迎璟也把脸偏向另一边，谁也不说话。

五分钟后，他终于站起来，牵起她的手，闷声说："走吧。"

初宁跟着迈步，他走在前面，背直肩宽，脊梁挺直。她再偷偷地往下瞄了一眼，唔，男生真的很冲动啊。

两人到家时，崔静淑和迎义章都起床了。早餐上桌，很是丰富，见着他们一前一后进来，正在摆碗筷的崔静淑头也不抬，语气愉悦："锻炼回来了啊，吃完早饭再洗澡吧。"

崔静淑一抬眼，愣了下："哟，脸红成这样，不舒服？"

迎璟不太自然："没有，天儿太热了，跑步跑的。你们先吃，我洗完澡再下来。"

初宁佯装淡定，对崔静淑笑了笑："对，天热的，烧脸。"

正上楼的某人脚步一停，扭过头，哼哼地盯她两眼。初宁抿了抿唇，不慌不乱地把目光挪开，然后忍着笑，低头喝牛奶。啧，这牛奶什么牌子啊，还挺甜的。

初宁吃早餐很快，一碗粥下肚就放下了碗筷。崔静淑咦了声："只吃这么点？是不合口味吗？"

"啊，没。"初宁指着银丝卷，"很好吃，伯母，您自个儿做的吗？"

"对，和面啊，发酵啊，都是我弄的。小璟嘴巴挑，不吃外面的包子。"

"难怪，味道很棒。"初宁的夸赞很自然，能听出是真心实意，崔静淑喜上眉梢，约莫是姑娘家讲究瘦身，所以她也不再相劝，哼着越曲儿，冲楼上喊，"老迎，快点儿啊，粥都凉了。"

楼上传来下楼的声音，迎义章短音长调，声音由小变大："来喽来喽。"

崔静淑又往饭盒里装饺子，一个又一个，动作麻利，提高声音："小璟，待会儿出门，给你姐夫带过去。"

热热闹闹，这是寻常百姓家的细水长流。在这样家庭长大的迎璟，平实、质朴、正气凛然、积极向上。

待迎义章下楼，初宁顾着礼貌体面，大大方方地和他聊了几句。迎义章也没什么架子，话茬都能接上，倒让初宁刚来时对他的紧张情绪消减不少。十分钟后，随行的干事来敲门，红色红旗轿车停在门口，迎义章今儿要去军区开八一表彰会。崔静淑收拾碗筷，收拾屋子。

初宁这才上楼。

第二间卧室门是关着的，她经过时放慢脚步。里头跟长了眼睛似的，门突然被推开了，一只手臂伸出来，直接把她给拉了进去。

门砰的一声又关上。

初宁嫌声音大，忍不住皱眉提醒："哎，别这么用力，你妈妈还在楼下呢。"

迎璟双手搁门板上，把她困在里头，眼睛黑漆乌亮的，望着她不说话。这眼神初宁哪还受得了。

她用食指戳了戳他的眉心："说话键。"

迎璟嘴角上扬，眼睛微弯，还是不吭声。

初宁点了点他的鼻尖，温声道："不准当木头人键。"

迎璟挑眉，偏着头。

细腻的食指又从鼻子轻轻往下，停在他的嘴唇上，温柔的触感，顺着指尖蔓延，初宁的心都荡漾了。她低声道："说话啊，小朋友。"

“小朋友”三个字，成功击破迎璟的防线，他眉眼一飞，怒得勾住她的腰，恶狠狠地在她脸颊上亲了一口：“你这个人贩子，真当自己拐卖未成年了是吧？”

初宁仰头咯咯笑。

“还笑！”迎璟的吻落在她的眉毛、眼睛、鼻梁上，一口接一口跟泄恨似的。

“别别别，好痒。”初宁笑着侧头躲开，“跟你说正事儿。”

迎璟又有些气息不稳了，抱着她问：“什么？”

“我上午得回B城了。”

迎璟身体一僵，郁闷地看着她：“为什么这么快？”

“公司的电话一直没断过，好多事等着我回去处理。”初宁耐心解释，一样样地数给他听，“盛伦的货得验收，还有两个项目的工艺要考察，市场调研的报告也得通过审批，我不回去不行了。”

迎璟憋闷得满脸提不起精神：“再待两天好不好？”

初宁斟酌了一下，心一横，做出最大让步：“一天。”

“那算了，你还是回去吧。”迎璟的呼吸扫在她的头顶，又热又酥，“可别耽误你挣钱。”

“又讽刺我是不是？”初宁微眯双眼。

“现在用不着讽刺了，我要真不高兴，直接把你绑起来。”迎璟拥着人，自上而下睨她。

初宁听得出，这是他体贴宽容，尊重她的决定呢。

“票呢，买好了吗？”迎璟捏捏她的手。

“秘书订的，十一点。”

“那现在就要出发了。”迎璟又捏捏她的胳膊，最后手搁在她的腰上，紧紧往身上带。

同时，外面传来脚步声。初宁瞬间抵触：“松开，你妈妈在外面。”

“在外面怎么了？就算她进来我也这样抱给她看。”迎璟压着声儿，往她耳朵里吹气。

初宁略紧张：“高铁来不及了。”

迎璟这才不情不愿地把人放开。初宁耳朵贴着门板，听到脚步声下楼，才拉开门，状似不经意，实则小心翼翼地左看右看，然后走出卧室。

迎璟语气不高兴：“你做贼呢？”

初宁瞅他一眼：“是啊，偷心贼。”

她溜得飞快，迎璟脸红心跳地站在原地，又被她将了一军。

初宁和崔静淑说要提前走，又说迎父在忙，就劳烦给他捎句话，多有打扰。崔静淑热情挽留，来回客套几句，该走的还是走了。

迎璟叫了网约车，送她到高铁站。天太热了，高铁站取票排队的人多，空调也不顶用。迎璟让她先去一楼进站口，十来分钟后，他取完票来找她，还递给她一瓶冰水。

初宁接过，点了下头："那我走了啊。"

她刚准备转身，就被迎璟拉住了手："你都没点舍不得吗？"他郁闷道。

初宁还蛮不理解的："为什么不舍？"

迎璟热得一脑袋汗，无语地说："我们要分开这么久！"

"有多久？不就一个暑假吗？"初宁还仔细算了下，纠正道，"不对，是半个暑假。"

一个来月，很快就过去了。初宁又把冰水塞回他手里："你拿着吧，我不喝冰东西。"

迎璟却突然变了脸，赌气似的，执拗地说："那你等等。"

"干吗？"

"不是不喝冰水嘛，我给你买不冰的。"

"不要了，我不渴。"

迎璟跟没听见似的，转身跑去了便利店。

他很快回来："给。"

他喘着气，强硬地把水放她手里，表情谈不上高兴。初宁真的很不解这种莫名其妙的执念究竟是为什么，但一对上他有点儿委屈的眼神，心就跟夏日里的抹茶冰激凌一样，融化了。

初宁上前一步："头低一点。"

迎璟眼睫动了动，不明所以，没反应。初宁却抬起右手，勾住他的脖子往下一带，踮起脚往他的右脸颊上亲了一口。过往的旅客都看着他俩，好几个走远了还频频回头。

"真走了。"初宁拍拍他的脸，低声哄道，"有事儿给我发微信、打电话都行，好吗？"

迎璟被这一吻彻底吻开心了，心情宛若过山车，他扯了个笑，然后把包递给她。

初宁进站，验票，过安检，然后随着扶梯消失在二楼候车厅。自始至终她都没有回头，所以也没看到，迎璟待在原地，像个望夫石一样眼巴巴地不肯走。

列车开动，她收到微信：“怕你晒着，给你在包里放了一把太阳伞。”

初宁打开一看，还真有一把蓝色小碎花伞。

她的手机又振：“我现在就开始想你了。”

火车过隧道，信号不好。隔了十几分钟，初宁才回了个字：“乖。”

四十分钟后，B城西站。

公司的车已经在出口等了，车里冷气凉爽，司机王小强客气道：“宁总。”

“辛苦你了，王师傅。”初宁上车。

“这是周秘书让我带给您签字的。”司机递过一个文件袋，“小周说您待会儿要回趟家，我送您过去后，就把文件带回公司。”

两份合同，一张技术补充协议，付款条例初宁看得最仔细。签完字，她靠着椅背闭目休息，眼睛刚合上，电话就来了。

初宁按下接听：“我已经在路上了。”

那头说了两句。

“我总不能让高铁长翅膀吧，还要怎么快？”初宁皱眉，“挂了。”

到了赵家，陈月已经等得不耐烦，初宁一进屋，她便满脸不高兴：“这两天你人不在公司，也不回家住，你上哪儿去了？”

初宁弯腰换鞋，平静道：“出差。”

“冯子扬的事儿你什么打算？”

初宁动作一停，抬起头说：“分手了啊，还要什么打算？”

陈月心里那个急啊，走到她左边：“你还真分手？”

初宁侧身往右，脱鞋：“不然呢？”

陈月又绕到她右边，捏着肩头的丝巾，叹气道：“男人哪有不偷腥的呢。”

初宁斜她一眼：“行了行了，你这什么歪理啊，世界上根正苗红的男青年多着呢，到你这儿，就全成渣男了？”她心情还挺好，调侃道，“锅从赵家来哦！”

陈月最烦她这种态度，跟在后面念念叨叨：“这事儿也不全是冯子扬的错，我跟你说过多少回了，别总顾着工作，你俩一个月不见几次面，这感情能好才奇怪。你说你一姑娘家，劲儿劲儿的，做生意你比得过男人？”

“打住打住。”初宁不乐意了，特烦地丢了句，“什么男人女人的，你就是性别歧视。你不是女人吗？贬低自个儿有意思？”

陈月：“你别仗着年轻一头热，你不结婚啊？你不生孩子啊？”

初宁：“你别混淆概念，根本就不是一个事儿。我结了婚，就不能工作了？我生了孩子，就成专业奶妈了？”

陈月骨子里便有那么点传统观念，嫁到赵家这几年，那份自卑更明显。她保守，不敢生是非，久而久之，就觉得女人最后还得回归家庭，甭去外头打打拼拼。

“你就跟我牙尖嘴利，总有你吃苦头的那一天！”陈月恨铁不成钢，郁闷地掀了掀披肩，“我可提醒你啊，冯子扬，能争取就争取，你要没了他这棵大树，你看赵家人……”

她这话有点怒气上头，口不择言。初宁一记眼神扫向她，陈月还是犯怵，不情不愿地住了口。

“妈，我真的真的很不理解，你为什么这么在乎别人的感受？你是为他们而活，还是靠他们吃饭？我挣的钱是不够养你？你用得着这么卑躬屈膝吗？”

一回来就受训，初宁也烦：“什么奴性啊。”她撂下话就要走。

陈月气得不行：“站住，你给我站住，初宁！”

初宁戴上墨镜，撑开迎璟给她的小花伞，气定神闲地离开了赵家。

初宁回B城后的这十来天，是真的忙。启明实业要扩展人工智能领域的业务，并且将此作为今年下半年的重点工作。之前他们关注许久的那支新能源汽车的研发团队，终于与之达成实质合作。魏启霖属意初宁，有意让宁竞投资负责接触。

虽然有专业团队入驻，但初宁作为实施负责人，大小事务都得她经手，各种会开到昏天暗地，总算整理出计划书。她又经过三次修改，才上报给魏启霖，只等他那边的反馈意见，才继续下一步工作。

她的忙总算告一段落。原本初宁还担心迎璟不高兴，不过他最近在杏城考驾照，号称什么十五天魔鬼训练拿证。厉坤给他找了个军警运输队的熟人教，白天黑夜地练，倒也没时间谈情说爱。

初宁还挺喜欢这种恋爱状态，两人都忙，节奏调到一个频道，省了不少事儿。

周五下午，结束手头工作，初宁神清气爽，给关玉打电话：“晚上有约吗？没有就好，陪我逛街。”

王府井。

关玉准时到，初宁请她吃刺身，有一搭没一搭地闲聊。席间，初宁看了好几次手机，每看一次，脸上都挂着笑，并且逐条回复。

关玉瞅了她好几眼：“你心情很好啊。”

初宁没抬头，手指在屏幕上按，弯嘴：“是吗？”

“你以前很少看手机的，今儿个反常了啊。”关玉故意伸长脖颈，“哟，是微信，漂流瓶钓来的？”

初宁搁下手机，夹了片生菜叶，说：“我不约炮。”

“这个我倒信。”关玉卷了片鱼肉，蘸好酱递给她，“我倒真希望你约炮，你看你，有颜有钱有身材，把自个儿活成个苦行僧，女人啊，就要好好享受滋润，别成天跟个机器人一样。”

初宁连连点头，遂又抬头，眉眼儿弯着：“有我这么美的机器人吗？”

关玉不屑道：“你最美，行了吧？”

一顿饭两人吃得轻松惬意，看得出来，初宁心情不错。之后她们逛商场，初宁是有目标的，领着人往男士区走。这下，再看不出门道，关玉也白活了。

“等等，”她拉住初宁的手，佯装严肃，“老实交代啊，有情况。”

初宁扑哧一笑：“审问犯人啊？”

关玉瞪她一眼。

“好好好。”初宁举手投降，其实也就做做样子，心里早就没什么遮拦了，语气自然，像在说一日三餐般简单，“我交男朋友了。”

关玉猜到了，也不意外，好奇的是这个人：“他是谁？”

“你认识。”

“啊？”关玉沉思一番，连说了好几个人的名字。

初宁挑眉，不应。关玉猜不到了，心痒痒：“别卖关子，快说！”

初宁坦诚大方：“迎璟。”

关玉倒吸一口冷气，再三确认：“那个大学生？什么航发项目的迎璟？”

“对。”

“我的天。”关玉难以置信，往后连退三步，“你、你俩什么时候搞上的？”

初宁的笑容就没撤下来过，边走边说：“没多久，刚谈。你什么表情啊？跟见鬼似的。”

关玉将信息稍稍消化，乐和道：“宁儿你可以啊，竟然好这口？”

“别说得这么恶心。”初宁走去天梭的专柜，话中滋味儿叫袒护，“人家挺好的一男生。”

“OK，OK，恭喜恭喜。”关玉已经完全消化，虽说以初宁这个年龄资本，想谈恋爱轻而易举，但她偏就跟她们不一样，身上含着一股正气，似乎这风花雪月根本无法吸引她。

关玉和初宁认识了十来年，初宁的硬件绝对没的挑，什么都出色，唯独心里少了那么些知情知趣的绵软。

她正感慨着，初宁兴致颇高地指着柜台：“这块表好看吗？”

关玉端详了一番，手一指：“他戴？那块比较好。”

初宁比较了一番，越看越觉得缺点多：“走吧，再挑挑别的。”

两人走走看看，关玉啧了声：“以前没这毛病啊，今儿个怎么这么挑剔了？”

初宁含笑，不说话。

“哎呀呀，变了，变了。”关玉笑她，歪过头，“我瞧瞧，脸红了没？”

“说正经的”，关玉压低声音，冲她挤眉弄眼，“你俩做过没？”

“做过什么？”初宁一时没明白，光顾着看礼物了。

“爱啊。”

初宁嗓子一痒，猛地咳起来。

闺密间的私房话，聊起来也没什么。趁她咳嗽，关玉又将问题深入分解：“他和陈佳庭比，谁比较舒服？”

陈佳庭是初宁那分手八百年的前男友，甚至在听到这个名字时，初宁稍有愣怔。反应过来，她一脸无语，反正不搭腔。

关玉眼里惊奇，凑近了小声道：“不是吧，都没做过？不至于啊，陈小爷这么个厉害人物，竟然没把你拿下？”

初宁抿了抿唇。这要她怎么接话？又不是什么光彩事儿，再说了，扯前尘往事，这不是她的路数。

关玉沉浸在回忆里，幽幽感叹：“看来陈小爷是真心疼爱你。”她又笑起来，“不过迎璟也不错，见过两面，身材顶呱呱。”

初宁听不下去了：“越说越离谱了啊。”

关玉瞄她两眼，又神秘兮兮地告诫：“别怪姐们儿没提醒你，这种小青年，容易亢奋冲动，牵个手都能有反应，你要是只想玩玩，自个儿就得把握好分寸，黏上来了，可就撕不掉了啊。”

初宁眼神淡然自若，平心静气地说了句：“我要真想玩，何必等到现在。”

关玉语塞，恍然大悟，又觉得不可思议。这是真心的啊。

挑了几家，最后，初宁在积家买了一块表。关玉瞧她没半点儿犹豫的架势，蹙了蹙眉：“你确定要送他这么贵的礼物？”

初宁眼睛都不带眨的，刷卡买单：“没事儿，反正手表也是个潜在升值品。”末了，她又自言自语地补充一句，“他值得这么好的。”

Chapter 18　小甜饼

九点不到，两人各回各家。关玉的男朋友来接她，初宁定睛一看，跟上回见的又不是一个人了，斯斯文文的眼镜男，正被关玉搂着法式深吻。

初宁摁了下喇叭，挑挑眉，关上车窗。

车里冷气送香，世界安静了。世上的感情，还真有很多种啊。有人喜欢探寻刺激，有人天生爱冒险，有人涉足边缘恋，有人边走边爱，快乐至上。

初宁忽地低头一笑，喃喃自语："边走边爱，不违心就是愉快。"

到家洗完澡，夜深，初宁穿着吊带，赤着脚坐在飘窗上，打开手机一看，哟，迎璟半小时前给他发了微信，她开车时没注意。

一共十来条，她往上翻。

"我驾照考过了。

"女朋友，女朋友请回话。

"再不回消息，你就是猪。

"初宁小猪猪。"

初宁嘴角微扬，正准备回消息："刚在开车，恭喜。"

她发送键还没按下，就听到门铃声。这么晚了，还有谁来？初宁警惕意识强，轻脚走去门口，刚准备从猫眼往外望，手机忽地一振。

"开门。"

她打开门，刚开了道缝，外头的小火球就冲了进来。初宁连退三步，被这阵仗吓到了，目瞪口呆道："你、你怎么来了？"

迎璟一身风尘泥土味儿，白T恤简简单单，十来日不见，黑了，还没等初宁看够，就被他一把抱了起来，双脚瞬间离地，她下意识地搂紧迎璟的脖颈：“啊！”

迎璟把她推到门板上，随着一声关门响，他热烈的吻也铺天盖地落了下来。

初宁唔一声，湿热的舌尖在她口腔内壁上横冲直撞，她想动，迎璟拎着她的两只手，用力定在墙上，越吻越深，恨不得将这十几天的思念全让她知晓。

初宁从惊吓，到适应，再到慢热地迎合。迎璟有点受不住了，猛地抬起头，看她一眼，又猛地将头垂在她的肩膀上。

“我太想你了，真的太想了。”

初宁被他的语气逗笑，语气不自觉地温柔，轻轻摸了摸他松软的头发，调侃般问：“有多想啊，小朋友？想死了没？”

迎璟埋在她肩头上，抱她入怀，闷声说：“练车的时候想你，吃饭的时候也想，考试的时候还在想，一睡觉就做梦，梦里全是你。”

后半句他没敢说，梦里全是你，各式各样的你。

迎璟头一偏，就往她锁骨上不轻不重地咬了一口，跟泄愤似的留下了两排牙印，含含混混道：“在梦里，我都死过好几回了。”

初宁心尖儿猛颤，万丈柔情从脚底板直冲天灵盖。

唔，怎么会有这么乖的男朋友啊。

初宁摸了摸他的后脑勺，背抵着墙壁有点儿凉，她轻轻哎了一声，迎璟便反应过来，垫着她的腰，把人松开了些。

“你怎么来的？”初宁看了眼时间，问话的同时不动声色地从他手臂下钻了出来。

“高铁，八点半那趟。”迎璟的目光在她的背影上流转。

热情降了温，其实这个时候还是有点儿尴尬。初宁穿的是黑色吊带睡裙，夏天嘛，一个人在家图方便舒服，也不知道迎璟会来这么一出。纤细的腰肢跟着短短的裙摆一块儿动，下边是两条匀称细腻的腿，赤着脚丫子，一晃一晃的。

唉！眼晕！

初宁进卧室，再出来时，在外面套了一件宽大的白T恤：“下次可不许这样了啊。”她把埋在衣领里的头发撩出来，简单地扎了个马尾，问迎璟，“吃饭了吗？”

“没吃，赶火车呢。”

初宁垂下手，瞅了瞅厨房，说：“家里什么都没有，带你出去吃吧。”

迎璟盯了眼她的衣服：“换一件。”

初宁低头一看：“Why？”

“太短了。”他别扭地偏过头，小声说。

但她还是顺了他的意，换了件及脚踝的长裙，两人一起出门。初宁带着他去常吃的那家面馆，夏天夜里生意好，啤酒凉菜都摆上摊了。老板周小强认识初宁，面条加量不加价，还乐呵呵地给每人匀了一个卤蛋。

迎璟饿了，吃什么都是香的。

“你慢点儿。”初宁又给他拿了瓶冰可乐，迎璟看都没看，“我不喝可乐。”

“转性了？你以前不是挺爱喝的吗？”

“不是你说的嘛，可乐杀精。”

初宁一愣，也不太敏感。她的重点完全不在后两个字上，笑得不行：“我开玩笑的，这没有科学依据。”

“我不管，只要是你说的，就是依据。”筷子停在半空，迎璟看着她，皱眉，“你怎么吃鸡蛋的？”

“嗯？”初宁低头咬了口，“哦，我从小不吃蛋黄。”然后她筷子一拨，蛋黄整个滑了出来。

迎璟伸筷子一夹，直接从她碗里把蛋黄送进了自个儿嘴里。

“别浪费。”

初宁嚷了一嗓子：“我吃过的，你不嫌脏啊。”

迎璟看了她一眼，道：“那刚才咱俩接吻的时候，你还吃我舌头呢，你怎么不嫌脏了？”

初宁腾一下站起，手越过桌面就来捂他的嘴：“过分了啊。”

迎璟连带着椅子往后一挪，没让初宁够着，正好一指尖的距离。他坏笑，稍一前倾，含住了她的食指。初宁身体陡然战栗，猛地坐回原处，心惊肉跳的。

迎璟没事儿人一样，继续低头威风凛凛地吃面条。初宁望着他，神色堪忧。

这什么物种变的，还有这种嗜好，没让沉默持续太久，初宁淡定地又把场面给控回了手里，问：“驾照考到了？”

“嗯。”

“行，吃吧，吃完带你去练练车。”

迎璟抬起头，满眼难以置信：“练什么车？”

“你上马路开一开，我坐你旁边，帮你看着。”

初宁说到做到，半小时后，迎璟开着她的白色宝马溜出了车库。

“就在这路上练练得了吧？”迎璟控着方向盘，还算稳当。

远近光灯的变换、转向灯的提前开启、超车时候的速度控制，他都有条不紊的。初宁看了他几分钟，心里便有了底，说：“变车道，右转，上高架。”

高架上那就是车流涌动了，还时不时地塞个车。

毕竟刚考了驾照，迎璟心里犯怵：“别了吧，随便练练就行了。”

“以后总是要往车多的地方开的，别避开，慢慢来就是了，时刻谨记踩刹车，莫慌张，熟能生巧。”初宁办起正事儿来还是有板有眼的。

有了这句话，迎璟也宽慰不少，油门轻踩，轰轰轰地上了高架。他人胆大心细，又是工科生，对机械的控制有种天然的优势，开了两圈，初宁也不操心了，抄起手机看报表，随便聊起：“开学之后有什么打算？”

迎璟才明白，她指的是项目。

“我们的技术流程已经很完善了，下一步，精细化，修正以及改良。”

“时间？”

“两个月左右。”

“慢了。”初宁直截了当，“加快进度，过了十一月，公司企业都不倾向于增添新的采购计划了，尤其是技术类。他们都忙着会计核算，把全年的业务订单梳理收尾、追款、出年报，再一耽误，就得到年后了。”

她语气公事公办，其实也算正常，但此情此景，就有点煞风景的意味。迎璟还沉浸在小别胜新婚的少男心思里，听到这话，也有点不乐意了。

“这也不能赶工啊，那么多代码节点要反复测评，而且又不是机器操作，要动脑子的。”

“呵，你还想慢慢来？”

“那也急不得啊。”

前期成本投入已经很多了，这大半年过去，从冬入了夏，从一无所有到如今渐有起色，说白了，这些都是虚的，不仅是站在她的立场，就公司来说，这个投入的周期已经很长了。

初宁有事说事，总不能靠情怀和感情做投资吧，总得赚钱不是？但这话，只在初宁心里打了个转，到底没有和迎璟说。她微叹一声，也算摸清了他的性格，有点儿轴，有一丝抗拒表情时，万万不能再继续，得缓着来。说真的，以柔克刚并不是初宁的行事风格，但对方是他，行吧，哄着就哄着吧。

车里陷入安静。

短短的时间，又有点暗暗较劲的意思了。

迎璟从后视镜里瞄了她几眼，心里也是懊恼。他怪自己多嘴做什么，看，又惹人不痛快了吧。

车子驶下高架桥，在前方红绿灯前要变右转车道，并入的车辆多，他方向盘不稳，犹犹豫豫跟扭蛇一样。初宁迅速伸出手，扶正他的方向盘，低声道：“别乱，稳住，你走你的道，慢慢挪。”

迎璟却突然掌心覆上她的手背，一用力，便握紧了。初宁稍稍一怔，才明白，这人，净是小聪明。

迎璟单手控制方向盘，把车麻利地并入右转道等绿灯。两人握着的手，从方向盘上往下滑，稳稳地落在了他的大腿上。薄薄的亚麻布料，挡不住体温，迎璟扭头看着她，车里暗，外头亮，背着光，他眼睛里像是洒下了碎星辰。

“我知道了，我会加快进度的。”他诚恳地说道。

那眼神儿，跟认错的孩子似的，初宁弯着嘴角，捏了捏他的手指头：“没事儿，按你的进度来就行了，你只管做，天大的难题我给你解决。”

迎璟抿抿嘴，想说你是女汉子吗？但又怕把气氛搞僵，便将这心疼的话咽了回去。

初宁忽然说：“明天咱俩出去逛逛？”

迎璟侧过头：“嗯？”

“你一个暑假也没怎么休息，前头顾着比赛，之后又学车，带你出去玩玩。”初宁笑起来，眉眼又细又长，平添妩媚。

迎璟言简意赅：“约会啊？”

这个词，太有仪式感了。初宁愣了下，那种羞涩的喜悦从心底往上冒，她偏要佯装镇定，扭过头看窗外，含混地应了声：“嗯。”

两人谁都没看谁，但一个嗯字，足以让两个笑容倒映在挡风玻璃上，都美着呢。

晚上，迎璟自然是在初宁家睡。虽然他也不是第一次在这儿过夜，但那是以前，两人是纯洁的甲乙方关系，现在可不一样了，性质改变，空气都变得怪怪的。迎璟在浴室洗澡，站在花洒下胡思乱想了半天，一会儿亢奋，一会儿忧虑，一会儿又担心自己的表现不好。啊呸，八字还没一撇呢！

哗啦啦的水花浇在身上，迎璟左手撑着墙壁，右手往身上抹泡泡。抹了半天，他觉得这味道真好闻，捧了一捧往鼻间一嗅，没错，是他女朋友的味儿。

这百转千回的心思，外头的女主角可不知道。初宁对这方面的想法没那么突出，她做她的事，跟平常无异。迎璟这次过来就背了一个双肩包，丢在沙发上，洗澡前拿衣服所以拉链是打开的，零散的小物件散满了沙发。

蚊虫液、面巾纸、木糖醇、杏城至B城的高铁票，初宁给他一样样地收进包里，拿着一个英文包装的瓶子看了半天，男士香水？够骚包的。

初宁挑挑眉，拿起香水对着空气喷了两下，再用手扇了扇风。没错，这是她男朋友的味儿。

感情最迷人的地方，不在生离死别，也不是虐恋情深，而是见微知著，日久积累，小细节挠得你心痒痒。

初宁心情愉悦，东西都收进去了，把肩包立起来拉拉链，侧边的袋子也是打开的，她目光一掠，就看到了里面一张黑色的名片夹在其中。

名片上的字是烫金楷体，潇洒飘逸，两个字：唐耀。名片内容也简洁，除了名，就只有一串电话号码，私人手机号。

初宁的手，就这么停在半空。

这明显是图方便塞到这个口袋的，意味着什么？意味着，迎璟和这张名片的主人，近期铁定有过联系。

初宁神色未明，凝神安静片刻，最后拉上拉链，安安静静地把包搁在沙发上。

迎璟洗完澡出来，看见初宁正弯着腰，背对着他，往沙发上铺被子和毯子。

她又换了家居服，还是那件宽大的白色T恤，背脊上的蝴蝶骨形状若隐若现，左脚脚踝还系了根细细的脚链，上头有个袖珍铃铛，身子一动，它便跟着丁零响。

真正活色生香，动静皆宜。

她听见声儿，头也没回："洗完了啊？我给你铺个垫子，空调你别开太低，小心着凉。"

迎璟头发丝儿还滴着水，也顾不上擦，就从后头抱住了她。他的双手从她腰侧穿梭而过，然后箍紧。

一滴水珠坠在脖颈上，初宁叫唤："凉。"她又微微侧头，低着声音问，"怎么不擦干头发？"

"凉啊？"迎璟问，大概是距离太近了，声音低低的。

初宁嗯了声，声音也轻，然后脖间一热，他细细密密的吻就落了下来。舌尖往外抵，跟只小狗似的舔她，还不忘说话："我给你舔热。"

一下不够，第二下、第三下，热什么热啊，初宁都快痒死了，笑着躲，突然力气很大，直接把他抡到了沙发上。迎璟被震得嗷嗷叫：“你晚上吃菠菜了啊！”

初宁抬起脚，往他小腿上一踹，笑着说：“自个儿弱还怪我？”

迎璟剑眉斜飞：“谁弱啊？”

他的声音大得初宁还以为动真格了，双手作揖，缓着语气服软：“错了错了，我认错。”

迎璟脸色稍暖，辩解似的：“我身体很好的，一年四季不感冒，不知吊瓶为何物。”

初宁笑笑，掌心蹭了蹭他的脸，眸色缱绻：“好，我知道了，你乖。明儿早起，今晚早点睡？”

迎璟神色认真：“我一个人睡？”

初宁心浮气躁，又轻轻踹他一脚，警告：“给我老实点！”

迎璟瘫在沙发上，两脚分开，笑得好不得意。这一夜，客厅、卧室，隔着一扇门，两个人，一夜好眠。

次日天光大亮，初宁起得早，但半天没出来。

她把头发绾成一个髻，图省事，随手找了支笔插着，松松垮垮的头发也掉不下来，美人脸蛋浸在晨光里，清新美丽得很。但她此刻蹙着眉头，拉开衣柜，站在面前发呆呢。

约会。

约会啊……

约会该穿什么呢？

这件？

她拿出一件红色礼服，带点蓬裙样式，甚是好看。

啊呸，又不是走红地毯，放弃放弃。

那这件？

白色小洋装，颜色倒中规中矩，但裹胸款式，啧，干吗呢？

初宁手一扔，衣服飞去了床上。

女人爱美爱买，衣服永远不嫌多，她也不例外。衣柜是定制的，一整面墙都打通做柜子，再分门别类，通勤装、休闲装、出席场合的礼服。

可再多的衣服，她现在也后悔买少了。她挑啊挑的，怎么就没件合适的！

千挑万选，她决定还是穿条水蓝色的裙子。这裙子带点绸缎面料，看着滑滑的，上身效果还蛮有女人味。吊牌还没拆，她上半年去法国出差，逛街买的。

初宁对着镜子左三圈右三圈地看，心里又不是滋味起来。

会不会太成熟了？

啊！豁然开朗啊！

这一大早她所有的矫情顾虑，全是为了这俩字——成熟。

迎璟朝气蓬勃的大好青年，眉目俊朗。自个儿呢，初宁心里默默掰算了几下手指，足足大他三岁七个月零十天，四舍五入就是四岁。

四岁什么概念？换平日不觉得，到后几年就明显了，他二十六的时候，自己三十。他三十六的时候，她四十。这笔账一算，初宁心里瘆得慌，赶紧脱了这件裙子，把它塞回衣柜。她光裸的身体白皙柔软，只着一套黑色的内衣裤，春光无限。

初宁打定主意，换上平日出门很少穿的淡粉T恤和牛仔裙，再配一双小白鞋好了。她把头发放下来，对着镜子歪了歪脑袋，还扎了个漂亮的公主头。

这倒也不能说焕然一新，但人走了个自己平日不擅长的风格，就显得耳目一新了。镜子里的美人儿，五官精致，温淡从容，眉眼里偏又透着几丝女人的成熟娇媚。她尚算满意，描了个淡妆，补了点口红，拉开房门走了出去，和正从厨房喝水出来的迎璟撞个正着。

一抬眼，两人皆是一愣。

初宁定睛一看，眨了眨睫毛，脱口而出："你、你怎么穿这样？"

迎璟也同声："你怎么……""穿这样"三个字被咽了回去，他眼睛一亮，言不由衷地赞叹，"漂亮死了。"

初宁心里跟灌了蜜似的，笑着问："漂亮为什么会死？被谁杀死的？"

迎璟抿嘴，牵起她的手，在她耳边低低哄着："我被你杀死了，从喜欢上你的那一刻起，我就是死的了。"

他语罢，热乎乎的吻在她脸颊上印了个记号。

初宁将他从头到脚打量了一番，深蓝色的polo衫，棉麻休闲西裤，衣摆扎进腰间，还系了根LV的蛇皮花纹皮带，妥妥的商务精英成熟范儿！初宁哭笑不得，这可不是他平日的穿衣风格啊。

迎璟默默地别过头："你别笑了。"

初宁打趣："为什么改风格了？"

迎璟眼巴巴地又将头扭回来，反问她："你不也改风格了嘛，为什么？啊，为什么？"

初宁淡定一笑，双手勾住他的脖子，在他耳边轻声说："你为什么，我就为什么。"

迎璟心里的火嗖的一声升空，银光柳条，绚烂闪耀。这一天，两人如同世间的普通情侣，看电影、玩电游、轧马路、吃自助餐。他们从克制地牵手，到大胆地搂腰，再到恣意地亲吻。

一瓶水，两个人一块儿喝；一根冰激凌，两个人一起咬；嘴角残留巧克力，也不用纸巾擦，迎璟弯下腰，摇了摇初宁的手指，女人细腻的吻就印了上来。

她的舌尖很温柔，没几秒，巧克力就没有了。夜色初上，B城的余晖化作霓虹，仿佛永远没有尽头，又是新一轮的热闹喧嚣。

吃过晚饭，两人坐在车里，听着电台歌声，滑下车窗，吹着干燥的夜风。二人双手紧握，没有言语，也不需要言语。

迎璟捏了捏她的手指。

"嗯？"初宁侧过头，两人眼神一对，就知道该干什么了。

她按上车窗，像是越变越窄的取景框，最后一条缝闭合时，车里的好风景旖旎缱绻。初宁单手勾住迎璟的脖颈，将人往下压，自个儿的唇便送了上去。

二人唇齿相依，温情脉脉。吻着吻着，迎璟有点儿受不住了，仗着手长，伸过来按了个键，驾驶座的座椅就往后仰，渐渐放平。

同时，他从副驾跨过来，跨到她身上，把初宁按平了亲。他的手不老实，顺着她的衣摆一路往上，天，女人怎么能这么软呢。

最后一秒，初宁的理智被拉回，她拉住了他的手。迎璟也回过神，记着是在车里，场合不合适。

这一怯场，气氛就急转直下。两人各就各位，坐直的坐直，回原位的回原位。迎璟心里燥热，所以从驾驶座跨回副驾时，动作不利索，踢到了初宁的胳膊。

一个灰色的鞋印，可不正是他俩此刻的心情写照嘛。

待气息平复，初宁不自然地清了清嗓子，打破僵局，从储物格里拿出一个盒子递给他。

"给我的？"迎璟声音有点哑。

"嗯。"

打开一看，是一块浅灰色的男士手表，迎璟光顾着欣喜，好半天才看清牌子，近六位数了。

初宁特淡定地来了句："喜欢吗？"

迎璟压下心头一闪而逝的五味杂陈，佯装玩笑地问："是刚才的酬劳啊？"

初宁笑了，眉眼弯弯地看着他："那你还蛮贵的。"

迎璟挑眉："对，就是这么贵。"

车内气氛又升了温，温情重现。初宁伸出食指，往他眉心轻轻一点，语气里是她自己都不曾察觉的宠溺："知道了，倾家荡产都要买你。"

两人相视一笑。

两人到家十点半，初宁玩累了，先去洗澡。等到浴室里哗哗的水声响起，迎璟才打开手机，点进浦发的手机银行，输入密码，登录账户。

余额：六万八。

迎璟退出后台，又登录建设银行。

余额：七千六。

他盘腿坐在地上，拿着计算机按了半天，最后眉头深皱，看了看桌上的那块手表，又看了看浴室里朦胧的光影，再看了看自己的小金库。

女朋友太有钱，压力真的很大啊。

次日阴天，连着两个礼拜高温终于有退场的趋势。昨天玩得太疯，八百年没这么折腾过了，初宁贪睡，早上起晚了。

"坏了坏了，要迟到了。"她光着脚从卧室奔到洗手间，披头散发地开始洗漱。

迎璟给她把鞋拎出来，整整齐齐地放在脚边："这么急干什么？地上凉，抬抬脚。"

初宁敷衍地照做，下一秒，拖鞋就被迎璟套了进去，先左脚，后右脚。

"我八点半有个会要开，来不及了。"初宁咕噜咕噜吐掉漱口水，伸手够了条毛巾，稀里哗啦地放水洗脸。

迎璟给她穿完鞋，又从厨房打包了早餐，边忙边说："什么会啊？你怎么天天跟超人似的，能不能做个正常点的朝九晚五小白领？"

初宁对着镜子化妆，张嘴的幅度不敢太大，口齿不清地回："小白领哪儿来的钱养你啊？"

迎璟越听越不对劲，心里其实是不太痛快的。但一想，她也只是随口玩笑，他便把那份不悦压了下去。

"吃早餐啊，你。"

"不吃了不吃了。"初宁拿包，找车钥匙，风风火火的女汉子，换高跟鞋的时候，一只手扶着墙，状似不经意地问，"你几点的高铁？"

"十一点那趟。"迎璟淡然地答，又给理由，"我大伯今天过生日，得赶回去道贺，没办法，年年这样，不能缺席。"

初宁看了他一眼，笑了下："我又没拦你，这么认真干什么？"

迎璟嘿嘿笑两声，也不反驳，走过来，把早餐塞她手里："车上吃，必须吃。"

迎璟表情蛮强硬的。

初宁顺从："好。"

她的手刚搭上门把，人又被拽了回去。"就这么走了？"迎璟搂住她的腰，把人往身上压。

初宁拎着早餐的那只手不方便，便只用一只手勾住他的脖子，在他嘴上亲了一口。迎璟不放人，眼神黑漆漆地望着。初宁又是一亲，摸摸他的脸："真得走了，开学见。"

迎璟这才不情不愿地松手。

初宁关门前，侧身说了句："到高铁站了给我发个短信。"

迎璟撇了撇嘴："嗯。"

初宁组织公司主管以上的管理人员开会，那份新能源汽车项目书的审批意见已经下来，为着这事，讨论忙活了一上午，十点半才散会。初宁留了两个技术骨干谈事儿，也就是在这时，收到迎璟的短信：

"我上车了。"

她看了眼，回了个"好"字，继续工作。二十分钟后，节点梳理清楚，才总算能够喘口气，初宁喝着水，看了一遍早上乱七八糟的未读短信，证券公司的早报、中国移动的促销，还有一些垃圾信息。退出时，她手指一顿，神使鬼差地点开了百度。

B城—杏城，高铁。

她一搜索，弹出一大串，初宁往下滑，盯着某一时间段看了好几秒。她怕出错，又刷新了一遍。早上他怎么说来着？十一点的高铁？可列车时刻表上，十一点左右，根本就没有去杏城的车。

初宁又返回短信，迎璟发来的排在最前头："我上车了。"

她安静一瞬，将屏幕翻转朝下，面无表情地搁在桌面上。

二环商圈的某咖啡馆，工作日，又是上午，人员清冷。

现在的时间是十一点十分，迎璟等了有一会儿了，半杯水下肚，他又看了眼时间。门口一阵风铃声，有客人，服务员礼貌迎接："先生您好。"

"有人。"一道沉沉的男声传来。

迎璟回头，唐耀一身polo衫，风姿飒飒地进来了。

他今天的穿着还算休闲，身后跟着姜齐，姜秘书拎着公文包，斯文的无框眼镜架在鼻梁上，精英范儿绝了。

“抱歉，飞机误点，我迟到了。”唐耀落座，话虽客气，但语气并没有温度，纯属客套。

“没事，我也刚到。”迎璟指着，“喝点什么？”

姜齐代唐耀先回答：“我去点。”

姜齐走了，就剩他们俩。唐耀是个干脆利落的生意人，不管干什么，从来直言不讳，这是效率，是手腕，是不浪费时间。

他开门见山：“你考虑得怎么样？”

迎璟面色平静，像是早有了答案，没一点纠结和犹豫，刚要开口。

“想清楚了再说。”唐耀适时打断他。

这人啊，就是审时度势，观察甚微。他先把你的心思猜准了，再出其不意地来一句委婉的提醒，这下好了，迎璟原本坚定不移的主意，又微妙地缩了下头。

迎璟闭声，字眼咽进了喉咙里。唐耀忽地一笑，坐直了些，双手交握于桌面上，说：“我看了你们的比赛，操作很稳定，心态很正。当时不紧张？”

这叫迎璟意外，他抬起头：“那天您也在现场？”

“在，但不坐看台。你们的虚拟仿真技术，成长得出乎我的意料。”唐耀闲聊一般，语速慢，态度亲，竟感慨道，“这让我想起了我自己，学生时代，怎么就没好好念书？”

唐耀又低头一笑：“光顾着倒腾霸王机了。”

唐耀有意无意地把话题往共同点上靠，这很容易引起共鸣，拉近距离。果然，迎璟放松了些，顺着话茬聊下去：“现在国内的环境宽松多了，有平台，有条件，也有先辈积累下来的经验，能够少走很多弯路。”

“弯路从来都不会少。”唐耀淡定道，“只要在追求，在进步，在研究，那这条路，就永远没有终点。”

迎璟心有戚戚焉。

唐耀：“我对你有眼缘，对你们的项目也感兴趣。航发技术也是明耀科创未来三年的重点发展方向之一。我有准备，有资本，有决心，有态度，我要做，就做最好。迎璟，这是一个双向选择的过程，我需要人才，你仔细想想，你需要的是什么？”

问题抛出来，唐耀却根本没打算给对方思索的机会。唐耀笃定，自信，自问自答道：“心无旁骛。”

雄厚的资本、无后顾之忧的保障、先进的技术支持，以及与国际接轨的基建设备。科研就是一种概率，这种不确定的本身，决定了它注定是不平凡、不容易的。

迎璟在走上这条路时，迈出第一步，就没法再回头。

他不得不承认，唐耀说中了他的心思。这是他从小的兴趣，是他寒窗十余载的梦想，是他心里的目标，能有这么好的条件保驾护航，不动心是假的。

唐耀停顿片刻，给他短暂的思考时间，又步步为营："我们可以谈条件，还有不满意的地方，你尽管提。"

能得唐总这一句承诺的人，不多。迎璟十指微微蜷曲，摩挲着玻璃水杯，心里很乱，之前的决定被彻底打散，没了主意。

"谢谢您，但项目不是我一个人的，我需要与团队成员一起商量。"

唐耀淡笑，目光如鹰，看透他这句话背后的真实情绪："迎璟，你是个聪明人，应该知道，做大事时，最忌讳的是感情用事。"他勾起嘴角，似嘲讽道，"是不是只要能够收买你，哪怕对方让你卖一辈子命，你也会无条件地答应？"

这话有点尖锐，但话糙理不糙。

迎璟微微蹙起了眉头。

都到这份上了，也就直言不讳了，唐耀指名道姓："宁总慧眼识英雄，是个有眼光的人。但她的实力，还不够照亮这条道儿。你要是惦念她的恩情，我认可。但你要想在这个领域做出名堂，光有感情是没用的，把一手好牌，拆得稀巴烂，值当？"

唐耀眼露狂妄之色，盖棺论定道："愚蠢，只会让人看不起。"

这一波可攻可守的话，刚柔并济，晓之以理。这种路数，他又是数次抛出茂盛橄榄枝的那一方，换大多数人，早就感恩戴德地答应了。

但唐耀低估了迎璟。安静片刻，他还是那句话："谢谢您，但我需要与团队商量。"这就是委婉的拒绝。

唐耀也算碰到了轴人，眉峰下压，再无方才的温和之色，低声且带着寒气道："航空行业，十之八九为垄断，没有过硬的关系，就算你技术再登峰造极，没有渠道，你玩得起？"

这是鄙意，还带着漫不经心的威胁，极有压迫感。迎璟和他对视，八风不动，眼里的勇字，不比唐耀弱。

他的声音很轻，并且带着一丝不屑，一字一顿地说："玩不起，我就毁了它。"

唐耀微屈在桌面上的手指一顿，不动声色地打量对方。这个年轻人，能屈能伸，有智慧，有血肉，有天分，也讲情分。他或许不够理智，但以他目前的阅历以及年龄，客观来说，已经胜过很多人了。

后生可畏啊。

这一刻，唐耀内心的某种立场又悄然变动。他敛了敛神色，无过多反应，只起身，伸出手："明耀科创一向惜才，希望你再考虑。明耀的大门会一直对你敞开。"

迎璟目光探究，扫他一眼。唐耀看穿他的心思，坚持道："我只做唯一。"

五个字，迎璟便什么都明白了。他点了点头，然后跨出座位，转身要走，没有去握唐耀的手。

姜秘书走过来，慢声揣度道："唐总，需要我去处理吗？"

"不用。"唐耀揉了揉眉心，刚下飞机的疲倦越发沉重，"由他去吧，他会答应的。"

Chapter 19　让他们看

今天降温，三伏天的热浪退潮，但空气依旧闷热。迎璟坐在地铁上，看了看时间，算计了一番，摸出手机，适时给初宁发了条短信：

“我到杏城了，刚出站。”

信息发送成功，他像是不敢再看，飞快地将手机揣进裤兜。为什么？他心虚啊！

迎璟又是一阵发虚，意识到自个儿是在欺骗女朋友，懊恼和自责在身体里东摇西荡。

但，他也没办法。

其实在航空科技大赛之前，唐耀就两次找过他谈合作。平心而论，明耀科创的实力太强大，开出的条件也是一等一，但他们的坚持也执拗，坚持企业的核心原则，即完全控股，完全入资，完全自主——不接受任何别家资本的注入，尤其在企业未来的重点发展项目上。

如此，他便要舍弃初宁。

初宁是迎璟的软肋。

而且，之前也不是没有过，那次在饭局上，被她撞见自己跟唐耀在一块儿，她当时的眼神，失望透顶，还生生砸了两滴泪下来，迎璟心里那个悲伤啊。

如今就更不用说，初宁是第一位，他绝不会让她不高兴。加之他们那段时间一直在冷战，很多事也就无从说起，久了，就更不必再提。

迎璟抱着“多一事不如少一事”的态度，撒了这个善意的谎言。但愿此事神不知鬼不觉地翻篇，迎璟淡定地想。

这个匆忙、短暂、充实又神奇的暑假，只剩二十多天了。迎璟待在杏城，也不是没想过提前去B城。但初宁忙，上周去合肥，这周去西宁，每趟出差来回就是五六天，跟空中飞人似的，迎璟别说去B城解解相思之苦，就连跟她打电话都要挑时间。

她白天跑工地，考察项目，晚上各式饭局和应酬，好不容易闲下来，那也是夜深人静零点以后了。迎璟听见里头声音打飘，那肯定是喝多了，心疼她，可又无能为力。

好在初宁酒量还不错，睡一觉，第二天又是一条女汉子，而且记性绝佳，挂念着小男友的情绪，早上一定给他打电话，顺着话哄他、应他，倒也像是一般情侣做的事儿。

有时候六点电话就来了，迎璟还窝在床上睡觉，神志不清。初宁最喜欢这时候逗弄他，故意软着声音，一口一个“小璟同志，你想我吗”。

吴侬细语，娇娇媚媚。

就这样，暑假在这种暧昧又不太过分的状态里，正式结束。

九月，秋老虎肆虐，新学期已至。

迎璟在群里通知过，让全队成员提前一天到校，集合开会。相聚后，大家叽叽喳喳好个热闹。

“哇，张怀玉，你下田干活了吧？黑得跟非洲人似的！”周圆围着她大呼小叫。

张怀玉那个烦啊，踹他一脚大屁蹲：“滚滚滚，我这是黑美人，健康！你懂个屁！”

祈遇从老家背来一大袋子特产，腊鱼腊肉豆酱，打了真空包装，天热也保持住了味道。

他是老好人，人人有份。迎璟拆了一包豆豉试味，包装袋撕开，那个味啊！

隔壁室友隔墙号啕：“谁拉屎不关门！”

大家笑作一团，张怀玉抓了一把就往周圆口里塞：“快关门！”

顾鹏鹏正好推门进来，皱着眉头：“什么味儿啊？”

周圆吃了张怀玉拿过来的豆豉，转移注意力：“万大少爷！你的兰博基尼呢？我要坐！”

众人鸡皮疙瘩抖落一地，齐声大呼：“恶不恶心！”

又是一年开学季，夏天的尾巴恋恋不舍，虽高温，但夜风悄悄捎来了早秋的气息。

晚上，迎璟握着手机，眼巴巴地盯着那个名字。微信聊天页面，十二条信息全是他在刷屏：

“我到学校了。

“宿舍卫生也搞干净了。

“我也洗过澡啦，香喷喷的。

“明天开会，你来不来啊？”

初宁在厦门出差，好像是做什么市场调研，能让她亲自带队，可见其分量。迎璟守了一晚上手机，想给她打电话，又怕打扰她的饭局，可她老是不回信息，他也担心得要死。

喝醉了？她身边有人帮忙挡酒吗？回宾馆怎么办，谁扶她啊？

迎璟越想越心焦，甚至开始查B城至厦门最近一班的机票，微信回复了。

初宁回复了一个字：“去。”

迎璟瞬间安心，迅速打字：“你忙完了？明天回B城？我现在给你打电话？”

手指又停住，他想了想，给这句话后头加了三个字：可以吗？

这回像石沉大海，手机又沉睡了。

唉……迎璟仰躺着，盯着天花板，屏幕盖在胸口，怔怔地发着呆。

第二天的开会时间定在晚上七点。这完全是为了迁就初宁的日程，飞机五点抵达B城，又是晚高峰，一路堵，她总算踩着点赶了过来。二人时隔这么久的再见面，竟然是为了公事，两位建设社会主义的大好青年啊！

“不好意思，我来晚了。”

初宁一身风尘，但也不掩美貌，裙装是Donna Karan的今夏新款，无袖上衣，脖间一条珍珠坠子，很有御姐范儿。她好像晒不黑，太阳越大，皮肤还越来越白了。

自她进门，迎璟的目光就没从她身上挪过。初宁却淡淡掠了眼，眼底波澜不惊，情绪不明。

迎璟没分心太久，很快专注，把这学期的构思、计划以及假期总结的一些问题和看法，都有条不紊地说了出来，然后进行讨论，各抒己见。

初宁也看出来了，迎璟和祈遇是主力，计算机这块是顾鹏鹏，唯一的女生张怀玉，自然是起细致梳理作用的。

这个团队分工合理，人员配备精简却有效。大伙儿从技术层面进行了阐述，然后说到这学期的打算，产生了分歧。

不是队员与队员之间没统一，而是初宁有不同意见。

迎璟说：“我想了两种方案，我们把第二种方案重新做一遍，对比一下哪种更好。”

初宁听到这句时，打断道：“是目前的技术出了问题？”

迎璟看向她：“没有。但我觉得采用第二种，可能有更好的效果。”

“可能？更好？”初宁画出重点词，指明道，“那也就是说，现有的效果已经是OK的——那为什么还要重复做？”

“精益求精。”

“但加快研产结合，出成品，才能开展后续的销售工作。”初宁说，“只有技术产品出来了，我才能依据它找渠道，研究方案。”

她站的角度，是快速变现，投入产出。

本来前期投入就已经很多了，这又来个plan B，无异于从头开始，太耽误时间了。

但公事公办的时候，迎璟极其执着，一口否定：“不行。”

初宁皱眉：“继续研发我同意，但能不能放在下一步？”

迎璟遵从内心，谨慎认真，牵扯到专业问题，根本没的商量。

迎璟还是俩字：“不行。”

初宁无语，目光扫了一圈其他人。

任谁都嗅出了气氛的不对劲，哪儿敢发表意见？

“我赞同小璟！”张怀玉的胳膊噌一下举高，态度明朗！

这下可好，二比一。

初宁还记得呢，这女孩儿，很久以前在KTV向迎璟表白过。

以前她没觉得什么，现在……呵。

初宁心底冒出一股无名火，看看迎璟，又看看张怀玉，巧了，这一瞬，这两人互相对视，还默契地笑了下。

“行。你们继续开会。”初宁站起身，面无表情，语气冷淡，“我公司还有事，你们决定，我先走了。”

“哎！宁总。”

“宁姐。”

周圆和祈遇一前一后，晚了，人已经打开门走掉了。迎璟后知后觉，惨了，惨了惨了。他匆忙起身，撂话：“开得差不多了，散会，有事儿群里说啊！”

他便慌慌张张地追了出去。

祈遇和周圆对望一眼，莫名其妙！

九月的夜还是热的，迎璟追到楼下，初宁背影款款，高跟鞋往上，两条腿白皙匀称，正往车边走。

“你等等我。”

“哎！初宁。”迎璟追上来，扯住她的手，“这不是谈公事嘛，各抒己见很正常的。”

“走开。”

初宁甩开，他又拉住，她再甩，他再牵。最后这下初宁使了力气，模样很凶地看着他：“我也看出来了，你就是个听不进意见的主。”

“我怎么听不进意见了？”

“那我刚才说的，你真仔细想过？”初宁强调，“站在我的角度、我的立场想。”

迎璟抿了抿唇，半晌没作声。

“还有帮手啊，挺配合啊，那热情的小手一举高，我还以为哪儿冒出土的白豆芽。”初宁冷飕飕地道，眼神不屑。

迎璟扑哧一声没忍住，笑了出来。

“你还笑？！”初宁的眉头皱得更深，她一直是微微仰头的，迎璟个子高，背脊挺拔的大男生，垂着视线，就有种天然的碾压优势。

“早知道不来开这个会了，我出差都快累死，下了飞机就往这边赶。

“呵，我发现你们队员之间感情还挺好啊，联合抗敌，一致对外是吧？

“下次有你主持的会，我一概不参加。”

初宁仰着脖子，怨气相当大，嘴巴一张一合就没停过。

突然，迎璟一把抱起她，初宁吓得尖叫：“你干吗？！”

转了半圈，初宁眼睛一晕，就被迎璟抱上了台阶。三层台阶，迎璟把人放下，两人面对面，大眼瞪小眼，不错，身高对等了。

迎璟弯着眼睛，嘴角隐着淡淡的笑，痞气道：“看你一直仰着头，够累的，站这儿，这里高度合适，你接着骂，想怎么骂都行，我听着。”

初宁蒙了几秒，反应过来，气也消了一大半。她忍着笑，佯装生气，别过头不看他，低声嚷了句：“不要脸。”

迎璟还蛮受用，舰着脸凑近：“是，不要脸，只想要你。”

初宁心尖儿颤抖。迎璟又软下语气，猛地把人抱住，脑袋一低，在她胸口蹭了起来，闷声道：“这么久不见，我们不要一见面就吵架好不好？”

初宁的一颗心，被他蹭得像泡过水的海绵。情意和思念迅速膨胀，初宁也舍不得了，应了句："好。"

然后她掰过迎璟的脸，舌尖缠舌尖，不管不顾地送上了美人儿吻。

身后，四楼窗户，三个黑漆漆的脑袋你推我挤地往下伸，周圆、祈遇、顾鹏鹏再也克制不住地大声起哄："哦！"

声音大得迎璟条件反射地要退开，初宁却一把勾住他的脖子，诱哄道："让他们看。"然后她堵上他的唇，越吻越深。

迎璟回宿舍，刚进门，周圆一声吆喝："关门！"

祈遇："得嘞！"然后麻利地把门关上。

两人指着迎璟，大吼一声："老实交代！"

迎璟掏了掏耳朵，耸耸肩，嘴角是欠揍的笑，特无所谓地说："就是你们看到的这样啊。"

那俩人又左右夹击，押着他往板凳上一按，齐声道："不老实！"

迎璟笑得前俯后仰："神经病吧你们！"

"你跟宁姐什么时候开始的？"

"暑假。"

"比赛的时候你俩不还在冷战吗？"

"什么冷战，那叫冷静。"迎璟纠正。

祈遇掰过他的头："可以啊小璟，有两下子嘛。"

"还行还行。"

"啧，你看你，笑得眼睛缝都没了。"周圆嫌弃地比画出一条线。

初宁刚才那一吻，像是给自家猪肉盖了个质量合格的印章，同时也宣告主权：看好了啊，这是我家的。得到当事人证实，话题聊开，祈遇问："是你告的白吧？"

"错。"迎璟得意地扬扬眉毛，"是她。"

两人一顿高呼："不可能！"

"怎么不可能？我是有多差劲儿？"

"不是你差劲，而是宁姐太优秀。"周圆指正。

迎璟还蛮受用，肩膀一耸："再优秀也是我的了。"

周圆翻白眼："不管啊，你得请客。依宁总这种级别的，你起码要把我们整学期的奶茶给包了。"

"没问题。"

单身狗受不了刺激，哭天喊地地回宿舍了。祈遇关上门，折身回来，拍拍他的肩："恭喜恭喜，梦想成真。谈恋爱的感觉很好吧？"

迎璟点头，一想起，还止不住地想笑。"你和你女朋友，约会一般去哪儿啊？"他问。

祈遇："也没那么正式，有时间就待在一块儿，做做饭，在电脑上看看电影，或者去水果市场逛逛。"顿了下，他看着迎璟，"不过我们是时间多，宁姐应该挺忙的吧。"

这话戳到迎璟的痛处了。

"宁姐蛮独立的，省心，也不会有事没事跟你闹矛盾。"祈遇是过来人，感慨万千，"说真的，两个人在一起，总得有个成熟懂事点儿的人。"

迎璟敛去笑容，心情僵了僵，然后缓缓吐出一口气，琢磨着"成熟懂事"这四个字。

祈遇忽说："哎，对了，你下周生日吧？"

迎璟诧异："你怎么记得比我妈还清楚？你不会对我有什么想法吧？"

祈遇丢了个白眼："你以为我想啊！要不是和矜矜同一个月，我才懒得记呢！"

九月，和他女朋友顾矜矜同月生。

"好好过啊兄弟。"祈遇意味深长地冲他说，"注意身体。"他又欲盖弥彰地解释，"最近要降温，别感冒。"

迎璟吃了他这记温馨提示，两人心照不宣地对了下眼神，全都是坏主意的邪气。

每天晚高峰的B城，都像一条吃饱了撑着飞不动的巨龙。初宁一边开车，一边回关玉的微信："姐们儿你别催了，我刚出建国门就堵住了。要不你先吃？行行行，我尽快啊。"

关玉是个话多的主，语音刷屏，权当给初宁解闷，一路塞车也不无聊。最后一个极品亲戚问题，关玉吐槽了半小时。

"你别唠叨了，珍惜你家这种和谐氛围吧，你那些亲戚还算好的，你上赵家生活一个月试试，随便一个表妹堂妹就能弄死你。"初宁对着微信说，"行了，上菜吧，我在停车了。"

两人交情十余年，连口味都出奇一致，喜欢吃日本菜。服务员领着初宁去包间，推门进去，关玉自个儿先喝上了，她指了指："好喝。"

初宁脱了鞋，往榻榻米上走："我就不陪你喝了，这段时间饭局多，喝得我都要吐了。"

她边说边从包里拿东西，将一张浦发银行的卡递过去：“喏，我转这里头了，原始密码，回头你自己改。”

关玉眼睛放亮：“爱死你了宁宁！”

“别恶心啊。”初宁波澜不惊，盘腿坐下。

卡里有十万，关玉早上一句话说要应急，初宁也不问原因，就说晚上一块儿吃饭。她对朋友没说的，重情重义，全落在了实处。事情办妥，初宁随口一问：“出什么事了？”

语毕，她又澄清：“没关系，不方便就当我没问。”

关玉嘿了一声：“股市动荡嘛，我补点仓，闲钱还在别的项目里，就这几天还你啊。”

“行。十天半个月也没问题。”初宁夹了条酸藕，蘸了点酱，吃得细致。

“怎么没把你那小男友带出来？”关玉挑眉。

“他晚上有课。”

“呵。你们这恋爱谈得跟异地恋似的，时间不配套，也忒不方便了。”

“要什么方便？一座城市里待着，有事儿打个电话不就完了。”初宁不以为意。

关玉啧了声：“搞得跟接待客户一样。哎，我问你，你俩——”她凑近，挤眉弄眼想入非非：“做了没？”

初宁八风不动，眼皮都不带抬的：“你怎么回回见我，都问同一个问题？你是有特殊癖好吧，那我问你，你和你那个眼镜男朋友，一天几次？啊？”

后半句初宁纯属无心，顺嘴一问而已。哪知关玉还嗨起来了，筷子一搁，仰头喝了口清酒，特别满意地说：“一天一次打底，有时候碰上他出差，回来后，可以一天一夜不出门。”

初宁差点喷饭，还蛮好奇：“你的新男朋友看起来三十五有吧，还这么能折腾？”

“他挺会保养啦，一周去一次男士养生。”

初宁点了点头：“精致。”

瞧她这反应，就知道那问题的答案了。关玉就纳闷了：“你俩怎么回事啊？”

“什么怎么回事？”

“你就没有一点冲动和需求？”

“我的天，你饶了我吧！”初宁这话真心实意，满眼无奈，“我一天到晚累死了，冲动全变成了不想动。”

关玉瞅她一眼，语气正了些，说："别怪姐姐没提醒你，女人啊，多一点温柔如水，了解风情，没坏处。"

初宁一头雾水。

"你男朋友这个年龄，心思浪漫，还有憧憬，感性大于理智，没准儿在心里，早把你强了百儿八十次了。"关玉笑得含蓄，字正腔圆，听得初宁一身鸡皮疙瘩。

"宁儿，畅意人生，及时行乐，工作排后，生活才是最重要的。"关玉给她夹了片鳗鱼，筷子还轻轻地敲了敲她的碗沿，叮叮脆响，发人深省。

初宁敛了敛神，想起一件重要的事："差点忘记了，上回我托你带的东西，你给我办了吗？"

"哦，Lucy明天回国，放心，给你买了，后天我送给你。"

初宁再三嘱咐："你可记得啊。"

关玉哎了声："说你孤傲冷淡吧，你又偏偏对他那么好，又送手表，又从国外带笔记本。如此低调含蓄的宠爱，姐姐，他领情吗？"

初宁无所谓，坦坦荡荡道："日久见人心，他肯定会懂的！"

迎璟生日这天是周五。他千算万算的好日子，给力！虽不是周末，但周五也满足了。初宁这天还蛮有心，提前两分钟调好闹钟，在零点，准时给他打电话。

"小迎同学，生日快乐呀。"

迎璟躺在床上，翻来覆去可激动了，偏还装淡定，故作惊讶的语气："啊，你不说，我都忘记今天是我生日了，你竟然记得，谢谢！"

初宁忍着笑，配合演出也不揭穿："没事儿，你不用记，以后我给你记就行了。"

初宁的话一字一字像风铃，叮叮当当撞在迎璟胸口。他眼眶都热了，捧着手机静静听了好几秒，直到那端传来隐隐的音乐声，他皱眉："你还在外面啊？"

"是，应酬呢。"初宁答得意兴阑珊，这段时间接待一个重要客户，一周全为他忙活服务了。白天开会、参观，晚上饭局、KTV，分不清白昼黑夜，人都快迷糊了。

好在，明天这祖宗就离开B城了。哦不，已经过了零点，应该说是今天。

迎璟吸吸鼻子，精气神明显泄了一半，问："那你什么时候回家？"

"不知道。"

“你喝酒了没？”

“喝了，不多。”

“那待会儿谁帮你开车？我过去吧，行吗？”

“不用，带了司机，我自己的车停在公司了。”

俩人一问一答，但突然之间，迎璟觉得没意思透了。这番对话，他都能背下来。

回回如此，词都不带替换的。

可有用吗？迎璟深吸气，胸腔发闷。

初宁自然不清楚他的心路历程，觉得这是再普通不过的事情，没往心里去。

“你们寝室熄灯了吧？室友都睡了？”

“嗯。”

“那你别出声了，打扰到别人。乖乖睡觉，等白天上完课，晚上我们一起吃饭，替你庆祝生日，好吗？”她声音温柔，耐心，又极尽宠溺。

初宁又道：“再叫上你的队员、室友，人多一点也热闹。”

方才的低落情绪，倏地被吹散。迎璟心里又柔软起来，把头钻进被窝里，嘴唇贴近手机：“不要别人，我只想和你单独待着。”

初宁低低地笑：“好啊。”

迎璟声音更低：“亲我一口。”

安静半秒，耳边传来清晰的一个亲吻声。初宁蛮不好意思，幸好隔着电话：“我挂了啊，里边叫我了。”

迎璟忽然道：“初宁。”

“啊？”

“我爱你。”

真的真的很爱你。

清晨起，迎璟的手机就没停过，杏城那边的电话不断，妈妈的，姐姐的，姐夫的，还有五湖四海发小亲友的，迎璟从小长在根正苗红的家庭，大家族，姊妹多，是蜜罐里长大的人。

崔静淑声音温柔慈爱：“小璟，爸爸妈妈祝你生日快乐，好好学习，做个好青年。”

姐姐迎晨简单粗暴：“二十三岁了！长大了！要懂事儿了啊！”

迎璟脑门上三根黑线：“姐，我今年二十二。”

小晨儿一愣：“是吗？你这么年轻啊。行吧，我微信给你转了两万二，你待会儿退一千给我。”

姐弟俩感情太好，骂不走，打不散，虽是同父异母的组合式家庭，但丝毫不影响两人的感情。

祝福高峰时段已过，迎璟好高兴！距离下午五点，又近了一小时呢！

吃过午饭，他就打开衣柜，翻出一大袋宝贝。宿舍只有祈遇在，他瞅了瞅："什么啊？"

"衣服，我姐上回出国给我买的。"迎璟一件一件拎给他看，"哪件好？"

祈遇认真参谋，歪着脑袋，单手摸着下巴，眼睛扫来扫去，最后手一定："白色这件。"

"OK，就你了。"迎璟放下白色衣服，选了黑色。

"我觉得白色不太好。"迎璟边说边换衣，衣摆往上，露出精壮的腹部，腹肌不甚明显，但手臂一拉伸，式样就出来了，特别有劲儿。

他套上黑色的衣服，对着镜子整理了半天："深色好，成熟稳重大气，俊朗迷人有男人味。"

祈遇立刻扶墙，做呕吐状。

迎璟转过身让他参考："怎么样，还行？"

祈遇也收起玩闹，围着他转了三百六十度，负责任地点头："帅。"

行了，迎璟收拾一新，自觉完美！

"哎，你上哪儿去？"祈遇看着迎璟要出门，奇怪，这还早着呢。

"买点东西。"

迎璟去了趟超市，直奔目标区域。这排货架全是琳琅满目的计生用品，女士洗液、男士呵护、避孕套，价格也五花八门，优惠装二十个，不到五十，贵一点儿的，螺旋、火山、超薄。迎璟定睛一看，狼牙棒？这都是什么鬼。

他拿起东西翻来覆去地看，被广告词勾引得心飘飘，拿了一盒，就它了。他走之前，还顺手勾了瓶女士润滑剂，有备无患总是好的。

他做贼似的又回宿舍，五点钟，终于等到初宁的电话："我到了，在门口等，还是到你们宿舍楼下接你？"

"校门口等，别进来了。"迎璟忍不住笑。

初宁逗他："怕被人看见啊？"

迎璟嘿了一声："替你省油钱，你还往歪处想了是不是？"

初宁心情也不错，笑了笑，说："出来吧。"

迎璟快速从柜子里摸出瓶香水，往袖扣轻轻按了两下，然后把安全套的包装盒拆了，摸出一个塞进裤子口袋。塞完，他想了想，又不动声色地多拿了六个。一夜七次郎，凑个好兆头。

到约定地点，老远他就看到初宁倚着车门站着，穿了一身浅色长裙，头发散下来，略施淡妆，今天温柔闲适的装扮，看起来像大学生。她冲迎璟招手，偏着头，嘴角噙着淡淡的笑。迎璟跑过来，两人拥抱在一起。

初宁搂着他的脖子，额头抵额头，轻声说："生日快乐。"

迎璟的呼吸也热，扫到她的鼻尖："有你在，我就快乐。"

两人对视，默契一笑，弧度都一模一样。

上车，系安全带，初宁开车："咱们今天吃西餐，行吗？"

"好。"

"我订了位置，牛排也是预订好的，上回我想吃，足足等了三天呢。"

迎璟心情那个美啊："专门为我准备的吗？"

是什么就是什么，初宁大大方方承认："当然。"

迎璟看着她的侧脸，说："靠边。"

"啊？"

"靠边停车。"

"干吗？"

"我要和你接吻。"

爱情里的直白，才是最动心的。初宁心尖猛颤，觉得自个儿血流循环的速度都快了好几挡。二人正泡着蜜，手机突然响了，两人用的是情侣铃声，上回在杏城，确定关系的第一晚，迎璟非缠着她调的。

这次响的，是初宁的手机。她一看来电人，就微微蹙起了眉头，接听，用的蓝牙耳机。几句话的工夫，初宁脸色已经变了样。

"可我在外面有事儿——让王副总接待可以吗？好吧，我知道了——好，我过去。"

挂断电话，恰遇红灯。初宁扭过头，不是滋味地说："对不起啊，牛排可能吃不成了。"

迎璟黑漆漆的眸子盯着她，也不说话，但嘴角已经是个很僵硬的弧度了。

"公司临时来了客户，挺重要的，我们争取了好久的一个单子在人手里攥着，我不到场不太像话。"初宁平静地阐述原因，又保证，"不用太久，就吃个饭。要不，我先送你回学校？不超过八点钟，我再过来接你，我们再……"

迎璟打断她，语气无波无澜："我跟你一起去。"

初宁目光匪夷所思，竟一时读不懂他的情绪。这是高兴，还是生气啊？她正犹豫，迎璟却扬起嘴角，笑是笑了，但笑里透着一股客气和隐匿。

迎璟说：“没事儿，我理解，带我去见识一下你的工作场合，就当是观摩女朋友的另一面。”

这话语调平平无奇，乍一听，没毛病。但初宁一细想，见识？观摩？这都是什么词儿啊？

啧，酸！

这顿饭迎璟吃得异常沉默。

国贸高楼的精致餐厅，菜肴式样没的说，气氛也热闹。客户四十余岁，姓沈，老板派头蛮足，大背头喷了发胶，一丝不苟，大热天的也讲究，一件暗灰色的长袖衬衫，还系了个港风领结。这人虽不乏油腻，但精英范儿是做足了。他带了几个手下，听他们聊了这么久也摸清楚了，一个业务经理，一个副总，一个对接的主管，都是能喝酒的主。初宁这边人员相当，拼酒的都是男士，她借口要开车，大家倒也不为难，给她倒了一杯果汁。

“给这位小兄弟换个杯子，酒倒上。”沈老板笑眯眯的，是指迎璟。

本来热火朝天聊得好好的，这一句话接过来，倒让气氛僵了片刻。所有人的目光齐刷刷看着迎璟。

初宁表情自然，笑着说：“不用了，他不喝酒。”

“那哪成，女士可以不喝，男士可不许逃啊。”对方的副总活跃，酒桌上的推辞权当客套，没当真，还特热情地要把自己的杯子递过来。

“他真的不喝。”初宁起身，客气地拦了下。

对方总算看出了门道，问：“哟，这是宁总的……”

初宁的秘书机敏，替她解了围，说：“是宁总的朋友，还在上大学。沈总，照顾一下祖国的希望嘛！”

秘书两句话就把气氛给调了回去，注意力转移，喝酒的喝酒，扯嘴皮的扯嘴皮，热热闹闹。初宁对这些交际得心应手，她最大的优势，就是善于倾听，不仅听，还听得认真。她本就长得好看，博人好感，又这么懂得给男人面子，任谁都喜欢。

初宁做事儿大气，又懂得利用女性的特质，平心而论，她真的很出色。迎璟看着她游刃有余地聊天、开玩笑、大大方方地敬酒，整个人都在发光。

迎璟的视线随着她动，复又低下头，不吭声。他没怎么夹菜，食欲极差，水杯倒是空了一次又一次。初宁察觉他的不对劲，但顾着场合也不能说什么，只在每道新菜上桌时，都把第一筷子菜夹到他的碟子里。

这是无言的亲昵和沉默的靠近。

迎璟默默地吃，左耳是他们娴熟的交际话术，右耳是自己内心空虚的回音。

他捏紧了筷子，很难受，觉得自己像个机器人。

终于熬到饭局结束，他本以为能够解脱了，但这位沈老板兴致大开，又惦念起B城的夜生活：“哎呀，还是B城好啊，不夜城，感觉自个儿都年轻了十岁。”

这句似是而非的点题话，初宁再不懂他的意思就白混了。

“行啊，沈总，您要不嫌弃，去唱两曲儿？让我们这帮小辈也饱饱耳福。”

这话舒坦，把财神爷哄得眼睛一弯：“那成！”他还特来劲地指着初宁，“第一首跟你唱啊，可不许逃。”

初宁爽快：“承蒙您看得起，我奉陪。”

这边客套话说着，初宁悄然退到迎璟身边，靠近了，小声说：“我把人安顿好，咱们就走。再等我一下，行吗？”

迎璟微微别过头，眉头蹙着，反正不说话。初宁心有愧疚，这事儿再怎么突然，也是她这边的原因，换位思考，她的亏欠心理更重了。

“就一会儿，不用太久的，你在场，到时候我也好找理由走。”趁那边在等电梯，叽叽喳喳聊得正嗨，初宁飞快地勾了勾迎璟的小手指，语气撒娇道，“晚上你去我家，我们单独待着。”

迎璟的脸色这才稍稍好了点，郁闷地回了一声：“嗯。”

不过大家把事情想得太简单，真到了场合，那就是身不由己了。这位沈老板是个歌唱爱好者，年龄不大，但蛮怀旧，酷爱八九十年代的港台粤语歌。估计他是饭局上酒喝尽兴了，一个麦克风握在手里，那叫一个威风凛凛，还能大战五百回合的架势。

初宁唱歌也好听，带劲儿，以前专门找了个声乐老师学了几招，飙高音也是像模像样。半小时前，和沈老板合唱了一首《千千阙歌》开场，本以为能开溜，但沈老板听得那叫一个感动涕零，还不放人了。

初宁说尽委婉的理由，也硬着头皮说要走，换平时，这样的客户是万万不可能让人落单的。但今天，她抓心挠肺。

“不许走不许走，天大的事儿也得挪后。”沈老板喝得晕晕乎乎，舌头都捋不直了，“宁总，今天咱俩是朋友，你陪朋友叙叙旧，明天，明天咱们就坐在一块儿谈生意、当盟友！”

他就这一句话，让初宁沉默了。竞争了数个月的大订单啊，到年底员工绩效能提高百分之二十啊。

感性与理性，天人交战，初宁心一横：“行！”

而从进门起，就坐在角落沙发上与世隔绝的迎璟，在看到她又投入其中后，忍了一晚上的情绪——终于爆发了。

沈老板其实也没坏心思，纯属喝多了酒，手脚有些不利索，唱歌的时候，人东倒西晃，从某个角度看，就有不老实之嫌。下首歌是《今夜》，前奏是小提琴和钢琴的混音，他正优美着呢，迎璟冲过来拿掉初宁手里的话筒，往沙发上一摔。

“还有完没完了？啊？”他声音不大，但面部表情极其凶狠，被彩灯晃得眼珠子像要滴血。

沙发上那个英勇就义的话筒不死心，发出尖锐的噪声。

气氛瞬间结了冰。大家你看我，我看你，最后齐齐看向两位当事人。沈总云里雾里，大着舌头道：“怎、怎么回事儿啊？”

迎璟横了他一眼：“我给你叫陪唱的，你爱怎么唱就怎么唱，但我女朋友，抱歉，恕不奉陪。”

然后他在众人的目瞪口呆下，拽着初宁出了门。初宁反应过来，再好的脾气也绷不住了：“你干吗？！”

两人已经到了走廊上。迎璟被她这一吼给吼蒙了，眸色凉了，手脚也没力气了，就见眼睛里头的光一点点变成死灰。

“我干吗？我还能干吗？”他声音缥缈，一个字一个字地说，“今天是我生日。”

此刻初宁也冷静了几分，心里矛盾着。

“我生日，你不跟我过，你忙，没事儿，你就别一早承诺，要给我过生日。现在搞成这样，咱俩看起来谁像过生日，啊？”

初宁也不乐意了，澄清纠正：“我没不给你过，你也看到了，事发突然，我能怎么办？”

“对，你什么都不能办。”迎璟呵声笑道，“你唯一的办法，就是每次都牺牲我。”

“我牺牲你什么了？我也是身不由己。”

“是啊，你的身不由己，就是做这种事儿！”

初宁目光骤冷：“我做哪种事？”

迎璟不点明，只一句更让人寒心的问话：“你是不是打算永远把生活的重心放在工作上？为了工作，为了赚钱，所有的东西都能委曲求全，包括我？”

初宁气乐了，不停地点头，点头，似乎在回味他刚才正气凛然的表情。蓦地，她抬头，看着他：“别把自己说得全是受害人，我承认，我是有不对，但你自己就没点儿私心？没点儿打算？没点儿心思？”

她话里有话，迎璟问：“你什么意思？”

“我的意思全摆在明面上，好的坏的、优点缺点，我就是个钱串子，我至少光明正大，说一不二。你呢？你跟唐耀私下里接触的时候，怎么就没想起我呢？”

迎璟的脸瞬间变了色。这代表初宁已经知道了，知道他和唐耀联系，知道他故意说十一点的高铁回杏城，知道他的隐瞒。初宁也不再点破，话尽于此，威力却不亚于原子弹，轰的一声，炸翻了两人之间和平的表象。

迎璟想解释，但在这种情况下，全变成了结结巴巴。初宁呢，到底经验丰富，耍起狠来，冷静自持，气势上就压人三分。人在冲动的情况下，说的话都是捅刀子，你一刀我一刀意难平。

迎璟怎么走的，初宁不知道。什么时候走的，她也不知道。

这是两人在一起后第一次吵架。不，第二次，上次还是在团队开会的时候。但，那次的吵架就像撒娇，今天这次，威力可大多了。

初宁坐在包厢里，听着靡靡之音，唱到后半段，大家的嗓子也不太好，纯属闹腾，各种妖魔鬼怪都出来了，吵得她头疼。

初宁走出去，走到外头吹风。天上有星星，在高楼耸立的方寸天地之间闪闪发亮。她靠着石头礅子，手指插入头发里，轻轻按了按头皮，最后心不静地掏出烟，点了一根含在嘴里。

烟气随风四处飘散，初宁眼神一瞬茫然。她遂又低下头，看着自己的鞋尖，想起后备厢还有一个今天中午抽空去手工店自己做的巧克力蛋糕，以及托人从国外带回来的Apple MacBook。

她心里一揪，眼眶立刻就热了。

两人彻底陷入冷战。感情最怕什么，最怕都觉得自己有道理，不肯让步，不肯沟通，好像先说话的那一个，就是认输。

开学的新鲜劲已过，大一新生的军训也在秋老虎的威力下结束。校园内又是一派生机勃勃，男生们讨论哪个新生漂亮，谁谁谁又是理科状元。而对迎璟他们来说，稍有不同的，大概就是自航空科技大赛取得第一名后，声名大振，俨然成了学弟学妹口中的偶像。

他们去食堂吃个饭，都有新生叽叽喳喳地议论：“快看啊，他就是迎璟。全国第一呢，超厉害的！”

“能上院里的光荣榜了吧。听说以前全是飞行器设计专业拿推荐，最好的名次，还是上上届大学生科技大赛的第二名呢。”

“迎璟师兄好帅哦，你觉不觉得他长得有点儿像一个明星，像、像……”

“我觉得师兄就是他自己啊，这个颜值能够吊打有些明星，哈哈哈。”

初秋的晚风，带着久违的凉爽，吹散了小八卦。

两人吵架已经过去两周了。

整整两周，两人都没有过联系。

迎璟喝水的时候，能把水倒进衣服领口；吃饭的时候，筷子拿反了；有次穿衣服也闹了个笑话，出门前，幸亏祈遇瞥了眼：“我的天！你衣服穿反了你不知道吗？”

迎璟这才发现，懵懵懂懂地又把它换过来。

“你最近怎么了？”祈遇看出端倪，关心地问。

迎璟摇了摇头：“没事儿。”

祈遇哦了一声，想问，又不太敢问。两人在去实验室的路上，迎璟的手机响了，手机在包里，他瞬间的反应是急切、期盼的。

祈遇全程目睹他的完整表情变化，从激动到失望，再冷淡地接听。听了几句，迎璟脚步一顿：“现在？”

祈遇侧头看他，目光有些好奇。

迎璟深吸一口气，已经转身往反方向走：“好的，我就过来，大概五分钟。”

“怎么了？”等迎璟挂断电话，祈遇不解道。

迎璟皱了皱眉，自己也有点犯晕：“徐院长让我们去一趟教务楼。”

“我们？”

“对。”迎璟点点头，“我们。”

关玉赶在下班前到公司接初宁吃饭。她到的时候，初宁还在会议室开会。从落地玻璃窗外往里望，清一色的职业装，年轻男女，神色认真。初宁是主持人，此刻正站在PPT前做讲解。

她今天装扮简单，白衬衫，暗格短裙，细高跟，头发绾上去，气质出众。关玉看了一会儿，就去办公室等了，没多久初宁散会，一进来，关玉就啧啧称赞：“宁儿，你越来越漂亮了，我都想把你娶回去啦。”

初宁笑了笑，拧开保温杯喝水。

“今天又约我吃饭，这周都第三回了。”关玉问，“你时间蛮多的嘛。”

“我请客，你还这么啰嗦，爱吃不吃。”初宁白她一眼。

“吃吃吃。”关玉语气特狗腿，身子往前倾，随手拿起桌边的一本手册，遮住鼻子嘴巴，冲她疯狂眨眼，“和你那小男友吵架啦？”

初宁面不改色，但喝水时一直吞咽的喉咙，暂停了两秒。

关玉早想问了，挑眉：“肯定的。”

初宁放下水杯，往皮椅里一坐，整个人陷进去，疲惫得直掐眉心。

“为什么吵？跟姐说说。”

“你能不八卦吗？”

“不能，我要听，我要听。”关玉走过来，抓着她的胳膊一顿猛摇。

初宁被摇得头昏眼花：“怕你了，怕你了。”她喘了口气，眉间神色难平，决心倾吐的这一刻，失落立刻写在了脸上。

平铺直叙前因后果后，初宁看着关玉：“我也知道是他生日，但我也不能不要工作不是？”

关玉嘿了一声，还以为什么事呢：“太正常了，一个只想谈爱情，一个生活里不只有爱情，分量不对等，迟早出事儿。”

初宁瞪着眼睛望着她，心情阴郁。

“你在决定接受他的时候，就应该把这些想明白。你得到一些东西，必然会舍弃一些别的，这才公平。两边都想要，又侥幸地认为，对方一定会来迁就你，我问你，凭什么？啊？凭什么好事儿全让你占光了？”

关玉情史丰富，天性乐观，她的人生乐趣，就是辗转在各色男人之间，她曾大言不惭地说：我这是体会人性的真善美！真善美个屁，纯属男色诱惑。不过初宁这下还真把她的话给听进了心里。

“其实我挺不赞同你玩什么姐弟恋，一男的，还在上学，没毕业，没社会经验，没稳定收入，换句话说，就是没有共同语言。”

初宁不服，立刻纠正：“我们在一起的时候，话题聊不完。”

关玉也不说了，啧了声，手肘撑着桌面，笑眯眯地凑近脑袋：“哟，我们宁儿真的动心了。”

“我要是不喜欢他，不会做这个决定。”

初宁身上就是有一股劲，不管是做事，还是做人，有机灵，有手段，有方式，也有原则。她不羡慕游戏人间的潇洒，只想守住属于自己的栖息地。

关玉感叹道：“女人到了咱们这个岁数，多少有点患得患失，本来一个很小的事儿，偏偏要放大，要多想，这叫、叫，对，叫初老症。”

这话说到初宁心坎里去了，她神色不自然，别过头轻咳两声。

“好啦，放宽心，你俩要真有缘分，打不走，骂不散，兜兜转转，该是你的，还是你的。”关玉说，“宁儿，我希望你能真正享受爱情，让它成为你生活的润滑剂，而不是负担和工具。”

初宁豁然开朗，抿了抿唇，真心实意地点了点头：“我记着了。”

知心姐姐时间结束，两人又聊了些家常话，说到冯子扬，关玉问：“都多久没他的消息了，他最近干什么去了？”

“别提了，”初宁往椅背上一靠，叹了口气，“他和他那位小女友闹得厉害，好像还蛮严重，他昨天给我打来电话，说是去法国了。”

“去法国干吗？”

“躲人。”

“他俩都闹成这样了？”关玉难以置信，“去年还爱得要死要活呢，连地下情这种艰苦朴素的方式都能坚持，怎么现在这么想不开啊？”

“好像是他女朋友提了太多要求，具体的我也不方便问。”

初宁想起以前看过的一句话，在世间本就是各人有各人的隐晦与皎洁，感情也不例外。

“我看最近股市不错，你上回的补仓操作做对了。”初宁闲聊。

关玉啊了一声，神色平静：“嗯，凑合吧。”

下班晚高峰，B城大塞车。两人不想被堵着，索性坐地铁去后海九门，在那儿胡吃海塞一通，然后就此分别。初宁回公司取车时，已八点。她坐上驾驶座，想了很久，最后心一定，扶着方向盘往南边开去。

C航正校门周边的绿化植被覆盖得不错，路灯也亮，树荫繁茂，投下来，像是一地的斑驳光影。初宁把车停好，坐在车里看了会儿进出的学生，后又心思不明地低头笑了笑。

她挺蠢的，还真以为能撞见他啊？她拿出手机打电话——“对不起，您拨打的电话已关机。”

这么早就睡了？不至于吧。初宁又打了一遍，还是关机。她天生是个操心命，喜欢把任何事往深处想，想了一会儿，莫名心浮气躁。她重新拿起手机，找到祈遇的号码。

“喂，宁姐？”祈遇倒是很快接听了。

“对不起啊，这么晚了打扰你。”初宁客客气气，又难掩焦急，直接问，“请问迎璟在宿舍吗？他的手机关机了。”

祈遇很惊讶：“他没告诉你吗？学校昨天临时通知，航科部对我们团队发出邀请，去丹巴参加一个项目的跟踪学习。他中午走的，那地方挺偏僻，估计没信号呢。”

初宁蒙了："啊？"

那地方离B城远不远？

他怎么会突然去那儿？

学习的又是什么东西？

初宁脑子里冒出一连串问号，然后问了一个她最关心的问题："迎璟什么时候回来？"

"没个准信儿，宁姐，航科部隶属中科部，太详细的，上头也不会告诉我们。"

初宁心下了然。中科部那是国务院直管的部门，简而言之，咱国家最先进的科学技术全集中在那儿了，拥有很多保密性的项目，以及几年、十几年，甚至一代又一代的荣耀，美名传千里。

初宁心里的滋味一时难辨。

祈遇咳了两声："宁姐，你别介意，这消息来得特别突然，说走就走，迎璟还落下好多东西，都得我帮他带过去。您别怪他啊，那边纪律挺严的，手机能不能用还不知道呢。"

初宁："你也要去？"

"对，后天，我们是分批去的。"

初宁定了定神，问："机票订了吗？"

"订好了。"

"那你把信息发给我。"初宁的声音在车里格外清晰，"我跟你一块儿去，我住外头，就当是去旅游的，绝不打扰你们。成吗？"

初宁这一决定，虽是一时兴起，但也不是头脑发热。这恋爱谈起来，目前来看不太省心，可她也能面对自己，喜欢就是喜欢，生气，但绝不赌气。她不确定迎璟是不是这样的感情观，所以，她只能先做好自己。

山高水远的是路途距离，但绝对不能是彼此的心。

不过这个临时决定，还是冲撞了挺多事。公司这段时间忙，基本上天天加班，初宁硬扛着魏启霖的不悦，将手头事匀给副总，空出了档期。公事还好说，她头疼的是母亲陈月。

赵家一叔伯六十大寿，派头十足，生日宴就在她出发的那一天举行。陈月千叮咛万嘱咐，让初宁务必准时到场贺寿。结果初宁一说去不了，陈月态度便十分强硬："天大的事儿你都给我往后挪！你大伯那边必须去。"

初宁好说歹说，硬是借口要出差给推托掉了。陈月气得啊，指着她的脑门儿："我怎么养了你这么个女儿，什么女儿是小棉袄，简直就是个精钢炮！"

初宁赔笑脸，任她数落。陈月来来去去就那么几句，她的台词初宁也摸准了七八分。等她骂够了，歇了会儿气道："对了。"陈月又想起一件重要的事，"子扬去法国了你知道吗？"

初宁佯装惊讶："啊，什么时候的事儿啊？我不知道啊。"

"去了个把星期了，据说是和他那个新欢闹得厉害，躲清净去了。"说到这，陈月眉间稍稍松懈，跃跃欲试道，"那女孩儿特能折腾，好像还上他们公司堵人，看来得分。哎，你给我上点心啊，别脑子不清不楚的。"

初宁真是哭笑不得："我又哪里惹你了？"

陈月那叫一个恨铁不成钢，指着她急急道："你俩复合的概率很大，男人一时贪欢那是想尝新鲜，真正结婚，还是要找个撑得起门面的。"

"打住打住。"初宁都要翻白眼了，"好马不吃回头草你懂不懂啊！人家都不要我了，我还死乞白赖干吗呢？送上去让人糟蹋？妈，我话撂这儿了，我就不是会干这事儿的人！"

"你这孩子，怎么死活说不通呢！"陈月往沙发上一坐，双腿交叠，下巴抬得老高，像一尊贵妇人雕像，是真生气了。

初宁这回可不打算顺着这位贵妇人，扬眉，没点儿退让："我也不可能永远不交新的男朋友。"

陈月一顿，侧头望着她。

"胖的瘦的老的年轻的、比我大的比我小的，全凭我乐意。你要看不过眼，就拿眼罩遮住眼睛别看。我不希望到时候又听你乱七八糟的歪理。"

语罢，初宁拿起包就撤。这也算是打了一剂预防针，初宁觉得舒坦了。万事安排妥当，她就等着出发，没想到的是，祈遇那边又出了变故。

初宁接到他的电话时，她正在公寓收拾行李。祈遇蛮为难："宁姐，真对不住你了，那边临时通知，我两小时后的飞机就得走。"

这消息让初宁蒙了："你两小时之后就走？"

祈遇忙不迭地解释，听得出来，是真愧疚，最后他说："宁姐，要不您取消行程？有个伴儿还好说，现在就你一个人，太不合适了。"

初宁深吸一口气，单手压了压行李箱，说："没关系，我自己过去。"

祈遇又劝了两句："那边可远了，下了飞机还得转车，青藏高原边上，海拔又高，你身体也吃不消啊。"

初宁还是那句："没关系。"她语气平静，"谢谢你提醒，我会注意的。"

话都到这份上了，祈遇再劝也没用。他心思细，顾虑重重，蛮不放心："那好吧，宁姐，你路上要是有什么情况，给我们打电话，我今晚上就能和迎璟碰面，我一定告诉他，让他到康定接你。"

初宁独立惯了，也没那么多讲究，说：“他忙，我一个人可以的，别给他添麻烦。”

挂断电话，祈遇很快发来详细的地址、路线转乘，甚至当地的政府救助热线，事无巨细。

初宁把它们一一存好，回道：“谢谢。”

第二日，初宁从B城飞至康定，康定去丹巴没有固定的大巴，纯靠自驾。初宁下飞机的时候，是中午十二点半。

川西温度比一般地方要低，在B城还能穿短袖，到这里，一件外套都有点扛不住。初宁先是给迎璟打了个电话，但依旧提示关机。她又打给祈遇，邪了门，也关机。初宁想罢了，先到目的地附近安顿下来。

从康定到丹巴，还得四五个小时的车程。拉人的私家车倒是很多，全是五六万的低配家用车，肤色黝黑的当地汉子带着口音拉客，碰上磨磨叽叽的，心态一急，话就有点饶舌含混了。

初宁只身一人，自然成了被“抢夺”的对象。她气质冷，又不苟言笑，冰山美人一个，吓退了不少车主。最后，她仔细观察了一圈，选了一个看上去比较老实的司机。关键在于，他的车是小型越野，比别的可要结实得多啊。

初宁把地名告诉他，对方开价一千二，成交。这车主一脸大胡子，憨厚，没想到一路上话还挺多。可他普通话又不标准，夹杂着乡音，初宁听起来特别费劲。

起先初宁还能认真听，听了半小时，人就疲倦了。她干脆撑着额头，扭头看风景。去丹巴的路不好走，一路坑洼、急弯，过了甲蒙路段，手机基本没有信号。

高原山脉，天黑得也早，五点刚过，天色就以可见的速度在变暗。

胡子司机也突然不讲话了。空旷的天空，开阔的原野，如一块巨大的幕布，压得人心慌。初宁有点儿紧张，尤其车子颠簸，突然慢下速度时，她以为司机是要停车。

没想到的是，过了两分钟，车子还真停下来了。

初宁提高警惕，本能地往车门边上挪。这车常年拉客，一股子怪味儿，乱七八糟的东西搁椅背后头，还有两根羊骨头。大胡子司机转过头，盯着初宁。

初宁心塞，握紧了包。司机忽地一笑，脸上横肉挤出了两条褶皱。初宁心想，完了，前后左右都是山，跑都没地方跑。

“下车吧。”司机说。

初宁眼神像刀，凶神恶煞地瞪着他。

大胡子蛮不高兴，重复道：“下车啊！”

初宁是真怕了，对方是谋财还是害命，或者别的歹念？她看了眼手机，没信号。最后心一横，她决定先用包上的链条做武器，他要敢来碰她，她就趁机先勒住男人的脖子！

大胡子没耐心了，也是个脾气暴躁的，吼了一声：“爆胎了！下来推车啊！”

初宁蒙了：“啊？”

大胡子翻了记销魂的白眼，仿佛在说，啊什么。左后轮扎进了个尖石头，司机常年跑这条路，驾驶经验丰富，开的时候察觉出了不对劲，果然，车胎漏气儿了。大胡子检查一番，用蹩脚的普通话告诉初宁：“陷在坑里，不能换备用胎，得先把它推到平地。”

他手一指五十米远的地方，她还能怎么办，推啊。

初宁主要是想着今天能见到迎璟，所以她也算精心装扮，气温不高，还勇敢地穿上了长裙，鞋子也有点高。这里地势崎岖，坑坑洼洼，她和大胡子先是试了几把，一块儿推车屁股，车子纹丝不动。这车不知道几百年没洗过了，蹭得她衣服上全是灰。

初宁没办法，脱下高跟鞋，一挽衣袖，又嫌长裙碍事，干脆系了个死结到小腿。脚丫子踩在烂泥里，陷进去老深，初宁心里是崩溃的，大胡子气壮山河：“一、二、三，使劲儿！”

初宁吃奶的劲儿都使出来了，可车还是不动，重复四五遍，就在她实在没力气，决心偷会儿懒的时候，车子动了。

大胡子又是个猛汉，嗷嗷嗷地一鼓作气继续推。初宁没反应过来，跟着车子往前栽——整个人摔在了地上。

这些稀泥瞬间让她变成了一块巧克力。

某个藏寨附近。

一片平原，戒备森严，基地四周用铁栅栏围着，左边是实验区，右边是操作室，白墙石砖，四四方方，房顶处，一根笔直的旗杆，五星红旗迎风招展。

八点十分，三楼东南边的房间传来一阵欢呼与鼓掌，是庆祝，是对数日辛勤探讨结果的满意。自主研究的某个节点得以攻克，大伙儿都很高兴。

迎璟从实验室狂奔而出，第一个上后勤处领回自己的手机。后勤负责人姓任，三十多岁，是站里的活跃分子，见着谁都笑眯眯的：“哟，小璟同学，第一名啊，喏，手机在这儿。”

迎璟跟捧金子一样：“谢谢谢谢！”

任哥打趣："联系女朋友呢？"

迎璟小鸡啄米般点头，迅速开机。等待的间隙，他听到任哥笑着感慨："唉，来站里都这样，组织有规定，纪律严明，你们做的事情又特殊，所以这些规矩，也是没办法，小同志多担待。"

"没事，我能来学习，挺荣幸的。"迎璟很有礼貌，话说得让人舒坦。手机开机慢，他一直在点屏幕。

"部里关注了你们的比赛，你特别棒，小璟同志，前途无量。"

"您谬赞了，你们才是中流砥柱。"

手机开了，瞬间震得手发麻，各种短信提醒、未读信息、未接来电。四个初宁的，三个祈遇的。迎璟赶紧回拨初宁的号码。

"对不起，您拨打的用户暂时无法接通。"他没犹豫，又打给祈遇。祈遇几乎秒速接听："小璟！你和宁姐碰面了吗？"

迎璟蒙了："你说什么？"

祈遇骂了一句，他甚少这么激烈，比热锅上的蚂蚁还急："我来之前本来和宁姐约好的，后来我的行程提前了，让我先在成都落脚参加培训，我没接到宁姐的电话，再打过去，就打不通了！"

迎璟心里一沉，惶恐弥漫："她是几点的飞机你知道吗？"

"我查了航班，没有晚点，应该中午就到了。"

现在是晚上八点半。迎璟静了静，没说话，三秒过后，他猛地转身，拔腿就往外头跑！他那不要命的劲儿，把身后的任哥吓了一跳，任哥见他状态不对，心想糟了，恐怕要出事。

"小璟，迎璟！"任哥追上去，"有困难跟我说。"

迎璟被这一声给喊回了三分魂魄。高原地区，晚上还得穿厚外套，但此刻他一背冷汗，抓住任哥的手，嘴都打战了："我一朋友从B城来找我，中午到的康定，现在我联系不上她。"

任哥也皱起了眉头，细细一算，暗叫不妙。这地方天高路远，又偏僻。他按住迎璟的肩膀，宽慰道："你别自乱阵脚，莫慌，我现在派车顺着方向找。没准儿是车子坏在路上了，更没准儿，你朋友压根儿就没过来，在县城休息。"

他正准备行动，电话响了，任哥听了几句，目光一亮，看向迎璟："门口有人找你。"

听完这句话迎璟就飞奔了出去。任哥目瞪口呆："这位小同志练过凌波微步吧。"

Chapter 20　找到夫君了

“请你们稍等。”执勤的战士恪尽职守，用电话汇报后，指着墙边对初宁说，“你站那儿吧，能挡挡风。”

初宁已经被折腾得没脾气了，整个人呈现出茫然空洞的状态。大胡子司机是个实在人，本来商量好的是，只需把人送到县城，找个旅店先住下。经过齐力推车，两人的隔阂少了些，后半程也能聊天解闷。一听初宁是来找男朋友的，他那个激动啊，非得把人送到目的地，嘴上还一直念叨：“千里姻缘一线牵，万水千山总是缘。”

这地方的人，淳朴、实在，别有一番趣味。就这样，如同拉一车破铜烂铁，司机把初宁拉到了中科部驻丹巴的一个航发实验基地。

一路颠簸，初宁一身臭烘烘的，头发乱了，裙子破了，白色毛衣上灰黑一坨，穿的高跟鞋也扁了，左边后跟似乎还有断裂的痕迹。她还想补点妆，拿出镜子一照，被自己这副鬼模样吓到。初宁觉得此时她应该点一支烟，那就是十足的浪子了。

她就见一道狂奔的身影从站内由小变大，由远及近。初宁后悔了，后悔来川藏追夫了。迎璟表情那叫一个急，他跑下楼梯，跑过国旗，隔着栅栏，目光四处搜寻，最后气喘吁吁地停住，目光定在墙脚处。

初宁太累了，蹲在那儿，小小一团，仰着脑袋，一言难尽地望着他。这是冷战之后，两人的第一次见面。迎璟冲过去，扶着她的胳膊上下打量，急急地问：“没事吧？没受伤吧？哪里不舒服？你、你怎么来了？！”

他明明是关心，是着急，是心疼，但在此刻精神快要崩溃的初宁听来，就像一种不太爽的质疑。初宁连日来的委屈一下子涌上心头，她甩开他的手，别过头淡淡道："我来旅游不行？坐旅游团大巴车来的不行？"

迎璟一听就乐了，还挺配合地冲边上的大胡子说："司机大哥，辛苦你了啊，豪华旅游大巴名不虚传。"

大胡子笑点低，哈哈哈停不下来。初宁低下头，垂着眼，手指紧紧地捏着自己的包。

迎璟心里一酸，沉着声音，温柔地叫她："宁儿。"

初宁眼睛彻底扛不住了，两滴眼泪砸了下来。迎璟伸手把人抱进怀里，揉着她的后脑勺，怀中的人软软的，头埋在他的胸口，压抑着、强撑着不哭出声。但她的肩膀抖得厉害，是在无声地流泪。

迎璟心跟被刀刺了一样，只把她越搂越紧，哑着嗓子解释："徐院长通知我，中科部发函，指名让我来基地，去机场的车都停在学校门口了。我以为就是普通的参观学习，没想到，规定严格，在机场就把手机统一管理了。"

初宁闷声道："那去之前为什么不打给我？"

迎璟讪讪的，愧疚道："我们不是在吵架嘛。"

初宁气不过，拧着他的胳膊狠狠一揪，是真下了狠手，迎璟疼得倒吸气。

"不敢了不敢了，再也没有下次了。"

初宁眼眶又热了，揪住他的衣服，哽咽得顺不过气来。待她的情绪稳住了，迎璟处理善后。他像个男主人一样，客客气气地和大胡子司机道谢，替初宁把钱付了，谈的是一千二，他直接给了两千。

这一路艰苦凶险，对方能把初宁平安送到，迎璟心里感恩。大胡子说啥都不要，一口川藏普通话，指着手机大声叫道："加我微信，以后给我介绍生意，给你提成。"

迎璟拍拍他的肩膀，爽快道："行！"

千里追夫活动尚算圆满结束，迎璟领着人往站里走，初宁还有顾虑："要不我还是去县城开个房吧。"

任哥正好赶过来，听见这句话，忙不迭地劝解："不用不用，我来安排，站里有接待的客房，条件虽然一般，但干净整洁。"说完，他热情地伸出手，"你好，我叫任清明，是这儿的后勤负责人，欢迎家属前来慰问。"

初宁礼貌回握，尴尬得拒绝不是，应也不是。迎璟偷着乐，小鸡啄米般点头："嗯嗯嗯！"

初宁手上小动作，悄悄在他后腰掐了一把。她的力道不轻不重，撒娇的成分比较多。太晚了，他们如果再有大动静也不合适。老任很快把房间安排好，还端上来一碗当地的老蜂蜜水和两个馍馍："喝点甜的，这里海拔还挺高，注意'高反'。"

初宁是真饿了，不计形象地狼吞虎咽起来。

"慢点慢点。"迎璟拿面纸给她擦嘴角，心里难受，"你先将就一晚，明天我带你出去转转。"

初宁嫌弃他没擦干净，又把右脸转向他，噘着嘴巴，面纸就轻柔地印在她的右嘴角。

她边吃边问："你明天不用工作吗？"

"晚上实验成功了，明天我请个假。"

"能请？"

"我又不是驻站的专职人员，要求没那么严。"迎璟说，"上面给的指示，就只让我待一周。"

初宁哦了声，吃完了，碗碟干干净净。迎璟把它们拿出去，没多久又回来，带上门。初宁瞥他一眼，也没说什么，坐在凳子上休息。迎璟蛮自觉，蹲在地上给她收拾行李。LV的经典款行李箱，也被一路颠簸蹂躏得惨不忍睹。迎璟细心，把里头的衣服重新叠了一遍，摸着内衣内裤也面不改色。

黑色的半杯蕾丝胸衣，黑色的巴掌底裤，除了那一小片布料是棉的，其余地方全是薄纱。

初宁也淡定，没事儿人一样，看着迎璟收拾。他蹲在那，头低着，手忙着，看得出，是个整理家务颇有章法的人，没多久箱子里面就整整齐齐了。

迎璟帮她把换洗的干净衣裤放在床上，说："你去洗澡吧，我等你洗完了再走。"

初宁嗯了声，起身，随口问："你住哪儿？"

"楼下。"

"哦。"

高原地区水压不大，花洒像下小雨。初宁不费水，洗得快，带着一身香气出了浴室，浑身轻松。迎璟坐在床边，抬头看她一眼，眼神漆黑沉默。初宁蹲在地上护肤，一身旅行装，说："你早点去休息吧。"

迎璟默然地站起，很听话。人走到门边，初宁甚至听到了门锁拧动的声音。她突然听见砰的一声，下意识地回头，迎璟却没走，而是走过来从后头抱住了她的腰。

年轻的心跳强健、有力，滚烫的温度穿透初宁的后背，迎璟小声哀求：

“我等你睡着再走行吗？”

初宁没应声，等他继续。迎璟贴着她的耳朵道：“我陪你睡一会儿，我想抱抱你。”

就这样，两人躺在一张床上，正面朝上，中间隔着起码二十厘米，目光视死如归，身体僵硬，不知道的还以为在躺尸。

初宁索性合上眼睛，佛系睡觉。迎璟憋不住了，先是试探地靠近，勾了勾她的手指，初宁没抗拒。他直接翻个身，手臂横在初宁的肚子上，抱住了她。

初宁装睡，迎璟觉得不够，大腿压在了她身上。

扑哧——初宁憋不住了。

本来尴尬的气氛，这会儿反倒缓解了。两人相视一笑，笑啊笑的，笑得停不下来。迎璟亲亲她的眉毛、眼睛、鼻子，最后在嘴巴上连亲三下。

初宁扼住他的下巴，尚算理智：“别乱来！”

这里好歹也是国家级别的实验基地，行为举止还得庄重些。迎璟鼓了鼓气，小声说：“我摸摸你可以吗？

“我真的只是摸摸。”

初宁脑子一炸，没觉得不妥，还炸出了跃跃欲试的感觉。她半推半就，不清不楚地嗯了声。迎璟眼睛那叫一个灯泡闪光，不浪费时间，立刻钻进了她的被窝里。

初宁紧张得要命。迎璟热乎乎的手心撩开初宁的衣摆，一路往上。她能感觉到里头的人的呼吸，甚至还带着微乎其微的哼声。

然后她的胸口一热，那人的手在为非作歹。

男人对亲昵之举似乎很有天分，总是能比女人适应得快。迎璟从被窝里钻出来，眼睛盯着她的脸一眨不眨。

初宁面若桃花，眼神也变得涣散。她回望他，情不自禁地就要搂他的脖子。

可突然，迎璟眸色一怔，动作也停住。

初宁声音都变了：“嗯？”她觉得鼻子痒，下意识地用手一蹭，全是血！

迎璟反应过来，瞬间脸色大变，掀开被子起身：“宁儿你别动！”

初宁蒙了，撑着胳膊坐起来，还没来得及问怎么回事，便眼前发晕，一头栽了下去。

迎璟大骇，抱起人跟疯了一样往外冲：“任哥！”

迎璟跑出房间前，没忘给初宁盖件外套。这一声嚷得惊天动地，任清明没休息，正准备去机房检查，听见动静，从楼上下来得飞快。迎璟托着初宁的后脑勺，心里也有了七八分猜测，任清明经验足，一看她这情况，当即断定：

“是‘高反’！往医疗站送，快。”

初宁其实也就刚才那么一晕，现在好多了，神志醒过来，她想对迎璟说：“我没事儿。”

但初宁被他抱着一颠一颠的，胸闷气短，也蹦不出个字来。没多久他们就到了地方，初宁往病床上一躺，先给挂上吊针补充体液，医生简单检查了一番，说：“这姑娘高原反应还蛮厉害，累着了吧？”

迎璟答：“是，她今天坐了很久的车。”

“来这边的路不好走，那是受罪。放心吧，没大事，这两天注意休息，我给她开点药，她今晚就留在这里吸吸氧，观察一下。”

医生又问：“你们谁来签个字？”

迎璟：“我！”

医生听到他中气十足的一声吼，被逗乐了：“你是她什么人啊？”

迎璟目不斜视，平平淡淡地说：“男朋友。”

初宁幽幽转过头，闻着枕套上消毒水的味道，心里咚咚咚地敲起了鼓。迎璟忙完已是十五分钟后，回到病房时，护士正在换吊瓶，初宁盯着。

“好些了吗？”等护士走了，迎璟坐在床边，顺着她的手臂一上一下地轻抚。

初宁还在琢磨着吊瓶：“给我用的什么药？”

迎璟起身帮她看了下，说：“这瓶是葡萄糖。”

初宁哦了声，松了口气。

迎璟笑：“还怕人毒你啊？”

“我小时候有一次发高烧，我妈带我去卫生院打点滴，那天可能是个新来的护士，病人又多，她给我随便扎了一针就忙活去了。我记得那时还是玻璃瓶儿，用绿色的网子兜着，我一直嚷疼，我妈就嫌我，扎个针而已，你怎么这么娇气。”

初宁盯着导管里滴答滴答的液体，说起往事还挺后怕。

“可是我疼啊，五脏六腑跟火烧似的，没忍住，吐了。我妈在旁边跟人闲聊，还是别的病友发现我不对劲：‘哎呀，这小女孩儿脸怎么这么白。’后来一看药瓶，药用错了，把人家降血糖的药给我用了。”

初宁叹了一口气：“我真的怕打针，倒不是因为疼，就是有心理阴影了。”

迎璟握紧她的手，俯下身子，明亮的眸子凝视着她：“宁儿，你受苦了。”

初宁用没扎针的右手轻轻蹭着他的脸颊，呼呼吹气：“以前关玉总劝我，找男朋友千万别找年龄小的，费劲、累心。现在想想，我觉得她说得有道理。”

迎璟呸了一声，老大不乐意道：“歪理。”

初宁也没顺着他，反问："不是吗？"

迎璟撇了撇嘴，垂着眼睛，低声道："我是不是很不好？"

初宁示意他继续。

"我不成熟，不理解你的工作，不能为你分忧解难，还经常让你不高兴。"迎璟声音渐小。

初宁莞尔："不错，总结得挺到位。"

迎璟那份愧疚更浓烈了："宁儿。"他唤她的名字，心中酸涩难言，又感到挫败无力，"我知道这话有点窝囊，有点不像男人，但我对着你的时候，特没安全感。你漂亮，优秀，生活圈子也高大，我呢，穷学生一个，未来不明朗，眼下也平庸。我喜欢你，好喜欢好喜欢，没拥有的时候，不甘心，爱人多难遇见啊，爱一个，少一个，而我就你这一个。"

迎璟说着说着，眼眶都红了，抓着她的手放在唇边，细细地吻着。

"哪怕现在你是我女朋友了，我有时候会做梦，梦里你像只蝴蝶，扑扇着翅膀飞去了太阳那儿，我哭着追，喉咙也喊哑了，可你飞啊飞啊，再也没有回头。"

他吸了吸鼻子，示弱，才是他最真诚的坦白。

"我以前从不这样，遇到你之后，自信没了，我配不上你，怕你不要我了。越怕什么，越纠结什么，你能理解吗？"

他有点儿语无伦次，摇了摇头。但初宁懂。她反握住他的手，没什么劲儿，但掌心的温度很有安抚性，安静、无声，气氛却很融洽、柔和。

初宁喊他的名字，哑着声音说："你很好啊，年轻、聪明、会读书、有理想、有情怀、有热血，还善良。你纯粹，也简单，跟你在一块儿，我又不图什么，我很开心啊。"

迎璟眼睫动了动："真的吗？"

"真的。"

初宁的三观有自己的一套原则，要什么，不要什么，哪些东西可以去争，什么事情不能将就，她心明眼亮，拎得清。

"世上哪有什么完美的人，表象再精致无瑕，不一样也是要吃喝拉撒，吃五谷杂粮？你这种还蛮好，小毛病是有，但不碍事，你尽管皮，我愿意宠。"

初宁要的，不过是一个简简单单的人。他不需要戴面具，不需要故作姿态，不需要算计，是什么就是什么。她的成长经历坎坷，生父早逝，缺失父爱，母亲一生懦弱依赖他人，教给她的，是自己的影子。成年之后，她在社会上摸爬滚打，创业、守业，白天繁忙，到了晚上，全变成了懵懂和茫然。

迎璟低下头，把眼睛埋在她的掌心里。不多时，初宁感受到有热流缓缓滑落。她不动，不说话，这份无声的动容，她得好好品味。

倒也没过多久，迎璟把头一歪，重新看着她，眼角还有湿痕，闷声说：“我和唐耀见面，一共三次，他像一块牛皮糖，总有让我无法反驳的理由。”

初宁明白，她和迎璟到现在，算是彻底坦诚了。她笑：“当然，对方什么人，想要办事，能想一万种理由。”

迎璟漫不经心道：“我不喜欢这个人，太能压人了，拽得跟什么似的，对什么都志在必得。”

“人家有资本，相比较，我这种才是不值一提。”

“胡说。我就觉得你最好。”迎璟也没什么好隐瞒的了，说，“唐总开的条件确实诱人，但他坚持独资，所以我一直没答应。我不告诉你，也不是故意，就是怕你多想，能省去的麻烦，我就想自个儿将它翻篇。”

迎璟的目光在她脸上看了又看：“事情就是这样的。”

他顿了下问：“你干吗翻白眼啊？”

初宁忍不住抬起手，往他脑门上用力一弹：“累不累，啊？”

迎璟鼓了鼓腮帮：“当时不是怕跟你吵架嘛，没想到搬起石头砸自己的脚。”

良久，初宁叹气道：“我不蠢，也有自知之明，我的业务优势本来就不在这一块，实力配不上野心，但你，值得更广阔的平台。”

迎璟蒙了，嘴唇微动，欲言又止。

“平心而论，明耀科创确实是你目前，不，乃至未来的一个最优选择。”初宁亦真诚道，出发点全是实打实地为迎璟好。

她还虚着，说了太久的话，又有点喘不上气了，声音放轻了些：“你是我二十六年来，血本下得最多的赌注。不，这不是赌注，”她纠正，字正腔圆道，“是必然。”

这一瞬，迎璟整个人生都圆满了。

“如果有合适的企业对你抛出橄榄枝，我希望你郑重考虑。这条路已经很辛苦，我希望有更多的人为你保驾护航。”初宁说。

这一晚，虽在这个不太应景的地方，没有长篇大论，没有豪言壮语的承诺，但两人坦诚相待，实实在在地前进了一大步。迎璟不忍心她说太长时间的话，难得强硬一回，命令她睡觉。“高反”很难受，初宁也没硬撑，眼睛一闭，便晕晕乎乎地睡了过去。等她睡沉，迎璟才去护士那儿借了一张简易的躺椅，轻手轻脚地支在床边，整晚守着她。

次日，初宁便没什么事了。医生说开点药有备无患，迎璟拿药回来，就瞧见她盘腿坐在床上，对着手机聊语音。

“这边风景真的漂亮，我这辈子都没见过这么蓝的天。

“那是，B城哪能比。

“见着人啦，在干吗？保密，哈哈哈。”

那张笑脸轻松从容，是打心眼里高兴。迎璟挨着床沿坐下，伸长脖颈瞄：“谁啊，这是？”

初宁故意移开屏幕，坏笑着眨眼：“前男友。”

“那我一定要看看有没有我帅！”

“去你的。”初宁嫌弃极了，“以前怎么没看出来你这么自恋。”

“我这叫自信，大一新生评选最帅学长，我的票数第一呢。”

初宁笑着放下手机，两手扯着他的脸左看右看：“不至于吧，也没有很好看嘛。”

迎璟反手咬住她的手背，留了两排不轻不重的牙齿印。

初宁号啕：“迎小狗！”

迎璟眉毛斜飞，往她嘴唇上又是一亲。初宁脸颊微烫：“狗。”

“臭不要脸。”

迎璟索性压着她的后脑勺，这回真刀实枪，舌头抵了进去。初宁心跳得厉害，两人呼吸交织，瞬间升温。不得不说，这家伙接吻的技巧进步太迅速了。

就在这时，两声敲门声响起。初宁猛地将人推开，这纯属是被吓的。任哥不请自来，从门缝里伸进来脑袋笑道：“怎么样啊，家属同志，身体好些了吗？”

初宁点头，笑得客气：“谢谢您关心，好多了。”

任哥瞅着迎璟，嘿了一声：“小璟，你这脸色不太好啊，肠胃不舒服？待会儿也让医生给你拿点通肠润便的药。”

初宁笑出了声，迎璟闷声抗议：“我没便秘。”他心里默念后半句：好事儿被打断，换你你开心?

这茬忙完，迎璟向组织请了天假，然后带着初宁去周边玩儿。任哥还蛮有心，琢磨着俩人搭车不方便，特意弄了辆面包车给他们：“凑合开吧，想去哪儿也方便。”

白色胖面包车上头插着一面五星红旗。迎璟甩着车钥匙，说：“我开。”

初宁不放心，毕竟他拿到驾照也没多久：“这边路不好走，我来吧。”

迎璟斜她一眼，蛮自信道：“来这一星期，我车技已经提高很多了。任哥没事儿就带着我上山，随我乱开。”

技术就是这样，得多开，多练，把胆子练大，就成功了一半。初宁起先还紧张，但看他连过几个急弯都没有慌乱，也渐渐放下心来，问：“我们去哪儿？”

“这边最有名的就是美人谷，离这儿两个多小时，带你去转转。”

“美人谷啊，那有没有帅哥乡？”

迎璟嗤声道：“没有！”

初宁笑得眉眼弯弯，跟装了阳光似的。天蓝，景美，正值初秋，川藏一片绚烂多彩，迎璟突然靠边停车。

初宁不解：“干什么？”

他转过头，二话不说压住她的后脑勺，迫不及待接起了吻。

这人怎么总喜欢吃人舌头啊。就这一招，简单粗暴，让她没法儿招架。迎璟也稳不住了，猴急猴急地往她衣摆里摸，腰间细腻的肌肤太有存在感，他还记得昨晚往上三寸的部位是如何让人欲罢不能。

初宁顺不过气了，眉间难忍。迎璟还惦记着她的高原反应，知道厉害，冲动瞬间褪去，松开人，拍她的后背：“宁儿，还撑得住吗？”

初宁抿着唇，丢给他一个恼火的眼神：“你别再乱来了。”

迎璟举手投降：“好好好，做一天的老实人，行了吧？”

面包车继续前行，迎璟时不时地从后视镜里偷瞄初宁。啧，他女朋友真漂亮！

临近中午，两人抵达美人谷。这边地势偏僻，也幸得这几年得到开发支持，无数的藏寨是这儿的特色，雪山、透彻的阳光、一汪清池如静眠的绿宝石。这里美的不是人，是天地相赐的景。

这边气温虽不高，但紫外线强，迎璟给初宁在路边老藏民那儿买了条披肩，把人裹得严严实实，又架上一副墨镜：“别晒伤了。”

他眼神专注，动作细腻，在她胸前系了个结，紧了又紧。初宁故意往前蹭，挨着了，迎璟整个人都抖了一下，黑漆漆的目光盯着她。初宁挑眉，若无其事地去一边看风景。

真是个坏女人。

川藏不需要特意去什么旅游景点，只要走到外面，处处是天堂。初宁原本还想带相机拍拍照，幸亏没带，那家伙笨重，用手机随手拍，张张是大片儿。

两人走走看看，到了一处藏寨里。这里居民还算集中，生活气息较浓，地上还晒着青稞。初宁指着一处问：“这是什么？”

迎璟蹲下，捏起一小撮看了看，答：“晒干的无花果。”

“能吃吗？”

“当然，这边虽是高原地带，但也会产些高山苹果、野樱桃什么的，无污染，特甜。你看这个无花果，就很回甘。”

迎璟留了一小截在手里，尝了口：“真不错。”

初宁起了心思，语气变得正儿八经，紧张道：“快别吃！”

“干吗？”

“你没瞧见村口的石碑吗？上面可写得明明白白，不能乱吃东西，吃了谁家的东西，就要当他家的女婿！”

迎璟一脸蒙：“有吗？”

“有！”

“可我刚才没看见什么石碑啊。”

“你笨蛋嘛。”初宁振振有词，“我说有就有。你看这家的人。”她还有模有样地对着寨子的窗户抬了抬下巴：“瞧见没，老丈人都在那儿对你笑呢。”

迎璟的视线随着拔高，这家二楼，还真有一个藏族老爷爷对着他们笑。视线相对，对方竟然还说话了，只不过说的是藏语，迎璟听不懂。

初宁蛮镇定，凑到迎璟耳边：“我给你翻译一下啊，他说，不错，这个小伙子长得好看，手长脚长，是个能干农活的好苗子，就你了！晚上就办喜事儿！”

迎璟忍不住翻白眼，呵声一笑：“哟，您还懂藏语啊？”

初宁忙点头：“这方面我无师自通，别的就不行了。”

得，这又是在胡说八道。迎璟目光里全是宠溺，他揉了揉她的头发，刚要说话，前边传来好大的动静。两人齐齐回头，一看，五六个姑娘笑眯眯地往他们这边走来。

迎璟拧眉，自言自语道：“还真有这习俗啊，他家是五姊妹吗？哪个看上我了？”

方才还鸡飞狗跳特来劲儿的初宁，此刻彻彻底底沉默了。她盯着那群姑娘，神色未辨，但能感觉出来她应该很紧张。

迎璟反倒来了兴趣：“不错啊，长得真好看。”

听到这，初宁拽起他的手，二话不说转身就跑。她速度太快，迎璟差点踉跄摔倒：“哎！哎！慢点儿！”

像后面有怪兽似的，初宁憋着一股气，带人跑离这个寨子，跑到一片空旷的地方停下。初宁这才松开他，双手搁在膝盖上大喘气。

迎璟都快笑疯了："干吗呢？你跑什么啊？"

初宁瞪他："你还敢说！"

迎璟哭笑不得："冤枉啊，媳妇儿！不是你说的，人家看上我了，要把我押回寨里做女婿嘛。"

"呸，谁看上你了？"

得，这人翻脸不认人、强词夺理样样都占全了。迎璟摸摸她生气的脸儿："你看上我了。"

初宁拧过头，不搭理，但背着他，嘴角止不住地往上扬。不远处，象征福运吉祥的经幡迎风招展，蓝幡在上，黄幡在下，在信奉的人看来，经幡每次飘展，都是完成一次诵经祈福。

迎璟牵起初宁，把人带到旁边。这边临近山头，山风呼啸而过，天与地，神与灵，爱与憎，仿佛都融为一体，只有在波澜壮阔的山川河流面前，人才会觉得，世上之事都不值一提，随心、随欲，自在就好。

迎璟双手合十，合眼虔诚地对着经幡许愿。初宁不太信这些，也不打扰，走到另一边，靠着块大石头斜站着，点了一根烟。

风大，烟气被撞散。她戴着墨镜，远眺山河，面色平静。没多久，迎璟走了过来，拿走她手里的烟，蛮不高兴地说："少抽点。"然后他把烟掐灭，烟蒂收进了自己的裤子口袋里。

初宁望着他，随口问："刚才许的什么愿？"

迎璟难得地沉默，片刻后道："你真想知道？"

他不问还好，他这架势起了个头，反倒勾起了初宁的兴趣。她摘了墨镜，眯缝着眼睛与之对视。

迎璟目光八风不动，看着她说："没许愿，就是问了一下老天爷，什么时候能和你做。"

爱。

初宁眉间一颤，几秒之后，她幽幽转回头，僵硬地把墨镜重新戴上，压力很大。

丹巴县在高山区，大渡河自北向南纵贯全境，山脉起伏，切割高山，所以由高往低地看，地貌非常立体。高原的山体，总是能够提前感知四季的变迁，初秋时节，风光便韵味十足。

初宁喜欢这里的嶙峋奇特，不似平原广阔，这才更像人生，有起有落，有平有仄。

山上风大，迎璟说："我们下去吧。"

初宁来了兴致，冲他招手：“你来。”

两人挨近，迎璟搂着她的腰，齐齐看向手机镜头。

同一瞬，初宁转过头，亲向他的脸，迎璟笑得白牙一绽，这一刻，美好定格。

“你要发朋友圈吗？”他问。

初宁诚实道：“不发。”

“哦。”迎璟难掩失落。

“我微信里还有很多客户，泛泛之交，不太熟。我不想被他们评头论足。”

“那你发给我，我发我的。”

初宁也不答应：“我拍的照片，凭什么要给你？”

迎璟：“你这人怎么这么霸道？”

“我本来就是霸道女总裁。”她理直气壮。

迎璟瞪着眼睛看她，憋着气，还真没法反驳。

初宁乐了，双手挂在他的脖子上，歪着脑袋还撒起娇来：“说，爱我的钱还是爱我的人？”

迎璟一低头，与她额头抵额头：“不知道，就，很想跟你过一生啊。”

初宁踮着脚，封住了他的唇。以前她觉得一生是个冗长且无意义的词，但这一刻，这个人让初宁发现了“一生”的另一个含义，竟也值得期待了。

下午，两人也不想走远，旅行嘛，挑最精华的地方细细品味就够了，以小见大就是这么个理。迎璟带着她就在藏寨里逛，这边开发得不错。初宁尝了酥油茶，也吃了糍粑，后来瞧见一个穿着藏族服装拍照留念的景点，她蛮有兴致，拉着迎璟的手跃跃欲试。

迎璟嫌这衣服糙，不符合他精致男孩儿的形象，死也不肯穿。于是，初宁一个人捣鼓，挑了件最华丽的，大襟、束腰，外面罩着一件藏青色的袍，脚上是同色系的筒靴，最后戴上一顶假发装饰，两条长长的辫子垂至腰间，她还一时兴起，在自个儿眉间点了一粒红红的朱砂痣。

迎璟看呆了。这样的初宁，卸下平日的清冷淡然，笑靥如花像个初解风情的小姑娘。

初宁走到他面前，甩了甩长袖，别样妩媚地说了句：“这位书生，要去何方啊？”

迎璟目光定定地看着她：“要去你心里。”

初宁佯装崩溃，摸了摸手臂：“酸不死你。”

迎璟笑道：“你站那儿别动，我给你拍照片。”

初宁亦大方，摆了好几组姿势，不停念叨：“你修图了吗？”

迎璟蛮为难：“修图可能还不行，最好换个人头。”

然后他被初宁追着满山跑，看得周围的游客发笑。迎璟捂着脑袋，说：“这我媳妇儿，家暴呢！”

初宁气笑了：“胡说。”

“哪里胡说了，是你没有家暴，还是你不是我媳妇儿？”

初宁想都没想，本能反应：“谁家暴你啊！”

迎璟正中下怀：“哈！承认你是我媳妇儿喽！”

初宁一怔，后知后觉，脸颊发烫：“耍无赖。”

这样的一句话，也能让他开心好久，好像明天就能当新郎官似的。两人不闹了，勾着手，又恢复你侬我侬。

迎璟：“宁儿，回去之后，我想带你回大院。”

初宁没来得及细想：“又回去？我都去过两回了。”

“我要你见我父母，我要向他们坦白。”

初宁动了动喉咙：“这么快？”

“必须的。”迎璟以看怪物的眼神看着她，“你不想？”

“不是。”

“你不想跟我公开？”

“没……”

“你不想跟我结婚？”

迎璟猴急猴急的，激动万分：“你凭什么不让我C位出道！”

初宁没忍住，哈哈哈地笑出了声，捧着他的脑袋一顿乱揉：“你怎么这么好玩儿啊！”

迎璟对这事儿特小心眼，没好气地顶回去：“好玩？好玩你还不来玩我？有本事你来玩我啊！”

一天下来，这个内涵意思都说了几遍。初宁也有一股邪火：“你脑瓜子成天在想些什么？啊？”

“还能想什么，想你想你想你！”

扑哧一声，拌嘴不过五秒钟，初宁笑了出来：“你个复读机。”

迎璟一把揽过她的肩：“真情实感还遭人唾弃，有没有天理了？”

初宁这回乖了，依偎在他的怀里，拍拍他的胸口：“你个生气包，这茬不许再提，你这动机太明显，我都不敢相信你了。”

迎璟立刻闭嘴。能听出她是调侃之意，但他在乎，生怕她当了真，于是闷闷地把念头压了下去。

初宁勾了勾他的手，忽然说："哎，我想去骑马。"

两人辗转去了塞外的马场，这个月份不是旅游旺季，游客并不多，初宁问了价格，三十块半小时。老板蛮大方，用蹩脚的普通话说："也就意思一下，不限定你的时间。"

初宁挑了一匹黑色马驹，她没经验，纯属看着顺眼。上马之前，老板给她讲解了需要注意的地方，初宁听得认真，瞄一眼旁边的迎璟，人家漫不经心，扯了根草叼在嘴巴里，优哉游哉地看蓝天呢。

"你也听听，待会儿我一个人记不住。"初宁上心。

迎璟极淡地嗤了声，听了话，但依旧半吊子，压根没仔细听。五分钟后，他在后头跟老板说着什么，最后一个人走了过来。

初宁遥望老板，皱眉："哎！他怎么走了？"

迎璟："你上马，我教你。"

初宁微眯双眼，问："你会骑？"

迎璟点头："会。"

初宁眼神怀疑，显然不太相信。

"从小，我爸就带我去骑兵营玩，我七岁就能单独上马背了。"

说罢，迎璟单脚一蹬，同时右脚横跨，眨眼之间就到了马上。他绷直手臂，把掌心递给初宁："上来。"

初宁犹豫："我没学过。"

迎璟已经抓住了她的手："有我在，我保护你。"

初宁一使劲，也借力上了马背，她在前头，他在后头，后背贴着少年炽热的胸膛，差之毫厘的距离，心跳如此清晰。迎璟双脚一夹，便策马奔腾，初宁先是紧张，适应之后，被兴奋取代。

天地宽阔，风声呼啸。

心有山海，静而无边。

天色已降，能看到山的那边，云层托着淡淡的夕阳。初宁内心是震撼的，心情是愉悦的，笑着问："一颠一颠的，像不像在坐船？"

迎面而来的风，把怀里的女人香悉数送进鼻间，迎璟心在颤，手在抖，然后顺理成章地搂住了初宁的腰肢。他声音清澈，严肃且认真："像不像坐船，我不知道。我只想知道，你什么时候，让我做男人？"

不知是风太大，掩住了她的回答，还是初宁根本没有说话。迎璟抱着她，这一刻，也觉得无所谓了。

两人骑着马儿越跑越远，好像跑离了路线。灌木矮丛渐多，景致因为稀少的人烟，越来越温柔。

初宁还有点害怕："不走了吧，待会儿回不去了。"

迎璟安抚她："没关系，这马能记路，会识途。"

初宁便放了心。

啊，也不知从何时起，她也学会了相信。

最后，两人没入丛林，再出来，就是一片视野开阔的浅草平原。四周都是山脉，天色还没黑透，星月就已经与晚霞比肩。迎璟和初宁下了马，站在峭壁边上，面朝山川河流之美，共赏日月星辰之姿。

忽然，两人手指相扣，初宁勾住他往树后走。迎璟了然，随着转身，两人一路沉默。

百年苍木，枝繁叶茂，亭亭如盖，遮住了夕阳。两人隐匿其中，再也看不出一点动静。

初宁望着他，下一秒，铺天盖地的吻就落了下来。两人自然而然地搂在一起，再也不似以往的克制，也没打算浅尝辄止。两人的心跟通了电似的，知道接下来要做什么。直到喘不过气，迎璟才将人拉开，迅速脱了自己的外套，摊开放在地上。

趁他下蹲，初宁半跪在地上，像只饥渴的小兽扑了上去。她决定义无反顾来川藏找他的那一刻起，一切就没办法回头了。

命中注定的克星，就是用来交付真心的啊。

迎璟把她压在身下，眼眸像是要滴血。情与欲，从来都是分不开的。初宁终于在他眼前坦诚，彻彻底底坦诚。她的主动、热情、生涩，以及一往无前的决心，都让迎璟沉醉不已。

天边，一排飞鸟列队展翅，留下一阵脆鸣。

初宁两条腿勾住他的腰下沉时，迎璟再也忍不住，发出了低低的呜咽。

他眼眶通红，吻着初宁的眉眼，承诺："宁儿，我会对你好的。"

两人对望，初宁无言，光洁的胳膊勾住他的脖颈，以吻回应。那道大门终于打开时，初宁哼了一声，咬着他的肩膀，眼泪汪汪："疼。"

迎璟胸口剧烈起伏，脑门上一大滴汗水砸下来，他哑声道："可我忍不了了。"

那就不忍了！初宁闭上眼，享受着爱情的回赠，感知着爱人的心跳。

山静，风止。

一双人，一世情，天光秋色两相知。

这场欢爱，来得意外，过程迅速，极其疯狂，热情劲消退，两人才记起这是荒郊野外。

初宁忍着浑身的不适，把衣裤穿戴齐整，最后坐在地上，人有点蒙。迎璟怕她凉，把自己的外套披在她的肩上：“怎么了？”

初宁转过脸，幽幽地看着他。

迎璟笑：“不认识了？”

初宁摇头，说了句：“你们男的，身体好热。”

“是吧，别人我不知道，但我从小锻炼，素质还蛮好的。”顿了下，他直白地求证，“是不是？”

初宁撇了撇嘴，揉了揉小腹，说：“不是很舒服。”

迎璟望天：“好吧，我下次再努力。”

初宁乐了，用手肘推了他一把：“这事儿怎么努力啊？”

“没吃过猪肉也见过猪跑吧，何况我现在可是吃过猪肉的人了。”

初宁举着拳头捶他，怒骂：“谁是猪肉，啊？说话！”

迎璟装模作样地躲，两人笑作一团，对望着，安静了，又自然而然地抱在了一起。初宁听着他的心跳，看着山川河流奇异地融成一体。她闭上眼睛，搂得更紧。

迎璟侧头，在她眉间印了一个深深的吻。初宁不能在外潇洒太久，再不回B城，魏启霖就要革她的职了。迎璟这边还有两天，他想请假，初宁不让。

“这种机会多难得，你留在这边好好学东西，我不走不行了，B城一堆事儿等着我。”初宁正收拾行李，弯着腰，露出一小截白皙的腰，上头还有被他掐出的红印。

迎璟也没再坚持，看她收拾完，走过去：“我来吧。”

他把行李箱拉上，提到角落。

“你回来了，我去机场接你。”初宁安抚道。

“那不用了。”迎璟站直，拍了拍手上的灰，“我得回趟家。”

“杏城？”

“嗯。”

初宁便不再问。

迎璟：“你就不想知道我回去干吗？”

初宁瞥他一眼，挑眉：“回去喝牛奶？”

迎璟呵了声：“都有你了，我还喝什么牛奶？”

他脸上挂着笑，笑容极淡，眼神也不怀好意，初宁咬着唇，挪着步子往后退。眼见无退路了，她迅速往前，迎璟反应更快，直接将人拦腰抱住，甩了小半圈，两人齐齐倒在了床上。

初宁咯咯笑，抵着他压下来的胸："好重。"

迎璟落吻，一下又一下，渐渐地，两人呼吸都把持不住了。初宁环着他的脖颈，两人交缠在一起，不似下午在荒原野岭的紧张与露怯，这一次，要得心应手许多。

迎璟知道她哪个地方最敏感，知道什么样的力度她最动情。男生到男人，成熟与蜕变从来都是一瞬的事。年轻的身体如火焰，有使不完的力气。初宁呜咽，十指张开，情难自禁地落入他的头发里。

这一夜，两人忘记时间，甚至忘记了次数。

次日大早，初宁没让迎璟再请假，托任哥找了辆藏民的面包车，早上五点就往康定赶。十二点多的飞机，初宁上机前给迎璟发了条短信，然后关机登机。

两小时后，B城。初宁出了廊道，怔住了。这才离开多久，她竟心生两个世界的感慨。她适应了好久才缓过劲，正准备去打车，冯子扬的电话就来了。

乍一瞧见是这人，初宁还蛮意外："哟，您老人家法国之行可还愉快？"

冯子扬还是那乐天派的精气神："有你这么当朋友的嘛，就知道嘲讽我。"

初宁弯唇："什么事啊？"

"没事儿，告诉你一声，我回国了，给你从巴黎带了礼物，限量香水。我已经替你都拆开闻了一遍，绿色瓶子那个最好闻。"

"礼还没送到，你倒先替我拆了。好吧，谢了。"初宁说，"这两天请你吃个饭，等我通知。"

初宁刚准备挂电话，冯子扬把人喊住："哎，宁儿，还有件事儿。"

"嗯？你说。"

那头的人似蛮为难，组织措辞，才沉吟道："你最近和关玉有联系吗？"

"关玉？有啊，上周我约她吃饭，她说没时间。怎么了？"

这回停顿的时间略长，冯子扬才忽然说："她前阵子问我借钱。"

初宁哦了声，倒也不是很诧异："她的股票又要补仓了啊？"

"她也向你借过？"

"不多，一个月前，借了十万。"初宁随口一问，"她问你借多少？"

半晌，冯子扬道："五十万。"

这个金额，还是把初宁给吓了一跳。五十万对冯子扬来说，也就是一个数字，他从小就是金窝里长大的冯少爷，花钱习惯大手大脚，一身行头置办向来讲究，就更不提别的了。但五十万，六位数，对普通人来说也是一笔巨款。关玉不愁吃不愁穿，娇滴滴的小公主，要这钱干什么？

初宁下意识问了一句：“被传销骗了？”

冯子扬笑出了声：“能耐。”他遂又澄清，“我没别的意思，就这事，和这姑娘平日的办事风格不匹配，所以问问你。钱是小，人是大，就怕她有什么难处又不好意思说，剑走偏锋走歪了道儿才紧要。”

初宁应道：“行，我记心里了，改天我问问。”

冯子扬乐了：“你办事，我放心。”

初宁等到出租车了，坐上去，一手拿电话，一手关车门：“你和你女朋友怎么样了？”

冯子扬那头是彻底安静了，连呼吸都陡然颓废。初宁哦了一声，自知不恰当，连声道歉：“当我没问。”

冯子扬却突然发火：“一个个不知好歹的东西，全往死里逼我！她吃的用的穿的，哪个不是最好的，把我当提款机了。看她这几年懒在家里，都成什么样了，越来越不讲道理，要分手，行，分！呵，回过头她又哭着嚷着说不分了，把老子当什么？还敢用死来逼我。”

他的吼声太大，初宁把手机拿远了点，皱了皱眉。冯子扬发泄完，就把电话挂了。初宁摩挲着屏幕，心里五味杂陈，这时，手机叮的一声，是微信。

“我忙完了！你到B城了？

“我明天就能回去了，提前了！又可以早一天见到你了！

“对了，这两天有快递寄到你那儿，记得签收。

“我可太想你了！”

这人的热情和活力，隔着屏幕都能扑面而来。初宁方才的沉闷心情瞬间被吹散，她捧着手机笑，回复：“快递啊，你买了什么？”

迎璟回了三个表情：“[威猛][威猛][威猛]。”

初宁乐了，捧着手机笑。

迎璟第二天也回了B城，只不过他没马上去学校，而是从机场直接坐大巴去高铁站，回了一趟杏城。

陆军总院门口的警卫兵似乎换了一批新的，迎璟进去的时候还被拦住，姓名年龄身份证，问他找谁。小战士有板有眼，年龄与迎璟相仿，目光刚正，自带一股凛然正气。

迎璟懂规矩，问什么答什么，掏出身份证递过去，结果对方一看，上头的家庭住址写的就是脚下这个地方。小战士明白过来，有点不好意思，放下枪，说："抱歉，我刚来没多久，平日也没见过你。"

迎璟忙说："不用抱歉，我在外头上学，回来的次数少。"他向来和气，喜欢交朋友，一个照面，两句话，就能嗅出气味是否相投。

这小战士还挺合他心意，他对小战士笑得白牙一绽："你多久换班？"

小战士一愣："啊？啊，五点。"

"五点半篮球场见，约你打半场。"迎璟手往右边指，"别找错地方了，西边的球场。"

小战士眉眼精神，双脚一靠："是！"

迎璟推着行李箱，哼着歌走了。

崔静淑一早就忙活开了，准备的全是迎璟爱吃的菜，碗碟有圆有方，组合在餐桌上，看着就是位讲究生活细节的女主人。

迎璟跟务工人员返乡似的，大包小包，人还晒得黢黑。他进门时，崔静淑正端着鱼汤从厨房出来，抬眼一看，吓了一跳："小伙子你找谁啊？"

迎璟笑："我找我妈，我看您有点儿像。"然后他从她手里接过鱼汤，凑近眨眼，"您凑合给我当妈算了。"

崔静淑被逗乐了："顽皮。"

"我爸呢？"迎璟把汤放好，趴在桌子上拿手捏菜，吃得很香。

下楼的脚步声响起，迎义章声音严厉地道："有没有规矩，不许用手！"

迎璟赶紧站得笔直笔直的，朝他鞠了个躬："遵命！"

迎义章缓了缓脸色，这儿子，就没少皮。

五菜一汤，一家人坐着吃饭，迎璟饿晕了，三两下就扒了一碗饭："我姐什么时候回来？"

"她肚子大了，人犯懒，在家窝着，你姐夫这段时间正好休假，在家照顾着。"

崔静淑夹了块红烧肉到他碗里，又把迎义章伸过来的筷子打掉："老迎，你就不许吃了啊，这两天血压不稳，注意点儿。"

迎义章老老实实，盯着那碗肉，蛮不舍，最后叮嘱迎璟："没事儿你以后少回家。你每次回来，你妈妈都做各种肉，我又不能吃。"

得了，还生起气来了，崔静淑哭笑不得："好好好，你吃，最多两块啊。"

"三块。"迎义章讨价还价。

未等母亲发话，迎璟把自己碗里的那块肉干脆利落地夹给了父亲："成交！"

这爷儿俩，崔静淑拨着青菜摇摇脑袋：“就是天生来克我的。”

一家人和和气气，一顿饭吃得很有烟火气。迎义章问了些迎璟此次川藏之行的情况，迎璟的逻辑思维很强，做过的事都装在心里，分门别类，拎得清。他回答时，内容饱满，一听就是在扎实学习，没有荒废机会。

迎义章也仔细，时不时地提点两句，又问：“接下来你有什么计划？”

迎璟说：“我要把我们目前的虚拟仿真技术往更精更专一的方向发展，我想着重研究航空发动机的模拟构建。这是行业的难点，也是个契机。”

迎义章不多问，只要迎璟有方向、有思路，那就不会差。至于是否成功，是否吃苦，是否能坚持，那是需要时间去验证的，急不来。

话题告一段落，饭桌上出现短暂安静。五碗饭下肚，迎璟也吃得差不多了。他搁下碗筷，语气郑重：“爸、妈，我有件事要跟你们说。”

他这架势，让人不得不重视。崔静淑看着他，语气略微紧张：“怎么了？”

迎璟：“我交女朋友了。”

原来是这事啊，崔静淑和迎义章并不意外，二十多的年龄，血气方刚，不谈恋爱才奇怪。崔静淑放了心，轻松地聊起：“女朋友是你同学吗？”

“不是。”迎璟说，“你们见过的。”

“见过？”崔静淑仔细想了想，没个头绪。

“是初宁。”迎璟一锤定音。

迎义章八风不动，倒是没什么反应。可崔静淑的眉头就皱起来了：“是宁总？她不是你项目的投资人吗？”

她往多里想，一下子紧张起来：“小璟，你是不是有什么难言之隐？项目的确重要，但也不能为了这些东西，而牺牲掉一些更重要的品质！”

崔静淑语气极其严肃。这话也太社会了，迎璟还没抗议呢，迎义章先不满了，咳了声：“怎么说话的，这种原则性问题，我相信小璟能够把持住。”

迎璟也觉得夸张：“妈，您不会以为我为了拉资金，出卖自个儿吧？”

崔静淑拍拍脑袋：“我这不是急嘛。”

“我和初宁你情我愿，我俩真心喜欢彼此，绝对没有半点别的念头。”迎璟挺直背脊，目光真诚。

“可是，可是她……”崔静淑没办法完全消化，满腔腹稿，又不知从何说起，最后小声道，“可是她比你大吧。”

“比我大怎么了？人家多吃几年饭，给我做女朋友，说到底还是她吃亏了呢！”迎璟反驳。

崔静淑被他这歪理弄得哭笑不得：“我就问一句，你这么激动干什么？”

迎璟的立场特别坚定：“您一知识分子，怎么还有这种老旧观念，可一点都不可爱了。而且，我不喜欢总拿人女生的年龄说事儿，当着我的面说说也罢了，但以后在初宁面前，一个字都不许提！”

看他这激烈反应，以前两人准为了这个问题别扭过，崔静淑没再吭声，但表情还是忐忑不安。她跟老伴交换了一下眼神，暗地里的意思是：你这个做父亲的，倒是说话啊！

“我先跟你们交个底，一是尊重你们，二是，过段时间我带初宁正式到家里来，你们不许反应惊讶，不许让她觉得难堪。”

迎义章终于开口：“急什么，你这一串串的，当背课文呢？你妈妈出自关心，多问几句怎么了？小璟，将心比心，不能这么对长辈说话。”

迎璟鼓鼓腮帮，点头道：“好。”

这小子承认错误倒挺快，也不跟谁置气，迎义章这才缓和脸色，问：“那你是怎么想的？”

迎璟答：“我想毕业之后就结婚。”

崔静淑心都快蹦出来了：“你、你！”

迎义章也愣住了，但很快沉下气，捏着筷子挑起一片青菜叶，打太极似的慢慢拨。迎璟看出了他们的心思，淡淡道：“这是我单方面的想法，人家还不一定愿意嫁呢。”

老两口对望一眼，也平静下来。迎义章点点头，对这事儿表示知道，语重心长道：“你成年了，自己的事情自己拿主意，爸爸就一个要求，男人，一定要心怀责任，既然和人姑娘走到这一步，就好好待人家，不管结果如何，过程，一定要无愧于心。明白吗？”

迎璟仰着下巴：“是！首长！”

“臭小子。轻浮！”迎义章做派正，极有原则，但眼界开阔，心胸亦广，他是家庭的掌舵人，处理过的舆情危机、政治决断无数，有魄力，格局深远。

根正，苗自然就红了。

“往后你去初宁家，切记不能这么毛躁，让人家父母看笑话！”迎义章提醒，“去之前，跟我说一声，备点像样的礼物。”

崔静淑欲言又止，但还是为儿子着想，便也压下不安，点了点头：“行吧，你自己心里有数就好。”

第五卷　臻千里之遥程

小先生

初宁憋着一口气，顺也顺不过来，瞪着人，偏偏脸色绯红。论没脸没皮，男人总是略胜一筹的。

Chapter 21　千字好评

同一时间的B城。

傍晚夕阳红透半边天，初宁开车回去的路上，特地靠边停车，滑下车窗静静欣赏了会儿美景，然后拿出手机拍了张照发给迎璟。她等了几分钟，那边没回，迎璟正在球场上和小战士打篮球呢。

这边，初宁停好车，先去柜箱取了快递，四四方方一个纸箱，还有点分量，也不知迎璟买的什么东西。初宁搬回家，洗了个澡才慢悠悠地拆快递。

小刀一划，打开，她震惊了——一箱的安全套！

螺纹、颗粒、狼牙棒，什么大胆爱、活力爱、欲罢不能爱……五花八门，初宁眼睛都晕了，再往下翻，什么玩意儿啊！

初宁拿出来，软软的、弹弹的、QQ的，还有电池。初宁手都要起火了，她无言地拿起手机，给迎璟拍了照片发微信问："小迎同志，请问这是什么鬼？"

迎璟的回复是在一小时后过来的："商家赠品，天，我要给他千字好评！！"

迎璟的语音音量太大，初宁把手机拿远了点，眉间都是嫌弃。她正准备回信息，门铃响了。初宁吓了一跳，赶紧把桌上这箱乱七八糟的东西胡乱拾掇，然后匆匆丢进卧室。她趿着拖鞋，翻开猫眼一看，顿时放松下来。

"我还以为谁呢。"初宁打开门。

关玉抱着一大袋面包走进屋："你以为是谁？"她换了鞋，打着赤脚往客厅走，把面包随手一扔，就去厨房喝水了。

初宁给她找了双新拖鞋，递过去："你最近怎么神出鬼没的？"

关玉嫌弃道："明明是你自己到处玩，还怪起我来了。怎么样，丹巴好玩儿吗？"

初宁当时给她发了很多美景照片，一看就知道是和谁在一块儿。关玉指着桌上的面包："你常吃的那家，新做的。"

满屋都是淡淡奶香，初宁翻翻拣拣，心情不错："好玩啊，特别漂亮，有机会你也去那儿看看。"

"我可没机会喽，我又没有男朋友在那边。"

初宁斜了她一眼，嘴角还挂着笑。关玉凑过来嗅了嗅："啧，浪味。"

"我还浪味仙呢。"初宁骂她浮夸。

关玉咯咯笑，拉远了距离，从上到下打量她，不怀好意地拉长尾音："哟，更挺了呢。"

初宁吼出了干脆利落的一声呸："女流氓。"

关玉不负盛名，还装腔作势地把手伸过去："我摸摸。"

初宁飞身一躲："没你的大。"

两人笑笑闹闹，这一茬过后，关玉嫌热，把屋里的温度调低了些，然后盘腿坐在沙发上喝冰水，有一搭没一搭地说着话，也看不出什么异样。初宁挑了个面包，坐她边上吃起来，随口问："哎，你最近没什么事儿吧？"

"没事啊。"

"我说一句话你别介意啊，有事儿别自个儿担，说出来还能多几个人想办法。"

关玉嗤笑："你胡说些什么呢。"

初宁看她一眼，向来有事说事，直接道："你是不是跟冯子扬借钱了？"

这到底是私事，换别人，这样问的确不妥。但她和关玉关系不比常人。初宁情感冷淡，是个很难交心的人，不管是爱情还是友情，用关玉的话来说，从里到外都透着一股性冷淡的气质，拒人于千里之外。但真要把你当自己人，那推心置腹自然没说的。

关玉挑了挑眉："冯子扬果然还是偏心你，什么事都跟你说。"

"可别阴阳怪气啊，他没恶意，也不小气，纯属关心。"初宁咬了一半面包，腮帮鼓鼓的，咽下去才继续开口，"你怎么突然要用那么多钱？股票又补仓？"

关玉坦然一笑，说："不补仓啦，我不是入股了一个网店嘛，前期运营还不错，但刚开始肯定是亏钱的，所以资金周转一下。不过已经没事了，缓过来了。"

这事初宁倒是听说过。关玉不像她，从一而终比较专一地做生意，这人天生闲不住，哪儿都喜欢掺和几脚，灵活运作，快速变现，看起来浮躁不靠谱，但小打小闹，还真积累了不少钱，比不上大资本，但一个女人自己花，绰绰有余。

见她这么坦荡，初宁也放了心："前因后果弄明白就行，不过，如果你真需要用钱，先跟我说。"

"知道啦！富婆！"关玉挑眉，"但你现在要养小鲜肉男友，压力也很大吧？"

"滚蛋，他不需要我养。"初宁眼里难掩得意，"你不知道他有多厉害，默默无闻参加各种比赛，小金库特满。"

关玉笑了笑，表情平淡："是吧。"

"是啊。"初宁难得真情流露，"我们家小璟儿，真的好乖。"

关玉立刻摸了摸自己的手臂："受不了！"她在初宁家待了没多久就要走，初宁叫住人："等等。"然后回卧室，出来时递给她一个粗麻布包，里头是一个编织挂件。

"我在丹巴买的，老奶奶八十多岁眼睛都快瞎了，做点手工养家糊口不容易，据说保平安的，送你了。"

关玉还挺喜欢，摸摸正面又摸摸反面，最后收于掌心，隔空一个飞吻："宁儿谢啦！"

初宁仰仰下巴："快走吧。"

两天后，迎璟从杏城返京，初宁特意提早下班去接人。她下车前又补了会儿妆，特意把嘴唇描得红艳艳的，像花儿似的。她今天一身休闲打扮，连高跟鞋也不穿了，白色球鞋牛仔裤，加一件宽松范儿的薄风衣，头发一把扎起，青春极了。

而同一时间，列车门刚开，第一个冲出来的人快如小火箭，一股猛劲儿往外跑，在人潮中特醒目。初宁刚才还在踱步数拍子，再抬眼，就瞧见迎璟在五米外了。

他笑着，一口牙齿齐整皓白。

三米。

初宁眼睛亮晶晶的，毫不犹豫地张开双手。

一米。

两人的眼神电光石火。

"啊！"初宁惊呼一声，被他抱了个满怀。

迎璟力气大，搂着人的腰原地转了一圈，初宁腾空，风衣的衣摆像一朵盛开的花。两人额头抵额头，亲亲密密的吻便落了下来。迎璟跟饿狼出洞似的，舌头搅动得野蛮，初宁被动承受，身体先服软，没几秒，就顺着他的节奏尽情投入了。

“想我没？”迎璟哑着声音问。

初宁在他脸颊上亲了一口：“你说呢？”

迎璟掐了掐她的腰，对望一眼，俩妖孽便心照不宣地往车里走了。一小时后，公寓里，卧室门半掩，外套、线衫、黑色内衣就剩一层薄纱，拖鞋反扑在地面上，东倒西歪，一地狼藉。

门缝里，春光明媚。半边落地镜里，只照出男人硬实的背和从他腰侧探出来的两只脚丫正晃着。初宁扛不住了，头发凌乱，眼神涣散，还不忘伸手去够床头的枕头，总想拽着点什么才安心。可她刚挪动几厘米，腰间一紧，就被迎璟用力扯了下去。

初宁哭笑不得，拿脚丫子踹他：“你属牛的啊！”

迎璟没羞没臊，应道：“我属蛇的。”

初宁羞愤：“你闭嘴。”

迎璟在她耳边低语，声音低沉：“宁儿，你再叫两声，好听死了。”

初宁被他折腾得像条咸鱼，偏偏这人还精神透顶，简直让人生气。于是她没好心，气鼓鼓地顶了一句：“两声。嗯，我叫完了。”

迎璟听乐了，往下一压，一肚子坏水：“不是这么叫的，来，我提醒一下你。”

一次又一次，初宁闭着眼睛想哭，之前还想着，那一箱子玩意儿不知用到猴年马月，现在真是打了自己的脸。她惆怅着呢！云雨之后，初宁趴在他的胸口，有气无力道：“下次你别回来了，永远待杏城得了。”

迎璟觉得这人口是心非，直白道：“你骗人，你刚才明明……唔！”

那个词他没说出来，就被初宁堵住了嘴。迎璟支支吾吾地补充完整：“四次。”

初宁想盘腿坐起来，但一动腰，那个疼啊，她心里暗暗发誓，从今天起一定要给男朋友洗脑，教会他什么是克制、什么是适度！

“我这次回家，跟我爸妈坦白了。”迎璟忽然吭声。

初宁差点咬到舌头，皱眉问：“坦白什么？”

“咱俩的事啊。我说我谈女朋友了，叫初宁。你猜我妈第一反应是什么？”迎璟想起还觉得可笑，“她那个惊恐啊，还以为我为了拉投资，出卖身体呢！”

初宁笑出了声，也没觉得不好意思，挑挑眉道：“可不就是嘛。”

迎璟举起手臂，小肌肉一下子凸起，蛮感兴趣：“宁总，请问您愿意为我投资多少钱？”

初宁半靠在他怀里，被子扯了一角盖在胸口，欢爱一场，皮肤呈淡淡的红，她笑：“我的嫁妆全砸你身上了。”

这话是真的。

迎璟愣了下，整个人闷闷的，大腿一张开，就把人夹在下头，像八爪鱼黏着不松。初宁也不动，暗暗顺了口气，摸了摸他软绵的头发，轻声说：“我从不后悔自己的决定，小璟，你很优秀，你很值得。”

迎璟不说话，搂着人，声音闷闷的：“初宁。”

“嗯？”

“你带我去见你父母吧。”

迎璟这想法不是一时兴起。老迎家是正儿八经的红色家庭，根基在那儿，家训家风从骨子里来说，还是非常传统和守责的。比如一些大事，那还是推崇老祖宗留下的规矩，什么媒妁之言、八抬大轿、有名有分。

初宁琢磨出来了，迎璟这是在向她求名分。

她心里顿时五味杂陈。没有哪个女人扛得住爱人这样的温柔。这种温柔，自带一股韧劲，充实且有力量，是能让人清清楚楚看到未来的。

“好。”初宁郑重答应，“你给我一点时间，我来安排，好吗？”

迎璟表示理解，挠了挠她胸脯上被他种的“草莓”，这次“种”得不够肿，下次他一定再努力。初宁闭目，原本疲惫，这一刻反而睡不着了。她想，该以怎样一种方式，让迎璟被陈月接受。

她头绪还没理清，搁桌上的手机响了。这突兀的动静，像是安静夜里的一道惊雷。初宁看了眼屏幕，蹙眉。而她也从未想过，迎璟和赵家的第一次见面，是以这样一种离奇的方式开始的。

电话是冯子扬打来的。不似他以往乐天的做派，初宁一接通，对方声音就是哑的：“小宁儿。”

初宁被这语气给吓着了，本来还在迎璟胸上戳啊戳的手指也老实了，她问：“出什么事了？”

迎璟瞥见屏幕上的名字，心里那个不乐意啊，蛮横地将初宁的手指又放回了自己胸上。初宁在被窝里轻轻踹了他一脚，然后起身下床。她没穿衣服，赤着脚，腰肢纤软，上面几个红红的手指印。美人在骨不在皮，看得迎璟闷在枕头里呼呼喘气。

冯子扬说了几句话，初宁神色变得凝重：“你俩好好说，千万别冲动，需要我来解释吗？”

“你别过来，我自己能解决。”冯子扬不堪耳边的尖锐叫嚷，此刻心烦意乱，撩开风衣外套，一手搁腰上，表情极尽忍耐。

“我拿青春换你的狼心狗肺!

“一不高兴就让我滚，你把我当什么了？！”

那头夹杂着女声，情绪激烈，态度亢奋。

初宁没听全，冯子扬就挂断了电话。迎璟从背后黏上来，抱着人在她肩膀上落吻：“大胆，当着现男友的面公然与前未婚夫调情。”

初宁被他亲得痒，直躲：“这人不对劲啊。”

迎璟心里对冯子扬有芥蒂，没个好语气：“你管他。”

初宁横他一眼：“你心眼怎么这么小？”

“谁让他当过你的未婚夫，就一假冒产品。”

初宁拿他没辙：“吃飞醋。”

迎璟也就逞逞口舌之快，过了这个劲儿，还是能替她拿主意的，问：“他是出事了？”

“他有一个女朋友，就是……”初宁咳了咳，到底不太好意思解释。

“地下情。”迎璟直接答。

初宁讪讪点头：“嗯。两人最近闹得厉害。”

听完，迎璟很淡定：“真过不下去，绳子绑一块儿都没用，真有感情，过程再煎熬，也能有个好结果。”

初宁乐了：“哟，迎老师。”

“你才是我的老师。”迎璟冲她挑眉，不疾不徐道，“不过老师刚才讲课的声音有点大，太性感了。”

初宁憋着一口气，顺也顺不过来，瞪着人，偏偏脸色绯红。论没脸没皮，男人总是略胜一筹的。

八点刚过，夜色静静覆盖下来。两人腻歪了这么久，肚子咕噜叫，正打算出去觅食，冯子扬的电话又来了。初宁和迎璟正等电梯，搂在一起说说笑笑，一接电话，听了几句，初宁就变了脸色。

“好，那我马上过去。”挂断电话，她转头对迎璟深吸一口气道，“你自个儿去吃吧，对不起，我得过去一趟。”

初宁极少有这么慌张的时刻。

“你别慌。”迎璟按住她的肩膀，给予安抚似的抱了抱，“出什么事儿了？”

“冯子扬的女朋友受刺激了，说是去找两家大人说理，冯子扬已经在往地方赶了。”这还不是重点，初宁面露难色，“冯家今儿出席一个宴席，”顿了下，她又说，“我妈也受邀参加了。”

迎璟立刻道：“我陪你一起过去。”

“不用，太乱了，我妈那人……”初宁叹了一声，“我先过去看看情况好吗？”

迎璟懂事理，也不添乱，爽快答应：“行，你开车慢点。”

电梯门打开：“哎。”迎璟拉了拉初宁的手，“遇事别慌，有事给我打电话。”

这人一到关键时候，倒真有镇场子的气势。迎璟的目光很沉着，不惊不慌，望着就有一股力量，让人很安心。

从小区过去也不用太长时间，都在四环内，不堵车半小时就能到，似乎是个慈善拍卖会，搞得挺隆重，还请了几个二线明星，这种宴会初宁见得多，其实特无聊没什么营养。她快到的时候给冯子扬打了电话。

“你人呢？”

冯子扬说：“我在停车了，东南边。”

“行，我两分钟后就到。”

初宁转了把方向盘，就瞧见正主的黑色路虎。她摁了两声短笛，冯子扬亦同声回应表示看到。两人下车打了照面，初宁急道：“怎么闹成这样？”

冯子扬眼底发红，不是情绪浓烈，纯粹是反感所致。他的风衣外套也皱了，里头的衬衫领扣掉了两颗，初宁眼尖，一看便明白，两人是真闹开了。

“我真的服了，拿死逼我，跟疯了似的！”冯子扬气得不行，一通脾气发得毫无章法。

初宁提醒：“行了行了，总得解决不是？她真去找你妈妈了？”

“我不知道。”冯子扬边说边领着初宁往宴会厅走，“她给我发了十几条短信，我觉得她已经彻底没了理智。”冯子扬揪了揪自个儿的头发。

初宁忽然大声道：“是不是她？！”她手指着左边，一道失魂落魄的纤细身影正欲往会场去。

一个停顿，冯子扬已经冲了过去。初宁怕他出事：“冯子扬！”

秦淼精神状况极差，一惊一乍的，见着冯子扬就尖叫：“你别过来！你这个渣男！”

冯子扬火气亦重，指着她：“你做个人行吗？！”

秦淼开始哭，哭得夸张：“你甩我！你把我当什么了！招之即来是吧，是吧！我这几年的青春全喂狗了！”

冯子扬忽地笑了，这笑容冷冽、绝望、悲怆：“我对你问心无愧。秦淼，上头一双眼睛看着呢。”他抬起手，食指笔直对天，一字一顿从牙缝里挤出话来，“这些年，我待你如何，我对你的家人如何，你摸着自己的良心，给老子说！”

初宁被这阵仗吓到了，去扯冯子扬：“哎。”

初宁的手被甩开。冯子扬眼眶都红了：“你提的哪个要求我没办好？不说别的，就你那七大姑八大姨的儿女工作，我都办了不下十个。我让你出去工作，不是缺这两个钱，而是，你看看你自己的样子，懒得精气神都没了。秦淼，一个女人，首先要尊重自己。”

这话在理，但情绪宣泄也过重。秦淼厉声道：“你还说不是嫌弃我！我不管，我不管！”

冯子扬却彻底冷静，目光淡淡地望着她说：“我的感情很真，你呢？你把你的不自信、恐惧，全堆在心里又不肯面对，只能消耗咱俩这些年的感情。秦淼，好聚好散吧，咱俩别折腾了，行吗？”

这些细枝末节的小事情，他一个做大事的男人说出口，就成了小气的那一个。

可爱情的百转千回，天堂地狱，也不过是在这些柴米油盐里变质。男人对你有没有情，一个眼神就能看出来。

只一眼，连初宁都明白，冯子扬是真狠下了心。他这样的人，爱的时候，命都是你的；不爱的时候，一点商量的余地都没有。

话不好听，着实是往人心窝子里捅，哪儿痛就往哪儿招呼，秦淼面子薄，也是豁出去了，一下子疯喊疯叫，坐在地上哭。

初宁看不下去了，好心给她递了纸巾：“别坐地上，凉。”

秦淼却往她手背上狠狠一拍：“滚！”

初宁疼得眼泪都快出来了，就是这时候，会厅门口一阵骚动，冯子扬脸色一变。冯母一身旗袍式样的裙装，耳垂一对翡翠无风自摇，气质冷冽不易亲近。有人跟她通报，说在门口瞧见冯子扬，好像出了点事，冯母哪还坐得住。

没两秒，初宁也是一惊。冯母后边跟着的，还有陈月！两家女主人组了个团。

“子扬。”

“初宁。”

完了，这下跑都跑不掉了。

而地上的秦淼跟发了狂似的，瞬间摸准冯子扬的命门。只见她迅速站起，冲到冯母面前一顿声嘶力竭道：“你真以为你儿子是好人吗？！”

冯子扬暴吼：“住嘴！”

初宁也白了脸色，不管三七二十一，拽着秦淼的手往一边扯：“喂！”

冯母和陈月对望一眼，都起了疑，再看向这三个人时，一脸冰霜。秦淼推开初宁，不管不顾了："他们是骗人的！是骗你们的！他们假谈恋爱，假装情侣，假装说要订婚，掩人耳目，一个图钱，一个图安稳！都不是好东西！"

空气里硝烟被彻底引爆。初宁闭上眼睛，心想，这都是什么事儿啊，再看两个长辈，冯母已经记起秦淼，总觉得在哪儿见过，原来就是两年前冯子扬带回家的那姑娘。只不过当时，冯母硬是不准人进门，只远远瞥过一眼。

那时对方小白花儿一朵，柔柔弱弱，呵，跟今晚这气势可是大相径庭。冯母既有老派学者的严谨，也有大家族女主人的凌厉，极为看重脸面形象。这个真相，让她根本没法儿接受，而原本对初宁的偏爱，以及儿子和初宁分手时的亏欠之情，消失殆尽。

她无波无澜地看了初宁一眼，虽不高兴，但还是抱着侥幸心理，兴许是个误会呢？

气氛正僵着，谁也没注意到，愤怒的秦淼突然朝初宁伸出了手。

初宁挨了这一记重推，被狠狠推到了地上。

"都是你，都是你！冯子扬变心都是因为你！"秦淼披头散发，凶神恶煞，彻底失了理智。

初宁这一下摔得不轻，人都摔蒙了，半天没缓过劲。就在这时，一道人影快如闪电，也不知打哪个方向奔过来的。

"宁儿，起来。"天地良心，冯子扬纯属抱歉和着急，手指尖还没碰着人，就被这个人影给撞开了。迎璟把冯子扬拦得严严实实，充满敌意，然后宣示主权似的把初宁护在手臂里："没事儿吧！"

初宁看清了人，心口血狂涌："你、你怎么来了？！"

"不放心，打车跟过来的。"

他躲在远处观察了很久，克制了很久，闹的动静再大，尚能保持清醒，提醒自个儿别去给她添乱。可刚刚看到初宁被人推倒在地，他哪还能忍啊！

这下好了，四个当事人齐齐登场，在冯母和陈月眼里，个个长了张狗男女的脸。人都不傻，冯母看到迎璟，刚才的那点侥幸全摔碎了。

冯母冷言："哦？你是说子扬和初宁假扮情侣关系？"

秦淼走投无路了，心一横，点头："对！"

冯母波澜不惊，一脸淡色："那他呢？"她指着迎璟。

初宁脑子轰的一声，就觉得陈月的目光如刺一般狠狠剜在自己身上。冯子扬准备打圆场。

"他俩假不假我不知道，但我是真的。"迎璟坦坦荡荡，任人看着，一点儿也不犯怵。

初宁没法形容这一刻的感受，震撼、感动、开心、惆怅。而母亲陈月，绷着一张脸，脸色差到极致。

这一晚的闹剧，是积累许久的大爆发，鸡飞狗跳地开始，遍地狼藉地结束。

最后，还是迎璟找的酒店工作人员，叫了辆车把秦淼送回去。冯子扬筋疲力尽，初宁摔着了胳膊，疼得慌，迎璟倒成了两人的靠山，把冯子扬丢到后座，又让初宁坐副驾驶座。

“你不许回头看他。”他开车，蛮霸道，“只许看我。”

迎璟开了一段路，初宁轻声道：“你送我回家里。”

迎璟：“行，我陪你。”

冯子扬：“我陪你一块儿吧。”

两人异口同声。

迎璟拍了下方向盘，语气特冲：“你再多说一个字，我就把你丢下车！”

冯子扬也不高兴：“这是老子的车。”

“行了行了，你俩别吵了。”初宁头疼，说，“都不用，我一个人回。”

两人齐声反对：“不行。”

初宁嗤笑，神色疲倦：“冯子扬你自个儿说，你现在去我家，是不是想让我死得更快？”

“我……”冯子扬欲言又止。

“你就更不用说了。”初宁幽幽叹气，对着迎璟时，语气才软下来，委屈得要命，“我妈那人特轴，让她先消化一下，等我说清楚了，再带你去。”

迎璟认真考虑了很久，这一次，他没有生气，而是懂得了包容与体谅，抿了抿唇，闷声道：“我从小到大，都很招长辈喜欢的，你要相信我。”

冯子扬冷冷嘲笑：“恭喜你啊，要碰钉子喽。”

“我碰钉子没事儿啊，你今晚碰的是榴梿，扎的是心。”

“臭小子！”

得，俩仇家杠上了。初宁扭过头看窗外，光影一明一暗，在她眉间匆匆掠过。

果不其然，她回到赵家，陈月就冲她发飙。

“初宁，你胆大包天了是吧？！”

初宁以柔克刚，嬉笑脸皮，慢悠悠地换鞋：“你先别发火，听我跟你解释。”

“解释什么！”陈月是真生气，脸色苍白，唇瓣都有点儿发抖，“你假恋爱，假扮人未婚妻，你能再可怕一点吗？”

初宁耐着性子，还是笑：“我怎么可怕了？伤你面儿了，还是从家里偷钱了？”

“你还敢说！”

“我有什么不敢说的。”初宁不是软炮仗，拿理就不吃亏，“对，这事我的确有错，但我一没偷二没抢，我们达成共识，再和平结束，没伤天害理，我问心无愧。”

站在初宁的角度，天地良心，她和冯子扬之间，就像一场生意合作。要不是今晚这茬，这事儿也就告一段落，所以两人都觉得合乎情理无异议。她猜透陈月，重点压根就不在这上面。

“那个叫迎璟的又是怎么回事？”陈月提声质问。

“我男朋友。”初宁答得坦荡。

“什么男朋友？一黄毛小子，哪儿冒出来的葱，我不同意！”

“你当然不能同意啊，他又不是跟你处对象。”初宁说话也冲，让人拿她没辙。

陈月往沙发上一坐，腰板挺得笔直，一脸包青天的样。

“他住哪儿？”

“杏城。”

“这么远！不行。”

“远什么，半小时高铁就到了。”

“父母干什么的？”

“退伍老兵。”

陈月反应激烈：“那不行！”

“你哪儿那么多不行？退伍军人怎么你了？”

“这个叫迎璟的，是做什么工作的？”

初宁看她一眼，才说：“没工作。”

“无业游民？！”

“大学生。”

陈月啪的一声拍桌站起：“我不同意！”

初宁也无心应战，起身丢话：“你要是同意，改天我让他上门陪你好好叙叙话，人家高才生，腹有诗书气自华，挺让人喜欢，你要是不同意……”初宁淡定答，“我也有不同意的对付。”

初宁只一句话，平铺直叙，但暗里威胁的意思明显。陈月这后半辈子，敞亮点说，就是活一张脸。她要面子，要抬高身价，要有点能攥在手里值得炫耀的资本，自个儿是折腾不出朵什么花来了，全指望初宁。偏偏这死丫头有个性，有想法，不受制于人，精神独立。

她真是一头驯不服的野驹！陈月那个气啊。

“初宁你没毛病吧，找什么不好，还找个比自己小的？他一个穷学生，怎么买房，怎么养家？”

“房子我买，家我养，我乐意。”初宁始终云淡风轻。

她的目的很明显，就是在母亲面前把迎璟交个底，毕竟迟早要面对。初宁蛮惬意地伸了个懒腰，说：“我上楼拿几件衣服。”

初宁上楼，哼着小曲，背影是一个大写的“勇”字。她在赵家的卧室很大，衣柜里的东西也满满当当的。她找了十来分钟，拎着一个行李包准备回公寓。结果——

“哎？门怎么打不开了？”

初宁转动门把，拽了好几下，忽然灵光一闪，顿时心往下沉。

初宁愤怒的吼声响彻赵家：“妈！你锁门干吗？！”

走投无路的陈女士，简单粗暴地把初宁给软禁了。

初宁踹门、喊叫、砸墙通通无用，陈月气定神闲地坐在沙发上喝花茶。

闹呗，随意，反正丈夫赵裴林去德国出差，没个十天半月不会回来。陈月也是铁了心，绝不允许女儿找个什么退伍老兵家庭的孩子当男朋友，先把她关一晚上，冷静冷静再说。

结果她没想到，初宁烈起来什么都敢做。卧室在二楼，她推开窗户往下一看，没一点儿害怕。

也就是这时，赵家的大门徐徐打开，汽车的远光灯笔直射来，晃得她眯缝了下眼睛。一辆黑色奥迪走前头，后头还有辆黑色大路虎，车牌尾数是三个嚣张霸道的八。赵明川从车里下来，一眼就看到初宁一只脚跨坐在窗台上，是要跳楼的架势。

赵明川今天难得没有应酬，刚从朋友的聚会上打牌回来，一身浅杏色的休闲风衣长度适中，是温文尔雅的款式，但穿在他身上，凌厉气质不减分毫。

他仰着头，眸色深沉，无言地望着二楼的初宁。初宁像是找到了救星，喊了一声：“赵明川！”

同时，她晃在窗台里边的右腿也跟着跨了过来。

赵明川面无波澜，八风不动。初宁自上而下看着他，喊道：“接住我！”

她纵身一跃。

赵明川眼明手快，张开双臂，往右挪动两大步，精准地对准了人。初宁安稳落怀，都不叫一声儿，只是力气太大，把赵明川撞得差点摔地上。

赵明川本就不是好性子的主，把人往边上一拎，连发脾气都带着一股阴沉之气："大半夜的碰瓷儿呢？嗯？"

赵明川语气虽凶，但目光锐利，把人从头到脚扫了一遍，还有龇牙咧嘴的力气，可见没受伤。赵明川胳膊一松，初宁没了支撑，腿软蹲在地上，仰着头，蛮可怜的样子："哎！"

赵明川默了两秒，不耐烦道："每次回这地方都能撞见你。"

初宁随他说，也不顶嘴。赵明川这人有点儿大男子主义，偏就吃这一套，走过去，不算温柔地将人从地上捞了起来。

初宁慢三拍，这才想起问他："你有事没事啊？"

赵明川冷笑："有事，差点死了。"

"啊呸呸呸！"初宁皱眉，"别说晦气话，快呸一下！"

赵明川抿紧唇，被这人弄得实在无言。初宁瞄了眼后面那辆车，正想着还有谁，车窗滑下，赵裴林露了脸，眼深如海，读不出情绪。

陈月被外头的动静惊到，后知后觉地开了门。她瞧见这一大帮人在，蒙了，事情自然瞒不住。

她千算万算没算到赵家这一老一少两位爷会突然回家。陈月一边懊恼自己这晚的愚蠢举动，一边横下心将计就计。她总得表态啊，干脆把初宁和冯子扬的事告诉了赵裴林，反正日后两边相见，早晚都得知道。

赵裴林听后，久久没有说话。陈月到底是偏向于丈夫的情绪，于是自觉拉起警戒线，楚河汉界划得清清楚楚，开始数落初宁：

"小时候你再不听话，妈妈也不曾打骂你，你真是太伤妈妈的心了。

"一家人最重要的是什么？是真诚你懂不懂？

"天大的事你跟爸爸妈妈说，我们都是你的亲人，难不成还会不帮你？"

陈月这措辞可谓聪明，温婉慈母的形象是给赵裴林看的，显得她人大气，是个能拿主意的女主人。初宁一听就知道自个儿的妈打的是什么算盘，而一旁的赵明川冷不防冷哼一声，陈月立刻讪讪住嘴。

赵明川拂袖起身，看不惯，说："一个个的，都是惹祸精。"

他这话说得重，也不留什么情面，一屋子人都看着他。

"你，"他对着初宁，眼神不屑，"打小就一精怪，人家姑娘三十岁才明白的人情世故，你二十岁得心应手，往好里说，叫聪明，往实话说，那叫世故，遭人厌烦。"

初宁瞪他一眼，哪个姑娘家爱听这话，可她偏又没法反驳。赵明川识人的眼光毒辣，他又转向陈月，顾及是长辈，到底还是不拿冷脸示人，但狂妄的气质全写在了脸上。

“什么样的根，就有什么样的种。”

陈月瞬间脸色难看。赵明川不喜欢这个女人，懦弱、奉承，好似一生都在为讨好而活，半路家人，没什么值得惦念。

“能耐，要把这家搅和得天翻地覆才开心是吧？一个狗胆包天，什么馊主意还敢跳楼，要跳就给我找个高地儿好好跳，往死里跳，别来祸害我。”

这话那叫一个狠，但更狠的在后头。

赵明川话锋一转，看着陈月：“你这当妈的真有水平，成天闲着没事干，就盯着女儿跟谁谈恋爱。呵，越怕什么，越想制约什么，不怪别人有看法。”

他话刚落音，赵裴林先不悦了：“明川！”

赵明川谁的话都不听，狂起来，天王老子也压不住。他剑眉斜飞，没半点顾虑，今晚这把无名火算是烧起来了，又将火苗对准初宁，嘲讽道：“出息！”

初宁没觉难堪，还莫名觉得舒畅。

赵明川一身淡淡的酒气，仗着酒劲儿耍横，也不久留，起身道：“走了。”

陈月的脸一会儿青一会儿白，愣愣的。赵明川经过初宁身边，斜她一眼，没好气地道：“还不走？！”

“哎！”初宁应着，跟屁虫似的紧随其后。

家里的阿姨替他开了门，赵明川却伸手往后，头也不回地抓住了初宁的胳膊，没个轻重地将人推了出去。初宁站不稳差点摔倒，胡乱一抓，指甲就在他手背上留下两道红印。

赵明川脸都绿了，凶吼：“你碰瓷儿碰上瘾了？啊？”

初宁挠挠耳朵，也没觉得怎样，厚着脸皮笑：“你皮厚，给你挠去点角质层，皮肤会变得更好。”

赵明川后悔了，刚才就该让她自己跳楼，别接，别救，别可怜！

秋夜的风带着湿润的微寒，很有辨识度，脚边的几片落叶亦随之晃得更远。

初宁抬起眼，轻声说：“我饿了。”

赵明川眼中情绪未明。半晌，他迈大步往路虎边上走，没去右边驾驶座，而是从左边绕了半圈，目不斜视地拽开了副驾的车门，然后才坐进主驾。

正宗老B城牛肉面。赵明川闻着一店的牛肉味都快疯了：“你是不是除了面条，别的东西消化不良？”

初宁低头吃得可香，点点头：“是啊！我吃别的，肠胃就会破个洞，食物喉咙进，洞里出，漏得满肚子都是。”

赵明川脸都黑了，抓起筷子就往她脑门上重重一敲。初宁疼得龇牙咧嘴：“你毛病啊。”

赵明川伸手越过桌面，是要掐人的架势。初宁机灵地往后挪开椅子，一跃站起，冲他瞪眼：“哼，抓不着。”

这动静，看得店里其他客人直发笑。赵明川咬了咬内下腭，端坐着，刻意摆出一副霸道总裁的高冷范儿。为什么？丢人啊！

初宁察言观色，也不在他的底线边缘试探，老老实实地坐好。赵明川脸色稍缓，问：“你折腾的那个公司，怎么样了？”

初宁也不避讳，答：“还行，再经过几次调试就投产，有这方面需求的企业虽然相对较少，但这个行业的产品本来就不多。”

赵明川没说话。

初宁嬉皮笑脸道：“您要投资我们公司吗？”

“吃你的面！”

初宁哦了声，低头吃面。赵明川微眯双眸，这女的，吃相真难看。这是饿了几天了？就不能秀气点儿？但话又说回来，这才是“吃”该有的样子，有食欲，不端着，实实在在。

酒桌应酬多了，各色面具也见得多，逢人一句话说出口，赵明川就能看出对方是哪根狐狸毛，推杯换盏的伎俩和人情世故，全透着虚情假意。今晚这一顿破面条吃得还挺舒坦。

赵明川看着埋头苦吃的初宁，极淡地弯了下嘴角。初宁正好抬起头，撞见这一笑，心里发毛：“你干吗？”

赵明川又是一瞪眼。初宁眨了眨眼，风轻云淡地道：“这么阴晴不定，难怪曦姐不要你。”

“你找死呢！”赵明川被触了逆鳞，瞬间就奓毛了。

初宁眼皮都不带抬的，顶风作案一般，幽幽道：“本来就是啊，你这种脾气，是个女人都嫌弃。”

赵明川火得啊：“我缺女人？”

初宁嗤一声，挑着一撮面条搁在半空中吹凉，说：“那些都是图你的什么，你心里有数。”

赵明川不作声，阴沉着一张脸。这个连名字都不需要说完整，就能让赵总山崩地裂的女人，也姓赵，单名一个曦。

赵曦大学时同赵明川在一所学校，一个大二，一个大四即将出国。赵曦才情气质绝佳，书香世家，横竖来看，都觉得赵明川这满身铜臭味的生意人配不上她。

赵明川对她一见钟情，追得也大费周章，但两人真在一起了，羡煞旁人。两人最后分手时，也是惊天动地。赵曦提出的分手，干干脆脆，然后出了国。狂妄惯了的赵大公子，蒙得找不着北，恨过，狠过，掏心挖肺过，唯独不提爱过。

为什么？

因为从来就没有“过”，他依旧爱着。

也就初宁敢往他化脓的伤口上用力戳：“我那天在外大街看到曦姐了。”

赵明川一愣。

“她回国了，很美。”初宁如实说，“开着一辆白色的奥迪TT，副驾还坐着一个男人，两人看起来挺亲密。”

初宁留心了一番赵公子的反应，目测安全，才继续道：“她跟我打招呼，我问她要了电话，说以后常联系。”

赵明川神色微僵，克制了数秒，终于忍无可忍：“开条件。”

初宁一听，顿时笑开了颜。这兄妹俩，水火不容，天生冤家，偏又有那么些默契，哪怕一个表情，都能猜透对方的心思。

这是赤裸裸的要挟！简直无耻。

无耻的宁总立刻道：“我需要你的帮助，你人脉广，帮我物色合适靠谱的投资人。要求就两个，第一，有钱。”

赵明川无语。

“第二，”初宁看着他的眼睛，说，“真诚。”

赵明川冷哼：“你以为你在找对象？”

“我已经找到对象了啊。”初宁顺着话，有问必答，还蛮气人地顶回去，“可你的对象还不知道跟谁姓呢。”

赵明川差点掀桌：“你闭嘴！”

初宁懒洋洋地往后一靠：“怎么样啊，答不答应？”

这奸诈狡猾的小狐狸模样，真是恨得人牙痒痒。为了迎璟，初宁也是豁出去了。她不是不想事的人，不懂技术，但她懂运作。她心里坚信，迎璟的成功将是必然。项目要想做强做大，一定要雄厚的资本支持。目前来看，抛出橄榄枝的明耀科创无疑最合适，但唐耀太狂。跟这样的人合作，初宁担心，迎璟会受到限制。如果多几个选择，她安心。

赵明川冷着脸，推桌起身，撂话：“三天内给你消息。”

Chapter 22　竟然上门提亲

初宁挑眉，拿出手机，把赵曦的号码发到了赵明川的微信上。

两人斗智斗勇的一天总算结束。初宁回到公寓，浑身都瘫软了。她有气无力地按密码开门时，门瞬间被拉开，迎璟跟一堵肉墙似的立在门口，那视死如归的表情，看得初宁直乐。

“你站岗执勤呢？”然后她脸一垮，张开双手直接扑了上去，吊着迎璟的脖子哼哼唧唧撒着娇，“好累哦，我都快没气儿了！”

迎璟自然而然地搂着她的腰，把人往屋里带。

“怎么了？你妈妈没为难你吧？你们吵架了吗？你别吵，毕竟是妈妈，别伤了感情。”

初宁抱着他，自己跟坨软泥似的，踹掉高跟鞋，左脚的飞到了门边，右脚的甩在鞋柜门上。

“我没怎么啊，就跳了个楼而已。”

迎璟吓到了：“怎么回事儿啊？！”

初宁嘻嘻笑：“骗你的。”然后她松开人，去浴室洗澡，“我没力气了，你帮我收拾衣服好不好？我要穿黑色的那套吊带睡衣。”

初宁站在花洒下，疲倦渐渐被覆盖。她嫌累，干脆蹲在地上任水浇。她洗到一半儿，浴室门被推开。迎璟探进脑袋，眼里着了火：“我要跟你一起洗。”

初宁蹲在那儿，仰视着他，嘴角含笑，说：“你过来。”

待人走近，她也不让他动，双膝变成跪坐，然后直起腰板，这个高度正正好。不多时，水帘下的声音低沉、难耐，是极度的享受，也是疯狂的折磨。

迎璟觉得自己迟早有一天会死在初宁手里。两人越玩越没个害臊，折腾完，已是凌晨。迎璟搂着她，感受着她的呼吸静静轻扫胸膛，开口："宁儿……"

"嘘。"初宁像是知道他要说什么，闭着眼睛，轻声道，"你别问。"

这三个字，让迎璟眼眶发热，十指在被子里紧紧相扣。

初宁不喜欢欢爱后空气里淡淡的腥膻味儿，所以她会点一盏精油灯。有时是佛手柑，有时是依兰，而今晚，是甜橙。

迎璟忽然掰过她的脸，目光坚定，说："咱俩明天就去登记，行吗？"

初宁一怔。

"只要你同意，我爸妈也愿意明天过来见你父母。"

她脑子一抽，直言道："上门提亲？"

迎璟笑，眉眼里透着畅快与决心："对，提亲。"

初宁当然不会同意："你别跟着凑热闹，还嫌事儿不够多啊？"

迎璟抱着她的手渐渐放松了力道。初宁懊悔，才知道说错了话："对不起啊。"她连忙道歉，"我没有别的意思。"

积极性被打击，迎璟觉得委屈："是不是我说什么，你都觉得不靠谱、凑热闹啊？有谁会拿自个儿父母开玩笑？"

初宁忙不迭地认错："是是是，我错了，我反思。"

"你就是一直对我的年龄有偏见，觉得我一个学生，不是能拿主意的人。"

"没有没有。"初宁捧着他的脸，服软道，"我这人吧，平时工作里习惯了，交代下属办事语气也挺正，一时改不了。对不起啊。"

"你就是没把我当真正的依靠。"迎璟肯定自己的判断。

初宁歪着脑袋，往他肩膀上一倒："我靠了呀。"她还在上头左右拱了拱。

迎璟气消了一半，抬手往她腰上一掐："你就是吃死了我对你硬不起来！"

初宁嗤声，咬着他的耳垂："谁说的，刚才表现很好啊。"

迎璟啊的一声吼叫，把头埋在被子里，左滚右滚，然后冒出一颗脑袋，委屈地看着她："我等下的表现也会很好的。"

初宁乐了，长腿一跨，坐在他身上，俯下腰轻声道："节制点儿，想精尽人亡？嗯？"

迎璟翻身把她压在身下，呼呼的热气扫过她的鼻尖："咱俩也就周末见得多一点，四舍五入就是异地恋，你舍得？"

初宁轻呸一声："你这周末，顶得上别人半个月的量。"

迎璟和她额头抵额头，眼神都变了："别人？哪个别人？你怎么知道半个月是什么量？"

初宁要面子，嘴硬道："关玉经常跟我描述她的艳情史。"

"你少跟她在一块儿，别学坏了。"

"要坏早坏了。"初宁觉得没什么，"每个人都有自己的生活方式，我从不以自己的标准去评判他人的好坏。"

迎璟抬头，在她唇上浅浅一啄："所以我爱死你了啊。"

初宁被他这粗糙的表白哄得咯咯笑。迎璟喉咙动了动，思量再三，问了一个早想知道的问题："你谈过几个男朋友？"

初宁也不隐瞒，说："一个。"

迎璟撇撇嘴。

"你这什么表情？"初宁抬起他的下巴，"是嫌少啊？"

"差不多，我以为你……"

"我在你心中的形象是有多浪荡！"初宁加重手劲儿。

迎璟笑了笑，挑眉道："那你们做过没？

"我好还是他好？

"好吧，我会再努力。"

初宁再也忍不住，头埋在他的胸口笑得直喘气："你怎么这么可爱！"

迎璟狠狠揉了把她的屁股："还笑！"

"没做过啦。"初宁不逗他，蛮坦诚的，"就跟你搞过男女关系。"

迎璟一下子又得意起来。男人真是个奇怪的生物，喜欢设置假想敌，并且沉迷虚妄的对比之中，以逞一时之快。初宁也觉得说不下去了："你要死啊，我是不是，你感觉不出来？"

"毕竟我第一次也很快。"

初宁回想一下，顿时笑了，捶他一把："出息！"

这天之后，迎璟正式返校，把这次中科部的学习经验跟团队所有人分享。理论与实践是两码事，尤其在项目收尾阶段，能有一次这么贴切专业的经历，实在是难得。

科研不比其他，它过程漫长，淬炼心血，从无到有，从有到精——太难了。迎璟把学习心得做成了PPT，不涉及具体的保密细节，抽了一下午给团员讲解完。

祈遇感慨："小璟，你当初的方向是对的。"

虚拟模拟大范畴缩小，精益求精，术业专攻，从项目二期开始，他就着重往航空发动机的虚拟仿真技术上攻克了。

一架飞机的核心是什么？越核心的技术就越难。

越难的，越是大势所趋。

张怀玉问："小璟，我们现在做的东西，真的能卖钱吗？会被认可吗？"

"一定。"迎璟掌心轻轻撑在桌面上，面色平静，不疾不徐道，"认不认可，关键在于你自己，你要是觉得有意义，那就是值得的。我们做好自己的事，剩下的，交给时间去验证。哪怕一时短板，也不要灰心。照亮一条路的，从来都不止一盏灯。或许在我们力所能及的努力下，不能看到这条路的终点，但我们每迈出一步，就是一盏灯。"

张怀玉点了点头："嗯！"

"我把需要再调整的节点列了出来，大家可以补充，等完善之后，开始最后的调试。同时，我会向宁总汇报进度，对接后续工作的开展。"

周圆举手："我有补充。"

迎璟点了下头。

"老大，实名制申请吃火锅！"

张怀玉："不去小强火锅店了，我们要吃海底捞！"

顾鹏鹏摸出手机，淡定地说："咦，好巧，我这儿正好抢了一张优惠券。"

迎璟笑骂："你们串通好的吧。吃吃吃，我请客。"

众人齐声道："叫上宁姐！"

迎璟当然乐意，回头给初宁在电话里说了这事儿。她在忙，说是晚上有重要客户要接待。

"你又有应酬？"

"嗯。"

要说迎璟唯一的不满，大概就是这件事了。

"你能不去吗？你每次都喝酒。"

"这是我工作的一部分。"

"可你也不能总这样，以后结婚怀孕了，怎么办？"

"那肯定不喝了。"

初宁反应过来，低声道："又给我下套呢，嗯？"

迎璟忍着笑，语气还是严肃的："你不想跟我结婚？你不想跟我生小孩儿？"

这要她怎么答？里外不是人。

初宁恨恨抿唇："喂，够了啊。"

迎璟不再闹她，回归正经：“那你晚上注意点，能不喝就不喝，好吗？”

初宁：“答应你，挂了啊，我这边有事。”

“宁姐来吗？”祈遇走出来，问道。

迎璟握着手机，说：“咱们吃吧，她今天忙，鹏鹏早点儿过去等位置。”

下午，初宁提前两小时亲自开车去机场。

她留意着航班信息，S城至B城，准点。等飞机降落，她估摸了一下时间，先给柯礼发了一条短信：“柯秘书，您好，麻烦您转告唐总，我在A口左边等你们。一路辛苦，注意安全。”

五分钟后，贵宾通道人影渐近。初宁整理仪容，非常礼貌地冲那边招了下手。

此行两人，年龄相当。走在前面的那位长腿阔步，边走边接电话，他穿的是深色立领风衣，短款刚遮腰线，裤缝熨烫笔挺，衬得身材颀长有型。握着电话的右手手腕露出一截，深蓝色机械表若隐若现。

这男人从头到脚，没有多余的色彩，干净体面。通道还剩三分之一，唐其琛结束了电话，把时间留给初宁，涵养极好。

“唐总，幸会。”初宁走近，伸出手，笑容得体。

唐其琛亦绅士，简短有力地与她相握：“荣幸。”

身后的柯礼道：“宁总您好。”

昨晚，赵明川给初宁打了电话，言简意赅地报了航班，通知她务必准点接机。初宁精明，一点就透，赵明川做事靠谱，有求必应，还真给她找来了一个投资人。

当时初宁的要求是两个：有钱、真诚，没有比唐其琛更合适的了。S城唐家，对外相当低调隐形，家大业大，旗下子公司在各自行业都能排上名号。去年上半年，董事会易主，由唐其琛担任首席执行官兼任董事会主席，真正实权在握。

初宁暗自佩服，赵明川能耐啊，能请动这号人物。本以为到了这种层面，多少讲究排场，但今天见到真人，初宁还是略感意外，唐其琛的第一面，让初宁想到的是：温文。

他气质很好，不是外露的凌厉，相反，非常内敛。他的矜贵不在表面，谈吐之间，就能让人感受到他的魅力与内涵。唐其琛是个做实事的执行者，对初宁所提关于项目的问题不多，但每个都直切要点。

“项目进展？”

“第三次调试正在进行，预计半个月。”

"盈利模式？"

"国内军工相关的企业、公司，不限国资委控股的省企、国企。对，会面临行业保护等局限性，但目前国家对这方面的政策扶持与开放程度也在逐渐加大力度。"

唐其琛略一沉思，抬眸道："你们的资金计划。"

初宁与他坦诚对视，这才是重点。她的立场与逻辑非常清晰，与这样的人沟通，不需要太多装饰，有什么，说什么。

初宁说完，唐其琛没有表现出太明显的情绪。他没说一句话，只朝身边的秘书使了个眼色。

柯礼对初宁平静地说："宁总，份额占比是否还有可商量的余地？"

很明显，对方这是初步试探。初宁有备而来，这种级别的商谈，说正式，也不算，但真随意，又不行。她笑得含蓄，以示弱的姿态道："唐总，实不相瞒，这个项目开始时并不顺利，也不被人看好，我一手坚持把它做起来。不是私心，我考察过市场，考虑过盈利模式的回报率，其实都不算目前最好的项目，但，我赌它一个未来。"

初宁温言，态度真诚："舆论导向、政策扶持，这几年的比重都在增加，当然，唐总，在您面前，我是班门弄斧，您能亲自过来，已是对它的肯定，不是吗？"

她话锋一转，语气正了正，道："我吃过很多闭门羹，也幸亏您和明耀科创给了我那么点儿信心。"

听见这个名字，唐其琛神色微凛，直接问："唐耀给你开了什么条件？"

这不是疑问，不是好奇，而是内敛的叙述。初宁眉间平静，正中其意，笑了笑，把唐耀的橄榄枝加以美化。

她说完后，唐其琛久久未言。柯礼作为他身边最信任的第一行政秘书，自然知道唐其琛的心思，客气礼貌地对初宁说："宁总，我们会郑重考虑您的提议，希望有机会合作。"

唐其琛行程低调，日程匆忙，这次B城之行，还有一个重要的会议要参加，便婉拒了初宁的宴请。你能感受到他的教养，非常舒服，但同时，也能清晰感知他的距离。

初宁将人送上车："唐总，招待不周，请您担待，希望下次见面，您能给我一个买单的机会。"

唐其琛极淡地扬了下嘴角，忽然说："代我向迎璟问好。"然后他不再多言，车窗升起。

直到尾灯消失，初宁还纳闷，他认识迎璟？

晚上，和迎璟视频聊天，初宁把手机搁桌上，第一下没立稳，倒了，屏幕砸得砰砰响。刚换的手机，她心疼不已，检查没事儿，才把它放回原处，对里面说：“等我一会儿啊，拿条毛巾。”

初宁刚洗过澡，罩着宽大的T恤，头发吹得半干。迎璟就见屏幕里的身影跑来跑去，两条白皙的腿晃啊晃的。

“你在宿舍？”初宁边擦头发边问。

“刚吃完火锅，排队洗澡。”迎璟的脸五官立体，非常上镜，初宁觉得帅，截了两张屏。

“你在干吗？”

“跟你视频啊。”

初宁看他无语的模样，忍不住笑起来。

“你今晚喝醉了没有？”

“饭局取消，我没喝酒。”初宁索性把这事跟他简单说了一遍，“我找了另外一位意向投资人，综合实力应该高于明耀科创，不足就是，没他们专业；优点呢，没唐耀那么狂妄。”

“你对唐总意见很大啊。”

“我能有什么意见，给钱的都是大爷。”初宁把毛巾搁在一边，说，“我就是觉得，唐耀太有想法，有时候过于专制，反而会影响你。我更希望你能随心一点做自己的事，不要受制于任何人任何事。”

迎璟一时怔然。初宁很认真：“在我力所能及的范围里，我一定会保护好你。”

迎璟垂在桌面上的手指下意识地蜷了蜷。他无法形容这一刻的感受，这种惦记、关心，已经不局限于小情小爱。

他以前总觉得初宁不够热，不够投入，高跟鞋一穿，就是性冷淡的御姐气质，也就赤诚相对时，他才能感受到她的体温、她的热烈、他在她心中的存在感。

但现在，迎璟觉得自己错了，他心里发酸，不知所言。

“哦，对了。”初宁浑然不知，记起，“这个投资方，还让我代他向你问好，奇怪了。”

“嗯？”迎璟心不在焉，随口问，“叫什么名字啊？”

“唐其琛，S城的唐氏集团。”

迎璟一愣，然后表情震惊：“叫什么？！”

"唐其琛。"初宁起疑，"怎么了？"

迎璟内心五味杂陈，幽幽道："我姐毕业后的第一份工作做了四年，一直是与他共事。"

初宁皱眉："然后呢？"

"他追过我姐。

"他还和我姐夫打过架。

"两人竖着进来，抬着出去的，两辆救护车，特别对称。"

初宁眼前一黑，世界这么小，这都什么事儿啊！

"不过没关系，他们仨的爱恨情仇早就翻篇了，握手言和，各有各的生活。"

初宁也听过传闻，唐其琛已经低调地订了婚，未婚妻被保护得非常好，唯一的一次被八卦杂志拍到照片，也被唐氏集团强悍的公关手腕给压了下去。

但这些和初宁关系不大，她没说太详细，只告诉迎璟："等唐总有确切回复，我再跟你商量。"

迎璟的脸越凑越近，在屏幕上越变越大，初宁嫌丑："你干吗呢？"

"你过来点儿啊。"迎璟特正经，"你脸上好像有东西。"

"哪儿呢？"初宁没多想，还真听了他的话。

她人一往前，身上这件宽大的T恤就罩不住了，领口本来就低，再一俯身，春光无限。初宁反应过来，恨不得掐死他："喂！"

迎璟还不乐意："遮什么遮，你哪儿我没亲过。"

初宁扬起巴掌，假模假样地朝屏幕挥过去。迎璟挺配合，脸往右边转，自个儿配音："啪！啪啪啪！"

初宁呸了一声："下流！"

正说着，两人的视频同时断线，彼此都有电话进来。打电话给初宁的是关玉，初宁一看时间，十一点，这么晚了，除了叫她出去浪，也没别的理由。

初宁懒着调子接听："先声明啊，我不陪你出去浪。"

但听了两句，她态度稍稍端正，但语气尚能保持平常："你说个数，要多少？"

半秒后，初宁变了脸色："这么多？"

而同一时间的迎璟，同样在接电话，心情却全然不同。这么晚，如果不是极为重要的事情，院里领导也不会亲自致电。迎璟听到这件事后，情绪控制尚算平稳，没有表现出大喜大悲。挂断电话后十来秒，他自个儿先消化完，才重新打开手机微信，在他们的团队群里发消息：

"没睡的说一声。"

张怀玉：喵！

周圆：汪！

祈遇：哞！

顾鹏鹏：哈哈哈！

迎璟一反常态，没有吐槽他们的弱智举动，只在群里发了一句话——

世界大学生航空模型锦标赛，十二月，中国B城。

沉默数秒后，群里爆炸！

“天！”

“什么意思？？”

“说话！说话老大！”

“笨，是让我们参加啊！”

迎璟没再回话，任团员惊喜尖叫。鉴于上次大学生航空科技大赛的优异表现，中科部的航天中心联名推荐，直接点名要人，一致同意推荐该团队参赛。

他放下手机，将屏幕按熄，两手撑着脸，然后盖住自己的眼睛。他闭上眼，只觉得热和胀，一瞬的激动已经完全平复，这一刻，甚至尝到了某种酸涩与委屈、付出终有回报、坚持总有甜头的感慨。

他不是为自己，而是为初宁。

这边。

初宁握着手机半天没整明白。她盘腿坐在床上，图方便，头上戴着一只兔耳朵发箍，眼里偶有迷茫。

关玉要这么多钱干什么？这姑娘平日是货真价实的乐天派，就没见她有过什么皱眉的事儿，初宁越想越不放心，打电话给冯子扬。

冯子扬正在应酬，但接听得很快：“你等等啊，我出去说。”音乐声渐小后，他才说，“说吧，怎么了？”

“关玉问我借钱。”

“多少？”

“两百万。”

冯子扬也被这个数字吓了一跳：“她干啥事儿了？”

初宁犹豫了下道：“高利贷？”

“她什么没有，成天吃吃喝喝再没人活得比她开心。”冯子扬否认。

“那是她男朋友犯事儿了？”

冯子扬不屑道：“她男朋友那么多，你数得清吗？”

这话也在理。初宁叹口气：“她明天约我吃饭，我再好好问问。”

“行，注意方式，要是觉得不对劲，你说话也转点弯，别太直。我这边也托人打听，看有什么消息没。”

两人打好商量，但初宁一夜睡得不踏实，还是不放心！

次日，记挂着这件事，初宁下午提早便从公司出发。建国路上的万豪酒店位置需要预订，但环境安静，她特地把吃饭地点选在这里。

关玉迟了十来分钟：“不好意思啊，路上塞车。”她一身亮色，妆容也精致，看起来没什么异样。落座后，她还挺轻松地调侃：“下血本了啊，宁儿，这地方位置难订，吃什么呀？我看看。”

“别看了，二十一天的干式熟成牛排，费了好大劲儿才预订到的。”初宁让侍者可以上菜了，先是甜品，两人份的提拉米苏，初宁记得她爱吃甜食。

关玉舔舔唇，眉飞色舞：“怎么不带你小男友来啊？”

“他的学校离这儿远，再说了，他也忙。”

“他那个项目还做起来了啊？”

“嗯，凑合。”

关玉哦了声，小勺子在碟子里轻轻拨弄。初宁扫她一眼，语气保持如常：“有什么事就跟我说，别藏着啊。”

关玉眉开眼笑：“我能有什么事儿啊！”

她瞧初宁表情开始变，连忙补充：“哦哦哦，那钱不问你借了。”

“你不问我借，还能问谁借？”初宁双手交叠放在桌面上，语重心长的姿态刚起了个头，关玉打断她道：“没呢，我一亲戚，做生意周转不灵，跟我开口，我想着能帮一把是一把，就问问你，不过他后来又说不用了。”

“亲戚？你哪个亲戚？”

“付小强，S城的那个表哥，我跟你说过的，人特浮夸，但对我家蛮好。”

初宁记得好像是有这么号人。

“两百万不是小数目，力所能及也就罢了，这明显也超出了你的能力范围，帮人可不是这么帮的啊。”

“嘿，我这不是瞧他挺可怜的嘛，能帮多少是多少喽。”关玉说得头头是道，“好像是他的贷款，银行批准了，就用不着我了。”

她说话的时候，初宁一直不动声色地观察她，关玉抬眼，两人眼神撞了个正着。

“不是吧，怀疑我啊？”她举起叉子，作势要揍初宁。

初宁这才笑了笑，说：“没有，没事就好。”

主菜上桌，气氛随着香味一起扩散放松。两人边吃边闲聊，偶尔笑笑。关玉忽然说：“两家公司你都得操心，顾得过来吗？”

初宁几秒后才反应过来，她指的是什么。

“还行。宁竞毕竟已经成熟发展了这么多年，也算步入正轨，我不在也不会出大乱子。至于这个小公司。”初宁还算轻松，“本来就是挂个牌，方便运作。”

关玉哦了声，低头切下一小块牛排，递到初宁碟子里：“迎璟很优秀啊，也没辜负你，现在可是全国冠军呢。”

初宁顿了下，取笑她：“哟，什么时候你也关心这些比赛了？”

“偶尔看看新闻。”关玉也呵呵道，“微博上还有你小男友的比赛照片呢，操控飞机的样子帅呆了，点赞数好多。”

初宁面色平静，嘴角的弧度也是不冷不热。

“下一步你们有什么打算？技术能出售了吧？”

“嗯。”

“很不容易啦，对了，渠道方面有意向了吗？”

“在做调研了。”

“真棒，就冲你小男友这个优质偶像般的形象，一定也能加分不少。”

初宁嗤声道：“难不成人家买东西前还要看看技术人员的照片才决定买不买？”

“他拿过冠军，形象也好，公关炒作一下，现在的小姑娘啊，就喜欢这种正能量的款型。”

关玉这话说得一气呵成，且意味深长，初宁没有回应。安静一瞬后，关玉扯了个笑：“这牛排做得真是绝了，好吃。”

初宁也笑：“是还不错。”

两人各自低头，手上动作干净漂亮，牛排切成块，优雅从容地送进嘴里，安静得只有刀叉偶尔轻磕瓷碟的声音。

这顿饭，吃之前，初宁用尽心思，图一份好意。二人吃到一半，就悄无声息地变了味，大有揣着明白装糊涂的架势，都是心思明净的人，有些东西不必说，也能有所感知。

两人草草散局，今晚建国门外大街从东开始就一直堵，都入秋了，这两天天气反常，温度直往三十飙，初宁滑下车窗还被闷出了一背的汗。车子走走停停，她还遇到两个傻子在后头用大灯晃她。

初宁摸出一根烟，一只手搭在车窗边沿，慢慢地抽。到家已快十点，这车开得她脑仁儿疼，她边揉太阳穴边按密码，门一开，迎璟便跟颗炸弹似的扑过来。

“你终于回来啦！”他抱着初宁原地转了三圈。

一阵天旋地转，初宁只觉想吐。

“放、放我下来。”初宁语气虚，扶着迎璟的胳膊，晕得不行，“你，怎么过来了？”

迎璟立刻皱眉：“你又抽烟了。”

“不是吧，这都能闻见？”初宁用手扇了扇，“我还喷了香水呢。”

迎璟掐了把她的腰，闷声道：“我不喜欢你抽烟。”

“那我以后躲着你偷偷抽。”初宁逗他，摸摸他的脸，“等了多久？来了怎么不给我打电话？”

“你要是在忙，我打电话你也走不开，还打扰了你，我在家等又没关系。”迎璟伸手把门关好，然后把人按在门板上，两手困着初宁，头一低，和她额头抵额头。

“你感觉到了没有？”

初宁主动搂住他的脖子，心有点飘：“什么？”

“我变乖了哦。”

初宁拿吻堵住了他的嘴，她亲得乱，亲得急，手也从他的衣摆里伸进去，胡乱摸着他的背脊：“晚上不走了吧？”

迎璟难得没有主动，还把脸挪开：“我有话跟你说。”

“接个吻再说。”

“接完吻我就说不了了。”

“嗯？”初宁抬起头，愣了愣。

迎璟捧着她的脸，眼神渐浓，坏水儿从里头淌出来：“因为接完吻就要立刻跟你做。”

初宁笑骂。

“我要去参加比赛了。”

初宁一怔。

迎璟深吸一口气，语气平静道：“你听说过世界航空科技大赛吗？”

两人数秒对视，空气短暂安静。

“啊——”初宁猛地尖叫，抱着他一顿乱跳，“我就说我最近右眼皮总是跳，还以为有难事，没想到是好事！”

初宁又跳又叫还不够，恨不得掐住他的脖子疯狂摇晃：“什么时候？在哪里？我能去现场看吗？很多国家参加吗？”

她没等迎璟回答，思维极快跳跃，整个人又突然安静下来。初宁蹲在地上，双手盖住了自己的脸。

“怎么了？”迎璟也蹲下来，小心翼翼地按着她的肩膀，“初宁，初宁？宁儿？”

她一直不肯把手挪开，慢慢地，人也在微微颤抖。迎璟怕她憋出毛病，用力把她的手从脸上拿下，然后把人揽进怀里。

“不哭了啊，好事儿啊，你哭什么？”

初宁摇了摇头，鼻涕全蹭在他的衣服上，自己还嫌弃上了，觉得脏不好撒娇，于是抬起脑袋，眼眶发红，把泪水给憋了回去，瓮声瓮气道：“我就是替你高兴，你现在可是国家种子选手了，我都要请不起你了。”

迎璟还傻乎乎地笑。这笑没别的意思，但初宁难免往多了想，她忧伤地点了点头：“是吧，你也这样觉得吧？唉，一个唐耀不够对付，以后千千万万个唐耀又站了起来。”

迎璟笑道：“胡说。”

初宁没反驳，眼睛湿漉漉的，安安静静看着他。这个眼神太抓心挠肺了，有宁静的喜悦，有淡淡的忧虑，有由衷的欣慰，也有热切的期盼。

迎璟一低头，两人自然而然地缠在了一起。初宁抵着他，煞风景地来了一句：“我没洗澡。”

下一秒，就被打横抱起：“一起洗。”

浴室里，花洒淋浴已经掩盖不住动情，热气慢慢覆盖住了磨砂玻璃，忽然一只手掌重重地按在上头，没多久，五根手指头蜷曲，变成了难耐的欲拒还迎。

好久之后，初宁觉得自己跟死了好多回似的，赖在浴缸里动也不动。迎璟一身舒坦，搅着水说：“凉了，快起来穿衣服。”

初宁瞪他一眼：“都怪你！”

迎璟好笑，上半身水珠往下坠，隐隐的肌肉跟着笑容一颤一颤的。

“这也怪我？行吧，这罪名我担。”

为啥？男人的那点小虚荣，光荣！

风雨渐渐止息时，已过零点，迎璟拿浴巾裹着初宁，把人抱上了床。

“你动动。”这人跟个小僵尸似的。

迎璟拍拍她，在她耳朵边说：“头发还没干呢，我给你拿吹风机吹吹？”

初宁总算回神，眼神恨恨的：“吹你个头！”

这人一肚子坏水，说话都在下套。迎璟餍足，心情好得很，钻进被窝，从后面抱着她，亲了亲女人漂亮的蝴蝶骨，低声说：“初宁，我是你的。”

"废话。"

"从你决定投资我的那一刻起，我就是你的了，以前是，现在是，永远永远都是。"

初宁睁开眼睛，她能感受到身后炽热的胸膛一下一下地跳动着。迎璟是工科生的头脑，说不出什么浪漫的情话，他直接、坦诚，是什么就说什么，字字平平无奇，但她也知道，他许诺，便一定会践诺。

初宁没接他这茬，而是说："唐其琛那边已经给我回复，他同意我们的条件，不再要求增加资金占比的市场份额，并且不会在日后的技术板块进行决策性干涉。换句话说，他愿意对你进行B轮投资，还能保证你的研发自主权。"

迎璟揪着她散在枕头上的头发丝玩儿，绕在食指上，又松开。

"明耀科创也和我进行了对接，呵，他们终于走正规流程了。"初宁语气虽平，但能听出她的私心，是介怀唐耀之前私扑迎璟的举动。虽说平等竞争无可厚非，但在她眼里，总觉得对方不够光明磊落，少了那么点儿正气。

"唐耀开的条件不如唐其琛，主要是在技术股的占比上，资本和技术他都想要有一定的决策权。"话一顿，初宁又是一声冷讽，"业内霸道哪家强？明耀科创敢认第二，没人敢认第一。"

"不过，他们的专业优势确实很拔尖，这一点，唐氏集团就比不上。"厌恶喜好放一边，初宁实事求是地说，"这个很关键，而且，对你的帮助非常大。"

钱与权，那都是表象，资源和行业背景，才是这条路上可遇不可求的助力。

"但唐耀这人，太阴了，指不定以后给咱们使绊子。他的发家史，说好听点叫传奇，往明白里说，叫心狠手辣。他手下做事的人，也不少变态，尤其那几个副总，扑克脸，组团就是一副牌！"

怨念倒是不少，初宁歇了气，才问："情况就是这样，你呢，你怎么想的？"

迎璟："你对明耀的意见不小啊。"

初宁默认。

"但是唐耀很有那个范儿。虽然不好说话，咄咄逼人，但仔细一想，他的每句话都很真实，不绕弯儿，不下套。"

哟，敢情这是气味相投啊，初宁冷哼一声。迎璟掰正她的身体，两人对视几秒后，索性都坐了起来。

"你看你，有时候的态度和做事方式，和唐耀也没什么差别嘛。"

初宁眼睛一瞪，不高兴全写在了脸上："那你高估了我，我要是有他一半的资本，横竖也就轮不着他来跟我谈条件了。"

这话犯狂，迎璟也不往她火苗上扇风，又扯到唐其琛。唐其琛啊唐其琛，是故人，还是有故事的故人。

“唐总人也很好，但他，他和我姐夫的矛盾当年闹得挺大，我姐夫那实力你也见识过，这两人也算成熟稳重的人，但能打到都进了医院，你想想，这仇得有多大？”

迎璟动之以情，后面这段话才是他在乎的：“而且，我姐现在怀孕了，和我姐夫好着呢。虽说两口子的感情是自己的，但如果我又和唐总密切联系，我姐夫会怎么想？”

他语重心长地叹息一声，看着初宁：“你能理解吧？”

听完这番长篇大论，初宁冷不丁地嗤声道：“我理解个屁。”

她风轻云淡，扫他一眼：“先不说别的，就你姐夫，我见过两次，人正气，就不是你说的那么小气的男人，翻篇的事情绝对就不会再去东想西想。”

迎璟咋舌，眼珠往右边一转，摸了摸自己的鼻尖。

初宁斜他一眼：“再说了，你什么样的人，我能不知道？呵，一肚子坏主意。”

“我哪儿坏了？”迎璟坚守阵地，一副不服来辩的架势。

“这种鸡毛蒜皮的担心，就不是你平时会在意的！”初宁有理有据，字字戳他心窝，“这个项目是你一手建起来的，论心血，没人比你花得多。跟它有关，你根本不会将就。你只是扯些理由，希望体面委婉地说动我，打消我对唐其琛的属意。”

初宁一字一顿断定：“其实你心里，选的是唐耀。”

这回，迎璟是彻底说不出话来了。气氛僵了几秒后，他扭过头，眼睛盯着被毯上的那朵花，小声道：“你不喜欢唐耀，我怕我一说心里话，我们又要吵架。宁儿，我不想跟你吵，忒伤感情。”

初宁坐直了，双手搁在胸前，头发如海藻散在背后，她脸小，生气的时候，本来就出彩的眼睛便更有神了。她淡声道：“费了这么多心思，你就不问问我，我的想法？”

迎璟一副“你都这么讨厌唐耀了还用问吗”的表情，但还是配合地问：“哦，你选谁？”

“明耀科创，唐耀。”

迎璟愣住。

“如果做生意，全靠个人喜好作为判断标准，我也不可能再和你有任何交集。”初宁十分淡然，已经想得很透彻，“唐其琛的确是一位省心的合伙人，但你做的事业，本就不该省心。以后，你会遇到很多困难，会碰到更大的麻烦，不管是资金缺口，还是技术短板，甚至人脉背景，就是这么现实。”

初宁坐累了，换了个姿势，环着膝盖，下巴轻轻蹭在上头："可我的能力，只能到这儿了，我再努力、再拼命，也不能给你提供更广阔的平台和支撑了。"

她歪着头，平静地看着迎璟："我永远不会成为你的阻拦，我要为你保驾护航。"

迎璟看着她，一语未发，眼眶红透。初宁笑了笑："想哭啊？来，到这儿来。"

然后她冲他张开了怀抱。

初宁很快着手与明耀科创的工作对接。迎璟这边，效率更高。参赛资格一过，他们就被要求前往酒泉进行集中式培训，类似于七天的密集型集训，全队人共同参加。

这事儿来得突然，他走得急，连一天的时间都没有。他赶着上初宁这儿来，也算是短暂告别。

"这几天我不能跟外界联系，手机都是统一管理，你要有什么事，就找我姐夫，他的手机号我给你存微信里了。"迎璟做事仔细，有一句没一句地嘱咐着。

初宁不以为意，好笑道："我能有什么事儿找你姐夫啊？"

"没事最好。"迎璟还蛮严肃，"有备无患总是好的，他最近在B城训练，也能帮上忙。哪怕我姐夫解决不了，上头还有我爸爸。"

初宁乐了："哟，这语气！"

昨晚的聊天场景历历在目，初宁一想起，就忍不住扬起嘴角。她拉回思绪，今天还有正事儿要办，与唐耀约好了时间，正式见面商谈。

初宁对此很上心，着装正式，妆容也精致，她在心里打了无数遍腹稿，假设了唐耀会提的每一个刁难问题。她原以为唐耀会携带智囊团，但到了才发现，他也是一个人。

初宁很意外，唐耀穿得随意，一件白衬衫挽了几卷衣袖，露出结实的小手臂。他的手腕干干净净，连一块手表都没有戴。

"坐。"他抬头看她一眼，表情无波无澜。

初宁亦大方："唐总您好。"然后款款落座。

唐耀饶有兴致地看着她，自己也放松了，靠着椅背，跷着腿，左手横搭在椅背上，忽地一笑："初次见面，连握手都免了？"

初宁警惕地看着他，只笑，不说话。唐耀却主动起身，右手越过桌面，稳稳伸在半空："你好，我是明耀科创的唐耀，不管以前对彼此有何看法，但从这一刻起，都是好的开始，希望我们互惠共赢。"

一席话，他是彻底抖落了隔阂与偏见。初宁拾着台阶而下，自然是给足了对方面子，简短用力地握上他的手，说："感谢唐总信赖，以后承蒙您关照，也请多多指教。"

序幕一拉开，后面的话就好说了。唐耀没有带同事，这一次，更偏重于初宁对合作之后的工作计划看法，她的思路很简单，做产成品，减少对市场销售模式的依赖性，不反客为主，不主次颠倒，她所有的销售渠道、方式、客户的拓展，都是建立在迎璟的研究方向上。

"他的想法，是先决条件，我会以他为重。"初宁结束阐述。

唐耀听得很仔细，目光锐利，但没有攻击性。他的态度，能让人感受到那种谨慎与认真。

唐耀问："宁总，恕我直言，当初做出这个项目的投资决策时，条件不成熟，前景不明朗，你的立足点在哪里？"

初宁坦诚一笑，人也放松下来："如果我说，是三分冲动、两分情怀，以及五分想要冒险和跃跃欲试的不安分，您信吗？"

唐耀极淡地勾了下嘴角："信。"

"我被问过太多次这个问题，但是，我自己也说不出个所以然来。"

初宁对自己这一生里最奇葩的一次选择，心怀慈悲，不问原因，不问结果，决定往前走的那一刻，就注定回不了头，于迎璟如此，于她，也是同理。

唐耀敛眉沉默，很绅士地替初宁续上茶，说："我可以跟你聊聊我的看法。"

初宁颇感兴趣，人坐直了些，洗耳恭听。唐耀侃侃而谈了半个小时，他在这个领域的专业度以及见识，是初宁不能企及的。相比之前摸石头过河的忐忑，唐耀的经验与远见，无疑是一盏指明灯。

"明耀科创向来惜才，只要他努力，我可以为他提供条件。"唐耀总结，"赚不赚钱，对现阶段的明耀来说，已经不是最重要的。"

话不必说得太满，初宁是个聪明人，一听就懂。现在她沉下心来一想，这个决定，是多么重要。

最后，唐耀再一次与初宁握手："宁总，下周周副总会正式与你对接，合同草案法务部也会尽快提交，期待和你的正式合作。"

两人从茶厅出来，阳光万里。唐耀的车是黑色奔驰，司机已经打开车门。上车前，唐耀看了眼初宁，说："世界航空大赛，月底在B城举行，如果你有兴趣，我给你留票。"

初宁笑了下道："唐总客气，再见。"

唐耀微微颔首，上车。待车走后，初宁松了一口气。至此，事情总算是往好的方向发展了。

Chapter 23　纠纷大战提上日程

迎璟去酒泉的第二天，明耀科创就邀请初宁一起去杭州参加一个科技行业内的论坛峰会，随行的是唐耀的得力副总，针对未来智能高科技领域的前景发展，论坛的前瞻性十分超前。

初宁收获颇丰，每天都做了情况分析，并且汇总发给迎璟。哪怕他现在不能使用通信设备，但很多要点都有助力。三天后，初宁回京，上午刚在宁竞投资本部开完例会，秘书就说，有人在办公室等。

初宁推开门，稀奇道："哟，稀客啊，八百年不上我这儿来，今天怎么有空啦？"

关玉从沙发上站起，嘿了一声："说得我好像有多冷漠似的。"她打量了一番初宁，由衷赞叹，"不错，今天这身儿好看！"

初宁穿的白色职业装，短裙下，两条腿修长白皙，她穿高跟鞋的仪态很好，走路带风，背脊挺直。初宁绕到办公桌后面坐下，手头还有些工作，签文件的时候头也不抬，嘴角挂着一抹笑："我哪天不好看？"

关玉手肘撑着桌面，捧着自己的脸跟朵花似的，歪着脑袋笑她："今天特别好看。"

初宁抬头看她一眼，又低头签字，问："待会儿有空吧？等我忙完请你吃饭。"

"好啊。"关玉伸着脖子，瞅瞅她手边的文件，"哟，柯明地产，竟和这么大的公司有合作啦？"

“小项目。”初宁随便说说，挺感兴趣地问，“你最近找我的频率有点高啊，怎么，不和你的眼镜哥哥浪了？”边说，她边不经意地拿了会议本，把那一沓合同给盖上。

关玉敛敛眉道：“他忙嘛。你的呢？我都没和迎璟吃过饭，今天把他叫出来。”

“他忙嘛。”初宁不动声色地将答案抛回去。

关玉讪讪一笑，也就不好再继续。

“对了宁儿，我这几天看到新闻，现在的国家对航空工业的支持很大啊，叫什么来着，航空强国政策，对，就是这个——简直就是为迎璟量身制造的啊。”

初宁头也不抬，一时没回话，十来秒后，才应一句：“做这行的多了去了，他不算什么。”

“那你接下来的打算呢？你一个人撑着，也不是长久之计啊。”关玉笑笑，补充道，“女人太辛苦，会老得比较快哦。”

初宁忙完，从容地合上笔帽，十指交叠垂在桌面上，静静地不接话。

关玉凑近，神秘地问：“宁儿，有没有想过多些人帮你分担？”

“嗯？”

“人多力量大嘛。”关玉提了精神，语速都快了些，“我之前听说你在拉资金，其实你有没有想过，国内的生意人普遍都有臭毛病，要么喜欢攒点决策权，以后甭管做什么，都要瞎指挥几下，要么呢，只是想做个噱头，类似于花笔钱打广告，给自己的公司镀镀金，其实啊，都不是做实事儿的祖宗。”

她说得酣畅痛快，初宁也不打断她，模样还蛮认真。关玉停了两秒，切入正题：“但国外的企业就不一样了。”

初宁冷不丁出声：“你说。”

“天高皇帝远，钱砸进来，他们哪还管得着，顶多定期搞个报告做做汇报，那钱该怎么花、想怎么花，不都是你说了算？”

初宁哦了声，平平淡淡道：“你有什么好建议？”

关玉见她有兴趣，眼神都变亮了，背脊挺直，身子前倾，一副急不可耐的架势：“我这儿啊，还真有一个合适的。一个欧洲的公司，我一个做外贸的表舅和他们打过交道，他们想在这边打通市场，不缺钱，缺项目。宁儿你看啊，你们算是各取所需。”

初宁没打断她，嘴角始终挂着笑。关玉抿了抿唇，话锋一转道：“这不是正好嘛，就当是给你提供信息，决定权还是在你。”

初宁笑容绽得更大了些："听起来还不错啊。"

关玉跟着点点头："是吧，要不我帮你约出来？今晚怎么样？正好一块儿吃饭。"她还真作势要掏手机。

"可他们除了能够给我提供钱，还有什么？"初宁忽然问。

关玉一怔："你还想要什么？"

"不是我想要，是迎璟，他能得到什么？"

这话像打哑谜，不是一路人，根本听不出其中的韵味。初宁也不打算解释，往椅背上一靠，慵慵懒懒地陷在里面，一派轻松："我不缺钱呀。"

"可如果和国外的公司合作，对你们的宣传也有帮助。"

"我不需要宣传，只要迎璟在这里，就是宣传。"

初宁难得有这么狂妄直白的断言，极度的自信，意味着极致的打压。关玉彻底无话可说，脸色微变，声音也变了调："宁儿，我觉得你感情用事了。"

"我对他的确有感情啊。"初宁还挺配合地点点头，"简直用情至深。"

关玉尴尬地沉默片刻，一肚子的话，叫初宁堵得死死的。

初宁笑脸一收，眸色如墨，神情凛然："我要为了钱，当初迎璟这堆破烂摊子，我压根就不会收。我不否认我用感性思维做事，但我对自己的决定，从来就不认'后悔'二字！那么难的路，我能扛下来——更别提现在。"

关玉："难道你的最终目的不是为了赚钱？"

"当然。"初宁大方承认，"钱谁不喜欢？但我现在，更喜欢我男朋友。"

关玉的神色已经快绷不住了。

"这么说吧，前些年清醒够了，小聪明也耍足了，我现在就想潇洒一回，死马当成活马医也好，感情用事也罢，大不了就是走到哪里算哪里。这条路怎么个走法，我只依着他的步伐定。"

初宁一席话说得铿锵有力，没有商量的余地，眼里全是一往无前的偏执。她极轻地嘲讽道："我还真不信了，外国公司的钱就格外香？"

这话不轻不重，但是很明显拂了关玉的面子。一时情急，她脱口而出："初宁，我觉得你这样不合适，对我们的公司特别不好！"

初宁眸色一冷。

我们。

关玉自知说漏了嘴，也没懊恼的悔意，大有破罐子破摔的架势。

"宁儿，我知道现在提起这事儿跌份，也不够地道。但我是真为你着想，而且我推荐的这家公司，你可以放心查，综合实力绝对突出，只要目的达到，你选哪个不一样？”

初宁反复嚼着“目的”俩字，忽然冷声道：“那你呢，你是什么目的？！”

刀锋隐隐泛起寒光。她本就不是什么甜美亲和的气质，不苟言笑的时候就特别清冷，更别提此刻的锋芒毕露。

初宁看着关玉，进门起的古怪气氛，自此正式拉开了序幕。两人无声对望，数秒后，关玉扯了个笑，突然跟没事人一样道：“宁儿，原来你工作时的样子这么严肃啊！我都被你吓着了。”说完，她还像模像样地拍了拍胸口。

“我才不要做女强人，我还是去和我的老赵撒撒娇得了。你看你，就是容易当真，都快开不起玩笑了。”

人话鬼话通吃，初宁顺着她的意思，也不让气氛继续尴尬，笑道：“我要真当真，可不是现在这个样子。晚饭还吃吗？”

她边说边拿起手机：“吃的话我现在订位子。”

“不吃了，开开玩笑而已，我有饭局。”关玉拍拍手起身，拎着包蛮自在，“不打扰宁总啦，走啦！”

初宁点了下头：“不送了啊。有事儿电话联系。”

“好啊！”关玉转过身，笑脸瞬间垮了下来，神色不明。

她的手碰上门把的前一秒，初宁忽然喊她：“小玉。”

关玉扭过头。

“你要钱，就跟我说。但别碰我的底线。”初宁看着她，声轻，意重。

初宁把话说到这份上，已经是很不高兴了。关玉望着她，眼里一瞬间有些复杂，但很快又不见了。她笑了笑道：“瞧你紧张的，我跟你闹着玩呢。”

这话初宁压根就没打算接，说：“我不是跟你闹着玩。”

关玉神色微僵，抿了抿唇，走了。门一关，初宁忽然觉得没意思透顶。她陷在皮椅里，头疼得直用手捏眉心，心里的难过起了个头，便再也止不住。她给冯子扬打电话，把今天这事儿从头到尾说了。

“这姑娘想干吗呢？！”冯子扬脾气直，“你俩这么多年关系，她不清楚？这些浑蛋话她就不能跟你说！”

初宁压了压他的火气：“行了行了，我找你是来听建议的，不是听你骂人的。”

“我打听过，她没在外面欠债，也没做什么投资。”

“她那个男朋友呢？”

“吹了。”冯子扬嗤笑，“下家找得特快，都快谈婚论嫁了。”

初宁默了默，这滋味儿不好受。关玉游戏人间的态度，到头来又得到了什么？除了纵情当时，什么都没留下。

"我可提醒你，事情能往好里说，就尽量别撕破脸。"冯子扬语气凉飕飕的，给她丢了一个炸弹，"当初你为了继续给迎璟投资砸钱，想了个偏门主意，注册了现在这个公司。你所有的账务往来，都是从这里过的吧？"

初宁没说话，心往下沉。

"你拿关玉的身份证去注册，从法律上来说，这公司就是她的。"冯子扬声音冷了几度，"她要真起了歪心思，宁儿，你这路，不好走啊。"

"浮夸了啊。"初宁不屑道，"我了解她，她没这个胆儿。她骗吃骗喝勉强凑合，你真往她手里塞一把刀，她还嫌烫手恶心丢得比谁都快，更别提这种跌份的事了。"

冯子扬冷哼一声道："但愿。"

初宁不想继续这个沉重的话题，说起了高兴的事："对了，我们要跟明耀科创合作了。"

"听说了。"

初宁意外："你上哪儿听的？"

"这个圈子只有这么大，流言蜚语能听到很多，但关于明耀的，还真听不着。"冯子扬说，"除非他们自己有意透露，那就是很有诚心的决定了。"

初宁顿时眉开眼笑："下周一正式签合同。"

"嗯，迎璟什么时候回？"

"周一晚上，正好也能给他一个惊喜。"

"呵。"

"你冷笑什么？"

"老子嫉妒行不行？"

初宁笑骂："滚蛋。"

挂电话前，冯子扬又说："宁儿你自己也注意点。"

初宁明白，他是不放心关玉。冯子扬和关玉关系虽好，但两人还没到交心的程度。但初宁不一样，他和她多少年的感情啊，这人如果真的往绝境上走，指不定做出什么事。冯子扬真正担心的，还是初宁。

明耀科创的合同草案很快完成，初宁即刻投入条款的审核与修改中。关玉今天这一遭，只当是一段小插曲，初宁还抱着侥幸心态，心说，朋友之间哪有不起争执的。关玉是个聪明人，晾一晾她，没准儿就想明白了呢？

初宁经过与明耀科创的斡旋谈判，将部分合同细则进行修改后，顺利通过。那日下午，自上次见面就一直没有露面的唐耀，终于给初宁打来电话，言简意赅："宁总，期待后天的正式合作。"

接触了几回，初宁也看出来了，唐耀是个非常有原则的人，话不多，待价而沽，最后只关心结果。这样的人，看着不好接触，但真要交手，还是很酣畅的。

初宁与很多公司打过交道，明耀科创致力科技发展，企业文化倒和这条路的特点相契合：从上至下，守信、践诺、做实事。她也感慨迎璟的选择，一条道上的人，还是有那么点惺惺相惜的。

想到这里，初宁看了眼日程表，迎璟抵达B城的时间，是明晚八点十分。次日，初宁赶早把工作都安排好，推迟了两个会议。办公室里放着她为下午签约准备的衣服，设了日程提醒，提早一小时出发。

初宁处理完宁竞投资本部的最后一项工作，去了趟洗手间。她回来时发现，手机上有一个冯子扬的未接来电。她正准备回过去，手机一振，来电人是唐耀。

"唐总？"初宁接听。

那头压根不给她说话的机会，几秒之后，初宁皱了眉头，再几句话的工夫，她脸色煞白，一瞬间完全反应不过来，人往后退了一小步。她伸手按住了办公桌，掌心狠狠一掐。

"唐总，您听我解释！"

唐耀的语气不算重，但声音沉静，像一个黑旋涡，每一个字，都把人往深渊里引。初宁被他的最后一句话急出了一背冷汗。

唐耀说："宁总，择良木而栖，我个人十分理解。既然如此，也祝福你有更好的选择。"然后他话锋一转，"晚上的签约，暂时取消，再见。"

电话里只剩下忙音。初宁握着手机举在耳边，半天没缓过劲。等这口气顺出来，她只觉得心口气血翻涌，喉咙口甚至尝到了淡淡的腥味。她很快冷静下来，把唐耀的话从头至尾捋了一遍：

宁总，你们同时在接触另一家外商投资机构，合作意向明显，怎么，这是两条船都上只脚，一个都不想错过是吗？

贵公司既然有意与外资合作，那么，在与明耀商谈的过程中，于情于理，你都应该让我们知晓。

好，这事儿说到底也是贵公司的自由，但已经到了合同签署阶段，于情于理，我是否都可以认为，明耀科创是作为你的第一选择、唯一选择？

宁总，在商言商，这个前提，是诚信。既然你做不到，那明耀也不必费时间奉陪。

外商？

外商。

初宁忍着剧烈的头痛，瞬间想起了数天前关玉的那番话。

初宁闭上眼睛，手指掐着桌沿。她千算万算，也没想过最坏的打算是这种。冯子扬一语成谶。

初宁被冷汗湿透，整个人瘫在皮椅里，重重地按着眉心。她给关玉打电话，对方不接，她再打，对方直接挂掉，最后，竟显示无法接通了。

初宁怒火中烧，抓起手机往桌面上狠狠一砸，砰的一声巨响。数秒之后，办公室门被推开，秘书神色担忧："宁总？您没事儿吧？"

初宁撑着额头，面色极冷。

"车已经停在楼下了，您现在出发吗？"秘书办事仔细，问道。

初宁这才反应过来，慢半拍地缓慢道："取消。"

晚上，迎璟的飞机晚点，折腾了一路，他到初宁的公寓时已经快零点。一周多不见，他黑了，结实了，门一拉开，他就猴急地拥上来，把初宁抵在墙壁上乱吻。

他身上有很重的风尘味，嘴里却是淡淡的留兰香。哟，吃过口香糖啊。初宁揪着他的衣摆，也没有拒绝，但也谈不上多主动。迎璟急不可耐地亲了几分钟，才喘着气儿说："我回来了。"

初宁望着他，嘴角带着浅笑。

"我待会儿还要走的。"

"嗯？就走？"

"就要比赛了，管得严，我不能在外头过夜。"迎璟抽空来一趟也不容易，眼神怪可怜的，巴巴看着她，"好气哦！我都不想比赛了！"

"胡说。"初宁往他脑门儿上重重弹了一下。

迎璟不喊疼，小别重逢又没法儿胜新婚，这滋味儿不好受。两人这么久不见，别的事先放一边，迎璟只想得到爱人的热烈回应，他心思往偏里想，审视她数秒，忽然哼了一声。

初宁一下子就乐了："你哼什么哼啊？"

"你一点都不热情。分开这么久，你都不想我。"

"哪有？"

“就有。”迎璟指着自己的唇，“这儿你不亲。”他又指了指眼睛，“这里你也不亲。”他的手一路往下，滑过锁骨、胸口、小腹……

“别耍流氓。”初宁打开他的手，低低要求，然后双手从他腰侧穿插过去。这是一个非常示弱的拥抱，她把整个人的重量都交付在他身上，脑袋枕着他的肩膀，手也搂得很紧。

“我好想你，真的很想。”

迎璟眼眶都热了：“我也是。”

初宁闻着他身上的味道，有点想哭。她忍着，声音力求平静：“怎么样啊，在那边还顺利吗？”

“挺好的，见了几位领域内的专家教授，这次比赛我们也有主场优势，到时候可以提前两天去适应场地，调试设备。”迎璟很耐心地跟她汇报。

“参赛的内容呢？”

“沿用上次大学生航空科技大赛里的那一套技术。我们的航发虚拟仿真，已经比之前成熟太多，到时候你会看到，我是你的骄傲。”迎璟把她抱得更紧，“初宁，遇见你，我才变成了更好的自己。”

初宁没吭声，只把头埋在他的肩窝里用力地蹭了蹭：“是你一直很棒啊。”她稳住情绪，才慢着节拍地说，“你勤奋、努力，性格也好，很招人喜欢的。我只是你的起跑线，跨过这一步，你能走得很远很远。”

迎璟执拗道：“起点是你，终点也是你。”

“可我能力有限，你应该飞得更高。”

“我不会飞很高，但我能让飞机、火箭、航载器飞得更高。”迎璟自信地说，“我会为你挣很多很多的钱。”

初宁抬起头，眼底含着笑：“多少钱啊？”

“娶得起你的钱。”迎璟舔舔嘴角，压了好久的欲望终于有了说头，他凑到她耳朵边，撒娇一般轻轻哼哼，声音也低了几度，沉沉的，有些蛊惑人心，“宁儿，这次比赛结束，我上门提亲，行吗？”

初宁被他弄得耳朵痒，笑：“我爸妈不好说话，你怕不怕？”

“不怕。我特别招长辈喜欢，天生的技能，不信啊，下次你看着，我一准儿把你爸妈伺候得舒舒服服。”迎璟胸有成竹，“再说了，这不还有我爸嘛。”

“这关你爸爸什么事儿啊？”

“他年轻时候在基层工作了十几年。”

初宁好奇：“哦？做什么的？”

"妇联主任。"

初宁哈哈大笑，实在没办法把迎义章军装上身的形象跟这四个字联系在一起。

"别笑，我爸当时在广东的一个小县城，工作干得特别好，上调的时候，县里好多人都拉起了横幅，还给我爸送鸡蛋啊，大母鸡啊，他很得民心的。"迎璟说得一本正经，有理有据，"我要真搞不定你爸妈，就让老迎上。"

这家子气氛真好，不用置身其中，光靠听故事，都能感受到那股轻松活泼的家风。初宁敛神的片刻，迎璟一只手抵着墙，把她压在怀里，说道："羡慕啦？"

初宁实事求是地点点头："嗯。"

"不用羡慕，以后我们就是一家人。"迎璟还坏坏地往她腰上轻轻掐了掐。初宁一阵战栗，脸微红道："呸！"

迎璟笑了笑，又问："你这边还顺利吗？"

他这一走，基本无暇顾及后方阵地。他跟了初宁这么久，明白这些事也费心，磨合同，磨利益，磨态度，样样都要花心思。以前他总不明白，初宁为何如此凌厉冷淡，现在才知道，她也身不由己。

说到底，她也是二十多岁的姑娘家，一有事了，酒桌、商场上，个个如狼似虎，也不见得会给女生优待，还恨不得逮着她们的弱势，欺负得死死的才好。谁也别怪，人心如此，虽有境界高的，但大部分在为生存奔波，防人亦攻人，无可奈何啊。

他这一问，初宁也神色无异，挺镇定地说："放心，有我在，不会让你吃亏的。"

"唐耀没为难你吧？"

初宁笑："不会。"

迎璟点点头："他要是对你凶，我就不跟他合作了。"

初宁抬起手，摸了摸他的脸，动作温柔，轻声道："这话以后不许说，不成熟，跟小孩儿赌气似的。你长大了，不是在做一个学校的功课作业，你现在做的，是事业。不管以后我在不在你身边，你自己脑子一定要清醒，什么是轻重缓急，什么是良师益友，与自己的厌恶喜好是要分开的。明白吗？"

迎璟定定道："你一定要在我身边。"

初宁愣了愣。

"你不在，我就不会再上进，不会再努力，我要变成一个浪子，游戏人间，然后气死你。"

初宁伸手捶他："傻吧你！"

时间不早了，迎璟说："我得走了，车子还在楼下等我呢。"

"真不在这儿休息了？"

"嗯。"迎璟委屈道，"要是请得下假，我早把你往卧室里推了，还能让你站在这儿浪费时间？"

他总能出其不意，让初宁无话可说。

初宁拉着人往门外拖："快走快走。"

迎璟懒洋洋道："说个实话都要被赶出家门，啧。"

初宁的脸彻底红了，说到这个，她有必要郑重提示："喂。"

迎璟看着她。

她双手搁在腰上，清了清嗓子道："迎璟同学，你真的要，要……"后半句她说不出口。

"嗯？要怎么？"迎璟一脸无辜。

初宁气息渐弱："节制一下好不好？你现在年轻，身体是很好，但这是消耗精气神的举动，只能适当，不能过量。"

迎璟没羞没臊，挑眉道："谁告诉你的？"

初宁心虚，可又不能㞞，竟脱口而出："中医说的！"

迎璟笑得顺不过气，眼泪都笑出来了。初宁踹他一脚，恨恨道："笑死你！"

迎璟也没躲，气息直颤："这话中医没说过！"

两人对视一眼，初宁也觉得不好意思，自个儿笑出了声。

迎璟真得走了，笑容淡去，深吸一口气，向前一大步，捧着她的脸狠狠亲了下去。两人唇齿相依，初宁动了情。

"拜拜。"迎璟退开，不舍道。

"走吧。"初宁扯了一个让他放心的微笑，"三天后就要比赛，你自己调节好，注意休息，正常发挥就好。我等你。"

电梯门打开、关上，楼层跳跃至一楼。初宁这才进屋，背靠着门，盯着客厅里的灯怔怔发呆，遂又低下头，鞋底磨着地面，想到下午唐耀的那番话和态度，心里就跟苦海涨潮似的，难受得厉害。

她心烦，但绝不会在迎璟面前表现出来，怕影响他比赛。这比赛在某个层面，可能是迎璟职业规划上的一个重要转折点，再把层次拔高一点，他那是肩负国家荣耀参赛，意义不言而喻。

初宁深呼吸，握紧的拳头又松开。她还能怎么办？死皮赖脸也罢，她总得和唐耀打破僵局啊。

次日，初宁多方联系明耀科创的对接人，但电话打过去，对方态度客客气气的，不把话往明面上撕破，但那条泾渭分明的线也给你划得清清楚楚。

往难听里说，初宁一边信誓旦旦地和明耀谈合作，一边又被发现和别的公司接触，脚踏两条船，这是唐耀的忌讳。这人圆滑，但原则也明确。初宁没办法，苦楚全往肚里咽。她不请自来去了明耀总部，但人家秘书直言，唐总不见客。

唐耀是不见客，还是有意不见她啊？初宁给人赔笑脸，又想方设法对之前项目对接的一位副总死缠烂打，对方好不容易答应吃顿饭，但也不愿让唐耀知道。

初宁好酒好菜地招呼，自个儿也豁出去了，酒是一杯一杯地敬，总得拿出态度不是。好不容易从对方嘴里套出信息，初宁心都凉了——

“宁总，您是真不知道，还是揣着明白装糊涂？那家国外公司，我也不知道您看中它哪一点，注册地在欧洲一座小城市，基本就是一个空壳。这么说，您可懂？”

初宁忍着酒劲儿道：“还劳烦您多点拨。”

“这种境外公司，鱼龙混杂的太多了，而且监管困难，也难以理清它们的真实财务状况。但据我的经验，百分之七十是一个幌子，打着正规投资外商的名号，在法律上钻空子，相当不正规。”这位副总也是酒后吐真言，如实道，“唐总是个原则性很强、要求相当高的人，你这个行为，他确实很反感。一呢，是合作的诚信问题；二呢，也暴露了你们的眼光与能力是非常短浅的。”

走前，副总意味深长地对初宁说了句话：“宁总，你们这个项目非常符合国家当前的政策方向，红利和前景势必无限宽广，有极大的发展空间。咱们再说点冠冕堂皇的话，航空工业领域的很多技术，在高层面来说，很多都是绝对保密的。这位项目负责人，还是个大学生吧？”

初宁抿了抿唇，默认。

“前阵子他拿的那个大学生航空科技大赛的第一名，已经引起很多关注。他很有天分，研究的技术也很微妙，现在又要去参加世界级别的比赛，宁总，这个时间点，您不觉得，您现在的所作所为，对他来说是很敏感的吗？”

副总笑了笑，摇了摇头：“跟外商接触，这里头的水，您量过没有？”

语毕，人走。初宁感觉一阵寒意从脚底板直蹿向天灵盖，扯着她的每根神经都在突突跳动。初宁喝多了酒，这几天奔波劳累，已经撑不住了。她扶着桌面，用力掐自己的腿，到底还是没忍住，胃里翻江倒海，直接吐了出来。

酒水胃液混在一起，她的状态已经处于崩溃边缘。就在这时，她的电话忽然响了，是消失数天的关玉。

关玉这通电话还挺神奇，响了两声又给挂掉了，等初宁给她回拨过去她又不接，最后磨磨叽叽来了条短信："明天下午三点半，盛荟。"

初宁再打，对方已经关机了。她气得又想砸手机，但一想到这事情总得解决，关玉能主动提出见面，还算有希望。第二天，初宁准时赴约。她一路开车从东往西城，临近周末，往返高峰期，在北大街那块儿就开始堵了。

她还怕迟到，为节省时间压着几个黄灯闯过了线。最后两个右转路口，初宁等红灯时，心里没谱，还是给冯子扬打了个电话，冯子扬没接，初宁就把手机扔到了一边。

到了盛荟，初宁报了关玉的名字，侍者说有这么一位客人，然后领着她上二楼。这个会馆分了很多功能区，新开没多久，仿江南古风的装潢风格，小桥流水做得挺生动。到了，初宁推开门进去，扫了一圈正厅没见到人，视线往右，才看到关玉站在窗户边，一身黑色长羽绒服及脚踝。十一月的B城冷风往里灌，她也不怕冷，听见动静回过头，也是无波无澜的表情。

初宁反身关门。

关玉扯了个笑："来了啊。"

初宁点了下头，走到矮桌边，水已经烧滚，喝茶的一套器具摆得很齐全，边上十枚小瓷器造型不一，装的都是茶叶，附庸风雅。

"这个君山银针不错，我煮给你喝，你尝尝看。"关玉走过来，脸上带着笑，很是热情。

初宁平淡道："不用弄了，我不会品这个。"然后她自个儿动手，倒了一杯白开水。

关玉的手指尴尬地从半空收回："你从小到大都是这么实在。"

初宁也不急着接她的话，喝了半杯水，从容落座，有一搭没一搭地看着她。

这眼神很随意，没什么攻击性，就像两人之前的无数次聚会，都是这个架势拉开聊天谈心的序幕。

安静片刻，关玉说："宁儿，我这几天不接你的电话，是我家里有点事，每回都在忙，忙完就给忘记了，你不会怪我吧？"

初宁点点头，让她继续。

关玉放松了些，手指头摩挲着杯壁："上次我跟你提的事儿，你能考虑一下吗？”

初宁一副忘记的表情：“什么事啊？”

“你的公司不是在拉资金嘛，国内公司很多短板，做事儿束手束脚，以后怪麻烦的。外企就能弥补这方面的不足。”

“嗯，你说说看。”初宁捧着水杯，慢悠悠地又喝了一口。

关玉来了精神，身体前倾，双手叠在桌面上：“就我表舅合作过的那家公司，挺有实力的，也一直在关注这一块的投资机会。上回家里聚会，我一听，哎！你做的这个不正合适嘛，我当时就把小璟参加比赛的新闻给我表舅看，他也觉得不错。对了，你的手机能收邮件吧？我现在就把公司的资料发给你看看。”

这人哪，一旦心怀目的，哪怕再粉饰太平，也总能露出蛛丝马迹。初宁不动声色，目光在她脸上停了半秒。关玉无知无觉，低着头，正投入地捣鼓手机。

“是这个吧，你能收到……”关玉对上初宁的视线，笑脸瞬间僵在那里。

初宁的沉静，太有震慑力：“小玉，你现在还不对我说实话吗？”

关玉放下手机，轻轻地将其搁在桌面上：“我是为你好。”

“为我好？”初宁笑了一下，反复嚼着这三个字，看着她，“你何德何能啊？”

关玉的脸色在挣扎，但她还是极力维持住了镇定，笑着说：“宁儿，现在说这话的确有点不合适，但你当初有困难的时候，只要你开口，我是不是没点儿犹豫？”

初宁：“所以你现在就能代我做决定了？”

“我只是觉得这是个好机会。”

“你从头到尾就没参与过公司的具体事务，凭什么判定什么是好或不好？”

“只要能够达成目的，就是好的！”

关玉声音比初宁更大，好像只有这样才能扳回一局。初宁不说话了，眼神里再无侥幸，这股冷淡，是真伤了心。她不需要言语，用目光就能逼迫人自省——你这样合适吗？

关玉逞强数秒，最后还是先挪开眼。

“你知不知道，我在和明耀科创谈合作？你知不知道，你这样的举动，会给我造成多大的麻烦？”初宁不再给她辩解的机会，一字一顿如刀刺，“关玉，你知道自己在干什么吗？”

“当然，我……”

“你在为我好？你觉得只要有钱就能解决一切？你把自己的想当然，当作干涉我的合理借口？”初宁面如寒霜，“你脑子被驴踢了吗？”

这一番话，无异于白刀子进红刀子出，往人自尊心上扎。关玉心里一阵悲愤，猛地提声：“当初是我注册的这家公司！我做什么都不过分！”

这声呐喊，关玉用尽了全力，情绪复杂、极端，有压抑的无可奈何，也有走投无路的拼死一搏。初宁看着她，红唇如血，唇瓣紧紧抿成一条线，垂在桌子下方的手在微微颤抖。

“你一直听不进别人的意见，你那么骄傲做什么？难道你从小到大就一定是对的吗？为什么朋友善意的建议你也瞧不起？我推荐合适的公司给你有错吗？我是好心，你呢？你扪心自问，你相信过我吗？你把我当朋友吗？你从头至尾，专断强势，在你眼里，从来没有别人！”

初宁站起身，扬手就是一巴掌！

响亮的声响过后，关玉的脸顺势往右转去。

屋里诡异地安静下来，浮着一丝淡淡的血腥味。初宁觉得喉咙口难受，但心里更疼，她伸手越过桌面，死死捏住关玉的下巴，用力将其掰成和自己面对面的姿势。

“我把你当最好的朋友。你自己想一想，刚才那番话，是人话吗？”

初宁字字狠厉，掐着她，不准她躲：“我强势？我专断？我这一路走来有多苦，别人可以不知道，你能不清楚？我要是不强，早被生吞活剥了！”

初宁说着，也红了眼眶：“我不相信你？我要是不相信你，我公寓的房门密码能让你知道？关玉，你这变性太快了，如果这就是你的理由，那我无话可说。”

关玉面如死灰，咬着唇犟着。

“你要钱、要人，要什么都可以跟我说，我要是不帮你，是我初宁不对，但如果我答应帮你，你还这么反咬我一口，我一定弄死你！”

初宁心狠起来，是真不留半点感情。关玉忽然崩溃：“对，我需要你帮忙，我需要这个外商投资你的项目。好，我说了，你帮吗？你愿意帮吗？！”

关玉的眼泪应声而下，初宁瞧见她歇斯底里的状态，蹙起了眉头。关玉自言自语：“你不会帮的，迎璟在你心里永远是第一位的。他就是个绊脚石。”

初宁当即动怒：“你疯了吗？！”

关玉一股大力甩开了初宁的手，她歇斯底里地往桌上一扫，哐哐当当，精美的茶具、水壶瓷杯，全被砸了。碎片溅得四处飞散，初宁下意识地伸手一挡，只觉得手背很疼，木了几秒，热流顺着皮肤往下，蔓延过手腕，一滴一滴坠在地上。

她的手背被碎瓷片儿扎破，乍一看特别瘆人。关玉跟丢了魂似的，对这一切视而不见，沉浸在自己的情绪里，即刻崩溃大哭！

场面正乱着，初宁的手机响了，是冯子扬给她回的电话。初宁一只手接听，那头的人语气着急，大嚷："宁儿，你注意点小玉！是她家、她家出事了！"

初宁还没弄清个所以然，关玉浑浑噩噩地推开桌子，把地上的碎片踢得稀里哗啦响，然后跌跌撞撞地拉开门走了。初宁来不及喊，这会儿神经末梢全反应过来，手背疼啊！整条胳膊也都麻木了。她呼吸有点乱，把手机搁在桌面上，另一只手按住自己的伤口。

她俯下身子，对手机说："子扬，你方不方便过来一趟？"初宁顿了下，又道，"我受伤了，没法儿开车。"

二十分钟不到，盛荟门口，一辆黑色保时捷直接从马路对面压线横过来。这个意外，让原本秩序井然的路口瞬间大乱，一时间，汽笛长调短音不满地响起，路人也是惊叹连连。

冯子扬推开车门，将钥匙往门侍方向一抛，就火急火燎地往里头冲。他撞开门，见初宁坐在沙发上，白色袖口已被血染透，加上一地狼藉，甭提多吓人了。冯子扬脸都白了，初宁赶紧道："没那么严重，我没大事儿。"

冯子扬也顾不得细问，争分夺秒地把人往医院拉。冯家在这家医院有股份，也有私人医疗团队，他一顿猛摇铃，特别夸张地把主任都叫了来，大费周章得让初宁尴尬。一堆人围着，不知道的还以为是抢救呢。

初宁的确没什么大事，皮外伤，取了三块碎玻璃碴儿，血红血红地搁在瓷盘里，像是三颗脱落的牙齿。

人散了，闹剧结束。冯子扬还蛮不放心地围着她的胳膊左瞧右看："都肿成一个包子了，真没伤到骨头？"

初宁翻了个白眼："都照片子了，你还不信？"

冯子扬搬了把椅子坐她身边，跷着腿，想抽烟，手都搭在烟盒上了，才记起这是医院，皱着眉头说："关家出大事了。"

初宁蹙眉。

"关玉父亲被组织调查，有很大的经济犯罪嫌疑，名下的资产已经全部被冻结，人也被扣押，不得自由。"冯子扬说起这些，也很是费解，"他这个事不小，调查阶段一直对外保密，不然不会连我都查不到风声。"

“小玉儿也是傻，既然到了这个程度，就是无力回天，她还这么走歪道儿，伤了你们姐妹俩多年的感情，这笔账，糊涂！”

冯子扬是不吐不快，亦是恨铁不成钢。初宁却始终沉默，捂着被扎得像肉包子的左手，心思复杂。

“她这个行为，应该不是直接针对你，我估摸着，她是被人当枪使了。”冯子扬又把凳子挪近了些，声音放低，“她有个表舅，叫周秦，这个人在业内名声不太好，人品不正，喜欢旁门左道，不是个能长久共处的人。他最擅长投机倒把，钻些漏洞捣鼓贸易，认识了不少三教九流的外国公司。”

初宁一点就透，扭过头看着冯子扬，两人心照不宣：“小玉儿是被他指使的？”

“谈不上指使，但关心则乱也是人之常情，她要么是有求于这个表舅，要么，就是被有心人利用了。”

“但我和他并没有交集。”

“小玉儿可能也是无意之中透露过你的工作和近况。有时候，对自己的亲人，防备心没有那么重，而且小玉儿也是个开朗的性子，没什么心机。”冯子扬这么一说，原本圆不了的前因后果，好似都通畅了，是这么个道理。

国外没有来头的一个投资公司，还指定要航空相关的业务，不偏不倚，又看上了初宁这一家。

原因？目的？企图？

这三个词层层递进，一种莫名的恐慌跟回南天返潮似的，疯狂涌上初宁的心头，她又联想到了昨天明耀科创那位副总意味深长的提点。

“你这个伤势，也不能让那小子知道吧？”冯子扬吊儿郎当地说道，“他还不得着急死啊，急得连比赛都不去参加了，哈哈哈。”

初宁心里一片虚软，就听他问：“明天不就是比赛了嘛，他人呢？在学校？叮嘱着点儿啊，别出岔子。”

初宁倏地从凳子上站起，跟诈尸似的吓了冯子扬一大跳：“你干吗呢？”

初宁一只手不方便，急了，语气有些冲：“把我的手机找出来！”

冯子扬怔然，很快照做。初宁深吸一口气，字字克制：“给迎璟打电话。”

电话打了，通了，手机开了免提，长嘟音无尽回荡。冯子扬和她对视一眼，都是心思细腻、有危机感的人，随着一声一声长音，两人的目光也渐渐往下沉。

迎璟没有接电话。

"你先别慌，不接电话也不代表有什么事儿。"冯子扬镇定着，言辞肯定地安抚着初宁。

初宁也是这么想的，这关头已经够乱了，切不可再吓自己。她深吸一口气道："行，我知道，我给其他人打电话。"

"宁姐。哎，您说。小璟？小璟晚上出去了。"

"多久出去的？"

"哟！那得有半小时了。"

"他有没有说出去干什么？"

"没说，但我听他接了个电话。"

初宁一看时间，声音发紧，手机也贴近耳朵："祈遇，你现在出去找找他，他的电话打不通。"

我怕他出事——初宁生生将这句话压下去，只低声说了一句："拜托了。"

明天就得比赛，祈遇这会儿正在收拾东西，一听也不敢耽误。他办事机灵，还叫上了队员一起，周圆、顾鹏鹏、张怀玉一块儿围着学校找了一圈儿。祈遇气喘吁吁地给初宁回电话："宁姐，没找着人，我们打电话他也不接。"

初宁听后，直接往医院外面跑，冯子扬大喊："你要干什么？！"

初宁被这一声喊回了魂魄，定住脚步，一背冷汗。冯子扬向前一大步，拦着人道："你慌什么慌！你是要报警？这人失踪都没有两小时，谁给你立案？事情都没搞清楚，你自个儿先乱了方寸，别因小失大。"

初宁左看右看，一语不发，但焦虑至极。

"别往坏处想，也许他只是出去买个东西，手机搁袋里调了静音。你再等等，没准儿待会儿就给你回电话了。"冯子扬也只能往好里宽慰。

他把初宁送回公寓，千叮万嘱让她多休息："你别想不开，这才七点不到，晚上大好时光，年轻人谁没个闲心呢？再说了，他那几个同学比你更熟悉校园，行了，等消息，有事给我打电话。"

冯子扬走了，初宁却坐立难安。半小时后，祈遇的电话打了进来，这一次他明显语气紧绷："宁姐，我们真没找到人。"

就像一壶烧滚的水一直用盖子压着，而接了这通电话后，初宁再也压不住了，坐在沙发上，握着手机一动不动，强逼自己冷静，把前因后果想了一遍后，拿起车钥匙出了门。

初宁顾不上受伤的左手，开车从东城到西城，直奔关玉的家。关家是独栋别墅，除了不似以往灯火通明，也没什么异样。初宁敲门，十几声如重锤后，里头传来慢吞吞的脚步声，门板终于打开一条缝。

数日不见，关母精气神大减："啊，是小宁儿啊。"

初宁绕过人，目标明确，直接上了二楼。关玉的卧室门虚掩着，初宁推门进去，把躺在床上要死不活的人狠狠一拽。关玉痛叫，从床上半爬半滚地站了起来。

初宁质问："人呢？！"

关玉精神涣散，眼神飘忽无法聚焦，都到这份上了，初宁的耐心消失殆尽，她也忘记了左手的伤口，架着关玉的肩膀往上用力一提。

"我问你人呢！"

关玉猛地大哭："我不知道，我不知道！"

初宁太阳穴涨痛，一般说不知道，一准儿是心里有数。她心口疼，却强逼自己冷静，缓着语气说："小玉，天大的难题，也没有过不去的坎儿，最忌病急乱投医。本来还有挽回余地的事儿，被你这么一搅和，也许就真没机会了。"

关玉猛地一颤，怔怔地望着初宁。

"你父亲出事，为什么不跟我们说？好，这都是后话，小玉，你平日看着机灵，怎么关键时候就犯起了糊涂？姐们儿几个从认识那天起，待你如何？嗯？你拍拍胸口，跟我说句良心话。"

关玉眼里又蓄满了眼泪："我家毁了，帮不了的，你们都帮不了的。"

"这个道理你明白，那你为什么还要愚昧地去相信其他人？"

"我没有办法了，我走投无路了。"关玉十指插进头发里，气色极差，眼肿得跟核桃似的。

"如果你父亲真的犯了事儿，那也回天无力，有错就该受罚。"其实初宁本意是想说，人生那么长，知错能改，一家人以后平平安安就是福分。

但那句"有错该罚"瞬间踩中了关玉的雷区。家庭横生变故，一朝换天，她以前恣意潇洒，有底气，有自信，周旋于各色男人之间，美其名曰享受人生，现在想来，其实不过仗着有丰厚的家底。可如今她才发现自己曾经引以为傲的资本，脆弱不堪。

人在极端状态下，难免产生畸形的比较。反观初宁，从无到有，吃了不少苦，但每一步都踏踏实实，都是自个儿挣的。她以前笑初宁情商低，不懂利用女人的特质去享受爱情，其实初宁只是宁缺毋滥、大智若愚。

关玉悲从中来，倏地又崩溃了，尖叫道："你凭什么这样说我爸爸啊？他有没有错，还轮不着你来说！你算老几？！"

初宁伸手掐住她的下巴，眼神狠得似能滴血："你脑子给我清醒点！你表舅就不是什么好东西！你们要做窝囊事儿，不要往我身上扯！"

她加重手劲儿，是真怒了："我现在恨不得掐死你。"

关玉凄厉尖叫一声，甩手就是一推，初宁始料未及，没站稳，脚步踉跄着绊倒了椅子，人也往下一扑。初宁摔得不重，但正好倒在椅子的边角上，脸色一白，几秒之后，左手的绷带上又透出了隐隐的血迹。

她扭过头，和关玉四目相对，眼神无声、沉重、有力。时间刹那静止，渐渐地，初宁眼里泛起绷不住的眼泪。

她从小就不是个快乐的孩子，生父过世早，母亲软弱无能，教她的东西，总是消极一面居多。初宁性子不算甜美可人，她疲于应付风花雪月，只一头热地想多挣点钱。

为什么？钱对女人来说，是安全感啊！她这样的人，无论对爱情还是友情，都是慢热和寡情的，朋友不多，关玉算是心窝上的一个。她们以前那么好，怎么现在就成这样了呢？

初宁心里疼，又没人可以倾诉，就这么无声地望着关玉，眼神里却全是沸腾的无助。关玉也愣住了，表情先是木然，然后悲怆，在看到初宁的眼泪时，又好像有了一刹的醒悟。

初宁哽咽："小玉，迎璟就要参加比赛了，他不可以出事。"

关玉摇了摇头，自言自语："我爸爸也不可以出事，不可以，不可以。"

"我求你了。"初宁泪眼模糊，极少有地示弱道，"这个公司你要，你拿去，我只求你们别伤害他。"

比赛不要了，第一名不要了，前途和未来也不要了，她只要他平安。

关玉浑浑噩噩，捂着头蹲在地上，呜咽道："我不想说话，你走，你走。"

初宁深吸一口气，也知道在她这儿是没什么余地了，强打精神站起来，态度冷绝，一字一顿道："我会报警。"

关玉置若罔闻，头埋在膝盖里一动不动。

离开关家，初宁被迎面而来的冷风激得浑身发颤。她坐在车里，将暖气开到最大，人还是冷的。没多久，祈遇给她打来电话："宁姐，人还没找着，学校对此也很重视，但目前很麻烦的是，他这个时间内还不能定义为失踪，所以不能出警。学校准备往上级组织报备了，可如果明天比赛前迎璟不能赶到，参赛资格就会被取消。"

初宁回到公寓，在客厅独坐至凌晨。她按着眉心，耳里、脑里回荡着的全是这段话。她捂着脸，至此终于知道什么是害怕。凌晨三点，她倒在沙发上，极度疲惫地打着盹儿，手机忽然一振，初宁立刻弹起，心脏狂跳，是关玉发来的短信。

短信说："别报警，会出事。"

初宁手一抖，倦意全散。关玉又发来了第二条短信，是一个地址。

这个地址有好几个错别字，连标点符号都是乱的，可以想象关玉编写时的复杂纠结心理，是于心有愧，还是幡然醒悟?

但这都不重要了。初宁拿起车钥匙就狂奔出门，为了方便，她的车今晚就停在路边。上车后，她将方向盘一打，压线掉头，直奔城东。

城东的一片老旧小区，年初就被政府规划到拆迁范围内，近段时间，拆迁工作收尾，居民已经全部搬离。这地方往大了说，也不算穷乡僻壤，怎么着也是个靠近国道的郊区，但楼栋多，往小了看，也有几百户，空荡荡的房子戳在那，气氛吓人。

西南角的某一栋楼，角落旮旯的房子里，亮着一盏幽幽的灯，万籁俱静，平添几分诡异气氛。迎璟只知道自己在一个房间里，门被反锁着，窗户被钉得严严实实，密不透风。

他踹过门，叫嚷过，也在手机被他们搜去的时候反抗过。现在冷静下来，他才知道这些根本是徒劳。迎璟站在黑暗里，试图通过门缝向外窥探些什么，然而无果。

他害怕吗？谈不上，他只是心里没底。

时间回到两小时前。

明天就要比赛，要用的现场设备、工具一应俱全，因为有主场优势，迎璟自酒泉集训回来后，就已提前熟悉了几遍场地。他们对届时比赛过程中的场馆风向、温度都做了预演，万事俱备，一切顺利。队员们都很兴奋，有了上次国内比赛的夺冠经验，大家更有底气。

"结果不重要啦，能被推荐参赛，就已经是对我们的肯定了！"

"尽最大的努力，保持最平常的心态。"

"比完赛后，老大要请我们吃火锅！"

大家心态极好，虽年轻，但正以可见的速度在成长，宠辱不惊，成败不论。他们能有这份儿觉悟，已经是最大的收获。那时的迎璟正低头试代码，嘴角扬起浅浅的笑，意气风发："不吃火锅了，比赛结束，我们去乌镇玩几天。"

他顿了下，道：“可以带家属。”

大家发出一片嘘声：“秀！恩！爱！”

傍晚，迎璟在宿舍收拾东西时，接到一个陌生来电。他原本以为是推销，但听了两句，神色就变了。

这一出来，他就再也没有回去过，再睁开眼，就被带到了这里。这时他才发现，对方借着初宁出事儿做幌子，骗他出来才是真。迎璟抬手看了眼时间，离他出事已经过去两个半钟头。

门突然被推开，光线涌进来，迎璟下意识地伸手一挡，几个大个子男人在低声交流：

“时间到了，转移地方。”

“可还没接到强哥的电话呢，他不下命令，咱们能做主？”

“他算什么？说好的，钱分三次打，人都绑来这么久了，第二笔钱还没到账！”

“那怎么办？这人就一直扣在这里？”

“废话！不给钱，我才懒得费力气。”

几个人的目光齐齐望向迎璟，有个眼尖的，在为首的那人耳边说了句什么。众人视线下移，盯着他的手腕。

几乎同时，迎璟往后躲去，但敌不过对方人多，他被按在地上，手被拽直了，死死压在地上。

“这表不错，值点儿钱啊。”一人垂涎道，便动手去摘。

迎璟疯狂挣扎：“滚！”

手动不了，他就用脚踹，他也算半个练家子，力气大，招式准，一脚踹中对方的腿窝。

“有点儿本事！”那人疼得嗷嗷叫，火气直冲，拳头挥在半空，“给我按住喽！”

迎璟的胳膊被他们扭得生疼，他也不敢动了，再动一下，非得骨折不可。

这块表是初宁送给他的第一份礼物，十几万的积家，是初宁坦荡直接的心意——我喜欢你，就会尽我所能，给你最好的。

迎璟被他们按在地上，脸颊贴着地面，随后手腕一空，表面的低调光芒在黑暗里一闪。那帮人目光熠熠，贪婪至极，把表揣进兜里，骂骂咧咧地走了。

门关上了，一室安静，迎璟忍过疼痛，费劲地站了起来。就在这时，一道手电强光从外头直射进来，同时传来一阵齐整有力的脚步声。

有人？迎璟猛然生出警惕。同时，外头的几个大汉也紧张慌乱起来：“哪儿来的动静？快，快出去看看！”

一阵铁棍声、拧锁声、门板撞在墙上发出的巨大声响后，外面又安静了。

突然，关着迎璟的这扇门被轻声推开，一道纤细的身影探了进来。初宁一脸沉静，极快地蹿到迎璟跟前。

迎璟看清来人，蒙了。初宁半跪着，捧着他的脸，压着声音，语气急不可耐：“受伤没？”

“你怎么来了？”迎璟觉得气血倒流，她一个人？太危险了！

初宁却猛地伸出手，一把将人抱住，头埋在他的肩窝里，使劲儿摇头，压抑着声音哽咽道：“你没事就好，你没事就好。”

不能再耽误，初宁拉起他的手：“走！”

而门外的人已经发现不对劲：“谁把手机丢在这了？”楼道外，一部手机躺在地上，齐整有力的脚步声就是从里面发出来的。

有人捡起一看，呵，好家伙，QQ音乐里搜的音效。

“糟糕。”为首那人机敏，表情凶悍，“调虎离山，快回去！”

这边，初宁和迎璟正往走廊的反方向跑。

“这是六楼，一共十层，电梯停用。”初宁边跑边快速讲解，“他们很快就会发现我们的，我的车停在后门处，一楼只有一个出口，但我来之前在尽头找到了一扇废旧窗户，我已经把它撬开了，我们从那儿爬出去。”

两人一路狂奔，五楼、四楼……楼梯转角处，两道强光直射而来。

“躲起来！”迎璟拽着初宁闪进一间空房。

两人以门做掩护，身子贴身子，初宁心脏都要跳出来了。她喘息很重，怕动静大，用手死死捂住了嘴。脚步声近了，光线也强了，强光照在窗户、门板、墙壁上，映出了蜘蛛网和空气里飘浮的微尘。

一阵穿堂风吹过，这些静止的物体诡异地飘动起来。

他们走进来了，手电筒直射到对面的墙壁上，在上头留下两个巨亮的圆，一只硕大的飞蛾被惊得扑了扑翅膀。对方也是两个人，背影对着他们，人朝前走，只要回头，一定会发现门板后的初宁和迎璟。

初宁脑袋上的汗砸了下来，脸色惨白。迎璟捏紧她的手，一下、两下，一次比一次重。两人的默契调到了同一频率，初宁屏息感受着。

她的手被捏紧的第三下——迎璟拉着她，极为缓慢地把门板往外推了推，初宁跟上，两人一步一步，贴着墙壁，在微亮的光线里，准备挪到两米远的那间空房里去。

突然，哐当一声！一个大汉警惕地转过身，光亮瞬间直照过来。

"谁？！"

门板前后晃荡，一只猫慵懒地竖着尾巴，慢悠悠地走了出去。

"野猫！"

"你能不吓人吗？是人是猫你分不清啊？！走走走，去别处找。"

互相埋怨的声音渐远，初宁蹲在灰尘遍布的旧窗帘后头，咬着唇的牙齿松开，人都要虚脱了。她借着窗外的月光，看到迎璟的手背上也是青筋突显。

两人不敢再耽搁，争分夺秒继续下楼。对方分了两拨，左右两头搜，迎璟沉着冷静地分析道："他们一定是往相反的路线搜人，这一队和我们一样在四楼，那么另一队，肯定是从一楼往上找。我们就按现在的路线往下走。"

他把初宁拉到怀里，极快地在她的额头上落下一吻："宁儿，如果有意外，你一定要先走。"

初宁摇头："不，是你一定要走。"

已经快五点了，比赛时间是八点，来不及了，来不及了！终于到一楼了，他们只要穿过这条走廊，就能看到那扇可以逃跑的窗户。就在这时，一声吼叫传来："他们在那！"

他们被发现了，迎璟浑身直冒冷汗，抓起初宁便不要命地往前狂跑。

"站住！"

"老四，人在一楼，在你脚下！拦住！拦住！"

正在二楼的人手撑着栏杆往下一跳，直接跳到了迎璟他们面前，一挥铁棍，初宁尖叫，迎璟把她往前面狠狠一推，自己下意识地蹲了下去。

铁棍生风，挨着迎璟的脸擦过，好险！

迎璟这一个躲避动作，耽误了反应的时间，对方又是一棍子打过来，迎璟勉强用手挡开，借力打力，但胳膊还是挨了一下，疼得他嘴唇都咬出了血。他眼见着一棍子直接往他后脑勺招呼——初宁又跑了回来，拎着一个铁皮油漆桶，不知哪儿来的力气，往大汉脸上狠狠砸了过去。

"去死吧！"初宁厉声尖叫，捡起油漆桶又是一下。

那人满脸血，倒在地上凄厉大喊，迎璟推着初宁："走！"

两人跑到窗户边，一前一后爬了出去。初宁打开车锁，嘀嘀两声脆响传来，车灯的光在黑夜里闪烁，像是一盏指明灯。

那伙人追了上来，初宁坐上驾驶座，脚踩油门，对着他们撞了过去。她不要命的架势，比一般男人还坚韧，这一撞，直接把对方撞趴下了，几个人围着受伤的老大，短暂松懈的时间，车子绝尘而去。

漫天星光淡去，晨曦初现，微暗的天空如同一块厚重的幕布，启明星高悬，天佑爱人。

七点半。

B城航空馆内，人声鼎沸，场面壮观。

各国参赛队伍陆续入场，列阵统一等候在规定区域内，等待盛大开幕式的举行。

而作为中国方唯一的参赛代表队，祈遇他们都快急疯了。

“还没找到小璟，怎么办啊？”

“他不在，我们还怎么比？”

“不比赛了，不比赛了，人没事就行。”

张怀玉呜呜呜地哭，惹得周围人一阵非议。

“都冷静点！”祈遇提声呵斥，“还嫌不够乱吗？！”

他握着拳头，面色铁青，心里也是没谱。但这是什么场合？天大的事儿，也不能让人看笑话。祈遇深吸一口气，说：“没到最后一分钟，就还有希望。”

同一时间，一辆白色宝马疾驰在国道上。初宁忍着左手的剧痛，专心开着车，而副驾上的迎璟也不好受，身上的伤比初宁重，尤其左边胳膊肘，肿得老高。

初宁看了眼时间，咬牙将油门踩到底。迎璟偏头看着她，心疼得不行，哑声说：“宁儿，我不比赛了，我求你休息下，行吗？”

“不行！”初宁哽咽着道，“还有半小时，来得及，来得及的！”

迎璟表情极平静，像是认命一般低诉：“来不及了。”

哪怕马上可以进城，但这是什么时间？B城的早高峰，没把人急死，也把人堵死。初宁头发乱了，衣服也破了，脸上也不知从哪儿蹭来的伤，她却顾不上疼，身体里似有一股劲儿，她就不信这个邪！

忽然，一个念头冒出来。初宁车里一直有部备用手机，她这人没什么安全感，重要的生活工具从来都是备有双份，总觉得有备无患能救命。她伸手一摸，从车门上的储物格里摸出了那部安卓机。这部手机定期充电，所以电量还有百分之二十。初宁按了一串号码，抖着手点下了拨打。

电话通了，但没人接，估计对方是把这通电话当广告推销了。

初宁不死心，再打，第三遍时，对方终于接听！

那头是不悦的男低音：“哪位？”

初宁眼泪瞬间夺眶而出：“哥。”

五分钟后，他们的车子驶入主城区，与此同时，早有安排的交警等候在关口，左右各一辆车子缓缓汇入，在前方开道。

车辆前盖上，红色国旗标志迎着朝阳，鲜艳夺目，而路上的车辆，听到警报声后纷纷自觉避让，秩序有礼。

七点五十八分，初宁的车子终于到达航空馆门口，候在大门口左右张望的赛事中国方负责人看到车子时，急急走下台阶。

“快！比赛马上开始了，走特殊通道，快去录入身份信息。”

迎璟迅速下车，被一群人前呼后拥着往馆内走去。他回头，焦虑地看了眼初宁。

初宁也下了车，脸色苍白，但还是扯了个微笑，虽疲惫，但总算让他放心了。

初宁用嘴形说了两个字：加油。

迎璟眼眶发热，被簇拥着没法再耽误，唇瓣微张，亦是两个字：等我。

一群人兵荒马乱，终于在准点进入比赛场馆！初宁再也撑不住，整条手臂发麻，靠着车门，眼前一黑，晕倒在地上。

赵明川赶来的时候，正好看到这一幕。他推开车门，阔步跑了过来，然后一把捞起初宁，声音低沉，仔细一听，带着微微的颤音：“你这个惹祸精，故意的，嗯？见着我就晕倒，我就这么好碰瓷儿是吧？”

他语气虽凶，但扭过头，对着助理更凶：“死人吗？！愣着干吗！开车送医院！！”

八点整，比赛正式开始。

主持人登台，简短的开幕式表演持续二十分钟，时间虽短，但紧扣“科技”“改变”的主题，舞台效果令人惊艳，尤其最后一幕，二十架微型飞机模型凌空腾跃，在场馆半空喷出彩色烟雾，操作人员技巧娴熟，先后变换了此次参赛的二十支代表队的国旗图案。现场掌声阵阵，掀起了今日的第一波高潮。

第二项是参赛队伍绕场一周，完成进场仪式。作为主办国，中国排第一，祈遇他们左右张望，急得不行：“怎么还没来？！”

“不是说已经到了吗？！”张怀玉原地跺脚，“怎么回事儿啊？”

“反正还差几分钟，我出去看看吧！”周圆作势要走。

“回来！”祈遇揪着他的衣摆，低斥，“少了一个还不嫌乱，你别凑热闹。录入身份信息还要时间呢，别慌。”

顾鹏鹏看了下台中央，也蹙眉道："进场仪式马上就要开始了。队长是旗手，再赶不到，就要换人了。"

方阵领头有两个特殊位置，一个是赛委会的会旗旗手，一个是代表主办国的国旗旗手。迎璟是队长，又拿过全国比赛的第一，够得上资格，这份荣耀，不言而喻。

现场灯光骤变，主持人慷慨激昂的声音环绕全馆："让我们相聚在中国B城，让我们融在这科技的海洋，二十支来自世界各地的参赛队伍，朝气蓬勃，为梦起航。"

音乐也渐变隆重，灯光暗下去，追光打向出场口。

"来了！"张怀玉一声兴奋尖叫，指着右边直蹦，就见迎璟被数位保安护送，穿过观众席，走向他们。

他换了衣裳，纯白色的polo衫，领口用银丝线别出心裁地绣了一枝梅花，低调却精巧，视线一偏，方方正正的国旗标志置于左边胸口。迎璟个儿高，人也俊朗，本就引人注目，加上脸上醒目的瘀伤，瞬间成为焦点。观众席上的人交头接耳，纷纷投来疑问的目光。

团队重聚，五人站成了一个圆。

"回来就好。"祈遇尚算镇定，缓缓吐出一口气来，再低头，眼眶都湿了。

女生的情绪更外露，张怀玉直接哭了出来："受伤了啊？你没事儿吧？"

周圆和顾鹏鹏也拍了拍迎璟的肩膀，表达无声的担心。

迎璟点头："可以的。"

三个字，重拾团队的凝心力。

"来，加油。"祈遇伸出手。

然后周圆、顾鹏鹏，手心叠手背，张怀玉看了眼迎璟："老大！"

迎璟扯了个淡定的笑，伸出右手，用力一覆。

大家齐声喊道："加油！"

迎璟大步迈上前，从工作人员手中接过旗杆，然后扬手一甩，旗面绽开，五颗明亮的星星鲜艳夺目。靠近他们的观众席发出一阵掌声，接着是连带效应，一路往左，掌声叠加，顿时全场掌声响亮如雷鸣。

"现在朝我们走来的，是中国代表队，他们来自C航天大学。近年来，党中央、国务院加大了在国防军工领域的发展变革，注重科技兴国战略，这将给中国航空工业带来良好机遇。"

现场的解说词慷慨激昂，观众情绪已然拔高，掌声、欢呼声，毫不吝啬地献给了这群年轻人。迎璟握旗姿势标准，哪怕受了伤，腰板也挺得笔直。那股精气神由内散发，闪光灯连连闪烁。

与此同时，网络直播刷屏——

“哇！！旗手超帅！！脸怎么这么小！！”

“C航的！C航的！我母校，啊啊啊！”

“姐们儿！此人叫迎璟，二十二岁，杏城人。”

此消息一出，直播间炸锅——

“神清气正！好样儿的！”

“有女朋友了没？我要给他生猴子，呜呜呜！”

话题关注度瞬间up，与彼时的赛场气氛一致。

进场仪式结束，八点半，比赛正式开始！

同一时间的阜外医院。

消毒水味儿充斥在急诊科的走廊里，医生、护士忙进忙出，时不时推来的急救病人络绎不绝，出车祸的、肚子疼的，还有鲜血直流捂着胳膊叫嚷的。

赵明川拿着一堆单据，极为不耐地避身躲让。有几人与他擦肩而过时，他也跟避洪水猛兽似的，眉间尽是无语。赵明川也没别的意思，只是有点儿洁癖。三十多年中屈指可数的发烧感冒，能扛过去的他就不吃药，烧得厉害，就让医生到家里打个针。他发小曾打趣，能让他主动来医院，一定是他媳妇儿生孩子的时候。

外头还有事情要处理，助理被他撵走了，留他一人陪初宁。他本想发个火，但在进来时，医生急急地就说送抢救室。

“缴费！家属先去缴费五千！”

“别问，我们一定会全力救助的。”

三四个人齐上阵，两下拉起帘子，监护设备被小护士匆匆推了进去，就见人影在里头忙碌。那一刻，赵明川是真有些怕了。

“钱缴了吗？”

“家属，去急诊药房拿药！”

“这些检查单收好，待会儿家属推去做个CT。”

医院救死扶伤，分分钟定生死的地方，甭管你什么身份，一视同仁。赵明川心里低骂，这个惹祸精，简直就是克星里最大的那一颗。

不过好在医生检查一番后，告知他初宁没有生命危险。她左手背的刺伤没有休养好，反复裂开，医生拆开绷带一看，已经化脓感染。难怪她手麻，整个左手背已经肿成了包子。

“初宁的家属在哪里？”小护士提高声音喊道。

赵明川抬眼：“我。”

护士乍一见这男人，相貌俊朗，就是眉眼冷淡，一看就不好相处，应声时也冷漠不耐，小护士不禁犯怵，指指初宁：“那个，你送她去做个上肢CT，确诊一下有没有别的骨伤。”

赵明川：“我？”

“啊，对啊。”小护士又猛然反应过来，“难道我弄错了？你不是十三床的家属？”

赵明川瞥她一眼：“怎么？我不像？”

小护士十足一个傻妞，特配合地点了点头，见他脸色变差，又怕怕地补了一句：“那你是她的……”

这几句对话，已经引得周围人注目，众人视线一转，都聚在了赵明川身上。赵明川不自然地抿了抿唇，说：“哥哥。”

两人半路兄妹十余年，这一声哥哥，是头一回从他嘴里吐出。那种奇异感如同通电，酥酥麻麻地在他四肢百骸里百转千回，然后他浑身回了血。

赵明川低了低头，仿佛一块重石扬尘落地。

他喃喃自语，再重复时，气儿都顺了些：“对，我是她哥哥。”

小护士连连点头，幸亏没认错人，便开始底气十足地指挥正事儿：“你，快推患者去照CT，给你开了加急，别耽误啊。”

赵明川：“我给钱，让护工推她去。”

“行，他们几个正好有空。”

赵明川顺着护士手指的方向一扭头，看见两三个穿着宽大的绿色护工服的老头，有的玩手机，有的打盹儿。赵明川沉默半晌，缓缓转回头：“还是我去吧。”

初宁从帘子后面被推出来，因为极度虚弱，医生不许下床：“照完片子拿结果来，没确诊之前，你出了事儿我们可不负责啊！”

这话虽重，但到底也是出于对患者的关心，不过初宁仍觉别扭：“哎！医生，我自个儿走着去吧。”

赵明川开口：“他是医生还是你是医生啊？让你躺就躺！废话这么多！”

初宁两眼一瞪：“谁让你管我了？！”

赵明川冷哼一声：“我爱管就管，你管得着吗？”

他拉过一张推床，哐的一声撞上她的床，忒不温柔。

“你干吗？”初宁警惕道。

赵明川弯着腰，手伸到半道儿，还来劲儿了：“你管我，我爱干吗就干吗。”

“啊。”下一秒，初宁尖叫一声，就被赵明川穿过腿窝，打横抱了起来。

“你鬼喊鬼叫什么！”赵明川被刺得耳膜疼，吼了一句，“老实点！摔地上摔死得了！”

初宁被他抱着，姿势不雅，也不敢妄动。赵明川的脸跟扑克牌似的，阴沉不耐，但她能感觉到，他的动作在放慢，在变轻。初宁被放到了简易的推床上。赵明川俯着身子，两人的脸贴得近，呼吸一个轻、一个沉。

二人视线对上，又都不自然地看向反方向，微妙的尴尬砌出了一道隐形的围墙。

半晌，赵明川冷讽：“真重，你该减肥了。”

初宁怒骂：“我一米六五！九十二！”

“公斤？”

“滚！”

赵明川哈哈大笑，恣意放松。初宁嘴一翘，头偏向一边，忍不住也笑了起来。

CT室那边虽然加了急，但也要排队。前头还有两个人，赵明川推着初宁等在外边。

“几点了？”

“九点。”

“哦。”

初宁安静不过一分钟，又问：“几点了？”

赵明川皱眉：“你说几点？”

初宁欲言又止，盯着天花板，一动不动，是心里装了事啊。赵明川看了她几秒，发出极冷的一声嗤笑：“出息！”

初宁努努嘴，难得没跟他顶嘴。

“你这人，一辈子学不会求人是吧？”赵明川来了火，不算温柔地戳了下她的脑门儿，“明明想得不得了，却不跟我说句服软话。行啊，你憋着吧，九点比赛开始，我看你能憋多久！”

初宁眼眶一热，语气与他不相上下：“要你管！”

赵明川气定神闲，摸出手机晃啊晃的。

初宁挣扎三秒，小声道：“我想看比赛。”

赵明川暗想不错啊，会服软了，他也是个怪脾气，心里舒坦，挑眉道：“想看啊？”

初宁点了点头。

“成啊，”他凑近了说，“叫我一声哥哥。

“叫不叫？

“真不叫？嗯？”

“哥哥。”初宁出声，两个字说得弱弱的。

赵明川特得意，男人的满足感简直无法捉摸，他很快拿起手机，但这里是医院角落，又在一楼深处，信号不好，别说看直播，电话都打不出去。初宁眼巴巴地望着他，赵明川受不了这眼神，一个大男人，总得有诺必践。那声哥哥真不是白叫的。

于是，两分钟后，就见相貌堂堂的赵总，满大厅找信号，终于发现在靠窗的位置，信号有三格。他踮着脚，举着手机，胳膊伸得老长，屏幕对准初宁。

“哎！你能不能再低一点，反光。

“右边，往右边。

“赵明川，音量调大一点。”

初宁皱眉吆喝，急啊，嫌弃啊，好想问一句，你这手机是不是交话费时送的啊？

赵明川脸色结冰，这姿势，真羞耻：“闭嘴！你爱看不看！”

初宁小鸡啄米般点头：“看看看，哎，再往上一点点啦。”

大厅里的人，暗暗发笑。赵明川真想甩手走人！但一对上初宁那双眼睛，认真、期待、担心、焦急，每一帧，都情真意切，他倒也心甘情愿地照做了。

直播画面断断续续，主持人的声音铿锵有力：

“赛程第一阶段结束，美国排名第一，加拿大第二，中国代表队第三。本次比赛采用积分制，前三名目前的差距非常小。这真是一场实力相当的高水准航空科技比赛。欢迎大家回到现场。”

画面转换至观众席，人头涌动，掌声雷鸣，镜头再一转，切到参赛区。迎璟的侧脸是特写，他左额有伤，倒是具有一番别样气质。他此刻正低着脑袋，认真调试设备。

忽然，镜头里的迎璟抬头。

迎璟和初宁隔着屏幕，正面相对，视线交会。

时空轻转，默契无言。

一瞬间，初宁热泪夺眶。

比赛的具体项目跟上一次大学生航科大赛一致，分自主研发成果展示以及航飞模拟操作。迎璟他们继续沿用航发虚拟技术，经过小半年的精雕细琢，展示效果更为精细。

这一部分，各国参赛队伍之间的差距并不大，总的来看，第一阶梯基本锁定四国队伍，积分下来，最小相差仅为0.5分。那么第二阶段的比赛，一锤定生死。

赵明川高举手机，脸色极难看。大厅里等待检查的医患人员望着这对兄妹频频发笑。一个白发老人笑起来跟弥勒佛似的，问初宁："姑娘，看啥呢？"

初宁说："一个比赛，我男朋友在参加哦。"

这语气，藏着一丝不易察觉的甜腻。

赵明川冷哼一声："德行。"

初宁瞪他一眼，扯着嗓子指挥："举高一点儿！"

赵总刚要发作，老奶奶也随着应和："听她的话嘛，她是病人嘛。"

得，这还有外援。一个护士从外头走进来，一看，乐了："这儿有无线网络，你怎么不问问？"

赵明川僵着手臂，今天净做跌份的事了。

"有无线啊，哎，麻烦您告诉我密码。"初宁急着说。

"hwjz那个，密码是六个八。"

初宁连连使唤赵明川："连上了没？你倒是快一点啊！"

赵明川心里窝囊，走过来把手机横在她面前："看！"然后起身要走，也不知怎么突然生气了。

初宁突然伸出还能动的右胳膊，拽住了他的衣摆："你陪我一起看。"

赵明川身形一顿，侧过头，目光似能点火。

"我紧张。"初宁小声道。

赵明川心里愤懑：这磨人的性子，谁受得了？一瞬间，他还对那位小男友心生同情。

虽不情不愿，但他还是蹲下来，和她齐平，不耐道："矫情毛病。"

直播画面流畅，比赛正在进行。二十支参赛队伍被分成五组，按时间综合排序决定总分。一个巨大的模拟仿真生态系统，有高山、河流、海洋、窄道、直线、S形连环弯道，各国参赛队员操控模型机通过这些障碍点，中途会有极端天气变化模拟，增加难度。

迎璟在最后一组。有过一次国内的参赛经验，他们的心态都能及时调整到均衡线。主场优势，连镜头都格外偏爱，给了迎璟好几次特写。

赵明川忽地发出一声：“啧。”

初宁眼睛不移：“啧什么呢？”

“一个根正苗红的小青年，怎么就看上你了？”

初宁平心静气道：“要不是我现在躺着，信不信你已经被我揍得一脑袋的包？”

“要不是你现在躺着，你以为我会待在这儿陪你瞎耗？”

初宁努努嘴：“刚才不是叫你哥哥了吗？”

赵明川语塞，初宁笑出了声，把头偏向他这边，忽然说：“我真心的，你别怀疑，谢谢你。”

这声道谢，很有仪式感。赵明川看着她，眼神一软，情绪不明地应了个字：“嗯。”

直播继续。迎璟那辆黄白相间的模型机一马当先，另外三架紧随其后，它们先后经过直线、平原、盆地环境飞行后，风速变化，出现一片浩海蓝天。飞机行至海面一半，风浪骤然翻滚，实测洋流速度改变，这一段，考验的是极端天气变化。迎璟坐在操控台前，全神贯注，紧握摇柄，动作时快时慢。

机身稳定，保持住自己的节奏是关键。

“注意注意，右后方五点钟方向，A机加速。”祈遇作为副手，留意着赛场上的每一个变化。

“不好！都朝我们包抄过来了。”祈遇语气紧张，“东南风，风速32.4m/s，前五十米是礁石。看他们的架势，左、右、上三个方向围攻——是要把你逼得撞上去！”

观众看台惊叫连连。屏幕前的赵明川也看出了门道：“群起攻之，先结盟，解决掉实力最强的。你这小男友的技术不错，都这样了，还能保持领先。”

初宁紧张得已经说不出话来，更糟糕的是，迎璟是负伤参赛，只要有人稍稍注意，就会留意到他的操作全集中于右手上，以至于模拟机的行走路线都是偏向右边的。

赵明川皱眉：“都往左边去了啊，干吗呢这是？”

那三架飞机跟商量好似的，改变航线，不约而同地往迎璟左边围堵。

初宁声音微颤：“他左胳膊受了伤。”

这是专挑人弱处攻击啊。迎璟明显费劲，机身也跟着摇晃不定，不多时，机尾就被狠狠一撞，顿时左摇右摆，解说员也惊叹：“天哪！小心！”

镜头瞬间切换至迎璟的面部特写。他颧骨处有瘀青，嘴角也有淡淡的红肿，但神情自若，没一点儿惊慌。只是看着他微白的脸色，别人或许不知道，但初宁知道，他一定也很疼。

迎璟果断将飞机提速，这势头反倒镇住了包抄的对手，如果迎璟操作不当，自个儿也会赔进去。高速度的竞赛，一旦分神露怯，就是给对方机会。迎璟的飞机扶摇直上，一个利落转弯，堪堪避开前方的礁石，然后一飞冲天，迎接它的是广阔平原。

脱险了！观众席瞬间掌声雷动。

后半路程，迎璟一鼓作气，沉着应战，机身侧飞、翻转，越过每一道障碍，到最后三百米，他已极度疲惫，左胳膊钻心似的疼，再也撑不住地垂在身侧。

顾鹏鹏担心地唤道："老大？"

迎璟气息微乱，低声说："祈遇，你来顶替我。"

他是真撑不住了，挨的那一棍子，正好打在他的胳膊上，又麻又胀，现在完全没了力气。祈遇迅速站到他左边："我准备好了。"

迎璟点点头："三。"

祈遇："二。"

"一！"

两人默契地交换位置，祈遇的手扶上遥控柄，迎璟再松开，直至祈遇完全站在操作台的中心。最后两百米直线，祈遇加快了速度。

而迎璟往后退了两步，没稳住，直接坐在了地上。他神情痛苦地捂住自己的左臂，注意力依然集中在比赛上。

这一刻画面被悄然记录。

而初宁这边，医生催促她进去做CT，后边还排着老长的队，再耽误也不像话。赵明川看出她的心思，俯身说："进去吧，检查出来，我第一时间告诉你结果。"

初宁点点头，被医生推进了检查室。

CT扫描十分钟后，初宁出来时，赵明川似笑非笑地望着她。

初宁紧张："怎么样了？"

赵明川也不再逗她，声音四平八稳："赢了。"

"真的？"

赵明川失笑，把手机递给她。画面里，主持人激昂宣读："来自C航的大学生团队，这支年轻的队伍，以优异的表现、沉着冷静的应对，出色地完成了所有比赛项目，中国代表队获得本届世界航空科技大赛的第一名！祝贺他们！”

祝贺！

初宁轻轻放下手机，出乎意料地安静。赵明川怕她有事儿，戳了戳她的脸：“死了？”

初宁不吭声。

“哟？”赵明川绕到右边，低头一看，愣住了，“还哭上了啊？”

赵明川叹了口气，指腹按了按她的眼角，低声说：“别哭，是值得的。”

别哭，这一路，你是值得的。

CT结果会送去急诊，赵明川推着人又回去病房。小护士麻利地推着治疗车走来：“十三床，初宁，打针了！”

初宁撇了撇嘴角，小声问：“什么针？”

“消炎的，你伤口不浅呢。”

“吃消炎药就好了啊。”初宁还上了心，“要不，我多吃几颗？”

赵明川：“吃药不管用，你这必须打针。怕什么？一针扎下去，两秒钟的事儿。”

初宁：“我怕打针。”她又气鼓鼓地补了句，“你根本不知道打针有多疼。”

赵明川顿了片刻，说：“我知道。”

初宁看着他：“因为你也怕打针。”

小护士听后，扑哧一声笑了出来。赵明川用这样的方式，别别扭扭地哄着初宁，扎针的时候，初宁不敢看，他便用掌心捂住她的眼睛：“矫情毛病可真多，你那男朋友受得了吗？”

“你和曦姐谈恋爱的时候，她受得了吗？”

“你找死是吧！”

“对啊，我找你呢。”

初宁心情好，刚想问护士：“您怎么还不给我打针呢？”回头一看，棉签儿都给她摁上了。

小护士抬头灿烂一笑：“已经打完啦。”

赵明川折腾了一上午，脾气差到极致，又被她戳中痛点，心里堵得慌。他大步往门外走时，初宁在背后喊：“你不管我啦？”

赵明川窝火：“老子去缴费！”

拐过走廊，他就听到门口一阵慌乱的动静，再过几秒，一道人影狂奔而来。赵明川停下脚步，微微挑起眉毛。迎璟连比赛服都没有换下，一身白衣，翩翩俊朗，精气神还挺来劲儿，但慌张的神色也是藏不住的。他逮着人就问："请问急诊室在哪？"

他也不管对方是不是医护人员，心急火燎的。赵明川故意停在半道儿，迎璟抬眼一看，也是一愣。

他对赵明川有印象。那次从杏城回来，初宁下车时摔倒了，两双手同时要扶，她却把手交给了赵明川。这事对当时的迎璟，打击很大。

陈醋经久不衰，醋味儿飘香。赵明川纨绔做派，一脸轻松神情："找初宁？"

警铃没摇几下，迎璟败下阵来，他是真心焦虑，追问："她怎么样了？有没有什么事儿？"

"不怎么样。"赵明川苦大仇深地摇了摇头，"手快废了，喝水也不会下咽，流得满枕头都是。不瞒你说，护士都换过好几次了，喏，我这不是出来缴费嘛，得送ICU观察，没准儿啊，会变成植物人。"

迎璟脸色刹那变得惨白，心跳漏了好几拍。赵明川看他这反应，一想要坏，刚准备解释呢，迎璟红透着眼睛，一字一顿地说："植物人了我也养她一辈子，我的人我自己缴！"然后他抢过赵明川手里的缴费单，转身往窗口走去。

赵明川心里咯噔，坏事儿！缴什么费啊，那是医生开的取药单，两盒复合维生素！

得了，他好不容易造出点幽默细胞，开了个缓解气氛的玩笑，结果成这样了。赵明川心里纳闷：怎么都不给老子笑呢？

赵明川空手回到病房，初宁诧异："这么快？"

小护士见他进来道："十三床的家属，把药拿给我。"

初宁视线一低，发现他空着手，问："药呢？"

"被抢了。"

"啊？"

"半路抢劫，明白？"

初宁呵斥："你又在说什么胡话？"

赵明川也不解释，一脸阴阳怪气地站着。初宁忽然觉得好笑，敛了敛眉，问他："上次我给了你赵曦的号码，你俩联系了没？"

赵明川丢出硬邦邦的两个字："没有。"

初宁一听就乐了："是没有，还是人家不搭理你啊？"

“你这人是不是从小就不知道给人留情面？”赵明川窝火，语气也凶悍。

初宁眉眼一弯：“你真了解我。”

赵明川不说话了。

“哎，她真的不理你了？”

“嗯。”

初宁默了两秒，颇感兴趣：“你俩当初怎么闹的分手？”

这段往事是赵总心里不可言说的逆鳞，搁在往日，谁提谁死。怎么闹的分手？作的呗。

那时候他年轻，一副纨绔做派，兜里有钱，出门前呼后拥，逢人都叫一声赵公子，真是风流倜傥，享乐人间。彼时的赵曦，西语系的当家花旦，才情气质绝佳，人也低调，对谁都客客气气，难得啊，漂亮的姑娘，还大气。

赵明川对她是正儿八经的一见钟情，用当时的话来说，跟个疯子似的，

着迷得不能自拔。可偏偏人家不待见他，赵曦拒绝赵明川的一番言辞震翻整个西语系。

“我知道你很有钱，但是我也很有钱。你说你喜欢我，嗯，感谢。但我也没有义务对你负责。哦，也许有人会对你负责，但一定不是我。”

赵明川没觉丢面子，反倒觉得越来越有劲儿了。后来两人在一起了，你侬我侬很长一段时间，赵明川宠女人，那也是张扬跋扈，做派嚣张。时隔多年的现在，如果再问赵曦，她还是会承认，他们有过一段很美好的爱情。那时赵明川很年轻，像是正午高悬的盛夏骄阳，能给你温度，也能让你热得死去活来。赵明川骨子里还是带着点纨绔，往高尚点说，是天性，往俗里讲，是臭德行。

赵明川的狐朋狗友多，玩起来也是不问明天。这两人，一热，一冷，难免会闹别扭。赵明川厚脸皮惯了，每次哄一哄，耍个无赖，就把赵曦的不悦给哄好了。赵曦一忍再忍，最后决定不忍了。

她跟大多数闹别扭的小女生不一样，生气了，就吵吵架哭一哭，再不济来个离家出走，回头又是你侬我侬甜蜜蜜。

她说不忍，那就是干干脆脆地跟你拜拜，冷静，平淡，一句话：“赵明川，我们分手吧。”

那晚，赵公子酒还没醒，稀里糊涂以为自己在做梦。赵曦说：“你太爱玩了，我试图融入过你的生活，抱歉，我做不到。”这姑娘高明，哪怕是对方的错，也能把理由安在自己身上，周全了男人的面子。她拎得清，按赵明川现在的脾性，两人是走不到一条道上的。

长痛不如短痛，分吧。

谁年轻时没有过犯傻犯错的事儿？赵明川在赵曦身上栽的这个跟头，就是教会他，有些错，不是认错就能被原谅。

俩人相爱五年。

他从不说，自己爱过。

因为至今，他还是爱着。

赵明川风平浪静地提起这些，内心却早已被火山岩浆灼伤。他望了眼初宁，冷不丁扬了下嘴角："哑巴了？"

初宁清了清嗓子，不太自然道："你也蛮惨的啊。"

赵明川难得示弱一次，没和她争论。

"曦姐的内心很强大。"初宁感慨，"能做得这么干脆利落，绝了。"

她遂又挖苦嘲讽："别以为女人都是柔顺的小绵羊，你们在外花天酒地，人家就得乖乖在家等候侍寝，撞南墙了吧，尝到苦头了吧。作！该！"

赵明川扬手要揍她："你吃枪子儿了是吧，拿我撒什么气？"

初宁嗷了一嗓子："护士，我要求换家属！我哥打我！"

眼见赵明川的手又要往她脑门上一戳，初宁忽地提声："你想好了再动手啊，曦姐待会儿可是要来看我的啊！"

赵明川的动作在半空来了个急刹车，人都蒙了。初宁扬眉，跟有人撑腰似的："我比你有能耐，我和曦姐早就勾搭上了。"

赵明川机器人一样僵硬道："什么时候？"

"女人之间的感情，你不懂。那时候你和她谈恋爱，还趁你爸和我妈出国旅游，把曦姐带回家试图留她过夜。"

赵明川干咳两声，有些心虚。

"她出国之前，我和她一直有联系，上回碰见，我们就又联系上了。"初宁说，"她知道我受伤，坚持要来看我，快了吧，都过去半个钟头了。"

"你怎么不早说呢！"赵明川倏地暴躁。

初宁仗着某人的势，声儿更大："你再凶我！"

赵明川定了三秒，突然伸出手："哎，你被子盖严实点，别感冒。喝水吗？水温三十九度八好不好？啧，看久了，你还挺耐看的，哟，还是双眼皮啊，以前真没发现。"

"不是还要换家属吗？"赵明川指了指门口，"喏，来了。"

初宁就听见一阵慌乱的动静，迎璟拿着两盒维生素，一脸蒙地跑了进来。小护士在门口把人拦着："哪床的啊？急诊不许进。"

迎璟急道："初宁在哪一床？"话刚落音，他自己就找着人了。

Chapter 24　正式见父母

两人一见面，眼眶都红了。迎璟蹲在地上，一声不吭，就这么静静望着她。

初宁吸吸鼻子，扯了个笑："来了啊？来，靠过来一点，让我摸摸世界冠军有什么不一样了。"

迎璟摇头，压下哽咽，哑声说："没有不一样，还是你男朋友。"

赵明川在旁边听得发酸，转了个身，走之前还不忘嘲一句："演偶像剧呢？"

走了，他才不当电灯泡。

迎璟不悦地转过头，说："你哥不好相处，骗我说你成了植物人。"

初宁乐了："这种鬼话你也信？"

"我比赛完就往这里跑，就是心急。在门口正好碰见一辆救护车上抬下来一个血淋淋的人，嚷着没气儿了，快救人，我脑子都蒙了。"

初宁笑着笑着，就笑不出来了。她别过头，心里也不好受。这罪遭的，说到底还是因她而起。迎璟不知她的心思，见着人没事，便也放了心，凑到她耳朵边，轻轻哼道："放心，我胳膊没事，就是挨了那一棍，太结实了，关节有点儿肿。"

初宁点点头，挪回眼睛，与迎璟对视。两人一齐出生入死，也算死里逃生，这么大的波澜，到这个份上，奇妙地幻化成了平静。二人无须多言，默契都搁心里头。

迎璟用没受伤的右手紧紧握住初宁没受伤的左手，两人十指扣住，藏在被窝下头，任凭掌心的温度交会。

“我不能待太久，赛场那边还有新闻发布会。”迎璟说。

初宁点头：“那你快去，有车吗？”

“有，就在外边等。”迎璟拢了拢她脸颊两侧的碎头发，又在她额头上落下一个吻，“宁儿，明天我带你回杏城。”

“嗯？”

“正式见见我父母。”

迎璟这边不能耽误太久，两人简短见面，他又得走。初宁看着他的背影消失在门口，心生感叹，年轻小男友，好像越来越忙了呢。

初宁留院观察一晚后，就出院了。

次日，迎璟带她回了杏城。两人身上都有伤，不方便开车，所以坐的高铁，出了站，厉坤和迎晨早早等在那儿。

“你没跟我说你姐和你姐夫来接我们啊！”初宁老远见到人，还紧张起来了。

迎璟捏捏她的手，问：“你怕我姐？”

“不怕。”初宁起先还逞强，随着越走越近，心还是虚了，拽拽他的衣袖，轻声道，“你姐姐不太喜欢我。”

“怎么？”

“以前我俩见过面，为了你，起过争执。”

多久的事来着？那时，迎璟还是个不知天高地厚、一根筋的小青年。那时，初宁是个无暇顾及风花雪月的钱串子，心高气傲，办事总有自己的一套规则。她和迎晨的见面，强强对抗，各自有理。当时初宁哪能想到会有今天啊！

“我姐姐人很好，跟你一样，嘴硬心软。”

初宁仔细一品，说：“这不像好话。”

迎璟把她一拉，让她依在他怀里，头一低，坏笑着在她耳边说了句话。初宁当即没了脾气，往他腰上狠狠一掐以示不满。

他们出了验票口，厉坤就等在前排，褪了军装，一身黑色短外套，气质倍儿正，见着他们，扬了扬手。

初宁叫人：“厉哥。”

迎璟：“姐夫！”

厉坤颔首打招呼：“你好，小宁。”

“我姐呢？”

“在车里等着呢。”

三人边走边聊，到了车边，又短暂安静下来。副驾上玩手机的人疏于观察，浑然不知丈夫回来了。厉坤拉开车门，皱眉冷脸：“你又偷着玩手机？！”

迎晨吓得差点将手机丢出去：“没！”

厉坤也不多说，薄唇抿成一条线，手一伸，指头动了动。迎晨垂头丧气，老实地把手机搁在他的掌心里。厉坤面无表情，拿起看了看，直接把那些游戏给卸载了，手机原样奉还。

迎晨哼了声，也不跟人生气，低着头，摸了摸自个儿圆滚滚的肚子，语重心长地说：“宝贝儿，记住了吗？坏人长这样哦，遇到坏人，要记得找警察叔叔报警哦！”

厉坤气乐了，坐上驾驶座，手搭着方向盘，转过头，眯着眼睛看着她：“找我报警？报假警？”

后排的迎璟和初宁忍俊不禁。迎晨心烦：“斗个地主都不让，还有没有天理了？”

“不是不让，你捧着手机能一天不动，这能行？”厉坤系好安全带，跟她说起了道理。

迎晨努努嘴：“那我待会儿要吃一顿肯德基。”

厉坤冷笑。

“一对鸡翅。”

厉坤没回应，迎晨咬牙：“一个鸡翅！”

厉坤爽快点头：“成交。”

迎晨哀叹：“人家比翼双飞得好好的，就这么被你给活活拆散了。唉，残忍！”

一句话活跃了氛围，厉坤嘴角浅扬，没忍住，空出右手在媳妇儿头上轻轻揉了揉，神态极尽亲昵。迎晨这才转过头，笑眯眯道：“小宁儿，别介意啊，咱们家喜欢开玩笑。”

初宁也笑：“不会介意，感情真好。”

迎晨叹了口气：“我们没感情呢。”

一听这话，厉坤两眼微眯，正要发作，迎晨猛地凑近他，嘻嘻笑道：“我们有爱情！”

迎璟在初宁耳边低声道：“现在没那么紧张了吧？我们家的氛围一直都是

这样，现在你可能体会不深，等以后时间长点了，你就能感受到了。”说罢，他悄然覆上她的手背，用指腹挠了挠。

初宁心头一动，忽然明白，其实迎晨也是怕她紧张、介怀、多虑，所以才说些轻松的话题，不用言明，那份处处替她着想的心意，很珍贵。

车子平稳地驶向陆军大院，初宁看着窗外的风景以及络绎的行人，直至道路变宽，车辆变少，路边的站岗哨兵变多，她忽然就没那么紧张了。

车子到了门口，一行人下车。初宁还是吓了一跳。迎家外头停满了车，大门是开着的，不断有人进出。迎璟牵起她的手，痞笑道：“别紧张，街坊邻居亲朋好友特别多，都是来看我的。”

他刚说完，传来一阵笑声：“哟！老迎家的儿媳妇儿回来啦！”

三大姑七大婆先后走出来，目光带着善意，初宁一怔，这架势，简直让人心慌意乱。迎璟不许她躲，往她前头一站，说：“看完我再顺便看看你。”

初宁一头汗地跟在迎璟身后。屋里热闹，人更多，爷爷奶奶、婶婶叔叔辈的都有。女客呢，就和崔静淑站一块儿唠唠家常，男宾呢，分了好几拨，低声细语，也不闹腾，很有涵养。

崔静淑一会儿添茶水，一会儿拿水果给大家尝，说着客客气气的亲切话：“西南送来的蜜瓜，水分很足。”

满地跑的小娃娃奶声奶气道：“好甜！”

崔静淑早年是军区下一个附院的护士长，在心血管内科待了十来年，然后调到妇产科直至退休。她对孩子很有感情，见着他们就高兴。

“喏，不抢不抢，每个人都有。”她分发一通后，娃儿们又笑着去看小狗汪汪队了。

崔静淑吆喝：“吃完再来拿，奶奶还给你们切。”

大家族，就是一派鲜活生动的烟火气，也不知是谁热心通报：“小璟带着姑娘回来啦！”

好家伙，现场像被按了暂停键，大家不唠嗑了，也不吃水果了，就剩下卡通频道里传来一句：“狗狗们全体出发！！”

大家齐齐整整地看向门口。

初宁自认这辈子没对什么事儿认过㞞，今天怕是破了例。她往迎璟身后站，越站越远，两人本来牵得好好的手，就变成了拔河比赛。

迎璟先是礼貌叫人：“王伯好，奶奶好，哎，李叔，上回还听我妈说你去沈阳任教了，就回来啦？”后边他又连着叫了几个人，他记性好，没一个落下的。叫完人，他又扭过头，皱眉不悦道：“你躲什么？”

初宁默默地想把手从他手心里抽开，他就攥紧了不让，两人暗暗较劲儿，脸色绯红。迎晨笑嘻嘻地往前走，顺势揽了揽初宁的肩膀，把人往屋里引。迎晨肚子大了，一下子吸引了大伙儿的注意。

“哟！晨晨的肚子，好尖啊！”

“你怎么别地儿没见着长肉呢，可要多吃一点啊。”

“预产期是下个月吧？”

迎晨一一应答，说话的时候，始终挽着初宁的手。初宁心生感激，她这是替自己解围，让自己没那么尴尬。

崔静淑从厨房出来，笑得热络：“啊，小宁来了啊，快坐快坐，我给你切水果啊！”

初宁抿抿唇道：“伯母您好。”

说起来初宁还是有点尴尬，这也不是头一回见面，但如今身份不一样了，想起往日种种，她倒还真有点不好意思。

崔静淑笑道：“哎！好好好，你坐会儿啊。”

初宁又对迎义章毕恭毕敬：“伯父您好。”

迎义章很儒雅，点了下头：“小宁你好。”

有同龄人打趣儿：“小璟，也不介绍介绍？”

迎璟不满道：“我这世界冠军刚回来，你们也不问问我的感受，太不厚道了啊。”

一屋子的人笑起来。

厨房里，帮着忙活的邻居伸着脖颈往外看了又看，边洗水果边问：“这就是小璟的女朋友啊？”

崔静淑正切蜜瓜，嗯了声：“是啊。”

“工作了吧？”

“对。”崔静淑抬起头，跟着瞅了瞅，思虑道，“怎么？看得出来？很明显？”

“嘿，没有。”知道她的顾虑，邻居大姐宽慰说，“挺年轻的，皮肤白，跟小璟站一起，其实看不出什么差别。你不觉得，她的气质特别好吗？一看就是做事利索、知人冷暖的孩子。”

崔静淑一听，心里舒坦，感慨道：“小璟喜欢就行。”

屋外，大家的话题已经重回迎璟的比赛上。

“你紧张吗？”

“还行。”

"说大话呢，那种场合，你能不紧张？"

"真不紧张，只一个念头。"

"什么？"

"我要赢。"

迎璟态度诚恳，很有说服力。一帮小辈眼冒星星："哇！哥哥好棒！"

初宁则被迎晨带着，见见这个姑姑，又喊喊那位婶婶，一圈吉祥话说下来，初宁觉得，这家子人，淳朴又可爱。迎璟的性格能这么好，也就不奇怪了。

她将视线投向右边，迎璟被围成了中心，他浑身放松，脸上是温和干净的笑，别人说话的时候，他就微笑着听，不管意见统不统一都不插嘴，等人说完了，才和和气气地说自己的观点。

初宁的嘴角扬起一丝淡淡的笑。恰好，迎璟的目光也跟着转过来，两人对望，一切尽在不言中。

初宁该看的看了，热闹也凑完了，街坊亲友陆续告别。众人出门后，热烈的讨论还没散——

"老迎家的小璟真争气，有出息！"

"那姑娘也漂亮，落落大方，一副好笑脸呢。"

"年龄是不是比小璟大啊？"

"那有什么，老崔不提这茬，你不往这方面想，两人站一块儿，说句实话，你真觉得人家姑娘看起来显老？"

那人想了想，摇摇头："那还真看不出。"

路边的冬青修成了齐齐整整的球形，一条路笔直望过去，郁郁葱葱，给冬日添了暖意。

崔静淑准备的晚餐非常丰盛，十二个菜，寓意圆圆满满。初宁吃饭也大方，喜欢吃肉，也不为了形象而刻意克制，席间也讲礼貌，有些菜离迎义章和崔静淑有点儿远，她有眼力见儿，回回都主动给他们布菜。崔静淑温雅，也不推辞，言辞客气："小宁，菜还合口味吗？我也不方便问你，就只能问问小璟。"

难怪，一桌六七个菜都是她爱吃的。

"有爱吃的，就跟我说，明天我给你做。"

初宁礼貌道："伯母，您做的菜特别好吃，您看，我晚上都吃两碗饭了。"

"没事儿，我煮了两锅饭。"崔静淑笑笑，说，"厉坤和小璟都是能吃的人，我还想着，多买一个电饭煲，他们一回来，两个锅同时煮，省得还占用电压锅。"

初宁一听，纳闷地看了眼迎璟："厉哥训练费体力，多吃点是工作需要，可你呢？你一不做体力活，二不搞体育锻炼。"

"我二次发育行不行啊？"迎璟振振有词，理由充分着呢。

迎晨喊了声："就是贪吃。"

一家子人笑出了声。

晚饭后，厉坤牵着媳妇儿出门消食，迎义章还有公务要处理，去了政务楼。崔静淑呢，每天都会去广场跳跳舞。初宁说："伯母，我陪您一块儿去。"

崔静淑还蛮意外："小宁也会跳舞？"

"不会。"初宁老实答，"学学也成。"

崔静淑乐了："行，走吧。"

迎璟忙说："我就不去了啊，你们那几支舞，动作我都会跳了，特无聊。"

"瞎说，我和你孙阿姨早就编了新曲儿，还不给你看呢。小宁，咱们走。"崔静淑跟有人撑腰似的，领着初宁换鞋。

迎璟把桌上的水杯递过去："别忘了拿。"

然后他小声对初宁道："我晚上去发小那儿坐坐，你要是无聊了，就给我打电话，很近的，我去接你。"

这一家子人，日子过得实诚，柴米油盐固然平淡，但日子就是这么过出来的。崔静淑蛮开心，把初宁一带出去，那叫一个醒目。老人家嘛，多少有点儿攀比心态。初宁长得漂亮，气质也好，待人接物也自有一套章法，见着陌生人不怯场，亲切招呼，家常话也能唠上几句，招人喜欢，也得人赞赏。

玩得好的几个老姐妹转过背就说了几句交心看法：

"老崔，你这媳妇儿蛮不错的啊。"

"嘿，别瞎说，八字还没一撇呢。"崔静淑暗地里高兴，脸上还挺淡定。

"呵，我还不知道你，没认准，怎么能往家里带呢。做什么工作的啊？"

崔静淑得意道："自己有公司，做金融的。"

短暂休息后，《茉莉花》的音乐响起。初宁坐在石阶上，看得津津有味。杏城的天可真好啊，六点多的冬天，还有余晖薄光，沿着广场一直延伸至西边的操练场，就像一座浮桥架在了半空。

此景甚美，初宁拿出手机，拍了两张照片，想了想，往朋友圈发了个动态："冬日，夕阳，平安。"

这三个词，是她此刻的心理写照，从容且幸福。

评论点赞的队伍一下子就冒了出来：

周沁：“宁总，在哪儿玩啊，好美。”

×总：“哇哦，是在云南吗？”

祈遇：“宁姐，这是小璟家吧！”

周圆他们是共同好友，能看见彼此的留言，问：“是不是要准备份子钱了？”

张怀玉：“B城刮妖风还降温，冻死我了，我也要去杏城避寒。”

初宁再一刷新，看到冯子扬的评论：“近水楼台先得月，老子的月亮真飞走了！”

初宁看得咯咯笑。巧了，赵明川发来信息，就一句话：“收敛着点臭脾气，别在人家父母面前丢份儿。”

初宁隔着屏幕，都能想象出他打字时的不耐烦。她挑了挑眉，他口是心非还好意思说她？赵明川明明是关心、提醒，表达方式却这么烂。初宁特大方，直接回了两个红包过去。

此时的赵总刚开完视频会，回办公室喘口气，单手挑开衬衫领扣，另一只手点红包，一个两百，一个五十。他反应过来，这不是二百五吗？！赵总气得啪的一声将手机摔桌上，白眼狼！

这边舞还没跳完，迎璟先来找初宁。他不知从哪儿弄来一辆滑板车，单脚踩地，速度上来后，双脚稳稳地立着，适逢下坡，两手微张，神情自若。

迎风少年隔着老远，就冲她微笑：“宁儿！”

初宁招手，待人近了，问：“忙完了？”

“早着呢，我怕你无聊，过来接你。”迎璟拉起她的手，自然地放兜里揣着，“冰凉，快暖暖。”

人多看着，初宁觉得不好意思，想挣开，被他斥住：“别动，都成冰棍儿了。”

初宁不太适应这样的亲昵，但迎璟的一番道理镇住了她：“你得习惯，往近了说，咱们是正儿八经的男女朋友，男朋友摸摸你的手，不过分吧？”

初宁寻思，有点道理，于是点了点头。

“往远了说，我们结婚了，就是一家人，家人对你的一切举动，都是出自关心，你不能拒绝，你拒绝，就是伤他们的心。”迎璟眉眼深邃，在暮色里显得神采奕奕。

是不是跟做技术研究有关，他跟你阐明观点的时候，与生俱来一股正气，这种气势很有说服力，初宁看着他，心想，这小子可真帅啊。一时被男色迷惑，她又点了点头。迎景忍着笑，一肚子坏水全写在了脸上。

初宁这才反应过来，美目一瞪：“呸！谁要跟你结婚！”

迎璟较真：“我不管，你答应了。你是当老总的人，要对你的员工的身心负责。”

初宁哭笑不得，被他扯着往前走：“哎！去哪儿啊？”

还能去哪儿？带出去可劲儿炫耀呗。

大院儿里子弟多，大家都是从小一块儿长大的，这回难得凑了个齐整，约好晚上去K歌。初宁一来，引起不小轰动。

“迎璟你犯规啊，说好一起单身到二十九，为什么你要先交女朋友？！”

“还这么漂亮！”

打趣儿的人，唯恐天下不乱：“哎，昨天娇娇和美美还往我这里打电话，问为什么你不喝她们送的爱心牛奶呢！”

迎璟怒：“滚蛋！娇美你个头！”

那人被他追得满场跑，周围笑声一片。这帮年轻人，又是另一番生动景象，初宁看着闹腾的迎璟，忽然就安心了。他小时候也是这么皮吧，纯粹、生动、有理性、有热血。

闹够了，大家又都去唱歌了，一时间，包厢里鬼哭狼嚎，惊天地泣鬼神。其实他们的声线都不错，认认真真唱，一定很好听。初宁安静地窝在沙发里，喝着果酒，跷着腿一派悠闲，手指一下一下地跟着节奏轻晃。

迎璟揽着她，附在她耳边问：“开心吗？”

初宁说：“开心啊。”

迎璟说：“我会永远让你开心。”

“别乱发誓，永远有多远，你算得到？”初宁回头望着他，眼里是淡淡的笑。

“算得到。”迎璟握着她的手，轻轻放在自己的胸口，“你跟我在一起，就是永远。”

初宁一愣。

“小璟！你的歌！”有人喊。

“来了。”迎璟应道，特来劲儿地对初宁说，“我唱得比他们好听多了，给你洗洗耳朵。”

语毕，他自信地起身，接过麦克风，还有模有样地喂了喂。光影迷离，柔柔摇曳，漾在他身上，一圈一圈像春风亲吻过的水纹。前奏进场，初宁看了眼屏幕，歌名是《消愁》。

当你走进这欢乐场
背上所有的梦与想

各色的脸上各色的妆
没人记得你的模样

初宁微怔，迎璟的低音，用这样的方式表达出来，意外地很好听。他的姿态很放松，看着屏幕，眼里情绪渐浓。

一杯敬朝阳，一杯敬月光
唤醒我的向往，温柔了寒窗

迎璟边唱，边走到几步远的高脚凳旁，闲适落座，一手握着麦克风，一手轻轻环在腰上，不看屏幕了，歌词全记得。

一杯敬故乡，一杯敬远方
守着我的善良，催着我成长
所以南北的路从此不再漫长

最后一句，低声缱绻，神情灼灼，他看向初宁：

灵魂不再无处安放
有了你，灵魂便归你

一曲毕。

初宁忽地起身，走过去牵起他的手，拉开门。两人也不说话，穿过走廊，下了电梯，推开旋转门，冬夜寒风呼呼扑面，外头星光璀璨，霓虹闪耀。

初宁终于停步，两人身后，是杏城最高的一幢大厦，LED的光影效果在上面不断切换各种绚丽影像，五光十色，亦是城市的地标建筑。

迎璟笑着，问：“怎么了？”

初宁微仰着头，手勾下他的脖颈，在他耳边轻声说：“迎璟，我们接吻吧。”

恰逢身后的大厦光影变幻成最鲜艳的红，光芒万丈，宛如艳阳。迎璟搂着她纤细的腰肢，一个吻，如其所愿，落了下来。

Chapter 25　小先生

两人十点多回家，嘴唇上的余热还没散尽。路上，初宁看着周围的房子大多数都熄了灯：“你们这儿的人休息得好早。”

“留在这儿住的长辈居多，年轻人基本都去外面了，很少长住。喏，那家是小强叔，他儿子在军校任教，川西陕北大半个中国满地儿跑。那一家，陈阿姨，她有一儿一女，是龙凤胎，一个医生一个老师。”迎璟一手牵着她，一手指着楼栋。

初宁扬了扬手：“那边呢？”

“你熟悉的。”迎璟说，“孟泽，孟哥。”

初宁哦了声：“孟总啊。”

“孟哥是我们这片的楷模，他在外面做生意，一个人闯荡，家大业大，还是去年杏城的‘十大杰出青年’呢。”

两人一路慢慢走，迎璟偶尔跟她说说这一圈邻里的故事，还说起自己的那帮发小朋友。小时候调皮捣蛋，迎璟动手能力特别强，拣根树杈就能做个弹弓，皮筋儿一拉，石头子儿就往外射。

“小强叔家厨房的玻璃，都不知道被我打坏多少块呢。”迎璟回忆一遭，自个儿先笑起来，“我爸可烦我了，回回让我跪下认错，我还顶嘴，什么男人膝下有黄金，不跪不跪。我爸就拿鸡毛掸子打我一身灰。”

初宁听乐了：“还男人呢，你多大啊，害不害臊！”

迎家的灯还亮着，两人到了门口，迎璟想起还觉得不尽兴：“我还想带你多玩一会儿，看看杏城的夜色。”

他们回来得确实很早，这也是初宁的主意。

“我来你家做客，玩到深更半夜一身酒气，你爸妈会怎么想？”

迎璟正拿钥匙开门，嘴角上扬，打开门前，飞快侧身，往她左脸上亲了一口：“我替我妈夸一句，真是好儿媳！”

门开后，崔静淑一脸笑道：“回来得这么早啊。”

得了，初宁又不能发作了。两人在客厅休息了一会儿，崔静淑给初宁拿来新的洗浴用品，说：“小宁要是不嫌弃，今天就睡迎璟那房间，他的房间宽敞，被子我都换了新的。”

迎璟咬着香蕉，一口下去了半根：“那我呢？我睡哪儿？”

“你爱睡哪儿睡哪儿。”崔静淑话里有话，然后瞥了眼初宁，“只要人家不嫌弃。”

迎璟拣着话，不正经地也看初宁：“你嫌弃我吗？”

崔静淑哭笑不得，扬手作势要揍他：“越来越浑了。”

儿人聊了会儿天，崔静淑回房休息。初宁洗完澡，在迎璟的卧室四处看了看，三四排玻璃柜，里面全是他的模型珍藏，铭牌做得也漂亮，上头备注了型号，也是迎璟手写的。这家伙，字真漂亮，横折弯钩飘逸潇洒。初宁的视线再往右边挪，一整面墙的书架，左边一个角落摆满了奖状奖杯，她粗略一数，二十多个。

全国青少年“建行杯”飞机模型大赛金奖。

杏城市第五届新科技知识竞赛少年组第一名。

全国春蕾杯中小学生作文大赛第三名　2006年。

全国冠军他小时候就拿过不计其数了。初宁一一看过去，看得正起劲，腰间一紧，被迎璟从后面抱住：“好看吗？”

他刚洗完澡，头发丝儿还在滴水，初宁侧头往他肩膀上嗅了嗅：“你怎么这个味儿啊？”

“我姐姐买的沐浴露，牛奶的。”

“真是牛奶？”初宁转过身，跟他正面相对，又闻了闻，“我怎么觉得像榴梿呢？”

“谁用榴梿味儿的沐浴露洗澡啊。”

“明明就是榴梿。”初宁逗他，看他急得要跳脚：“你什么嗅觉啊，奶香这么浓。”

“臭死了。”初宁装模作样地捂着鼻子。

迎璟掀开衣摆，直接把她的脑袋包了进去："你给我闻仔细点，就是奶香！"

初宁真没料到他有这一招，人都蒙了，睁开眼，年轻的身体近在嘴前。她再往边上一瞄，唔，两个小点儿。她掐了他一把，飞快钻了出来，气急败坏道："动作太犯规了！"

迎璟两手一撑，把她困在怀里，一副誓不罢休的表情："快说我好香！"

初宁怕了他："行行行，你最香。"

迎璟强调："奶香！"

初宁敛了敛神色，一个机灵就从他手臂的空隙里钻了出来，然后转过身，按着他的肩膀往柜子上一推，情势反转，变成了迎璟被困在她的臂弯里。初宁微眯着眼，吐气如兰，低声说："奶里奶气，怎么，要开奶茶店啊？"

成熟女性的优势，周身散发着迷人的吸引力，一招一式、一言一行，都妩媚风情。她想坏，就根本不给人招架的余地。迎璟和她对视，一眼含情，哪是她的对手，没一会儿就败下阵来。他从知道要参加比赛起，这么长时间，就没好好和她亲昵过。

他颤着声音，说："宁姐，要亲亲。"

初宁似笑非笑，就这么望着他，也不动。迎璟自个儿主动，送上嘴唇，结果初宁偏头躲开，淡定瞥他一眼："不亲。"

迎璟也不恼，作势要脱衣服，表情更无辜："宁姐，那抱抱好不好？"

初宁没绷住，笑着打开他的手："别闹！"

迎璟揉了把脸："唉。"

"叹什么气？"

"晚上不能睡你。"

"好好说话。"

"不能做？"

初宁推他一把："喂！"

迎璟歪着脑袋，笑得似是而非："好了好了，知道了，不会乱来的。"

这种在情与欲的边缘试探的话，明明是敞亮地说开，却更叫人想入非非。初宁眼珠一转，在他转身要走的时候，伸出食指，轻轻钩住了他的裤头。

"你可以乱一下啊。"

迎璟都快着火了，揪了揪半湿半干的头发："不不不。"

"为什么？"

迎璟神情幽幽，克制道："虽然我们两个确定了关系，但还没结婚，没给你仪式，你来我家，就得受到尊重。"

他懂得给女生留空间，不让人难堪，不让她受到哪怕是亲人的异样猜想，再动情，也得自律。这份儿尊重，不会因为“我是你男朋友”，就有优待权而可以忽略。正因为他是她的爱人，才要让她更加体面。

初宁默了三秒，松开食指，虽不说话，心里头暖着呢。

“不过我可以抱抱你。”迎璟双手环住她的腰，用力往怀里压了压，声调有点变，“宁儿，我爱你。”

初宁点点头：“不错，这话可信。”

两人一齐笑了。迎璟敞开卧室门，然后捣鼓着那些模型宝贝。初宁坐在床边，悠悠地晃着腿。

“对了，你姐……算了。”

“想问什么？”迎璟低着头，细致地擦着机身，“问吧，没事儿。”

“晚上吃饭的时候，我觉得你姐姐是不是和你妈妈关系不太好？”

初宁心细，察言观色有点儿眼力。崔静淑是个亲切和蔼的母亲，跟丈夫、儿子，甚至是女婿说话时，都蛮自然，唯独对着迎晨，话语寥寥。怎么形容呢，初宁觉得，崔静淑有点儿怕这个女儿。

她正思量，迎璟平静道：“我和我姐，不是一个妈妈。”

初宁诧异：“嗯？”

“我姐的妈妈，1994年的时候，生病去世了，子宫癌。”

初宁一时心绪飘然，迎璟侧头，视线与她的轻撞，他笑：“这什么眼神啊？”

初宁敛眉垂眸：“好巧，我们家也是这样。”

迎璟乐了：“哟！”

“不过我们家的情况，没你们家和谐。”初宁抿抿唇，到底还是给他打了预防针。

“我家，不，是赵叔叔家，关系有点儿杂。我妈妈跟阿姨不一样，她……”初宁停了下，反复咀嚼着字词。

迎璟重视起来，放下手中的活儿，拎了把椅子坐她对面。椅子比床稍矮，两人的高度倒是一样了，面对面，他眼神温和包容，不逼迫，静静地等她自愿倾诉。

“我妈是个很重面子的人，对谁都顺从，仿佛没什么自己的立场。她希望人人满意，不被人挑刺儿，日积月累，性格也就变得有点偏执。”初宁斟酌用词，坦白道，“而且，当初我帮冯子扬隐瞒他们的事，的确是我们不对。”

迎璟心一偏，特执拗地纠正：“不是‘我们’，是‘你’和‘他’。”

初宁撇了下嘴：“是我和他不对。”

迎璟这才满意，示意她继续。

“她操心我的感情，并且有一套自己的看人准则，也许会让你难以接受。”

初宁向来有话直说，不藏着掖着，看着他道：“所以，你真的要去见我的家人吗？”

迎璟神情自若：“能不见？”

初宁真想过：“嗯。我们先谈着，往后找机会再说。”

“哦，我被你包养了。”迎璟认真定义，“年轻俊朗的世界冠军坠落女老总情网，被玩弄股掌之间为哪般。”

初宁笑了半天，伸手一推：“毛病！”

迎璟跟个不倒翁似的，弹下去又弹回来，说：“别乱想，岳母大人我见定了。”

初宁笑容渐淡，蜷了蜷手指：“委屈你了。”

“委屈我，也不能委屈你。”迎璟蹭了蹭她的脸，“宁儿，我会更努力，让你过得随心随意。相信我。”

虽然交了底，但初宁还是顾虑重重。两人从杏城回来后，学校那边有一堆紧急事要迎璟回去处理，所以他上门拜访的时间推后，正好如了她的意。初宁抽空回了一趟赵家，跟陈月提了个醒。

如她所料，陈月反应激烈，相当抗拒：“初宁，你真的是越来越过分了！”

“我谈个男朋友就叫过分？那以前和冯子扬在一起，你还一个劲儿地催什么呢？”

初宁理直气壮，只是这话没思量好，一下子戳中了陈月的痛处。

陈月怒道：“你还敢提！”

初宁气势不输：“我有什么不敢提的？这是我自己的事，各取所需，各帮各忙，怎么了？我谁都不欠。”

一句“这是我自己的事”彻底挠中了陈月。

“你自己的事？！你长这么大，谁养的你？谁送你上的学？啊？”

父母都这样，三句不离养育功劳，虽说这恩情是天理，但初宁听起来觉得格外刺耳，冷言冷语道：“我爸一个人挣钱，累死的。”

陈月脸都绿了，手指头抖啊抖，偏又无力反驳，气焰小了点。初宁别过头，实在也不想把局面闹僵，缓了缓语气道：“明天迎璟来拜访你们，我也不指望你热情，起码对待客人该有的态度，你不能少。”

“我不见！”

“你是希望我打一辈子光棍儿是吧？”

“那也不能随便挑一个。”

“你现在打开新闻，他刚拿了冠军！”

“冠军满大街都是，有什么稀奇？”

“你这是胡搅蛮缠！”

“我看你是脑子进水！”

母女俩这一架，吵得可以说是轰轰烈烈。

陈月有理有据：“一个穷学生，还比你小，不成熟，不懂事，以后有你吃亏的。”

“呵，暴露了吧，第三个字才是你的真实想法，来，重复一遍。”初宁亦咄咄逼人。

“穷，就是穷，饱汉不知饿汉饥，以后有你受的。”

“你简直不可理喻！”

“你才脑子发昏！”陈月指着门锁，“明天我就把它给换了。”

这顿发了狠的对峙，实在是伤元气，一瞬间的工夫，初宁心里顿感委屈。她咬咬牙，眼眶都红了：“妈，我都二十六了，还有几年就奔三，我上哪儿再找一个喜欢的人去？”

初宁的话尖锐，但神情是示弱的。陈月也是一怔，真没想到初宁会哭。她沉下脸，不说话，不表态，是她最大的冷静和让步。

气氛正僵持着，一道声音闲闲散散地传来：“哟，不吵了？”

母女俩回头一看，赵明川不知从哪个角落冒了出来，长身玉立，灰衬衫，休闲西裤，一副精英模样甚是俊朗。他还拎着东西——左右手上三四件衣服。赵明川跟没事儿人一样，还是那么狂妄高傲，一心沉迷自己的事，抬高手臂，问：“哪件好看？明儿个见你那穷男友，赵家待人一向有礼和气，我从不落人话柄。穿黑色还是灰色？”

见初宁半天不说话，赵总的脾气噌一下上来了，他把衣服全摔地上道：“哑巴了是吧？行！爱见不见。”

帮你撑腰还跟个死人一样，赵明川懒得搭理，单手插进兜里，一脸冷淡地转过身。初宁这会儿才反应过来，赶紧追上去，双臂张开，把人一拦：“黑色！你穿黑色好！”

“怎么个好法？”

“养眼！”

赵明川微扬嘴角，跟得了满足似的：“明天几点？”

“晚饭。”

“行，地方我安排。”

“嗯！”

一旁的陈月，心理阴影大概是半个中国那么大。这一唱一和搭台唱戏的兄妹，什么时候关系这么好了？

赵明川一锤定音，这局啊，她是不得不去了。

家宴定在第二天。迎璟上午也没闲着，从学校溜出来，在商场晃悠。早年姐姐还没嫁人的时候，经常奴役他做苦力，杏城大大小小的商场他逛得那叫一个熟，习性就是被这么锻炼出来的。男区女区他都能摸清门道，往专柜一瞅，一条丝巾都能上四位数。

迎璟看了这条丝巾很久，店员态度良好：“请问有什么可以为您服务？”

“这个还有别的颜色吗？”

“有的，雾霾蓝。”柜员拿出来给他看。

将两个放在一起比，迎璟仍难以定夺。

柜员问：“是买来送给妈妈的吗？”

“不是。”迎璟顿了下道，“也算吧。”

“如果皮肤比较白皙，可以尝试一下蓝色，今年很流行的色系，非常显气质。”

“那就要这个。”

接着是挑男人的东西。男人的礼物其实选择范围不大，来来去去就那几样，可还真不好选。迎璟犹豫了很久，拿不定主意，买了个冰激凌，边啃边给姐姐打电话。

“她爸爸什么风格啊？”

“做生意的，还有个哥哥，看起来就不太好相处。”

迎晨笑骂：“长辈呢，你看着挑，中规中矩不出错也容易。至于这个哥哥，你要不要问问初宁？”

迎璟一想也对，结果电话那头，初宁颇有微词：“你钱多？给他买？得了吧，他那人臭讲究，特挑剔，省省心好吗？宝贝儿，你实在要买，出门左拐水果大市场，晚上六点后批发大甩卖，香蕉十块钱四斤，拎一袋给他就行。”

迎璟当然没听她的，瞄准了一个国外的小众品牌，给赵明川买了一对袖扣。

傍晚五点半，白家大院。

迎璟一是礼貌，二是紧张，所以特意提前了十五分钟到。他今天走的简洁风，短款外套，工装样式，宽肩窄臀的效果一下子显现，笔挺的黑色裤子，显得腿直，脊梁正，精神抖擞。

白家大院是仿清园林式样的用餐地方，宫廷菜颇有名气，以前还真是个亲王住的府邸，前院供用餐和游客参观，后院是数量稀少的贵宾厅，一般不对外开放。

人一进门，穿着清装旗袍的侍女便是一串串“您吉祥”的问候语，笑得温婉，跟这园林景致相得益彰。B城的特色餐馆，迎璟只去过梅府家宴，还是姐姐来B城出差时蹭的饭。风情和样式大同小异，迎璟也算放得开。

地点是一早知会的，迎璟往西边走，刚踏进去，一愣。

厅里有人?

他走错了?

没有啊。

迎璟只见一个背影对着他，深灰色的中长呢子大衣，式简料垂，被厅里古色古香的灯笼烛光一晃，泛着一层淡淡的光，显得质感极佳。赵明川正对墙上的一幅山水画感兴趣，双手搁胸前，静静打量。他听到动静，下意识地侧过头，便和迎璟的目光撞上。

迎璟诧异，哟，这还有个来得比他更早的人啊。赵明川当然不会承认，淡淡道：“顺路。”语气清清淡淡，姿态颇高。

迎璟拎得清，甭管以前对他有过什么偏见，这一刻，对方就是打入敌军内部的关键人物！迎璟咧嘴一笑，清脆叫道：“大哥，早啊！”

赵明川心说，谁有你早。他脸色寡淡，敷衍地嗯了声，安静了。

赵明川是个目的性很强的男人，也不讲究小节，目光直白地在迎璟身上扫来扫去，迎璟面相精神，身高腿长，和他对视时，也能坦然接住他的目光，不躲不惧。

半晌，赵明川说：“坐吧。”

迎璟走过来，和他并排，看向他刚才感兴趣的那幅画，问：“大哥喜欢黄慎?”

赵明川神色微凛：“你认得?”

迎璟抬眸，由裱框上至下，再拓展四面看了番，然后笑着说：“他是扬州八怪，擅长以淡墨勾润，浓墨点睛，画风秀逸，层次错落。您看那儿的第三座矮蜂，一笔顺过来，连着就是瀑布，山高水远的意境是不是挺生动?”

赵明川对古玩字画没过多研究，偶尔参加慈善拍卖会，主办方弄些大师手作，不乏精品，但他也只限于眼光上的喜与厌，真要说出个所以然来，还真得费点神。

迎璟的“度”也掌握得很恰当，若侃侃而谈，就成了炫耀卖弄。他点到即止，用词也通俗，几句话的工夫，赵明川就能听出，这小子是个懂分寸的人。

于是，话题就这么聊开了。

“家是哪儿的？”

“杏城。”

“来B城几年了？”

“四年。”

“有没有兄弟姐妹？”

“有个姐姐，嫁人了。”

赵明川不是兜圈子的人，今天扮演的角色，当然是站在初宁这边的。他瞧那臭丫头的架势，搞不好真就和迎璟上了一条船，恋爱是一回事，但谈到婚姻，柴米油盐，总得落到实处。他问的问题虽然有点冒昧，但直接有效。还行，对方家庭条件不算太差。

赵明川自个儿先落座，手一扬，候着的旗装侍女就来添茶水。赵明川悠悠地抿了口，语气轻松了些：“那场比赛我看了，表现不错。”

迎璟也没什么好谦虚的：“我也觉得不错。”

赵明川挑眉，笑了笑，迎璟主动要给他倒茶水，手伸到一半，被拦了下来：“不兴这个，我自己来。”

赵明川悠悠地把茶续满，也不再聊天了。迎璟心里感慨，初宁平时把这哥哥形容得跟臭狗屎一样，还真是夸张，他觉得对方外冷内热，看着高冷，其实蛮不错。

十分钟后，屋外传来一声吆喝：“您吉祥，里边儿请。”初宁挽着母亲陈月的手，先进来了。迎璟赶紧挺直腰板，客气叫人：“伯母您好。”

赵裴林走后头，刚接完电话，手机还握在手里，就听见一声洪亮的“伯父您好”！

他抬起头，眸色平静，颔首算是回应。迎璟气质阳光，一米八五的个头很惹眼，轻而易举赢得好的第一印象。赵裴林有着长辈的度量，跟他简短握了下手：“小迎你好，终于见面了，坐吧。”

陈月表情冷冷淡淡，对着迎璟的笑脸视而不见。初宁对这位祖宗头疼，席间暗示了好几回，陈月都装作没看见。

但这局，只要赵明川在，肯定不会难堪。他随便起了个话题，一路扩展，从今天这菜肴开始，谈到中国美食，再到食材发源地，又聊到去过哪些国家，风景、人文、历史，迎璟都能接个几句，而且不是应付，他是真的很懂。

赵裴林这个年龄，对那个时代有特殊的感情，迎璟自小的生活环境使然，那股根正苗红的气质刻在了骨血里。他对军人、对历史，也有非常虔诚的情感。

一老一少相谈甚欢，赵裴林对迎璟比对赵明川这个亲儿子还亲。迎璟也不忘女宾，每上一道新菜，他都起身，微弯腰，第一筷夹给陈月。陈月虽有情绪，但礼仪情面还是做足了分寸，微笑着说："有心了。"

只有初宁看着，其实迎璟给陈月布的菜，她都拨在一边，一口没吃。半道儿，陈月去洗手间，初宁借口跟了出去。门一关，母女俩又开始剑拔弩张。

"妈，你对人就不能客气一点儿？"初宁皱眉，早就不满了。

"我哪儿不客气了？骂他了？给他脸色了？"陈月冷哼。

"给你夹的菜，为什么不吃？"

"我对鸡肉过敏。"

"青菜呢？"

"也过敏。"

"你就是存心的！"

陈月横她一眼："你在这儿给我起什么调子？要不是你大哥做了这个局，我才不来！"

初宁把话横了回去："你在这儿逞什么硬气，要真硬气，甭管谁做的局，你都别给我来。"

这话拐着弯地戳中了陈月的心病。她怕赵明川，哦不，是怕每一个赵家人，怕他们挑刺儿，怕被他们瞧不起，怕他们背后议论，怕他们嫌她一个外来人，永远融不进这个阶层。

她小心翼翼了十几年，累啊，但是相较失去，这些也都不值一提。今儿个也不知是怎么了，初宁这话一戳，陈月受不了，情绪崩溃，竟然哭了起来。

初宁吓了一跳："干吗呢你，我都没哭，你还先委屈上了。"

"你闭嘴，你这个不听话的，我养你有什么用啊。"陈月抽泣，说话声音变了调。

初宁抽了几张纸巾，胡乱往她脸上擦，神情郁闷。陈月挡开她，眼泪哗哗地流："不是不让你嫁人，我是希望你嫁个更好的。外头这个，是，我承认是不错，但他年龄比你小，又没参加工作，你说他拿了个什么第一名，这能当饭吃？一时风光而已，以后呢？我不是说他养不起你，但没个三五年的过渡，他不会成熟的。你一姑娘，耗得起吗？"

初宁无所谓道：“耗得起啊，这三五年我养他就是了。”

陈月一抽一抽地道：“赵家那些人，等不及地看你笑话，背后任人议论，你心里高兴？”

“嘴长人家脸上，我也堵不住啊。”初宁真没将其放心上。

这些冠冕堂皇的理由说不下去了，陈月倏地崩溃：“你走了，嫁人了，妈妈就剩自己了！”

初宁怔然，看着她哭花的脸，眼角、嘴角的纹路，全是岁月的痕迹。一瞬间，初宁好像明白了陈月如此反抗的真实原因。

她是怕女儿过得不好，去别家受委屈，被生活的柴米油盐所击倒，无暇顾及自己，就更别提顾全她这个母亲。陈月是害怕。她有丈夫，有让人艳羡的家境，有优秀的女儿，出去逢人都尊她一声“赵夫人”，但还是架不住她内心不安。为什么？因为这些都不是她自己的，哪天没了，就没了。

初宁安静地听她宣泄完，才说：“妈，安全感，是自己给的。”

陈月维持着优雅的仪态，忍着眼泪。

“小时候，你把我教得很好，唯独没有教我什么是独立。可是这个社会，不独立，什么都是虚的。”初宁早就看透了这个道理，语气平静，“我不是说男人靠不住，是任何人都靠不住。再说了，我有手有脚有脑子，为什么要把自己放低？我本不弱，可以给自己挣一个好未来。”

陈月别过头，话全哽在了喉咙里。初宁也放低声音道：“妈，当初我拒绝了赵叔叔安排的好工作，选择自己创业，这路是我自己选的，你以为我在外面没受苦，你以为我没哭过？但我跪，也要跪着走完。这话搁现在，依旧一样——外面那个男人，也是我自己选的。”

陈月愣愣地看着女儿，不得不承认，她像一朵悬崖上绽放的野玫瑰，坚韧且美丽。

初宁忽地皱眉，揽着她的肩膀捏了捏：“你就喜欢听这些矫情话，怎么，我以后还能不管你？成天想些有的没的，出息！”

陈月吸吸鼻子，硬气道：“先把你自己的日子过好再说吧，大四岁呢，什么概念你懂吗？！他二十，你三十，他四十，你五十。”

“你再夸张点儿，怎么不直接说我进棺材，他才刚出生呢？”

“呸！”陈月着急起来，“哪有这么咒自己的。”

初宁笑了：“我坦坦荡荡，哪跟你似的，刀子嘴豆腐心。”

陈月也没反驳，叹息一声：“迎璟的父母是退伍老兵，退休工资高不高啊？身体可还行？”她没别的意思，是怕给初宁添负担。

“行了行了，补点妆，别出去让人笑话。”初宁推搡陈月，两人炮火连天地进洗手间，偃旗息鼓地从里头出来。

“怎么去这么久？”两人回座时，赵裴林看了她俩一眼。

“人多。”初宁笑笑，挨着坐迎璟边上，头一低，好家伙，碗里是七八只剥得干干净净的小龙虾尾。

迎璟神清气正，目不斜视，手却在桌下不老实，往边上一挪，直接覆盖上了初宁的手背。但……手感似乎不太对啊。他这念头刚蹦出来，赵明川语调冷冷地道：“你牵我的手干吗？”

迎璟愣了下，立刻跟摸到烫手山芋似的，猛地甩开手。

昨天赵明川死皮赖脸地去了趟赵曦那儿，碰了一鼻子灰。被女人嫌弃也就作罢，今天他掏钱请客，还要被男人嫌。这都什么世道啊！

饭局结束，赵家的司机开着车候在门外。迎璟和初宁对视一眼，心照不宣，两人一个多月没抱在一起睡过觉了，今晚不言而喻。迎璟客气地送赵裴林和陈月上车，满嘴吉祥话：“伯父伯母，回去早点休息，改天再来拜访你们。”

他这收尾漂亮着呢，车外的赵明川忽然来了句：“你晚上要回学校吧？坐我的车，顺路。

“不是还没放寒假吗？你们学校允许不归校？”

偏偏赵裴林和陈月还在车里听着看着呢，迎璟拒绝不是，答应也不是。这才刚见过家长，他要是不上车，人家父母会怎么想？

迎璟应道：“好！那就麻烦赵哥了。”

赵明川个老狐狸，还一脸不麻烦的表情，面带笑意，热情地拉开车门，做了个“请”的手势。初宁站在一旁，不得发作，刀子似的眼神飞向赵明川。赵明川好脾气，只说了句：“这白眼儿翻得不错，坚持五秒可以吗？”

“干吗？”

“吃饭的地方不透气，闷得慌，让我醒醒神。”

初宁真想踹死这个黑心的王八蛋！

一行人各自离散，黑色保时捷潇洒往左，白色宝马心情郁闷地向右。赵明川滑下车窗，一手控方向盘，一手搭在窗沿有一下没一下地打着节奏，还跟着电台里的歌曲轻哼。他的心情突然好了起来，话也多了些。

“C航去年录取分数线多少？”

“658分。”

“你高考多少分儿？”

“670。”

赵明川挑眉：“那你怎么不上清华？”

“没考上。”

“也对。”赵明川笑出了声，神情缱绻，剑眉星目，眼角一条恰到好处的痕印平添成熟男人味。

他竟笑得很投入，迎璟实在费解，赵哥的笑点实在是迷离啊。半路，初宁给他发来语音，赵明川一点开，对面的人声势浩大：“赵明川，你就是见不得人好！”

他干脆答应：“没错。”

“你这品性，难怪曦姐不要你。”

“你再说一句试试？”

“不要你，不要你，不要你！”

“初宁你找死！晚上这顿饭钱三千六，转账还给我，立刻！马上！现在！”他对着手机说完一长串，拇指一松——对方还不是您的好友，信息无法发送。

赵明川暴怒：“臭丫头。”把他给拉黑了。

有气没处发，他窝火地冲迎璟说：“见着没，就这德行，心眼儿忒坏，巴不得我倒霉，没病也会被她气出毛病。分手吧，立刻！马上！现在！”

迎璟默默想，其实你们半斤八两，都是祖宗啊！

这边，赵裴林和陈月到家后，坐在沙发上闲谈。

迎璟今天的表现，确实可圈可点，礼貌、主动、有教养、有墨水、长得也带劲儿。不管他是不是初宁的男朋友，赵裴林喜欢的是这个年轻人。陈月心里忐忑，也不会当着丈夫的面忤逆，但赵裴林这样一说，无疑让她对迎璟的印象改观了。

桌上还摆着几盒东西，是迎璟的见面礼，走前他给他们放后备厢了。陈月不以为意，还挺嫌弃包装盒的简陋，估摸着就是一般的营养品。赵裴林拿出来一看，几条烟，几瓶酒，朴素的外盒，连生产批号、产地这些都没有。

“哎，他买东西不看的呀，这孩子，是被人骗了吧？”陈月倒还心疼上了。

赵裴林看了几眼，将东西稳稳地放下，语气平静道：“这些，外面买不到的。”

陈月不明白。

“军区特供。我和常副市长谈事的时候，看到过一次。”赵裴林又拿起东西细看了番，说，“国宴上的东西，绝版玩意儿。”

陈月迟疑道：“迎璟的父母都是退休老兵啊。”

“老兵？”赵裴林冷嗤一声，平静地说了一句话。陈月半天没弄清楚赵裴林话里的那个官衔级别是个什么意思。赵裴林接了个电话，进了书房。陈月拿出手机，费劲地打好字，上网一查，心都爆炸了。

初宁接到陈月的电话时，刚洗完澡，盘腿往飘窗上一坐，撩开窗帘看着夜景：“还没说够呢，陈女士？”

陈月急道：“你跟我说句实话，迎璟的父母是做什么的？”

“退伍老兵啊。”

“兵你个头。”

“又怎么了？”

“他爸爸叫迎义章是不是？”

初宁一听就明白了，调侃道：“哟，你还百度了？”

陈月低骂：“臭丫头，一直瞒着我。”

母亲那点心思，初宁摸得一清二楚，坦白地说：“你看你这态度，也太现实了。”

“基本的知情权我难道没有吗？”

“哦，一早让你知道，你就同意了是吧？”

“你把我想成什么人了！”

“好好好。”初宁不和她争。

陈月说了一堆，大意是责怪她的不坦诚，但字里行间，没再提对迎璟的偏见。初宁叹了口气，这个妈啊，祖宗，真祖宗。她刚挂断电话，迎璟的电话又来了。

“你跟谁讲这么久呢？”一接通，迎璟就不悦地抱怨。

初宁腿麻，换了个姿势，趴在床上，下巴垫着软枕头：“我妈爱唠叨。你到学校了？”

“嗯，刚到。”

“姓赵的呢？”

迎璟迟钝了几秒道：“哦！你说赵哥啊。他走了啊，我问他是不是回家，他说他去女朋友家。哎？你哥有女朋友了啊？”

初宁喊了声，暗骂：不要脸。

“其实你哥挺好的，下车前，他给了我个东西，你猜是什么？”

“鱼雷？”

“手表。”迎璟感慨道，“你送我的积家，被人抢走了，他竟然帮忙找了回来。”

初宁默然，心里百转千回。

“宁儿。”

“嗯？”

“你妈对我的印象，是不是不太好？”迎璟闷了一晚上，终于问出口。

“别多想，她对谁都那样，你这么乖，谁会不喜欢？”初宁裹着被子滚了半圈儿，笑着低声道，“你还给他们都送了礼物，我妈那条丝巾就不便宜，花了多少钱？嗯？”

“一共加起来不到一万。”

初宁吓了一跳：“你钱多没处花是吧？”

“我有钱。”迎璟说，“这两次比赛的奖金不少。”

“小金库充裕啊。”

初宁抿着唇，低声说道：“晚上还过来吗？要不我开车去接你？”这暗示的意味明显得很。

迎璟笑：“你想我了啊？”

初宁玩着自己的头发，一圈一圈缠绕在指尖上，紧了又松开，循环数次，心跟吸了水的海绵似的，她沉甸甸地嗯了声。

迎璟还是笑，初宁微恼：“喂。”

“今晚不行。明天学校有表彰会，我还得准备一下发言稿。”

初宁叹息：“越来越多的人知道你了，我快要守不住你了。”

“你不用守着我，”迎璟说，“我很自觉的。不管走多远，碰到多少人，我永远是你的。”

初宁嘴角微扬，捧着手机，在床上又滚了一圈，头发压在身下，扯得她轻轻喊了声：“哎哟。”

“怎么了？”

“酸。”

“哼，我真心实意地表白，你还嫌我。”

“那你再表一个我听听？”

“行，听好了啊，咳咳。”他还清了清嗓子，突然拔高声音道，“初宁，我要跟你做。”

迎璟正儿八经，声音响亮。初宁心跳飙升，呸了呸：“你再大点声音，宿舍人听不到是吧！”

迎璟无所谓：“他们又不是不知道。”

“这事儿你也跟他们说？！”

“那有什么，都是成年男女，不过我只跟祈遇说了。”

“聊哪些？”

“时间长短啊，交流经验啊。”

初宁要疯：“喂——”

迎璟乐出了声：“逗你的。我才舍不得跟别人说你。那个时候，你只属于我。”

婉转的情话能甜进人心里，直接的表达，却更具力量，初宁蓦地觉得很安心。

“迎璟。”

“嗯？”

“迎璟。”

“我在，怎么了？”

“没事儿，就想叫叫你。”

初宁半边脸陷进枕头里，头发散开像一把温柔的羽毛扇，安静的夜，明亮的房间，桌上的壁钟指针轻走。

初宁温声道：“迎璟，我很喜欢你，很喜欢很喜欢。”

不用咬文嚼字为什么不是爱，两人一起经历了这么多，喜欢和爱早就融为一体。

“你乖，明天来学校看我？”迎璟沉着声，跟哄人似的道，“看看你男朋友有多招人喜欢。”

初宁挑眉：“老实交代，收过女生的情书没？”

“现在都不流行写情书了，直接加微信，也不流行表白，直接转账520。”

“一本正经地胡说八道。”初宁嗤声不屑。

两人腻了一会儿，挂断电话。空气里有佛手柑和柠檬混合的精油香，初宁双手握着手机交叠在胸口，仰躺看着天花板，脚指头一动一动的，忒不安分。

十五分钟后，迎璟收拾了衣服正准备去洗澡，微信一响：“媳妇儿”转账520元。接着，手机叮叮叮个不停，一长串的新消息进来。消停后，迎璟一数，十条，都是520。初宁最后发了一个叼着烟的表情。

正看书的祈遇侧头瞄他一眼：“你看黄色小说了？笑得那么淫荡。”

迎璟捂着手机跟捧着宝贝似的：“跟我媳妇儿谈情说爱，管得着嘛你。”

宿舍的三名室友齐声起哄。

迎璟指着三人盖戳：“嫉妒使人丑陋！”

然后他飞快地闪进洗手间，门刚关上，啪的一声，一只拖鞋愤怒地砸在门板上。

“单身狗没有人权啊！”

拖鞋英勇就义，歪歪斜斜地倒在地上。祈遇笑声爽朗，挨个儿地安抚，浴室里，水声淅淅沥沥透着愉快。

青春恣意，时光美好。

C航的表彰会定在第二天下午两点。初宁上午没事，正好冯子扬约她出来吃午饭。早上初宁睡了个懒觉，没吃早餐，这会儿肚子饿得慌，便事先声明：“我不去那种华而不实的地方啊。”

“这话怎么说的，我这一大把优惠券岂不是浪费？”

“你抠门得要死。”

“行行行，说吧，你想上哪儿吃？”

“老乡长湘菜馆。”

“得嘞，走着。”

这个饭店特别普通，挤在巷子里，十来平方米的店面，放了五六张简易木桌。冯子扬嫌弃道：“你从哪儿找来的这地方？”

初宁闻着空气里的肉香，垂涎欲滴地一一点评：“这是红烧肘子。嗯，这个味儿是辣椒炒肉。啊！这个是他们的招牌菜，粉蒸肉！”

忙碌的店员举着托盘吆喝而过：“让一让啦，让一让！”

初宁伸长脖子一瞅：“我猜对了！”

冯子扬无奈摇头：“服了你。”

两个俊男美女，又是一身精致行头，蛮引人注目。初宁脱了外套，将头发随意一扎，羊绒衫的衣袖挽上去两截儿，细细的手腕上，是一块她很喜欢的迪奥表。

冯子扬瞧她半晌，笑道：“宁儿，你发现没？”

“嗯？”

“你越来越有烟火气了。”

初宁莞尔一笑：“是吗？”

冯子扬学她，也把价值不菲的大衣脱了，往边上油腻腻的凳子上一搭，夹了块五花肉就往嘴里送。肉汁横流，入口即化，他满意地直点头：“好吃好吃。”

初宁递给他一张纸：“擦擦。”然后她指了指右边嘴角。

冯子扬连吃三块肉，然后搁下筷子，问："你上回受的那伤，好全了没？"

"好了。"

"你男朋友得了奖，忙吧？"

"还行，我也忙嘛。"

冯子扬笑了下，夹了一筷子青菜叶。

"关家那事儿定性了，重大经济犯罪，已经立案送审，金额吓人，窟窿太大，已经补不上了。唉，关叔叔平时看着挺和气的一个人，在圈子里也有他的流言蜚语，但没想到，他野心竟然这么大。"

初宁表情平淡，低着头，吃着饭。

"说起来，关家也是个空壳子，看着人丁兴旺，真出了事儿，还真没几个能帮上忙的人。"

"不害人就是万幸。"初宁插了句嘴。

冯子扬扒了一口饭，抬眸扫她一眼："小玉她爸这事儿一出，牵扯出了好多人，她那表舅也被查了。我二伯在市厅局，说她表舅身上的罪也不少，投机倒把，走私海关。"

这个话题开了个头，初宁就猜到冯子扬的用意，也明白他知道了些内幕。

她问："迎璟和他没什么过节，他为什么要害迎璟？"

"关家表舅自己身形不正，认识很多注册地在国外的不入流企业，都只是挂个牌。一个公司还是什么组织的，让他给迎璟使点绊子，最好别让迎璟参加比赛。"

冯子扬点到即止，喝了口茶，鼓了鼓腮帮，把茶咽下去，看初宁一眼："大概的意思你清楚就好，牵涉太多，又在调查阶段，敏感。"

初宁食不知味，筷尖戳着一片辣椒，姿势保持了好久。

"树大招风，迎璟表现那么突出，不引人注意很难。以后你也多多开解他，不管在哪个圈子，肮脏的阴暗面都不会少，更何况，他做的这个行业，高精技术，科技兴国，层次更不一样。宁儿，你可明白？"

初宁点点头，明白就四个字：负重前行。

冯子扬给她盛了一碗汤，吹了吹搁她手边："凉凉再喝。"

两人安静了一阵，热气打着旋儿，缓缓散在空气里。正是饭点，宾客你来我往，周围都是吆喝声、碗筷声、小孩子的哇哇大哭声。冯子扬看那小孩儿号啕，直乐和："你个小胖墩。"

"小玉呢？"初宁忽然问。

声音太吵，冯子扬没听清："什么？"

初宁却不说了，低着头，将饭粒扒来扒去。这么多年的革命友情，冯子扬一下子就猜到了她的心思，平静地说："小玉要出国了。"

"她爸这事板上钉钉，没什么余地，她爸安排了她和她妈妈去新西兰。那边还有一处宅子，山清水秀，算是给她们娘儿俩一个归处。"冯子扬看了看表，"一点的飞机。"

现在十一点五十。

初宁闷声吃饭，肉一块接一块地往嘴里送。

冯子扬亦不勉强，从她筷尖里夹走一片肥肉："这块腻得慌，我吃。"

一口下肚，他微微皱眉，很快神色如常，问："听说你男朋友见过家长了？"

"嗯。"

"没被为难？"

"还好。"

"呵，你妈妈没说什么？"

"随她说，又不是她找男朋友。"

"大气。"冯子扬又问，"相处得怎么样啊？"

初宁兴致缺缺，走了神，根本就没往仔细里听。

冯子扬放下碗筷，说："还来得及。"

初宁抬起头。

"走啊，从这儿开车过去，四十分钟。"冯子扬已经起身准备去买单，隔着桌面，直接把车钥匙丢给她，"去取车，快。"

初宁先是蒙，然后抗拒，最后心一横，沉默地往门口走去。她脚步迟疑，先慢，后快，最后她不受控制地小跑起来。冯子扬做派嚣张，一路快车开得目中无人，好几次压着线过红灯，堪堪犯险，偏偏温榆桥那块儿出了追尾事故，那叫一个堵，愣是耽误了时间。

车子到了机场，初宁推门下车。冯子扬得停车，急急忙忙地在背后喊："航站楼别走错了！"初宁跑得飞快。

她盯着电子屏，迅速在上面浏览着航班信息，有点儿乱，便逮着一个空乘人员问："CZ3165航班在哪个登机口？"

冯子扬赶了上来，拽着她的手往右跑："我知道，走这边！"

时间来不及了，两人喘着气儿，看着安检通道，全是人头，也没个焦距，够迷茫的。

忽然，冯子扬喊："关玉！"

好多旅客回过头。

冯子扬又喊一声："小玉！"

刚过安检、正在拎行李的人，以为自己幻听。关玉下意识地往外头一看，正好看见初宁。

冯子扬疯狂摆手："这儿，这儿！"

关玉神情呆滞，不相信他们会来。三人一周不见，却再也不似从前。关玉怔怔望着两人，隔着拥挤的人潮，初宁亦沉默望着关玉。登机提醒在广播里一遍又一遍重复，声音温柔动听，初宁向前两步，眼睛一眨。

关玉的泪水就止不住了，决堤而出。

她丢下行李，趴在玻璃隔栏上，眼泪流个不停，双眼哭成了一条缝，但里头有着浓烈的情绪，是愧疚，是不舍，是难堪，是懊恼，是悔恨，是对往日友情的悼念，是恨自己的言不由衷。

初宁则淡然许多，就这么望着，眼神不避不躲，也没有进一步的动作。

冯子扬揽了揽初宁的肩，无声地安慰，又一脸笑地对关玉挥了挥手，手背往外，手指微动——一路珍重。

关玉胡乱抹了把眼泪，红透了鼻尖，哭花了妆，带着愧疚的心，面对对不住的人，张嘴，一字一顿地对初宁说："对不起。"

这个时候，她虽是真情实感，但也恨自己没出息。她好怕初宁觉得恶心，于是拎着行李，转过身，头也不回地往前，成为万千旅客中的其中之一。

十年友谊，坚韧吗？她们确实有过无话不谈、彼此扶持的纯粹日子。但生活使然，每个人都有每个人的苦与难。

时间停在此刻，那就让它停在此刻吧——回不去的人，修不好的裂痕，一时的冲动和犯错。

初宁盯着那个方向，久久不语。冯子扬推推她的肩膀："宁儿？"

"没事。"初宁敛神，深吸一口气，"走吧，送我去C航。"

"嘿？C航？我才不去，又当车夫又当苦力，送你去谈情说爱，我不。"冯子扬一脸苦大仇深的样子，把车钥匙护得紧紧的。

初宁懒得跟他废话，直接就是一脚："快点！两点钟有表彰会！"

虽是冬日，但晴天暖阳，校园常青树挺立，阳光透过树叶映在地上，像是撒下的碎星星。

学校礼堂里，国旗悬在正中，校旗与航飞旗帜并列左右。礼堂座无虚席，谈笑声阵阵。

"看什么呢？"祈遇从后头拍了下迎璟的肩，跟着往前边伸脖子，"找宁姐啊？"

"嗯，都这个点儿了，怎么还没来？"迎璟第十次看表。

“来了来了！喏。”祈遇指着右边道。

初宁和冯子扬一前一后，找到座位，并排坐下。

迎璟皱眉：“祈遇，你那儿还有子弹没？”

“干吗？”

“我要射死那个人。”

祈遇捶他一下：“毛病，快点准备了。”

两点，表彰会正式开始。校、院、系的领导都出席了，还有受邀的企业与相关政府部门。前头两排是来宾席，往后就是航大的学生。主持人热场后，校领导致辞，然后还有比赛时的剪辑视频在屏幕上滚动播放。

时光倒流，回到比赛的那一天：

迎璟缺席，众人焦虑。

开幕式进场仪式，各国国旗迎风招展。

迎璟带着一身伤重返赛场，任国旗手，脊梁笔挺，走在队列头阵，所经之处，呐喊、掌声、闪光灯此起彼伏。

虚拟仿真技术的娴熟展示，一个个代码有条不紊地运作，零件组装成形，最后成品产出，一切就像在建造一个技术王国。

实战操控过程中，模型机嗡嗡起飞，经过一道道难关，最后冲过感应线，直指蓝天。

最后，画面全黑。

安静数秒后，两行字浮现在屏幕上——

积一时之跬步，臻千里之遥程

少年强，则国强

现场自觉爆发出雷鸣般的掌声，经久不息。所有人的目光都聚集在迎璟身上，他却转过头寻找初宁。

两人视线轻轻相碰，一瞬无言。

屏幕上的画面已经静止，但在他们这儿，故事只是开始，像是电影慢镜头，在两人四目相接的默契里，一帧一帧往后退：

初宁第一次遇见迎璟时，他是骑着山地车的如风少年，那日阳光万丈，春风轻漾。

项目竞投失败，迎璟一头热地质问原因，谁都不敢言，只有初宁站了出来，声音平淡地问：“凭什么要选你？”

马航失联，初宁死里逃生，仿佛冥冥之中的宿命。

情愫渐生，迎璟将其藏在心里，酝酿发酵成了回甘的葡萄酒，只敢深夜一人品尝。

两人在一起时，懂得了什么是倚靠与理解。

初宁带他学会了成长里最可贵的品质。

迎璟带她体会了爱情里最纯粹的欢喜。

天造一对，固然完美，取长补短，才是真实的生活。

初宁眼眶渐红，直到冯子扬递来面纸，轻声道：“忍住啊，别给你男朋友丢面儿。”

“不积跬步，无以至千里；不积小流，无以成江海。好的东西，值得我们学习，从中积累，取得进步，下面，有请迎璟同学，为大家致辞。”

掌声响起，迎璟走路带风，大大方方地上台。他双手微调麦克风，喂了两声，然后笑着说：“音效不错，我的声音是不是都变好听了？”

善意轻松的笑声响起，大家集中起了精神。迎璟很自然，目光无惧，发音字正腔圆，又带着点磁性。

“冠冕堂皇的话我就不说了，该感谢的人，全在心里，该记得的好，也在脑子里。在座的，都是我们团队发展的见证人——谢谢。”

掌声再次响起，迎璟两句话就调动了大家的积极性。

“其实我们团队组建的步骤跟一般团队有点儿不一样，人家都是先有组织，再接项目。而我们是先有项目，再组团队。啊，这样说来，似乎更有勇气的是这位伯乐。”

众人纷纷猜议，什么伯乐啊？而祈遇、周圆他们，很捧场地对着初宁的方向喊了声：“宁姐！”

初宁顿时成了全场的焦点。

祈遇：“宁姐！”

有人起哄：“哦！”

祈遇声音更大：“宁姐！”

捧场声响起：“哦哦哦！”

初宁故作镇定，叠着腿，两手也优雅地垂在两侧，仪态完美，毫无破绽。冯子扬憋笑道：“‘蒙娜宁莎’的微笑啊。”

初宁从牙缝里挤出俩字儿：“滚蛋。”

但不得不说，女人都有那么点虚荣心，被全场瞩目，还蛮带劲儿的。

言归正传，迎璟把注意力转了回来。

“我的恩师跟我说过一句话，我印象特别深刻，他说，航空工业，是试出来的。无数次的实验可能都换不来一次成功。简单来讲，比我们直接拿火烧钱的速度都要快。上试车架二十四小时不停运转，飞行物撞机模拟试验，撞一台报废一台，还不能批量生产。”

迎璟所说，全是客观难题，大家一时沉默下来。

“航发工业确实很复杂，但我们国家已经做得很好，不再是‘跨越式’的发展心态，不再追求快速出成果、出GDP的传统模式，国家有大局观，有远见，我们跟世界一流的航空技术国家的距离在缩短。正因为难，才没有任何捷径可走。

“一百多年前的工业革命，是国外一步一步积累过来的。每一项工艺、每一次的技术升级，都是经历无数失败换来的血泪教训。钱很重要，但有些东西，比钱更可贵。比如说——”

迎璟目光环视全场，坚定有力道：“信念、尝试、坚持、梦想。

“我们不缺构建宏伟蓝图的梦想家，缺的只是技术扎实的手艺人；我们不缺夸夸其谈的美好憧憬，待完善的，是优越、行之有效的竞争机制、奖励机制；我们不缺政策的扶持，不缺外界的关注，缺的，是汗滴禾下土的坚韧品质，是步步扎实的坚持信念。

“我拿冠军，不是偶然，是必然。不是我一个人的必然，是这个行业进步的必然。我也想过放弃，我也曾经迷惘，但每次我都告诉自己，咬咬牙，再坚持一下。然后——”

迎璟稍作停顿，微笑着把留白的时间抛给听众。下边有学生喊：“然后你就拿了冠军！”

笑声隐隐响起，迎璟微抬下巴，收敛神色，眉目八风不动，脊梁笔挺，说：“然后，航天事业会飞得更高，技术创新会走得更远，而我们的蓝天，会更蓝。我的发言完毕，谢谢。”

短暂停顿后，全场掌声热烈，似要掀翻屋顶。那么多人为之感动、祝贺，心有戚戚焉，唯有初宁，与热闹格格不入，双手掩面，微微俯身，手肘撑着膝盖，无声地流着眼泪。

最后，C航校长对迎璟的团队授予荣誉勋章。迎璟他们荣登C航光荣榜，并且成为学校形象大使，参与未来一年的相关社会活动。

表彰大会落幕，学生散场。

迎璟跑到初宁身边，眼神明亮：“我表现得好不好？”他再仔细一看，“呃，你哭过啊？”

冯子扬点点头："哭得好惨，不知道的还以为男朋友出轨了。"

初宁、迎璟齐声道："去你的！"

冯子扬一闭眼睛，微屈手指，做了个自挖双目的动作，单身狗没有发言权啊。

初宁眼眶微湿，看着迎璟，说："你长大了。"

迎璟嗯了声："遇见你，我才长大了。"

初宁笑，笑着笑着，眼泪又忍不住了。迎璟单膝跪地，无声地握紧她的手，问："闷吗？"

"嗯？"初宁不解。

"带你出去透透气。"迎璟嘴角的笑带着坏意。

"啊？啊！"

初宁瞬间被他拉起，两人牵着手，迈开脚步，朝着礼堂大门外跑。迎璟速度快，姿态张扬，拽着初宁从大门往西一直跑。学生还没散去，看到他们，自发地开始尖叫鼓掌："哇！"

迎璟脚步不停，越跑越起劲儿，冬日的暖阳下，风也带着早春的气息，亲吻着他们的眉眼、鼻梁、嘴唇，抚摸着他们年轻而又充满热血的心脏。

跑得太快，初宁害怕："我要摔跤了！"

迎璟侧头，笑得春光明媚："相信我，我不会让你摔着！"

两人一路往西，经过林荫道、宿舍楼、篮球场，行人纷纷拿出手机拍照、拍小视频，善意地起哄："哦！哦！哦！"

迎璟牵着心爱的姑娘，意气风发。这是他这一生最快乐的时刻。他扭头，高举左手，握紧拳头，做胜利状，对着行人更大声地回应："哦！哦！哦！"

初宁也不再害怕了，全心投入，兴奋尖叫。他们跑过教务楼，跑过实验楼，跑过喷水池，跑过图书馆，他们的手紧紧地十指相握，最后两人回到原点，初宁喘着气，累瘫了。迎璟没事儿人一样，侧身，肩膀贴近她，初宁头一歪，就把自个儿的重量全交在了他的左肩上。

迎璟搂着她的腰，与她额头抵额头，低声问："呼吸不过来了？嗯？"

初宁点点头，仰视他，微笑着，下一秒，迎璟湿润的唇舌落了下来。围观的大有人在，羡慕地起哄，善意地捧场，让这个故事停留在高潮的这一刻。

小先生，再见。

我的先生，你好呀。

——正文完——

番外卷　须惜少年时

小先生

朝九晚五，上班期间两人都忙，电话短信很少传情。工作结束，两人便一起吃吃饭，逛逛街，手挽着手，在长安街最繁华的地方感受人间烟火。

番外一　韶华恩（赵明川篇）

赵曦昨晚陪几个弟弟妹妹看电影，春节档贺岁片，票跟不要钱似的被疯抢，他们只能看晚场。科技大片，打打杀杀，画面耀眼，一看就是两个小时。

赵曦今早起来，耳朵里还在嗡嗡响，没缓过劲儿似的。

“下回可不许起这么晚了啊，你爸爸都晨练回来一小时了。”尤沁芝抬头看了眼时间，八点半了。

赵曦满嘴牙膏泡沫，含混地嗯了声。

“早餐七点之前吃最好，这早不早晚不晚的，成什么了？”

赵曦灌了两口水，咕噜咕噜吐掉：“睡得晚嘛。”

提起这茬，尤女士又是不悦：“健康重要，还是电影重要啊？”

赵曦束起头发，洗了把脸，往餐桌旁一坐，尤沁芝给她倒牛奶：“李教授回国了吗？”

“回了，前天他就上课了。”

“你们快考试了吧？”

“嗯，快了。”

“好好考试，别分心，你爸给你联系好学校了，小时候的王伯伯，你还有印象没？他们全家早早移民去了那边，等你入学UCM，也能有个照应。”这才是正事，尤沁芝神色微重，说，“不要被一些乱七八糟的人影响你目前的学习，明白吗？”

赵曦捧着杯子，一口一口喝牛奶，垂眸敛眉，没有回答。

她下午还有课："妈，我走了啊。"

"东西都带好了？"

"带齐了。"

这个小区是2015年的新楼盘，地段好，配套设施也不错，穿过一段石板道，就到了小区的右侧门。赵曦远远就看到了停在马路边的那辆黑色超跑。这路全线禁停，现在又是出行高峰，往前百米就是交警岗亭，超跑停在那儿实在扎眼。她走近一看，车窗上果然贴着一张罚单。

赵曦微微弯腰，正仔细看着上面的字，车窗就滑了下来，露出赵明川的一张脸，眼深眸黑，一双剑眉往鬓角处斜飞得刚刚好，带着说不出的漠然。赵曦还没来得及抬头，就被车里的人伸出手勾住她的脖子往下一带，热烈的吻落在了女孩儿娇软的唇上。

赵曦着急，去掰他的手臂，这么多人看着，毛病呢！赵明川哪肯让，满足了，才把手从她脖颈上往下挪，拽住她的手腕不放手。

"想我没？"

赵曦皱眉，挣啊挣的。

"想不想我？"赵明川还较上劲儿了。

赵曦拿他没辙，气得一跺脚："想也变成不想了！"

赵明川笑得爽朗，往后座一靠，松了手，解开车锁。赵曦上车，揉着手腕不发一语。

"弄疼了？我看看。"赵明川拉了拉她的手，被赵曦一把甩开："没事。"

想起来，她又扭过头，问："你都坐在车里，怎么会被贴罚单？"

"这儿不许停车。"

"你不会把车开走啊？前面那么多停车位。"赵曦指着十米远的地儿。

"这儿正对着你，你一出来就能看见我。"赵明川给了个很靠谱的理由，一脸无所谓，还挺欣赏那位交警，"年纪不大，秉公执法，雷厉风行。"

赵曦沉默地别过头，算了算了，她看风景。车子开了一段路，她无意间往后座一看，深灰色的全皮座椅靠右窗那边有一大团污渍。虽然经过简单清理，但还是挺惹眼的。赵明川察觉到赵曦的眼神，特自觉地撇清："这是贝贝吐的，昨晚他喝得跟个孙子似的，全呕我车上了。不是我，我没喝多。"

赵曦侧过头："你昨天又喝酒了？"

赵明川凛了凛神："没有。"

赵曦不语地看着他。

赵明川抵了抵舌头："一点点。"

赵曦没什么特别反应，但垂在腿上的手无意识地握了握。赵明川什么人啊，看人、看事儿，那是有自己的一套法则，城东赵家的小少爷、独子，别说呼风唤雨，但人间百味，要什么没有？有资本的人，能玩得不开？

B城里但凡有点名头的声色场，都认得他赵公子。在这个圈子曾流传过一句笑谈，只要赵明川一句话，多的是姑娘陪他看风花雪月。男人到他这个份上，没点流言蜚语傍身，那也是小说里才有的男主光环。外面人说得不好听，但他身边最亲近的那个圈子，都是明白人。

玩归玩，可赵公子是真不近女色。别看每次聚会，哥们儿七八个，再被阿谀讨好的经理们塞进会所里最漂亮的姑娘，十来号人，胭脂水粉，欢声娇语，甭提多令人遐想。美人在怀，那几个人是一个比一个混账，唯独赵明川，不好这一口。

原因？他有女朋友，宝贝着呢。

大家对这位正牌女友可好奇了，有女孩缠着他的发小撒着娇：“赵总的女朋友漂不漂亮呀？”

发小掐了把她的腰：“怎么回事这是，你在我身上，还想着别的男人？”

女孩嗔怪：“人家想知道嘛，几个小姐妹可迷赵公子了。啊，难道赵总的女朋友丑得不能见人？不然为什么没见他带出来过？”

这语气啊，娇媚柔软，能酥到你骨子里去。发小却突然冷下脸，浑身结了霜似的：“怎么说话的？”

美人顿时慌张：“对、对不起。”

“滚出去。”

如果赵明川是祖宗，那赵曦就是祖宗的祖宗，容不得人闲言半句。赵曦比赵明川小五岁，与他同校的学妹，才情气质绝佳，二十岁，正是一朵花绽放的美好年龄。

赵明川对她是正儿八经的一见钟情，彼时他大学毕业，刚接手家族生意，那日跟恩师吃过饭，恩师随口一提，说今晚有迎新晚会，得赶回去出席。赵明川一听，说：“那一起？”

恩师问：“哟，这会儿倒有闲情逸致了？”

赵总笑得风流倜傥，答：“晚上吃撑了，就当消消食。”

结果他这一消，把自个儿的心给搭进去了。赵曦在那天的晚会上弹了一曲琵琶，叫《阳春白雪》。十八岁的如花姑娘，一身淡色旗袍，头发绾成一个髻，斜插着一支翡翠簪子，十指如葱，气质干干净净，像是清晨山间的第一捧清泉。

这年头，会弹钢琴的、拉小提琴的比比皆是。赵明川还是头一回这么仔细地听完一支琵琶曲。

高山流水一音毕，午夜梦回会佳人。

那一天，赵明川叼着一支烟，趴在栏杆那儿，到最后，烟灰燃尽坠了地，人也着了魔。

赵曦不好追，书香世家，父母都是大学教授，不说挥霍无度，吃穿不愁那是肯定的。这样的家庭出来的女孩子，知书达理，心性也宽广，不会轻易被一些外在的东西迷惑。赵明川追她那会儿，什么馊主意都使出来了。

送花。

对不起，花粉过敏。

送首饰。

对不起，受之有愧。

请看电影。

对不起，我要考试。

赵曦清清淡淡，总能找到让人无法反驳的理由。赵明川被逼急了，那日喝多了酒，一想特窝囊，情绪也浓烈，把路虎开成了坦克，嚣张地停在女生宿舍楼下，扯着嗓子在下头喊赵曦。

赵曦，赵曦！

后来学校保卫处来了人，赵明川一个打三个，但也是情到浓处，无路可走。

别看赵曦现在跟他这群发小关系特好，但在赵明川求爱不成的那个阶段，大家对她颇有微词。啧，川哥都追成这样了，她怎么就不动心呢？姑娘家啊，适可而止地端端架子，咱也能理解，但端久了，就不可爱了啊。

后来他们才知道，赵曦是真的看不上赵明川。赵曦脑子非常清晰，虽然学的是西语，但逻辑思维秉承了理科父母的优良基因，年龄小，但看人看事拎得清清楚楚。

霸道总裁，那是小说里的人物，碰不得。

后来两人在一起了，赵明川知道她的这个真实想法后，差点没笑吐，把人压在身下，这儿亲亲，那儿啄啄，手也试图为非作歹。

赵明川低声诱哄："碰得碰得，我哪里都碰得。"

啊呸，臭流氓。

赵曦从回忆里回过神，车子恰遇红灯，赵明川的手横了过来，掌心覆上她的手背，说："我知道你不喜欢我出去玩，但有些是应酬，少不得。"他顿了一秒，挺自觉道，"喀喀，大部分是和老八他们聚，但都是从小到大一块儿长大的哥们儿，总不去也不合适，你说是不是？”

赵曦哼了一声，脸色蛮冷。赵明川掰过她的脸，保证道：“行行行，以后都不去了。”

赵曦挡开他的手：“你去吧，没什么，反正我要准备考试了。”

赵明川以为她期末考呢，没多问，还感叹一句：“这学期这么早啊。”他压根没意识到问题的严重性。

晚上，宿舍的室友都在，两人是B城本地的，两人是外省的，赵曦和她们关系都挺好，尤其是裴佳佳。赵曦正专心复习，裴佳佳探出脑袋：“曦曦，你今天没出去看电影呀？上周不就说要去看首映吗？”

赵曦正在做听力，摘下耳机，说：“不去了。”

“你男朋友又要忙吗？”

“嗯。”

“天，他也太忙了吧，我爸爸也开公司呀，但也没见有他这么忙，每天还能回家陪我妈妈吃晚饭，有应酬他俩也是一块儿去。”

赵曦语气难掩郁闷：“是吧。”

裴佳佳跟她谈心：“曦曦，我觉得你这恋爱谈得好辛苦，回回都是你迁就他的时间。你跟我说实话，电影票早买好了对吧？”

赵曦眨了眨眼睛，然后垂着头道：“买好了，也约好了，可他下午给我打电话，说晚上有紧急会议要开，不能陪我去了。”

“什么会啊，还临时通知？你那票来得多费劲儿啊，现在都不好出手，可惜了。”裴佳佳特不满，“最烦放鸽子的人，如果我男朋友放我鸽子，我肯定跟他没完。”

赵曦笑笑：“他忙嘛。没事儿，咱们继续复习。”

裴佳佳：“对了，他知道你要出国的事儿吗？”

“不知道。”赵曦说，“八字还没一撇呢。”

“可是我看你爸妈还挺坚持的。”

“再看吧，今年那边的要求很高，我还不一定能上呢。”

“谦虚！”裴佳佳从口袋里抓出一把糖，剥开糖纸，喂给赵曦，“赏你啦。”

聊了会儿天，赵曦也没那么郁闷了。台灯下，字典、笔记本、试题、耳机，静悄悄地搁着，亮光在她脸上打下一小片光影，笼罩着挺翘的鼻尖、温婉的眉眼，以及一颗落不到实处的心。

赵曦正分神，电话响了，是赵明川。赵曦走到窗户边接听，心情一下子好了："你开完会啦？"

电话那头却是另一个人的声音，伴着喧天的音乐节奏，扯着嗓子喊："喂！小曦吗？！你别扒我衣服，老子不是你女朋友——啊，小曦，你方便来一趟吗？川子喝醉了，在这撒酒疯呢！扯我裤子干吗？！喂？小曦？小曦，喂喂喂？"

赵曦怕赵明川出事，一路狂拦出租车，最后赶到酒吧，推开包间门，被热浪扑了满脸。那音乐大得把她都给震蒙了。彩灯渲染，五颜六色的，她根本看不清谁是谁。

一堆男男女女抱在一起，兴奋得不行。她往右看去，呵，还分了区，这一边更过分，四五个男的，年轻而秀气，看样子是会所的男公关，挨个儿脱了上衣，手绑在身后，用身体撞击对方，类似于肉搏，谁先倒地谁就输。

一个喝高了的公子哥儿吆喝着："撞，给我撞，谁、谁赢，我给、给他两万块钱！"

一阵阵起哄声响起，那几个男公关也更加卖力，场面基本不能入目。这一刻，赵曦就像被一瓢冷水从头浇到脚，一身寒透，但也越发清醒。

熟人发现了她，紧张地叫了一声："小曦。"

包厢里的胡作非为正在兴头上，没个消停。那人一看她脸色不对，心想要完，扭过头，凶狠地吼道："都给我停下！"

众人安静了，目光齐齐追到门口。赵曦如芒在背，却很冷静。

赵明川不知从哪个角落歪歪扭扭地冒了出来，神志不清，衬衣的扣子也胡乱地开了几颗，胸膛线条隐隐，喉结微滚，说不出地性感迷人。乍一见赵曦，赵明川还以为自己花了眼，笑了笑，指着她，醉意蒙眬地说："我媳妇儿。"

赵曦很沉默，沉默得有点可怕。发小上前掐赵明川一把，低声提醒："川子，别犯浑！"

赵明川脚步踉跄地走近，垂眸看着赵曦，然后一把揽住她的肩，把自己一半的重量都压她身上，酒味儿厚重，半兴奋半迷离地炫耀道："美、美吧，学西、西语的，等她毕业，我们就、就结婚。"

这话，看人怎么理解。有人说，醉后的言论通通不用负责。也有人说，酒后吐的都是真言。可此刻的赵曦只觉得一种奇异的感觉在眼睛里涌动，有失望，有迷茫，有反省，有纠结，有难过。

如此种种情绪混在一起，她眼眶一热，双颊微凉，地上的两滴湿润像是暗夜里的明珠。她还没来得及说话，眼泪已经替她先开了口。

赵明川也猛地醒了，他被赵曦推开，窈窕背影很坚决地转身离去。

赵明川酒醒了大半，那道背影就像一把斧头，直接劈开他的心脏，劈出了一道再也来不及治愈的伤口。

“你们谁把她叫来的？给老子去死吧！”赵明川拔腿追出去，“小曦！赵曦！”

他顺手摔了桌上的麦克风，麦克风刺耳的破音，像给气氛加了一层冰。

屋里人面面相觑：“怎么了这是？”

“那女孩儿真是赵总的女朋友？”

“蛮年轻的啊，刚走进来，乍一看我觉得有点儿像一个女明星，叫什么来着。”

关系铁的发小出声呵斥：“谁在背后嚼舌根？有种当面讲。讲啊，怎么不讲了？”

谁敢惹他们这帮作威作福的少爷公子啊，众人都自觉地不说话了。

十二月，寒霜降，站外头人冷得直发颤。赵明川喝了酒，哪经得住这样的风吹，浑身发寒，人倒是清醒不少。他追出来，赵曦也不上演矫情的你来我往戏码，大大方方往他面前一定，看着他。

赵明川心虚地解释：“开完会才过来的，玩了没多久。”

他没披外套，一件衬衫打底，扣子也不知是被哪个小妖精给解开的，一身混账味儿。这状态，可比解释更有说服力，赤裸裸地打脸。

赵明川一看就知道她哭过，心疼地道：“我不对，我不好。”他伸手要来抱人。

赵曦啪的一声拍向他的手背，力道很重，疼得赵明川起了邪火，酒疯一上头，就管不住嘴：“哪个王八蛋给你打的电话，老子不弄死他！”

赵曦冷冷地道：“半斤八两。”

赵明川眯缝起双眼：“骂我呢？嗯？”

赵曦不说话了，头一低，在冷风里，肩膀微颤。

她说：“我们分手吧。”

赵明川乐了：“你再说一遍。”

“分手。”

两个字，一个词，干干脆脆。赵明川左顾右盼，视线没了准头，最后他烦躁地去松扣子，发现扣子早飞了，躁意瞬间升腾。

“干吗呢？干吗呢？有必要这么上纲上线吗？”他压着火，控制着声音，声音低八度，更显阴沉。

“我玩会儿怎么了？你认识我的第一天起，不早就知道我是这副臭德行了吗？有必要分手？”

到后半句，显然控制不住了，赵明川起了势，动静就大，路人频频回头。赵曦听着，表情平静，眼神都不带变化的，心如止水。从包厢里追出来怕出事的哥们儿有三四个，听见这话也知道过分了，一左一右架着赵明川，另一个人扯着赵明川的衣摆往后拖。

“川儿！清醒点！哎！小曦，别啊！他晚上喝了不少酒，饭局就挨过一轮了，犯浑了，你别理他这胡话！”众人好心解释，却没想到捅穿了真相，敢情他们一直玩到现在呢。开会？幌子而已。

赵曦垂下头，捏紧了自己的手指头，掐的那两下用尽了力气，指甲往皮肉里扎，跟自己狠心似的，疼也不松。

赵明川被“分手”俩字给点爆了，哪那么容易消停，又被人一阻拦，叛逆因子起飞，指着赵曦怒嚷：“把那两个字给我收回去，收回去听到没有！”

哥们儿劝：“川子！”

赵明川六亲不认：“谁打的电话，想死是吧！啊！给我查，老子剁了他的手！”

哥们儿再劝：“你嚷个什么劲儿，啊？小曦都被你嚷跑了！”

赵明川晕晕乎乎：“她能跑哪儿去，还不都是我的人。”话毕，他人一歪，腿一软，昏睡过去。

晚上这酒，各种兑，调得味儿特别冲，赵明川酒量还算可以，也经不住这么搞，真醉了。第二天十点他才醒，头痛欲裂，一身衣服被扒得干干净净。赵明川赤脚下床，下头什么也不遮，踢开一地的衣服鞋袜，捞出手机语气横着走：“你们有病是吧，昨晚谁给我脱的衣服？”

“还有谁敢碰你，一身酒味儿不嫌难闻啊，哥们儿几个一块儿扒的。怎么，酒醒了？”

“滚。”

“你就作吧，回头小曦真没了，你后悔不？”

“你在胡说八道什么？”

“哟，失忆啦？行。”那头的人给他简述了一番昨天的事，呵呵笑道，“赵公子，您可还好？”

赵明川忍着头疼，越想越心慌，不确定地问：“我真说了这些混账话？”

完蛋，坏事儿！

他心里焦躁，但男人总要面子，于是依旧维持淡定，语气志在必得：“这有什么，又不是第一回了。”

“嘿？你这还有经验啊？”

“废话。两口子的事儿你们不懂。”赵明川蛮得意，“等着，过两天我就带她出来和你们一块儿吃个饭。”

“你就吹吧你。”

两人说了几句，挂断电话。

赵明川收敛笑容，眉头深锁，将手机一丢，手忙脚乱地捡着满地的衣服往身上套。车就停在酒店外头，他上去还没坐稳，就急着给赵曦打电话。电话通了，赵曦不接，他再打，赵曦挂了。赵明川深吸一口气，低着头，握着手机，半天没动弹。他想着想着，烦躁地啧了声，将烟送嘴里，从左边咬到右边，再点了个火。

他吐出的烟圈，全是混账的形状啊。

学校期末考在即，赵曦连着一星期都泡在图书馆里。裴佳佳小心翼翼地问：“曦曦，你也太努力了吧。”

“嗯。”赵曦不咸不淡地应。

“其实考试对你不是问题，没必要把自己逼得这么紧。”裴佳佳机灵得很，凑近了，小声问，“和男朋友吵架啦？”

赵曦看着书，拿着笔，没说话。

这几天，赵明川都快把电话打爆了，人也在宿舍楼下堵过几遭，就差没上女寝敲门了。不奏效，他又变着法子讨好，主意也馊，上商场买了五六个什么LV、香奈儿的包，让快递往学校里寄。快递员打电话，赵曦总不能不下去取件吧。

赵明川就逮着这个空隙，跑上去，拦着人厚脸皮地认错，又亲又抱又搂的，全被赵曦给挡开了。

赵明川双手尴尬地举在半空，神色微凛：“怎么样你才肯原谅我？”

赵曦摇头：“不用了。”

赵明川一下就烦了：“不用什么？啊？你说话最好给我小心点，有些话我不爱听，不许说。”

赵家是个大家族，赵明川是独子，小时候就横着走，长大后狂妄的个性一览无余。他脾气向来不好，哪受得了这份冷落。其实这话里警告的意味已经很明显，但赵曦非常冷静，看着他说：“赵明川，我要分手。”

不是“我们分手”，不是“我想分手”，是无比坚决的，我要分手。

赵明川气得揪了把头发，双手搁腰上，身体前倾，微微低头看着她：“我错了还不行吗？嗯？”

赵明川先是软声，见她不回话，声音就控制不住了：“我错了还不行吗？！我戒酒戒赌！天天陪你泡图书馆成吗？！啊？！”

这人一急起来，有点撒野的架势。赵曦家教甚优，皱眉说：“你声音小点。”

“小什么小！我女朋友都要跟我分手了！”赵明川都没看清，抬脚就往边上踹。

他正踹在一块货真价实的大石头上，脚指头都快抽筋了。赵明川疼得脸色一白，豆大的汗珠从脑门上冒了出来。

路过的同学纷纷侧目，暗暗议论。赵曦觉得难堪又难受，心里的介怀和隔阂越来越深。她很久之前就开始反思，两个性格大相径庭的人，是不是真的能走到一起？

她的确很喜欢赵明川，喜欢他身上的匪气，喜欢他偶尔的孩子气，喜欢他炽热真诚的情感，唯独少了一份安全感。赵曦二十出头，再理性也只是一个初尝爱情的女孩子，希望从男朋友身上获得安心，这么想来也无可厚非。

可赵明川呢，放古代，保准是个浪荡青楼的公子哥儿。他有他的交际圈，有他自小养成的习性和三观，她太过干涉，也不合适。两人的立场都在理，时间一长，碰撞出的火花就炸了。

自此一面，两人是真闹掰了。赵明川心想，少了你我还活不成？他偏不信这个邪！

于是他玩啊，疯啊，成天泡在饭局应酬里，蹦迪喝酒唱歌，玩得那叫一个昏天暗地。殷勤的经理们送来场子里最漂亮的女孩儿，个个年轻貌美，穿着超短裙往他身边一坐：“赵总，我敬你呀。”

赵明川却冷眼道：“走开。”

女孩儿不死心，手指往他衣襟上一挑：“我陪你呀。”

赵明川抓着她的手腕狠狠一甩，起身头也不回道：“周明。”

周明是他的助理，这儿音乐音量大，他一时没听到。赵明川提高声音，又要发火：“周明！”

周明这才赶紧走来，低声问：“嗯？”

“开车！去商场买衣服！”

赵明川边说边脱外套，把外套揉成一团往地上一丢。周明跟在身后，心想，这位爷的洁癖一如往常，不喜欢无关紧要的人碰他一下。

女人也就罢了，周明摇头，真是没见过这么矫情和做作的男人。

赵明川就这么胡作非为、没脸没皮地“作”了一段时间，周二，赵曦正在练听力，突然收到了一条银行的短信提醒：

“您的卡号××××于2014年2月3日在×××网站消费金额×××元。”

这个卡有点特殊，是当时赵明川给她办的，他对女人很大方，虽说赵曦什么也不缺，但他总要图个形式，以此来证明自己的地位似的。上一次的短信提醒，还是办好卡的那天，赵明川往里头转了六位数的钱。赵曦一直没动过，今天这个消费金额，还真不少。

赵曦没往心里去，估摸着是他自己用的，她继续看书。五分钟、十分钟、半小时……裴佳佳洗完澡出来，一瞅：“咦？你怎么还在看这一页啊？是有难题？”

赵曦恍了恍神：“啊？啊，没。”

裴佳佳扭着小蛮腰去晒内衣裤：“走神啊，小曦同学。”

这分散出去的精神，就是放高了的风筝，飘啊飘的，扯得她心神不宁。赵曦又看了一遍短信，琢磨着这个×××网站是做什么的。

她打开浏览器，往搜索栏一按，跳出来的主页很鲜艳，标题旖旎：甜美小心心主播，女仆装温暖你的冬天哟！

御姐知性风范儿，搔中你的心脏，房间直播中，然后一水儿的美女靓照轮番切换。赵曦随便点进一个房间，娇软的声音，一听人就酥，弹幕全是“土豪”送的礼物：玛莎拉蒂X2、钻石X10、鲜花X100。

裴佳佳跑过来，一脸惊讶道：“小曦你还看这个啊？”

“网页上弹出来的，我不小心点进去的。”

“哦哦哦。这些直播，好多打擦边球的，靠噱头吸引看客打赏。”裴佳佳挑眉，“专骗男人的钱，谁让他们好色呢。”

赵曦抿着唇，将鼠标按得噼啪响，生气似的把网页给关了。

“哎，哪儿去？”

“买瓶水喝。”

赵曦走出宿舍，走到操场，一圈一圈地跑起来。冷风往喉咙里灌，脸也生疼，眼睛干干的，很满，却什么都流不出来。人有感情的时候，才会舍得掉眼泪。如果真失望了，才会表现得平平静静。

赵曦跑了半小时，双手撑着膝盖直喘气。她抬头看夜空，雾茫茫的，月亮也不见了踪影。也就在这一刻，她突然醒悟，他们是真的不合适啊。

赵明川这边，作完了，再想把姑娘追回时，已经晚了。

赵曦出国了，去了西班牙。

犹如当头一棒，赵明川人都傻了。他又气又急，订了机票就想追过去，但人算不如天算，在去机场的路上，出了车祸，三车追尾，很严重。赵明川被夹在中间，两边受力，伤得不轻。

冥冥之中注定似的，等他脱险，康复，出院，B城还是那个B城，人间却变了天。

2018年，春分。

这几天雾霾特严重，一出门就得戴口罩，晚上的能见度也低，像是生活在一座雾城里。空气质量差，老人和小孩儿抵抗力又差，喏，隔壁王奶奶的老伴儿李小强大爷，肺气肿复发，住进了呼吸科。

赵曦回国都一个星期了，还不太适应这里的环境。这座城市跟她记忆中的不太一样了，楼高了，道宽了，树也多了。那天她去了一趟超市，都不记得往左还是往右走。

尤女士说她出国待了几年，都成路盲了，并且嘱咐："别开车上路啊，先熟悉熟悉。"妈妈爱唠叨的功力不减当年。

赵曦没在家住，应聘到一家外资企业，福利条件好，在公司附近给她安排了一套小公寓。六十来平方米，一居室，布置得清清爽爽。什么都好，唯独晚上睡眠质量欠佳，也不知是不是季节原因，赵曦这段时间夜夜多梦。

她梦见了以前的事儿，梦见出国前的日子，偶尔还梦见一张模糊的脸。

这种回忆式的梦，特伤元气，她每回起床，都跟被鬼压了床似的，精神萎靡。

她跟柯亦林说起这茬时，他还笑："别瞎想，哪有什么鬼压床，是你自个儿精神紧张。刚回国，工作压力是比较大，但是理清之后就会好很多。"

赵曦刷着牙，手机开了免提搁在台子上，含含混混地应声："是吗？"

"相信我好吗？再过一个星期，这些症状就会消失了。"柯亦林声音干净，自带说服力，又道，"下了班，我去接你。"

"怎么？"

"陪我一起吃个饭。"

柯亦林长相跟声音一样，走的都是纯粹清爽的路线，五官并不出色，但组合在一起，说不出地舒服。他今年二十六岁，长得却显小，让人想到学生时代成绩最好、最受欢迎的那一款男孩儿。

柯亦林在追赵曦，心意明显，赵曦的父母也偶然见过他两次，对他印象很好。一切都朝着大家心知肚明的方向发展，缺的，只是那么点儿挑明的时机。

他不着急，这只是时间问题。赵曦呢，其实也不排斥，这样的男人，简简单单，不说浓情蜜意，但过日子，那是没的挑。

下午五点，柯亦林准时到了。赵曦上车，系好安全带，拨了拨头发，笑着问："咱们去哪儿吃饭？"

她笑的时候，眉眼微弯，细细长长的眼廓形状特别好看，皮肤白皙，还不是那种假面白。红唇一点，气质出落温婉，多了几分女人初熟的软媚。柯亦林特别喜欢看她笑，矫情点儿说，是觉得世界都很美好。

他转动方向盘，弯着嘴角回答："今天还真不好意思，我表哥过来了，你介不介意多个人一起？"

柯亦林说话时，语速慢，声音也轻，字里行间都透着尊重和礼貌。赵曦欣然道："没事儿，不介意。"

两人一路聊天，脸上扬着轻松。到了地方，赵曦下车抬头看了眼，这个公馆很有名，贵得出名。柯亦林虽然条件不错，但也很少选这种餐厅。

侍者迎上来询问，柯亦林道："订好位置的。"

赵曦走得稍落后，对墙上一幅文艺复兴时期的壁画感兴趣，所以没听见他报的那个名字，侍者点头："请您跟我来。"

柯亦林回头："小曦。"

赵曦快步跟上："哦。"

两人往里，第六间，推开门。

柯亦林笑着叫人："哥。"

赵曦正低头回短信，抬起头，隔着柯亦林的肩膀空隙往前面一瞥，坐在主位的那人同时看过来。

视线对上，赵曦的笑容凝滞。

一身灰色短风衣的赵明川目光一顿，端着茶杯的手在嘴边生生停住。两人四目相碰，又短暂离开。一瞬间，赵曦的心情像是经历了春夏秋冬，寒热交替，杂乱无章。

赵曦捏紧了手里的包，而赵明川，心里像是万丈高楼平地起。

柯亦林是个热情性子，见面就能聊起来："还真是来见贵人，这个点竟然没有堵车，我从玉潭公园那边过来，竟然不到半小时。"接着他手往边上一指，"小曦，坐啊。"

这声音语调，比前一句话可温柔得多。

"这是我表哥，姓赵。"柯亦林利落介绍，"这是小曦，哈，也姓赵。"他一句似有若无的点拨，生生给两人搭出了一言难尽的交集。

赵曦面带微笑，客气有礼，坦坦荡荡地叫了一声：“赵总，您好。”

赵明川看着她，几秒都不眨眼。赵曦还蛮有定力，跟他对视一点都不虚，那微笑，标准的若无其事。最后还是赵曦先挪开眼，大大方方往柯亦林身旁一坐，凑过去在他耳边笑着说了几句话。

她的声音放得低，像是只有他们之间才能懂得的默契。柯亦林听后，乐出了声：“不会吧，我平日见他挺沉稳的一人啊。”

赵曦也乐：“可不是，我同学有趣儿吧？”

赵明川耳朵尖，听了后半句。她的同学？柯亦林还见过她的同学？女人愿意带你走进她的圈子，那定是对两人之间关系的某种肯定。爱情、友情、亲情说不准，但这个人一定是不一样的。

服务员来添茶水：“先生。”

“搁着，我自己来。”

赵明川垂着眼眸，表情清清冷冷，不等服务员走近，就已经起身，长手越过桌面，伸到柯亦林面前，拿走了桌上的那壶茶。这动作，突兀、莽撞，而且着实没有必要，但他偏偏就自个儿做了，还摆出一副冷淡漠视的表情。

上的菜是四个冷盘，卤味荤素，分量适中，刚好够三人先开开胃。摆在赵曦面前的是一盘猪心，她的筷子一直搁在盘子上没有动。柯亦林还催促：“快吃，味道蛮好。”

赵曦笑笑，喝了口水。赵明川却忽然把自己面前的那盘卤水豆腐和猪心换了位置，动静不算轻，也毫无绅士温柔可言，盘底磕得桌面砰砰响。

柯亦林一脑袋问号，表哥今天很反常啊。赵曦呢，握着筷子，指尖压在上面，不由自主地使劲。赵明川却跟没事人一样，起了闲心，聊着闲天：“工作还好？”

柯亦林说：“挺顺利的。”

“昨天我还和你们强董吃了饭，你们公司最近是不是有个新材料的项目要内部消化？”

柯亦林点点头：“对，利润可观。”他遂又感慨，“所以竞争太大，一个业务部门分了五六个团队，个个虎视眈眈。”

赵明川平静道：“这个项目，下周就是你的了。”

柯亦林激动：“真的？！谢谢哥！”

主菜上桌，菜肴精致，吃法讲究，连菜心掐的都是最嫩的那一截。

“多吃这个，味道蛮不错的。

“这个你也尝尝。

“添饭吗？”

柯亦林对赵曦很热情，面面俱到，也蛮细心，纸巾都给她摊平了递过去，轻声带笑：“擦擦右边。”

其实赵曦对这些举动不太感冒，换平时，早就不动声色地婉拒。但今天她分了心，样样应答，表现得尤其乖顺。柯亦林心里欢喜得不得了，感觉这生活充满了奔头。

赵明川很沉默，偶尔动动筷子，压根没吃几口东西。他听了几个来回，便心烦意乱，将筷子一放。

柯亦林问：“就不吃了？”

赵明川说：“你们吃吧，不急。”

柯亦林哦了声，又转过头，兴致勃勃地跟赵曦说话：“对了，上次伯父给我的那药酒真有用，我每次喝两小口，膝盖还真不疼了。”

赵明川倒着茶水，水圈在杯子里悠悠散开。

赵曦：“你悠着点，那酒有度数的。”

“没事，我有分寸，我待会儿就给他打个电话。”

“干吗？”

“跟他说声谢谢。”

二人相谈甚欢，被赵明川不咸不淡地打断：“聊了这么久，喝点茶。”

他将杯子递过去，茶水满满的。柯亦林正聊在兴头上，接过来看也没看，端着就往嘴里送，喝了一大口，反应过来已经晚了，全给吞进了喉咙里。他急着往外吐，赶紧吐气吸气，一脸痛苦：“好烫！好烫！”

赵曦吓了一跳：“怎么了？”

她站起身，弯着腰，双手往他脸上摸：“烫着了？我看看起泡没？”

下一刻她便被一道力气给拽开。赵明川很不客气，另一只手同时捏过柯亦林的下巴，手劲重，语气不良：“怎么回事，喝个水也不看一下冷热？”

这厚重的骨瓷杯，摸是摸不出来的，赵明川的情绪全不动声色地体现在了行为上。赵明川老奸巨猾，横竖还成了对方的不是。赵曦的目光落在他身上，心里明镜似的，赵明川不干人事的时候还少吗？

她心里头不屑，也觉得没意思透顶。

当然，这法子行之有效，柯亦林的亲热劲儿消退，不再和赵曦聊天。一顿饭，总算安安静静地收了尾。

“哥，我爸妈前几天还惦记你，说想让你上家里吃个饭。”走时，柯亦林蛮有涵养，代父母问候。

三人往外走，时不时地有侍者过路，客气招呼：“赵总。”

赵明川颔首，想起来，问：“你下周生日？”

柯亦林惊喜道：“你记得啊。之前怕你忙，就没告诉你。哥，你要有时间就来呗。”

赵曦跟在他们身后，表情平静。赵明川淡声道：“不来，出差。”

结果在柯亦林意料之中，赵家枝繁叶茂，虽说他们是同辈，年龄差得也不是特别多，但赵明川的身份还是往上拔高了一层，宠大的少爷，纨绔成性，可背负的责任也更多，吊儿郎当的一面，那是寻常的逢场作戏，没点儿真才实学，也不能坐到这个位置。赵明川亦正亦邪，这帮弟弟妹妹，还真有点怕他。柯亦林哦了声，也没什么好失望的，换上笑脸：“哥，那我们先走了。”

赵明川笑了下，突然开口：“饭都吃完了，也不给我介绍一下这位赵小姐？”

他又说：“都姓赵，挺巧，家门啊。”

柯亦林还没搭腔，赵曦平平静静地答：“百家姓，赵姓排第一，这么一说，满大街都是家门，也不算巧。赵总客气了。”

赵曦普通的一番话，却说出了扎心的效果。

赵明川冷了脸，往车边走去，黑色保时捷眨眼就飞驶出去。

上车后，柯亦林还怕赵曦多想，帮着解释：“我哥对谁都是这不冷不热的性子，别介意啊，小曦。”

赵曦没说什么。

“你知道兆林集团吗？我哥在那位置待着，也挺不容易。我大伯家就他一个独子，都宠着他。小时候他带我们做坏事儿，天不怕地不怕的。”柯亦林笑着说。

“你崇拜他？”赵曦侧过头问。

“是有那么一点点。”柯亦林挺诚实，“我哥很优秀的，人情世故得心应手，我觉得我工作三年多了，都没学到他的半点儿皮毛。”

赵曦轻轻哼了一声：“真要学，皮毛就够了。”

柯亦林不疑有他，岔开到一个值得高兴的话题：“下周我生日，到时我去接你！”

赵曦到家时，暮色四合。小区大门口在修路，她得绕小路进去。道两边栽满了富贵竹，路灯本就不亮，再隔着竹叶就更暗了。

赵曦双手环搭着胸口，走得心不在焉。其实她回国的第二天，就碰见过赵明川的妹妹初宁。俩人短暂碰面，话也没说上几句，留了个联系方式就散了。

说起初宁，赵曦对她印象还不错。赵家是组合式家庭，后妈带来的闺女，看着风光，但苦楚全堆在心里。后妈、拖油瓶，这词儿能好听吗？

用一句不合时宜的话来形容初宁，颇有“出淤泥而不染”的气质。这姑娘，看着柔弱，浑身都是韧劲儿，自己的事业做得风生水起，说话也大气，没有什么架子和优越感，比赵明川顺眼多了。

一想到这个人，赵曦心上就泛起一个缥缈的愁字。不过无关紧要，这都多久的陈年旧事了，几年光阴，偌大的B城，他那样的男人，还能指望上演念念不忘的戏码？

赵曦很快调整心态，深呼一口气，抬起头想，翻篇翻篇！结果她这一抬头，还真翻不了篇了。前头三五米远，赵明川站在那儿，深色的风衣，深色的裤子，像要与夜色融为一体。他看着她，目光沉了下去。

赵曦继续往前，眼神平淡，与他擦肩而过。两人相隔半个身子的距离时，赵明川把她给拽住，憋了一天的情绪全浓缩在这句话里：“跟我装陌生人？”

赵曦也不挣，扭过头，反问：“不是吗？”

赵明川笑了下，跟孤魂似的：“行，陌生人，陌生人。”他自言自语，情绪低了下去。

赵曦皱眉：“赵总，请你松手。”

赵明川变本加厉，抓得更紧，顺着将她往身前一带，吐出硬气的两个字：“不会。”

赵曦也蛮冷：“几年不见，您还和以前一样，半分没改。”

赵明川：“对，哪儿都没改。怎么？想试试？”

这话里的浑蛋味太伤人，赵曦开始挣扎：“你松开。”

“不是跟我装陌生人吗？啊？”赵明川越想越生气，“怎么着，谈了新男朋友忘记旧爱了？见个面还不认识了？”

“关你什么事？！”

“当然关我的事，柯亦林那臭小子，见面还要叫我一声哥！你跟他谈，哪种谈法啊？玩儿的还是认真的？”

赵曦愤恨道：“认真的！”

赵明川乐了：“那你还不叫我一声哥哥？嗯？”

别人故事里的久别重逢，都是旧情难忘，心脏怦怦跳。哪有他们这样的，你一刀我一枪，伤的全是自己人。

赵曦彻底冷下来。赵明川也觉得没意思透顶，自觉地松了手。两人擦肩而过，踩着昏暗的灯光，踩着一地的破碎，踩着往事悠悠乱我心的难过，一前一后，一个没有再回头，一个没有再挽留。

赵曦回到家，关上门，坐在沙发上仰头看着天花板，发了好久的呆，才拿起手机。裴佳佳很快接听："小曦，我正准备给你打电话呢，我看上了一条裙子，发你啊，帮我瞧瞧。"

"嗯。"

"怎么了？声音这么低沉？"裴佳佳心细，两人的感情从大学到工作，出国时也没断过。

赵曦说："佳佳，我碰见赵明川了。"

裴佳佳竟也不觉惊讶，嘿了一声，说："迟早的啦，B城说小不小，说大也不大。小曦，你什么感受啊？"

"不知道。"赵曦坦诚道，"感觉他变了，又觉得没变。"

"那你厌恶吗？"

赵曦想了想，说："谈不上。"

裴佳佳当即肯定："小曦，你能在这么短的时间内，分辨出他变没变，这证明什么？"

"嗯？"

"证明你对你俩的过去记忆犹新，压根就没忘记过。"裴佳佳有板有眼道，"放下，就是失忆，就是你再见到这个人，也记不起他的点点滴滴。"

赵曦捏紧手机，自证清白似的道："我已经放下他了。"

从当年决定分手的那一刻起，她就试着放下了。

一周后的周末，柯亦林生日。他在一家广告公司上班，前沿行业，接触的信息也有前瞻性，同事们年轻、开朗，柯亦林也是人缘好，呼朋引伴，大家都来捧场。气氛轻松热闹，唱歌喝酒伴舞，一个都没落下。

赵曦跟他们不熟，本身也不是自来熟的性格，所以安静地坐在一旁，看看热闹当是消遣。柯亦林今天很高兴，酒喝得有点多，神采奕奕，每每看向赵曦，眼睛都发着光。几个同事在他耳朵边打趣，眼睛往赵曦身上瞄，配着笑声，语气透着暧昧。

柯亦林被他们调侃得神清气爽，抱拳作揖："借你吉言啊，真成了，请你们吃一个星期的晚饭。"他又改口，"行！俩礼拜！"

三层的蛋糕被推了进来。蛋糕大战的戏码经久不衰，大伙儿摩拳擦掌起来。赵曦机灵，偷偷地溜了出来。门一关，呼吸都顺畅了些，她沿着长廊往左边走，想着出去透透气。水晶吊灯下，多边形的镜子镶嵌在墙上，那叫一个富丽堂皇。赵曦边走边看，路过一间又一间的包厢。

有门关紧的、门敞开的、鬼哭狼嚎的、调子起高了唱不上去的，赵曦脚步忽然一停，皱了皱眉，然后倒退三步，往右边的包厢看去——

敞开的半边门缝里，是熟悉的声音、熟悉的身影。

赵明川宽肩窄腰背对着她，脱了外套，一件纯黑的衬衫打底，袖子挽上去两截，手腕上是一串佛珠和手表，配在一起竟然很搭。

哥们儿都喝得差不多了，牌桌支着，人懒洋洋地靠着椅背，夹着烟，聊着天，时不时地笑出声，眉飞色舞，风流倜傥。陪酒的女孩儿也是往漂亮里挑，养眼，悦心，坐在那唱歌。

赵明川忽然说："我碰见小曦了。"

哥们儿几个愣了愣，反应过来，爆炸了："她回国了啊？！"

赵明川忧伤地点点头："回国了。"

众人激动："川儿，那你啥想法？"

一人说："重新追！"

另一人道："说得轻松，人家小曦早看不上他了。"

这话伤面子，赵明川抬起头，手指间夹着一根烟，烟嘴朝下，在桌面上磕了磕："我俩两情相悦，因为误会才分开的，你懂什么？"

他们都是小半辈子的交情，心里揣着几分意思，彼此都明白着。众人不屑调侃："吹吧你就，人家小曦多水灵的一个姑娘，有学识，有气质，书香世家，家风多优良，什么好的对象找不到？两情相悦？我看是你单相思吧。"

赵明川恨不得一个酒瓶子往他头上砸："你不说话会死是吧？"

这人跟他穿开裆裤的友情，不怕事，继续拆台："川儿，你这辈子算是栽在自己人手上了。"

"什么自己人？"

"赵曦啊，都姓赵，不是自己人？"

赵明川的心情立刻阴转晴，被这声"自己人"哄得来劲。还有不相信的人，一唱一和，打击他："川儿，你和小曦做过没？我看根本就没有。"

赵明川一包烟盒砸过去："废话！"

"真有？"

"废话！"

"做过？"

"废话！"

男人之间也有情谊，都是从小一起长大的，能事事帮衬，也能掏心挖肺地说上几句知情知趣的心里话，所以开起玩笑来，也没那么多顾虑。

"川子，你身体行不行啊？"

"揍十个你没问题。"

"那你一晚上能做几次？"

赵明川面不改色，冷哼一声，按下心虚，坦白道："四次。"

话毕，本该哄笑的场面没有出现，坐他对面的几个人反倒面色凝重，不知所措。

赵明川来了脾气："干吗呢一个个挤眉弄眼的，大男人恶不恶心啊？"

"喂喂喂。"一人小声提醒，朝着他后方疯狂使眼色，"川儿，川儿。"

赵明川边骂边回头："别对我抛媚眼，哥不吃你这一套……"他转过头，看见人了，门缝不知道何时敞开了，窈窕的人影也越发清晰。

赵曦一脸冷淡，紧抿嘴唇，静静望着他。

赵明川两眼一黑。这都什么事儿啊？一个大写的完蛋！

这事儿说起来还是有点丢面。男人的面子里子，可都是尊严，兄弟之间玩得再好，也不能什么都坦白，总得有个形象不是？

赵明川这善意的谎言，揣着侥幸，心想糊弄过这一茬就行。可他千算万算，没算到这话被赵曦听到了。赵明川还没来得及反应，哥儿几个先替他追了出去："小曦！小曦小曦小曦。"

大伙把人一拦，觍着笑脸打圆场："回国了也不告诉我们，今儿个听川子说起才知道，要不是看到你，咱们都以为他闹眼子骗人的呢。过来玩儿？看这巧的，要不一起？"

然后众人冲着里头嚷："烟全给我掐了。"

"不用了。"赵曦回绝得干脆，"你们玩吧。"

赵明川身边的这些人，以前待她很好，再僵的场合，赵曦还是顾着昔日交情，语气尚算温和。

"有机会再聚，傅哥再见。"她人走得干脆，一个字都没赏给赵明川。

"川子你完了。"发小们发自肺腑地齐声感慨。

包厢里坐着的，都是人精，朋友带朋友，交情隔着一道墙，虽然不知往事，但看这帮人的架势反应，就知道刚才那姑娘不一般。

赵明川这个圈子的几人拢到一旁，低声呵斥："我说你也是，本来说好吃完饭就去打几局保龄，你偏往这儿钻。中邪了吧？自己找事儿吗？"

赵明川心烦意乱，抬起手，食指拇指捏着衬领扣用力一扯，第一下没扯开，低骂一声，端着酒杯一口喝完，没好气道："你懂什么。"

发小冷笑："你就作，作的分手一回，还想作的分第二回？"

赵明川陡然暴躁："人根本就没追到手！什么第二回！说话先给我拎明白！"

一人按住他的肩膀："谁不明白？啊？我看最不明白的就是你。"

能说几句掏心话不容易，但这些话字字带刺，刺破了赵明川的气焰，他冷静下来，变得焦虑不堪。他何尝不知道啊，但有时候，心比身体先投降。谁没有过言不由衷的时候？

"她就在隔壁。"赵明川忽然沉声说了一句，"她来参加生日宴会。"

哥们儿一听，就把前因后果给联系起来了，个个惊呼："尾随！"

这词，把赵明川说得越发沉默，窝囊、茫然、力不从心皆有。他往沙发上一坐，跷着腿，一口一口凶猛地抽起烟来。光影明暗，把他的眼神衬托得更加阴郁，屏幕上不知谁点的歌，这会儿也没人敢唱。

柯亦林在这里办生日宴，赵明川早就知道。但那天小柯问他来不来，他拒绝了。男人总有骨气，一边对柯亦林放不下身段，一边又对赵曦念念不忘，于是想出这么个馊主意，自己也在这里攒了个局。

他来得光明正大，其实内心的那点渴望，实在是见不得光。

这边消停了一会儿，旁人以为没事了，一个喝高的人吆喝着又疯玩起来，左拥右抱着两位陪酒女孩，切了一曲快歌，音响震得沙发直晃，一嗓子下去，异常聒噪！

这人和他们顶多算个面熟，沉默许久的赵明川，叼着烟，皱眉不悦道："谁带来的？让他滚。"

发小们习惯了他的脾气，一时也没放心上，喝酒的喝酒，看手机的看手机。

那人唱到副歌部分，来了劲儿，音响效果又好，吼得就差没飞起来，挨得近的朋友，抬起头不痛不痒地提醒了句："鬼吼什么，小点声儿。"

赵明川放下脚，灭了烟，起身拿起桌上的一个酒瓶，猛地抬手往屏幕上狠狠一砸——

稀里哗啦，顿时一地的酒水和碎玻璃碴儿。

"听不懂人话是吧！给我滚！"

这下，包房里是彻底安静了。

会所经理急匆匆地敲门进来，战战兢兢生怕是哪里没伺候好这帮爷。满屋狼藉，一室无语，气压低得让人窒息。赵明川撞开人，目不斜视地出了门。

哥们儿担心想陪他一起，赵明川回头，神色阴郁地警告道："不许跟。"

他大步迈开，走得威风凛凛，可那背影，透着的全是失魂落魄的心酸。赵明川披上外套，浅杏色的风衣是宽松款式，穿在身上又不显随意，很能突显男人的气质。他往电梯走，正转角时，脚步生生停住。

几个人的对话声传来，其中柯亦林的声音他再熟悉不过。

"再把流程过一遍，别待会儿慌了手脚。"一人说。

"歌我点好了，第三首，然后我会提前按熄灯，你唱的时候，给你开投影，那颗心正好可以映在墙壁上。"另一人道。

"接着是玫瑰花，一百九十九朵，新鲜得很，我们会推进来。"

"行，待会儿就拜托你们了。"

"事成了请我们吃饭就是。不过说真的，那姑娘挺漂亮。"

"谢谢啊！"

这安排有条不紊，花了大心思准备表白。柯亦林追了赵曦小半年，委婉的话也没少说，今天索性来个正式的表白。他是个很有风度的男人，姑娘对自己什么心思，到哪个层面了，他心里有谱。至少到目前为止，他觉得赵曦的心软化了。

"行，就这么说好了，我们先去准备一下，玫瑰花还在车里。"

"辛苦。"

盟友们坐电梯下楼，柯亦林往包厢走。转过弯后，他迎面就撞上了赵明川。他特惊讶道："哥？！你也在这里？"

赵明川表情平平淡淡："嗯，应酬。"

"你忙完了吗？要不要一块儿？"柯亦林热情得很。

赵明川扯了个似是而非的笑，顾左右而言他："怎么？有喜欢的女孩儿了？"

柯亦林对自己的表哥没那么多戒心，想法单纯，诚实点头："对啊。"

"赵曦？"

"嗯！"他反应半秒才道，"哥，你怎么知道？"

赵明川笑了下。

柯亦林恍然大悟："对哦！我带她跟你吃过饭。"

他还特不好意思地摸摸头："瞧我这记性。"

赵明川不咸不淡地问："打算怎么追啊？"

"送花吧。"柯亦林憨笑。

"玫瑰？"

“对。”

“提个建议。”

“啊？”

“她对花粉过敏。”

“哦——啊？！”

柯亦林怔然，望着赵明川，先是难以置信，然后迷茫，渐渐变成疑惑。

赵明川知他所想，越发风轻云淡，挑着眉，弯着嘴角问：“我怎么知道的？”

柯亦林没说话，眼里明显竖起了防备。赵明川单手插进口袋里，朝他走近一步，两人身高相当，平视时的气势却截然不同。一个尚带青涩，狠劲儿不够，一个是老狐狸，坏意不在皮面，而是骨子里。

他凑近，在柯亦林耳边说了两句话。

柯亦林脸色骤变，气儿也喘不匀了，直到赵明川进了电梯，他还站在原地，跟掉了魂似的。他回包厢的时候，赵曦坐在靠门口的沙发上，扭过头喊了声：“亦林。”

柯亦林回过头，慢悠悠的。

“你去哪儿啦？”

柯亦林沉默。

赵曦皱了皱眉：“怎么了？”

借着绚烂迷离的光影，女人的五官格外迷人。柯亦林看了很久，忽然拉起她的手，一语不发地往外面走。

“怎么了？”赵曦跟不上速度，去掰他的手掌，最后急了，“柯亦林！”

赵曦只觉背部闷痛，她被按在了墙壁上。柯亦林抓着她的肩膀，表情痛苦隐忍。赵曦不明所以，也确实不喜欢这样的举动，语气严肃了些：“有事好好说，先放开我。”

柯亦林眼神黯淡，忽地低头，汹涌的吻试图往她唇上落。赵曦迅速别开脸，伸手挡着嘴。这个动作让柯亦林火气更盛，他继续往左边，手劲儿加大，把她往怀里带。

赵曦极其抗拒，低低呵斥：“柯亦林！”她叫这声名字的时候，半点感情都没带。

柯亦林忽地颓靡，动作停了，妄想也没了，心也好像要死掉，呓语一般道：“小曦，你以前有没有过喜欢的人？”

赵曦抿唇：“你今晚疯了吗？”

“对，疯了，我是疯了。”柯亦林怔怔松手，往后退了一步，没了精气神，“你喜欢过谁都没关系，为什么偏偏是他？”

赵曦脸色瞬变。不用说话，她这个表情就说明了一切。柯亦林转过身，脚步踉跄地走了。

会所外，春天夜风带着温润的湿度，往身上一吹，就能把万物带缓节奏一般。

赵明川站在那儿，烟是一根接一根地抽，时不时地看大门口，从没觉得时间过得这么慢过。

十分钟后，赵曦出现了，他眼睛一亮，整个人都活了，然后不怕死地往人面前一站。

赵曦怒了，走过来质问：“赵明川，你是不是浑蛋？！”

赵明川一副豁出去的架势：“我浑蛋也不是一时半会儿了，这辈子都改不掉，怎么？你要管我？”

赵曦被他这狂妄的态度彻底激怒，忍得唇都咬出了红印：“你浑蛋，你浑蛋！”

赵明川看着她，下颌微动，压着声音说：“松开，再咬就出血了。”

赵曦怒吼：“跟你无关！”

她怕失控，她需要冷静，她不想再看见这个人。赵曦拿出车钥匙，越过赵明川，两道清脆响声传来，停在五米外的那辆奥迪白色TT解了锁。赵明川伸手拦人，被赵曦躲开。

他拽着她的胳膊，压抑着痛苦道：“小曦。”

赵明川还是被用力甩开。赵曦不动半分念想，上了车，踩着油门飞快离去。赵明川心里头窝囊，又不甘心，和她杠上了，迅速开车追了上去。赵曦车速快，抢着第一个绿灯飙远距离。恰好红灯，本该把赵明川拦下来，但这男人不要命，一脚油门，直接压线闯了过去。

二人沿着建国门外大街一路飞驰，你追我赶，整条长安街灯影明亮望不到头。赵曦握紧方向盘，大有破釜沉舟的决心。

情这个字，最难的不是爱而不得，而是茫然和纠结。车速已经脱离了理智，赵明川跟在后面，又担心又生气。她才回国多久？对车子对路况都熟悉了没？她这样不要命地开，就不怕出事儿？！

赵明川心一横，一脚油门加速，直接从右边超车而过。不停车是吧？行！赵明川拨着方向盘，面色极冷，情绪波澜不惊。他忽然往左一转，对着护栏直接撞了上去。

砰的一声巨响，车灯瘪了，车身剐擦，警示灯疯狂闪烁。黑色保时捷斜在路边，车头冒了烟。

后面的赵曦吓呆了，一脚急刹，心蹦到了嗓子眼处。赵明川的车里，始终不见人出来。

赵曦解开安全带，惊慌失措地下车跑向前头。从外头看不见里面，赵曦疯狂地敲着玻璃。赵明川混账玩意儿，待在车里不出声儿，目光锐利，打量着外头的人。

关心则乱，都这样子了，她还敢嘴硬说对他没感情？赵明川滑下车窗，静静望着她。

赵曦也蒙了，半握拳的手还举在空中。

赵明川推开车门下车，牵起赵曦的手往她的车走去。都这个份上了，再挣扎也显得矫情，何况，被刚才那一吓，赵曦浑身真没了力气。

“你开还是我开？”赵明川淡声问。

赵曦抽出手，沉默地坐上了驾驶位。

赵明川这做派实在嚣张惹眼，围观的人越来越多，路过的车子也放慢速度，侧头打量。他呢，没事人一样，哪里有半分心疼的意思。

这是分手后的两年时间里，两人距离最近的一次。车里有淡淡的栀子花香味，是赵曦常用的一款香水。赵明川靠着椅背，闭上眼，感受着，琢磨着，也无力着。

“小曦，我们好好谈谈。”他睁开眼，转过头，一句话用尽真心。

赵曦忽然崩溃，举起手打他：“赵明川你王八蛋！王八蛋！王八蛋！”

赵曦连骂三声还不解气，紧握起拳头胡乱地往他身上招呼，用尽力气，说不疼是假，但更疼的是心。

赵明川依旧沉默，不抗拒，不挣扎，任她发泄。

“我们分手了，分手了！是我不要你的，两年前我就不要了！你凭什么管我，你凭什么以为我还喜欢你？！”

赵曦的眼泪砸了下来，有了第一滴，便再也止不住了：“我跟谁交朋友，跟谁谈恋爱，跟你有关系吗？啊？没有关系，我跟你没有关系了！你玩你的，你不定心是你的事！我要安全感，我要安稳地过日子，你懂不懂？你懂不懂啊？！”

她哭得歇斯底里，边打边骂，心里委屈，也恨自己。

赵明川一把抓住她的手腕，定在半空。这道力气让赵曦冷静了一半，胸口急喘，泪眼蒙眬地看着他。

赵明川声音低沉，问：“还不解气是吗？”赵明川不等回答，拉着她的手，一巴掌甩在了自己脸上，啪的一声，带着全部的力气，是真下了狠劲儿。

男人俊朗的右脸上瞬间起了红印。赵曦面色起伏，欲言又止，最后还是把话咽了下去。

赵明川哑声道：“解气了吗？小曦。”说罢，他又要重复动作。

这个时候，赵曦也回过大半精神，反着力气，牵住了他大部分的手劲儿。这一巴掌下去，虽然依旧是清晰响亮的皮肉声，但力道较刚才轻得多。

赵明川眼里情绪渐浓：“这耳光，是我欠你的。”

赵曦抽手，愤恨道：“谁稀罕！”

赵明川皱眉：“稀不稀罕都是我欠你的。”

“神经病。”

“你见过哪个正常人自个儿撞车的？”

赵明川三句话离不开本质，又起了狂妄。赵曦骂道：“不要脸。”

“要脸的时候你不还是把我给甩了？”赵明川破罐子破摔，说得理所当然。

赵曦的手腕还被赵明川给握着，她挣扎扭动：“你放开我。”

“放了你就跑了。”

“放不放？”

赵明川反倒加重力气，以表态度。赵曦气得龇牙咧嘴，蹬起脚，越过中控台，直接朝他身上踹。今天她穿的是裤子，没什么顾虑，高跟鞋又尖又细，是极佳的复仇武器，一脚踹中赵明川的心口。

呵，赵明川八风不动。

她第二脚踹准了他的右边腹部，赵明川没忍住，疼得汗都冒了出来。

“换个地儿踹成吗？我这里做过手术！”

赵曦蒙了，很快恢复如常，硬气道：“踢死你活该！”但字里行间还是服了软，眼神扑朔迷离，看了他好几眼，欲言又止。她最后横着心，往恶毒里问：“你割肾了？”

赵明川哼地冷笑一声：“对，换了钱，买了个iPhone。”

赵曦抿紧唇，别过头去：“撒谎成瘾。”

这四个字，暗藏着她多年的不满，有意无意地往赵明川心窝里刺。赵明川知道自己做过错事，听得明明白白，没反驳。赵曦控制不住，又湿了眼眶。她低着头，咬着牙，说：“你不适合我，我们、我们根本不是一个世界的人。”

"怎样才算一个世界？"赵明川整个人都沉了下去，问得淡。

他侧过头，目光平静："你想要安定的状态，想要朝九晚五规律的生活，想要男朋友是个能真真实实过日子的人，想要抓得住的人，对吗？"

赵曦沉默，手指抠着方向盘，力道一阵紧一阵松。

"我不是那样的男朋友。"赵明川自我剖析，"所以被你第一次分手，我无话可说。"

赵曦冷淡撇清："也不会有第二次了，今晚之后，我们不会再有任何交集。"

赵明川也不在意，淡声道："没关系，明天的事明天再说，以后没有交集我也认。"

赵曦抬起头，出现一瞬的迷惑。赵明川靠近，伸手轻轻捏住她的下巴，力道不轻不重，让赵曦没法躲。男人声音沉，融在夜色里，极有控制欲，说："今晚的交集，看好，你给我把它记住。"

语毕，他滚烫的吻落在了她的唇上，带着缠绵温柔、隐忍克制、小心翼翼，以及从未收敛过的真心。

肌肤相亲，最容易勾起回忆中最厚重的那部分情感。昔日美好，情愫涌动，在一起时的心动，分手后的辛酸百味，一一在赵曦脑海里过了个遍。

一滴眼泪，从眼角到嘴角，再到赵明川的舌尖味蕾。他松开人，低低地哄道："小曦，小曦，小曦。"

赵曦也不躲了，眼泪无声地流。

"我们再试一次，你再信我一次，行吗？"赵明川保证，不急不缓道，"你要的，我尽力给，你试一试，不合适，我再走，绝不纠缠行吗？"

赵曦明显动了念头，但也就是一瞬，她又坚决地摇头："赵明川，谁也别耽搁谁了。

"改变是很痛苦的事情，你有你的交际圈，有你自己的生活方式，实在没必要为了谁刻意改变。以前在乎的那些东西，现在我也看淡了。你很好，我也不差，换个方式，也许我们都会有更好的生活。就这样吧，就这样吧。"

赵曦转过头，看着正前方。她淡定了，无所谓了，放下了，一脸倦色，是真正没什么念想了。

一阵沉默过后，赵明川脸色铁青，摸出烟盒，第一下没倒出烟，他加重力气，结果五六根烟一起甩了出来。

他低骂一声，重重地将烟盒砸向挡风玻璃。赵明川扭过头，一字一顿地问："给个机会，行吗？"

赵明川话里乞求的意味很明显，带着赵曦不曾见过的服软：“考试不及格还有补考的机会，怎么到我这儿，就成了死路一条？”

赵曦再看向他时，很平静：“因为我对你没有感情了。”

赵曦的一句话，彻底断了赵明川的退路。他蒙了，目光沉得跟深海旋涡似的。连日来的压抑瞬间掀翻，他抓住赵曦的手，狠狠往身前带，怒道：“没感情？没感情你为什么要我上车？没感情刚刚我出车祸的时候，你那急得要命的模样是装出来的？没感情你还在这里跟我纠结这么多？赵曦，你要是敢承认一个是字，我服你。”

赵明川疾言厉色起来太有压迫感，赵曦打了几遍的腹稿，抵不过他虎视眈眈的眼神，在喉咙眼犹豫数次，最后她终于鼓起勇气，说出一个字——“是。”

赵明川是彻底伤了心，点头再点头：“行，好，你有种。”然后他推开车门，走得头也不回。

赵曦下意识地喊一句：“你的车撞坏了，你怎么回去？！”

“不要我，就别再关心我！”赵明川一脚踹向路边的石头，赌气似的道，“我死了也不关你的事！”

这结尾，是彻彻底底断了两人之间的可能。赵曦夜半回家，人跟被抽空力气一般，瘫在沙发上什么也不想做。

尤沁芝的电话在屏幕上亮了三次，她才接听：“妈。”

尤女士不满道：“怎么这么晚才接？”

“洗澡去了。”

尤沁芝听见这声音，关心道：“曦曦，你不舒服？怎么有气无力的？”

“没事儿，这两天干燥。”赵曦强打精神，问，“妈妈，你有什么事吗？”

“亦林晚上给我和你爸爸打了电话。”

赵曦猛地一惊。

“真是个懂事孩子，嘱咐我们注意身体，还给我们寄了莲子，明早我就去柜箱拿。”尤女士啧啧称赞，“亦林很细心，这样的男孩子，现在已经很少了。”

赵曦一颗心又重重落地。

“小曦，爸爸妈妈看人不会错，你要好好考虑，要珍惜，要认真对待。明白吗？”

这通电话来得突然，内容也突兀。他俩晚上也算闹掰了，怎么柯亦林还会给父母打电话？赵曦心里隐隐生出不安，电话又响了起来。

柯亦林来电，开门见山道：“小曦，方不方便下来一趟？”

赵曦微蒙。他说：“我在你家楼下。”

赵曦走到窗户边，撩开窗帘一看，柯亦林站在路灯下，一只手揣进口袋，举着手机望过来。

“我看见你了。”他平静道，“你下来。”

赵曦穿着拖鞋就下去了，见着人才反应过来，不好意思地笑了下。柯亦林是个大气性子，说：“没事，都是朋友，没必要那么讲究，何况你这拖鞋挺好看的。”

“二十块钱淘的。”

不咸不淡的几句对话后，两人之间又安静下来。

“小曦，”柯亦林再开口时，语气已然很坚定了，说，“我想了很久，还是喜欢你的。这份喜欢，跟你的过去没有关系。你就是你，我就是我，我们之间的发展，不应该受到外人的影响。赵曦，我郑重地向你表达我的感情——你愿意接受我吗？”

男人的字里行间透着朴实，没半点儿绕弯，也很真诚。不得不说，这种表白让赵曦没有压力，舒服的方式极容易博得好感。

柯亦林深吸一口气，忽然笑了笑，轻松道：“你别有压力，我们认识这么久，我的心意你应该知道。小曦，我不能说我做得比任何人要好，但我一定会尽力给你好生活。你看到的我是什么样，我就是什么样。”

就是他最后这句话，几乎踩准了赵曦的痛点。她和赵明川分手的原因，正是他的里外不一。

“给自己一个机会，小曦，试试看，也许我能带给你一段全新的风景。”

柯亦林的状态，调整得再无纰漏。他想明白了，知道生命轻重该如何选择。

“我妈妈前阵子病了。”

赵曦抬头：“伯母怎么了？”

“心脏上的老毛病，住了一周院，昨天出院的。她一直念叨你，小曦，我有个不情之请，你可不可以去陪陪我妈妈？”

柯亦林的母亲和蔼可亲，为人处世让人如沐春风，她也很喜欢赵曦。赵曦和他们一起吃过几顿家常便饭，交集深深浅浅的也算熟络。

赵曦点头：“应该的。”

柯亦林最吸引人的地方，就是不咄咄逼人，点到即止。

“早点休息。”他绅士有礼，伸出手摸了摸赵曦的头发，笑得温文，“顺便考虑一下我哦，晚安。”然后他不给姑娘应对的难堪，自觉地先行转身。

次日，柯亦林准点来接她下班，见着人，眼睛一亮：“今天这妆漂亮。”

赵曦昨晚没睡，气色欠佳，所以粉底上得比平日略重。他这么一说，她反倒有点像刻意打扮过似的。但再解释又显多余，于是赵曦笑笑，换了话题：“我给伯母带了些水果，挺新鲜的。”

“只要你去，比什么都有用。”柯亦林转动方向盘，神清气爽。

柯家住在三环附近的一处高档小区，大户型，复式楼结构，被柯母布置成日式田园风，处处彰显温婉。他们走到门口，就听到一屋子的热闹声传来。

赵曦脚步迟疑：“你家还有客人？”

柯亦林说：“都是过来看我妈妈的几个亲戚。”

“那不太方便吧，要不我改天再来？”

“有什么不方便的？”柯亦林轻扯她的胳膊，“小曦，我喜欢你。”

说罢，胳膊上的手掌往下挪，他坚定地握住了她的手，然后推开门，不给她拒绝的机会：“爸爸妈妈，我们回来了。”

我们，爸妈。

平平常常的称呼，特定场合下组合在一起，就成了心照不宣的一种昭示。

屋里客人七八位，热热闹闹气氛正好。大家听见动静齐齐回头，坐在柯父身边的赵明川笑得正酣畅，眉眼斜飞，天庭饱满，刚从公司过来，所以一身三件样式的西装马甲来不及换，往那儿一坐，就是醒目的焦点。

他的动作比旁人慢三拍，抬眸和赵曦的目光撞了个正着。他嘴角的笑容凝滞，然后弧度渐收，最后抿成一条阴沉的线。也就在这一刻，赵曦原本挣扎抗拒的动作冷静下来，她就这么任由柯亦林牵着。

最高兴的是柯母，不顾刚康复的身体，起身盈盈笑道：“小曦。”

边上的亲戚小声交谈：“亦林的女朋友？”

“是的，我在他的手机上见过照片。”

“哟，今儿算是正式见家长？”

赵明川面若寒霜，一双眼睛灼热得像要把赵曦烫出窟窿。

“伯母您好，身体好些了吗？”赵曦礼貌，但也没表现出过分热情。

“你有心，我好多了。小曦，快请坐。”

柯亦林一直牵着她的手，笑着挨个儿跟在场的人打招呼：“三舅妈、邹姨、姨妈。”

“哎，好。”大家都笑着望着等着。

赵曦尴尬，但维持镇定，在某人面前她不能露怯。

“哥。”柯亦林大大方方，来到赵明川面前。

“你养的那几盆兰花儿不错。”赵明川说得波澜不惊，情绪看不出个所以然，“花儿养得好，人也养得好。”

“客气。表哥要是喜欢，送你一盆就是了。”

“我喜欢的，你舍得送？”赵明川挑眉，阴阳怪气，话里有话。

柯亦林没说话，只是更用力地握了握赵曦的手。这个举动，比言语的回击更致命。赵明川的脸色以可见的速度暗了下去。

柯亦林笑了笑：“你先忙，我带小曦去吃点水果。”

这顿晚饭，看似热闹和睦，他们三个人，坐在对面，看似风轻云淡，心底那些风雨却早就刮得呼呼作响。柯亦林如今也学会了先发制人，对赵曦殷勤体贴，每个动作都带着专属男朋友的亲密。

赵明川跷着腿，筷子一动未动，冷冷地望着。这眼神太有侵略性，再多几秒，所有人都能察觉出异样。赵曦扛不住了，侧头低声对柯亦林说：“我去洗手间。”

柯亦林正和姨妈说话，一时没听清，问道：“嗯？什么？”

赵曦重复了一遍：“我要去洗手间。”

这个动作，让两人看上去像在咬耳朵，亲昵至极。

柯亦林：“右边，直走就是了。”

赵曦点点头，笑了下，站起身。这个笑，看在赵明川眼里，成了罪不可恕的燃点。她对别的男人笑！他面色沉静，却早在心里咬出了两排深牙印。

赵曦走了没几步，就听到后面传来巨大的动静——砰！勺子砸在汤碗里，溅得赵明川一身狼狈。

他故意的。

所有人都很惊慌：“啊，没事儿吧，明川？”

“快，快拿纸巾来。”

“烫着没有？”

赵曦听到的全是众星捧月般的关心，唯独那人没吭一声。她置若罔闻，不敢回头。直到人影在转角消失，赵明川才把手中的面纸揉成一团，不轻不重地丢在桌上，然后起身，对柯父说：“大伯，我去洗个手。”然后他不动声色地离座。

赵曦进了洗手间，刚准备关门，一道重力袭来，男人的掌心死死按在了门板上。

赵明川霸道地挤了进来，捂住赵曦的嘴，另一只手将门关紧，落锁。赵曦惊恐，又不敢叫嚷，只得恨恨地瞪着他，脚也没闲着，用力地踹着他！

赵明川掐着她的下巴，压抑着痛苦，声音从嗓子眼里挤了出来："为什么？为什么？为什么？！那臭小子有什么好？啊？你要他都不要我，你为什么不要我？！"

赵明川真发怒了，一想起两人刚才十指相握的场面，心就疼得不行，也慌得不行。他强吻赵曦，搂着她的腰往身下压，含混地逼问："他这样碰过你吗？啊？要是他敢碰你，我宰了他！"

赵明川越说越没章法，动作也粗鲁得毫不温柔。小小的洗手间，两人在里面不服输地拼杀，似要至死方休。赵曦用尽全力推开人，咬牙切齿道："王八蛋！"

她扬起手，使出浑身的力气，一巴掌就要往他脸上招呼。可就在这一瞬，赵曦看见了赵明川的眼睛。

男人眼眶红透，隐隐泛着泪光。

赵曦愣住了，那一巴掌也生生停住，终究没忍心再落下。

她待的时间太久，柯亦林来敲门："小曦？"

两人之间松了弦，赵曦隔着门板心不在焉应道："就来。"

过了两分钟，她才回到席间，柯母端详她半晌，担心地问："曦曦，怎么了？脸色不太好。"

赵曦笑得自然："没事，伯母。"

她正说着，赵明川也回到座位，柯父无心地道："明川的脸色也不太好。"

赵明川下颌紧绷，没有多余的表情，是真冷，疏远而不易亲近。也是长辈发问，他才客气地回了句："没事。"

同样的回答，无心人不疑有他，有心人个个演戏。柯亦林捏紧了勺子的长柄，面上还是风轻云淡，时不时地给赵曦夹菜。赵曦用筷尖儿有一下没一下地挑着碗里的青菜叶，食难下咽。

赵明川的表现就更明显了，他本就不是什么隐忍温暾的男人，脸上带着大写的不痛快："公司还有事，你们慢吃。您保重身体，下周复查，您联系周明，我让他安排时间。"赵明川从不配合谁，说完就甩手走人。

柯亦林维持着主人的礼仪，起身送客："哥，慢走。"

赵明川没说话，只眼神在他与赵曦之间徘徊数秒，最后仰了仰下巴，一脸嚣张狂妄。在座的人又不傻，心里揣着明白，在三人之间流连猜测。

柯父清清嗓子："吃吧。"

众人各自收敛，又恢复了热热闹闹的家常场面。饭后，柯亦林热情地跟赵曦聊天，两个年轻人般配，往那儿一站，就是一道好风景。柯母也高兴，说是要拿相册给他们看。

"吃草莓，这颗最大的。"柯亦林端着果盘，细心地把叉子搁上头，和赵曦坐得很近。

赵曦没有接，冷冷淡淡地说："亦林，我想跟你说清楚。"

柯亦林顿了下，维持着微笑："先吃草莓。"

赵曦说："我们做普通朋友。"

赵曦没给他辩驳的机会："昨天的事情我考虑得很清楚了，对不起，我可能做不到。"

众人都在客厅坐着，长沙发上是柯母，他俩的对话声音不算小，或者，是赵曦压根不打算藏着掖着。不只柯亦林沉默，柯母也是怔怔的。

赵曦拿起包，说："那我先走了。"她眼神一掠，"伯母，谢谢您的晚餐，辛苦您了，也请您保重身体。"

柯亦林猛然反应过来，起身道："小曦。"

他支支吾吾半天，心慌意乱地只憋出一句："我送你。"

"不用了，打车很方便。"

赵曦转身，迈步，头也不回地走了。

一声清脆，门落了锁，柯亦林跌坐在沙发上，半天不知动弹。

柯母是个明白人，面色沉重，幽幽感叹："是个直白姑娘啊。"

柯亦林喘口气，十指叠在一起，神色不甘。

"妈妈是很喜欢小曦，但儿子，感情得讲缘分，一厢情愿容易钻死胡同，容易蒙蔽自己的眼睛。小曦是有教养的孩子，不让你难堪，对人和气，亦林，你得分清这个界限，别把对方的情面误解成爱意。男子汉，大气一点，你要还喜欢，就加把劲儿继续追求，千万做不得傻事儿，明白？"柯母语重心长地道。

柯亦林扯了个无奈苦楚的笑："您儿子是这样的人吗？不至于的。"

柯母点点头，放心了："妈妈怕你一时绕不出来，你心里有谱就行。"

某酒吧。

这个点正是来客高峰期，夜生活刚拉开序幕，赵明川已经醉得不行了。他从柯家出来就往这跑，借酒浇愁似的喝着闷酒。

玩得好的人相当发愁：“川儿，你再这样喝下去，没人扛得动你啊。”

赵明川坐在高脚椅上，挽起衣袖，嫌碍事儿，手表也摘了随便丢在桌上。酒一杯一杯地往喉咙里灌，他心烦地抓了抓头发：“知错能改善莫大焉，这话谁说的？”

一人答：“鲁迅啊。”

旁人起哄：“啊呸。”

赵明川来火：“全是歪理！我愿意改啊，她不理我，我到底哪儿做得不好，她干吗不理我啊？”

“你还委屈上了？瞧瞧你以前做的混账事。”

“别给我提这个词，你有资格吗？说得好像你们以前就没混账过一样。”赵明川手指扬在半空，一个两个地点了点，“最烦马后炮。”

众人发出几声笑，出馊主意的比比皆是：“女孩儿那么多，还非得小曦不可？”

“你懂个屁！”赵明川捞起酒瓶要往他脸上招呼，“给你们提个醒，有些话在我面前说说也罢，谁敢去赵曦面前讲一个字，兄弟都没的做！”

这话狠。男人不像女人，行事做派难免有点糙，考虑的方向也不一致，没轻没重的反倒容易坏事。

赵明川扯开领扣：“倒酒。”

DJ正好打碟，突然切进一首歌，音效声巨大，吧台服务员一时没听见。

“酒呢酒呢！”赵明川抓着酒杯往桌上磕得砰砰响，一脸烦躁。

玩笑归玩笑，他这状态还真让人担心。

“拦着吧，不然非得喝出事。”

“你去，我可不敢。”

“要不打电话给赵曦，心病还得心药医。”

“呵，我怕药一来，川儿死得更快。”

几个大男人面面相觑，沉默着发愁。

有人忽然说：“要不，让初宁过来一趟？”

这主意带感。赵明川这个半道儿白捡来的妹妹，也是个朝天椒角色，不怕事，关键还有脑子，机灵聪明得很。一物降一物，他俩就是互坑，是彼此的克星。众人打了电话，初宁答应得很快，不到半小时，就风风火火地出现在酒吧里。

赵明川醉得酣畅，本来想短暂麻痹烦心事，结果一见到这位祖宗，什么不好的回忆都齐齐整整地在他心里践踏而过。

初宁瞧见他见鬼似的表情也来气，冷冰冰道："你疯了吗？不知道媒体最喜欢在这边潜伏？想上报是吧？"

赵明川阴郁道："你怎么来了？"

"来给你收尸。"初宁也是个牙尖嘴利的狠货，"走不走？我很贵的啊，再拖延一分钟，付加时费！"

赵明川低骂一句："祖宗，全是祖宗。"然后他不情不愿地起身，脑子晕，脚步踉跄，人跟着就往前头栽。

初宁一把扶住他，又拉又拽的，把他的一只手架在自己的肩膀上："什么德行啊！"

赵明川酒气满身，掩盖住了淡淡的男士香水味。他横眉冷对，但动作还算老实："你爱扶不扶。"

初宁却突然尖叫一声："天！赵明川你还行不行了！重得跟猪一样！"

这身材维持不易，哪能受这份侮辱，赵明川冷笑："我是猪，那你又是什么？母猪。"

兄妹俩互相挖苦，磕磕绊绊地出了酒吧。初宁把人送回建国门附近的那套公寓，一身热汗，踢了踢瘫倒在沙发上的男人："赵明川，还能不能撑住？要不要去医院打吊瓶？"

赵明川把头埋着，摇了摇。初宁还真不放心，凑近一点，戳戳他的肩膀："别硬撑啊。"

赵明川把头侧过来，看着她的时候，初宁吓了一跳。他这表情如果能用一个词来形容，那就是——万念俱灰。

初宁叹了口气，挨着沙发边坐下："至于吗，要死要活的。"

赵明川声音特平静："你和你当年的初恋分手时，就没想过死？"

乍一听这词，初宁半晌没反应。啧，他怎么说话的？

"有什么好死的，没感情就分呗，你情我愿，谁也别耽搁谁发财。"

"重复一遍第二句。"

"没感情就分。"

借着光，赵明川眼眸格外亮："那不就得了。你有什么不理解的？"

初宁默然，可不就是这个道理嘛，寻死觅活，那是因为还有感情，真正潇洒放下，才能心无旁骛。

赵明川视线一低，落在她的手上，笑了下："那小子向你求婚了？"

初宁下意识地蜷了蜷手指。

"别躲，好事儿。"赵明川过了这阵颓废劲，和她肩并肩地坐直，又瞅了她的手一眼，不屑道，“这戒指真小。”

“我就喜欢这种，简洁大方，你懂什么？”初宁护着，宝贝得很。

赵明川懒得计较，说：“那小子最近怎么样啊？”

“挺好啊。”初宁顿了下，又说，“我们与明耀科创签了合作协议。他继续做他感兴趣的事，明耀会提供给他最大的保障和帮助。”

“你和唐耀之前不是闹掰过吗？”赵明川多心问了一句。

“关玉那时候背着我私拉公司，就事论事，从立场上来说，确实也是我们不厚道，唐耀气愤很正常。不过互利共赢，是千百年都不会变的真理。”

俩人随便讨论了几句，回归正题。

初宁问：“你真的还对曦姐有念想？”

赵明川坦白道：“想得要死。”

初宁说：“她现在是不是特不愿意见你？”

赵明川不作声，默认。

初宁拨了拨头发，歪着脑袋，笑容浸在柔和的光影里，有着别样的妩媚。

她说：“我给你出个主意。”

这主意也不怎么厚道。初宁前阵子也遭了大难，和迎璟算出生入死。虽人命安康，但她受伤了，还不轻。

她是赵曦回国后最早联系上的那批人，彼此留了号码，加之以前关系也好，所以联系起来还算自然。她们先是唠几句亲热话，彼此问候，然后再提出请求，说自己旧伤复发，不方便开车，光明正大地抛出请求。

赵曦对朋友那是没话说，一颗心真真的，当即答应陪她一起去医院。周六这天，两姑娘结伴，往医院一站，就是一道漂亮的风景线。

复诊得排队，初宁低头一找，哎呀一声。

“怎么了？”赵曦问。

“我拍的X片子落车里了。”

“没事，你别动，我帮你去拿。”

“谢了啊，曦姐，在后备厢里头。”

赵曦把挂号票据和病历本交给她，走去了车边。

医院的车位永远不够用，车多人满，恰巧门诊这一块儿又在搞什么建设，人车分流效果也不明显，吵吵嚷嚷的。赵曦看了下四周，她的车停的位置正是一个出口，过往车多，特别容易剐蹭。赵曦想着干脆停到地下停车场去。

她发动车子，转动方向盘，往前挪了十来米，刚转过弯，就看见前面不远处一辆黑色路虎平稳开过来。忽然，从右后方乱入一辆电瓶车，不偏不倚地对着路虎的车身擦了过去。

砰！电瓶车摔在地上，路虎急刹车的声音响起，然后是哭天抢地的叫嚷声："哎哟！哎哟！撞人了啊！"

赵明川从驾驶座上下来，小跑着绕到这边一看，赶紧询问："大爷您还好吗？"

地上躺着的老人身体精瘦，尖嘴猴腮，嚷得越发厉害："疼疼疼，腿断了，哎哟，哎哟！你不许走，不许走。"

老人扯住赵明川的裤腿，力气壮如牛。赵明川一看就知道是什么情况，碰瓷儿啊。

他耐心道："伤哪儿了啊？"

"骨头断了，手，还有手，哎哟。"

"成，这里就是医院，我扶您，去检查检查。"

赵明川弯腰捞人，却被挡开："别碰我，我走不动了，疼啊疼啊。"

"你松手，我去给你叫担架成吗？"

"松了你就跑了。"

"我的车停这儿，跑哪儿去？啊？"

老人半躺在地上，一副"我就不"的执着劲儿。

两人僵持着，围观的人是越来越多。按照剧本，从人堆里冒出了两个年轻男人，是家属的角色："爸！爸！"

呼天抢地的开场白过后，二人目标明确，直接质问赵明川："你怎么开车的啊！有钱了不起啊！撞着我爸了，你要怎么解决？！"

赵明川烦得要命，这一天天的，都什么破事儿啊。他提早一小时出发，B城交通能把人气死，好不容易掐着点赶到医院，和初宁安排的时间能对上，结果又来了这么一出碰瓷。

家属的叫嚷声惊天动地："死人了，我爹被你撞死了！"

地上的老人特配合，头一歪，开始装死。赵明川撩开风衣外套，双手搁腰上，心情郁结。行车记录仪拍不到侧后方的情况，全靠一张嘴说是非，对方人多，他倒不怕，换作平常——

想死？

行啊！

他会开车踩油门，撂话："老子给你一百万，给我躺平了，谁不躺谁孙子！"

对付这种社会渣滓，不来点狠的，没准儿对方又去祸害他人。

但今天不行！

赵明川得参加精心安排的“偶遇”啊！

他心一横，准备息事宁人：“说吧，要多少钱？”

对方的人面面相觑，眼珠一转，再看向他时，特无赖地比了两根手指，吐出一个字：“万。”

赵明川暗骂一声：“账号给我。”

对方得逞的欣喜洋溢于脸上，有人快速报了数字，赵明川的手刚要按下“确认转账”，忽然，一只手伸过来，拿走了他的手机。

赵曦不知何时下的车，拦在赵明川身前，握手机的右手背在身后，冷淡道：“碰瓷已经违反社会治安条例，你们继续诈骗勒索试试，我马上报警。”

那些人见到手的鸭子飞了，炸了：“他撞了人！赔钱怎么了？！”

赵曦说：“你们自己撞上来的，这车身都剐坏了两个面，按4S店的价格，做漆少说也是四千打底，没找你赔算是好事。”

对方气急败坏：“胡说！”

赵曦也不多话，安静地在自己的手机上点了两下，然后把屏幕朝外镇定道：“我的行车记录仪已经记下刚才那一幕。我现在可以联系交警，让交警判决事故责任。”

她的车就在赵明川的车后面，将之前的画面完整无误地记录了下来。那帮人理亏，啐了一口，灰头土脸地走了。赵曦转过身，也不正眼瞧人，把手机递过去：“还给你。”

赵明川沉默地接过，心情很复杂，有难堪时候被爱人目睹的挫败，有她主动袒护自己的欣喜。这种种情绪交错，足够把他生煎油炸。

二人各自停好车，车位比邻，一前一后下车后，谁都没有说话。两人一直走到门诊，初宁惊讶道：“你俩怎么在一起？”

赵明川别过头，不想提。赵曦倒坦然：“门口碰巧遇到。喏，看看是不是这张片子？”

“是是是。谢了啊，曦姐。”初宁适时赶客，“哥，要不你带曦姐去外面坐坐吧。医院细菌多，小璟已经到门口了，马上就到。”

赵明川心里感动得痛哭流涕，好妹妹啊，好妹妹！赵曦也想得开，这一唱一和的戏台子，她也懒得拆穿，再推辞拒绝，未免矫情。

赵明川和她并排往外走。他走得慢，她就走得更慢。他继续放慢，她也默默地照做。

赵明川自己先笑了。他一笑，赵曦也没绷住，嘴角微扬。

“都多大的人了，给人看笑话。”赵明川自嘲。

赵曦也应声：“那也是看你的多。”

有了开场白，有了对视的双眼，有了含情的视线，气氛就轻松了。

二人各自心里都有念想，只不过是隔着一些放不下的执念，所以有隔阂，但真到了现在缓和的时候，两人心有灵犀，都往同一处想。

其实那些计较，忽然变得没意思透顶。

二人走出医院，取车，上车。车门一关，安静铺天盖地地罩在两人身上，越小的空间，越能压迫人内心深处的真实感受。赵明川坦荡惯了，浑蛋惯了，想法早就摊开坦白见了阳光。赵曦不一样，以为自己冷漠和不去想，就是放下。

现在她才清晰感知到自己内心的声音：我紧张。

赵明川闲聊一般平静地说：“你想再回门诊吗？”

“嗯？”

“初宁的男朋友，想不想看看长什么样？”

赵曦问：“你有照片吗？”

他想了下道：“还真有。”

赵明川拿出手机，滑了两下，手指又把它放大，凑近给她看：“中间这个，捧着奖杯的。”

赵曦惊讶：“世界航空大赛？”

“对，第一名，挺厉害的。”

赵曦看仔细了些：“我在微博上看到几条他的热搜，现场抓拍的特写，他的侧脸照，眼睛特别亮，睫毛也很长，脸颊上还有伤，身后是国旗，配了一行字。”

赵明川听得认真：“是什么？”

“少年强，则国强。”赵曦觉得奇妙，“他竟然是初宁的男朋友。”

赵明川笑：“严格来说是未婚夫了，才求的婚。”

两人说起高兴事，气氛都自然了些。话题扩展，又聊了几分钟，赵明川转动方向盘：“走吧，一起吃午饭。”

赵曦抿抿唇，没同意，但也没反对。车子驶入大道，一路遇绿灯，畅通无阻。车上了高架后，充沛的阳光从玻璃外射进车里，温柔地洒在两人身上。

街景在倒退，树木在倒退，回忆在倒退。赵曦转过头，安静地打量着身边的男人。

几年未见，赵明川似乎一点也没变。他的眉眼最出彩，很有男人味，锐利，似猜得准人心，并且能藏事，像幽深的潭，她每次一看，就忍不住被吸附。她视线再往下两寸，男人的喉结凸出、微滚，是他身上最性感的一道弧。

阳光在他身上亲吻，他像是一个发光体。赵曦转回脸，低着头，眼眶发热，十指缠绕，交叠在腿上，有意无意地揪着。赵明川的手无声地探了过来，轻轻覆在她的手背上，是试探，是小心，是克制，是疯狂的想念。

赵曦没有抗拒。

他抓住机会，死死握紧她的手。

停车时，赵明川才依依不舍地松开。自此，两人始终沉默。今天的B城灿烂如盛夏，天蓝如镜，白云大朵大朵的。

下车后，赵曦缓缓跟上他的脚步。赵明川按下车锁，没给她犹豫的机会，再一次牵起了她的手。两人距离渐近，近到彼此的体温都仿佛缠在了一起。

赵明川忽然问："你冷吗？"

赵曦没听清："嗯？"

他自问自答："挺冷的。"

赵明川撩开风衣外套的一边，张开手，顺势用力拉了一把赵曦，让她撞进自己的怀里。

风衣半边裹在她身上，裹着两个人，裹着两颗心。

赵明川在她耳朵边落下话，声音低沉："曦儿，我想跟你走走心。"

一旦有了半秒犹豫，之前的坚持和执念便以可见的速度土崩瓦解，赵曦稍一抬头，就看见赵明川的下巴、微青的胡楂、状态良好的皮肤，还有满怀期望的眼神。

一个退缩让步，心境就大不一样了，她开口的第一句话竟是："赵明川，你换香水了？"

赵明川愣了下："没有啊。"

赵曦凑近鼻尖，又嗅了嗅："不是这个味儿。"

他有这种臭讲究，性子虽糙，但活得精神，吃穿用度有自己的一套审美，任何场合都不乱章法。赵明川独爱一款香水，国外的小众品牌，产量有限，没有特殊渠道还买不着。香水的味道有点像晚间海洋的潮湿空气，不说多有存在感，但一闻就身心通透。

以前这话从未说过，其实赵曦很迷恋这个味道，现在换了，她还有些失落。

赵明川明白过来，挺干脆道："我不想用了。"

"为什么？"

“你走之后，我把东西全换了，还能继续用吗？闻着就闹心。”

赵曦推开他，没有说话。怀抱空了，赵明川又着急了，拽住她的胳膊，低声问：“给个痛快行吗？”

赵曦敛眉，大步迈向前：“吃饭吧。”

客家菜，清淡雅致，味儿不重，但吃的是返璞归真。这顿饭的味道，就像他们此刻的状态，很舒服。

赵明川点的全是赵曦爱吃的菜，这么多年，也难为他记得。赵明川不多言，安静地吃，时不时给赵曦布菜。

“多久回国的？”赵明川平静地问。

“半月前。”

“还走吗？”

“看情况。”赵曦没把话说死，“如果这边工作顺利，应该就不走了。”

赵明川松了一口气，又问：“你父母身体还好吗？”

“嗯，他们退休了，我爸爸被外聘，时不时有讲座。”

“闲着也无聊，这样挺好。”赵明川说，“方便的话，我去拜访他们。”

赵曦捏着勺子细长的柄身，没答应也没拒绝。赵明川善于把控节奏，只要她给机会，横竖都不会让彼此尴尬。他的分寸掌握得也好，天南海北地聊，很少触碰两人之间的那段过去。

能有这个进展，他相当珍惜，绝不会再让自己陷入绝境。最后，状态渐入佳境时，赵明川终于把话题引到正题上，平平淡淡地问：“国外的生活，是不是过得挺不习惯？”

“还好，那边没有B城冷。”赵曦说，“刚去的时候生了一场大病，小半月才好。夜里发烧，我又不能总去麻烦叔叔一家，所以自己去的医院。那边的医生很少给你挂吊瓶，开点药就给打发走了。我裹着被子，一会儿冷一会儿热，迷迷糊糊地睡着了，再醒来都半夜了，那床被子都被冷汗浸透。”

再说起这些，赵曦很坦然。赵明川却沉默了，手指搭在桌面上，都快抠进木头里了。

他抬起头，问：“生病的时候，你想过我吗？”

赵曦看着他，慢慢移开眼，淡声道：“想过。”

只这两个字，赵明川觉得自个儿圆满了。他难受，恨自己，也恨当年的不珍惜，哑声说：“小曦，你出国的第二天，我就订了飞西班牙的机票。”

赵曦怔然，两人四目相对。

“你走得不声不响，对我没有一点留恋，我很郁闷，但后来我想通了，不是你的问题，是我做得不够好，女朋友都这样不留情面了，可见我这个男朋友做得有多失败。我要去找你，让秘书订好机票，连行李都懒得费时间收拾，开着车就直接从公司往机场奔。”

赵明川平铺直叙，仿佛在说一件平淡无奇的事：“但我错过了飞机，因为出了车祸。三车追尾，把我给夹中间了，我断了两根肋骨，在医院躺了一个月。就那一个月，我想得特别多，从没觉得自己的人生这么失败过。出院了，人也明白了，多好的一个姑娘，不值得被我耽误。你要走，那是你的选择，我没脸再去辩解，就想着，以后如果有机会，一定让你看到我的改变。”

后来的事情还有很多，赵明川却闭口不再提。

比如出公差时，能把业务放在西边，就绝不去东边。

比如他不是没去过西班牙，走在马德里的街道上，看街头艺人拉手风琴，恣意跳着舞，路过一间间商铺，客人来来往往，赵明川就会驻足很久，摘了墨镜，静静看着人群，好像心爱的姑娘会突然出现一样。

一群白鸽从广场上斜飞而过，迎着夕阳，映着光影，四周隐隐传来了竖琴声。

那一刻，赵明川重新戴上墨镜，心里无限悲凉。

他带着爱情去远行，爱人却不在原地。

不是所有的认错，都会被原谅；不是所有的重新开始，就真的还能再开始。

赵明川端着玻璃杯，喝了一口水，放下时，杯底轻磕桌面。他看着赵曦，目光真诚：“没敢打扰你，因为我觉得，没有我这个混账东西，你会过得更开心。”

他顿了下，说：“你开心就好。”

赵曦别过脸，看着落地窗，自己强撑的身影在玻璃上轻晃。她再转过头时，声音带着克制不住的嘶哑：“赵明川，你真傻。”

赵明川笑了笑，坐直了些，右手越过桌面，光明正大地握住了她的左手：“是挺傻的，不过傻人是不是有傻福，全看你。”

赵曦抿唇，没忍住也笑了起来。吃过饭，赵明川开车穿梭于B城的夜色里，只要遇红灯，挡位一拨，手就不空着，越到副驾，覆盖在赵曦的手背上。赵曦挣了挣：“能不能好好开车？”

赵明川说：“不能。”

赵曦眼睛一瞪。

他忙点头：“能。”

赵明川乖巧了，手却不松，掌心炙热，轻轻摸着，跟摸宝贝儿似的。黄灯了，他才依依不舍地将手挪到她头上，摸了摸她顺滑的头发，心甘情愿道：“听你的。”

这人得了便宜还不忘卖个乖，倒显得她冷酷无情了。赵曦低头笑了下，侧眼打量他，眼睫轻眨：“赵明川，所以那天你说你卖了个肾，换了个iPhone，是因为骨头断在那儿吗？”

“嗯。”

“好了吗？”

“还行，换季的时候有点儿疼。”

“没找人调理？”

“我父亲很上心，安排了个什么大师，但我工作忙，有一次没一次的。”

“那怎么行，不按疗程来，效果就大打折扣。你别拖，回头再等几年，落下病根你就知道有多遭罪了。”

赵明川笑着，眼角一条颇深的印儿往上挑，平添几分纨绔气质：“你关心我，我病就好一半了。”

赵曦无语。

“来，再说几句好听的，另一半也能马上好。”

赵曦道：“别，那你还是继续病着吧。”

赵明川呵呵笑，是真的轻松高兴。车子到了她的公寓楼下，停稳后，赵曦去开车门：“路上小心，我走了。”

赵明川一把拉住她的胳膊：“小曦。”

赵曦转过头，就被男人的嘴唇给吻住了。

赵明川极力克制，怕吓到她，怕她反感，怕功亏一篑，先是温柔试探，没感觉到抗拒，就是最大的鼓励。

情深了，心跳了，人活了，一个吻，一锤定音。

赵曦反手搂住他的脖子，开始回应，开始主动，开始袒露心声。赵明川控制不住气息，轻轻嗯了一声，带着男人独有的低吟，是他身体最诚实的反应。

赵曦趴在他的肩头上喘着气，半天没有动弹。赵明川慢慢抚摸她的后背，一下又一下，帮她顺气儿，低低道：“早点休息，我明天来接你上班？”

赵曦哑声道：“不要，不顺路，太远了。”

“那我送你上去？今晚不走了？”

赵明川讨得了一记绣花拳。

他笑啊笑，把人揽在怀里：“没事儿，不远，早上七点，一起吃早餐。”

两人和好，心照不宣。二人不需要什么天崩地裂的你侬我侬，也不需要上赶着献殷勤，没有刻意，没有小别胜新婚的激情，你来我往，平平淡淡，这样的状态反倒自然。

朝九晚五，上班期间两人都忙，电话短信很少传情。工作结束，两人便一起吃吃饭，逛逛街，手挽着手，在长安街最繁华的地方感受人间烟火。赵曦偶尔跟他说说工作上的事儿，哪个报关文件很难译，谁的丈夫竟然是他的一个朋友，感叹世界真小。

赵明川听得很认真，工作能给建议，生活能给乐子。两人路过卖糖葫芦的小贩，他还蛮有闲心地问一句："想吃吗？"

赵曦点点头，异国他乡多时，她可惦记这个味道了。赵明川便牵着她走过去："来一根儿。"

老板笑眯眯道："要哪个？"

赵明川左看右看，手一指："最漂亮的这个。"

"行嘞，二十五。"

赵曦抱着竹扦串儿，吃得那叫一个狼吞虎咽。

赵明川看乐了："慢点儿，又没人跟你抢。"

"你怎么不要啊？你该多买一串的，甜而不腻真的很好吃。"

"谁说我不要了？"赵明川一低头，就着她手里的糖葫芦咬下去，叼着一个糖葫芦走了。

赵曦嚷道："哎！那个是我咬了一半儿的。"

赵明川嚼得腮帮鼓动："我爱吃。"

"不嫌脏啊？"

"咱俩接吻的时候，你嫌吗？"

赵曦脸色绯红，踮脚去堵他的嘴巴："要不要给你一个喇叭啊？"

赵明川笑得眉眼斜飞，蹭开她的手，飞快往脸颊上亲了一口。

两人转到九点，他送赵曦回家。

"上去吧，我看着你。"赵明川双手搭在方向盘上，一骨头的懒劲儿，外套脱了搁在后座上，就穿一件黑色的打底衫。他皮肤不算白，健康均匀，浸在车内暗淡的光亮里，五官立体俊朗。

赵曦说："你明天记得看中医。"

赵明川笑。

"这个师傅手艺很好的，让他帮你号号脉，该调理的调理。"

见他还是笑，赵曦走过来，隔着车窗，伸手在他脸上一顿揉："听见没有？嗯？"

赵明川拉过她的手，按住她的后脑勺往下压，亲了上去。

赵曦脸红："你！"

她一开口，赵明川接着亲。

"你！你！"

他又接着亲，舌尖描绘她唇瓣的形状，酥酥麻麻，极尽情色。

赵明川似笑非笑："我怎么了？"

赵曦哪儿还敢说话，落败而归。

第二天，赵明川还是乖乖地去看中医了。

赵曦加班，他一个人，看完之后等抓药的工夫，忍不住地跟哥们儿汇报："战况激烈！我军大胜！"

众人："什么情况？活得好好的，转文作死呢？"

赵明川："我跟小曦和好了。"

群内开始刷屏——

"臆想症？"

"精神科了解一下。"

"我信了你，就是信了邪。"

赵明川很有说服力地往群里发了一张照片，是那天晚上散步，他给赵曦抓拍的——长裙、笑脸、回眸。

众人一看赵曦就是对着镜头拍的。

哥们儿爆炸："天！"

"天+1"

"天+2"

一直加到"10"。

"恭喜赵老板喜提心头爱。"

"赵老板今晚喝酒去？"

"赵老板，牌局给您支好了，不通宵不是男人。"

全是一帮人渣，专揭他的短板。

赵明川道："滚。"

他想了想，又发了两个字："从良！"

群里的人哈哈哈哈一直哈到了一百下。

有人问："川哥你在哪儿呢？"

"看中医。"

众人安静数秒后，群里又炸了。

"哈哈哈哈！"

"男性保养了解一下。"

"三十岁以后×功能下降了解一下。"

"我现在想到一个词语特别适合他。"

当"枕戈待旦"出现在屏幕上时，赵明川自己都乐了，低骂一声："人渣。"他笑得却无比恣意。

众人闹腾了一会儿，一条正儿八经的消息出现："咦？我看到小曦了。"

赵明川皱眉，回："在哪儿？"

"HITT酒吧。就我们常去的那家。等等，我给你们拍视频啊，我没看错吧？"

赵明川点开一看，喧嚣扑面而来，音响隔着屏幕都能把人震出心脏病。他定睛一看，一个窈窕的身影在舞池里蹦跶，手举高，跟着节奏摇啊摇的。他再仔细一看，穿的还是超短裙，紧身的草莓小吊带，纤细的腰肢，连着往上，是让人遐想的曲线。

下午她在电话里怎么说的来着？"我今天要加班，晚上就不陪你去看中医了。"

赵明川内心滴血，现在两人角色转换，这是报应，报应啊！

赵曦这边可没听见某人的呼唤，玩得正高兴。裴佳佳下午从S城赶来B城，赵曦又把初宁叫上，三个小姐妹一台戏，另两人都是放得开的祖宗，性子稍沉静的赵曦也彻底豁出去了。

男人？不存在的！她跳得那叫一个投入，跟着DJ互动，就差没喊口号了。三人都化了较浓的眼妆，底子好，粉底很薄，大红色的艳唇在迷离灯影下甭提多诱人了。

"开心吗？"初宁边跳边大声问道。

赵曦兴奋道："开心！"

"就当报仇了！"初宁笑眯眯道，"谁让赵明川以前那么浑蛋，走他走的路，跳他跳的舞，喝他喝过的酒，让他也尝尝这滋味儿！"

赵曦一听，可不就是这么个道理嘛。于是她抬起手臂，蛮利落地一甩头，瀑布似的长发漾开一圈，显得妩媚诱人。裴佳佳也是个自来熟，拉着初宁的手，满眼崇拜："哇，赵明川真是你哥哥吗？"

初宁说："对啊，我们塑料兄妹情！感人至深吧！"

而刚赶过来的赵大公子就看着自己的爱人、自己的妹妹，如此绝情地往他心口捅刀子。

赵曦被赵明川带出酒吧时，人都不太清醒，迷迷糊糊的，歪着头冲他笑。赵明川怒吼："你到底喝了多少酒？！"

赵曦比出五根手指："一瓶。"

"那是五！"

赵曦嘻嘻笑："六、八、九，你输了！喝酒！"

敢情这是在玩划拳呢。赵明川黑着脸，把赵曦拉上车，一手按住她，一手给她系安全带："加班？工作忙？没空陪我看中医？啊？这就是你的加班啊？初宁那个小妖精，给我等着，我这就告诉她男朋友，欠管教，欠收拾，野性得驯！"

"昨天她还跟我炫耀，说下礼拜去领证，我还给她发了个二百五的红包，死丫头给我把钱吐出来。"赵明川一通发泄，抬起头，却愣住了。

赵曦不动了，安静了，一双眼睛跟露珠一样，湿漉漉地望着他，表情悲伤、痛苦，陷入了某个不敢触碰的回忆领域。

赵曦被酒精刺激得白皙的脸泛起潮红，眼泪落了下来，她哑着声音开始胡乱地控诉："你也知道滋味儿不好受吗？你骗我开会，那么多人陪你玩儿，漂亮的、年轻的，什么女的都有，我也会着急，会没自信，也会没有安全感，你懂不懂，你懂不懂啊？"

赵明川听懂了。他的小曦，并没有完全放下，还是介意，还是心有余悸。赵明川心疼，把人紧紧拥入怀里。

"曦儿，对不起，对不起。"他不断重复这三个字，满腔懊悔无从说起。

赵曦此刻也清醒了大半，眼睛红透，委屈地望着他："赵明川，我只给你这一次机会了，再也没有下次了。"

赵明川点头："我知道，以后换你来虐我，怎么虐我都不废话。"

赵曦歪着头，笑得似是而非："今晚就虐，行吗？"

赵明川眼神暗了下去："虐哪儿呢？"

赵曦的手做枪状，瞄准他："你怎么不倒下去啊？"

赵明川把她往椅背上一按，沉声道："倒，回去倒，往床上倒。"

他一路飞车，回到他自个儿的公寓。门还没关紧呢，赵明川就把她按在门板上亲。酒精是个好东西，醉后能吐真言，也能逼出真心。赵曦反手搂住他，娇娇软软地迎合着他，衣服裙子裤子丢了一地，鞋子也东倒西歪落了单。赵曦被他压着，一背热汗。

“赵明川，”她喜欢连名带姓地喊他，柔着声音问，“上一次，你说你四次，是真的吗？”

赵明川低声笑：“不是真的。”

“那能几次？”

“待会儿你自己数。”

语毕，他热烈的吻就落了下来。

一夜缠绵，一生所爱。

曾经不知今夕何夕，从这一刻起，就是朝朝夕夕。

赵曦忍着痛，赵明川忍着汗，到后来两人逐渐契合，欢愉席卷而来，跟今晚的月亮一样，圆满了。

番外二　暂定一生

院里每年五月都会举办篮球赛，微风不燥，夏日将近，这是大院儿最热闹的一段光景。迎义章年年参加开幕式致辞，他年轻时候也是队里一把好手，现如今年纪大了，体力虽大不如从前，但赤子情不老不旧，只要不是公务在身，每场球赛都不落下。退休干部组还有单独的开幕式节目表演，一曲扇子舞精气神十足。崔静淑连着大半月忙排练，演出当晚广受好评，一颗心也总算落了地。

后台卸妆的时候，三三两两聊天热闹，都是单位旧同事，知根知底的也有话头说。这些也算看着迎璟长大的阿姨长辈，知道迎璟交了女朋友，问崔静淑："你家小璟是不是该办喜事儿啦？"

崔静淑一挥手，皱皱眉说："别提了，浑小子最近忙成陀螺了。"

都知道迎璟拿了奖，上过七点新闻的，倍儿有面。邻家阿姨由衷赞叹："还是老崔你省心，儿女都听话，对象也都找得好。"

崔静淑谦虚一挥手："哪儿的话，我还羡慕你抱上孙子了呢。"

邻里之间的体己话，三言两语倒是透出了几分真心不假。搁崔静淑内心来说，对初宁的年龄不是没有过介怀。传统一辈的想法，女孩儿大总是要吃亏。但后来看着两个孩子一路这么走过来，倒也放了心。父母陪伴只是一时，走过余生的，还是他们自己。

言归正传，什么喜不喜事的，她倒想，可迎璟大四之后越发忙碌，算算日子，都一两个月没归过家了。迎璟不回来，初宁那边，崔静淑也没个契机跟她往来。平日电话问候那也是三言两语宾客之道，总有些不够自然亲近。

邻居李阿姨是明白人，看穿崔静淑的心思，好心提点："小宁好姑娘呢，你可别落下个不好打交道的印象，以后再安个恶婆婆的头衔。"

话还没说完，崔静淑急了："什么恶婆婆，我喜欢初宁的。"

李阿姨头头是道地讲起各种婆媳八卦，听得崔静淑忧容满面。妆都没卸干净，就心事重重地拎着扇子回家了。

回家之后第一件事就是给初宁打电话。号码一拨，心冷静了，再一瞅时间，晚上九点。这不是打扰人休息吗？！再一想，这么贸贸然的举动，是不是更有刻意之嫌。后悔刚起了个头，晚了，初宁已经接了电话。

听得出，她也挺意外："伯母？"

崔静淑轻咳一声："这么晚了，打扰你休息了吧？"

初宁声儿是温柔的："没呢，伯母没事儿，还早。"

生硬的两句开场白，便齐齐陷入了安静。

崔静淑心里懊恼，这下好了，都尴尬不是。她镇定了一番，声音还算平稳，语重心长道："还没休息啊，不早了呀，是不是在加班？"

初宁还没来得及回答，她自顾自地顺着话茬继续："有事业心固然是好，但也要多注意身体。你开车回家，一定要慢一点。还有晚上睡觉的时候，一定要锁好门的。"

崔静淑此刻心里也有点放空，反正想哪说哪，一时也顾不上思绪和逻辑，等乱七八糟的一通唠叨完，才后知后觉自己是啰唆了。好在威严还是在那儿，语气不慌不乱地收尾："你是好孩子，小璟有时候犯浑，你别跟他计较，他惹你生气了就告诉我，我帮你教训他。"

刚落音，电话那头一阵嗞嗞啦啦的动静，迎璟的声音气吞山河："妈！我哪儿又惹着您了，您怎么还单独向初宁告状呢？！"

崔静淑吓了一跳，回过神来："你俩在一块儿啊？她没加班儿啊？"

迎璟说："加什么班啊，我下午才从德国飞回来，我不许她加班。不是，您说清楚，您说我坏话做什么呢？"

电话里，初宁的声音提高了些："你嚷嚷什么呢，手机还给我，我跟伯母聊得好好的。"

崔静淑心里叹气，这臭小子。电话讲到这里，她心里反倒平静了，也不拐弯抹角地没话找话，敞亮真诚地对初宁说："阿姨没事儿，就是想关心关心你，这个天气别贪凉，好好保重身体。也欢迎你常来我们家，我记得你喜欢吃三鲜馅饺子，得空的时候就回家来，阿姨给你包饺子。"

初宁顿了一下，再回应时声音特别响亮：“哎！”

半尴不尬的开场，倒也温馨地结了尾。通话结束后，初宁扬了扬手机，挑眉对迎璟得意扬扬：“妈妈喜欢我呢！你是亲生的吗？”

初宁是真心实意地开心，那种被认可的感觉，最能给人喂下一颗定心丸。客观来说，她并不擅长温情的共鸣。特殊的成长经历使然，在亲情交流这方面，初宁清醒自知，自己是欠缺的。

她曾认为，只要经济独立、精神自由，那么便可在这个世界游刃有余地生活，可以不仰仗任何人的光芒，依然点亮自己要走的路。她在迎璟身上看到纯粹与热烈，那是她不曾企及过的风景。那时只思爱欲，而直到感情渐浓，她在这个男孩儿身上看到的不仅有爱情，还有未来。不知从哪一时刻起，她竟也会开始顾虑，爱迎璟的其他人，会不会也能接受她。

爱情让人充满勇气，也让人有所顾虑。这种未知的探求，或许也是这段感情赋予她的另一种技能——

学会爱人，爱这个世界。

此刻的迎璟懒洋洋地躺在床上，歪着头望着她，眼睫一眨，不怀好意：“这句话再说一遍——谁喜欢你？”

初宁说：“妈妈呀。”

迎璟笑容渐坏：“录下来了，我发给崔老师，头一回叫人，怎么着也该给个红包，这叫改口费。”

初宁着了他的道儿，明明知道他是闹着玩儿呢，还偏就急红了脸，扑过去抢他的手机：“不许发，你住手，你乱说！”

迎璟坐得稳，两人体力就不在一根线上，没被她扑倒，反而把人揽进了怀。“我乱说什么了？你刚不是叫妈了吗？”

初宁说：“我是叫你妈妈。”

“我妈妈就不是妈妈了？”

“是妈妈，可是只是你的妈妈！”

“那就不是你妈妈了？”

初宁眼睛都瞪圆了一圈：“……至少现在不是。”

迎璟神情越发认真：“以后就是了，这是必然。”

两人对视三秒，初宁拿回了气场，如葱食指在他眉心一按：“我发现你这人很贼啊，迎同学。”

迎璟身子往下压，轻而易举地将人箍于怀抱里。两人越挨越近，鼻尖蹭鼻尖，每一次的呼吸都能感知。对望的双眸里，是对方的样子。

初宁勾住他的脖颈，笑意似是被春风吹来的。迎璟低头吻了吻她的眼睛，嘴角也扬起微笑，沉声说：“宁老师，迎同学想跟你搞对象。”

初宁轻声问：“多久？”

他答：“暂定一生吧。”

迎璟，是她拾起勇气，

再来一次的理由。